太多值得思考的事物：索尔·贝娄散文选 1940—2000

著作权合同登记号　图字 01-2021-4252

THERE IS SIMPLY TOO MUCH TO THINK ABOUT
by Saul Bellow
Copyright © 2015，Janis Bellow
All rights reserved.

图书在版编目(CIP)数据

太多值得思考的事物：索尔·贝娄散文选：1940—2000/(美)索尔·贝娄著；李纯一，索马里译. —北京：人民文学出版社，2021(2022.9 重印)
(索尔·贝娄作品集)
ISBN 978-7-02-016897-2

Ⅰ.①太… Ⅱ.①索… ②李… ③索… Ⅲ.①散文集-美国-现代　Ⅳ.①I712.65

中国版本图书馆 CIP 数据核字(2020)第 261152 号

责任编辑	卜艳冰　邰莉莉
封面设计	李苗苗

出版发行	人民文学出版社
社　　址	北京市朝内大街 166 号
邮　　编	100705
印　　刷	上海盛通时代印刷有限公司
经　　销	全国新华书店等
字　　数	418 千字
开　　本	890 毫米×1240 毫米　1/32
印　　张	18.75
版　　次	2021 年 1 月北京第 1 版
印　　次	2022 年 9 月第 4 次印刷
书　　号	978-7-02-016897-2
定　　价	99.00 元

如有印装质量问题，请与本社图书销售中心调换。电话：010 - 65233595

目　录

I
序言：从芝加哥启程

1950 年代及更早

3
西班牙来信

22
伊利诺伊之旅

35
作为反派的大学

42
世俗之人，世俗时代

47
犹太人区的笑声——评肖洛姆·阿莱汉姆

51
德莱塞和艺术的胜利

56
海明威和人的形象

63
地下的人：谈拉尔夫·埃利森

68
本·赫克特的 1001 个下午

72
繁荣的困境：谈菲利普·罗斯

78
作家和观众

82
小说家的干扰

101
全世界的深度读者，当心！

106
和黄孩子的一次聊天

1960 年代

115

117

隐藏的珍宝

125

犹太人说故事

132

从手推车上白手起家：关于亚伯拉罕·卡汉

135

我们向何处去？小说的未来

146

在电影院

169

莎士比亚的十四行诗

176

作家成为说教家

188

比亚特丽斯·韦布的美国

191

近日小说巡礼

223

赤脚男孩：叶夫根尼·叶夫图申科

227

我的老弟邦米奇

231

思考者的荒原

234

隐匿的文化

242

以色列：六日战争

256

怀疑与生命的深度

275

1970 年代

277

论美国：在特拉维夫美国文化中心的评论

282

纽约：举世闻名的奇迹

286

机器与故事书：技术时代的文学

304
我们对这个世界介入太深

316
对我自己的一份采访

327
诺贝尔奖获奖演说

339
身为犹太人的美国人：获反诽谤联盟民主遗产奖的讲话

343
他们签署协议那一天

355
1980 年代

357
在罗斯福先生的时代

372
对托克维尔的反思：芝加哥大学的一次研讨会

381
我的巴黎

391
奥尔特加·加塞特《大众的反叛》前言

395
文明的野蛮人读者

401
一个犹太作家在美国：一次讲座

421
芝加哥今昔

429
1990 年代之后

431
要考虑的实在太多了

440
作家、知识分子、政治：一些回忆

459
巴布亚人和祖鲁人

463
陪伴也孤单

468
拉尔夫·埃利森在蒂沃利

474
文学：下一章

479
诙谐讽刺游戏

489
胜地佛蒙特

496
冬天在托斯卡纳

506
喜剧的滤镜下：与诺曼·马内阿的对谈

521
"我有一计！"：与菲利普·罗斯的对谈

552
尾声：为什么不呢？

572
编者说明

序言：从芝加哥启程

1930年代，是什么让一个芝加哥的少年开始写书？一个成长于美国大萧条阶段的年轻人为什么有决心认为自己首先应该是个文学家？我之所以使用"文学家"这个自命不凡的词汇，只是想强调这种野心和外在事实之间的对比。身为巨大的工业和商业中心的芝加哥，已经快被失业率拖垮，工厂甚至学校都被关闭，这个城市还是决定在密歇根湖岸举办一次世界博览会，其中将会有高塔、游乐项目、展览、中国的人力车，还有一个微型村庄——其中每天都会有一场微型婚礼，还有诸如妓女、骗子和扇子舞舞者这样撩拨人的东西。是有一点喜庆，却有多起阿米巴痢疾。一切并没有重回繁荣。几百万美元就这样被商人和政客们打了水漂。如果他们可以异想天开，那大学生们也完全可以不切实际。而在忧郁、沉重、轰鸣、低俗的芝加哥，什么选择是最不切实际的呢？为什么——要成为美的代表，人类灵魂的解释者，一个充满创造力、趣味、个人自由、慷慨和爱的英雄。即便是现在，我也不能说要成为这样一种幻想家不是好事。

1930年代和今日的区别在于，过去的那些幻想家不会得到他们的家庭的补贴。他们必须依靠自己拼上几年，或者至少得等到罗斯福新政（这很大程度上归功于哈里·霍普金斯①）意识到一个大政府可以"购

---

① 哈里·霍普金斯（Harry Hopkins，1890—1946），美国政治家，曾任美国商务部长，是美国总统富兰克林·罗斯福的重要顾问之一，也是新政的主要设计者之一，参与组建并领导了公共事业振兴署（WPA）。

买"任何问题的解决方案，然后国内的很多地区开设了公共事业振兴署。我认为有可能是霍普金斯和罗斯福看到了，从1905年到1935年那些郁郁寡欢的知识分子在俄国、德国和意大利造成了多大的麻烦，因而认为每周付给人二十三美元去粉刷邮局墙壁或者编辑旅行指南是一笔超值的生意。这项计划取得了惊人的成功。如果我没有搞错的话，美国在战后的欧洲、可能也包括越南继续依循着霍普金斯的这条道路。

比如，我知道约翰·契弗一直在辛辛监狱教授写作课程。作家和囚犯经常会发现他们有如此多的共同点。而多亏了他们在大学修习的心理学课程，狱警似乎也懂得写书是一剂完美的良药，让囚犯记录自己的经历有可能会让他们的心灵变得柔软。同样，政客走下权力宝座或者退休时，他们会成为作家或者大学教授。因此，亨伯特·亨弗莱①、迪安·拉斯科②成了演说家，而尤金·麦卡锡③则成了诗人，而与他们截然不同的另一种政治家斯皮罗·阿格纽④则成了小说家。不久前接受《纽约时报》采访时，阿格纽先生说自己受过太多苦，有必要用一些有创造性的活动来治愈自己的灵魂，而他开始写小说是因为自己已不再年轻，无法从事严肃的精神活动了。

但是我开始回想起在30年代的中西部，立志成为一个作家是怎样

---

① 亨伯特·亨弗莱（Hubert Humphrey，1911—1978），曾任明尼苏达州联邦参议员，1965年至1969年间出任第38任美国副总统，支持富兰克林·罗斯福推行的新政。
② 迪安·拉斯科（Dean Rusk，1909—1994），美国教授、政治家，美国民主党人，曾任美国国务卿。
③ 尤金·麦卡锡（Eugene MaCarthy，1916—2005），前美国参议员，曾5次参与总统竞选。在1968年美国总统大选中，麦卡锡试图获得民主党候选人提名未果，他的竞选纲领是反对越南战争。
④ 斯皮罗·阿格纽（Spiro Agnew，1918—1996），美国政治家，美国第39任副总统。

一种光景。因为我把自己看作一个中西部人,而非犹太人。我经常被形容为一名犹太作家;同样道理,一个人有可能会被称为一个萨摩亚宇航员、抑或爱斯基摩大提琴演奏家或者一个祖鲁金斯堡专家。这很奇怪。我是一个犹太人,也写过一些书。我试着将自己的灵魂适应犹太作家的概念,但发现很不自在。我时常揣测,菲利普·罗斯和伯纳德·马拉默德和自己是否没有成为我们这个行业的哈特·施夫纳·马克斯①。我们在文化领域实现了这一目标,正如伯纳德·巴鲁克②在一张公园长椅上、波丽·阿德勒③在妓院业实现的东西,也正如孙中山的私人保镖双枪科恩④在中国所完成的。我的玩笑不够下流,不能表达我对那些机会主义者、聪明人和职业人士的轻蔑,他们往自己身上贴上这些标签,利用它们。在一个对犹太人如此灾难性的世纪,一个人不大会去批判那些相信通过宣扬犹太人的成就便可以让世界更安全的人。我本人就怀疑这种宣传的有效性。

我在公立图书馆没有阅读《塔木德经》,而是阅读舍伍德·安德森、西奥多·德莱塞、埃德加·李·马斯特斯⑤和维切尔·林赛的诗

---

① 哈特·施夫纳·马克斯(Hart Schaffner Marx),创立于1887年的美国男士服装品牌。
② 伯纳德·巴鲁克(Bernard Baruch,1870—1965),美国金融家、股票投资者,有"华尔街独狼"之称。
③ 波丽·阿德勒(Polly Adler,1900—1962),原东欧移民,20世纪30年代艳名满纽约的鸨母。
④ 双枪科恩(Two-Gun Cohen,1887—1970),原名莫理斯·科恩(Morris Cohen),加拿大籍犹太人,中国民族革命时期孙中山的崇拜者,曾以保镖身份追随孙中山,后参加了中国抗日战争。
⑤ 埃德加·李·马斯特斯(Edgar Lee Masters,1868—1950),美国诗人、传记作家,著有《匙河集》《大峡谷》《旷野之蛇,不起眼的故事》《马克·吐温画像》《林肯传》等。

歌和小说。这些人抵抗住了美国社会的物质主义的压迫,并且证明了——这一点并没有那么快就显明——那些在巨大的制造业、船舶业和银行中心里挣扎的生活,伴随屠宰场的熏臭、巨大的贫民窟、监狱、医院和学校,同样也是一种生活。这种感知如此深刻,以至于不仅我的神经、感觉,甚至我全身的每块骨头都想将它诉诸文字,而它会涵盖我最崇拜的德莱塞也没有领会和实现的东西。我觉得我生来就是一个行动和阐释的造物,我注定要加入到一项特殊的、崇高的游戏当中。我们有很多充足的理由,可以将这以及其他形式的文明行为和仪式看成一场游戏。这场游戏最高贵的地方在于,上帝是这场被纪律约束的游戏的观众——柏拉图和其他人都如是说。这场游戏可能是一种施与、一项庆祝、一种奖赏,也是对人的弱点和局限的承认。我当时还不能像现在这样思考。而我当时写出的东西都只是一个盲目的偏执狂强迫性、愚蠢至极的自我表达。当时的我也极度骄傲、暴躁、愚蠢。

1937年的我非常年轻,已婚,很快丢掉了第一份工作,住在岳父母家里。他深情款款、忠贞不贰外加美艳动人的妻子坚持他必须得到一个写作的机会。让任何一个人关注我的写作并不是一种现实的可能。我的书得到的关注带给我同样多的困惑和愉悦。被人忽视将是可怕的,但是外界的关注也有其不利的一面。有时候我对批评家们稍微刻薄一点,会把他们比作给钢琴调音的聋子;而当我稍微变得宽宏大量时,我会认同已故的父亲说的,应该鼓励人们尽可能诚实地生活。因为这个原因,我不反对自己成为一个话题。当我访问日本时,我看到每个寺庙都出售祈愿卡。买下它们的人会将这些长条纸卷起来,用线系在灌木丛中和低矮的树上。那些枝丫上飘荡着数百张卷得紧紧的纸条。有时候我会将自己比作这些寺庙里的一棵树。

当所有理性、严肃、本分的人都在汲汲于一份工作或者试图谋到一份差事时,我却坐在公寓后面的一间卧室里,在一张桥牌桌前写着点什么。我的桌子正对着三级水泥台阶,连通地窖和阴暗的砖砌走廊。家里只有我的岳母,她当时是个七十多岁的寡妇,一条厚实的白色辫子直直地垂到腰间。在她的母国,她曾经是一个现代女性、一个社会主义者、一个妇女参政者。她有一种脆弱又强硬的魅力。你能在所有的事物中感受到索菲的力量。她把家操持得整整齐齐。那些植物、烟灰缸、台座、小桌巾和椅子无不展示着她的统治权。每样东西都像在军队里那样各归其位,她的公寓摇身一变就可以成为西点军校。

午饭是十二点半开始。她的厨艺不错。我们一起在厨房进餐,饭后玩一盘骨牌。然后岳母睡午觉,我则去街上闲逛。拉文斯伍德的路上渺无人迹。我信步闲逛,胃里像有块大石头压着。我经常转到劳伦斯大道,然后站在桥上俯瞰排水渠。如果我是一条狗,我就会狂吠了;即使是一声轻轻的吠叫也能有些用处。但是我在这里不是为了咆哮的,我在这里是尽可能聪明地解释世界——美国版本的世界。尽管如此,要是我在联合车站卖报纸或者在台球房练习球艺的话,我会快乐得多。但是我严格约束自己,在卧室的桥牌桌前学习。

难怪才华横溢、智慧过人如约翰·契弗这样的作家会自愿去帮助那些犯人写下他们的故事。他知道被监禁的感觉。也许他认为那些已经被囚禁起来的犯人可以学习纪律。对于那些拥有高度发达的社会本能的人而言,认为他们想被关起来、学着写小说这种想法,是最不能容忍的剥夺。修女们也许不会烦躁,但作家们会。法国宗教小说家贝尔纳诺斯①说他无法忍受自己的灵魂和自己的同类被切断开,这就是他为何在咖啡馆写作的原因。真的,咖啡馆!我愿意亲吻一家咖啡馆的地板。芝加哥没有咖啡馆,只有一些餐具油腻腻的自助餐馆、甜甜圈店或者小酒馆。我还从没有听过一个作家会带着手稿去小酒馆,我一直感兴趣的是,席勒喜欢一边写作一边闻苹果,还有某个人会在写作时把脚泡在浴盆里。在我看来唯一值得效仿的写作安排是葛吉夫大师②。每当有工作要完成的时候,他会和几个门徒一起钻进几辆豪华轿车,从枫丹白露的大本营出发。他们的食篮里有鱼子酱、冻鸡、香槟、奶酪和水果。领袖一声令下,汽车就会停下来。他们会在草地上野餐,之后被鲜花簇拥的葛吉夫会开始写作。如果能有这样的安排,我认为是值得做的。

我很庆幸,我已经不记得自己在拉文斯伍德写过什么了,一定是很恐怖的东西。然而,写作本身是无足轻重的;真正重要的东西是美国社会和S.贝娄终于碰头了。为了执行一项可怕的任务,我必须学会将自己从美国社会切除。我冒着将自己和能滋养我的一切切断的风险,但这种情况只有在你承认这座工商业发达、鲜活而野蛮的无产阶级和中产阶级的城市垄断营养才会发生,这座城市自身正在做殊死的挣扎,它甚至都不会带着进攻性的敌意,说"要么按照我的方式生活,要么去死"。一点都没有,它只是对你的那种游戏毫无兴趣。

很经常地,我的内兄J.J会开着他的哈德森带我岳母还有我去墓

---

① 乔治·贝尔纳诺斯(Georges Bernanos,1888—1948),法国小说家、评论家,著有《一个乡村教士的日记》《在撒旦的阳光下》等。
② 葛吉夫(George Ivanovich Gurdjieff,1866—1949),20世纪初颇具影响力的俄国神秘主义者、哲学家、灵性导师、作曲家、作家、舞蹈家。1922年在法国创立"人类和谐发展机构"。

地,我们去那儿为她的丈夫扫墓。她那虽颤抖却依然有力、布满斑点的双手会拔除那些野草。我拿一只广口玻璃瓶去龙头那边不停地接水,给旱金莲和美洲石竹浇水。我想,死亡,芝加哥式的死亡,也许根本不会有任何尘世喧嚣。至少你不必在高峰期间沿着哈莱姆大道开下去,然后回到一个像西点军校那样井井有条的家中,而那些糟糕的手稿摊在桥牌桌上,随后是沉默的晚餐,汤、炖菜和卷饼。之后你和你的妻子洗着餐具,才享受到一天中的愉快时光。

在他原先的国家,我的内兄 J.J 生下来的名字是雅沙,他在洛浦区当律师。他是共和党成员、美国退伍军人协会成员,打高尔夫和保龄球;他谨慎地驾驶着他那辆老派的车子,会买《星期日晚邮报》;他穿着一件赫伯特·胡佛式样的领口上浆的西服,露着脚踝,在夏天会戴一顶硬草帽。他说话带着印第安纳州的鼻音,听起来不像是布斯·塔金顿①那样的绅士,倒像是蒂珀卡努河畔名副其实的一介农夫。所有这些美国特性都集中在一张精致、黝黑、有着鹰钩鼻和土耳其式颧骨的东方面孔上。他生来是个热心肠的人,但看不惯我,他认为我在做一件不应当的事。

我们之间存在着一种可以察觉的相似性。在我试图成为一个作家时,这个异国男子正在改变自身的东方特质,去成为一个印第安纳州的美国人。他会说到《棉花糖月亮》②,也会说到埃尔默·迪布:"俺写东

---

① 布斯·塔金顿(Booth Tarkington,1869—1946),美国小说家、剧作家,最著名的小说是《安柏逊大族》《艾莉丝·亚当》。他与威廉·福克纳、约翰·厄普代克是仅有的三位两度获普利策小说奖的小说家。
② 《棉花糖月亮》(*Aaron Slick from Punkin Crick*),派拉蒙影业在 1952 年推出的一部乡巴佬题材的电影,讲述一个乡下农场的寡妇如何梦想搬进城里,她暗恋着同样老土的邻居,最后却落入两个潜逃的恶棍手里。

7

西的时候能读出来，但俺在阅读时就没法子了。"他曾经服过兵役——我的妻子就穿着他那件1917年的大衣（我穿太小了），J.J.也会讲很多拉萨勒街上的共和党成员流传的关于伍德罗·威尔逊①和伊迪斯·博兰②相当相当老的黄色笑话。那代人以及之后的一代人，普遍会让自己的外表和做派去迎合那些只不过是由媒体宣传和漫画制造出来的形象。移民，还有他们迅速繁衍的后代，对真正的"美国性"的诡异渴望，至今还没有被人书写。也许有人只是为了逗趣才这么干，但我很难想到一个人是愉快地经受这一切的。那些缺乏模仿技能、完全缺乏教养的人则要好很多——我记得一个移民到美国的表兄阿卡迪宣布从此往后自己的新名字是"莱克·埃利"——他认为这是一个最得体的名字。而我自己的那代人中，有太多的移民甚至连主流清教徒的悲惨和不幸都要原封不动地拷贝，拥抱那些悲剧，对抗"母亲"；在一天的工作后，不情愿地登上通向郊区的火车；在市中心喝酒，在餐车喝，然后和所有的好"美国人"一样，酩酊大醉地被交还给妻子和她等在月台上的马车。这些人殉道般地扮演着那些可以证明自己是纯正美国人的角色——在婚姻里也像亚伯·林肯和玛丽·托德两口子那样可怜。大字不识的阿卡迪表兄在路边卖脱水苹果酱，在小镇的百货公司向那些主妇展示苹果泥，躲开了这些最糟糕的部分。他仅仅是成为了"阿契"，再没有付出其他努力来证明自己是一个真正的"美国人"。

在我看来，这番潦草的记录旨在描述人们在和"美国经验"相遇时掺杂着想象和愚蠢的感受，那种阴郁、沉重、烦人和混乱。我看到自

---

① 伍德罗·威尔逊（Woodrow Wilson，1856—1924），前美国总统，美国民主党成员。
② 伊迪斯·博兰·威尔逊（Edith Bolling Wilson，1872—1961），前美国第一夫人。

己，还有其他很多人都会犯下的错误，就是试图在不管哪种文化的角落里寻求庇护，在那里我可以享受天马行空的思想，并让自己在面对艺术的象征律令时更加游刃有余。我忍不住觉得自己做得过头了。一个人并不需要那么多的庇护。

要说今天的美国有什么东西和"二战"前野蛮的市侩主义一样，是诗歌的象征律令的反面的话，我想说那就是"强大的噪声"。敌人是噪声。我说的噪声不仅仅是技术的噪声，或是金钱、广告、市场营销、错误教育产生的噪声，而是现代生活的危机生成的那种可怕的兴奋和干扰。注意，我不是说市侩主义已经消失了。没有，它已经找到很多伪装，一些高度艺术化、极度隐微的伪装。但是生活的噪声是更多的威胁，包括了真实或虚构的问题、意识形态、合理化、错误、错觉，还有那些看起来真实的"非-情境"，以及那些需要思虑的"非-问题"，观点、报纸和广播调查、专业知识、秘密情报、派系纷争、官方措辞和信息——简而言之，就是公共领域的声音，政治的喧嚣，还有自1914年开始、如今让人无法忍受的动荡和骚乱。

娜杰日达·曼德尔施塔姆在写到苏联诗人时曾经描述过俄国的噪声，"我相信没有一个地方的人会像这里（俄国）的人那样因为生活的喧闹而失聪——诗人们一个接一个陷入沉默，因为他们听不到自己的声音，"她补充道，"那噪声盖过了人们的思考，以及上千万人的意识。"而威廉·华兹华斯在将近两百年前就已经表达过诗歌为现代的骚乱所影响的焦虑。他也是对的。但用我年轻时候的话说——"他根本就不知道情况有多糟糕"。

[1974—1975]

# 1950 年代及更早

西班牙来信

在西班牙,早于人群、街道和风景,最先吸引你注意力的是国民警卫队。他们戴着看起来僵硬、闪光的圆帽,后面的帽檐是平的,看上去有磨损痕迹,足够真实,但是和每个警卫队员臂弯里的冲锋枪不同,它们缺乏一种"真实的"真实感。其次就是袖上纹有红鹰、背后悬着来复枪的灰制服的警察。甚至是公园里的保安,一个全身瑞士猎人装扮的老人,带着一根被弄湿的羽毛,穿着无袖皮外套,还有破破烂烂的裹腿,用肩带背着一把来复枪。然后就是秘密警察了。没有人知道到底有多少种秘密警察,但是你能看到很多。在伊伦①—马德里的特快火车上,一个摇摇晃晃走进车厢、衣领翻开、让我们看到他肩上的蓝色、金色和红磁漆的徽章的警察开始检查我们的护照。他很安静平和,毫无组织性,当他在笔记上记下几个护照号码、弄皱纸页时会发出轻轻的叹息,好像不知道接下来拿自己的权威如何是好。他低声说了声"再见",然后就离开了。火车吃力地驶向桑坦德②的花园豪宅,木质车厢壁震颤不已。座椅修长而华贵,每块头垫都缀有蕾丝边;在我们穿越海湾时,某个座位上坐着的一个西班牙人,引导大家交谈起来,并非随便而是故意阻止我看向布满炭色灰痕的银色海面上的船只。他向我们做了一番关于

---

① 伊伦(Irun),西班牙巴斯克地区吉普斯夸省的主要城市之一。
② 桑坦德(Santander),西班牙城市。

桑坦德的现代化的演讲,并且鼓励我们问些和西班牙生活、西班牙历史、地理、工业或者性格有关的问题。没有人向他提问,他皱皱窄窄的额头,像一个让你保持静止的摄影师那样向前伸出手掌,开始说起水力发电能量,他谈论起那些涡轮机、电线、发射台和这个那个的细节来非常精确。我们是美国人,所以会对机械有关的话题感兴趣。我告诉他,自己并非工程师。尽管如此,他还是完成了自己的演讲,坐下来,似乎是在等待我挑起一个我自己更感兴趣的话题。他是一个小个子的男人,有某种神经质的好动本能,肤色黝黑,一双忧郁的眼睛总在打量,富有攻击性。他穿着一件深色的华达呢西服,上面沾满尘土,皮鞋只有一半的鞋孔系了鞋带。火车已经开始攀升,进入愈加浓厚的暗夜;田野就铺展在我们下方那遥远的陡峭的绿色峡谷里。"你是来度假的吗?"他问道,"你会看到很多有意思的东西。"然后他开始一一细数:埃斯科里亚尔修道院、普拉多博物馆、阿尔罕布拉宫、塞维利亚、加的斯,还有**银碗**①——这些他全部都看过、去过,在那些地方战斗过。"在西班牙?"我问道。当然,是在西班牙,还曾作为蓝色军团②的成员在苏联和波兰与红军战斗过。本质上,他是一个军人,来自一个军人家庭。他父亲是一个高级军官,一个空军的上校。他把手掌朝我张开,向我展示掌心的一块白色伤疤——那是他参加阿尔瓦赛特战争③的纪念物。就在那时,一个又瘦又高的年轻的警卫队员,被太阳晒得黝黑,试图拉开那扇很难

---

① 原文是 la taza de plata。
② 蓝色军团(Blue Division),二战时期佛朗哥政府派出的在东线给德军助战、对抗苏联的西班牙志愿者师。
③ 阿尔瓦赛特(Albacete),西班牙东南部的一个省份,西班牙内战时期,曾有多个反法西斯国际纵队在此地与佛朗哥领导的国民军对抗。

打开的门。他忽然从位子上站起来，抓住门把手，快速地对那个警卫队员小声说了什么，然后飞快地将门关上。车厢里某个肯定不是西班牙人的人用西班牙语说道："这儿还有位子。"车厢里的空间足够再容纳两个人，但这个上校的儿子镇定自若，跨过一条条大腿回到自己的座位，继续交谈——这次，只是和我一个人亲密的交谈；有一会儿，他的脸上还残留着之前用来打发掉那个警卫队员的某种表情——他被激起的权力感。是的，他是警察，每周三次往返于伊伦和马德里之间。他喜欢这份工作。作为一个老资格的旅客，他不介意这些颠簸和噪声——彼时，伴随着有节奏的拍手和跺脚，从隔壁车厢传来阵阵歌声；当他准备好的时候，他就结束了那一切。他的收入不足以支撑他的生活方式，但他期待得到一份闲职——他觉得他自己完全有这个资格。幸运的是，他可以靠写作提高收入。他创作小说，眼下他正忙着用诗歌体创作一部长篇历史小说。当他开始谈论自己崇拜的诗人，并开始忧郁而崇敬地引用那些诗句，他的眼神变得灼热，透着智慧。我心想，这种欲望也许是恰当的，既然这么多欧洲作家雄心勃勃想成为警察，那警察也应该渴望成为作家。

与此同时，天色暗了下来，火车拖着微弱的灯光在树林和岩石中间穿行，偶尔会停靠在一些灯光像车厢里的灯光一样黯淡的站台。人们在薄雾中等待，走道上逐渐挤满了人。但没有人执着地尝试进入车厢，每个人都被上校的儿子赶跑了。我们这些美国人归他掌管，他坚定地认为我们应该有一个舒适的夜晚，有足够的伸脚和睡觉的空间。但是不知怎么的，可能是人数的压力，原先空旷的地方也挤满了人，他可能察觉到我们对此举的不赞成，不再尝试驱逐新的占领者。他仍然和先前一样热切。当我撕开先前在昂代买的一条面包，他很惊恐地看到我竟然吃这么劣质的面包。我一定要吃一片他的薄玉米饼。他拽下自己的旅行袋，打开锁，将袋口大大敞开。他的玉米饼装在一个圆形的锡盒里，下面垫着《青蜂侠》《郊狼》还有其他的一些廉价杂志。他切下厚厚的一块发灰的玉米饼。我尽可能多地吃了一些，为无法吃光致歉，然后走到走廊上。大多数人都是往来于一些当地的站台，一群"普通人"，面露悲苦、衣衫褴褛、憔悴不堪，带着忧郁不见底的眼睛和黑色鼻孔，或在两墙之间憩息，或倚着窗边的黄铜杆；他们紧紧裹着披肩，或是戴着让他们的头显得更大、让他们褐色长脸更加怪异的贝雷帽；忧郁，但似乎在抵抗着这种无聊单调，就好像目前已经做好屈服的准备，但也仅仅到此为止——一种"西班牙式"尊严。

隔壁车厢的旅客骚动更大了，现在上校的儿子出去了一下，制服了他们。我们回到各自的座位。很快他就开启了一个新话题。我对他的话题厌倦了，也懒得逗他，就拒绝回应，最后他终于沉默了。人们拉起遮光窗帘，有人把灯关了，我们试着入睡。

到了早上，通道空空的，已经被打扫干净了。上校的儿子说："我们很快会经过埃斯科里亚尔，就是国王的陵墓。"我对他冷若坚冰。火车像一阵烟似的驶下坡，薄薄的牧场自山脊两侧延展开来，看起来就像遭遇了干旱，焦枯、寸草不生，只有一些低矮的残株。我们冲向马德里郊区、冲向那些庭院。到了月台，上校的儿子落在我后面，在煤烟滚滚的拱廊和车站前厅该死的骚乱中，他追着我不放，因我的步速而懊悔紧张。大概他必须要知道我在马德里的住处，好完成自己的报告。从酒店大巴上，我看到他挤在一堆搬运工、出租车司机和兜售酒店和膳宿公寓人中间的那张旁观者的棕色脸庞，他正看着行李被人提到顶上，双眼发红，回避着我的目光，盯着别人的工作。成功了！

一个彻头彻尾的警察。在每间旅馆,你都要填写警局的文件,你也必须在警局注册你的护照。为了获得一张火车票,你必须进行申报、表明你此次旅行的目的,另外,你必须拥有一张三联执照——一张安全通行证才能旅行。在打响对拿破仑军队的第一枪的地方隔壁,安保人员的宽脸和那些装着栅栏和深色玻璃的窗户一起,俯视着太阳门广场。警察也负责发放收音机执照。警察会在一家外省的公寓里检查你的行李箱。而曼萨纳雷斯附近的一个住在断崖挖出的洞穴里的女人也会很快告诉你:"我们住在这里是经过警察允许的。"你听说到处的监狱都满员了。在市中心的西贝雷斯广场为探监者提供班车服务,送他们去马德里监狱。在托莱多附近的一辆有轨电车上,我看到两名犯人——一个老人、还有一个十八岁左右的青年——正被送往监狱。他们戴着手铐,由两名必定带着机关枪的警卫队员看守着。那个男孩一头浓密黑发一直延到脑后,过早出现的黑黑的眼袋,一副任人摆布的模样,对苦大仇深的生活似乎完全无动于衷。从他的口袋里往外伸出一截面包。那个老人独臂,满身污秽,伤痕累累,两只脚从麻绳鞋底的帆布鞋里伸出来。他几乎谢顶了,稀疏的灰发下面露出一条已经愈合的伤痕。我看着他,他朝我微微耸耸肩,像投降的姿态,却不敢开口讲话。但当我在马德里屠宰场下车,周围是那些在内战中被摧毁的建筑,他大胆地抬起了他的那只手,在手铐所能允许的活动范围内尽可能地挥了挥手。

这些人可能只是普通的罪犯,不是赤色分子——每个月都有几百个赤色分子被抓捕,无尽的审判在埃纳雷斯堡上演。政治犯从人满为患的监狱被释放后,只能获得有条件的自由,他们会向你展示那些卡片,他们要在上面盖一个通用的官方印戳。他们中的大多数人都没有工作许可,只能自生自灭地睡在街上,帮人擦鞋或者开开出租车门,或者是兜售彩票，还有乞讨。

✧

　　在马德里市中心，你偶尔注意到上头布满枪眼的建筑，但整体来说在那些看起来还过得去的街区，内战的遗迹几乎已经无处可寻。大街两边的那些商店几乎像美国那样奢华，傍晚那些坐在银行、教堂和政府部门楼下的小咖啡馆里低头看着宽阔街道的人，也和纽约、华盛顿的酒吧里的人并无二致。所有高级的电影院都在上演着好莱坞电影，还有，此地对美国的好东西的渴望——别克车、尼龙袜、派克 51 钢笔和香烟——和世界上所有的首都一样强烈，和绝大多数国家的首都一样，这里没有美元流通，所以黑市非常兴旺——警察也不会介入。那些小摊贩会逐桌兜售钢笔和香烟——其中一些东西，尤其是钢笔，一看就是冒牌货；七星香烟包装得很精致，上面蓝色印花也很完美，烟卷里塞满粪便和秸秆碎末。一个男孩有一枚巨大的金戒指可出售，他用一种过度神秘兮兮的方式，让你飞速看上一眼他手掌里拢着的戒指，紧张兮兮，贼头贼脑。那是一只又沉又丑的方戒，你会怀疑到底谁会买下它。他低声说："这是偷来的。"然后开价两百比塞塔①，一百比塞塔，五十比塞塔，然后他会对你做出一副伤心、厌倦的表情，走向下一桌去碰运气。女人挥动手上的彩票，乞讨个不停。有的人会带着眼盲或伤残的婴儿，展示他们或受重伤或萎缩的双腿。其中一个带着一种训练过的痕迹，把孩子转过来，向我展示那张脸上的疮疤和那双化脓的眼睛。我住的那间膳宿公寓的女房东胡安妮塔告诉我，这些孩子都是按天租借给这些专业乞丐的。都是生意，她轻蔑地说。

---

① 比塞塔是西班牙在 2002 年欧元流通之前所使用的法定货币。

膳宿公寓餐厅里的对话主要是关于电影明星，"司令"的妻子对詹姆斯·斯图尔特和克拉克·盖博同样钟情。桑切斯姐妹出生在香港，同样说得一口流利的英语，她们倾心的对象是有英国范儿的布莱恩·埃亨和赫伯特·马歇尔。即使"司令"本人也有中意的影星，他也会带着沙哑、紧张又粗糙的嗓音加入女士们喋喋不休的交谈。"司令"非常瘦削，行为得体，几乎一刻不得闲，神情阴鸷，一脸麻子，薄薄的头发梳成背头，眼睛乌黑。他和"夫人"都不吃我们每天吃的面包。每天都有人给他们送来黑市出售的白面包，到中午的时候他就把面包像轻便手杖一样夹在腋下。每次他们进门，都会伴随一阵骚乱，她踩着细碎又急促的步子，挥着自己的扇子，他则对我们所有人视而不见，仅仅是微微颔首。即使在最炎热的天气，他的束腰外衣的扣子也是一丝不苟地扣到喉咙。我穿着T恤和拖鞋来餐厅吃饭，对他而言是一种冒犯。他阴郁地坐下，享用自己的午餐，挥舞"夫人"的扇子让汤冷下来。他的"西班牙式尊严"带着那种恼人的傲慢和嫌恶，非常可憎。

　　膳食公寓里住着一个要人，一个海军的将军，他从来不在餐厅进食，他经常会在下午穿着短裤缓慢踱步穿过窗帘被放下、光线黯淡的房间。胡安妮塔可以不用敲门进入他的房间，他们中间明显有私情。桑切斯姐妹略带尴尬地告诉我，"将军"欠胡安妮塔一个大人情，内战的时候她曾经帮忙藏匿并照顾他患病的儿子，抑或是他的侄子，他发誓要报答她。共和国① 对将军并不公允，他在海军学校拿着低薪教书。而"司令"在摩洛哥为佛朗哥效力，现在是一所军事院校的校长。他以纪律严

---

① 这里指西班牙第二共和国，1931年在西班牙建立。1939年4月1日，西班牙第二共和国在内战中被佛朗哥领导的右派击败，佛朗哥遂在西班牙建立独裁统治，第二共和国后成立流亡政府，于1977年宣布解散。

明著称，那对姐妹非常自豪地提醒我，她们自己则是在女修道院接受教育的。

其余的住客都是中产阶级，那些人的人脉一定极其通达，才能负担得起像这家膳宿公寓这么好的酒店，他们都是"走后门"或者行政部门裙带关系上位的（enchufe 这个词的字面意思是插头①）。一份普通的公职——一个人政治上也必须像一只献祭的羔羊那样纯洁无瑕才能获得一份公职——对应的薪水一般是每月五六百比塞塔，差不多两百美元，而他们渴求的东西价格又和美国国内的差不多（在很多情况下价格更高，黑市上的一磅咖啡要两点五美元），一个人需要"靠关系"才能获得安逸的生活。如果通过家族影响力，或通过在教会系统或者海军身居高位的朋友的影响，他在政府的不同部门之间赶场似的轮流签到、签退。有时，他会被要求做一些工作，而他也会努力尽到自己的责任，但做起来能有多轻率就有多轻率。这部分属于国家的传统。所有的西班牙政权都用同样的方式让有教养的阶层保护忠诚。"现代"政府项目会受到公众的密切关注。最近，一个基于贝弗里奇曲线②建模的社会保险计划被宣布实施，威廉先生自己也受邀担任顾问。但这些项目的真实目的是扩大"关系网络"，因为按照这个保险计划，那些患病或者失业的雇员每天能获得的实际好处不超过三比塞塔，几乎还不够买一条面包。佛朗哥和墨索里尼一样有强国的野心，但是西班牙太贫穷了；为了在位需要付出的代价太高，以至于他没有能力来实现这些野心。那些被称作"新部委"

---

① 西班牙语的"靠关系走后门"（enchufismo）对应英文的 wirepuller，enchufe 指插头的意思，动词变位 enchufar "安插"的意思。
② 贝弗里奇曲线（Beveridge）以英国的经济学家威廉·贝弗里奇命名，用来表明职位空缺与失业人数与经济周期关联的曲线。

的新建筑群，按照计划应该会壮观地耸立在卡斯蒂利亚大道的尽头，如今还未完工，四周还立着脚手架，显然已遭荒废。

对那些没有"后门"的中产阶级而言，生活的艰难是可怕的。一个人必须有一套西装，一件要花上两百比塞塔的衬衫，还有一根领带。挤在一群穿帆布鞋的人中间是不可想象的。关键要有一个女仆。并且，一个妻子应该穿着得体，孩子们应该吃穿不愁、能接受教育。一个人必须紧紧黏附着自己的阶级，堕落到更低等的阶级是无法衡量的——这种不幸是一个古老的事实，很牢固，无法追忆，人人都能理解。一种新型的不幸——也就是让一个人寒酸的西服看上去还算体面，抑或每个月能有多余的钱可以去电影院，以便在人们讨论《圣女之歌》那样的电影时能够礼貌地插得进话；又或者，和那些掉队者筋疲力竭地追逐合意的东西——一个普通的美国人身上体现的尘世天国的形象——却算不上真正的不幸。真正的不幸是你在合租公寓，或者在人民居住的废墟、土窑和洞穴里看到的东西，那些在腐化的瓦雷卡斯区或者卡斯蒂利亚区如蝼蚁一般生活的人。

◇

马德里的夏天干燥无云，罕有雷声。当雷声响起时，女仆会大喊"暴雨要来了"。然后快步走过膳宿公寓，重重地关上窗户。金发的比比隔着通风井用她紧张、好战的嗓音用英语朝我喊"暴风雨！"，她在烟灰色的窗玻璃后面摇晃身体，厚厚的窗帘窸窣颤动，就好像舞台上一场悲剧演到最后一声哭喊时的幕布。然后雨水突然降下，像水银滴那样重重落下。

十分钟之内，一切都结束了；又过了十多分钟，地面都干了。在最炎热的天气里，街道和刺槐树早晚都要被浇水。公园被灌溉渠分割了，

II

寸草不生。我在马德里唯一看到的草地就在普拉多博物馆正前面，是靠持续不停的喷水浇灌才幸存。从市中心往外走，你会发现绿色越来越稀薄，从郊区单调、久经太阳炙烤的公寓俯瞰那些水位已经下沉、长满野草和灰色电线的沟渠，在辽阔的平原上只有零星散落着几处绿色花园，每个花园的玉米上面都带着一个水井的斜杆。

曼萨纳雷斯河几乎荒芜一片，然而在周日，在被称作"邦比拉"的河段，那里的河水有几英尺深，河岸上绵延几英里的工薪阶层的咖啡馆里挤着几百位来游泳和野餐的人——"普通人"，他们堵住了街道和桥梁，在灰扑扑的河岸边铺上毯子，躺在瘦弱的刺槐树下。这似乎像是耶稣复活那天的最初时刻，看着那些家庭躺在令人窒息的尘土里，在路上乱转。在靠近城市的这一边，有些废墟里的家园，四周是炮火肆虐后留下的残垣断壁，还有成卷的倒刺铁丝网。一些吉卜赛人生活在"邦比拉"，他们住在马车里。他们和安达卢西亚的吉卜赛人不一样，身上有一种城市派头的忧郁；那些女人满身污秽，形容憔悴，坐在她们的铁锅旁边；孩子们一丝不挂地躺在麻袋上。山羊们被拴在车轮和轮轴上，我在一驾马车下面看到两只无精打采蹲伏着的猩猩。河的对岸是一家生产钢管混凝土的工厂——总有些男人对着那道长长的、刷着骄傲的标语、带着现代工业气息的墙小解。工厂后面是寻常的烂尾市政工程；几英里外，更远的山地那里，是瓜达拉马山脉斑驳错综、陶土一般的蓝色，那是曼萨纳雷斯河的发源地。它更像是一条理想中而非现实的河流。吸引可观的人群从几乎像非洲沙漠那样干燥的贫民窟跋涉前来的，似乎是一种理想，对一条河流的"希望"。男孩们跳得高高的，就好像河水有几英尺，而不只是几英寸，当他们费劲爬上河岸时，脚上沾着污泥。河水顺着一条污浊的绿色管道从一条浅溪流向下一条；人们成群结队大喊着,在沙岛跑上跑下。一个男人领着自己几乎还不能迈步的幼女走向水里。幼女把自己弄得浑身是泥,当她叫嚷着抓住父亲毛茸茸的瘦长的双腿时,他用带着些微愠怒的温柔清洗她的身体。

在那些出售酒水的小亭周围的树林里,乌泱泱的人群在跳舞,上上下下。三个年轻的男孩子自得其乐,无视跳舞的人,在非常专业地演奏萨克斯、吉他和鼓,模仿着那种美国城市中心的时髦劲儿。两个醉汉在为一帮醉醺醺的朋友吹着西班牙风笛,一种毛茸茸的加利西亚风笛。据说马德里充斥着加利西亚人,佛朗哥自己就是加利西亚人,成千上万的人带着西班牙过去那种外省的忠诚,来大城市寻找工作。

人群中的士兵们身上穿着粗布夹克、绑着腿,还有巨大的靴子,在人群中显得最为粗壮、短小。他们冲向那些成对的扭转身子的姑娘,试图强制分开她们。一切都是严肃的:这幅场景里并无多少欢愉欣悦,你也很少看到人们露出笑容。舞者踏着步、来来回回,尽管他们兴奋不已、大汗淋漓,但所有人的神情和脖颈都是硬邦邦的,他们就这样彼此保持距离。

报摊和咖啡馆并不出售食物。人们会自己带上面包和鹰嘴豆。你可以在花格墙和桶栽灌木丛后面有绿荫的啤酒花园以中产阶级的价格买到一餐饭。我在其中一家停下来喝杯啤酒,那里有一架老旧的手摇风琴,伴随着不全的音符、叮当作响的铃声,仿佛诡异而机械的鸟鸣,炮制出军乐一般的舞曲。那个演奏风琴的男人脸上洋溢着骄傲,就好像他是天使下凡,对我流露出一副"我命里不配,完美如你"的表情。他的妻子坐在旁边,很显然是给落魄的他撑门面,因为她在风琴旁边缄口不言。风琴里面的铜鼓的短管一边旋转,一边沐浴着夕阳的余晖。那个男人头顶已秃,个子小小的,面朝我的两颊绷得紧紧的,嘴巴看起来很苦涩。

他的妻子很顺从,双手合十静静地坐在那里。

◇

哪怕在这个区域停留再短,人们都能找到理由抱怨:粮食短缺、劣质的面包、黑市、军队、警察、长枪党和教堂。马德里人将最近基于《继承法》的全面公投称作神职事务[①],这次公投带着人们熟悉的、法西斯党选举的那种高压粗暴的效率。屠宰场区、瓦雷卡斯或者四大街那些靠不住的贫民区的工人,提前在投票站得到了"选票"。那些要在投票站被盖上印戳、证明持有者已经投票的配给票证,在选举日第二天就会失效。然而,还是有很多人——无论是修士还是共和党人——选择弃权了,即使是政府官员也知道有相当一部分人投了反对票:巴塞罗那,132000 票;马德里,117000 票;塞维利亚,36000 票。社会主义者将这场公投解读为,当局试图让美国相信自身的稳定、以便获得贷款的尝试。欧洲胜利日后的几周里,佛朗哥变得非常自信,那时人们相信他和希特勒一样落败了。战争期间,德国人在马德里为所欲为,因此每个人都震惊于在德国人落败后,佛朗哥竟然还能被允许继续掌权。但是英国和美国从未停止向他出售汽油,如果没有汽油,他那据说有七十万之众的军队将无以为继。现在,西班牙法西斯党会用一种类似未来盟友的口气告诉你,欧洲大陆上没有任何一个国家有西班牙这么安全便捷、可以用作即将到来的对苏战争的战争基地。法国和意大利已经成了,或者很快就会成为共产党掌权的国家。得益于直布罗陀海峡的位置,西班牙是一个战略中心,而佛朗哥身为抗击共产党的老兵的身份也得到了美国的赞许。另外,每个人都知道西班牙人是多么勇烈杰出的士兵,很难说这

[①] 原文是拉丁文 el reverendum,神职事务。

里有多少民族自豪感,有多少混杂着陈述者的嘲讽。无论是共产党还是社会主义者,都带着一点这种民族自豪;而法西斯主义者会像社会主义者一样,会亢奋地嘲笑意大利人在瓜达拉哈拉的灾难[1]:"(意军指挥的)命令是'刺刀冲锋',但他们听成了'跳上卡车!'[2]"

从政治逮捕行为的次数,还有媒体报道的针对普列托和其他流亡领导人频繁的暴力事件,可以看出地下活动很活跃。几个共和党人告诉我,1946年11月到1947年4月期间,有十万人被关进监狱。西班牙全国劳工联合会(CNT)、工人联盟(UGT),还有在马德里和其他几个大城市发行的共产党报纸,但是除了在安达卢西亚及其北部一些偏远山区之外,很少有有组织的抵抗。而在国外,社会主义党人和共产党人都声称自己领导了阿斯图里亚斯1947年5月短暂的煤矿工人罢工,但是公众对真相所知甚少。很多社会主义党人和共和党人承认,地下共产党人数正在增长,主要是国际局势使然。整个西欧只有法国抵制佛朗哥,人们相信法国政府关闭边境是为了向共产党让步。工党的胜利并没有改变英国的政策,尽管艾德礼[3]作为工党领袖、访问内战中的西班牙时,曾向共和党许诺过那些援助。

◇

我在阿尔卡拉·德·赫纳雷斯市(Alcalá de Henares)目睹过某次政治审判,那是一个古老而衰颓的城镇,塞万提斯就出生于此。此地在

---

[1] 此处指瓜达拉哈拉战役,瓜达拉哈拉位于马德里东北方50公里左右。墨索里尼为给意大利记上战功,曾派出精锐部队在此地与西班牙共和军、国际纵队激战,后意军失利。

[2] 此处说话者指意军混淆了bayoneta(刺刀)和camioneta(卡车)。

[3] 克莱门特·艾德礼(Clement Attlee, 1883—1967),英国前首相,1945年大选带领工党取得压倒性胜利。

15

15世纪时以其拥有的大学知名。十个从四大街来的受雇于电车公司的男人，被控告发放共产党的刊物《工人世界》①。其中一个被告的儿子告诉我，他们是在十六个月前遭到监禁的。这些审判名义上是公开的，但官方从来不会公布；大使们和外国通讯社会通过地下渠道或者被告的亲属得知这一消息。我和一个大使秘书乘坐大使馆的一辆华贵的绿色轿车抵达，那些士兵和警卫队员在那些古老的街道上都会给这辆车让道。"外交官"（Diplomáticos）经过哨岗时我们未受任何阻碍，我们经过那些握着来复枪的士兵上楼，到了法庭长长的走廊。警卫员们持枪列队站着。我们坐在法庭后面，那些被告的家人中间。

法官是几个军官。一些非法政治党派的成员被列为罪犯，罪名是妨碍公共安全，他们要接受军队的审判。我们看向那些窄窄的窗子，只能朦胧地看到一些。犯人们背朝我们坐在长凳上，法官们身后有几盏灯照着，他们的脸也是模糊不清的。房间两侧是公诉人和被指派辩护的军官。军靴和枪鞘在桌子下闪闪发光。

一个文员匆忙地读出这十个人的证词。在某某夜晚，福兰诺·迪·塔尔和另外一名谋反分子在某某地方交换了钱、指令和文件。那些被告一个个被法官或者公诉人传唤，起立，确认自己的证词。只有一个人对一个细节犹豫不决。他不记得了。他被要求看一眼证词上的签名。是不是他的笔迹？确实，但他不记得自己做过相关的说明了。对方更加不耐烦地再一次问他，他认出自己的笔迹了吗？他认得。那么，很明显，那份证词是他提供的。他被命令坐下，他也呆板地遵守了。除了那两个年长的男人，所有的罪犯都带着一种军队式的服从站起来，仿佛

---

① 《工人世界》(Mundo Obrero)，西班牙共产党出版的刊物，编辑部位于马德里。

被法官的态度影响了。看到他们模仿军人的举止、像诚实的男人那样证实自己的证词——所有人都知道那些证词是在国安局的地窖里被强行陈述的——我痛苦不已,就像被注射镇静剂时人的心跳也会变慢一样。毫无疑问,这一切非常"纯正"(castizo),完全、彻底的西班牙风格,那些犯人应该表现得像一场荣耀战争里的俘虏,也许正是这一点让他们昂首肃立,但这场游戏让我觉得很恐怖,就好像我作为他举止乖戾的扈从,在膳宿公寓里和"司令"一起玩着弹子球游戏。

每个罪犯都回答了问题。辩护人并没有核查这些问题,没有证据,没有目击证人。当公诉人起身时,开始意识到他那巨大的手掌和强健的身体,这和他一丝不苟的制服显得有些冲突。他简洁利落地宣读了公诉人的证词:"(被诉人)承认……(被诉人)承认……根据福兰诺·迪·塔尔的证词……"直到他作结时,他才变得牛气冲天,一副劝诫的口吻,声音突然粗壮起来。他冷血地挺了挺胸,开始怒喝这些"灵魂已经叛国"、反人民的罪犯是不可饶恕的,他请求判处那十个人中的首领十二年的刑期,剩下的人每人四年。W小声说,这样的判决已经很宽大了。然后辩方律师朗读了一份声明,宣称在元首政府的基督教民主体制下,没有表达异见的空间——即使这些异见者的表达很节制、温和。这些话在法庭一处阴暗的角落激起了一片叹息,那里坐着罪犯的亲属。公诉人又花了半小时回应,他的表现不时变得很敷衍。这是一场非常小型的审判。他挺立在窗前,沐浴在卡斯蒂利亚的晨曦中,开始总结陈词,从笔记中摘读一些,然后坚持执行之前的十二年和四年的判决。等候开庭的时间不包含在内。审判庭主席开始逐个询问犯人,在判决生效之前还有什么可说的。六个人表示服从,然而,第七个人——也是这十人的首领,开始讲话;那个主席高声喊道"闭嘴!",那名犯人坚持说下去,主席站起来大吼"闭嘴!",每个人都吃了一惊。"坐下!"主席坐下来。"起立!"那名犯人就站起来。"证据齐备,你的审判已经结束了。其他都与本案无关。这里不搞政治。坐下。"再无骚乱。审判结束了,我们和罪犯那些沉默的亲属穿过机枪列队下楼。我在楼梯上看到一个男孩面露哀戚,就和他聊了起来。他的父亲是那些获刑四年的犯人中的一个。他会被允许见他吗?他不知道。自父亲被捕后,今天早晨是他第一次看到父亲。他现在是家中年纪最长的人。原先有一个哥哥的,但是在战争快结束时下落不明了。他还有一个八岁的弟弟、两个妹妹。"你靠什么生活?"我问他,他没有回答。又瘦又高,双腿呈外八字,和我一起站在大街上,长长的双手从他的口袋里伸进伸出。他的脸很窄,一双温柔的眼睛看起来没有眼白:只有瞳孔。我低声评判了这场审判的野蛮。这个时候,W 也为他的报道拿到了那些被定罪的人的名字,想离开这个地方。于是我和那男孩告别,回到车里。

　　这一切的毫无意义折磨着我。贫穷,还有独裁统治的严苛,让抵抗几乎不可避免,但和国外各种势力的关系让这种抵抗变得徒然、完全无效。西班牙的问题不可能在西班牙内部得到解决。佛朗哥想要和美国、共产党的领导人谈判——如果共产党掌权,将代表苏联。但是人们仍旧抱着过去的那种政治精神在抗争,当时的他们在国境内还能自由发起革命、创立政府。现在已经没有这样的自由了,越来越多的欧洲人逐渐意识到这一点。"我们在 1812 年从拿破仑那里解放了自己,"西班牙的一个熟人和我说,"1937 年对抗希特勒的时候,我们弘扬的是同样的精神。然而,面对希特勒,我们无能为力。也许在内战中,我们成功地击退希特勒的话,我们就会被斯大林吞并。我害怕会再来一场内战,因为那不可避免会变成强权之间的战争。1789 年的信条,对于我们(西班牙人)

来说，就如基督教的教义：虔诚。我们没有足够强大到可以享受人权。如果苏联人不统治我们，你们的国家也会。我们必须放弃，才能维持国民身份；我们必须将对独立的希望从政治领域转到别的领域。"

◇

在马德里，几乎每场对话都会变成对"国民性"的讨论，不止一次，别的外国人都会推荐我去看乌纳穆诺① 讨论西班牙式嫉妒的文章，他们还引用了戈维多② 的一句话——这句话被用作乌纳穆诺的碑文——"嫉妒是贫乏的，它撕咬，却不能吞咽"。一个意大利人告诉我，西班牙人有一半摩尔人的血统，如果你不时刻记住这一点，你会发现自己根本没法理解他们；一个在马德里住了很多年的德国女性告诉我，西班牙人最大的缺陷是他们没有真正的感觉。当她的哥哥去世时，她的几个马德里的朋友去拜访她。"他们没有安慰我，"她说，"他们只是坐着，聊他们的女仆和孩子。他们知道我在哀悼。他们真是冷漠无情。"另一方面，我曾经和皮奥·巴罗哈③ 有过一番对谈，我们发现德国人的国民性令人无法理解。"一开始，我无法相信他们会把他们的俘虏放到炉子上烤。但是后来我遇到一个年轻人，他就是那样失去自己的母亲和姐妹的。而且说实话，我在1920年代去德国游玩时，发现那地方很诡异。在汉堡，有一家裸体主义者登上电车：父亲、母亲，还有那些孩子，像我的手一样光溜溜的，一个小资产阶级家庭，就像其他所有在购物的资产阶级家

---

① 米盖尔·德·乌纳穆诺（Miguel de Unamuno，1864—1936），西班牙著名作家、哲学家，天主教徒，"九八一代"代表作家。
② 弗朗西斯科·德·戈维多（Francisco Gómez de Quevedo，1580—1645），西班牙贵族政治家，巴洛克时期的著名作家，被划归"概念化运动"的阵营。
③ 皮奥·巴罗哈（Pio Baroja，1872—1956），"九八一代"代表作家，小说有浓重的悲观主义。

庭一样，带着大包小包的行李。那对父母甚至都算不上好看。那个父亲的大肚子，就像一个炮管。"

所有这些关于国民性的讨论，都是怨恨的理由——而如果讨论到美国人的性格时，这种怨恨会尤为强烈。一个旅行推销员对我说："美国仍然在寻找一个灵魂，我们的灵魂已经非常陈旧了。"说这些时，他的眼睛在厚厚的镜片后闪着诗意的光芒。其他人会说到"美国人的虚无""无历史的美国人只生活在未来"，不一而足。

但是，人们一定会感受到美国的强大、美国商品的影响，还有他们自身的自由和力量的丧失。直到 1898 年，西班牙仍旧认为自己是一个帝国，对于一个充满传统主义者的国度而言，1898 年不可能是一个遥远的过去。对国民性的强调其实是对价值的强调。忽略那些傲慢的废话，还是有些东西遗留了下来——换句话说，是在一个价值和权力变成同义词的世界里对价值的主张——在那个世界，权力已经被赋予那个过去几乎没有意义的毫无特色的大众社会，而机器、财富和组织颠覆了古老的尊严，带着轻蔑和不满取代了它。

在马拉加和格拉纳达①之间，在博瓦迪利亚的铁路枢纽，那让山石和橄榄绿的田野变得模糊的热浪让我颤抖不已，我走进一家车站餐厅，那是一家热闹的小卖部，出售面包、葡萄、玉米饼、火腿、熟鸡蛋、果冻酱、血肠、意大利蒜肠、芝士和鸡肉，应有尽有，铺放在厚厚的纸上，带着油腻的色泽。柜台后面有两个女人、一个男人。男人已到中年，面露倦容，不停地咳嗽着，光秃秃的头上仅剩的三四撮头发被精心打理过。他带着一种坚硬的"尊严"招待我。我是美国人，所以他拒

---

① 马拉加（Málaga）、格拉纳达（Granada）均是西班牙安达卢西亚省的城市。

绝说西班牙语。他用法语对我说话，也许是他从马德里或者巴塞罗那或者地中海的某个豪华酒店学到的，但在蛮荒如沙漠的博瓦迪利亚多年的孤绝生活中日渐纯熟："鸡蛋每只五元，先生。"他还是轻轻地咳嗽，停不下来，很明显有肺病。"葡萄多少钱？""这半公斤，先生。"十足的礼貌，火热的礼貌。与此同时，他用那双看起来非常有报复性的眼睛偷偷瞟我，唇间不时进出几声咳嗽，他的双颊也随之抖动。从我的口音、衣着、鞋子款式，还有鬼知道哪些无意识中有暗示性的东西，他认出我是一个美国人、地球崭新的主人之一，一个新的罗马人，周身洋溢着机器和美元带来的骄傲，偶然经过这个车站枢纽——而他注定留在这里，直到死去。但至少，他带着妥帖的"尊严"面对我，就像"邦比拉"那个苦涩的风琴师。

"司令"的尊严则是另外的某种东西。毕竟，"司令"是暴君的朋友，自身也是一个暴君，他相信体制，也试着为自己进入这个新政权铺路。"夫人"穿着尼龙袜子，而"司令"也有一只上好的打火机，我敢肯定，有充足的美国打火机可供他享用。

[1948]

伊利诺伊之旅

伊利诺伊州地貌很平常，无甚惊人的特色，初看几乎单调乏味。道路宽阔坚实，没有损毁，有时遥看有个不深的凹坑，可差不多还是一样平坦，让你禁不住认为地球是平的。从东到西，旅行者飞速穿过壮阔的草原，驶向苍茫的天际，他们穿过一望无际的玉米地：广袤的天空、巨大的云朵，一种永恒、几近平凡的千篇一律。你发现很难缓慢地行进。被古老的冰川挤压得平坦的无尽长路诱使你加速，当汽车一路深入，你开始逐渐意识到自己其实正穿行在大陆的最底部、地势最低的地区，一切又低又平，这时一种亟待前行、超车的焦虑情绪，在你心里滋生。

连绵不断的大草原徐徐起伏，有时会让你觉得有什么东西正在生成，又或者某种伟大的力量正在释放，某种力量，一如米开朗基罗的奴隶雕像从石堆里露出半个身子。或许，擅长构筑土墩的印第安人相信人的死而复生会与某种类似神力的释放同时发生，所以他们在建造墓茔时也模仿了消逝的冰川积下的低矮冰碛。然而，他们到今天也未能复活，仍掩埋在泥土中。他们留下了自己的尸骸、燧石、壶罐、地名和部落名，此外就没留下什么，除了白人后继者的意识里一个并不清晰的污点。

伊利诺伊大草原土质肥沃，富饶而深厚。春耕后的泥土油亮乌黑，像是被遍布全州的矿脉里松软的烟煤染过似的。你经常能在田野里看到一种小型翻卸车，是抽油的泵，样子很滑稽，就像马匹飞奔时上下抖动的脖子……沿途耸立着蒙古包似的铁皮谷仓，里头储满了谷物，间距如同袖口的纽扣整齐划一。还有那些升降机、储罐、卡车、机器缓慢地行驶在田野上、公路上——你所见到的一切都是多产的。这块土地创造财富、储存财富，这块土地本身就是财富。

当你穿过田野时，能见到农场主张贴的指示牌，上面用代码写明他们播下的是什么种子。农舍通常不在路边，而是隐匿在田野深处。那份寂寥和静谧，既深沉又宽广。于是，当你穿行在玉米田间，驶上十几二十英里，会连一个活物也见不到，炙热的天空下，看不到牛，看不到狗，连飞鸟的影子也难见到。这时，突如其来，你会见到路旁有个发出噪声的新奇的装置，或者说是一组装置，那是用来剥玉米壳和碾谷的。它冒着热气，砰砰作响，传送带咔嚓咔嚓地在运转……三个健壮的穿着工装裤的女人站在料斗那里，将玉米穗子朝上摆好。暗红的玉米棒在状如小恐龙头部的传送带底下慢慢堆高，令人目眩的糠灰袅袅升起。红的黄的粗硬的玉米粒，经由斜槽落到卡车里。

当你走开，这些声响和动静就戛然而止：你重新回到颤动的空气中那死寂、灼人的僻静中，再度孤独地置身于玉米地里。

东西南北，玉米地望不到头。它们列队生长在路边、小溪边；它们包围了林子、城镇，它们甚至钻进后院，聚拢到加油站那里。一个异乡人也许会以为自己来到了一个崇拜玉米、创造了玉米海洋的族群；又或者是他身处那些迷恋无休止地重复同一细节的人中间——就像纽约和芝加哥那些用成千上万一模一样的砖块和窗棂建造摩天大楼的设计师。你可以从这些玉米中间推演出平等或一致性的概念、一种大众的民主。如果你迷恋这类脑力游戏，你可以回想一下经受荒年的约瑟夫兄弟，想一下此地是如何战胜了饥荒，而过剩本身又如何成为政府不得不对其采取措施的一种危险。

如海洋般浩淼的玉米地所展现出来的那种力量、那种千篇一律，确实让过去相形见绌。你不妨回想一下在草地上安营的小小群落：伊里尼人、奥塔瓦人、卡豪凯扬人、肖尼人和迈阿密人；你也不妨回想一下顺密西西比河而下、发现这些人的法国耶稣会会士。当你凝神追忆这些昔日的印第安人时，他们在今时今日的辉煌之前，犹如玩偶。他们被玉米掩埋，被石油淹没，被富兰克林县的煤埋没，被火车碾过，化作在牲畜围栏附近徘徊的幽灵。全州都有为他们而建的纪念碑，但这些不过是为今日的荣耀添彩的历史点缀而已……

◇

在伊利诺伊州的西北部，加里纳附近的黑鹰县地势多山，溪流亦险峻。这是黑鹰酋长①在1832年最后一次拼死抵抗的地方。

密西西比河流经主要城市加里纳，那里一度是重要的贸易中心，但现在沦为僻壤之地，伴着一条正在枯竭的河流。那些正在兴起的城镇里没有多少历史情结。繁荣铲除了过去，或者傲慢地任由过去的残迹蒙尘、消失，或被重新打磨抛光——就像斯普利菲尔德的林肯故居令人感伤的命运。走进这样的屋子里时，你会感觉过去的确凿无疑；不过，你也更能体验当下。尤利西斯·S.格兰特②住在加里纳，他的房子现在成

---

① 黑鹰酋长（Chief Black Hawk，1767—1838），美洲印第安部落索克人的领袖。1832年，索克与福克斯部族的一支军团在领袖黑鹰的带领下，试图重新夺回他们之前在伊利诺伊和威斯康星州的领土，后遭到伊利诺伊州的兵团追击，部族在越过密西西比河时惨遭屠戮。最后黑鹰别无选择，只有投降，在演说中，他细数白人（殖民者）长期以来不断欺骗、背叛美洲原住民的历史。

② 尤利西斯·S.格兰特（Ulysses S.Grant，1822—1885），美国军事家、政治家，第18任美国总统。

了博物馆——只不过是博物馆里的博物馆，因为这个城镇自身就是伊利诺伊州的古代遗址之一，看起来似被遗弃、一幅摇摇欲坠的景象。

加里纳并不荒芜。这里有人居住，房屋也不算损毁严重，他们的灯光忽明忽暗，带着一种反常的平静斜倚在高高的山腰上。那些挺拔的有些年纪的树下，街道都是空空的。当然，那些兴盛的城镇一周里有五天，街上都是空空如也。然而，加里纳的空旷却似乎永远无法被填满。下城的长长的街道让人想到一个威尔士乡村，所有人都拥挤在一个很小的地方。主街上的商店窗户毫无光泽，除了岩石样本散发出的黯淡光芒。在19世纪的前半叶，加里纳曾经因为钱而迅速兴旺。它的港口泊满了蒸汽船。那轮繁荣始于1820年代，持续了将近四十年。

现在如果你把视线从水边那些乏味的街道移开，你会看到山上有什么东西很像内战时期的南方——那些用砖块和石头砌成的旧宅，有些仍然很堂皇，饰有近似奥尔良风格的铁艺。加里纳是一座古老衰败、青苔遍布的城市，看起来有点可笑。似乎其上覆盖着一只无形而巨大的天幕毛虫，阳光穿过那些树木就如穿过它破损的网。从某条较高的街道，你的视线可以越过窄窄的四层楼，落到一个仿佛从未有人踏入的后院里，一只猫带着惯有的闲适躺在一小块草坪上。长长的房间里是富兰克林炉、贵妇式卧榻、壁纸，屋顶上都竖立着电视天线。

在伊利诺伊州，你会经过诸多这样的城镇，比如南部的开罗和肖尼敦。它们是在铁路逐渐淘汰了蒸汽船之后才逐渐兴盛起来的，如今它们坐落在那里，作为那些如今年事已高、当年出于忠诚没有选择离开的男男女女的避难所。

加里纳的一个老人说："年轻人都走了，他们不会回来。至少，不会活着回来。他们中的很多人要求死后葬在这里，但当他们还活着时，这里可没有多少空间给他们。"

大概二十英里之外，河对面就是爱荷华州的迪比克——一个充满活力、上进的城市。柴油火车带着深沉而响亮的呼啸穿城而过，就好像腓利士人军队的号角，而整个城市也因此喜悦起来。那里有成功；而这里，它的邻居，则是一场失败。老年人如果更年轻一点也会离开的；但是他在芝加哥或者洛杉矶这样的地方又能做些什么呢？在这里，他还可以靠着自己的养老金生活，他的社会福利。在别的地方他根本就无法糊口。

住在失败之城的人们通常都很谦卑。他们会谈论历史和传统、那些陈腐的荣耀，或未被记录的罪恶，以及这个地方的悲剧——就好像这是他们必须要提供的全部。不久之后，那个老人就会指着远处的一座高山，说："很久以前他们在那里私刑处死了一个男人。加里纳倾城而动，所有人都加入了这个行为。后来他们发现那个人是无辜的。"

"真的？他是谁？"

"他们不知道，他们就在那里把他杀了。然后他们发现自己搞错了，但要弥补已经太晚了。这事发生在我出生之前，我只在这里生活了五十年。我年轻时从威斯康星来到这儿，当时那个无辜的男人已经被他们绞死了。这里的每个人都知道这件事，他们一个个都参与了这件事。"

当伊利诺伊还是一个边陲之州时，吸引了四面八方的那些怀揣奇怪信仰的人、持不同政见者、宗派主义者、寻求真理的人，还有乌托邦分子。那些没有离开的人，最终被这个地方吞噬。

沿着密西西比河流域，从加里纳往南开几个小时，摩门教徒1919年在诺伍建造了一座城市，还竖起了一座神殿。在"先知"史密斯和他兄弟在邻近的迦太基被处死后，摩门教徒在杨百翰的领导下开始了大迁移①，留下大片空置的建筑。后来这些房子里陆续来了一小队法国共产主义者——由埃蒂耶内·卡贝引导的"伊加利亚公社"②。他们的群体计划很快失败了：内部的不和和盗窃破坏了这个公社实验。卡贝籍籍无名地死在圣路易斯。伊加利亚信徒之后，是法国移民，他们显然让这个城镇变得清醒起来，现在，摩门教徒又逐渐回到了诺伍，虽然不引人注目，但目标坚定。他们把靠近密西西比河岸的那些下城的老砖房和石头房子重新打开：修整草坪、擦洗窗户、将那些创造历史的人物又陈列出来，让人们再次欣赏到河上的景致——在这个靠近基奥卡克大坝的地方，河流变宽、下面积着厚厚的河泥。星期天，那些快艇在河流拐角的看不见的某处嗡嗡作响，而灰色的河水缓缓打着旋消失在视野里。

在我眼里，诺伍现在充斥着数量两倍于当地导游的摩门教传教士。当我向人咨询某件事时，不夸张地说，我被一个上了年纪的男人搞得很尴尬；他极度亲切、热情而友好，灰色的眼珠目光锐利，虽然他的皮肤被晒得黝黑，布满皱纹。他的姿态落落大方，带着西部的男子气概。当我们坐着交谈时，他会拍我的后背、用手抓住我的腿。任何一个头脑正常的男人都天然渴望被拯救，我耐心地听着——但我关注更多的可能不

---

① 此处描述的是摩门教创始人小约瑟夫·史密斯和早期摩门教史。1844 年 6 月 23 日，史密斯和他的哥哥海儒被带到迦太基，被指控煽动暴乱。史密斯兄弟一被拘留，指控就上升到对于伊利诺伊州的叛国罪，后被暴徒在迦太基监狱枪杀。史密斯兄弟去世之后，杨百翰（Brigham Young, 1801—1877）成为摩门教教会首领，带领信徒千里跋涉在盐湖城定居。
② 埃蒂耶内·卡贝（Etienne Cabet, 1788—1856），19 世纪法国著名空想社会主义者，参加过烧炭党，幻想以非暴力的方式通过改良建立理想社会。1847 年，与一些追随者在美国得克萨斯州建立"伊加利亚公社"（Icarian），后遭失败，在拿破仑三世上台之后，再度流亡美国。

是他的教条，而是他的西部口音，一边猜想着他和与他同款的美国人之间的差别可能有多大。我走到河边、仰面躺下，看着对岸的爱荷华，在奔涌向南方地平线的刺鼻浑浊的水边像一团白色烟雾熠熠生辉。摩门教徒曾经在这里渡河，后来的法国的伊加利亚信徒也是。离开诺伍后，伊加利亚信徒还是紧密团结了一些年。但最终他们还是被吞噬了——和所有无法适应这些农场、工厂、铁路、煤矿、磨坊、银行和市场的事物一样。

而某种吞并的过程正在肖尼敦上演。肖尼敦在伊利诺伊州另一端，和诺伍遥遥相对，俄亥俄河和沃巴什河（Wabash）在那里交汇。伊利诺伊州最南部的这块地方被称为"埃及"①，主城开罗（发音是"凯—罗"）位于全州的最南端。开罗已经不复往昔的辉煌，但是一个世纪里，肖尼敦已经经历了更为彻底的变化。那里的人们会告诉你，北边的一个叫"芝加哥"的小市镇的代表们，过去是如何来拜访实力雄厚的肖尼敦的银行家，试图获得一些贷款；以及他们又是如何被拒绝的，因为肖尼敦的银行家根本懒得应付芝加哥这样一个偏远的小村庄。

"呃，你看现在。"为我提供咨询的人说。

我们站在又宽又脏的马路中间，铺路砖被洪水冲走了。周围是那些被遗弃的宅邸。已经坍圮的大宅，百叶窗已经掉下来了，那些希腊复兴式的廊柱也已经变得灰蒙蒙的。

这就是老肖尼敦——在鼎盛时期曾经是全州最大的几个城市之一。随着平底河船和蒸汽船的逐渐消失，无论如何，这座城市还是衰败了，是俄亥俄的洪水将它彻底变成废墟。

---

① 此处指密西西比州的一处地名，又名派克维尔（Pike ville）。

从泥土和那些沉闷的房屋中，散发出一种奇怪的、志留纪时代①的气息。削木工坐在盒子上，狗在泥坑里打滚；商店里出售猪背上的肥肉、羽衣甘蓝、芥菜和豇豆。苍蝇心急如焚地等在空中，苍蝇舰队的噪声就像你撕下一张卫生纸发出的声音。河床上的人们会告诉你，老肖尼敦在周六的夜里如何喧闹；它吞下那些丈夫，还有他们的支票簿。堤坝旁边的酒吧会突然充斥音乐，热油炸的鲶鱼，啤酒像河水一样流淌。

西边地势更高的地方，一个新的肖尼敦坐落在埃及炎热的天空下。它和伊利诺伊州其他任何一个城镇并无不同，只是更新而已。伊利诺伊州和公共事业振兴署②在河水冲刷不到的地方创造了新肖尼敦，地势很高、很干燥，地势广袤，对于很多拒绝离开他们原先的家的那些顽固分子来说，几乎是空空如也。一半是鬼魂，一半是低级酒吧——老肖尼敦拥有人数可观的传统主义者。他们会像老兵一样，带着一种军人的荣耀命名那些灾难的年份：——"'八四'、'九八'、一九一三、一九三七"。1947年版的《伊利诺伊州指南》上面写道，1937年的那场洪水没过堤坝六英尺高，"标志着肖尼敦和河岸顽固的黏合关系的终结"。写作这份指南的那些明智的作者言之过早了。那种顽固的黏合关系无视理性和洪水，依然存在。

肖尼敦的新城与旧城之间存在一种深层的对抗：两边的人都会表达

---

① 志留纪（Silurian），地质时代代表古生代的第三个纪，约开始于4.4亿年前，结束于4.1亿年前。
② 公共事业振兴署（WPA），大萧条时期美国总统罗斯福实施新政时建立的一个政府机构，以助解决当时大规模的失业问题，是新政时期（以及美国历史上）兴办救济和公共工程的政府机构中规模最大的一个。

对对方的同情和轻蔑。老肖尼敦人会告诉你，有多少人并不是自愿去"那儿"的，还有多少人因为孩子的原因无法回到这里。有些人厌倦了新城的新奇和乏味，搬回了旧城。那里什么都没有发生。而那些通情达理的新肖尼敦的居民会作出回应——正如一个有着蓬松金色短发的胖女人所形容的——"如果他们愿意在那里腐烂、逞英雄"——她的措辞组合有些奇怪——"那是他们的事。数不清有多少次，我得清理洪水过后的家。如果你看到洪水退去后家里是什么样子就好了！地毯上积着六英寸厚的淤泥，就像沼泽地。我瘫坐在地上大哭。"

在老肖尼敦，我在堤坝上遇到的一个退休的铁道员说，他的妻子年纪大到足以记得1884年的那些受害者如何一排排地被放在起居室的地板上。"就在这儿，"他告诉我，然后向我展示那间古老的红房子。那栋房子曾经属于肖尼敦银行的第一任董事长，就是那家拒绝了芝加哥贷款请求的银行。

"现在是夏天，我们会住在这里，"铁道员解释道，"这是我们的小孙子。我们亲自抚养他。"他被抚养得未免太好了，我本该这么说，因为八岁的他看起来大概就有一百五十磅了。他带着一种早熟的派头看着我，就好像此地的神灵已经进入他小小的肥胖身躯。

堤坝被踏平的泥地让你觉得安全。下面是泛着蓝光的河流。肯塔基州夏季的河岸绿葱葱的，河堤看起来柔软而丰沛，就好像它们要沉到水里去。一架橘色钢架构的桥梁悬在空中。那个孩子说："有三个人从上面掉下来死了。"

"哦，天哪，"他祖父笑着说，"只有一个人，因为他撞到了一艘驳船。其他人掉进水里又被救起来了。对于这样一座大桥来说，三个人落水也不算什么。"

从这位老人身上，我第一次听到对老肖尼敦人的顽固的合理解释。他说："如果你生长在这儿，在你一生中每天都看着这条河流，要离开它、让它从你生活里消失不是那么轻易的事。尤其还要搬到数英里之外。"

埃及坐落在俄亥俄河和密西西比河之间，地势低洼。它古老的河流缓慢流着，沼泽丛生，遍布的河流像曲张的静脉血管。春汛给很多地区带来了新鲜的表层土，因而此地的玉米生长极稠密。去埃及的路上，地里的棉作物都令人赞叹。这里比弗吉尼亚州的里士满更靠近南方。对于一个北方人的鼻子而言，这里的空气似乎带着轻微的毒性。人们的脸和他们的姿势都带着南方的痕迹，你开始猝不及防地看到很多。一个年轻的黑人女性，头发用手帕包着，开着一辆栗色敞篷车经过；她的肩膀上蹲着一只牛头狸。这场景让人心情愉快，因为你会微微吃惊一下。在一个临河的城镇，有间小酒吧兼饭馆，整体建筑因为当地的气烧石灰显得愈加发白。你在一个安静的周日下午走进去，看到一群工人模样的人在吃饭喝酒。任何想要啤酒的人都可以自己倒。切片面包和火腿就放在吧台上，一个女人边喂奶边喝着啤酒。从万达利亚往北，你就不大会看到一个在吃奶的婴儿了。但是这就是一幅寻常景象，没什么好大惊小怪的。

在埃及的一条马路上，暖风吹过忽明忽暗的天际，白云翻转，玉米叶子也随之飘动。我看到路边一个标识上写着"奴隶（主）屋旧址"。有时候那些路边的箭头标识也像这样指向天空。箭头旁边是大写的"平等"。沿着低矮的柳树枝下那两条出现春融翻浆、嵌着石头的车辙走进去，你终于走到一个光秃秃的山丘，一片玉米地可怜地消失在那些水沟、灰烬、旧的廉价汽车的残骸和各种各样铸铁垃圾中间。山顶上坐落

31

着的那些老旧的宅邸，或者说奴隶屋——曾经是约翰·格伦肖的财产：过去是白色的房子，如今是灰扑扑的。

因为你已经知道这是奴隶主的房子，它看起来邪恶而凶险，给人一种声名狼藉的感觉，灰扑扑的颜色也令人沮丧。某种对安全的忧虑掠过你自由的心脏。不过，邪恶并非完全是遥远的事物——因为这里没有任何东西赋予这座房子历史感。玻璃橱里并没有展示品。在一间很空的房间里，铺了油毡布的地板上放着奴隶的镣铐。背景里是一台洗衣机的白色轮廓。这栋古老的房子现在的主人就住在里面，既是住家，又是博物馆。

奴隶被锁在这栋房子顶楼不比衣橱大多少的狭小牢房里。据说，那些逃脱的或者成功赎身的奴隶被格伦肖绑架、再被拉到南方的市场上重新出售。墙上的一张张大页纸记载了这个地方的历史：旧式的字体，墨迹已经褪色；邪恶的细节。格伦肖用各种厚实的房梁做的刑具对他的俘虏施以各种酷刑。今天，那些刑具就靠墙放着。这个顶楼很阴暗、被刷成白垩色，屋顶很低、充斥着痛苦。灰泥墙上留下了很多人的涂鸦。风吹着墙壁，玉米株在光秃秃的水沟里东摇西摆。

现在拥有这个房子的女士有很多故事要讲。她来自南方，很明显对那些传说有一种狂热。她说，格伦肖先生很可怕。很可能他因为犯了罪才离开英格兰，然后成了伊利诺伊州的显赫人物。他对待黑人如此暴虐，最终他被自己的一个奴隶攻击，大腿受了伤。那个奴隶被扔进火窑里活活烧死，那位女士说，但是格伦肖也失掉了自己的一条腿。他的恶行记录很长，简直罄竹难书。格伦肖搞大了俘虏的肚子，被那些"种马"搞大肚子后，那些奴隶女孩可以卖出更好的价钱。但是，她说，亚伯·林肯曾经来这栋房子做过客。她带着一种胜利的神态告诉我这些，当他在竞选中和道格拉斯竞争时,他就来拜访格伦肖,后者是一个民主党。"政治!"她说。

"他知道格伦肖是什么人物吗?"我说。

"每个人都知道。奴隶接待了他。但是他来这里是争取选票的。现在,看看这些家庭照片。"相框里那些棕皮肤、黄皮肤的人似乎也在回应我的凝视。他们的头发和外套都很长,他们长长的面部表情严峻。在我们的时代,我们对如何变得迷人以及自我展示的艺术已经略知一二,在我们照相时也被要求要表现得热情阳光;但是没有任何东西可以缓和这些奴隶主脸上的严峻。他们是主人,看起来也是主人;他们拒绝让自己的眼睛和阴沉的嘴角生动一点。但是为何他们——这些霸主——看起来如此呆滞而阴郁呢?"你看,这是,"我的导览说,"格伦肖的女儿。她从头到脚都有人服侍得妥妥帖帖,直到内战结束,她从来不需要梳一根自己的头发。"我得说她的语气里透着一丝嫉妒。难道她不是这栋房子现在的女主人?

埃及不仅属于南方,而且属于南方的腹地。和河对岸肯塔基的帕迪尤卡(Paducah)一样,开罗也是一个南方城市。但是即使在林肯自己出生的桑加蒙地区,我都听到诸多对他的苛责。在桑加蒙,新塞勒姆的一个拓荒村庄得到修复。在它大约于1840年被遗弃之前,新塞勒姆一直是林肯的家乡。他当时已经搬到十八英里之外的斯普利菲尔德。1837年,他帮助斯普利菲尔德成为州府。

因为此地是南北方的交界地,桑加蒙县至今仍背负着年深日久的积怨。北伊利诺伊州是被新英格兰人所开垦,南部则由肯塔基人和弗吉尼亚人拓荒。奴隶制及其敌人,联邦派和分离派,都在这里撕扯。可以说,桑加蒙县就处在矛盾的正中心,尽管林肯关于"记忆"的表述仍为公众尊崇,但你仍会遇到一些人,他们——身上仍涌动着仇视的热血——会说:"我们这里的人了解他。是的。这一带的人会喊我祖父'美洲蝮蛇'①,可这又如何呢?林肯是代表大城市和银行利益的。"但这些都只是残渣而已。很多古老的分歧早已被消除了,只是被某种历史(仇视)感延续着而已。

[1957]

---

① 美洲蝮蛇(copperhead),也指南北战争时同情南方的北方人。

作为反派的大学

在大学任教会对作家产生较大的危害吗？我脑海里想到的第一个回答是：一个人在任何地方都会出洋相。

但是这个问题也许值得更严肃的思考。很多严肃的人都就这个问题给出了他们最好的回答。有些认为这对作家的伤害超乎想象；其他人则认为，对于作家和大学而言，没有比这更好的选择了。纳尔逊·艾格林[1]有次曾告诉我："一些人教书；一些人宁愿玩扑克。"扑克可能是更好的，但不是所有人都能这么幸运。我是个太蠢的扑克玩家，无法靠那些纸牌谋生。

整整二十年前，我从西北大学毕业。在这二十年里——其中五六年是用来教书，其余时间用来写作，我想我能够公平地权衡这个争论。

1952 年，当时我在普林斯顿教书，在纽约我遇到之前在芝加哥认识的一个男人——芝加哥那段时期（对我来说）并没有那么快乐——当时他在芝加哥大学工作，而我是无业游民。他曾是罗伯特·梅纳德·哈钦斯校长[2]的助理之一，现在他快要成为纽约一家超大型广告公司的首

---

[1] 纳尔逊·艾格林（Nelson Algren，1909—1981），美国作家，曾偷货车流浪，坐过牢，离过婚，定居芝加哥，作品多描写贫民窟的生活，一度是法国作家西蒙娜·波伏瓦的情人。

[2] 罗伯特·梅纳德·哈钦斯（Robert Maynard Hutchins，1899—1977），美国教育学家，曾先后担任耶鲁法学院院长以及芝加哥大学校长。

脑。我们素来互相钦慕，就愉快地见面了。他的衣着如此时髦，以至于我没法不去触碰他的花呢西服。他有一张红扑扑的脸，保守而不露声色，抽着麦迪逊大道能买到的最大的、色泽最亮的烟斗，所以我根本无需问他过得如何。

"那你最近在忙什么呢？"他问。

"哦，"我告诉他，"说出来你可能不信，我这一年在普林斯顿教书。"

他从来没想过我会和如此经典的学府攀上关系，又出于他对高等教育的崇敬——也许这点是受芝大校长的影响，他有点心烦意乱。于是我充满歉意，说："只是个临时教职。"

"你大学的同事们对此怎么看？"他问。

"哦，这在他们看来也许是个笑话，但大部分好处还是被他们捞着。怎么了，麦克？你为什么会因为这个心烦？"

"好吧，"他说，"作家一般都来自贫民区。贫民区才是他们应该待的地方。"

我一时想不出来，上百本所谓"西方正典"里，有哪本提到这个历史观念。但也许我们根本不能怪咎那些书。为了对我的朋友公平，我应该说得清楚点，那就是他并不只是因为那些大学的同事感到心烦意乱；他也是从我的角度来看待这个问题的——虽然只有一点。他似乎觉得社会建造大学来庇护那些学问高深之人、给他们付薪水、保护他们、留下他们是正确的。但是，它不应该为作家做这些。而如果大学对作家友好，势必会磨掉他们的棱角，让他们变得驯服而肥胖，抑制他们身上必然的恶习，破坏他们的自由，或者用有害的方式压制他们的疯狂。

但我也在大学遇到过十足的疯子；说到恶习，大学里的恶习也许不比酒徒街找到的少。也许要向一个大公司的管理层人员解释生活的渗透能力多么强大，是很疯狂的事，而且我也不觉得告诉校长的前助理先生，他的话里暗含的对教授的态度也算不上恭维。他们是肥胖、温顺和懒惰的人吗？社会对他们的特殊保护对他们没有坏处吗？他们高高在上，还是就该待在贫民区？一个哲学家也许会住在象牙塔，反之，一个作家却属于福楼拜眼里环绕象牙塔的臭泥潭[①]——这种观点是如何生成的呢？

　　尖锐的问题。可惜他们当时没有来问我这个问题。但是我愿意在脑海里继续这个古老的争辩，今天，我可以告诉麦克，古老的象牙塔已经今非昔比。过去那个僻远的大学里，诞生了诸如火箭搭载发射卫星这样的事物。当我们坐在自己的贫民区里玩扑克时，那些卫星就悬在我们——作家们的头顶。

　　我一定会听到有人争辩，物理学教授和文学教授是截然不同的，而且我们必须马上承认这种差别是巨大的。按动物心理学家的说法，物理学教授会被那种渴望被人（空军、海军或者橡树岭[②]）需要的欲望刺激；反之，一个文学教授可能会觉得那沉闷的运河——曾经迷人的泰晤士河的遗迹——是他唯一拥有的东西。他困窘地看着草丛中的老鼠，一边沉思着关于哈姆雷特叔父的问题，对他身后的储气罐或头顶上的斯普特尼克卫星漠不关心。人文学科的教授经常有这样强烈的感觉，他们低美国大众一等。人群越密集的地方，是不是那里的真实也更真实？他们似

[①] 此处"象牙塔"原文是法语 tour d'ivoire；"臭泥潭"原文也是法语 marais de merde。

[②] 橡树岭国家实验室（Oak Ridge），美国能源部所属的一个大型国家实验室，成立于 1943 年，最初是作为美国曼哈顿计划的一部分，原称克林顿实验室。

乎相信这个。也许,他们也觉得,一个成年人和一帮孩子混这事儿有点羞耻。《高尔吉亚》篇里的卡里克勒斯指责苏格拉底的正是这一点。对于这个问题,苏格拉底的回答是,如果你选择了哲学,你必须付出它需要的一切。确实,在作家们试图找到自己出路的英文系里,有时候你会发现一些让人泄气的人,他们毫无生气地占据了那些卓越的位置——他们自身却没有被这些杰作所鼓舞、所启发。这些人之于文学,就好像塞缪尔·巴特勒①的牧师之于宗教。但是信仰并不会终结于彭提费克斯教士②,文学也不会以教授甲乙丙丁为结束。如果一个教授不能付出文学所召唤的,会有其他人这么干。而一个作家,如果他的灵魂生动真实,那就不必为此沮丧。如果他知道自己的心灵头脑如何,又如果大学认为能和作家共事——那有何不可呢?

在大学的圈子里,他会频繁地听到那些机智的对话,也许他会发现某个怀特海或者爱因斯坦,和一个沙龙主人或者沽名钓誉之徒一样值得书写。一切都取决于他有勇气呈现出的能量有多少,这和环境的束缚无关。他必须身在格林威治村才能更加彰显这种勇气?还是在空中、在水上?在"文学生活里",在矿井或在流水线上?

如果你,一个作家,喜欢粗野的环境,需要四处转转,那么为何不效仿沃尔特·惠特曼,到大街上,沿着百老汇大街来回开车,或者去挖牡蛎呢?但是在任何环境下,你都不应该故意出于写作的原因选择这

---

① 塞缪尔·巴特勒(Samuel Butler,1835—1902),英国维多利亚时代的作家,代表作有乌托邦式讽刺小说《艾瑞洪》和半自传体小说《众生之路》。
② 彭提费克斯教士(Reverend Pontifex)是塞缪尔·巴特勒小说《众生之路》(*The Way of All Flesh*)中的主人公。巴特勒借这部半自传体的小说揭露了维多利亚时代社会宗教的伪善。

些。多么奇怪的观念啊！你必须付出它所召唤的一切。但一切都无定理可循。

从"经验"的角度来看，一个人的生活——而贫民区的核心就是"经验"的概念——是由多样且平衡的特殊经验组成的。有些人会极度骄傲于自己合乎这些要求；有人则在性、酗酒、暴力甚至贫穷这些领域着力颇多。对于他们而言，不能符合这些要求是种耻辱。从来没有落魄潦倒的耻辱！我曾经听一些年轻的小伙子吹嘘自己如何流浪、乞讨过（不是因为收不到家里寄来的支票）。我甚至因为"有幸"成长于大萧条时代而遭到别人嫉妒。

现在我不想轻浮地对待这个严肃的问题，但人们感觉自己有必要宣扬自己真的经历过现实、有资格以"经验"的形式来证明、认可现实时，这个问题就变得严肃了起来。他们是遭遇了生活，还是逃离生活？好极了！很好。但是从这个角度来说，"经验"就成了荣誉勋章、商品一类的东西。让我们承认这点吧，那个大写的"经验"就是作家的某种商品，我想，其中的原因就在于现代小说将其内化为自己的责任了，即要将经验呈现得永远新鲜、永远有价值。小说这种形式自身就是经验本身。一切就好像第一次被打量。对事物的呈现势在必行，因为与现代人生活相关的一切都是重要的，它们之所以重要，是因为人类在这个星球上的存在被视作重要的。长久以来，文学都被委派用来印证这种重要性。毋庸置疑的价值。但是这种价值的源头又是什么？

整体而言，小说显露颓势已有时日。解释事实变得不再重要。那些事实是被假定很重要的事实。我们创造人物、给事实编号，试图让每个人接受这种编号和命名都是必要的。

"他开了门。"是他过去开门，还是现在？

"她给他点了烟。"又如何?

人们想当然地认为,这些说明是重要的,或看起来如此。但原因是什么?记录、观察抑或行动的细节本身并没有任何生命力,不管它们在多大程度上还原或者忠实于经验。你无法用细枝末节建造一棵大树。你也不能仅仅假借"经验"的权威,赋予事实重要性。

文明人的生活逐渐演化成一种内在的生活,而作家则被经常鼓励针对这种生活采取一种粗野而愚蠢的态度。他们是"经验"的花花公子。更多的拜伦勋爵?更多的吉卜林?更多的《娜娜》?更多的左拉?这些都是非常过时的姿态。作家如果延续这种姿态是愚蠢的。

好吧,作家在大学任教是否于他们有害?我不确定这是不是个真问题。在某种程度上这只是个"姿势的"① 问题。这个问题假定,如果做正确的事,我们就会得到想要的结果。所谓正确的事都是俗套的那些:离开你的故乡;不要离开家乡;不要为电影写剧本;不要娘娘腔;不要束缚你自己——然后你就有好结果了。但是灵魂的飓风是反复无常的。我也认识那些有远见的人如何避免布尔乔亚生活各种可能的陷阱,有些人追随兰波,有些人则效仿波德莱尔;我也认识菲茨杰拉德、海明威和D.H.劳伦斯的忠实追随者,"永远真诚"②,他们变老、满脸皱纹、鼻头通红、胡子像猫一样,脾气恶劣。但是那阵风!风随着意思吹③。最终,一个所谓正确的姿态所能给予你的,只不过是忠于外在形式带来的心满意足。

要找到正确的道路并不容易。你必须学会控制自己。你必须学会自

---

① 原文是法语 postural。
② 原文是拉丁语 semper fidelis,也是美国海军陆战队的信条。
③ 作者此处化用了《圣经·新约·约翰福音》3:8。

治，必须管理好自己的自由，不然你会溺死其中。你必须竭尽全力追随"经验"，因为你在写作时会用到它。不然，"文化"的重压会逐渐毁灭你。你在任何地方都会出洋相。你会在任何地方获得启发——无论是贫民区、大学、公司，还是潜水艇或图书馆。没有人能够独占这些。没有人知道它可能会指引他做些什么。也正因为如此，从"人事"角度来说，无论是大学还是公司，也许会发现那种"可以被教导"的人其实并不可靠。贫民区的忧虑，可能对作家更有好处；同样，大学的严密保护，也会让他写出更好的作品。不管你的姿势如何正确，他依然能写出好作品。总而言之，关键在于精神，精神是没有时刻表的。

[1956]

世俗之人，世俗时代

小说的一个重要问题是人物的高度，这个问题的开始类似《诗篇》的疑问："人算什么，你竟顾念他。"① 对这一问题的回答，从"比天使微小一点"②，到"一个寒碜、赤裸的两脚动物"③，不一而足。作家们一直努力建立一套衡量的标准、对人性的见解，通常——虽然不尽然如此——诸如信仰、想象这类观点，往往是来自肉眼可见的事实。尼采曾经写道，艺术家试图高估人性的价值，这是一个世俗的概念，因为如果假定上帝存在的话，一个有信仰的作家会否认这种夸大的可能性。但在世俗的、怀疑主义的时代，大多数小说家都是些世俗的人。如果我们考虑到尼采说的是文艺复兴时代的人文主义艺术，也许我们会同意他的看法。那种艺术让人类的形象变得光辉灿烂。但是即便在当时，也有对那个心怀不满、寒碜又赤裸的两脚动物的怀疑，自此之后，人的价值贬值了。我们从《堂吉诃德》中看到这种怀疑。高尚和伟大的德性是否都是幻想？是否曾有一个时代，日常生活充斥着狂喜，人和物的背景都是钻石镶嵌的？塞万提斯研究了如果去追求至高神圣之物、抓住更高的现实不放意味着什么。而这种更高的现实和日常现实的对比，正是小说扎根的独特领域。

---

① 见《圣经·旧约·诗篇》8：4。
② 见《圣经·旧约·希伯来书》2：7。
③ 引自莎士比亚《李尔王》第三幕第四场。

在 19 世纪，小说的主人公是那些革命家、伟人或天生的贵族，但是那种新颖的人本主义的怀疑却取得了长足的进展。伟大的俄国小说家依旧捍卫一种基督教的准则；即便如此，陀思妥耶夫斯基在梅什金公爵和阿廖沙·卡拉玛之外，同样创造了《地下室手记》的那个一反传统、平凡无奇的主人公形象。随着外部社会的扩张，变得愈加强力而专制，小说人物的意志、力量、自由和视野都萎缩了——直到福楼拜的《情感教育》出现，这部小说的主人公甚至都不是陀思妥耶夫斯基笔下那种平凡的主角——至少那个人物形象因其愤怒而闪闪发光，福楼拜创造的形象只是一个无名小卒、一个荒诞不经的社会动物。如果人类无足轻重，那么小说——就此而论，是人类的任何行为——如何获得正当性呢？

现在，在一个"自由"的领域，我们的观点异常混乱。一边是发出控告的塞利纳①，一边则是类似贝尔纳诺斯②这样的人断言圣徒依然存在，尽管他缺乏有力的证明。对美国小说家而言，他们为我们勾绘了一种体面但是过分局限的（英雄）类型：宽容、禁欲、缺乏禀赋和激情，思维平庸。这种英雄形象非常抽象，体现了一种集体特质，而没有丝毫个人化的特点（写到这里，我想起了斯坦贝克笔下的那些人物），这种形象更多地体现了人们渴望经历而非他们亲身体验的东西。一些美国作家似乎甚至认为，面对现实会有损我们的社会同情心，他们不允许让事

---

① 路易-费迪南·塞利纳（Louis-Ferdinand Céline, 1894—1961），法国作家，代表作有《长夜行》等，因其在 1937 年及二战中发表过一些激进的反犹宣言备受争议。
② 乔治·贝尔纳诺斯（Georges Bernanos, 1888—1948），法国小说家，作品始终围绕着惊心动魄的善与恶的搏斗这一主题。代表作有《一个乡村教士的日记》《在撒旦的阳光下》等。

43

实自由地对他们的更高的现实做出判断，尽管价值不过尔尔。

自福楼拜以来，很多作家都试图为写作这门艺术本身正名。在他看来，经验与一种英雄主义式的文学观相抵牾——而他本人有义务拯救这种文学观。在批判福楼拜时，亨利·詹姆斯从理论上为所有现代作家指出了这一问题，现在作家是否一定要像福楼拜那样气急败坏又失望透顶的"二流作家"（詹姆斯语）描写同样的东西？因为，厌弃共同生活的福楼拜将自己旺盛的精力从主题转移到风格上。如果文学是一项伟大的事业，那么即使生活腐败蜕化，它仍然是其所是。福楼拜致力于一种审美的创造：美的创造，作为对惩罚和降格的生存之痛的回应。因此对他还有那些追随他的人而言，对语言的掌控也代表着对人类艰难处境的掌控，而小说的方法则代表了感觉、秩序和和谐的象征性胜利。如此，我们就捍卫了那些价值。

詹姆斯抱怨，福楼拜想象不出"比这样的一位女主人公（爱玛·包法利）"和"这样的一位男主人公（弗里德里克·莫罗）更好的人来实现他的目的了"——"他们俩人都是如此有限的反映者和记录者。那么，我们不得不相信，这是他才智上的缺陷造成的。"[1]詹姆斯深知这种艰难，因为他自己就为此备受折磨，为他的作品创造出一种他绝对掌控的现实，一种更高级的但不受控制的现实：一切都基于"特许"（fiat）存在。他"包装"人物的方式有如暴君。这种专横带来了某种仁慈——暴君对他的主题的仁慈。但是这种系统是封闭的，向福楼拜试图面对的那种巨大动荡封闭自身。詹姆斯对"有限的反映者"的批判我深感认

---

[1] 引自《小说的艺术》中《居斯塔夫·福楼拜》，亨利·詹姆斯著，林刚白译，朱乃长校，上海译文出版社，2001。译文略有调整。

同。在为什么不能在艺术中创造最开阔的心灵呢？确实，为何还要选择其他？为何用二流的主题让自己屈于二流？福楼拜并不是二流的，但他在艺术中给自己披上了太厚的甲胄，以至于无法在自己的艺术中自由行动。而詹姆斯则回避了这点；最伟大的精神是无法和现实隔绝的。

但什么是"二流的经验"？这种经验又展示了何种现实？我们在托克维尔的书中读到："在美国，人们的生活最渺小、最枯燥、最乏味，总之，最没有诗意。"①

在这样的表述面前，首先要说的是，"一个美国人的生活"首先应该是"一个人的生活"。我们不难理解托克维尔在面对人类生活那巨大的、充满不确定性的新发展时所体验到的厌恶，甚至恐惧。是的，那种生活是渺小、无价值、无趣的；那种生活也有其罪恶；但仅仅有这些定义的话，我们其实还没真正开始去描述一个生活在民主社会中的人。真实更深刻、更神奇，在某些方面，也许甚至是更可怕的。19世纪已经知道了郝麦先生②，但是还不知道希姆莱③。

现在，这就是现代小说家必须探讨的问题，当下的历史时刻和任何一种过去一样令人恐惧、一样令人惊奇。我们应该拒绝那种退化的末日历史终结论，就如同一个人要拒绝自身的愚蠢。作家们都有一种保守的倾向——就这个词的字面意思而言，他们对未来充满敌意。未来也许会破坏或漠视他们的前提、他们的信仰、他们的假定、他们从过去获得的

---

① 引自《论美国的民主》，托克维尔著，董果良译，商务印书馆，2011。
② 郝麦先生是《包法利夫人》中的医生，是福楼拜讽刺中产阶级生活算计、投机的代表人物。
③ 希姆莱（Heinrich Himmler，1900—1945），纳粹德国的一名重要政治头目，曾为内政部长、党卫队首领，纳粹大屠杀罪行的首犯之一，"二战"末期企图与盟军单独谈和失败，被拘留期间服毒自杀。

一切。对渺小、无趣和无价值的憎恶是合乎情理的，但这种保守的立场也是这种厌恶的成因之一。

依我之见，一个小说家的工作仍然是确定重要性的等级，从风格、语言、形式、抽象，还有多种多样的社会现实的威胁、干扰中，拯救出人类独特的价值。我并不相信那种认为从贵族制过渡到大众社会人类的情感也随之直线堕落的想法。让那些死去的贵族埋葬他们的亡者，民主社会的人也做同样的事。我单纯地相信感觉。相信生命力。当感觉变得虚伪时，那些伟大的理想也将软弱无力。只有感觉能让我们抵达更高现实的概念。

类似我这样的观点并不能有助于一个人获得世俗的成功。我相信柯勒律治的观点，即作家应该慢慢创造自己的读者。简而言之，这个过程也许并不会有回馈。社会的商业组织反对它，让我们面对这些，厌恶、倦怠、陈腐和抵抗无处不在，人们抗拒感受生活尖锐的棱角。

几百年来，我们对人类形象一直有种偶像崇拜，这种崇拜更多以国家而非个人的形式出现。因此，当我们思考自身对"人类"的厌恶时，我们厌恶的正是那种形象。人类被迫要过一种隐秘的生活，而作家正是要深入那种生活，去发现。他必须要带来价值，重建均衡；他同样也要能带给我们快乐。如果他不去行动，他将永远会是贫乏之人。

[1951]

犹太人区①的笑声——评肖洛姆·阿莱汉姆②

《领唱者③之子莫德尔奇遇记》刚刚被翻译成英文出版，掀起了肖洛姆·阿莱汉姆的作品再度变得流行后的小高潮。这本书也是这位伟大的犹太幽默作家生前最后一本小说。这本书的创作始于1907年。1916年，五十七岁的肖洛姆·阿莱汉姆去世时，他正在写作这本小说的最后一章。

小说以阿莱汉姆作品标志性的轻快口吻，透过一个小男孩的视角记录了他们一家从一个异国小乡村迁徙至纽约的经过。肖洛姆·阿莱汉姆是为他的家人写作，他的态度像一个演员。对"栅栏区"④的那些犹太

---

① 犹太居住区（ghetto），又称犹太人区（Jewish quarter），历史上又称为隔都或隔坨区（ghetto），是指中世纪和近代在欧洲和中东地区市区中因社会、经济等因素而被划分出来作为犹太人居住的地区。现代西方语言里的"ghetto"已经不用来称呼犹太区，一般用来称呼市区中的贫民区或少数民族的聚居区。
② 肖洛姆·阿莱汉姆（Sholom Aleichem，1859—1916），原名所罗门·瑙莫维奇·维奇·拉比诺维奇，生于乌克兰，犹太裔俄国作家，1906年开始定居美国，著有《屋顶上的提琴手》等。
③ 《领唱者之子莫德尔奇遇记》（*The Adventure of Mottel the Cantor's Son*）的故事中，莫德尔的父亲是犹太人小村庄里的领唱者（hazzan），在犹太宗教仪式中会带领会众演唱赞美诗。
④ 栅栏区的犹太人（Jews of the Pale），沙皇俄国历史上的一块区域，是沙俄允许并仅允许犹太人永久居住的地方，但某些类似受过高等教育或有军衔的犹太人和家人可以被允许生活在该定居区之外。最早由叶卡捷琳娜二世在1791年建立，1917年沙俄帝国灭亡，这块区域才解体。

人而言，希伯来语①是属于严肃文学的语言，意第绪语则是世俗、喜剧的语言。身为著名作家、漫画家、一个感伤主义者，肖洛姆·阿莱汉姆和狄更斯之间的共同点要比和他经常被与之相提并论的马克·吐温来得多。他是一个伟大的讽刺作家——而意第绪语有一种讽刺的天赋——对于一个像他这样的作家而言，犹太人区的那些极度悲伤、苦涩的心灵嘲讽自身，并也因此超越了自身。

犹太区的犹太人会发现自己和一个巨大的笑话牵缠在一起。他们是被拣选的神圣选民，结果他们却像耗子一样活着。历史只是**降临到**他们身上的某种东西，他们并没有创造历史。是民族国家创造了历史，而他们，犹太人，则忍受历史。但是当历史发生时，它就属于犹太人——因为正是弥赛亚的降临——他们的弥赛亚——会赋予历史意义。每一个男孩都是潜在的弥赛亚。最普通的意第绪语对话都会涵盖最宏大的历史、神话学和宗教的典故。在那些关于一个鸡蛋、一根晒衣绳或一条裤子的讨论中，都有可能闯入和《创世记》、"人的堕落"、大洪水、《出埃及记》、亚历山大、《提多书》、拿破仑、罗斯柴尔德家族、贤哲和律法有关的言语。出于贫穷，还有身为上帝选民的无力感，形成的这种靠卖弄对历史和伟人们的熟稔过活的生活方式，构成了犹太贫民区荒诞感的一部分。无力感迫使人们求助于语言。哈姆雷特必须要借助语言、抱怨来卸下心灵的重担。毫无疑问，东欧犹太人被险恶、强势的邻居包围的事实，也是他们的语言之所以如此微妙、丰富的原因——借助这种语言，他们可以纾解心灵的重负。

---

① 希伯来语于亚非语系闪米特语族，是具有古代犹太民族（以色列民族或希伯来民族）意识的现代人民的民族语言，也是犹太教的宗教语言。

《领唱者之子莫德尔奇遇记》是一本欢快的书,并不沉重。尽管有犹太贫民区的阴郁背景,还有死亡的阴影,那个小男孩无时无刻不在游乐。他几乎可以从发生的任何事情里找寻到某种快乐;在他父亲死后,他带着一种无穷的活力讲述自己是如何迅速学会为死者祈祷,而所有人又如何因为他的孤儿身份善待他。当沙发里的弹簧露出来时,他会将它们缠在自己的脖子上,看是否能把自己勒死。家里的最后一件家具也被卖掉时,意味着家里有更多的地面供他玩游戏。他的哥哥依莱成了新的一家之主,对莫德尔很严厉,但是这个男孩有一种无穷的享乐的能量,并不为之所动。他在田野里、小溪里、在堆着富人们的木柴的肮脏院落里玩耍。对他而言,所有的地方都是相似的。他拒绝忍受世界施加到他身上的各种惩罚。

这本书的喜剧感来自莫德尔对长辈们天真直率的描述。供养着一大家子的依莱按照自己从一本快速致富经里看到的描述,炮制出了一种老鼠药粉。依莱的妻子布拉查(Bracha)——她的名字在希伯来语中是"祝福"的意思,而她自己和"祝福"毫无干系——一直在抬高这种老鼠药粉的价格。

"如果你要吃猪肉的话,"她说,"猪油会从你的胡子滴下来。如果你要成为一个捉老鼠的人,至少要从中挣到钱。"

"但是正义在哪儿呢?上帝在哪儿呢?"母亲打断了她。

"我嫂子回答道,'正义?就在这儿。'她指着炉子。'上帝?他就在那儿!'然后拍拍自己的口袋。"

那种老鼠药粉含有藜芦根,根本没用;它让所有人开始打喷嚏,最后是老鼠获胜了。但必须要基于最高信条讨论这个问题。果戈理也许会对这个靠老鼠药粉致富的想法感兴趣。确实,肖洛姆·阿莱汉姆似乎从他身上习得很多。只是，果戈理的幽默更狂野、更独具匠心、也更丰富；相比之下，肖洛姆·阿莱汉姆的幽默更干涩、悲伤一些。他笔下的主人公生存处境堪忧。他们又穷又饿、心怀恐惧，他们必须存活下来，但不是通过让自己适应环境；"适应"是被禁止的，他们必须保持自己所是。莫德尔从很早就学会了如何艰难地保持镇静；而小说中的平尼这个人物，他也是那些移民中的一个，则非常生动地体现了这个平衡的问题。当向别人展示平衡术时，平尼让自己和周遭的人都有晕船的感觉。他们身上有一种非常典型的相信问题都会解决的自信。

《领唱者之子莫德尔奇遇记》作为小说并不完全成功；结构松散、戏剧性也不强，但是它的主人公比其他五本小说都更精彩，且书中的喜剧色彩也无与伦比。译者是作者的孙女塔玛拉·卡哈那，她的译文堪称一流：欢快、自由而智慧。我想每个通晓意第绪语的读者在读到小说的英文译本时，都会用意第绪语喃喃自语；时不时地，他也会在书中碰到一些翻译得过分书面化、僵硬或者枯燥的句子。但是，他也会谅解卡哈那小姐面临的困难。

［1953］

德莱塞和艺术的胜利

十分不幸,德莱塞现在不是很流行了,已故的 F.O. 马西森① 的《西奥多·德莱塞》也不能恢复他的名气,尽管对德莱塞有一些常见的指责包括写作的粗糙、错误的思想,还有荒谬的偏见,这本书还是真诚地为之辩护。这本传记的一部分——政治的那部分算不上十分坦诚,马西森假装看不到激进主义和共产主义之间的分别,并且拒绝看到共产主义者威廉·Z. 福斯特② 并不是社会主义者尤金·德布斯③ 的继承者。德莱塞对很多事物的理解要超过他对政治的理解,也许马西森也是如此。但是德莱塞在写小说时,并不会允许自己犯下像马西森在这本书中犯下的那种错误。诚然,这本书尚未完成,但是书中并无迹象显示,如果这本书完稿对这一政治问题的处理会有所不同——书中只有一种可怜的对"立场"的偏执,现代政治惊人的谎言。从中你可以感觉到马西森的困惑和痛苦。

德莱塞的崇拜者承认他是一个写得很糟糕的伟大小说家。但是非常

---

① F.O. 马西森(Francis Otto Matthiessen,1902—1950),美国教育家、文学评论家,著有《美国文艺复兴:爱默生和惠特曼时代的艺术与表达》等。
② 威廉·Z. 福斯特(William Z. Foster,1881—1961),美国劳工运动组织者,马克思主义政治家,1945 年至 1957 年间担任美国共产党的总书记。
③ 尤金·德布斯(Eugene Victor Debs,1855—1926),美国工会领袖,国际工人联合会与世界产业工人联盟的创建者之一。曾于 1900 年代表社会民主党竞选美国总统,之后四次代表美国社会主义党竞选总统。

诡异的是，没有人想过追问一个强大的小说家"糟糕的写作"意味着什么。马西森说德莱塞对语词的思索和他自身的思想追求是一致的，"但无论是语词还是思想，都由一种深层情感的和谐支撑着"。这只是开始，但马西森并没有试图去抵达问题的更深处。

德莱塞的小说最好快速阅读。你匆匆掠过书页，几乎可以像你读报那样草草翻过，但那些伟大的东西依旧在那里。偶尔你会被一个有力的句子吸引住，但德莱塞从未完全摆脱布里斯班之类的旧式新闻记者的写作习惯——布里斯班从古斯塔夫·迈尔斯①、英格索尔②和国会会议的修辞中汲取写作养分。德莱塞写得最糟糕的部分，甚至都比不上一个老练的特写记者。他对主题的激情让他心有余而力不足，德莱塞从不能完全信赖写作本身，他没有那种本领。但是有一些现代作家对这一主题的激情如此恒定。这时候，他身上那种记者的习惯就变得有用了，通过它们他可以把握无从用其他方式呈现的事物——常用语、乏味的东西、思维方式、流行文学本身产生的影响。

我想，看作家如何克服其最初的缺陷、新手的呆板、或作品中浪漫化或感伤化或流行化部分，抑或摆脱早先的笨重或单薄，把这些用作评价作家的部分标准，是公平的。写作和个人史一样，从一个人在写作中试图克服的东西可以衡量他的品质。当属于任何类型或阶层的人超脱了他身上惯有的局限时，这种突破是重要且迷人的。我们目睹了德莱塞如

---

① 古斯塔夫·迈尔斯（Gustavus Myers，1872—1942），美国新闻记者、历史学家，著述多关于财富积累。他的名字和美国文学史上"揭发黑幕"（muckracking）的阶段紧密相连。
② 罗伯特·G.英格索尔（Robert G.Ingersoll，1833—1899），美国律师、政治领袖，曾多次发表演讲捍卫"自由思想"和无神论，绰号是"伟大的不可知论者"。

何变成一个更加深刻、严肃的记者,并最终发展出一种品质,能将他和那些来自完全不同背景的人连接在一起。他们都经由偶然抵达了本质。一个美国作家很可能是一个"离经叛道的人"。

大部分的现代小说家,因为执迷于细节的诗意和稳定性,在寻求最伟大的当代现实方面突破有限。今天有多少欧洲小说真实有力地记录了驱逐出境、难民营、逃亡、战斗和至今依然未知的关系呢?考虑到生命遭遇了何等骇人听闻的摧残,那么,诸如法国和意大利这样的国家根本没有出现任何一本反映这些问题的小说,这一点就足够我们警惕了。作家们想要维持过去的荣光,这点也是可以理解的。但是"作家-艺术家"①又如何与这些现象保持同步呢?甚至在战争爆发之前,他已经被抛在后面了。他的高超技巧从社会角度来说是保守的,只是为了遏制——在这个词的军事层面的含义上——巨大的动荡。才华横溢的小说家阿尔贝托·莫拉维亚②在他最近的那本《恩爱夫妻》中展示了当那个作家、那个有教养的艺术家或"作家-艺术家"将现实拒之千里时,现实又如何必然在他身上复仇。它强迫他发现自身的成就的空洞、他的稳定生活背后的虚无。

我经常想,那些对德莱塞文学风格的批评,暴露出它们拒绝经历德莱塞让读者经历的情感折磨。既然他们能够说他其实不会写作,那他们就无需体验这种感觉。我同样认为,那种对简洁和得体的过分强调,其

---

① 原文是法语 écrivain artiste。
② 阿尔贝托·莫拉维亚(Alberto Moravia, 1907—1990),20世纪意大利著名小说家,著有《罗马女人》《罗马故事》等。后文提到的《恩爱夫妻》(*L'amore conjugale*),小说情节是一个富有的意大利男人业余爱好文艺,随妻子搬到乡间试图创作一本小说,两人的关系因为丈夫决定在创作期间禁欲变得复杂。

实是现代性的焦虑和烦躁的体现。从什么时候开始，不得体的写作会让人如此痛苦、如此恼怒呢？《纽约客》上那种所谓"好的"写作，让读者在阅读过程中会为那些错误、格调低下的东西万分焦虑，最终产生对因循守旧和一致性的可怕需求。平整锃亮的表面决不能被玷污。读者在阅读海明威的过程中，也会体验到类似的焦虑，并且在结尾时会感觉海明威想靠自己没有实现的亵渎行为获得褒扬。他是可靠的，他从来不会直接说出特定的情感或观念，他引以为豪——这是一种荣耀。事实上，这里面有一种臣服、一种对束缚的接受。

此外，很多美国小说家对表达的极端关切，反映了他们被细节束缚太多。当他们欠缺足以建构和支撑这些细节——我们美国的当代社会现实——的能力时，他们就会转向风格的雕饰，而这实际上是一种无力，抑或是一种退缩。丑陋和平庸日渐膨胀，人们有一种恐惧，就是诗歌再无容身之地。如此，个体孤独的思考会深深地刺伤小说家，色彩让他烦恼，工厂让他筋疲力竭，商业和广告让他如此痛苦，他的喉咙里卡着塑料纸。于是他就通过写作"处理"自己那些各种各样的痛苦。关于这种方法，一个很好的例子就是F.司各特·菲茨杰拉德的《了不起的盖茨比》里描述的从西卵开始的旅行。德莱塞根本不需要语言的这种功效，因为他对细节的支撑能力更强。他依靠的是信念，而不是品位。是品位之外的某种东西，帮他度过了纽约贫民窟那些贫寒、接近疯狂的年月。他恢复理智、回到生活——我相信他面目全非，但他知道生活的力量可以来自哪里，这种认知可以轻松优雅地承载很多事实——对别的作家而言，这些事实未免过于沉重。

这种重要的认知并不是德莱塞所认为的那种。当他用自己笨拙地从赫伯特·斯宾塞或者赫胥黎那里借来的语言书写着自己的信念时，他一试图召唤它们，它们就消失了——它们偶尔会在那种哀叹的表达中露一下面——"于是他走开了，快乐无比、衣冠楚楚，因为自己刚刚获得的、似乎永恒的成功而自信满满。"但在命运线清楚越过了愿望和努力交织的混乱时，当德莱塞苦涩地、不情不愿地承认自己的"爱的命运"（amor fati）时，这些信念是最为清晰的。这就是他身上最动人的地方，他的倔强，他的消沉，还有他承认对生活的忠诚；他作为现代美国人的身份，让这种忠诚更加变得突出。这种忠诚来自经历的至深的困厄、对悲观主义的辩护，还有他能创造的所有艺术，在面对最严重的阻碍时，艺术都能坚持下去。他的一生就是一个人因为自己"毫无诗意的现实"，确信自己必须成为艺术家的一生。

[1951]

海明威和人的形象

要完成对尚在人世的大师研究必定困难重重，尤其是这位大师——比如海明威——碰巧又对批评家嗤之以鼻。但是菲利普·杨的《欧内斯特·海明威》是一本杰作，既无捉襟见肘之色，也无盲目的崇拜，也没有那种模仿的渴望，毫无学院腔，严肃却不"死板"，是本没有窥私倾向的传记。海明威本人魅力十足，他的艺术和他受过的伤让他备受尊敬；他的虚荣和独特的看法为他招致了嫉妒和愤怒；他的粉丝经常陷入疯狂，而攻讦他的人也包括我们这个动乱年代的头号傻瓜——比如温德姆·刘易斯[①]。很显然，不管我们喜欢与否，海明威都在我们的骄傲和烦恼中发现了某些隐秘的东西。

是他孜孜不倦地书写自己的传记这点吸引了我们吗？"没有多少作家像他这样狂热地坚持写自己，"杨写道，"而且——在某种程度上——是为他们自己写作，同时还要求读者对他们正写的东西抱有兴趣。"毫无疑问，海明威的神奇魅力和他的成功很大程度上要归功于他的自我专注。一意孤行、无比孤独的自我，在战场上受过伤，极端目中无人，又顽固又勇敢，这样的自我要经历艰难的抗争，完成一种幸存的艺术，其实并不算多罕见——但这通常是内在的抗争，但海明威则令人振奋地将

[①] 温德姆·刘易斯（Wyndham Lewis，1882—1957），英国画家、作家，曾主编过文学杂志《风暴》，和埃兹拉·庞德、T.S.艾略特是好友，也曾和海明威打过笔仗，以性格乖僻著称。

它外在化了。他就像伊塔洛·斯韦沃①小说里的人物——又或者，如果我能推举到小说之外的话——就像将毕生的每一天用来研究自己心理的列奥·斯泰因②。乍看起来，这是极端自大狂的行径，直到我们开始思考自身并且意识到这种疯狂的献身是多么普遍。对海明威而言，他感受到那种在行动中掌控自己命运的挑战，而且他并不止步于某种令人满意的答案。歌德曾经说过，任何在积累知识的同时却不让自身思考如何利用这种知识的人，都将毒害自己的生活。如果一个人只是耽溺于思考，一定会感受到自身的无力，这也是无论海明威自己，还是他笔下的那些男主人公极端迫切渴望行动的原因。他们在抵抗那种无处不在的思考所导致的消极和无力感。

对于海明威而言，幻想和智力活动一样也是一种危险。杨对这个想象的问题的观察颇有洞见。"怯懦，"海明威曾经写道，"……几乎永远只是因为缺乏悬置幻想的能力。"当然，海明威的主人公——见过太多涂满脑浆的钢盔，太多母亲抱着死去的婴儿，太多驴子在希腊港口里溺亡，以及那些可怕的尸体，还有他们自身承受的可怕的伤口和创伤、失眠和梦魇的折磨——他们有足够的理由惧怕幻想，尤其是如果这种幻想不能超前于他们、让他们准备好去迎接一些经历，反过来，这种幻想不断带着最深重的危机重新潜回我们的记忆。海明威所追求的快乐，经常来自对记忆的悬置。在《大河双心》里，男主人公之所以感觉"不错"，

---

① 伊塔洛·斯韦沃（Italo Svevo，1861—1928），埃托雷·施米茨的笔名，意大利犹太商人兼小说家。大器晚成，60岁后才写出成名之作《季诺的意识》，被誉为20世纪最出色的小说家之一。

② 列奥·斯泰因（Leo Stein，1872—1947），美国艺术收藏家、艺术评论家，对20世纪美术史的推动作用极大，是法国文化圈名流格特鲁德·斯泰因的哥哥。

是因为他的行为不是被思考、幻想所主导,而是被身体的某种机制或核心所主导,我们一直依赖那种机制,但从不信任它。杨没有把它解读为反智主义,这是正当的;相反,杨将之看成从大脑统治中解放的需要——而只有那些思考过多的人才可能会有这样的感觉。

类似这样的研究中,那些心理分析的尝试总体都是非常无力的,但是杨非常谨慎地完成了这种分析,也无意佯装是在"破案",并且,他在弗洛伊德的《超越快感原则》和奥托·费尼谢尔[①]的《神经症的精神分析理论》中发现了一些和海明威遭受的创伤非常相关的、充满启发的观察。费尼谢尔说,创伤的特征是"大量不受控制的刺激"。要掌控那些将他"淹没"的刺激,病人会诉诸"一套复杂的束缚机制和原始排泄机制"。"这些新的适应机制",杨引述费尼谢尔的观察,"会导致特定的后果,若要专注于掌控'刺激'的关键任务,结果会导致诸多'更高机能'被放弃。为了抑制恐惧,人们会割舍自己的部分个性,结果是个性的贫乏枯竭"。费尼谢尔创造了一个词形容这种现象:"原始化"。杨也是凭借这套方法,来分析像《大河双心》里暴露的重复、事实堆砌的问题。海明威身上有一种强迫性的重复冲动,他是个描写创伤的诗人:命运的暴击、战争的摧残、女人的残忍。他们遍体鳞伤,一蹶不振,又莫名其妙地得到修复:男主人公建立了一套幻想的体系,可以让他的肌肉、感知和他的精神获得自由,让自己得到恢复。在海明威的风格中,那种因为随时要承担极限负荷而产生的张力,也增加了他的诗意。而他对风格的纯粹的专注,是否意味着他不会抛弃那些"更高机能",而是

---

① 奥托·费尼谢尔(Otto Fenichel,1897—1946),生于维也纳,后移民美国,"第二代"精神分析学派代表人物,也是弗洛伊德左派的活跃人物,著有《神经症的精神分析理论》等。

试图在这种形式里保留、携带着它们？我相信，他拒绝承认自己的"贫乏"，他还想大获全胜。

杨的著作的第六章是讨论《哈克贝利·芬历险记》的，此处在我看来他的论述是荒谬的。他宣称，海明威还有海明威笔下的男主人公都是哈克·芬的直系后代。现在，他试图通过合理区分海明威的主人公和那些"硬汉形象"来为自己开脱。"硬汉形象"是那些军人、斗牛士、猎人和赌徒——他已经克服了自己的恐惧，学会依靠荣誉的准则生活；其他的主人公相比之下则显得弱小、充满缺陷——就像弗兰西斯·麦康伯①那样，他们会嫉妒、模仿那些硬汉。有时候这些硬汉会引导另一个人，让他突破男性气概的极限。在特定时候，那个主人公也会变成"硬汉"。在《丧钟为谁而鸣》里，罗伯特·乔丹就是这么做的，他毫无牵绊心满意足地死去。当然，哈克·芬和海明威笔下的硬汉主人公毫无共同之处，但是杨试图让我们相信，尼克·亚当斯②和年轻的海明威是哈克·芬在20世纪的化身。

"这个史诗般的国民英雄——我们可以称之为哈克或者海明威——颇具男子气概，永远待在户外，但他是病态的，"杨写道，"他被告知，作为一个美国人，他不'思考'，他没有'心灵'。但在他经历了那

---

① 弗兰西斯·麦康伯（Francis Macomber）是海明威于1936年完成的短篇小说《弗朗西斯·麦康伯短暂快乐的一生》中的主人公，小说场景设置在非洲，麦康伯和妻子在非洲打猎，因妻子的情人威尔逊而心生妒意，为证明自己的男子气概，在猎杀一头野牛的过程中不慎被妻子意外射死。
② 尼克·亚当斯（Nick Adams），是海明威的一组短篇小说中的主人公，首度出现在短篇小说《印第安营地》中。外界普遍认为尼克是海明威笔下具有自传性色彩的人物——比如曾在北密歇根度夏、在"一战"中曾为红十字军的志愿救护车队效力等。

一切之后,精神和思考只能带来烦恼和痛苦;他被迫接受自己的单纯,不敢失去它。"

我想,这是杨的著作中理论最薄弱的地方。失落的伊甸园、对死亡的想象、知识的诞生、男性的成年——这些都是哈克和尼克·亚当斯共享的东西。海明威的故事中充斥的焦虑和精神折磨又该如何解释呢?《哈克贝利·芬历险记》中根本没有这些,既没有任何那种对磨难和苦痛的自我赋值,也没有海明威的故事中对力量的考验;同样,吐温的小说里既没有"硬汉形象",也没有"正确的事"的排他定义。海明威身上的野心是哈克从未有过的。马克·吐温并没有试图在哈克身上创造一种模式,但海明威永远要让笔下的男主人公充满阳刚气概、支配一切,他们应该是用正确的模子塑造出来的。他们是一种楷模,而哈克从来不是。

惠特曼在《民主的展望》一文中写道,民主派的诗人"必须创造一种典型的品格,使之匹配于那些高尚的普通人"——"赋予文学伟大的典型形象"。美国社会一直半遮半掩、激烈地追求一种典型的个性——在这种追逐中,诗人的表现非常拙劣——记者、军人、行政人员、电影导演、广告人已经将他们抛在一边。上个世纪,很多美国的政治家和领导者同时也是文人。林肯是个伟大的作家,他的天性受到文学很深的影响。但是海明威所有作品中最恶毒的侮辱,出自《虽有犹无》中的那个女人。"你个狗屁作家!"她对自己的情人喊道。她的意思当然是"蹩脚的作家"。而正常的作家——比如海明威——在建立伟大的典型形象、创造男性气概的模式的过程中显现自身。区区一个作家是无法做到这一点的。

很明显,海明威把自己视为男性的代表——他必须经历应该经历的，拥有够格的资历。打斗、酒精、伤口、动荡和诱惑并没有瓦解他。他并没有在都会和广袤的大陆迷失自己。他没有泯然众人，而是保持了自己鲜明的个性。这也是为何他的主人公都很戏剧性的原因：他们向我们允诺了一种坚定、胜利的个性。但很奇怪，和惠特曼的标准不同，海明威的那些标准如此排他。我想那不是一个人人皆有资格参与的游戏——除了那些符合这些标准、遵守这些规则的人才可以。正如海明威认为的那样，男子气概只能属于少数人。在《老人与海》中，年轻的男孩选择渔夫成为自己象征的父亲。他的亲生父亲没有那么优秀，已经过时，故事结尾的那个旅人也是过时的，他不属于那些洞悉事实的人（海明威对游客——其他游客——的厌恶有点奇怪。我想，每个旅行者都能感受到那些认为自己"先来一步"、因此认为自己是原住民的美国人的敌意）。现在，哈克也从一个象征意义上的父亲那里接受教导，但这也是因为他的生父性格残酷。黑人吉姆之所以能胜任这个角色，不是因为他的坚忍、忍耐和谋略——一言蔽之，是个"硬汉"——而是因为他爱哈克。

在帮助美国人成年这点上，社会起到的作用很少。它无法提供有效的形式。教堂、骑士制度或教育系统在过去肩负的责任，在今天要由个体独自承担。在一个美国人的故事里，当一个男孩长大成人，我们被要求相信他经历了关键性的、决定性的变化。这一点无需再确认。

美国小说中只有一个例外——《了不起的盖茨比》中，过去的那个詹姆斯·盖茨变成了盖茨比，当盖茨比决定接受自己的新名字、新的特质时，他已经准备好了。菲茨杰拉德用"柏拉图式"来形容他的性格。也许更好的形容应该是威廉·詹姆斯的"二度降生"。然而，诸如改信基督的奥古斯都和保罗这样伟大的二度降生者，他们在一种更伟大的现实中重生了，活得更接近他们更真实的"自己"。而盖茨比则是在幻觉、欺骗里获得新生。他是一个撒谎者、一个骗子，注定生活在充满焦虑的警惕和不安的冒险中。他最深切的渴望是，爱情能将他从自己虚假的存在中解放出来，因为他将自己塑造成一个*误入歧途*的人。但爱情没有降临，正因为他的堕落，他被那个疯狂的丈夫杀掉了。

那么，正常的人在哪里呢？菲茨杰拉德并没有假装自己可以创造他，因此一个正常人的缺席让小说显得有点松弛无力。金钱并不能带来男子气概，似乎让菲茨杰拉德备感震惊，甚至愤慨。

海明威迫切地想将他的观点加诸我们身上，来创造一个男人的形象，来定义洗礼和圣餐的方式。他同时以作家和公共人物这两个身份写作。他想变成一个要人、一个模范个体的想法，在我看来是非常自然的，因为他真的如此孤独、自我关注、如此努力。当他幻想胜利时，那就是一次全面的胜利：一场伟大的战役，一个重要的事件。每个人都想成为正常的人，这绝不是什么卑微不起眼的欲望。但是现在，海明威似乎觉得自己正在获胜，而他自己的个性——他的写作中永远重要的戏剧元素——成了《老人与海》的某种道德背景。他似乎想为自然本身发声。如果自然或者海明威是同一的，它们中总有一个会大获全胜。

[1953]

地下的人：谈拉尔夫·埃利森

一些年前，在那本从其他方面来说都可谓乏善可陈、连出版日期都最好忘记、努力搅浑美国生活的一期《地平线》杂志上，我带着极度的兴奋读完了《看不见的人》的小说节选。其中描写了在美国南方小镇上的一个当地白人头面人物的集会上，一群被蒙上眼睛的黑人男孩的格斗比赛。在他们的眼睛被蒙上之前，他们先是被安排欣赏一个一丝不挂的白种女人的身体，然后他们被领到了围成一圈的观众中间，搏斗结束之后，其中一个斗士满嘴是血，他被要求再次发表前一天他在毕业典礼上作的演说。当他站在那间喧腾的灯火通明的大厅中间，那些观众继续嘲弄他，让他不停重复自己说过的词；演说中他无意提到"平等"这个词也差点要了他的命；但结尾不错，他拿到了一只漂亮的公文包，里面装着州立黑人学院的奖学金证书。

我当时的想法是，这一幕很可能是一部杰出小说的高潮了。但结果，这并非小说中最精彩的那部分，而是一本一流、优秀的书中众多高潮中的一个。发表毕业致辞的那个男孩就是"看不见的人"。他对大学充满景仰，但很快被布莱索博士先生——一位伟大的教育者，也是他的民族的领导者——赶出了校园，因为他带一个白人来访者去了大学附近一处不该去的地方。他怀揣着自以为是布莱索博士的介绍信的东西来到了纽约。那封信其实是让他未来的雇主提防这个男孩。他被一群白人激进组织招募，并且成为了一名黑人领袖，在激进运动中他逐渐意识到从

63

小到大，他和其他人的关系早已被设定，无论是和白人还是和黑人的关系，他其实都是一个看不见的、不真实的人。我意识到，在读到《地平线》杂志的节选时，我低估了埃利森先生的野心和能力，我有很好的理由为自己辩解：人们通常会期待那些关于男孩的杰出小说，但一部关于成年男性的现代小说可以说非常罕见。面对我们极度复杂、艰难的美国经验，很少有人愿意让自己承担道德和智识上的责任。其结果是，成熟成了一种奢侈品。

人们普遍认为，世界上没有一种力量可与那种碾压、束缚现代人的力量抗衡。对现代小说的读者而言，每当他打开一本新小说，经常会印证这样的感觉。批判地说，他已经做好准备面对他之前已经发现的一切，也就是说，家庭和阶级、大学、时尚、名人和制造业巨头——这些对一个作家的塑造能力要远远胜过想象现实或想象——本迪克斯空压机公司、斯图贝克汽车厂或杜邦公司的尼龙工厂，以及芝加哥大学哥伦比亚大学哈佛大学俄亥俄的凯尼恩学院，它们都已经证明了自己比任何一个个体都要强大；他已经做好准备并发现一个本需要人来操控的位置已经被取代了。但当一个聪明的个体取得胜利时——就像埃利森笔下的主人公那样，它证明了我们这代人当中尚存一丝真正的英雄气息，这是多么了不起啊！同样，那些极其坚定的人——正如我们那些庞大的巨型组织——是无法拥有这种品质的。要具备这种品质，一个人必须要抵抗外部的重压，必须能从纷繁的现象、外表、事实和细节喧哗而密集的部分，完成自己的合成过程。从细节的烦扰或濒临瓦解的局面中，一个作家试图拯救那些重要的东西。即便在他最痛苦的时候，他仍用自己的声音发出了对价值的宣判，实际上他说的是："一个人仍然有可能想成为怎样的人。"这种口吻，出现在《看不见的人》最精彩的章节中，比如那个乱伦的黑人老农民对一个新英格兰的白人慈善家说着自己的故事，产生了强有力的效果；它同时是悲剧性和喜剧性的，也是诗意的，这是那种最强有力、最有创造性的头脑才具备的声音。

在一个崇尚专业化的年代，依赖想象力的现代小说家努力让自己继续做一个"非-专业"之人，他们追寻的是每个人身上真正的中间意识。我们都能言说的语言是什么；我们都能认出、为之狂热或洒泪的东西又是什么；我们可以毫不夸张拥有的属于我们的纪念碑是什么模样；意识最重要的部分存在于何处。

作为黑人聚居区的哈莱姆既是原始的，又是复杂的；很少有其他美国社会像哈莱姆这样呈现了本能和文明的极致。如果一个作家将自己的写作聚焦在这上面，最后他的文字会有一种异域的色彩。埃利森先生并不是一个有异国情调的作家。对他而言，本能和文化或文明之间的协调并不是一个哈莱姆的问题；它就是**那个**问题，德国的、法国的、俄国的、美国的、世界的，人们几乎不了解的问题。人们认为黑人和其他那些少数族裔，深陷于对自身命运的抗争中，他们在那种被本能所掌控的地下室中享受着邪恶本能的放纵。这种想象的享乐激起了一种夹杂着嫉妒的愤怒，带来了谋杀，人们残忍地追求人类天性中那难以捉摸、转瞬即逝的大部分。在我们的社会中，人——人自身——被理想化，得到公开的崇尚，个体却只能藏在地下，只能靠把自己变成看不见的人才能拯救自己的欲望、思想和灵魂。他必须回到自身，学会自我解释，并且抵御那些企图吞噬他的人性的东西。

这就是我对《看不见的人》的看法。这本小说当然不是无懈可击的，我不觉得书中主人公加入美国共产党之后的经历和小说其他部分一样有原创性，并且他和一个白种女人的爱情被描写得也太过浮浅潦草。

65

但整体上这是一本让人深受触动的书，是一部杰出的小说。

有很多人一直在试图亲手埋葬小说——比如保罗·瓦莱里、文学杂志的编辑们，以及那些决定文学类型兴衰的学者，还有数不清的小人物——每当小说再度复活时，我都忍不住兴高采烈。人们阅读历史，并且似乎有这样的感觉，也就是一切都要在他们所处的时代盖棺定论。"我们已经读过了历史，因此历史已经终结了"，他们会这样说。事实是，所有这种类型的评论家都有资格说好小说现在凤毛麟角。这也确是实情。但任何杰出的事物都是罕有的。如果这些评论家想要说大实话的话，他们会说他们认为那些小说非常无聊。当然，和很多其他强大的事物一样，无聊也是你必须尊敬的东西。像瓦莱里这样的人无法忍受在小说里读到马车在下午四点准时来接公爵夫人这样的段落，他感受到的无聊本身有种令人印象非常深刻的东西。当然，我们也会对一些非常无聊的东西抱有一定程度的景仰的。

然而不是所有的小说掘墓者都像瓦莱里这样名声显赫。几乎没有。我们也很难想象他们从司汤达的小说里目瞪口呆地抬起头，大喊一声"天啊！"，便怒气冲天地拿上他们的铲子往（小说的）棺木上撒上更多泥块。并非如此，他们的失望和那种因为大师作品而焦虑失望的灵魂其实没什么关系。事实上，他们让你忍不住好奇，什么才能让他们满意。比方说，《党派评论》最近有个撰稿人抱怨说，现代小说无法跟上他高速飞转的意识——他的意识快到似乎已经把光子远远甩在身后了。他点名了一些**真正现代**的小说家，很不幸他们的作品还未得到出版，然后作者居高临下地提到了《看不见的人》这部小说：几乎算得上——但不完全是——正宗的小说，小说"质量粗糙""野心过大"。《党派评论》的编辑也刊登了他们的评论者抨击的这本小说的很多内容，他们的感想又会如何？他们并没有表态——无论是对这篇，还是对约翰·奥尔德里奇就同一主题写的另外一篇了不起的评论。奥尔德里奇写道："美国现在只剩下两个有文化的地区：一个是深南地区，一个是美国东北部，其道德中心在马萨诸塞州的波士顿。也就是说只有在这些地方尚存一些文明。在这个国家的其他地方，人们生活在标准化的文化大草原上，有点接近广袤无垠的中西部，这意味着他们并不拥有真正的生活，他们事实上什么都不做。"

大部分美国人因此成了看不见的人。如果一个文学评论家连指头都不动一下就能宣称一亿人的死亡的话，我们还会为暴君的残暴虐政感到吃惊吗？

让我们假设，正如这些人所说的，小说已经过时了。仅仅是假设，因为我根本不相信这一点。但如果这就是事实呢？是否意味着埃利森先生给自己定下的任务不会完成呢？一派胡言。人们会找到新的方法，在新方法变得必要时。找到这种方法，要比去适应那种令人失望的意识，或穿透将生命囚禁白白流失的无聊的厚墙，要来得容易得多。

[1952]

本·赫克特的 1001 个下午

本·赫克特离开多年后,芝加哥依然流传着他的传说。我在初中毕业之前就已经读过了《芝加哥的 1001 个下午》,高中的时候我在二手书店遍寻他的其他作品:《埃里克·多恩》《矮胖子》《怪兽》《断脖》《布鲁加达伯爵》。我有二十多年没有看过这些书了,但我依然记得书中的故事、人物,甚至那些怪异的表达——"一排屋顶草草地掠过天空","贪婪的半死不活的小东西"。

这个花哨、风趣、热情的新闻记者一直陪伴着我,他熟读雷·德·古尔蒙、阿瑟·麦钦的作品,也潜心研究詹姆斯·胡内克的《面纱》以及 H.L. 门肯[①]的《偏见集》。大萧条席卷一切,"芝加哥文学复兴"运动中几乎所有重要的人物都去了纽约和好莱坞,但我和我的朋友都读过他们的作品了。我们流连于高架下的拉什街、威尔士街,我们仰慕那些曾经认识德莱塞、安德森、赫克特或桑德伯格或经历过《小评论》时代的那些人。也许我们完全弄错了,但它们确实刺激我们去幻想一个充斥着酒宴、辩论、公开阅读、宿仇和盛大场合的黄金年代。

最神奇的地方在于,人们本应该想到将我们亲眼看到的一切写下来、美化它们,比如灰暗的霍尔斯特德街、邻后街区(Back of the

---

[①] H.L. 门肯(Henry Louis Mencken,1880—1956),美国作家、讽刺作家,代表作有《美国语言》等。

Yards）冷静的景况，还有移民说过的话，应该都成为艺术的素材。那些让我们困惑或者压抑的东西应该转化成别的东西，今天的锁链可能就是明日的桂冠。

在阅读本·赫克特的自传《世纪之子》时，我依旧像过去那样为他身上那种属于城市诗人的光芒所打动，我记得他一度被人称为"太平梯上的丑角"，《芝加哥的1001个下午》中的他也是本地新闻编辑部里的一个爱怀疑的、感伤的小伙子，口才一流，目中无人，浪漫而犀利，不是那种消息顶灵通的人，也没太多心理学家或者道德家的架子。此外，他身上充满着他自己形容为"飞蛾般的劲头，让我不停地绕着生活扑腾，就好像它们是亮着的路灯"。这种急切是我们这些年轻读者喜欢他的原因，在他笔下和芝加哥有关的文字里，他再度深深打动了我。

赫克特的文字里，绝无欧·亨利身上的东方主义，或"地铁上的巴格达"那种描述，但他对亨利的继承一开始是风格上的。"他看到人们被子弹射穿、被车碾过、被吊死、被活活烧死、被药毒死、被岁月绞杀。"还是一个年轻记者的他这么写过，欧·亨利的故事可没有这些内容。

赫克特年轻时的那种灵光一现已经远离他了，他也不似往日那样妙趣横生。但当他写到自己的家人、他在报纸的工作经历和他的一些老友时，他无疑又变得风趣无比，甚至令人同情。虽然他也表现得更像一个地道的思想家，但他身上故事大王的天赋是最突出的部分。他对他的叔叔阿姨的研究（很明显他没有堂兄弟堂姐妹可以沟通）是他这本精彩的自传里最好的部分；在他所有的人物侧写里，这些部分无可比拟地是最温暖、最自然、也是最丰富的。

几百号人物在这本传记里登场：作家、政治家、演员以及其他名人。有门肯和两个罗斯福,有范妮·布莱斯、马克斯兄弟、约翰·巴里摩尔,还有查尔斯·麦克阿瑟,还有其他那些未必如此显赫的人物。赫克特不是特别在意自己的头衔。他毋庸置疑是"世纪之子",亲身经历过这个世纪最深重的几场危机。我有点不敢相信他曾经见过英雄的社会主义者卡尔·李卜克内西脱掉自己的衣服,钻进威廉二世的被窝来庆祝霍亨索伦王朝的倾覆。我有一种感觉,他后来在《迷惘指南》那本书里表现出的对德国的立场,影响了他关于"一战"后的德国的回忆。我也经常能感到,他不辞辛苦向那些俱乐部名人、显赫的报纸专栏作家、浮华的好莱坞世界分发他的溢美之词,其实是在偿还自己的旧债。但他惊人清晰而生动的记忆力实在令人佩服。他是一个一直在他人中间周旋生活的人,而不是那种,比方说,被事业拖拽着去见识不同世界的人。

我不是说,他从来都是置身事外。现在人们普遍认为,他曾经发起了一场支持伊尔干地下犹太复国主义的运动。我倾向于接受他对此给出的解释。他这么做并不是出于私心。面对被纳粹大肆屠杀的犹太人,那些大国政府选择不介入;美国或英国的犹太人对此保持沉默,在他看来是一件完全无法容忍的罪行。他极端尖锐地批评犹太领导人以及非犹太裔政客,但这些指控并非空穴来风。

这么说也许很唐突,但他身上那种20世纪的激进的品质如今看来已经有点过时了。当他痛斥好莱坞、攻击国会议员时,他的立场非常像门肯:"事实上,那里根本没有艺术,只有娱乐。我们的才华,就如我们的瀑布一样,被规训得服服帖帖,让大众的生活更舒坦一点而已。离经叛道或者反大众的艺术家,和反公共的公共交通运输公司一样,已经不存在了。"

赫克特是一个很难被定性的人。在一些瞬间,他看起来还是那个肆无忌惮、目中无人的年轻的报纸记者,而在另外一些时候,他看起来就是一个浮夸的好莱坞式人物,和他那些滑铁卢的电影一样夸大其词、令人乏味。他是了不起的喜剧片《20 世纪》的主创之一,但他同样创作了《玫瑰花魄》——我宁愿吞下地上的玻璃碴也不愿意重看那部电影。他也并不是彬彬有礼,但十足的礼貌可不一定能变成好的自传,而这本自传却十足精彩。即便他偶尔显得油滑,他同时也是独立、直接而真诚的。和今天那些记录社会现实的软绵绵的小野猫相比,他就像一头老派的雄狮在咆哮。

[1954]

繁荣的困境：谈菲利普·罗斯

《再见，哥伦布》是一本处女作，但作者绝对不是一个新手。和哭嚎着闭着眼睛光溜溜地降生的我们不同，罗斯先生来到这个世界就已经具有人样，有指甲、头发和牙齿，能流利地说话了。二十六岁的他技巧娴熟，富有智慧，充满能量，就像一个老手。他的一个缺点，我也不会指望所有人都会认为这是一个缺点，就是他的优越感太强了。有时他做的鬼脸太多了。《纽约时报》对他的评价是："冷嘲式幽默"。这个词足以说明他的智慧。罗斯先生的幽默感过人（看他的那篇《爱泼斯坦》就知道了），我相信，相比于他身上的"冷嘲"，他可以更安全地依赖这种幽默感。

为叙述方便，我将他的写作主题概括为——新泽西郊区或纽约的犹太人生活，犹太人在"二战"后欣欣向荣的美国拥有的那种舒适的、充满矛盾的生活。尼尔·克鲁格曼，是那篇较长的本书同名短篇的主人公，年方二十三，和20世纪30、40年代那些犹太小说中的主人公截然不同。他的趣味更加孩子气，也更精明。他的文学原型要感性得多：他们更受宠溺，但同样更加好斗。尼尔对自己的父母漠不关心，整个夏天他们都不在，将他托付给他的舅妈，而她试图用炖肉和苏打汽水填补他们的离去留下的空白。某种程度上，他是一个旁观者，他在文学上的原型是一个格格不入的人，一个因悲哀而身着麻衣的人，一个奇怪的无能的人，一个极端脱俗的人，在面对不公的时候和比利·巴德（Billy Budd）一样反复无常的人，一个无礼的人，尽管如此，整体上还是一个容易被打动、诚实且善良的人。他坐公车时永远会被人骗；如果他去奥托马特喝杯咖啡，他肯定会被烫伤嘴皮子。在犹太人看来，他是那种"倒霉鬼"（shlimazl）的后裔，显而易见；在俄国人眼里，他就是果戈理的小说《外套》中那个可怜的政府抄写员的后裔；在美国文学中，他是舍伍德·安德森的《我是个傻子》的后代，——"哎哟！我怎么能耍一个这么愚蠢的把戏！"麻衣在今天已经过时了，在罗斯先生的小说里，它们只是过往的那件华服上的补丁。麻衣最风光的时候是在大萧条时期。在进入如今繁荣、官僚化的时代之前，可怜的费根鲍姆属于那群犹太农民（cafoni），那些贱民。现在我们身上那种更自私的欲望、更复杂的动机都获得了强烈的刺激。财富也具有了一种崭新的光泽。甚至，麻衣也和过去不同了。麦迪逊大道上的那些人会把麻衣染色，然后悬挂在窗口，这样就能卖出更高的价格。也许和尼龙的价格差不多。无论如何，二十年前的犹太小说的主人公完全不知道犹太人聚居的郊区、乡村俱乐部、癌症基金会募捐运动、数量可观的金钱、汽车、貂皮大衣和珠宝。穿麻衣的那些小说主人公假定社会秩序已经变得堕落、卑劣而残酷。但那个时候，邪恶的有钱人的衣橱也许比今天要小很多。有时候他是穿着护脚的威利叔叔，是个傲慢的制造商，住在河滨道，叼着一支熄火的乌尔曼雪茄。但现在的他穿着常春藤盟校的校服，头发梳得服服帖帖，他的名字叫"莱金"（Legion）。罗斯先生的短篇小说揭示了，和过去相比，物质主义对我们的掌控加深了多少（我必须提醒你们，我并不是卡尔·马克思，也不是《生活》杂志的主笔）。我并不是说罗斯先生仅仅把麻衣换成了尼龙，用光滑替换粗糙，用世故替换天真，我想说的是，他对社会和生活方式的兴趣要比过去的犹太作家强得多，而他也意识到了，犹太人的生活境况发生了很大的改变。

事实非常清楚，他对犹太人在美国的生存现状并不满意，虽然他的批评经常是幽默的、令人捧腹，但还是有些时刻，面对他的文字你绝无可能笑出来。类似《信仰的卫士》这样的小说，对精于钻营的二等兵格罗斯巴特的描述，会让读者脸上的笑容逐渐凝固。《再见，哥伦布》——较长的本书同名短篇，生动而幽默地展现了比个体的堕落要糟糕得多的东西——"猪的天堂"① 的空虚和精神缺失。有些犹太作家认为，犹太人的郊区社区是美国所有的郊区社区中最好的。《马乔里晨星》的结尾，赞美了马马罗内克这个街区。我们也看到虔诚的、也更有智慧的马乔里，通过自己过去的愚行得到净化。但对于罗斯先生而言，马马罗内克远不是一个完美的地方。他似乎在怀疑，生存的至高回报已经从他们据此立身的过去的伦理根基转向一种由金钱和"正常"定义的新根基。我认为，面对这些证据，我们应该像罗斯一样保持警惕。

《再见，哥伦布》中描述的情形已经太过严峻，已经不是讽刺能解决的，这就是罗斯先生的"反讽的幽默"在我看来远远不够的原因。作家当然可以从我们耗费不菲的犹太婚礼、整容手术或类似的无用之物得到很多写作素材，但罗斯先生想挖得更深、更远，而他的幽默过后就会变成他对自身方法不满的表达。我尽可能简而言之，因为罗斯先生试图将精神世界和世俗物质进行对比。

尼尔·克鲁格曼和布兰达·帕丁金在暑假期间发展出了一段热恋关系，俩人一起去了纽约，她是去买衣服，还有一只避孕子宫帽，而他则需要在这艰难时刻成为她的依傍。"医生的诊所在斯奎勃大楼，"他说，"伯格道夫·古德曼商店的对面，所以是布兰达添置衣服的理想地

---

① 猪的天堂（Pig heaven），美俚，指极端舒适的地方。

方。"当她在试衣时,他走进圣帕特里克教堂,在那里进行了一番自我演说:"我能把这种下意识的话称为祈祷吗?但我至少是把上帝作为我讲话的对象的。上帝,我说,我二十三岁了,我要好好干一番事业。现在医生要把我和布兰达结成眷属,我不能完全肯定这是不是最美满的姻缘。我所爱的究竟是什么,主啊?为何我已作出抉择?布兰达是什么样的人?……如果我遇到您,上帝,因为我们是肉体凡胎,有欲求的,所以要求分享您的恩赐。我是肉体的,我知道您是赞同的。但我的肉欲会变得多大?……我有欲求,我到哪里去满足呢?我们在哪里碰面?您将恩赐我什么?"

"这是种缥缈的沉思,突然我难为情了。我站起来走到外面。第五大道的嘈杂声带着这些问题的答案在迎接我。"

"你想要什么样的恩赐?你这个傻鸟。金质的餐具、挂运动器具的树、油桃、处理垃圾的器皿、没有鼓包的鼻子、帕丁金洗涤槽商店、博韦特·泰勒高级百货商店……"[①]

布兰达的父亲是帕丁金洗涤槽商店的制造商。在家里是一个无比慈祥的父亲,有种空洞的善意,但同时也是一个有铁腕的生意人。当他的孩子结婚时,他会给他们买好错层的房子、新车,但他要求尼尔,如果他想向自己的女儿求婚,那他就应该放弃自己在公立图书馆的可笑工作,因为那样的话他根本没指望、也没能力给她买垃圾处理器皿和金制的刀叉。

当然,尼尔的沉思很奇特。当我读完这个故事后,我又回头把这个部

[①] 引自《再见,哥伦布》,菲利普·罗斯著,俞理明、张迪译,人民文学出版社,2009。

分重读了一遍。读第三遍时,这个段落看起来就有点过于舒服了。为什么我们的肉体凡胎和我们的欲求能取悦上帝呢?我根本看不出任何原因。我猜测,罗斯先生的意思是,用博韦特·泰勒高级百货商店或垃圾处理装置,用商品和金钱来打扰上帝是可怕的渎神。他并没有表达得很清楚;他有些困惑、紧张,带着冷嘲,同时又完全意识到用这种方式向上帝祈祷是令人发指的。同样的,这一幕发生在圣帕特里克教堂里,这对天主教徒的冒犯几乎和对犹太人的冒犯一样大。如果罗斯先生能平实地说出"世俗物质和精神世界的对立",也许他就可以避开这种笨拙的幽默。但我们领会了他的意思:我们所有人都太世俗了,而且从没有哪一代人像我们今天这样世俗。因为过去的金钱能买到的东西,怎么能和通过埃利斯岛来到美国的那些移民的后代享受的房子、水槽、垃圾处理器、捷豹汽车、貂皮大衣还有整容手术相比呢?还有什么能和这种变化媲美?这一切都是头一遭发生,历史上从未有任何变化如此迅速、彻底地改变了犹太族群。正是这种变化,而非那段情事,才是《再见,哥伦布》的真正主题。爱情、责任、原则、思想、意义,所有一切都被吸收进肥胖而油腻的"舒适"状态。我母亲过去说到那些突然交好运的人时,会用一个意第绪语古老的隐喻:他们掉进了一块肥肉里。而曾经的小坑洼现在汇成了一片沼泽,那些幸运的人并没有品尝过繁荣的果实。

在《狂热者艾利》这篇中,问题变得更加清晰。在近郊的伍登屯小镇,出现了为一群正统犹太教的犹太难民儿童开设的学校;有人在超市看到一个穿着黑色大衣的欧洲犹太人,这个小镇的犹太居民开始变得警惕、愤怒。他们的律师艾利·派克给校长图里夫先生去信,"伍登屯是一个进步的近郊社区。这里的居民,无论是犹太人还是非犹太人都迫切希望能在安逸、美观、宁静中和平共处"。艾利的朋友泰迪和他讨论到那些旧式的正统犹太教徒,"对那些不敢直面生活的人来说,这里是一个藏身之地。这是出于他们的需求。是他们的迷信,你怎么想呢?因为他们无法面对这个世界,因为他们在社会中找不到立足之地。但是艾利,这个环境对孩子们并不适合"。所以,泰迪用那种直接从意第绪语衍生的节奏,在陈述案情。和平。和睦的关系。无效。艾利将自己最好的花呢西服给了那个全身上下都穿黑色的欧洲犹太人,之后却发现那个人的旧衣服被放在自家门口。艾利穿上那些旧衣服,吓坏了街区的所有人。这则小故事动人而有趣,很好地揭示了这个国家无论是生活在马马罗内克还是伍登屯小镇的犹太人的真实境况。

并非所有的犹太读者都会对罗斯先生的小说买账。我们不时会遇到一些人,他们认为一个美国犹太作家写的应该是公关稿,展现犹太社区最好的一面,同时坚定地掩盖其余的部分。这完全不是犹太作家,或任何作家的责任。那些过度敏感的、一遍遍苛责我们没有写出《埃尔茜·丁斯莫尔》的人,非常接近那些发明"社会主义现实主义"的苏联统治者。马马罗内克街区出现再多的埃尔茜·丁斯莫尔都不能减少反犹太主义。为了改善自己的公关形象(如果真有这么个东西)而失去自己的现实感,这样是得不偿失的。这就是罗斯先生在《狂热者艾利》一篇中明确告诉我们的东西。艾利为之痛苦的是恐惧,以及一种带着仇恨的同化过程所孵化出的虚假形象。花呢西服和那件犹太黑袍都不是他的,无论他穿上其中哪一件,他都不是他自己,而正是这种虚假最终毁灭了他。

我对罗斯先生的建议是,忽略所有的抗议,继续写自己的。

[1959]

作家和观众

艾克曼记录过歌德的一句表态,除非他希望自己的作品被一百万人读到,否则一位作家就不该拿起自己的笔。除了那些最吹毛求疵的家伙,大概没人会反驳这句话。很自然,一个小说家当然希望自己的作品被人读到。不过,如果他不是一个著名作家的话,他可能并不会满意于拥有那一百万读者。他不想被他们制约,而是要告诉他们应当如何。他希望他们和他还有他笔下的人物有一样的想法。当一个小说人物受伤,读者也应该能体验到疼痛的感觉;当一个人物起誓,读者应该能体会到那种责任下的约束。当吉姆爷跳下船时,读者应该已经意识到这个人已经丧失廉耻之心。因为丢失了荣誉感,他不能接受最戏剧性的一刻。因此,作者的意图是要读者领会每种行为背后的分量。作者无法确信自己的一百万读者是否都和自己有一样的观点和立场。因此他试图去定义读者。他假定什么是人人都应该能理解、认同的,他创造出一种新的人性,既有幻想的部分又有现实的部分——两部分的比例视作家的乐观程度而定。

尼采在《人性的,太人性的》一书中宣称,艺术家经常夸大了人性的价值。当然,这种夸大是出于戏剧性的需要,艺术上的简化亦是如此。如果一个英雄无足轻重,他的命运也不会有人问津。如果个体的生命不值一提,那死亡也不会激起我们的任何敬畏之心。因此,为了捍卫那些戏剧性的元素,作家经常会坚持为现实赋予一种绝对的价值。从这个角度来说，作家都是保守的，他们希望所有的契约和协定一成不变。如果你的主人公根本不需要捍卫自己的名誉的话，你笔下的坏人就没法去敲诈他。如果贞洁并不是一件值得颂扬之物，那女主人公也不能指望任何人会舍身捍卫她的贞洁。

通常情况下，作家会通过想象维持、稳定支撑一个稳定的系统。比如说巴尔扎克，置身于"社会"的正中心，是一个对所有事物都能评点一二的世俗知识分子，他的才智是永不枯竭的。他从来不缺乏可以利用的理论，无论是哲学、心理学、政治还是历史、美学方面的，他指点万物时有一种极度充沛的自信。为了写小说，巴尔扎克要凌驾于，或者说要假装自己凌驾于一切经验之上。在托马斯·曼的小说中，我们看到这种百科全书式的写作方法已经式微。为了让事实看起来可信，作家要成为，或者说试图成为诸多领域的专家——生物、心理学、哲学、音乐、考古学和历史学——等等，如此我们才能在某个时刻和作者一样感觉被唤起。

我们无法在每一本小说里建造这样一个完整的体系，只是为了让所有人了解，比如说一个女人在被丈夫抛弃后是什么感觉，抑或一个男人临死之前体验到了什么。我们应该学会孤注一掷，去相信人类的心灵是相通的。但当然，人——观众——不会总是和我们的想法一样，瓦尔特·惠特曼就一直提醒我们相信这一点。

所有人都应该能够理解的事物其实是非常简单的，一个人在写作的过程中体会到的认知的失败和缺陷，多么令人震惊。作家一开始就意识到要一个人充分理解他人的复杂性是何等艰难。一个可能的原因是，"他人"太多，太多了，要给每个人足够的注意力即使不是不可能，至少也是非常困难的。如果你想要更多的注意力，你就会给别人专横而自大的印象。因此，大部分人在向外界呈现自我时都会选择一些简单的特质，让自己从外在看起来是很好形容和理解的。而在表象之下，是他们真实、复杂的存在，是他们的私人世界。保护这种隐私的机制也是强大而复杂的。一些情感逐渐丧失了外部，因为不再彰显自己，它们就逐渐萎缩了。与这种衰退相对应的是现实感的衰退。隐藏的行为、自我封闭的行为，庞大、有时候惊人的个人幻想，导致对他人存在的感觉也不似以往。我不是说这本身不是一件吸引人的事儿，只是强调和过去的明显区别。如果你现在剖开福尔摩斯的身体，也许他不会像其他人的身体那样活生生的，会流血。

  我在这里真正想表达的，是现在的人们不再像以前那样会对现实的不同面向有所回应。无数的事物试图遮蔽或者模糊我们的反应。现在的人们也不会像莎士比亚的布鲁图斯、恺撒抑或梅里美笔下的人物那样，践踏别人的尊严，或因此怀有如此强烈的怨恨。人们不再能迅速辨识出不公的存在，痛苦也需要时间才能显露自身，快感也是一样。人们的反应速度不像过去那么灵敏。中间多了太多的分析和算计。我们经常能在现代人格中发现一种足以处理大部分情况的机制，这种机制熟悉在特定的情况下什么样的反应是合适的。比如说：当友人生病时，我们的情绪也许会受之影响，也许不会，虽然我们对那个可怜的被病患折磨的人怀有同情，但那套系统会知道应该如何行事、我们应如何表现。我们也会逐渐认为这套系统的功能是正常合理的。如果有人告诉我们，另外的方式才是合理的，系统会对此高度重视。当然，系统是热爱抽象的，这意味着它与想象为敌；它喜爱计划，而非冲动；在歌德形容的那一百万读者中，这套系统会抵制不同的现实。这也只是说明，它对我们的要求如此之高，哪怕在一个平淡无奇的早上，我们的情感需要全身投入所有那些迅疾复杂的事务的话，我们的感情也会不堪重负，因此那套系统是我们不可或缺的。除非它已经侵占了我们太多的地盘。

在这套系统（或者应该说，这些系统，因为你的一百万读者会有众多不同的构造），作家必须找到一种持久的设定，即什么是真实的，什么是重要的。他要做的就是通过这些持久的机制，让人们在面对种种干扰和遮蔽时，还能有时哀恸，有时欢乐。

[1954]

小说家的干扰

　　一方面，文学，无论是悲剧还是喜剧，都属于快乐的范畴；另一方面，作家们却经常郁郁寡欢，心神烦乱。过去他们从不会像今天得到如此热切的检视。在过去，作家不大会像现在这样经常要求来做一番自陈。当诗人试图介入布鲁图和卡修斯的冲突时，他们把他一脚踢开。他们没有要求诗人解释自己成为诗人的历史原因——他过于卑贱，犯不上如此。而我相信，诗人过去低下的地位后来成了他的优势之一。今天没有很多人下大力气去研究诗人，还有一些人对诗人纠缠不休、穷追不舍。诗人和其他作家经常会被问到——他们也会这样问自己——一些非常严肃而深刻的问题。这也意味着，要么社会在文学中占据的分量不似以往，要么意味着社会无法控制地要去掺和任何和快乐有关的事儿，意欲施行一定程度的破坏。

　　那些问题，或指责或控诉，到底是什么呢？

　　让我们假设一个作家（这里是一个小说家）和以往那样枯坐斗室，精神高度紧张，他的写作也已经不是最佳状态。今天，他无法像约瑟夫·康拉德那样宣布，世界是一座神殿。他会说："它是一座神殿。"而这必定已经大错特错了。那种神圣感是无价的，但这种断言毫无价值。因此，小说家不会为了鼓舞自己就发表任何断言。他宁愿这样发问："为什么你不去选择别的可以心无旁骛投入的工作？为什么你不写小说？光有野心是完全不够的。还有，是什么让你认为写作这种职业是值得追求的？也许你选择的这份工作没有任何历史意义，很轻浮。整个世界都在大步向前，在炽热燃烧。而你还在干什么呢？完全无法与之媲美：古怪地守着那些你还是个小男孩的时候就学会的东西。他们教会你帕尔默字体，到今天你还只是在空白的纸上填满字而已。你没完没了地写男人和女人、婚姻和家庭、离婚、罪行和逃逸、谋杀、婚礼、战争、兴衰成败、简单的或复杂的事，而这些大多数都是想象出来的。又是谁让你写这些的呢？你在这儿搞什么鬼？这些死人和不存在的人——那些普里阿摩斯（Priams）和赫库巴（Hecubas）——到底有什么好谈的？这个赫库巴又是何许人也，你和她是什么关系？你真是愚蠢又好事。"作家这么对自己说："往一本书旁边加上另一本书。这一切的目的又是什么？难道我们有的书还不够多吗？甚至所罗门王就已经在抱怨书'太多'了。你从事的是一门特殊的，或者按有些人的话说，古老的艺术。你可能继承了犹太人对一些事物的偏好。"

这些都是小说家要面临的问题、怀疑或者指控。我相信，这些问题是有答案的。虽然要面对这些问题是一件悲伤的事儿，会让人感觉受伤害，但这未必是致命的打击。爱欲能够挺过分析的过程，而想象也能经得住批评。在这两种情况下，一种迫切而绝对的需求诞生了，也将去完全终结所有的问题。"你感觉一定要写作吗？那么，为了上帝的爱，去做吧。"那种需求说道。如果它能主张自身的话。

在他还年轻时，里尔克曾经去俄国朝圣，去拜访托尔斯泰。就我听到的故事版本，他寸步不离地跟着那个暴躁的老人，向他请教自己在写作上遇到的各种问题。托尔斯泰实在受不了了。他已经抛弃写作，转向信仰了，这些问题在他看来都太无关紧要了。"渴望写作？"

"那么，就写吧！写吧！"① 除此之外还能说什么呢？做你认为自己应该做的事，没什么大惊小怪的。

无论如何，还是存在种种干扰。

小说家的精力是混乱的。他为之写作的对象必定要被小说所影响。当古舟子拦住那个刚去婚礼赴宴的宾客时，后者就变得心烦意乱。那个老水手让宾客的两个同伴走了，却双目炯炯地独留下那位宾客。在载歌载舞的欢腾气氛中，新娘被引向祭坛，准备发誓忠贞。宾客听到巴松管高昂的乐音急得直挠头发。因为艺术的力量，他被迫弃绝自己钟爱的消遣，他无法选择，只能聆听古舟子对他说的话。这是我们所有人的命运：我们抗拒那种魔力，同时又渴望它。

"为什么我要为你放弃自己的消遣？"这是作家会被问到的问题。因为和过去相比，今天有太多可以占据人们注意力的东西。图书馆和博物馆已经被塞得满满当当，里面有成千上万的杰作。这种巨大的财富挑动着我们的野心。它可以让许许多多有教养的人变成浮士德博士。它用死亡和各种令人分心的事物威胁他。但是任何一个人都要面对这种危险。极大丰富的商品需要我们毫无防备的注意力。它们俘获了奔忙的我们，往我们的眼睛和耳朵里塞满各种汽车、香烟、肥皂的牌子名字。各种新闻和信息也让我们分心。糟糕的艺术让我们分心。真正的文化，正如我所注意到的，也让人分心。最后，是我们内心对记忆、欲望、幻想、焦虑等等的渴求——这些或许是最专制的。外部的混乱驱使我们逃入内心，在我们小小的个人王国里，我们沉溺于自己最爱的消遣。

以下引用的内容展现了普遍消遣的基本形式，来自一本流行的小册

---

① 原文为法语 Vous voulez écrire? Eh bien, écrivez donc! Écrivez!

子《美容手册》,作者是康斯坦斯·哈特。这一章的标题是《双重功能美容秘籍》:"当你在做家务时,你可以给脸敷上润肤露,用发夹夹出鬈发;你可以保持挺拔的站姿和步态;当你坐在厨房柜台前削土豆时,你可以锻炼脚踝,做足部增强动作,同时训练优雅的坐姿……当你在打电话时(当然,是要在家里),你可以做颈部锻炼,梳理头发,同时进行脚踝和眼部的锻炼,以及下巴和颈部的练习,训练优雅的站姿或坐姿,甚至按摩牙龈(当你在听对方讲话时……)。当你读书或看电视时,你可以梳理头发,按摩牙龈,进行手部和足部的锻炼,做一些胸部和背部练习,按摩你的头皮,用磨砂膏去除多余体毛。"

在这里,我们可以看到那种很基本的令人分心的事物。这么糟糕的能量只能来自一种感觉,生命苦短,需要我们组合、组合再组合我们的行为,成倍扩大我们的意识,像三明治那样实现一层层肌肉的协作。我们不是完美的。我们必须使自己臻于完美,我们必须穷尽一切力气。也许,这里面也有一种对自由的不合常理、不屈不挠的追求。任何一种单独的活动都无法掌控我们,我们是自由的,并不平静的自由;我们可以表现得很从容,但无法懒惰,因为每时每刻我们都在希冀变得完美。不,脸、颈、胸、皮肤和精神都没有达到完美的样子,我们必须不知疲倦地提升它们。因为这样做,我们就推倒了死亡压在我们身上的权柄,因为只要我们还在变得更好,我们就没有理由应该死去了。我觉得所有这一切后面的主导原则,可以用如下的话概括:不要将自己交托给任何一件具体的事务。分而化之,让它成倍增加。

和一个遵从所有这些指导的女人结婚,命运是多么可悲啊!但是我们又如何评价她拿在手里阅读的小说的作者的命运呢?——如果她刚好还有一只手空着的话。他如何获得她的注意力?他能用自己的炯炯双目让她停下吗？嗨，他自己也是病人罢了。他和所有人一样并非心甘情愿地成为虚荣的仆役。他也一样被生活的噪声，被那些哭喊、要求、反对要求、幻想、欲望和对完美的野心，以及那种虚假的希望、过错和对死亡的恐惧吞噬了。

但这种混乱并不必然对想象有害，小说中充斥着各种混乱，它们往往出现在小说中间。在《安娜·卡列尼娜》的第一页，读者被告知："奥勃朗斯基家里彻底乱了套。"混乱是托尔斯泰的伟大小说的主题。在托尔斯泰笔下，社会就是一个充满着混乱和令人分心之物的系统。因为社会不赞成他们的组合，安娜和沃伦斯基被拆散了。沃伦斯基逐渐感到厌倦；他没有一份正经的职业，没有关注的焦点，因为无论是爱情，还是对他人最纯粹形式的注意，都不可能日复一日始终如一。爱情不是一种事业。所以，沃伦斯基离开了。安娜的哥哥奥勃朗斯基最后孤注一掷，想要试图说服他的妹夫卡列宁离婚。安娜的命运就在此一举。

"奥勃朗斯基吃得酒醉饭饱……走进李迪雅伯爵夫人家里。"托尔斯泰写道。那天晚上，奥勃朗斯基睡着了，当他醒来时，他蹑手蹑脚离开了那房子，忘记了他本来应该对卡列宁提出的请求。第二天早上，他收到卡列宁拒绝同安娜离婚的答复。

我不知道我们怎样才能不会因为他妹妹的自杀而去责怪奥勃朗斯基。他就是一个普普通通的体面男人，不比一般人坏到哪里去，爱出汗，生活放荡，他非常爱自己的妹妹，但他无法让自己专注于她的需求。他不是自私的怪兽——他只是爱分心罢了。在小说写作过程中，真正的专注来自托尔斯泰。他的方法是一种刻意的缓慢和简单，而这种深思熟虑的缓慢则让我们的混乱获得了一种秩序和统一感。我们从混乱过渡到专注（某种程度上的）时，都会体验到一种近乎胜利的快感。不可撼动的混乱让艺术作品获得一种力量，而小说家比其他任何形式的艺术家都要更加深刻地处理这种混乱。很多事件降临在我们身上，它们索要我们的时间和判断；细节的一波波碎片不停地冲刷我们，带着将所有秩序和均衡都冲走的危险。小说家开始写作的时候，都会面临一种深刻的混乱和困难。有时候，正如詹姆斯·乔伊斯的《尤利西斯》，他孤注一掷，完全沉溺于那种混乱中。我并不是说，小说家知道秩序是什么样子；但他依赖自己的想象力，试图通达那种富有秩序的地带。在一件艺术作品中，想象力是秩序唯一的源泉。一些评论家认为，如果你想让作品在最后获得秩序，一开始你就必须拥有秩序感。并非如此。小说家一开始要面对的是混乱、不和谐，然后通过想象力的未知的过程，抵达秩序。至少，他抵达的秩序并非理性所设想的那种。我认为，评论家必须注意这一点。艺术是艺术家的语言，其规则不同于科学或哲学使用的语言。没有人知道想象的力量来自何处，或它需要处理多少混乱的部分。人们现在会说，想象已经抵达了自己的极限。人们现在认为，这种混乱如此普遍、深刻和痛苦，以至于爱、美和秩序都无法存在。也因此，评论家会断言，小说已死。这些人根本不知道想象力为何物，想象的力量可以有多大。我希望自己能够相信他们和善的客观。但我做不到。我应该完全无视他们，但这也很困难，他们是手握权力的一群人。也许不是真实的力量，而是某种权利。他们真让人头疼。

而且他们严厉裁决的时候带着那种该死的真诚！归根结底，他们禁止的是什么呢？是最好的部分，是花朵而已。但如果一个人身为作家，他会意识到这一点。他不像医生那样拿到医师执照，也不像律师那样通过司法考试；他也不像工具模具制造者那样当过学徒，也不像砖瓦匠那样加入一个工会。小说是由一个认为自己是小说家的人写出来的。除非他这么设想自己的身份，否则他根本做不到这一点。绝无可能。他必须以一种特殊的方式遭遇这个世界。他生活在大脑中的一团薄纱里，他状态好的时候，那团薄纱似乎飘浮在大脑里，而他状态不好的时候，那团薄纱就有气无力地耷拉下来。很难准确描述这团薄纱来自何处，它的构造又是什么，但这是作家自主性的证明。他召唤出自己，为自己敷上香膏。并不是先知选中了他。他也没有超自然的神力或社会资源可以辅助自己。现在，难道我们不正是美国人最喜爱的靠个人力量成功的人吗？其中一些人，确实如此。对于这种特殊的、自我选定的、称呼自己是小说家的人，他们并没有遇到可见的阻碍，那么我们可以说，这个被涂油的人是被他的想象所操控了；他说出了想象在他脑海中唤起的形象，而他也带着某种程度的自负认为自己写下的东西应该被人读到、也会被人读到。这种自负的根源——如果这称得上自负的话——也是非常让人生气的。事实上，任何明智而理性的人都会认为整个过程令人困惑。当时，因为这个过程是在个体身上发生，也没有伤害任何人，所以他们不会提出反对。只要权力的利益不受到影响，他们就会一直闭嘴。

社会并没有给这个自我选定的人多少鼓励，相反，作家要承受来自社会的多种负面压力。社会会为想象气恼吗？是不是有可能社会厌恶想象？有这个可能。无论如何，社会对想象都抱有一种不信任的态度。有一些最重要的行为是社会需要、支持的。有时候是身居高位的立法者，有时候是牧师，有时候是将军。对我们而言，则是商人、管理人员、政客和军队要人。他们手握权力，他们是典型，他们身上映照出普遍的人性。他们颇为自己的身份自豪，同时也得到全世界的尊敬，人们模仿他们，因为他们是权力和美德的化身。他们掌管军队、工业、出版帝国、制造出原子反应堆，并且为我们所有人理发。一个现代作家在描述这些人的权力时,被迫说得很含糊,因为他不知道这些人是如何工作的。艺术和权力之间的纽带早已断裂。

那么,如果作家确实和权力没有干系的话,那么他和主流世界的疏离不仅是因为他缺乏一定的尊严,同时也因为他被内心的那种自我认可驱使,要去过一种和大部分人都不一样的生活,为什么他心怀最大胆的想象却要纵深一跃跳入州政府的会议、五角大楼或者一次内阁会议?说来也奇怪,他自己甚至都没有这样期许过自己。他唯唯诺诺地接受现实规则的各种限制。一手知识、文献记载或自然主义的准确性的幽灵抓住了他。《红色英勇勋章》可能是最后一本完全基于想象的美国小说,而《日晷》杂志①上经常会刊登内战老兵愤怒的来信,谴责克莱恩在小说里犯的技术性错误——因为他没有亲历过战争,一切都是他想象出来的。我们这个国家非常崇尚事实,我们不喜欢浪费时间去读那些把波希米亚海岸沉船的资料和数据都弄错的书。我们喜欢把事实弄得准确无误,不然我们就感觉自己浪费了宝贵的时间。如果我们读了一位作者的书,我们会认为自己有资格——就好像我们将要雇用他——盘问他的资历和经验。因为我们真的是相信,经验有其内在的价值,我们对它就像对待其他有价值的事物那样带着一种攫取式的心理。经验从来不会是坏事,我们似乎倾向于这么相信;一个人拥有的经历越多越好。当然从一些方面来说,这种态度是有道理的,但我认为需要指出的是,经历的凌乱正是混乱。想象可以以自己的方式处理经验或者非-经验。美国作家拒绝去写自己不熟悉的任何事物,他们也借此宣告了想象的无力,并接受了自己的次要地位。

"当一个人知道,他隶属的那个集体的事业同时也需要他时,他的

---

① 《日晷》(*The Dial*),1880年—1929年发行的芝加哥本地文学批评杂志。

所有内在品质都会获得一种尊严。"威廉·詹姆斯在那篇《战争的道德等价物》里写道。好吧，作家当然会认为，如果集体知道自己的最大利益为何，它一定会发现自己像过去一样需要他——当然我们不必把他的重要性夸大得像国务卿或者国防部长那样——但至少和集体对心理医生——他们也一样处理的是经验的混乱，抑或和电视导演的需求一样。但既然作家已经发现了香膏并给自己敷油，他无需再用"全体"这种东西自欺。他感觉不到集体对自己的需要。除非他制造出很大的轰动，一夜暴富。因为，金钱一定会产生效力。"如果他以集体为豪，"威廉·詹姆斯继续写道，"他的骄傲也会相应增加。"现在似乎没有多少这种骄傲了。在现代，作家的情感和思想已经和主流方向背道而驰。如果他们追随集体——大众——它们会变得属于大众，而不是属于作家自己。

美国作家经常将自己形容为闲荡者、游民、乞丐和流浪汉。梭罗在瓦尔登湖畔的世外桃源，远离整个体制。瓦尔特·惠特曼形容自己是一个"粗人"。维切尔·林赛以他宣扬《美的福音》的经历写出了《乞丐袖珍指南》。作家经常避开他们通常要担负的日常责任。也许我形容的这种责任，还不如说是那些工业城、矿业城镇和其他大城市的日常程序。其他人每天起来，挤在其他人中间去上班。这中间并没有自我选定的作家。他坐在自己的房间里写作，是一个更自由的人。他更自由吗？他是自由的吗？也许他内心有一种微弱的、叛逆的恐惧，因为他在做的事很难对别人、对那些早上挤在密尔沃基大道上的有轨电车里的人说清。

"我闲步，还邀请了我的灵魂"，瓦尔特·惠特曼写道。也许，他在今天的同路人可能还依然这样。也许。我希望如此，因为他的想象需要一种平静的心态，但有可能他在工作，痛苦地工作，希望能和工厂或办公室里的那些兄弟协同合作。这是很有可能的，他确实是一个伙计，诞生于同样一批人中间。现在出于某种奇怪的原因,他要在原地,在芝加哥的这间房间和亚哈、塞万提斯、莎士比亚、《历代志》中记录的帝王和《创世记》之间,建起一座桥梁。因为他说:"难道我们不都是亚当的子孙,拥有相同的人性吗?"所以他邀请他的灵魂远离这些纷乱。

但有时,在那些大街上他能看到人们投注到大众活动、工业和金钱当中的巨大精力。身处一个美国城市,在中午你能感受到屋子的空旷。你能听到就在你写作的这张桌子正下方,楼下厨房的肥皂电视剧场景切换时管风琴的呜咽逐渐消散。有时候你会有一种疑虑,也许斯图贝克汽车厂和本迪克斯空压机公司已经吞噬了人类最主要的能量。人类智性、美学和道德的天赋是否已经中止?绝不可能。航天工程师已经向我们展示了,只需要四十五小时不间断的飞行你就能绕地球一圈。天才般的壮举——把人的身体和头脑整个拔起,让他们绕着地球表面飞行。在这项壮举实现之前,任何人都不应该感觉无聊,也不应该感觉孤独。风琴的战栗,以及(暂时)并非神殿的世界的空虚和单调,都是无足轻重的。阴暗的楼道上飘荡的啤酒气味也是不重要的。人类交流的缺失也只是暂时的。打字机上的那张纸上描述的一段现实中并不存在的对话是对祭坛上的特定诸神的献祭——虽然这些神祇现在并不在场。但他们会回来的,因为人们有一天一定会怀念他们。想象一下坐在湖边的梭罗。邻居的产业并没有阻断他和自然的联结。"你现在,"也许作家对自己说,"以一种更好的方式和你的伙计们相处。因为事实上他们彼此的关系又有多深呢?他们组成的'全体'是松散又脆弱。流水线上的同志情谊未必能经受住多大的考验,保龄球馆、俱乐部、小酒馆或者酒水小卖部发展出的情谊也不见得多深厚。军营里的生活又不一样,但在那里,如果你沉迷看书或者坚持自己的说话方式的话,只会招致嘲笑和憎恶。记住你对人类精神的忠诚，不要吃力地跟在断言你不是作家、只是一介渔民或农夫的乌合之众后面。你可能只是出于恐惧才会说出这样的话，害怕和其他人不同，害怕多数人的野蛮暴力。"

因此，当心烦意乱时，小说家必须学会对自己说话。因为在他工作时，极度活跃兴奋的想象会拖曳着他，他不需要用闲荡者或者一味游手好闲的人来为自己辩解。那些人作为他的先例，会让那些为财富奔忙的兄弟坐下来，感受自己的内心，讲一些悲伤的事情，在永恒世界之美等等面前获得平静。不，因为他会太过忙碌。

但时不时，他会产生这样的想法，他端坐在人类历史上最大规模的毁灭中间。人类对自身的厌恶已经将这个世界拖入了最野蛮战争的泥淖，人类的形象已经在集中营和监狱里被摧毁了——它们正是为这样的目的被建造的。我们看到尸体像柴火一样堆积成山，被屠杀的那些尸体上的金牙都被人撬下来。而即便在我们所谓的和平年代战乱依然不减。对商品的购买和消费让经济体制得以运转，坐在家里的作家可能将这些行为理解为一种责任、一种奉献，甚至战争。我们享受着奢侈的生活，也依然在战斗，我们大口吃喝，大笔挥霍，只为了维持我们的政府的形式，这个政府之所以能留存下来，恰是因为它制造、销售了海量的商品。他认为，这种形式的责任和奉献也许会摧毁我们的灵魂——它们被拽离我们的身体，被用作奇怪的用途。他想，也许在这一切之下，是对个体的延误。"消灭它吧"，也许是我们听到的秘密讯息。而很多人的内心也应答道："行，就那样吧。"有可能，这就是我们现在暴露其中的光怪陆离的混乱隐含的目的。如果真如此，作家，就应该如同一个教派的牧师一样，感到自己是不合时宜的。

"神父退场后，神圣的文学降临了。"惠特曼写道。他看到，诗人也已经吸收了司铎的职责。在《民主的展望》一篇中，他赋予诗人创造新人的任务，用他的说法，创造一种新的"原型"，而他将自己作为这种原型的一种代表。我们必须从某个地方开始。触碰我，他说，你就触碰到了一个人。我和芸芸众生并没有任何不同，他们和我也没有不同。我承担的你也将承担。这种爱的行为并不是过去的爱所能理解的。在这种强烈的差异中间，不存在爱。所以创造一种新的原型的任务属于诗人——人道主义者、学者。那这些人现在在哪里呢？你能在这个国家不同的地方看到他们，大部分都在不同的学院或大学里。他们是不同的人，虽然很多人努力不让自己显得与众不同。他们没有权力。大学成了文化的仓库。让我们想象住在俄亥俄州阿克伦市的一个男人，他教授意大利文艺复兴史。一想到他必须调和的东西，就令人感觉糟透了。又或者他教授伦理学，也加入系里的派系斗争。他的举止并不体面，而且他内心其实无法承受这样的冲突。我的意思是，有些观念不可能只被无动于衷地接受，试图抑制它们会带来毁灭。躺在他那间破烂阁楼里的床上，拉斯柯尔尼科夫因为他脑子里冒出来的可怕念头而羞耻；那种羞耻，就像放射性元素一样，会吞噬道德约束的高墙，带来可怕的毁灭力量。他施行了双重谋杀。但只有那种关于邪恶的想法是真正毁灭性的。那些真挚的人掌握的观念所带来的益处，可能和在消极的思考者身上产生的毁灭力量一样大。他的消极被动让他有一种自我蔑视的心理，正是这种心理会让他远离善的观念。他感觉低人一等，觉得自己是侏儒。在某些特定的情况下，他是一个幻想中的英雄，事实上很卑微，人们不能责怪他不去做人应该做的工作。他在纸上读到人们正在从事的事：人们正在筹划新的债券发行，引导公共舆论，解决苏伊士运河危机。人是活的，观念是死的。人们用轻蔑的态度对待观念。在这种前提下，文学也是卑下的事物。当然，有一些诗人存在还是好的。所有伟大的帝国都有他们自己的诗人。我们这伟大的帝国当然也需要自己的诗人。所以希律王坐在自己万众瞩目的宽大宫殿中，偶尔听着底下的地牢传来施洗者约翰的声音。他甚至懒得砍下他的头。

作家没有什么权力，但他无时无刻不在思考这件事儿。我在这里引用一些18、19世纪的宣言作证明。"诗人是未被承认的世界立法者。"告诉我一个国家的作曲者是哪些，我根本不关心谁是那个国家的立法者。"和所有之前的国家相比，一种伟大的全新的文学必将为美国的民主正名，并将成为它的依托（在某些方面是唯一的依托）。"

但我必须指出，文学的这种无力，相比于其他话题，已经成了现代作家最为关心的问题。我非常宽泛地使用了"无力"这个词，包括那种共情力的消失和衰退、感觉的失败（用伊丽莎白·鲍恩的形容，"心灵的衰亡"）以及文学性的无能。以下是一张概括的单子：

奥勃洛莫夫：他一辈子都待在床上。

福楼拜《情感教育》中的弗雷德里克·莫罗：在琐事上荒废了一辈子，最终腐化了。

亚哈船长："我已经失去了那种基本的快乐。"他的意思是他整个人已经发狂。他的精神能意识到自然之美，但他整个人完全不为所动。

《还乡》中的克林姆·叶布莱特：缺少游苔莎所追逐的那种情感。

陀思妥耶夫斯基《地下室手记》中的主角或非正统派主角：他的怨恨、冷淡和恶意，和他开阔的头脑一起，让他的形象无比鲜明。

利奥波德·布鲁姆：心烦意乱、无能的男人。

我可以给这个名单再加上几百个名字，从劳伦斯到普鲁斯特到海明威到他们数不清的追随者。他们讲述的都是同一个故事。巨大的恐惧，渺小的灵魂；人可能是神圣高尚的，但同样是卑劣且肮脏的；在应该敞开心扉的时刻，恐惧却让人的心灵紧闭。如果人天生就是如此不幸低劣，那我们在这里做的无非只是忠诚记录罢了。但如果人是按上帝的形象造的，人的地位只比天使低一点，他并非全能，故事就不完全一样了。作家整体写的就是这第二种假设，即人是比天使要低一等的生物。我不知道此处用"夸大"这个词是否准确，但我们必定会同意它所象征的一切。为什么不幸的人类需要权力，并且需要通过想象的荣耀来抬高自己呢？如果这就是权力所象征的，那因为这种无力而受苦就没有任何意义了。按照另一个更崇高的假设，他至少应该有足够的力量去抵御羞辱，完成自己的生活。他的痛苦、无力和劳役也因此才获得意义。这就是作家可以用来为权力正名的地方。它应该能反映人类的伟大。如果没有其他的力量做到这一点，那想象的力量就会担负起这个责任。

"产生伟大作品所必不可少的那种不受干扰的、天真无邪的、梦游症式的创作活动，今天已不复可能了，"歌德对爱克曼说，"今天我们的作家都要面对群众。每天在五十个不同地方所出现的评长论短，以及在群众中所掀起的那些流言蜚语，都不允许健康的作品出现。今天，谁要是想避开这些，勉强把自己孤立起来，他也就完蛋了。"[①]

[①] 引自《歌德谈话录》，爱克曼辑录，朱光潜译，人民文学出版社，1978。

所以，如果一个作家是明智的，他就会远离一些书、报纸、杂志和社交圈。但也许智慧并不能解决问题。每个人都发表自己的看法。秘密已经被泄露了。你去参加一个聚会，一个心理学家会告诉你按他的观察文学正在死去。这其实是一件非常冒犯的事儿。但我们又如何能指望一个小说家远离聚会呢？他必须去，也必定会听到最糟糕的评价，并且把他身上那种梦游者的天真暴露在极大的危险前。再一次，他们禁止了花朵的存在。但它们还会长出来。人类自身的伟大，还有他巨大的无能——都是永恒的。

作家应当树敌，这是最自然不过的事。这是生命的规律，不单是作家，在蛇类、老鼠和虱子身上都是如此。一种生物越是奥妙，它的敌人也会越难以捉摸。那些最微妙的敌人就是让你倒向他们立场的人。你读了一位显赫的评论家充满权威感的文字，你认同一半，然后你就心烦意乱，甚至陷入令人窒息的绝望。

完蛋了！我们从瓦莱里、T.S.艾略特、奥尔特加、奥斯瓦尔德·斯宾格勒或者新近从纽约晨边高地的最高点听到这句话！我们早就注定完蛋了。大恐龙已经灭绝，只有退化的希拉毒蜥留存下来。哦，又要回到布鲁图和卡修斯踢开的无足轻重的诗人那边了。今天，一位诗人周围会有一百位文学的监护人和医生，另有几十个丧事承办人已经在量棺材的尺寸了。D.H.劳伦斯在一首诗中写道，如果像蜥蜴就只是蜥蜴那样，人就仅仅是人该有多好！如果小说家，虽然只是退化的希拉毒蜥，但至少是一个真的希拉毒蜥该有多好！他便可以心无旁骛地坐在阳光下抓苍蝇。

小说家经受的训练就是要严肃对待语词，并且他认为他听到的语词是崇高的。他相信正是那神圣的声音在说："过时了，完蛋了。"但如果事实证明，这其实是那些低俗的声音，情况又会如何呢？

学者和评论家经常令人好奇地表现出产权人的样子。他们要盘点自己的产业，自何处开始，在何处终结。他们内在的那种保守的本能——任何一个热爱秩序的人都能认出并尊敬的东西——是抵抗突破、呼唤限制的。为什么不呢？而且，做一个跟随者的感觉也太好了。它满足了人的自尊，让他们忘乎所以。但诸如"过时""完蛋"这些词不带任何遗憾和痛苦地被说出口，这是一件多么奇怪的事啊。他们的口吻反而是心满意足的。这就更加奇怪了，因为如果评论家们是错的话，他们的观念就会产生很大的危害。它们必定会带来破坏。

钻研文学的学生和那些追随者站在一起。"谢天谢地！"他们说，"终于结束了。我们有了一处领地，可以研究了。"当然，认为凡事都应当有个终结这个想法是符合逻辑的。正如我已经观察到的，图书馆和二手书店已经被塞得满满的。广袤宇宙的物理空间已经吞没了我们，难道这还不够吗？难道我们还要被人的作品淹没吗？但我怀疑，如果我们不再写小说了，人们对小说的研究还能产生什么成果，或者甚至会不会有人继续读小说了。是想象力，而不是那种专业的研究，让想象保持活力。塞缪尔·巴特勒有一个理论，我非常同意："不管是书、建筑、绘画还是有机体，都是受到同类的启发的。"我不知道这种互相启发的过程的终结有没有什么历史原因。如果《安娜·卡列尼娜》或者《伊利亚特》这样本可以启发同类型作品的书不再被阅读，会发生什么？文学，所有类型的文学都会消亡。

"一个公认的宇宙图景不复存在，它和令人窒息的基督教一起被毫不教条的唯心主义和惭愧的唯物主义扫除了，小说也是这种过程的牺牲者。"所以 J.M. 科恩先生会在他最近的《西方欧洲文学史》中这么写

97

道。他的观点是一种最直言不讳的、直截了当的、斯巴达式的立场。我喜欢这种表述，因为它有一种非常专横的口吻。让我想起了大学时的教科书："十字军东征的起因是……""以下提到的社会发展推动了文艺复兴在意大利的诞生。"那些教科书一直这样生硬、朴实而积极。封建时代的结束、市民阶层的兴起、宗教改革、理性年代、科学（等）的兴起，让小说的伟大世纪成为可能。这套解释过去的方法如此（明显）好使，以至于现在的学者们试图用它来解释未来。这是历史学家的一种新的艺术分支——虚构的历史。自从 M. 茹尔丹，那个布尔乔亚的绅士，发现他每天说的话就是"美文"后，作家写出了"文学"，作家创作出了"艺术"，音乐家完成了"曲子"，现在文学史学家已经按照年代划分创造出了"文化"。

公认的宇宙图景？那是什么？有天我们会知道这句话的意思，如果我们能够的话，我们是否必须相信小说的衰落是因为小说的贫乏？雅各布·布鲁诺斯基在最近一期的《国家》杂志上，有力地论证了科学家的想象和艺术家的想象其实并没有太大不同。那科学家的想象是否也需要一幅公认的宇宙图景？科学迅速地改变了那幅公认的图景。那么，在沉闷的基督教时代过去之后，为什么科学能够幸存？

那些抛出小说正在死亡或者小说已死论调的人，都对多样性或混乱关上了大门。他们认为想象力根本无法克服这种程度的混乱。但他们说到一致的图景时，他们说的是我们拥有注定浅薄而无中心的大众文明。问："如果灵魂不接受呢？"答："它最好接受。这是历史所注定的。"但这种回答听起来有一股小酒馆或监狱的味道。我们开始讨论文学和快乐！这种不屈不挠的冲动是多么忙碌！

我们为何出生？我们在做什么？我们往何处去？在这永恒的天真的

追问中，想象力永远都会回到这些问题上。不管我们有没有一幅公认的图景，都是如此。因为并不是所谓的公认的图景让人类对他自身产生好奇，也不是因为历史或者文化，那种好奇是本能的、内在的。我们应该去问那些宣称小说已死的有教养的人士，他们自己的情感是鲜活的还是厌倦的。生活迅速将我们消磨殆尽，有充分的理由感到厌倦。但这并不是厌倦能解决的问题。

我们正生活在他们所谓的"末世论"的世代。整个世界变得和乒乓球一样轻盈。午餐时我们讨论善与恶、死亡和不朽，在鸡尾酒派对上我们讨论形而上的问题，就好像世界和酒瓶一样，需要在晚餐的时候清空。那为什么一个像"小说"这么微小的问题要逃避它的不确定时刻呢？

很多事情都已经被认为过时了。大学时代的我就苦闷地思考过斯宾格勒的作品。身为犹太人，我在他的辞典里就是一个巫师，因而是迂腐过时的，应该被淘汰。除非我弄错了，汤因比对犹太人的观点也差不多，他认为犹太人是某种化石。马克思和恩格斯是关于"淘汰"的先知。对于斯大林而言，富农是应该被淘汰的；对希特勒而言，所有低等种族应该被消除。在各种改革运动的垃圾箱里，我们都能发现数不清的被称作过时的正统观念。正如我们所知——库恩先生说到沉闷的基督教时还能指的是什么呢？——上帝也被认为是迂腐过时的。我并不是说就不存在过时的东西。我仅仅想指出，"过时"这个说法来源于进化论，在现代的各种类型的迫害历史中也扮演了一定的角色。在权力等级的最低处，远至罗马、柏林和列宁格勒，我们听到特定的学术和批评圈的人宣布，某种特定的想象现在已经过时了。维持它存在的必要的客观条件恐怕已经不复存在了。我从来没听说过这些圈子里的人宣扬金钱已经过时了，或者社会进步、社会地位已经过时了。很显然，这些东西更坚固，不需要那种对宇宙的本质的一致意见。

好吧，光靠辩论永远无法解决这个问题。无论是学者的否定还是作家的肯定，都不会有什么两样。"相信人类的存在本身就是爱"，西蒙娜·薇依写道。这会带来一些改变。但我们说自己又读完了一本现代小说时，可能会——太有可能了——发生这样的情形，"那又如何？我为什么要关心？作家你本人应该也并不真正在乎。"这种情况太普遍了。但这种关心，这种相信，或者爱本身，就是重要的。其余一切，无论是过时，还是历史观点、态度、对宇宙的一致意见，都是垃圾，毫无意义。如果我们对此毫不关心，没有热切的关注，那么不管是老的书还是新的书，不管是小说家还是政府，都会消亡。如果我们关心，如果我们相信他人的存在，那么我们写下的，就有了意义。

作家问自己："为什么我接下来要写这些？"尽管所有的理论都给出相反的结论，但还是有可能回答："因为这是必要的。"一本书，任何一本书，都很容易成为多余。但表达爱——难道这也是多余的吗？这部分我们已经拥有太多了吗？没有。它仍然是稀有的、动人的，它依然是抵抗混乱的有力武器。

[1957]

全世界的深度读者,当心!

E.M. 福斯特曾在去波士顿的火车上接受记者采访,当被问到第一次访问哈佛心情如何时,他回答说,听说在哈佛有一些他的作品的深度读者,他已经做好了被他们盘问的准备了,而这让他深受困扰。福斯特的这种忧虑显然是可以理解的。

在今天,我们的正经严肃之士比以往任何时候都更加正襟危坐,而福斯特先生这样无忧无虑的快活人几乎快要绝迹。在那些严肃的人眼里,小说是艺术作品,而艺术在文明生活中享有重要地位,而文明的基础则是惭愧而危险的——所以我们也许可以假定,如果我们足够严肃的话,一个好的小说家是不会邀请我们去野餐,仅仅吃点鸡蛋沙拉,在英式草坪或托斯卡纳的树林里追逐蝴蝶。蝴蝶是欢乐的生物,好吧,但它们内部隐藏着秘密的隐喻。就如鸡蛋,生命的秘密就存在于一颗蛋中。我们都知道。关于蝴蝶和鸡蛋沙拉的讨论就到此为止吧。

如果说把这种归纳分类的责任都推到读者头上也是不公的。很多时候,作家自己才是犯错的那个人。他不介意自己比一般人来得更加深刻一点。有何不可?

然而深度读者已经走得过火了,已经危害到文学本身。

"先生,为什么?"一个学生问道,"阿喀琉斯要用战车拖着赫克托耳的尸体绕着特洛伊的城墙跑上几圈。""这个问题听起来非常有趣,非常有趣,我也想知道。"教授说道。"嗯,你看,先生,《伊利亚特》里全是各种圆圈——盾牌、战车的车轮，还有其他圆形的事物。你也知道柏拉图对圆形的看法。雅典人就是为几何而生的。""上帝保佑你那平头下面的小脑袋，"教授说道，"保佑你的奇思妙想。你有绝佳的直觉。你的思考又深刻又严肃。但是，我一直相信阿喀琉斯那么做只是因为他太愤怒了。"

必须是一位非凡的教授才能意识到阿喀琉斯的愤怒。对于很多教授而言，阿喀琉斯象征了太多，但他就不可能是任何具体的东西。"是"某样东西，太过显而易见了。但我们的教授太过古板了，而那个聪明的学生对他很恼怒。愤怒！愤怒有什么用呢？伟大的文学是微妙、崇高而深刻的。任何时候，荷马都和柏拉图一样伟大；而如果柏拉图是那么想的，那荷马的想法一定和他一样，他一定也同样优美地思考过圆圈本身。

事物不是他们看上去的那样。无论如何，除非它们象征了一些庞大而高尚的东西，不然作家们根本不会费力去写它们。任何一个深度读者都会告诉你，当小说中的人物需要换乘公车时，那就是一种"旅行母题"。而旅行箱象征着死亡。煤库则象征着地下世界。苏打饼干则象征着宿主。三瓶啤酒——含义显而易见。高速运转的大脑可不会错过这场游戏，每一个游戏参与者都是赢家。

你是马克思主义者吗？那《白鲸》中的那艘裴阔德号可以被理解成一间工厂，而亚哈船长就是经理，船员就是工人。你的立场是偏宗教性的吗？裴阔德号在圣诞节那天早上的航行，就是一座向南航行的海上大教堂。你是弗洛伊德或者荣格的信徒吗？那你的阐释可以是丰富、无穷无尽的。我最近读到一个操作电子脑的年轻人对《白鲸》的全新解释。"一言以蔽之，"他说，"那条鲸就是所有人的母亲，她在水床上翻滚。

亚哈带着俄狄浦斯情结,用最可怕的方式杀死了她。"

这就是深度阅读。但公正起见,我们必须记住,本世纪最好的小说家和诗人们都不遗余力地在推动这种阅读方式。(詹姆斯·乔伊斯《尤利西斯》中的)摩莉的私密抽屉少了一枚钉子时,她不知道怎么把它们重新装上;布鲁姆脑袋里思考的东西也一直在变化,从语法到绘画,从绘画到宗教。作家只用几句话就囊括了这些。乔伊斯的天赋让一切获得了一种均衡。

然而,深度读者却很容易丧失理智。但凡他遇到任何与哲学或宗教有关的东西,都会把它放大得比齐柏林飞艇还要大。布鲁姆有没有掸掉斯蒂芬的衣服上的灰尘和木屑?那些并不是普通的木屑,而是斯蒂芬的十字架上的木屑。

还有什么?罗伯特·布朗宁在《西班牙修道院里的独白》那首诗中揶揄的那些僧侣的怪癖,用餐结束后要将刀叉交叉摆放在盘子上,还有其他种种,这些就是新系统的支柱。

我们需要将作家擦拭过的一切物什都赋予意义吗?现代文学和雕塑一样吗?批评就是《塔木德》或神学吗?全世界的深度读者,要当心!你最好能够保证你的严肃性确实是高级的,而非低级的。

一个真正的象征是实在的,而不是一种偶然存在。你不能逃避它,也不能移除它。你不能把那条手帕从《奥赛罗》中移开,或者把大海和《水仙号上的黑鬼》分开,也不能把那双变形的脚从《俄狄浦斯王》挪走。但是,你可以在阅读《尤利西斯》的时候不用疑心那些木屑和耶稣被钉上十字架有什么关系,也不用猜想西蒙(Simon)这个名字是不是象征买卖圣职(simony)的罪孽,也不会把都柏林人在中午感受到的饥饿和莱斯特吕贡巨人(Laestrygonian)的饥饿联系起来。这些都是完全次要的事物；如果你愿意，可以说是额外福利。不管你是何种类型的读者，你都不会错过一本书的美妙，天真地去阅读一本书好过带着那种文化上的偶像崇拜、自负和势利去阅读一部作品。当然，在我们的世代，保持天真是一件非常难的事儿。我们的生活被各种信息渗透。或者用我们喜欢的说法，信息在"泄露"。然而，即使是那些再精英的人的见解也依然是单薄的，那些最饱学的家伙，耳朵里塞满了晦涩的理论，本质上头脑却非常简单。

也许那些最"深度"的读者就是那些对自己最不自信的人。一个更加令人不安的疑虑是，相比于感受，他们更愿意接受意义。什么，为何又回到了感受？是的，这太糟糕了。我很抱歉再次提起这个令人疲惫的话题，但我无法控制这一点。那些学生们之所以慌忙拥抱"圆圈"理论，无非是因为阿喀琉斯的愤怒以及赫克托耳的死对他们而言太难以接受了。他的表现和那些面对激情和死亡的人没什么不同。他们或多或少都试图逃避这些东西。

这种逃避的行为是如此普遍，以至于我们无法单就某个群体进行批判。但如果我们不就这点进行讨论或采取行动的话，我们即将把文学整个儿都抛弃了。今天出版的小说都包含了完整的抽象和意义，只要我们对意义的渴求依然强烈，我们对实在、对细节的需求只会更加旺盛。意义本身并不是什么珍贵的稀罕物。在文学里，一旦我们不喜欢哪个人物，那个人就会变得抽象。而且……一个深度读者产生的干扰。是的，是的，我们都知道。但只要去读读那些充斥着实在和细节的小说，人们开门，人们点燃香烟。这些难道不枯燥吗？另外，你们希望我们通过一套程序来抑制那种对感觉的恐惧，然后假装成一个有血有肉的人？

当然不是，没有那种程序。

我们现在面临的是多大的困境啊！

我们必须靠灵感来弥补实在和细节，来重建血与肉的价值。与此同时，柏拉图的圆圈就由他去吧，让苏打饼干只是苏打饼干，木屑只是木屑。它们本身就已足够神奇。

[1959]

和黄孩子的一次聊天

"过去我的领口一直别着一个珍珠领带夹。"黄孩子韦尔说。过去的黄孩子,现在已经八十高龄,成了一个优雅、老派的绅士了。他用词考究,说话不疾不徐。他是他们那个年代最自信的人之一,他公开宣布金盆洗手,从此退隐。他在佛罗里达的一个女儿一直催他去同住,但他还是选择了芝加哥。他会告诉你,他住过那么多地方,没有一个地方比得上芝加哥。芝加哥是他的地盘。

不久前,我们在太阳时代大厦的大厅里站着说话时,一个年轻摄影师大步走到这个著名罪犯的旁边,一只手揽住他窄窄的苍老的肩膀,动情地说:"嗨嚯,黄孩子,黄孩子,你怎么样?"在这样的时刻,他那覆着胡茬的老脸上涌现出了一种你能想象的最真挚的笑容,但那层笑容上面同时又覆盖了一种谦卑和羞涩的神情。所有的酒保、女招待还有记者都认识他。巴格豪斯广场附近街区的那些日薄西山的老人都很尊敬他。房地产经纪人、律师,甚至法官和银行家有时候碰到他都会和他打招呼。他为什么要生活在别的地方呢?芝加哥是他出生之地,他的事业是在这里开启的。

芝加哥最早的市议员、政治大亨、绰号"澡堂子"的约翰·库格林最早喊他"黄孩子"。"澡堂子"发迹之前是在老布雷武特酒店当按摩师,当他还在往上爬时,还没有跋扈到不会和约翰·韦尔——黄孩子当时的名字——这样的人说话的。韦尔经常去库格林的沙龙。当时有一个老四格漫画,叫《霍根小巷和黄孩子》,在《纽约日报》上连载,库格林当时订阅了那份报纸。韦尔也狂热地追读那个连载,"澡堂子"约翰就会帮他把那些报纸留着。"哎呀,你就是黄孩子本人。"有一天库格林说道,于是韦尔就落得这么个名字。

黄孩子现在已是风烛残年的老人,所以这个名字倒也和他相称。他的胡子和已故参议员、花花公子詹姆斯·汉密尔顿·刘易斯的胡子几乎一模一样。不长的胡茬从中间分开,梳成八字胡,雪白又硬挺。你还能从胡子下面看到他的下巴,那已经是老年人的下巴了。你开始会以为你遇到的只是个一团和气的老骗子、一个二流的假行家,喜欢絮叨自己过去的劣迹,直到你在那颤巍巍的花白胡子下面发现那只薄薄的、有说服力的、尖锐的嘴。那是专横慑人的人才有的嘴。

过去他一定是个气度不凡的人。现在他身上还勉强维持着一种细心拾掇的利落派头。他的鞋子被擦得锃亮,虽然已经显旧了。他的西服料子很扎眼,看得出来经常送去干洗,但还是显得笔挺。他的衬衫一定还是他最发达的时候买的,他的脖子现在已经萎缩了,领口那里已经显得软塌塌的,撑不起来了,布料是那种绿色的方格嵌方格的样式。他窄小的脸看起来清清爽爽,很有活力。多年的行骗生涯已经给了他一种优势,人们不是特别容易辨得清他的出身和来历。

他通过诈骗伎俩骗到了几百万美元,不过后来几乎又将这些财富挥霍一空——都是那些合法的生意让他亏了钱。这是他最喜欢提到的讽刺。他妻子一直劝他改邪归正。他爱她——提到她的时候他依然带着柔情——因为她的缘故他愿意改头换面。但从来没有行得通。每次他想尝试正派的生意,永远就像遭到诅咒。无论是像免费赠送咖啡一样半买半送的钢琴生意,还是租下哈根贝克华莱士马戏团。他内心好像有个声音要让他留在邪路上,而他也没有忽略这个声音。

这么多年过去了,他对自己那些大胆的诡计制造的受害者并没有更多的怜悯。当然他是一个骗子,但他和同伙成功下手的"目标"也都不是什么好人。"我从来没有骗过好人,"他说,"都是些无赖。看着道貌岸然,但根本不是什么好货色。"以下是他对此的总结:"他们希望不劳而获。我就让他们扑一场空。"他的语气清晰又冷酷。他不是一同情心泛滥的人。当然,他想为自己的罪行辩护,除此之外,他相信没有义人,一个也没有。他把自己比作每天晒着太阳追寻至善的第欧根尼,最后以失望告终。事实上,他从来没指望找到它。

这个黄孩子,他是一个思想者,他也是一个读者。他最喜欢的作者似乎是尼采和赫伯特·斯宾塞。斯宾塞一直是美国中西部那帮渐渐从地图上消失的哲学自修者最爱的哲学家。1920年代,黄孩子还是芝加哥近北区的一个叫"腌黄瓜俱乐部"的波希米亚讨论小组的成员,那个小组的活跃气氛,有各种类型的古怪人物——诗人、画家还有各种坏脾气的人——如今都已经被庸俗之风吹得四散。芝加哥一度有成为第二个伦敦的前景,但它并没有;到处都冒出了新保龄球馆和酒吧,但没有新书店。纽约和好莱坞把艺术家们都吸走了。剩下的只有衰败。赫伯特·斯宾塞也注定被扫进垃圾堆。

但黄孩子依然忠实于他,他晚上的时间都用来看书——至少他是这么说的——思考社会的法则,思考法律准许什么禁止什么,强者和弱者,正义和历史。我不认为,黄孩子对弱者有多大的同情,他也不喜欢大部分的强势人物,尤其是政客和银行家。他对银行家抱有一种特殊的偏见,"他们基本上都是见不得光的,"他说,"他们经常只是刚好踩在法律准许的界线上。"

法律模糊的边界吸引了黄孩子敏锐的注意力。不久前，他在俾斯麦酒店的大厅里涉嫌犯罪被带走了。他告诉我，他当时只不过是在和酒店的一个客人聊天，大堂经理见之起疑，就打电话给了防诈骗中心的警察。黄孩子已经习惯了这种小小的迫害，也不会感觉冒犯，它们也没有搅扰他的平静。在法庭上，他还认真听了在他之前庭审的一个案子，是关于一个赛马赌注经纪人的。

"为什么这个人要被罚款、定罪？"当他自己的案子开庭后，黄孩子在庭上问，"既然赛马场内是允许赌博的，为什么这个人会因为打赌被判刑？"听到黄孩子这么说，法官表现出一些不安，回答说"政府要从赛马场征税。""我非常愿意给国家缴税，"黄孩子说道，"如果我能建一个房子，在里面行骗是合法的。如果国家给我发执照。那在我的房子外行骗的人会被抓起来，投进监狱；而在我的房子里，有执照许可的行为是安全的。这是一回事，法官大人。"据黄孩子的说法，法官没有给出令人信服的答复。

也许黄孩子对银行家的厌恶是来自他暗地里一直抱有的一种想法，就是如果有机会的话，他会成为比这些人都要成功的银行家。过去行骗时，他经常就假装自己是银行家。靠着那些伪造的华尔街文件，他能轻而易举骗过某个地方银行的行长，为了他许诺的各种资源，对方会迫不及待一路对他开绿灯。黄孩子经常会找一个托词，坐进行长自己的办公室。而他的"受害者"们走进房间就会看到他坐在宽大的红木书桌后面，自然就把他认作行长。

曾经有一度，黄孩子确实成了一家银行——芝加哥南拉萨勒大街上的美洲银行——的高级职员。他和另一个骗子大块头约翰·沃辛顿，后者神似 J.P. 摩根，一起付了大约七万美元，获得了银行的控股权。黄孩子成了银行的副行长。他伪造了很多信用证，从中大概赚取了三十万美元。黄孩子成功脱身，没有被抓住。另一次，他租下了一栋空置的银行大楼，然后往里面塞了很多他找来的群众演员。那些人让那个地方看起来一派忙碌景象，他们带着大捆现金走进银行，但实际上里面装的都是铅块。那些"目标"被此情此景骗过，很容易就上了黄孩子的当。还有一次，他在芝加哥的金融区租下了一套办公室，雇用了一些秘书学校的女孩，让那个地方看起来热火朝天。他们打印的名字都是从电话黄页里找到的。

有时候，黄孩子把自己伪装成一个医生，有时候是一个采矿工程师，有时候化身一名教授或者地质学家。"一战"中，他甚至还伪装成同盟国的代表。他鼓捣出了一些杂志和报纸去卖，那些报纸和杂志原先的照片都被抠去，换上了他自己的照片。他一辈子都在把子虚乌有的地产或他并不拥有的特许权，还有那些天花乱坠的规划方案卖给那些贪婪的人。

黄孩子的勾当让他隔三岔五就要下监狱——他在亚特兰大监狱和莱文沃思监狱都待过——但他令人信服地说，他这辈子没过过几天平淡乏味的日子。警察和媒体估测他一共骗到过八百万美元，其中的大部分都在糟糕的投资中赔光了，还有一部分被他挥霍掉了。他喜欢放荡的派对、歌舞女郎、香槟晚宴，还有欧陆旅行。他的衣服都是在伦敦的邦德街或杰明街定做的。那些英国裁缝做的衣服还是很好，真正的品质不会过时。但其他的，基本都随风而逝了。

"在我成年以前，"黄孩子说道，"我爱上了一个顶顶标致的女郎。有天我带她回家吃晚饭，我母亲……"说到这里，他的胡子激动得抖了起来，用他那双淡蓝而混浊的眼珠子严肃地盯着我，"远近闻名，极为注重餐桌礼仪。我们愉快地用了晚餐,然后母亲对我说:'约瑟夫,那是我见过的最漂亮的姑娘。她太好了,你配不上她。她是要嫁给百万富翁的。'从那时候起,我就下定决心,我也要成为一个百万富翁。后来我就是了。"黄孩子告诉我,这种想要变得富有的性驱动在他身上一直都很强烈。

"我身子骨很弱,没法干那种重体力活。我知道自己没法像其他男人那样吃苦。那我靠什么过活?我拥有的能量来自我的语言。我靠说话成了一个领导者。而且,我没法忍受那种一成不变的平淡生活。我需要刺激,需要不一样的东西,需要危险还有智力上的刺激。"

"我是个心理学家,"黄孩子继续说道,"我的领域是人类的大脑。曾经和我一起工作的一个中国学者告诉我,'人们能够在你身上看到他们自己'。当我意识到这一点,我就正式入行了。那种依靠某种观念生活的人比脑子里什么都没有的人地位要高得多。去挣钱并不是什么观念,那个不算。我说的是真正的观念。非常简单。我的欲望是无形的。但他们看到我时,他们看到了自己。我只是向他们呈现了他们的欲望是什么。"

将来再也不会有他这样的江湖骗子了,这个大骗子说,也许他们会羡慕他的江湖地位。但这些人能从哪里冒出来呢?大部分人最后培养出的都是乖顺服从的人。他们只会通过暴力,而不是其他有创造性的方式表达反叛。如果社会能给你通往堆着最多假钞的地下室的钥匙,那有什么必要成为强盗或逃亡者呢?按黄孩子的说法,美国政府操控着史上最大的无偿财政援助项目。

黄孩子曾有一度想在密歇根湖的一个人工小岛上成立一个小型共和国,他想借此获得对外援助资金的资格。

一个有头有脸的人物，有时候也是个公众人物，一个花花公子，一个哲学家……黄孩子说他现在经常做点善事。但是防诈骗中心的警察们一直盯着他。他告诉我，不久前他和一个神父大人走在街上。他们当时讨论着在教区搞一场资金征募。很快，警察们就在路边停下了，一个警探问："干什么呢，黄孩子？"

"我在帮大人解决问题，都是合法的。"

大人对警探保证这是真的。

警探转向神父大人，"某某某先生，"他说，"穿这身衣服行骗不感到害臊吗？"

这个想法让警探如此震怒，他把他们两个都带回了警局。

黄孩子安静地笑笑，等着警察出糗；满脸皱纹、胡子拉碴，他带着半是揶揄半是幸灾乐祸的神情看着这一切，就好像这是撒旦的派对。

"他们不相信我已经洗心革面了。"他说。按黄孩子的说法，警察的心理是非常呆板、狭隘而简单的。他们拒绝承认人的性格会变。

关于警察就说这么多，这些无药可救的蠢货。那罪犯们呢。黄孩子似乎对罪犯们的智慧也不是很上心。那黑社会分子又如何看待骗子呢？我问道。流氓和小偷非常讨厌他们，他说，永远都不会相信他们。在一些情况下，他们对骗子有一种特殊的、掺杂着道德的观点。他对他们来说太精神化了。

"更低级的罪犯对我的态度很值得玩味，"他说，"他们要么避开我，要么对我极度冷淡。我永远不会忘记曾经和一个夜里出来的小偷讨论我们和受害者的关系。他认为我属于最不道德的那种罪犯。更糟糕的是，在他看来，我把自己公然暴露在那些上当的人面前了。'哎呀，'他说，'你就在他们跟前。他们看到你的脸了！'在他看来这是最致命的欺骗了。这是他们对待道德的格局。"黄孩子又说:"在他们看来,你应该蹑手蹑脚靠近人们,把手伸进他们的口袋里,或者破门而入抢劫,但如果看着对方的眼睛,获取对方的信任,那样就太肮脏了。"

我们在克拉克街桥附近嘈杂的瓦克大道分别。告别黄孩子的故事,我的耳朵听到了这个城市的声音。芝加哥一直在变化,让这个城市的老人们震惊。比如说,有轨电车已经和过去不同了。你看不到过去那种又结实又古怪、巨大而笨重、像奶牛一样吭哧吭哧前行的红色有轨电车了。新的有轨电车是绿色的,像蜻蜓一般呼啸而过。一辆电车锃亮的车身发出轻柔的电机声经过黄孩子身边,他正朝洛普区走去。他的利落派头还有坚定的脚步,他的胡须,还有被风翻卷的帽子,让有轨电车旁边的他看起来就像是这个城市的传统的化身。

[1956]

1960 年代

隐藏的珍宝

几年前，我在伊利诺伊州旅行，为一篇文章搜集素材。那真是灿烂的秋日，玉米长得高高的，中间有几条笔直平坦的路，叫人没法不开到最大码。我从芝加哥去到加利纳，然后向南穿过州中心腹地到达开罗镇和肖尼镇。一些矿业县和密西西比河沿岸人烟稀少的小镇里，随处可见贫困萧条的迹象，但带着过往遥远风味的州里其他地方，都富得让人眼花缭乱。"猪猡的天堂，"有人对我说，"从没这样过。"商店里全是货物，全是来买东西的人。田里有最新款的收割机；家里摆着洗衣机、烘干机、冰箱冷柜、空调、吸尘器、搅拌大师、皇庭牌粉碎机、电视机和立体声高保真音响、电动开罐器，还有《读者文摘》缩写的小说和时髦杂志。院子里停着颜色扎眼的时髦汽车，好像外太空来的飞船。

……在大多数地方，一切都是尽可能地新。教堂和超市都有同样的现代设计。富裕的农民在空中驾驶着自己的飞机。工人们在精心挑选的硬木地板拼成的小道上玩着保龄球，犯规计分、重摆木瓶都由电动设备完成。五十年前，伊利诺伊诗人维切尔·林赛访问了这些城镇，传播"美的福音"，号召人们建立新的耶路撒冷。

除了主干道以外，街上都空空荡荡，叫人无聊，到了晚上，连主干道也不见什么人了。不安分的青少年聚在冰淇淋店门口，或是在摆着链锯、按摩椅、舷外发动机和垃圾处理器的商店橱窗前面晃来晃去。这些人，像大精灵一样，默默统治着黑夜。

显然，生活里的某些重要成分缺失了。

有人让我写写伊利诺伊，但我该如何将它同印第安纳、密歇根、爱荷华或密苏里州区分开来呢？住宅的建造和装修风格都如出一辙，给奶牛挤奶用的机器也一模一样，哥伦比亚广播公司（CBS）和全国广播公司（NBC）在伊利诺伊州罗克福德、康涅狄格州丹伯里和犹他州盐湖城播放的节目也差不多。杂志、发型、沙拉酱、电影明星都不单有美国的，还有世界各地的。除了菜单和衣服剪裁上的细微差别，还有什么能将伊利诺伊中产阶级的舒适生活同科隆或法兰克福的生活区分开来呢？

我问道："这一带的人都干什么？""干活呗。""他们不干活的时候呢？""看电视呗。打打扑克，玩玩卡纳斯塔或者金罗美。""还干什么？""去俱乐部碰头。要么坐在汽车里看露天电影。投投球。哎呀吵吵闹闹的。也打保龄球。喝点小酒。到处修修补补，摆弄电动工具。上少年棒球联盟教教孩子们打球。到童子军小队当当辅导员。""是，但是他们具体做些什么呢？""哎，先生，我不就在告诉你他们做些什么嘛。你到底想问什么？""你看，我正在写一篇关于这里生活的文章。""是这样！天哪，你找错门了。这儿真没什么可写的。这伊利诺伊啊，哪哪儿都没什么事儿。无聊得很。""好几百万人在这儿呢，不可能啥事儿都没有。""我跟你说啊，你要写的是好莱坞、拉斯维加斯、纽约、巴黎。那儿才有热闹瞧呢。"

像这样的对话，发生过不下二十来回。

这些人的生命力完全让新鲜事物给吸去了吗？难道说有种高超的创造力和生产力接管了他们，也不需要他们身上那些感官能力了，就都给弄瘫痪了？还是说，早前人们对现实的理解，是基于饥饿的威胁、需要不断艰苦劳动？有没有可能，人们在声声抱怨的无聊，实际上是巨大变化所带来的兴奋难捺？

我去了公共图书馆，发现人们非常需要好书，这真是一点都不奇怪，还发现在伊利诺伊中部，有人读柏拉图、托克维尔、普鲁斯特和罗伯特·弗罗斯特。这些我早料到了。可我不明白的是，星散孤独的读者们借了这些书，又能派上什么用场。他们和谁讨论？在乡村俱乐部，在保龄球联合会，在邮局分拣信件的时候，或是在工厂，在后院篱笆边上，他们是如何讲起柏拉图的《正义论》或普鲁斯特的《追寻逝去的时光》的？日常生活里他们没什么机会谈这些。"好几百万人在这儿呢，不可能啥事儿都没有。"我对此深信不疑。但是在伊利诺伊的莫林镇，一个女人的才智或修养必然是她的秘密，甚至近乎她私底下的恶习。她在桥牌俱乐部的朋友见她思考这些东西，会觉得她奇奇怪怪的。她可能连对妹妹，甚至对丈夫都不会表露出任何思想。这会是她的发现，她封了十层隐藏起来的珍宝，她个人力量的源泉。

托克维尔说："民主时代的人的语言、服装和日常行为，不能激发人们对理想的向往。"① 他还说了更多，但这句就眼下来说也够用了。让我们同时来看下面这个事实：这些人，或他们中的一些人，会读《神曲》《暴风雨》和《堂吉诃德》。他们会如何化用这些作品呢？一些人会把它们和电视节目混在一起。其他人则会把这些作品缩小了来理解。我们对它们的理解（现在是抛弃第三人称的时候了）肯定是错误的。然而它们还是打动了我们。也就是说，我们仍然能够看到人类的伟大。这不

---

① 引自《论美国的民主》(下卷)，第一部分第十七章，托克维尔著，董果良译，商务印书馆，2017。

是小昆虫看见大象的问题。我们并非分属不同物种。没有某种与生俱来的同情心，我们就读不懂莎士比亚和塞万提斯。而在我们当代的小说中，这种理解人类最伟大品质的能力似乎消散、变形了，甚至压根被埋葬了。现代大众社会没有给这些品质留出公开展示的空间，也没有描述它们的语汇，更没有将它们广而告之的公开仪式（教堂除外）。因此，这些品质仍属私密，且和其他惹我们烦恼、让我们脸红的种种私事混在一起。但这些品质并没有消失。伊利诺伊莫林镇的女售货员会去图书馆借《安娜·卡列尼娜》。这个携海量产品席卷而至的社会，会制约、影响我们，但不会让我们完全改变天性。它迫使我们人类物种将某些天赋的元素隐藏起来。在美国，这些隐藏的元素身披奇特的个人秘密形式，时而使人堕落；时而让他们表现出惊人的慷慨。总的来说，在我们称之为文化的东西里，是找不见它们的。

它们不在街上，不在商店里，不在电影里。它们是缺失的成分。

陀思妥耶夫斯基在《卡拉马佐夫兄弟》中警告说，最大的危险是全世界所有人的蚁穴[①]。D.H.劳伦斯认为我们工业化城市的平民就像古代帝国为数众多的奴隶一样。乔伊斯显然相信，普通人身上发生的事情，也就是他的外在生活，没什么意思，入不了编年史。詹姆斯·史蒂芬斯在他给俄罗斯哲学家洛扎诺夫的《孤独》所作的序言里说，小说家试着用人为手段维系感受力和活着的状态，因为现代社会里，这两样东西已

[①] 参见《卡拉马佐夫兄弟》，陀思妥耶夫斯基著，荣如德译，上海译文出版社，2004：如果采纳神通广大的精灵提出的第三个忠告，你就解决了世人寻找答案的所有难题：向谁顶礼膜拜？把良心交给谁？怎样使所有的人联合成一个没有争议、和睦相处的蚁穴？因为全世界联合的需要是人们第三桩、也是最后一桩烦恼了。人类就其总体而言，历来追求成立一定要包罗全世界的组织。

经死绝了,他的意思是说,我们只是拿死巨人的激情赋予小矮人,试图以此取悦他们。

心灵操纵、洗脑和社会工程,只是文明世界的作家们长期以来所理解的进化过程中出现的最新进展。当我们阅读19、20世纪最优秀小说家的作品时,很快就会意识到,他们是在穷尽所能地给人性下定义,为生命的延续和小说的创作辩护。不管你喜不喜欢,陀思妥耶夫斯基说,获得自由,并且在痛苦的刺痛下,作出善与恶的抉择,是我们的天性。托尔斯泰说,人的天性就要求真理,不允许真理永远在谬误和不真实中停驻。

我认为那些对现代境况持最尖刻看法的小说家,倒是最充分地利用了小说的艺术。福楼拜给一位抱怨《包法利夫人》的通信人回复说,"重现这些不光彩的现实让你觉得恶心,难道你认为我就不会像你一样,也在心里感到压抑吗?如果你更了解我,就会知道我憎恶庸常的生活。就我个人而言,我总是尽量让自己远离它。但从美学角度来说,我渴望这一次——也是唯一一次——去探索它的深处。"

作家的艺术似乎是在为生存的无望和卑贱寻求一种补偿。作家用一种神秘的方法,把自己同日常生活中几近湮没的感情和理想观念联系起来。有些自然主义的小说家,把所欲求的一切都押在日常生活上,以保持与周围世界的联系。他们中的不少人,充其量不过是把自己变成了记录工具,还有更糟糕的,是去奉承人们。恶心极了。但大多数现代小说家都遵循了福楼拜的准则——审美准则。埃里希·海勒教授在《被剥夺继承权的思想》一书中写道,信仰丧失所引起的震撼,让雅各布·布克哈特对历史产生了一种审美观点。如果他是对的,那么强烈的失望感和唯美主义就会相伴而生。福楼拜抱怨说,外部世界"令人厌恶、令人沮丧、腐败堕落、让人变得麻木无情……我正在转向一种美学神秘主义"。他写道。

我不断提及福楼拜,是因为诺曼底的永镇和伊利诺伊盖尔斯堡之间的联系越来越紧密;因为福楼拜认为,作家必须通过意象和风格,提供外在世界所缺乏的那些人性品质。而且,因为我们都接受过他的方法的训练,我们就像莫林那位孤独女子一样,她的敏感是她封了十层的珍藏。

对人性素材的失望已经成为当代小说的一部分。人们认为社会不能给小说家提供"合适的"主题和人物了。因此,小说中顶顶要紧的人性就是作家自己的人性。他的支配力,他的精湛技艺,他的诗性力量,他对命运的解读都是这本书的核心。这就要求读者把自己的同情感赋予作家,而非人物,这让读者某种程度上也成了小说家。

福楼拜、亨利·詹姆斯、弗吉尼亚·伍尔夫和詹姆斯·乔伊斯等小说家如此坚持审美目的,有时甚至到了专横的程度。这会大大制约人物的处境。我们固然收获了大量诗一样的语言和真知灼见,但多数情况下,作家看上去像是被剥夺了其他一切能力,只会观看和绝望。不过,在现实中,他是拥有非常大力量的。有没有可能,西部片、惊悚片、电影、肥皂剧和真情告白会篡夺这力量,并永久取代它呢?除非人性有无限的延展力,能随意塑造,没有古老的面包和肉也能过活,否则是不可能的。

一部小说由一系列的瞬间组成,在这些瞬间里,我们心甘情愿地全神贯注于他人的经验。或者正如《哈德逊评论》最近一篇文章所写的那样,小说家和他的读者要共有"一种强烈的信念,即其他人的个人生活里，包含着人类一切的真理和潜能"。这么说吧，我们尽量委婉一点——现代社会往往不能激发这样强烈、极度的信念了。在这一点上，我们已经学会了对自己撒谎。温和乐观的美国人真的会假模假样地说起他们对彼此的爱。跟我在伊利诺伊聊天的那位，在说他的生活很无聊时讲的是实话，但如果我问他是否爱他的邻居，他就会变得非常虔诚。然后他会按照信条，回答说他对邻居怀有无尽的爱。

对此，D.H. 劳伦斯使出全身力气大声疾呼。"同情的心都碎了，"他说，"我们在彼此的鼻孔里发臭。"也就是说，我们不能自如地接受自己或他人的生物性存在。他告诉我们，这是现代文明的过错。我们必须在一定程度上表示认同，但这是个严肃的问题，也要小心避免夸大其辞。毕竟我们的生活有赖于此。确实，有充分的理由去厌恶和恐惧。但厌恶和恐惧会削弱判断力。焦虑破坏平衡，痛苦让我们失去主张。

一个人只有乐观到愚蠢的地步，才会高举全然肯定之手，在一片反对的暗沉背景下大声尖叫："同意，同意！"可是，同情的心有时会碎，有时不会。说"碎"是鲁莽的；说"完好无损"则是无稽之谈。两边都有要辨个黑白的偏执之处。

至于小说家，他必须谦虚谨慎，小心行事。他不应该纯粹从文学的角度去谴责一般的恶。世界不欠他什么，他也没有理由为了小说而对世界火冒三丈。他不该指望生活为了他，就不分崩离析，就成全他的雄心。如果他一定要这么做，就让他像福楼拜一样，"憎恶庸常的生活"。但他不该再为琐事而绝望。他从浪漫主义继承来的一大遗产，便是对平庸和丑陋的敏感，现代小说的不少细微变化——歪斜的牙齿，脏污的内衣，生了痈疮的职员——都源出于此。这里就产生了一种流于俗套的不应有的不幸，一种对生存的怨恨，而这不过是种时尚罢了。

人口的巨大增长似乎让个人渺小得不行。现代物理学和天文学也起了这种作用。但我们可能处于虚假的伟大和虚假的渺小之间。至少我们可以停止对自己的误解，认识到在这个世界上我们唯一能做的就是人。我们暂时地被奇迹浸透，感觉晕眩。

[1960]

犹太人说故事

　　犹太人的宗教在世人看来是神启之下的历史。然而,《旧约》的启示,无疑同它的故事和隐喻不可分离。各路评论家挣脱了正统观念的束缚,用20世纪或清晰或冷漠的眼光来看《圣经》,把新旧约全书都称为小说。已故的欧内斯特·萨瑟兰·贝茨（Ernest Sutherland Bates）编辑了一部"作为鲜活的文学作品来阅读"的《圣经》,D.H. 劳伦斯说起《圣经》里的祖先①和大卫王来,好像他们都是虚构人物。托马斯·曼在他的约瑟系列小说里表明,在讲故事的时候,约瑟会对他兄长们的嫉妒做怎样近乎悲剧色彩的描述（他如何得到一件彩衣；他的哥哥们如何生气；他们怎样把他卖到埃及去；他的父亲如何哀悼他；他如何被波提乏的妻子骚扰,又如何被监禁；他如何解梦,位极人臣；故土有饥荒,他的兄长们来籴粮；他最后是如何向他们亮明正身）——这样一个故事讲下来,约瑟可能比他的主人法老还要伟大。因为故事中自是蕴含着力量。它证明了个体的人的价值和重要性。一时间,世上所有的力量和光辉都集中在几个人身上。哈姆雷特临死前对他的朋友说:"霍拉旭,我一死之后,要是世人不明白这一切事情的真相,我的名誉将要永远蒙着怎样的损伤！你倘然爱我,请你暂时牺牲一下天堂上的幸福,留在这一

---

① 《圣经》中狭义的祖先指亚伯拉罕、他的儿子以撒和以撒的儿子雅各（后改名以色列,是以色列人的祖先）。

个冷酷的人间,替我传述我的故事吧。"①一个故事在失败结局里,又包含着澄清冤屈、伸张正义的希望。说故事的人就是有这种让人接受他对事情看法的能力。在犹太传统的故事里,世界,乃至宇宙,都具有人的意义。事实上,犹太人的想象力有时候是有点过头,把万事万物都过分人化,为我们、为人类做了太多的论证,给外在事物赋予了太多的含义。对某些作家来说,基督教本身好像就是说故事的犹太人的发明,以帮助弱者,帮助少数人战胜强者和多数人。

对于这样的指控,犹太人会用 bilbul 这个词。bilbul 的意思是诬告;字面意义上,指的是一种混乱。对于老一辈东欧犹太人来说,没有故事的日常生活是不可想象的。每当我让父亲解释点什么,他总会说:"事情是这样的。从前有个人住在……""从前有个学者……""从前有个寡妇,她有个儿子……""有个卡车司机在一条偏僻的路上开车……""有个老人独自住在森林里。他们家就剩他一个人了,他病得很重,身子极度虚弱,连煮粥的力气都没了。一个大冷天,柴火用完了,于是他出门去捡。他又老又驼,背着一捆绳子。在森林里,他把绳子铺在雪地上,把拾来的木柴放在上面,打了个结,但他太虚弱了,提不动那捆东西。对他来说太重了。他抬起眼睛,向天堂呼喊:'我的主啊,把死神给我送来吧!'立刻,就看见死亡天使向他走来。天使对他说:'你招我来,要我做什么?'老人灵机一动,说:'是,是我招呼你来的。这些柴火我背不起来,不知道你是否介意帮我一把。'"

"所以,你看,在谈到死亡的时候,"父亲说,"没有人真正做好了准备。"

---

① 引自朱生豪译文。

三个犹太人在吹嘘他们的拉比，一个说："我的拉比非常虔诚，他非常敬畏上帝，日日夜夜都在发抖，晚上必须用皮带把他捆在床上，免得掉下来。"第二个说："是的，你的拉比很了不起，但他还真不能和我的拉比相比。我的那位是如此圣洁、公正，让上帝都颤抖。上帝害怕得罪他。如果最近世道不好，你们自己就明白了。那是上帝在发抖。"第三个犹太人说："你们的拉比都是伟人。毫无疑问。但这两个阶段我的拉比都经历过了。在很长一段时间里，他也颤抖，到第二阶段，他让上帝颤抖。但他后来仔细想了想，对上帝说：'瞧！我们为什么要一起颤抖呢？'"

我把这些故事里的态度称为典型的犹太性。在这里面，笑声和颤抖奇妙地交织在一起，很难确定两者之间的关系。有时，大笑似乎只是为了恢复理智的平衡；有时，故事或寓言中的人物似乎在邀请或鼓励颤抖，带着秘密的目的——通过大笑来克服颤抖。阿里斯托芬和琉善毫不犹豫地把奥林匹斯众神拉进他们的玩笑，而拉伯雷的幽默也不会放过天堂。但这些喜剧天才都是别的不同类型。犹太人的幽默是神秘的，我们很难去分析它——甚至在我看来，西格蒙德·弗洛伊德也分析不好。最近，一位犹太作家（海曼·斯雷特在《高贵的野蛮人》中）提出，笑，也就是生活的喜剧感，或可作为上帝存在的证明。他说，存在要是没有原因，那就太滑稽了。真正的秘密，终极的奥秘，也许永远不会在一个斯宾诺莎式人物的严肃思想中显现，但我们笑的时候（这个想法有一点点的哈西德主义[①]），我们的头脑就会告诉我们上帝的存在。混乱暴露了出来……

[①] 犹太教正统派的一支，在犹太教神秘主义中加入"快乐"的元素。

对于身在俄国犹太人居住区的作家来说，竭尽所能地以同情笔触描写犹太人的生活，是顶顶重要的。这也情有可原。因为犹太人曾受到残酷压迫。在他们的故事里，犹太人生活的所有美好之处都被推到前景，忌妒、野心、仇恨这些原始粗俗的东西往往被隐去了。在我的童年时代，第一次世界大战之后，蒙特利尔的犹太贫民窟离波兰和俄国的犹太人聚居区并不太远。在这样的流放和苦难之地，日子一点都不寻常。但无论日子过得平凡还是非凡，艰辛还是甜蜜，在大多数现代犹太作家的作品里都看不到。这些作家往往倾向于把生活理想化，用祈祷披肩、经文护符匣、安息日情绪、逾越节晚餐、牵线做媒、婚礼华盖把它掩盖起来；悲伤的时候有哀悼祈祷文（Kaddish）；取乐的时候有被称为"schnorrer"的乡村乞丐；表达赞美的时候有大胡子的学者。犹太文学和艺术让犹太区变得多愁善感、甜美和睦；而他们"赏心悦目"的照片远没有真实生活有趣。在这个让犹太人如此痛苦的世纪，一些人认为，作品里这样缺乏现实主义并没有什么错，这时候就不该再坚持公关和艺术之间的差别了。看来，希特勒恐怖主义的幸存者们会从巧妙宣传里得益甚多，那是现实主义的表现带不来的；或者说，人们迫切需要海报，甚于大师的杰作。

诚然，有人会说，利昂·乌里斯的《出埃及记》算不上一部小说，但它是一份非常好的记录，我们现在正需要这样的记录。我们不需要像菲利普·罗斯那样揭露犹太人讨厌特质的故事。犹太人被诽谤、被威胁得够多了，受到这么大的冒犯——是否因此，他们就该在文学作品中被不合规则地描述，以得到他们宣称的那些好处？这个问题相当棘手。我认为，人们会看到，这种基于需求的观点也曾被赫鲁晓夫使用。俄国寡头政治只认可它所谓的"社会主义现实主义"，这词别致极了。宁要西蒙诺夫，也不读帕斯捷尔纳克。因此，吊诡的是，美国犹太人群买乌里斯和帕斯捷尔纳克的原因截然不同——买《出埃及记》是因为这对我们有好处，买《日瓦戈医生》则是因为这对他们有坏处。在文学中，我们不能接受政治标准，我们只能有文学的标准。但在世界上所有自由国家里，犹太作家都是可以随心所欲地写作的，用法语（安德烈·施瓦茨-巴特），用意大利语（伊塔洛·斯韦沃），用英语，或者用意第绪语和希伯来语。

几年前，在耶路撒冷，我同希伯来语作家之执牛耳者 S.Y. 阿格农有过一次有趣而富有启发性的谈话。这位瘦骨嶙峋的老人，脸色显得格外年轻，他在家里接待了我。他住的地方离那些隔开城市的铁丝网不远。喝茶的时候，他问我，我的书有没有翻译成希伯来文。如果没有，我最好赶紧关心一下，因为，他说，只有用神圣语言写就的书才能留存。我想他的建议应该是半开玩笑半认真吧，是他提醒我注意这个奇特情形的妙计。我举了海因里希·海涅的例子，说他用德语写诗就写得相当好了。"啊，"阿格农先生说，"我们已经把他翻译成漂亮的希伯来文啦。他是安全的。"

阿格农先生在自身所在的古老传统里感到安心。但是犹太人已经用希伯来语以外的语言写作超过两千年了。《新约》学者休·J. 舍恩菲尔德称，《福音书》的部分章节是用一种意第绪语化的希腊文写成的，"其在意象和隐喻方面之丰富多彩，就像它在语法结构上常常粗心大意的程度一样"。与阿格农先生相比，其他犹太作家没那么机智敏锐，对海外犹太人的语言，他们忧心忡忡。他们有时觉得自己像欠钱的人，在陌生的环境里被迫使用祖先不曾知晓的语言。我不记得身为波兰人的康拉德可曾觉得这是难以忍受的困难。他热爱英国和英语。但我记得乔伊斯，一个爱尔兰人，确实感到了其中的艰难。《一个青年艺术家的画像》里的斯蒂芬·迪达勒斯，多少有点嫉妒一位英国老耶稣会士，这位修士精通他自己的语言。但是，年轻的迪达勒斯在他这个人生阶段还是太狭隘了。在梅耶·莱文的一个故事里，一个角色惊呼："我是个外国人，用外语写作……我是什么？我自然是土生土长在这里。我的父母来到这个国家……他们是真正的移民，真正的外国人……但是我，一个在美国出生、吃着热狗长大的人，在美国却格格不入。记住：要使艺术具有普遍性，就必须把它限制在一定的范围之内。一个艺术家必须是时间和地点的完美统一，他要觉得自在，身上没有外来的不相干的成分。我是谁？我从哪里来？我只是个意外。我有什么权利用这种美国的语言乱涂乱画？它对我来说，并不比对洗衣店的中国人来说更自然呵。"

如莱文先生的人物所表达，也是莱文先生竭力展示的"时间和地点的完美统一"的理论，是不会给这个世界带来什么艺术的。艺术出现了，然后理论才去思考它；这是艺术与理论之间关系的一般规律。我们不能说伊萨克·巴别尔的故事不是典型的犹太故事。而且这些故事是一个非常了解意第绪语、足以用之写作的人，用俄语写的。在巴别尔因斯大林大清洗从人们的视线中消失之前，他负责用意第绪语出版肖洛姆·阿莱汉姆的作品。那么，他为什么要选择用俄语来写自己的故事呢？用压迫者、波别多诺斯采夫①和黑色百人团②的语言？如果在写作

---

① 康斯坦丁·波别多诺斯采夫（Konstantin Pobedonostsev，1827—1907），亚历山大三世和尼古拉二世极端保守的童年导师，主张将犹太人驱逐出境，减少其教育配额、剥夺权利甚至威胁进行大屠杀。

② 黑色百人团，20世纪初俄罗斯的一个极端民族主义运动团体。该组织是罗曼诺夫皇室坚定的支持者，以极端的俄罗斯民族优越学说、仇外、反犹太主义和煽动反犹骚乱而著称。

之前，他就已经确定了自己的位置，他便不可能认为自己是"时间和地点的完美统一"。他用俄语写作的动机，我们永远不可能完全理解。这些故事里有一些东西，使得它们能经受最恶意的质疑——它们神采奕奕，充满原创性，美得出奇。

巴别尔是谁？他从哪里来？他是个意外。我们都是这样的意外。我们不创造历史和文化。我们只是出现，这并非出于我们自己的选择。我们利用现成的手段，从我们的境遇中有所创造。我们必须接受这种混合，一如我们所发现的——其中的不洁，其中的悲剧，其中的希望。

[1964—1965]

从手推车上白手起家：关于亚伯拉罕·卡汉

纽约《犹太前进日报》的创始人和编辑亚伯拉罕·卡汉（1860—1951）属于这样一代东欧犹太人：他们从塔木德神学院起步，最终在这个大世界打拼出一片相当广阔的天地。卡汉成了一个社会主义者，是文学的学生，也是社会理论家和小说家。在威廉·迪恩·豪厄尔斯的鼓励下，他开始写小说，《大卫·列文斯基的崛起》（首版于1917年）在许多方面是当时典型的"社会批评"小说——这部小说把那些专为小男孩定制的成功故事的里子给翻了出来，霍雷肖·阿尔杰的那些故事，面子都平坦顺滑，带着可悲的乐观主义。

卡汉在另一处也玩了一把倒转，颠覆了广受喜爱的古老套路，他用了一个商用算术里极其古怪的数字——急切的新人发现自己身处鲍厄里①，身上只有四美元八十三美分；德莱塞也很喜欢这类基础财务记账。《大卫·列文斯基的崛起》现在有哈珀火炬图书的新版本，约翰·海厄姆作序。在这篇令人钦佩的、充满智慧的文章里，他正确地指出，这不仅仅是同类书籍中的一个好样本。卡汉是一位有天赋的作家。

我承认，多年之后，我是以怀疑态度开始重读这部作品的。我想起了三十年前在意第绪语日报上的连载，讲述东区犹太人生活的感伤小说——像《萨福克街不幸的情人》这样的爱情小说，我母亲看得直掉

---

① 纽约曼哈顿的一个街区，到处都是醉鬼和流浪汉。

泪。我想从中找到一种让人怀旧的温柔。然而，恰恰相反，我发现卡汉是一个硬心肠的人，而大卫·列文斯基绝不是一个天真无邪的主人公。他母亲为了保护他，死在流氓手里，叫人吃惊的是，列文斯基对此几乎只字未提。他只是接受怜悯和同情带来的好处，好好地当他的可怜孤儿。但他绝不是自私自利的恶棍。他一点也不笨。刚到纽约不久，他就推着一辆手推车上了街，他说："在我的一些顾客、我进货的商人、身边做生意的小贩身上，我看到了狡猾和卑鄙。我也不是没有意识到，在这样的影响下，我自己也难免生出一些不可爱的特质。人性越来越渺小，而整个人类世界却变得越来越大，越来越复杂，越来越无情，越来越有趣。"

大卫·列文斯基的夜校英语老师给了他一本《董贝父子》；他狼吞虎咽地读着，整个人都澎湃起来，以至于手推车都倒了。现在，他雄心勃勃，想要成为一名知识分子；他渴望参加大学入学考试。"受过大学教育的人是世界上真正的贵族，"他说，他的感受与哈代那位无名的裘德非常相似，"大学文凭证明你是道德上和知识上的贵族。"位于列克星敦大道和23街口的城市学院成了"我新生活的犹太教堂"。

他试图劝相貌平平的制衣女工古西嫁给他，用她的积蓄供他读完大学。她太聪明了，不会受骗的。接下来是一个心理描写极其细腻的感人段落，他试图让她和他一起投资，还说自己爱她。她保持着尊严，拒绝了这第二次且几乎是真心实意的求婚。列文斯基在智识上的野心被现实生活的需求挫败了。或许那些也根本不是需要；列文斯基有时会在房间里一连待上好几天，学习数学，阅读达尔文和斯宾塞的著作，或许他对金钱和地位有着强大的直觉本能，他热切要求为生存而斗争，正是为了证明这一点。

今天的服装制造商会对列文斯基描述的分区街店铺和他当推销员的冒险经历微微一笑。现代商业如此复杂，这些小交易现在看起来真是有趣可爱了。但卡汉对列文斯基在披风行业的崛起，做了相当直白的描绘。卡汉对于自私、金钱、势利、使劲往上爬、犹太人美国化等问题，都有非常清醒的认识；他不是一个教条的社会主义者；他的头脑从不简单。他不是一个伟大的文学艺术家，把他的书当社会史来读，比作为文学更有趣。然而，他具有优秀小说家的直觉本能，你在他身上看不到后来几代犹太作家的那种虚假的虔诚。

［1961］

我们向何处去？小说的未来

我们知道科学是前程无量的，我们希望政府也有这样的光明未来。至于小说是否除了过去，也有前景可期，人们的意见就不那么一致了。有些人说，20世纪的伟大小说家——普鲁斯特、乔伊斯、托马斯·曼和卡夫卡——创造的都是生不出孩子来的杰作，这条道我们已经走到了头。不可能再有进一步的发展了。

有时候，叙事艺术本身似乎的确已经消亡。我们在索福克勒斯或莎士比亚的戏剧里，在塞万提斯、菲尔丁和巴尔扎克的作品里所熟悉的那个人、那个角色，已经从我们身边消失。那个具有一以贯之的个性，同他的野心、激情、灵魂、命运都浑然一体的和谐人物不见了。相反，我们在现代文学里看到的是一个胡乱分散、草率粗劣、混杂一气、破碎不成形的造物，他的轮廓无处不在，他的存在浸润于心灵里，一如他的组织浸透在血液里，不能被列入任何时间安排。他是一个立体主义的、柏格森主义的、不确定的、无休止的、终有一死的凡人，他像手风琴般一张一合，发出奇怪的音乐。而让本世纪艺术家们感到震惊、也最觉得有趣的部分，是今天我们仍信奉的对自我的描述，还是那些过去传统里提到的和谐、不含糊的老特征。我们执意不去看本能和精神奇特交织成的那团混乱，而是盯住我们选择称之为"人格"的东西——一个衣冠楚楚、体面、勇敢、英俊的人，或者，这个人可能没那么英俊却强壮，没那么强壮但大方，就算没那么大方但总有些靠谱的地方。事情就是这样。

在所有现代作家中，D.H. 劳伦斯是最坚决反对和谐人物那老一套的。在他看来，文明人身上并不具备这种品性。现代文明人所称的人格，在劳伦斯眼中是向壁虚造，它只是文明教育、衣着、举止、风格和"文化"的产物。他说这种现代人格的头脑不过是个塞满现成观念的废纸篓。还有时候，他说这种对人格的文明化理解是块磨石——一个拴在我们颈项上的彩绘磨石①，他是这么比喻的。真实的自我，不为人知，隐匿起来，成为我们身上沉睡的力量；真正的个性深藏不露。然而我们并没有触及多少真实个性，他是这么说的。街上的或一般故事、电影里的现代人物，是社会学家最近所描述的"表现型"自我。现代艺术对这种表现型自我或伪装的外表的攻击，其实是文学，关心个体的文学，同文明之间战争的一部分。文明人以他的彩绘磨石为荣，认为正是这重负令他与众不同。而在艺术家看来，他的这层个性外衣不过是文明因为需要劳动力，需要人才储备，需要一群温顺听话、愿受操控的公众而塑造出来的一个粗糙干瘪、批量复制的形象。

这种旧式的和谐人物，今天仍然出现在大众杂志故事、俗套畅销书、报纸漫画和电影里。其形象之所由来，便是那些毫无新意的风格和通俗文艺形式（像悬疑小说和西部小说），到今天还在无休止地使用老掉牙的动机、戏码，或爱恨情仇。旧式人物有模有样地踱着步，不时变换背景和服装，却日益脱离真正的现实。这些德高望重的文学典型所起的作用，应该会让临床心理学家大感兴趣，他们很可能会从这里看出一

---

① 《圣经·新约·马太福音》18：6："但无论谁使一个信我的小弟兄犯罪，倒不如拿一块大磨石拴在他的颈项上，把他沉在深海里。"

个强迫症患者,从那里又看出来一个偏执幻想狂;也会让社会学家大为着迷,他们发现这些典型同政府部门的组织架构有相似之处,或是能从中听出现代工业企业的回响。但一个在伟大文学传统里成长起来的作家,不会仅仅将这些俗套故事视为麻醉剂或洗脑的娱乐——往坏里说是滋生恶行,往好里说是有疗愈之效;他还担心我们称之为小说的叙事艺术可能已经山穷水尽,其中的自我概念已经枯竭,而正是这个概念,让我们构想出对自我命运的兴趣。

这就是为什么格特鲁德·斯泰因在一次演讲中说,我们读20世纪伟大小说的时候,不能老想着情节如何发展。其中也包括她自己的那本《美国人的造就》。事实上,《尤利西斯》《追寻逝去的时光》《魔山》《美国人的造就》的情节发展都无甚吸引力。它们让我们感兴趣的是一个场景、一段对话、一份情绪、一种洞察,是语言、人物,是其中设计的揭示,但这些都不是叙事。《尤利西斯》避免与惯常故事有任何相似。从某种意义上说,这是一本关于文学的书。它为我们展现了英语散文风格的历程,也展现了小说的历程。它是一座博物馆,收藏了文学所有古老精巧的盔甲、戟、弩和火炮。它用一种顽皮的讽刺来展示这些收藏,戏仿而又超越了它们。这些都是曾让我们深深着迷的东西。旧式的崇高,旧式的躲闪,旧式的武器,现在全都无用了;曾经英勇传奇的金盔铁甲,曾经浪漫的恋人相拥,都因为拙劣的利用而受到贬损,都已经过时。

语言也过时了。埃里希·海勒在最近的著作里引用了胡戈·冯·霍夫曼斯塔尔观察到的一个典型现象,提到旧有表达方式的不足。霍夫曼斯塔尔写道:"曾经,各种元素结合在一起,构成一个世界,而现在,呈现在诗人面前的却是可怕的分崩离析。条理清晰地讨论,所说的却都不真。平日观察里那些司空见惯的说法，似乎突然间成了无解之谜。长官是坏人，牧师是好人，我们的邻居值得怜悯，他的儿子都是废物。面包师值得羡慕，他的女儿都贤良。"根据霍夫曼斯塔尔《一封信》里的看法，这些惯常表达"压根不含一丝真相"。他解释说，他没法"透过被习惯风俗简化了的视角，来观察人们的言行。所有的东西都碎了，一碎再碎，再用惯常的观念去理解，会一无所获"。

于是，人物、行为和语言纷纷受到质疑。西班牙哲学家奥尔特加·加塞特总结众说，称：小说应该具有一个范围明确的地方背景，要有人们熟悉的特征、传统、职业和阶级。但众所周知，这些古老的地方世界已不复存在。这么说或许不够准确。它们依然存在，只是小说家已经不再感兴趣。它们不再是我们在简·奥斯汀或乔治·艾略特小说中看到的地方社会。我们当代的地方社会已经被世界所淹没。大城市吞噬了它们，现在宇宙直接把自己强加于我们；星空直降我们的城市。所以现在我们要直面宇宙本身，没有了小社群的种种舒适，没有了形而上学的确定性，没有了区分好人坏人的能力，我们被可疑的现实包围，发现面目模糊的自我。

D.H.劳伦斯在《查泰莱夫人的情人》的开篇写道，我们周围的一切都崩塌了，我们每个人都必须想办法重新搭建一种生活。他给我们提供了一种自然的神秘主义，不带虚假浪漫的爱，他让我们坦然接受真实欲望，作为恢复的首要原则。其他作家也纷纷提出美学、政治或宗教的首要原则。所有值得一提的现代小说家都力图摆脱人物的惯常观念、惯常场面和惯常构想。他们之中的佼佼者不满于一贯的自我，以及至关重要的"我"的命运这类陈腐概念。现在，我们已经见识了旧式自我的无数荣辱成败。我们从内战以来的数部美国文学作品中，看到了他们的进步与衰亡,看着他们从兴盛到没落。作为读者,我们仍然为兰伯特·斯特雷塞①们、赫斯特伍德②们和考珀伍德③们,以及盖茨比④们所打动、所取悦;但作为作家,却不是这样了。他们的情智所及已经适应不了新的环境。那些自居社会之外的人物更合我们的口味,他们不像盖茨比,一点不想在感情层面与社会妥协。不同于德莱塞笔下的百万富翁,我们已经不再渴望那些财富;不同于斯特雷塞,我们已经不会被古老世故的文明的伟力所吸引。

这就是为什么我们中的许多人更喜欢美国小说。因为美国小说中的人物几乎都远离文明状态——像《白鲸》和《哈克贝利·芬历险记》里的。我们感到在我们自己的时代,所谓文明状态经常摇摆到几近于霍布斯所说的自然状态,也就是一种战争状态,个人在其间的生活肮脏、野蛮、枯燥、短暂。但我们必须小心,不要被这个类比冲昏头脑。从最近欧洲特别是德国的历史中,我们看到了试图挣脱一切文明和法律传统的后果,真叫人痛心。自然与文明、专制与纪律就是这么暴烈地混合在我们的头脑里。

但对于我们美国人来说,规训在很大程度上表现为强制镇压。我们不太懂得规训的乐趣。美国的社会建制可不会把精神性的、高尚的品格灌输进现代美国人的内心世界。他必须凭借探险家的好运,从自己的亲身经验中发现它,否则就完全寻觅不着了。社会给他吃,给他穿,在一定程度上保护他,他是社会的婴儿。如果他接受这种婴儿状态,便会心

---

① 亨利·詹姆斯《使节》中的主人公。
② 西奥多·德莱塞《嘉莉妹妹》中的主人公。
③ 西奥多·德莱塞《巨人》中的主人公。
④ 司各特·菲茨杰拉德《了不起的盖茨比》中的主人公。

满意足。但如果他想发挥更大的作用，则会感到非常不安。世界各大洲的饥民都奔着这样一种满足而来，带着自远古时代起就受挫的激情和欲望，带着从未如此强烈的正义伸张。给了奶瓶和婴儿玩具就能满足，这是很危险的。而艺术家、哲学家、牧师和政治家关心的是人性的全面发展，即人的成年期，它在我们的历史中偶尔如惊鸿闪现，偶尔为个人所感。

这一切，大家都心知肚明，但还是继续去写着我们称之为小说的书。我在沮丧的时候差点让自己相信，小说就像印第安人的编织术或马具手艺一样，是一种退化的艺术，没有未来。但我们必须谨慎对待预言。即便这预言是基于详尽的历史研究，也存在风险；而悲观主义和乐观主义一样，也可能会变成一阵喧闹。所有工业社会都强烈地惧怕废退与过时。在我们这个时代，阶级、国家、种族和文化已被宣告过时，结果让我们这个时代成为千百年来最可怕的时代之一。因此，我们必须谨慎判断是否某种艺术已经消亡。

这不是一个批评家和历史学家组成的验尸陪审团能做的决定。事实上，有许许多多的小说家始终在发挥至关重要的作用，甚至是那些以仇恨为主题的小说家如塞利纳，或以绝望为主题的如卡夫卡。他们的作品一直在努力创造尺度、整理经验、给予价值、提出观点，带领我们走向生命的源泉、复活生命的事物。真正信仰混乱的人是不会喜欢小说的。他追随的是另一种召唤。他会是一名处理事故的律师或推销员，而非小说家。因此，每当读到那些百万美元年薪的杂志主管又在对现代小说家口诛笔伐时，我总是禁不住要坐起来。他们呼吁美国作家在这个危险时期要正面表现美国，肯定它的价值，提高它的声望。不过，或许小说家们对应该肯定什么有不同看法。也许他们正在展开自己的调查，研究什么事物可被肯定。他们可能会站出来反对民族主义，反对美元，毕竟这可是一群古怪、靠不住的家伙。然而，我已经指出，小说家的本能是趋向秩序。这是值得称许的好事，但我不想只是听起来很好。正确的理解是，这是另一项困难的开始。

小说家有哪些关于秩序的想法，他从哪里生出这些想法，而这些想法又将如何有助于艺术？我前面谈到过劳伦斯的看法，即我们必须从废墟中为自己重建一种生活——这生活无论是单独的、成对的，还是成群的，都可以。在他看来，遭遇海难、孤独无援都不全然是坏事。它们也是一种解放，我们若能全力运用我们的自由，就能与自然和其他人建立真正的关系。但是我们怎样才能达到这个目标呢？劳伦斯在《查泰莱夫人的情人》中给出一种答案：展示俩人独处于荒废之中。我有时觉得《查泰莱夫人的情人》是双人版的《鲁滨逊漂流记》，只是它关注的不是生存技术的巧妙，而是人类在性方面的谋略。它和《鲁滨逊漂流记》一样，是一部处处充满寓意的小说。康妮和梅勒斯像鲁滨逊一样汲汲于此，全篇里的说教和鲁滨逊那本一样多。不同之处在于，劳伦斯倾尽全力，集中在这本书的写作上。为此，他塑造了自己的人生，他的人生成了他思想的试验场。因为，推举一种自己都没有尝试过的生活道路，又有什么意义呢？

这是评估一众现代艺术家成就和生涯的一种方式。兰波、斯特林堡、劳伦斯、马尔罗，甚至托尔斯泰，都可以从这个角度去理解。他们拿自己做试验，在某些情况下，只有从试验结果中才能得出艺术的结论。劳伦斯除了生活给他的素材——他所谓的"野蛮人的朝圣之旅"以外，没有其他的素材。他所检验的思想理念，关乎生命、爱欲、本能，不过并不总是用人们喜闻乐见的标准来检验的。这些理念让我们置身于一种自然的神秘主义,给我们带来性满足,也就是死亡的基础。但在这里我并不关心劳伦斯论点的所有细节。我主要感兴趣的是理解和想象之间的联系,以及思想在未来的想象文学中将会占何地位。

首先,必须承认,小说中的思想可能相当乏味。现代文学和其他艺术足可证明我们对说教的偏见是正确的。叔本华说,艺术作品中,观点并不如想象有效。人们可以反对小说中的观点或判断,但小说中的行动无可争辩,会被我们的想象力直接接受。我认为许多现代小说,可能其中大多数都是为说教而写。作家们试图提出观点,创造尺度,带领我们去往生命的源头,当然是意图说教。这就把小说家卷入了计划、口号、政治理论、宗教理论,诸如此类的事情里头。许多现代小说家好像在对自己说"假如"或"假定某件事是这样或那样的情况",结果,整本书的构建往往是基于思想,基于说教的目的,而非基于想象。这也不奇怪,想想今天的实际情况——现代生活中的处处算计,注重按规矩办事,对答案的普遍渴望。不独书籍、绘画和音乐作品,爱情、婚姻甚至宗教信仰都常常起源于某种想法。因此,爱的理念比爱更普遍,信仰的理念比信仰更常见。我们今天最受推崇的一些小说起源于纯粹的思想上的灵光乍现。其结果有时很令人满意,因为这样的小说非常易于讨论,只是其中的理念往往比表达它们的人物更丰满。

19世纪的美国文学极具说教意味。爱默生、梭罗、惠特曼乃至梅尔维尔都是爱说教的作家。他们想要教育一个年轻稚嫩的民族。20世纪的美国文学仍然是说教式的,而且还不够智慧。这并不是说20世纪的美国小说缺乏思想,而是说这些思想的处境艰难,于是做了一番乔装打扮。在《永别了,武器》中,海明威列出了我们不应再谈论的主题——长串被污染的词。罪恶政客和蛊惑人心者的虚夸诡辩毁掉了这些词汇。接下来，海明威试着不用这些词来表达它们原有的、被背叛的涵义。我们必须为此敬一下他。就这样，我们有了不用"勇气"二字表达的勇气，不用"荣誉"二字表达的荣誉，在《老人与海》中，我们看到了一种基督徒式的忍耐，也一样没有用到任何具体的词。努力表达理念，同时又坚决拒斥思想，到了这般程度，看起来像是个奇特又高度复杂的游戏了。这表明人们对艺术的力量产生了极大怀疑。似乎只要是公开表达出来的思想，艺术都忍受不了。

我们已经在美国小说中创造出一种奇怪的结合：人物极度天真，作品的书写、技巧和语言却又极度深奥。然而思想的语言是被禁止的；人们认为它危险、深具破坏性。美国作家似乎相当忠于人民、忠于普通人。也许在某些情况下，不应该用"忠诚"这个词，而更应该称之为"效忠"。但是，一个作家就是应该致力于尽可能地打通社会各个阶层，深入思想的各个层面，避免民主的偏见和智识上的势利。他为什么要羞于思考呢？我不认为所有作家都在思考或应该思考。有些人特别不善于思考，我们硬是让他们进行哲学思考的话，只能是害了他们。但有证据表明，大多数艺术家都智力活跃，只是在现在这样一个智识程度日渐加深、日渐被科学思想的产物所主导的世界里，他们似乎奇怪地不再愿意用脑，或给出任何迹象表明他们有脑可用。

整个19世纪，小说家们越来越相信，思想是和被动联系在一起的，会使人失去活力。就连俄国的冈察洛夫和英国的托马斯·哈代这样差别甚大的作家都这么看。在20世纪的杰作中，思想家通常无力把控生活。但迄今为止，另一种生活方式——充满激情却不具思想的活动——在冒险、狩猎、战争和情色小说中得到了充分的探讨。与此同时，现代文学却大大忽略了思想产生的奇迹。如果说普鲁斯特和乔伊斯等小说家忽视了叙事，那是因为有一段时间，戏剧性从外部行为转向了内心世界。在普鲁斯特和乔伊斯的作品中，我们完全被禁锢在一个单一的意识里。在这个内心世界里，作家的艺术主宰着一切。戏剧已经不再表现为外部行为，因为这种描述兴趣、描述个人命运的陈旧手法，已经不再有力。长官是个好人吗？我们的邻居值得同情吗？面包师的女儿们贤良吗？现在，我们觉得这些问题都属于一个死去的体系，只是些套话而已。如果我们以别的方式去理解面包师的女儿们，我们的心可能会重新向她们敞开。

帕斯卡或许能给我们一丝头绪，他说并不存在无趣的人，只有无趣的观点。也许说得有些过头了（宗教哲学必然主张每个灵魂都无比珍贵，因此也就无限有趣）。不过我的论点至此开始明朗了。想象力，如果自缚于枯燥乏味的观点，故事就讲不下去了。想象力正在寻求表达美德的新方式。现在的社会被某些不确实的美德表述给控制了——但并不是说人们真的相信这些胡说。这些轻飘飘的胡说八道在小说中产生出对立面，于是我们有了黑暗的文学，将人当作受害者的文学，让老人坐在垃圾箱里等待气绝的文学。事情就是这样；唯一需要补充的是，我们还是没能理解人为何物。而面包师的女儿们可能会带来一些启示和奇迹，让着迷的小说家一直忙到世界末日。

最后，我想补充一点，关于小说中的好思想和坏思想。某种程度上，小说家在推举什么、肯定什么，并不重要。如果他除了说教的目的，再无其他货色，那他就是个糟糕的作家。他的思想毁了他。他也无力再维系这些思想。说教目的本身并无可指摘，现代小说家退避了说教的危险，却常常变得出奇不真实，他那为艺术而艺术的纯粹信仰，在某些情况下，特别没有吸引力。在现代小说家中，最勇敢者挺身而出，给人教诲，且无惧使用宗教、科学、哲学和政治的术语。他们已经做好了准备，接受对自己立场的最强烈反对。

这里，我们就看到D.H.劳伦斯这样的说教小说家和陀思妥耶夫斯基之间的区别。在创作《卡拉马佐夫兄弟》、刚刚写完伊万和阿辽沙那段著名对话（伊万对正义感到绝望，提出要把"入场券"退还给上帝）的时候，陀思妥耶夫斯基与人通信，说他现在正试着通过佐西玛长老来回应伊万的论点。但他几乎已经提前摧毁了自己的立场。我认为这是一部思想小说所能取得的最高成就。当里面完整出现了与作者立场完全相左的论点时，它就变成了艺术。没有这一点，思想小说就只是自我放纵，说教就只是一味磨斧头而已。对立两方须能自由地相互对峙，且双方都须有充分热烈的表达。正因此我才说，作家的个人立场和他想要肯定的东西并不重要。他也许会肯定我们一致赞同的原则，却写出非常糟糕的小说。

小说要想复兴和繁荣，就需要对人类有新的认识。这些新的想法无法独立存在。如果只是空口主张，那无非是显示了作家的一腔好意。因此，这些新的想法得被发现，而非凭空臆造。我们必须见到有血有肉的思想。如果许多作家感觉不到这些未被承认的品质确实存在，那也没必要继续写小说了。这些品质仍然存在着，且要求获得释放，要求得到表现。

[1962]

在电影院

单枪匹马的艺术

在过去的八九年里，纽约的莫里斯·恩格尔一直在妻子露丝·奥金（她自己就是一个杰出的剧照摄影师）和一些合作者的帮助下，制作自己的电影。"独立电影制作"一般指的是一群专业人士（作家、摄像师、剪辑师）的结合，他们脱离了好莱坞这个庞然大物，自己创业。幸运的话，他们中间可能会产生出新的巨人。不过这并不能描述恩格尔的情况，他的独立是另外一种方式。

我们现在所说的新浪潮便是由他发起的。恩格尔是第一个带着摄影机走上街头的人，他拍下镜头前的任何东西，丝毫不回避周围的活动，也不去控制演员们周遭的空间。偶然的声音和动作会自然而然地进入他的画面。在他之后，便有了"法国新浪潮派"，纽约城里的低成本电影制作人也越来越多。在一个见证了团队努力或集体精神取得胜利的时代，正如落后的中国和呆板无生机的底特律所现，恩格尔却试图恢复只有个人才会有的灵活性和适应性。我们很难描述他身上这一特别的品性。他坚信，技术的进步会让电影行当中大量协同合作的那些麻烦做法过时。他自己设计了趁手的设备，赋予摄影师巨大的灵活性，并通过讨论协商，将摄影师从布景和摄影棚中解放出来，也从凭空创造中解放出来。作为一位合制片人、导演为一身的人——也由此兼具企业家身份——恩格尔又写剧本,又筹钱(几乎没人会因此嫉妒他),还要招募演员,决定场景,最后自己剪样片。电影拍好后,他还得去找发行商;也就是说,他事先并未得到外部制片人或分销机构的担保。每一种艺术的进步都有赖于这些创新者的勇气(有时也有赖于他们的固执)。但他们不能指望日子会好过。独自完成一部电影是一件既费钱又损耗人的事;而做完之后,要说服发行人把它"放进"院线,可能是更难的事。

恩格尔制作了三部电影长片,其中一部《小逃亡者》(1953)在美国和海外广泛上映。另外两部,《情人和棒棒糖》(1955)也在美国上映过(虽然票房远没《小逃亡者》好),《婚礼与婴儿们》(1959)曾在纽约的一家影院试映,别的地方未曾公映。

它被无视的原因,导演曾以极大的冷静和克制解释过。这不能怪放映者不好,只是他们的剧院是有价财产,他们有义务以盈利维持经营。如果要放映的电影有悖于可靠的好莱坞模式,他们希望它们能像《甜蜜的生活》或《痴汉艳娃》那样赚钱。我和恩格尔交谈时,他这样一个爱咕哝的人,也没说这两部电影的不是。他可能更关心如何推进自己的几个新项目。

恩格尔最初是一名剧照摄影师,多年来一直为纽约的《PM》报社[①]工作。工作地点主要在纽约,偶尔会被派去外地报道罢工和谋杀事件,与此同时也会录制一下和他同住的那些家庭的日常生活,一次拍个几星期。他是从新闻工作转向电影的。

他的电影场景都设在纽约。主题是日常生活,已故的比利·德·贝克曾把这种生活描述为在"客厅、卧室和盥洗室"之间辗转。曼哈顿的

[①] 《PM》是纽约出版的一份自由主义日报,创办于1940年6月,1948年6月停刊。

街道、西区和格林尼治村的室内,还有科尼岛、纽约港、公园和动物园以及帝国大厦的顶层,都是恩格尔的拍摄地。

比如《情人和棒棒糖》里,拍城市的部分就多于故事,给观众的印象便是,这是在观看社会工作者可能会称为"社区资源"的那些事物。这部电影的摄影技术一流,恩格尔运镜十分专业,在光影和拍摄角度选择上的格调,为这部电影提供了兴味,也使其统一完整。图像本身得去弥补故事性的缺失。视听内容都旨在提出新鲜的、当代的意义。那夏日街道的景色,夜晚门口出没的孩童,罗卡威海滩停车场中一排排的汽车等等,都有待我们自行探求,究竟出于何种原则,它们可以相互联系。

《情人和棒棒糖》的坦诚,在一定程度上会震撼观众;我们开始思考电影可能是什么,如何对待传统电影和其中那些盛装打扮、涂脂抹粉的人物。这些人物个个香艳娇媚、性感非常,被放置在奢华背景之下,无论在公园大道,还是遥远的西部,甚至置身于贫民窟和底层社会都是魅力四射。对我们习见而不察的日常事物,这部电影让我们看到其本来面目,这是相当令人惊奇的。至少我们可以清楚地看到,由于我们的回避,由于我们拒绝注视谁都知道的沙发、边桌和那些熟悉的外观,我们常见的事物在许多方面都变得抽象起来。我们发现了坚硬而犀利的事实的力量:一个女人因失望而苍白的脸,一个男人直立起来的胡子,含混不清的话和随意的手势,褐石建筑台阶上的夏日将至。

《情人和棒棒糖》的趣味性几乎完全集中在对这些事实的记录之中,因为电影里跟人有关的内容可说是相当贫乏、单调而老套,缺乏深度与明暗。片名所说的情人是一个寡妇和一个年轻男子,他在南美工作,回家度假。寡妇有个小女儿,母亲若是再婚,就得特别考虑小女儿的感受。这个孩子有个问题,那是耐心和教养方面的心理学问题,或者说开明教育的问题。这对恋人为小女孩担心。但她一直高高兴兴的,想到哪儿是哪儿,两个大人则显得烦人又鲁钝。看来,他们之间的伤感多于爱情;女人被一种无来由的焦虑或悲伤笼罩。一天,她和年轻男子带着节日的心情去看新房,男人开着租来的车出去办件小事。女人独自在空荡荡的房子里等他,无缘无故地,她越来越恐惧。她听见警铃和警报声,害怕最坏的情况发生,掉进了惯常的情绪里。无论做什么,几乎都无法摆脱这种情绪。我们很为她担心。即便是笑,也笑得勉强,她的幸福太过脆弱。以这样的眼光来看待日常生活——从恩格尔近来作品中的变化来看,他自己似乎也有这样的感觉——是相当令人沮丧的。人们只有狂热地相信普通人,才会认为借由平凡事物那不明确的价值或尊贵便能给这种无形式的现实主义正名。平凡人的平凡并不是被简单地强加于身的。他们自己也促成了这种平凡。

如果恩格尔只是出色的摄影师,我们不得不说,他确实设计了一些非常犀利的小工具,但这回还没来得及用上。不过,《小逃亡者》称得上是部迷人的电影,它讲述了一个小男孩在科尼岛上流浪的故事,让人好奇、恐惧、渴望、悲伤、感动。《婚礼和婴儿们》更好。恩格尔反对电影体制,并不只是出于固执。他对一部电影应该是什么样子有着非常明确的想法,并有能力实现这些想法,在连续几部影片中取得了惊人的进步。从前只看过《小逃亡者》的时候,我突然想到,他有着先进的理论观念或偏见,就像今日法国,在罗伯-格里耶这样的小说家中间盛行的观念或偏见一样,他们完全不考虑叙事趣味,认为人格和个性是建立在一种过时的心理学之上。正由于恩格尔对如实展现事物的这种摄影激情,我猜他会有最新的理论。然而,我猜错了。

恩格尔的新电影《婚礼和婴儿们》用了便携式摄像机和声音录制设

备，这种新装备能够做到音画同步，是恩格尔自己研发的。影片的故事开头有些蹩脚，讲一个女人想跟一个男人结婚，而这个男人，一个摄影师，却是百般推脱，还求饶说他有老母亲要照顾。韦薇卡·琳德弗斯扮演这名女子，演技惊人。男主角约翰·迈赫斯表演能力也很出众。但是那位未给出姓名的意大利移民饰演的母亲，却直愣愣地打破了所有的情节渲染。她老朽矮胖，衰颓疲倦，骨头都快散架了，下巴上还长毛，牙齿也掉光了，在自顾自地说着意大利语。不过她顶多只是部分衰老，因为她至少还保有足够的理智和尊严，让自己不至于只会招人可怜。韦薇卡·琳德弗斯想在年华未暮时结婚生子。她觉得自己在没完没了的恋爱中自贬身价。而摄像师想的是一台新相机，期待未来会因此更美好，自己也有所成就。（拍婚礼和婴儿虽然是他的主要经济来源，但很无趣，他不想再拍这些了，想去尝试一些更重要的事情。）这位老母亲希望（能用社会保障金）寻得一个安身之所，还想要在自己的墓碑上刻一个天使。她逃离了养老院和修女的照顾，乘地铁去了皇后区。在石匠的院子里，她驻足赞叹天使们的面孔。随后她去了附近的墓地。那里发生的一切是我在银幕上看到的最令人印象深刻的场景之一。母亲失踪的消息打乱了她儿子举办的生日派对，摄影师在派对上给了韦薇卡一枚订婚戒指（其实是韦薇卡施压的结果）。他在墓地间寻找母亲，开始感到自己不能放弃自由和出人头地的机会，他想要有所成就。

　　由此我们开始更肯定地认识到早前在电影里感受到的：当情况很显然，观众的感觉不出错的时候，恩格尔可以穿透坚硬的表面外观，让石头充满辩才，让地铁和人行道向我们呼求，让数以百万计的死者笨拙地行来影响我们。正如那位摄影师儿子所念的，死亡的教训是，他必须及早采取行动，不然就晚了。他必须在踏进坟墓之前实现自己的理想。但之后,精神病学蹑手蹑脚地爬上来,悄悄地削弱了片中大城市公墓达成的声影效果。韦薇卡声称她的爱人还没从母亲那里解脱出来,然后就走开了。但在影片结束的时候,摄影师独自待在他那忧郁而空荡的工作室里,拨通了韦薇卡的电话,暗示着他还想把她追回来。似乎没有其他解决办法了。面对老年和死亡,婚礼依然举行,新娘急着想要孩子。

单枪匹马的莫里斯·恩格尔正在证明,独立拍摄的电影质量与集体努力的结果是不同的。大型团队不可避免地会将任何单个成员的想象力拉平。此外,还有金钱带来的压力。一想到要在一部电影上投资几百万美元,就足以把轻率的艺术家变成冷静的官僚。恩格尔似乎在问,有没有什么办法能让电影人从组织的复杂性和美元的力量中解脱出来。

[1962]

布努埃尔的无情远见

最近几个月,西班牙裔导演路易斯·布努埃尔拍摄了一部名为《维莉蒂安娜》的电影,让观众大吃一惊。这已经是布努埃尔这些年来在商业上最成功的作品了,虽然他三十多年来在法国、西班牙、美国,尤其是墨西哥拍的电影一直都很有影响力,其中包括《一条安达鲁狗》(1929)、《无粮的土地》(1932)、《被遗忘的人们》(1951)、《鲁宾逊漂流记》(1954)、《根》(1957)、《纳萨林》(1959)、《少女》(1960)、《房间里的陌生人》(1961)和《泯灭天使》(1962)等[1],最后一部还未在美国上映。

---

[1] 布努埃尔并未有《根》和《房间里的陌生人》这两部电影,可能是作者记忆有误。参考:https://www.jonathanrosenbaum.net/2015/09/on-a-particular-literary-blind-spot/。

布努埃尔像伯格曼、费里尼和安东尼奥尼一样，都是对人类境况有相当见解，值得人们予以极大重视的电影导演。电影早已变得比以前更精妙了；电影导演与诗人、哲学家、神学家、科学家和历史学家一起，在解释我们这个世界的巨大漩涡中打着转。相比其他人，电影导演在心理学上有明显的优势。对人类境况的讨论会让人精神涣散、意志紧张，所以我们特别喜欢那些能在黑暗影院里传达的观点，它们能被放松的意识所吸收，使人得到消遣。我们可能赞同或反对某些意见，却很少会与图像争论：图像都是立即便能说服人的。

三十年前，电影被认为是一门粗俗的艺术，或者根本就不成其为艺术，它只会煽动大众的情绪而已。大多数情况下，电影导演仅仅满足于浅显地、粗线条地提及现代境况。卓别林的《城市之光》等影片，其主要部分还是滑稽和哀婉，我们只能自行解释那些流浪汉和醉醺醺的百万富翁意味着什么。然而，卓别林后期的电影却充满了知性的野心——他的思考变成最重要的部分，比如凡尔杜先生被带走执行死刑时说，"数量积累使行为神圣"①。国家可以大量屠杀人民，个人企划下的死亡却导向绞刑架和断头台。这一思想并非卓别林的原创；但不同的是，电影中出现了思想上的更大抱负。

布努埃尔的作品无疑是雄心勃勃、充满智性的。也确实令人印象深刻。他把自己看作某种诗人。他是个激进且不肯妥协的思想家。自20年代后期与萨尔瓦多·达利合作创作超现实主义短片《一条安达鲁狗》以来，他显然愈发关注社会和宗教议题。那部电影里一个典型的场景，就是一个人，脸上写满情欲，他追求的女子，即便在超现实主义的幻想里也会避开他，

---

① 电影台词为："杀一个人是罪人，杀百万人是英雄。数量积累使行为神圣。"

因为他脖子上套了条缰绳，拉扯着满满当当一堆东西：两架大钢琴、两头腐烂解体以至于黏稠的死驴、还有两个穿着全套行头的修士。同样的这些元素——激情、恐怖、宗教、死亡、资产阶级文化（那些钢琴）——在布努埃尔的最新作品中仍然存在，不过其形式更为丰富成熟。

布努埃尔的电影在许多国家拍摄，但总是与贫困有关。几乎所有的电影都生动且激烈地表现饥饿、残废、生病、失明以及死去的人，极力效仿《小癞子》①的匿名作者，和加西亚·德·克维多②，以及佩雷斯·加尔多斯③，这些西班牙大师都以刻画困苦生活为名。布努埃尔的《无粮的土地》肯定是有史以来最赤裸裸的饥荒记录，在西班牙就被禁了，但禁令并非我想象的那样出自佛朗哥，而是来自他之前的共和国政府。布努埃尔对我们毫无保留——对自己也是，我必须这么想——因为在这些电影中，没有任何类似于情感操纵的东西，没有任何利用廉价同情心或刺痛心灵来让它流血的企图：一切都很有节制，这对观众来说是足够愉快之事。不像《甜蜜的生活》中的费里尼，孜孜汲汲于自己营造的恐怖之中，在面对鲜血和死亡时，却又常常暴露出意大利式的柔情。而布努埃尔出拳动作果断迅速、接二连三，并不沉迷于自己造出的影片效果。

布努埃尔对基督教的看法自然让他在西班牙成为备受争议的人物，在法国，在德国信奉天主教的地区，以及美国都是如此。布努埃尔受佛朗哥政府的邀请，在西班牙拍摄了一部电影，这也是政府出于试图安抚

---

① 原名《托美思河的小拉撒路》，1554年出版，作者不详，被公认为流浪汉小说的鼻祖。
② 疑为 Francisco Gómez de Quevedo，1580—1645，著有《骗子外传》，首版于 1626 年。吴健恒译。《小癞子》《古斯曼·德·阿尔法拉切》和《骗子外传》，被认为是大量流浪汉小说中 3 部最优秀的作品。
③ 佩雷斯·加尔多斯（Pérez Galdós，1843—1920），西班牙现实主义小说家。

那些著名流亡者的需要，这部电影就是《维莉蒂安娜》。不过，当西班牙政府发现自己被骗，已经为时过晚。《维莉蒂安娜》的其中一版被收缴，但另一版却逃出生天，在戛纳电影节上获了奖，并因为它反对教权，招致梵蒂冈的谴责。

这部电影的美与它的恐怖不可分割。可爱的维莉蒂安娜，在即将立誓归宗前被修道院派去作短暂的拜访，对象是她几乎不认识的姨父。这位姨父古怪地隐居于一处隐蔽的庄园里，在客厅的大风琴上演奏巴赫和亨德尔，他还有着典型的西班牙式天真——双目柔和，脸庞圆润，却偏偏不知自己是变态——他一直怀念着多年前死在自己怀里的新娘，新娘当时还穿戴着结婚礼服和面纱。他有时会把自己裹在她的紧身胸衣里，抚摸她的衣物。而维莉蒂安娜出现时，他立刻将她认作死去新娘的形象。而在短暂的作客期间，维莉蒂安娜也未放松苦修戒律；她不肯上床睡觉，宁肯睡在钉子上，戴着她珍视的荆棘王冠。而这位古怪的西班牙绅士，沉迷于自己怪异的孤独境地和对死者充满情色的奉献，远离了生活，以至于不能在自己的欲望中觉察出任何邪恶。他竭尽全力阻止年轻姑娘返回修道院去，甚至请求她穿上她死去的姨妈的婚纱，作为对他的特殊回报。然后在管家的帮助下，姨父给她下了药，将她抱到床上。他开始解开维莉蒂安娜的长袍扣子，却又没法让自己占她的便宜。第二天早上，他因她即将离开而备感绝望，便告诉维莉蒂安娜，她已不再纯洁，不能再立誓归宗了。维莉蒂安娜相信了他的谎言，惊恐地离开，但在火车站被警察拦下，带回这里。姨父已经用管家小女儿的跳绳上吊自杀了。根据他死前才立下的遗嘱，维莉蒂安娜继承了姨父一半的遗产，另一半给了他的私生子豪尔赫。

维莉蒂安娜为自己不能原谅这无耻的姨父而不停忏悔，她试图弥补自己的罪行，于是尽已所能地找到一群丑陋的穷人和乞丐，蜂拥来到大宅里。维莉蒂安娜以自己圣洁的虔诚，敬奉这些肮脏的罪人。但我们很快就明白了，正如那位女修道院院长一样，维莉蒂安娜也是骄傲、叛逆的女孩，是赋予自己良心最高权威的新教徒。在第二阶段，她圣洁的圣方济会修女阶段被乞丐和她的表哥豪尔赫中断。这个活泼时髦、爱发号施令的年轻人从大城市来，把自己的情人也带到庄园，不过他愿意为了维莉蒂安娜（如果他能得到她）或管家抛弃这个情人。之后，男主人和维莉蒂安娜暂时离开庄园，乞丐们登堂入室，大摆宴席，宅中于是上演了一场醉酒、饕餮和交媾的狂欢聚会。他们戏仿《最后的晚餐》，给自己"拍照"，由一个吉卜赛人举起裙子算是按下"相机"。当维莉蒂安娜和豪尔赫出其不意回到家中时，乞丐们抓住了豪尔赫，把他绑起来，而维莉蒂安娜差点被她召唤来的两个穷人强奸，其中一人还是梅毒患者。她第二次圣徒之旅的冒险就这样结束了，维莉蒂安娜就此抛弃了虔诚，换得与豪尔赫充满感官刺激的生活，还和管家共有豪尔赫。三个人坐下来，在摇滚乐的砰砰声中玩起纸牌。这最后的一幕暗示了萨特戏剧《禁闭》中的那个房间，两个女人和一个男人被关在那个房间——那个永恒的地狱里。

从中世纪的西班牙基督教转到摇滚乐，需要大约八十分钟，但整个过程充满活力和真实性，也不乏诗意和洞察力，我不认为人们可以指责布努埃尔，说他这般聪颖只是不负责任，或是好揭人丑，说他的无神论是乡村无神论，他的反教权主义也十分肤浅等等。现代境况之贫乏，已经无法给这样一位充满激情的艺术家带来多少满足。没有什么是"被揭露"出来的。布努埃尔不会欣赏粗暴做事的人。而正如他在最近另一部电影《房间里的陌生人》中再度展示的那样，他仍然是资产阶级的敌人。

《房间里的陌生人》的影片开头,是一个留着小胡子的时髦实业家窥视着他工厂里的诊所,这家工厂位于一个荒岛上,此时有一名被烧伤的工人正在诊所里接受治疗。然而,吸引他的不是那昏迷的伤者,也不是医生,而是一名漂亮的小护士,他接下来想去搭讪她。这位护士是医生的年轻新娘,从小娇生惯养,父亲是位法国商人。她不能忍受"沉闷"的贫穷带来的折磨,不停地劝丈夫回到尼斯,过上舒适的生活。影片后半段讲了实业家因为解雇并驱逐一名工人,导致了工人妻子的死亡。那人悲痛发狂,来到他家里要杀死他。在场的牧师试着跟他讲道理,可受苦的工人同这名在富人家里用膳的牧师有何干系?工人枪杀了这位实业家,自己也自杀身亡了。

在这部电影中,一如在《维莉蒂安娜》和他早期于墨西哥拍摄的电影《纳萨林》中,布努埃尔提出了同样一个问题:人类生活中,什么才是善的?准圣徒维莉蒂安娜和《纳萨林》里的年轻牧师将他们的基督教标准应用于人性的现实和金钱与权力的事实,但暴烈的真相使牧师清醒,也让维莉蒂安娜变成了享受感官刺激的人。穷人、底层人士不一定都是好人,但布努埃尔在富人中也很少发现什么美德,甚至连坚定的性格也不存在。他是在那面临困境的工人、给口渴的囚犯水果的农夫、那位有大爱的姑娘或是从《房间里的陌生人》里那位无私服务穷人的医生身上,才发现了慈善、勇气和友谊。但在以传统形式寻求成圣或殉道的人那里,他看到的只是幻影,不是牺牲,而是对痛苦的变态渴求;不是出于爱,而是任性而行。

然而也许可以说,对于现实,布努埃尔的关注甚至超过了美德和邪恶。在他看来,罪与善这对范畴,似乎已经不能用来讨论现实。但自私的代价是毁灭。如果失去了宗教，我们还有现实，那么就得接受自己的真实状况。但这现实是社会性和集体性的现实，正如布努埃尔自己所说，他希望处理"当今人类的基本问题，不是取其特殊情况，而是将它与其他人类联系起来"。在布努埃尔看来，现实是至高无上的，现实不是从"特殊情况"、而是从整个社会中真实地衍生出来的。讲述个体的古老故事早在一个世纪以前就已经过时了。布努埃尔告诉我们："工作岗位的不足、生活的不安全感、对战争的恐惧、社会的不公正，凡此种种，影响着今日所有的人，因此也影响着观众；而某位先生在家里不开心，为了让自己开心，找了一个女朋友，但他最终会离开女朋友回到妻子身边，这无疑才是合乎道德教化的，但这类事情让我们完全提不起兴趣。"那个安逸的人，只顾自己，想要得到更多的安逸，让我们厌烦得要死。布努埃尔告诉我们的也正是托克维尔在《论美国的民主》里预见的。个体的范围缩小了，以至于我们只对作为整体的人类抱有兴趣。在布努埃尔的电影中，追求旧目标的旧我是不真实的。在我看来，最大的问题似乎是：那个新的、更高形式的个体，它消除了旧日顽疾，并深刻地认识到所有人的共同之处，以此来纠正自己——这样的个体，我们什么时候才能看到？布努埃尔还没有告诉我们这些形式可能会是什么。但话说回来，也没有其他人能来告诉我们。

[1962]

批量生产的洞见

美国电影在心理学上的发展是缓慢的。德国人很早就沾染上了现代心理学的狂热。比如《卡里加里博士的小屋》(1919) 就是一部以精神失常为主题的作品，它奇特而有力，将斯特林堡的表现主义创新与中欧精神病学的氛围结合在一起。但是1920年代的美国电影制作人并不喜欢这种东西。他们奇怪地甚至顽固地守旧。弗洛伊德的《梦的解析》（1900）和五分钱投币自动点唱机几乎是同时代的作品，想想真是够怪异的。那时，玛丽·毕克馥和莉莲·吉什在银幕上大出风头，而同样大出风头的，在心理学上是荣格和费伦齐，文学中是詹姆斯·乔伊斯，绘画领域是克利和毕加索。显然，那个距今不远的时代中的电影制作者们，拖了后腿。也许他们合理地解释了公众的愿望——公众不想每个发展阶段都以同样的速度匆匆前进。

无论原因是什么，总之很长一段时间里，好莱坞都在制作动作片。牛仔、印第安人、拓荒者、警察和强盗、一战时的美国大兵和德国佬、穷人和富人等等，给了它所需要的一切素材。但慢慢地，这些电影变成了心理学方面的探讨。朴素的善良，率直的邪恶，正义凛然的沉默硬汉，简单的爱和经典的嫉妒，统统都过时了。当然，好莱坞还在继续制作动作电影，但当我们进入这个充满动荡和混乱的时代，那种有意义的"动作"却越来越难见。我们再也无法那么直接地接受陈旧过时的美德了。但它们还是应该被间接地接受。于是，好莱坞创造了一种流行化的弗洛伊德主义。一种新的"洞见"，起初只是用来装点门面，耍耍噱头，但不多久，就成了电影编剧仰赖的主流作法。

就像结婚时宣誓的那样，无论贫穷还是富裕、疾病还是健康——如今，特别在疾病时，我们和这种新的电影心理学结合了。大约十年前，观察敏锐、富有才气的影评人曼尼·法伯在一篇题为《电影不再是电影》的文章中指出了这一变化，文章的副标题是"镶边饰带的艺术接任了"。镶边饰带是维多利亚时代女性高尔夫球手使用的一种装置。它可以微微掀起裙子，方便她们击球。"好莱坞现在已经研发出类似的设备，"法伯写道，"每当现代电影制作人觉得他的电影走到太过传统的方向，以至于忽视了'艺术'，他只需拨动这条镶边饰带的绳子，瞧！那些怪异的、有着异国风情却富含精神性的图像便在观众面前闪烁，关键时刻让你提起神来，使人不禁产生这样的想法：'这个主角有恋母情结'或'他以他父亲形象般的矛盾愤怒情绪，动手打了那个女孩，这父亲的形象，他说一直就在他的肚子里。'"

自法伯写了那篇文章以来，心理学革命已然完成。公众得到了彻底的训练。电影人可以放心地在片中给出各种线索，交由他们解读。"洞见"，这个值得骄傲的词，本用来指无数人死记硬背的那些东西，如今站到了娱乐产业的中心位置。电影的情节和所有行动往往都从一个心理学启示的核心发展而来。主角是那些与神经官能症英勇搏斗的人，与此同时，恶棍则被施虐或受虐狂障碍所折磨，而我们被邀请以一种同情的方式、带着好莱坞式的洞见来理解这些障碍。就连动作片——西部片、惊险片、恐怖片——如今也都基于这一原则创作。

早十年的话，希区柯克的《惊魂记》可能要被称为《疯狂的杀人犯》之类，在当时会是行之有效的、真正的"大木偶"式的电影①。老把戏还管用：被谋杀女子的血在浴室的排水管里打转，侦探被看不见脸的攻击者砍杀，惨遭毒手后从楼梯上向后翻滚下来。电影的视觉效果如此广泛，以至于我们发抖时也会微笑。我们是来接受大师逗乐的，他也没有让我们失望。但现在的情况是多么不同啊！我们的凶手是不健康的

---

① "大木偶"指的是巴黎皮加勒区的大木偶剧院（Le Théâtre du Grand-Guignol），1897年开张，1962年关闭，以自然主义的恐怖表演闻名，成为恐怖娱乐的代称。

恋母情结的受害者。他把母亲的干尸放在地窖里，自己穿着她的衣服去犯下罪行。当谜团被解开，罪犯被逮捕时，行动转移到了精神病院。一位精神病学家邀请我们将凶手视为临床实验对象；最终没有惩罚，只有解释。

所以我们耐心地坐着，听精神病医生授课。他自信满满又愚昧无知，用陈词滥调总结了这部电影。可怜的易装癖杀人犯穿着他母亲那件非常老气的衣服，最后看起来是个文静的精神病患。要是在早前更为粗暴的时代，他可能会被人从屋顶上推下去，或者在路口被火车撞死。"不过我们都把它改了。"① 年轻的珀金斯② 如今甚至被表现为帅气迷人、一脸真诚的美国青年——好莱坞早就教会我们不要信任这类人了。再也没有漂亮迷人的约翰尼③ 了：我们已经全然洞察到他们的朽坏了。

指望好莱坞的电影没这类东西，是不切实际的。在《斯巴达克斯》里，罗马狱卒是偷窥者。在《巴特菲尔德八号》中，伊丽莎白·泰勒的痛苦来自她家的一个老熟人，这坏人在她还是孩子的时候就把她玷污了。在《江湖浪子》中，年轻的情侣们都清晰地打上了烙印，脸型和外表都带着好莱坞样式的心理学。他们是充满恐惧的勇敢士兵，游乐于台球球杆技巧、饮酒和恋爱中，让自己从神经症中解脱出来。但有个邪恶的人，执迷地嫉妒这一对情侣，用心理上的毒药摧毁他们。在《乱点鸳鸯谱》中，行动的每一部分都会紧跟着适当的洞见。一方面在主题上排列着美与爱、幸福、本能、自由和创造力这些概要性的东西，另一方面则是相反之物——痛苦、仇恨、贫乏的想象力、金钱和死亡。一部具有

---

① 原文为：Nous avons changé tout cela，莫里哀《打出来的医生》(1666) 里的台词。
② 安东尼·珀金斯饰精神病患男主人公。
③ 约翰·加文饰被杀女子的情人。

如此强烈教育意义的电影,如果把它呈现为那种老式道德剧,每个抽象概念都有明确标签,可能会更有效。事实上,《乱点鸳鸯谱》中的现实主义着实碍事。我们不得不等待将近一个小时,看着大量的证据累积,才发现那位年轻的离异女性(已故的玛丽莲·梦露)代表了生命力本身。困难之处在于,电影描述的问题,电影提供的洞见,已经变得比它们要塑造或折磨的人物角色更有趣了。电影中的演员偶尔会让我们想起时尚杂志中的模特。模特没有人性:她们只是将商品穿在身上。

想想那部改编自田纳西·威廉斯戏剧的《夏日烟云》吧。影片的人物永远无法让我们相信他们是活人;那只是会动的假定之物、处于某种困境之中的形象——它们在展示一些东西。女主人公是一个备受压抑的南方女孩。她那暗灰绿色的眼睛,颜色明亮,一眼就能看穿一切。她妈妈是个偷窃狂,十分贪杯。这位姑娘也属于人们熟知的那类形象。早在《小狐狸》这样的电影里,这种形象就以伯蒂阿姨为人所知,此后更是一路风靡。但现在我们对这种类型有了更多的了解。我们由此理解了那些酗酒并从女帽商那里偷帽子的人:她们情不自禁地偷东西,是因为曾在人生发展的关键时期缺爱。

这部影片的男主角也是心理学上的一种类型。他和一群酒神般狂野的"支流人"[①]厮混在一起,像是古老的墨西哥画的残迹一样,相当沉闷地凑在一块儿。这位年轻医生的亮红色跑车是受人欢迎的影像,在片中远比追求司机劳伦斯·哈维[②]的年轻女士们更有活力。但我们知道,

---

[①] 支流人一词来自女作家凯特·肖邦 1894 年的小说集《支流人》(*Bayou Folk*),其场景设置在肖邦本人生活了数年的路易斯安那州的凯恩河畔。这些"支流人"挑战了其社会经济地位的局限,并反抗当时的社会风气。
[②] 即男主人公年轻医生的扮演者。

汽车也一样是个不相干的东西。因此我辈这些无聊经验丰富的老手，便等着那个真正的东西出现。当这位年轻的医生拉下解剖图，对我们的女主角——此时她的注视愈发绝望地凝重，因为她服了药，以忍受自己不求回报的爱——说："你知道这是什么吗？这是一个男人！"或者用片中的当地方言："一个拿人（ma-un）！"

于是我们知道，今晚接下来发生的真正故事和南方无关，和汽车无关，也和所谓的支流人无关。它主要还是跟心理问题有关。这是一个需要"洞见"的场合。这是一出教诲。我们是来学习的。也许更正确地说，我们是来排练一堂课，而这堂课上我们将学到：清教徒式的自我压抑是邪恶的，不能嘲笑本能，身体是神圣的对象，而性爱，如果理解正确的话，是一种圣洁的崇拜。

过去激进艺术家和思想家持有的这种信念，现在每天都被发行量巨大的杂志、电视节目和其他塑造舆论的人向公众大肆传播。大众正在接受全新标准的教育，而正是表达意见的这种自由化，成为电影院里的戏剧性事件。这种自由主义发展出了它自己的虔敬形式。人们觉得这类流行见解富含道德意义，因此电影心理学变成了一种流行的道德说教。

安德烈·马尔罗曾相当辛辣地称之为"使人愉悦的技艺"的东西——他将流行小说和电影归入此类——如今正作"进步"之用（这是维多利亚时代用来称提升改善的词汇）。美国人通常对自己身上承担的责任很敏感，在面对广大公众时，他们感到有一种特殊的责任，要去指导他们。他们已经在做指导了。但不知何故，好莱坞心理学式的道德教化所造成的新兴奋，没能超过动作电影的旧兴奋。这种新的兴奋是一种属于启蒙运动先锋的兴奋，一种知晓一切的充满胜利的私人感受，一种相信自己的判断得到证实的感觉。它给我们一种幻觉，以为自己在认真思考人生。

[1963]

漂浮在血海上

宗教主题常出现在当今电影最血腥、最暴力的场景中。电影制作者手头但凡有明显的好东西，比如自由（《斯巴达克斯》）、骑士精神与荣誉（《万世英雄》）或上帝（《宾虚》和现在的《壮士千秋》）等，他们就会去尽情发挥，让我们沉浸在血海之中，并为此谴责野蛮的过去。但是那些冷酷无情到让我们发抖的罗马人却没有得到影院最好的座位。我们得到了。

摄像机特写镜头的巧妙运用，使我们得以在特许的亲密近距中观看那些酷刑场景。战车竞技结束后，在看台下，我们看到梅萨拉死时痛苦地颤抖，看到杰克·帕兰斯在安东尼·奎因（巴拉巴）以剑结束自己的痛苦之前，向人群乞求怜悯的表情。我们从这种暴行中得到了一些满足，并且可以庆幸自己比这些可怕的异教徒优越。我们受邀欣赏谋杀者的激情，同时享受着纯真和启蒙的祝福。我们不会失去什么。没人失去什么。所有的冲动都能即刻得到满足，而且这电影还有利可图。这只能称为万能的精神唯物主义。这种现象，并不仅限于电影；在我们的公共生活中，宗教人士和准宗教人士将虔诚和机会主义混合在一起，让我们大量服用。

迪诺·德·劳伦蒂斯是电影《壮士千秋》的制作人，理查德·弗莱舍执导了该片，剧本则由克里斯托弗·弗莱改编自诺贝尔奖得主帕尔·拉格维斯的小说《巴拉巴》，他们用图册《壮士千秋：电影的故事》纪念这部电影的上映。在书中，他们庄重地告诉我们这一切是如何发生的。似乎这部电影的创作极大地影响了他们的精神世界，给了他们作为艺术家的一段难忘经历，就像巴拉巴目睹耶稣受难后的经历一样。他们真的相信吗？显然是。"《壮士千秋》所能提供的，"德·劳伦蒂斯解释道，"不仅仅是将小说搬到屏幕上的那些常见问题。因为它讲述的是一个人在历史上最壮观的时期寻找信仰和真理的故事。电影必须将两种截然不同的元素结合起来，而我们相信该片已经成功做到了，可以说，它制作出了电影史上的首个'得以近前观看的奇观'。"

所有的主创人员——弗莱舍、弗莱、奎因和德·劳伦蒂斯先生——都恭敬地给帕尔·拉格维斯的优秀原作行礼。德·劳伦蒂斯鞠躬太猛了，我们都开始担心他背部要做整形手术了。他引用历史学家乔瓦尼·帕皮尼对拉格维斯小说的评论，帕皮尼本人写过一本研究耶稣的著作："这不是历史小说，也不是浪漫小说，而是一首充满智慧的诗。"德·劳伦蒂斯颤抖着，将改编这首充满智慧的诗视为一种商业风险。他告诉我们，除了克里斯托弗·弗莱这位技术娴熟、信仰虔诚的基督教剧作家（《囚犯的睡眠》《推着车的男孩》《雷神托尔和天使们》），没人能完成这样的剧本。

以此说来，人们忍不住会评论，这样的联合事业不过是高尚的胡说、虔诚的欺骗，和老套的那些骗局无异。但读过德·劳伦蒂斯和其他人的说法之后，你会发现没有证据表明他们是有意骗人。制片人、导演、编剧的态度，自始至终都是认真恭敬，严肃谦虚，毫不浮夸。这种明显的善意，自然有其动人之处。那有没有可能，制片人和他的同事混淆了本来想做的和他们已经做成的东西？

评论家卢西恩·莫里在评价拉格维斯的小说时说，这本书十分简朴，"形式精简到了只存其本质"。根据拉格维斯的描述，恶棍巴拉巴——耶稣就是代他而死的——是个顽固不化的人，完全是这个世俗世界的造物，一个内心拒绝敬畏任何事物的早期理性主义者。但神圣的奥义不肯放过他，跟随了他一生。巴拉巴最后死在罗马，在十字架上，他对着黑暗说："我把灵魂交给你。"

德·劳伦蒂斯、弗莱舍和弗莱确保了他们不会犯巴拉巴这样的错误。他们在黑暗中工作，这是肯定的，剧院是黑暗的，只是他们特别注意给自己的灵魂一个更好的方向。他们不抗拒"历史上最壮观的时期"的诱惑，他们那些"得以近前观看的奇观"不作任何克制，极尽铺张。人们很难一下子消化"亲临般的奇观"这样的想法。尽管如此，在这个时代，我们早已得到训练，能够接受各种事物。我们知道，对于现代艺术家来说，这是习见之事，尤其是在电影行业，巨大的财富和技术资源为扰乱感官提供了大量独创的手段，教会我们新的技巧，教会我们重新调整感受力。为此，在首次抵抗被征服之后，我们通常都是心存感激。在这个环绕地球一圈只要八十分钟的时代，如果有人告诉我们，他们要把基督受难的髑髅地和古罗马的马克西穆斯竞技场都放在我们的膝盖上，我们最好也不要反对。因此，我们暂且不作评判，继续看看德·劳伦蒂斯和他的团队所做的工作。

我们先来看看他们对这部小说做了什么。这本书里没流多少血（拉格维斯的想象力并没有被"历史上最壮观的时期"激发到极致。作为一个善于思考、注重隐私、不热衷赚钱的人，他无疑更喜欢古希腊人）。电影里却血流成河，哪怕是在那些不那么需要"亲临感"的奇观场景中。从成千上万的演员中挑选出来的群众演员个个死相奇惨，身上裹满番茄酱（这部电影是在意大利拍摄的）。除了流血，制片人还增加了一场亲临般的矿难，引发了一系列亲临般的硫磺爆炸。奴隶们跌跌跄跄、尖叫着被烧死、被活埋或倒在房梁下血流不止。最后一段与《宾虚》中的海战并无太大不同，那部电影改编自卢·华莱士将军的小说，原著严肃性远逊于《巴拉巴》。在性爱问题上，《壮士千秋》的制作人也允许自己拥有许多自由。小说中那个出身卑微的兔唇女孩，在电影里变成了美丽的雷切尔（西尔瓦娜·曼加诺饰），屈从于安东尼·奎因粗鲁的拥抱。

奎因的评论出现在宣传图册的余下部分，他似乎对电影的处理方式非常满意。他曾对圣经电影持怀疑态度，说："我发现，这类电影常成为用耸人听闻的方式描绘罪恶和性爱的借口。"当他得知剧本将由克里斯托弗·弗莱撰写时，还准备拒绝德·劳伦蒂斯的邀约。弗莱在向国际公众传递伟大的宗教福音上是一把好手。好吧，一部电影要是没有一两个漂亮女人，是很难想象的，而这样的女性一旦进入电影，就很难被忽视了。曼加诺小姐只有一次没被善加利用，而这一次——正如无论是亲临般的还是其他什么的奇观渐渐推进的那样——限制是惊人的。她被众人的石头砸死在土坑里。

但奎因说到点子上了。电影中少一分淫乱，就会补偿给观众一分暴力。比如，克里斯托弗·弗莱在剧本中扩展了萨哈克的戏份，这个基督教奴隶（维托里奥·加斯曼饰）在小说中的殉难被一笔带过。在电影中，他和巴拉巴被带到罗马，进入角斗学校。弗莱舍解释说，他只是把"竞技场和角斗士的壮观场面作为塑造巴拉巴性格的一种手段，而不是为角斗而角斗"。他说："忽视它们是不智的，因为这正是古罗马生活和那个时代的一部分。"

竞技场一直在那里，这是完全没问题的。尽管如此，还是有许多人成功置身事外。圣保罗遇到了帝国中最邪恶的一些事情，所以不必参加角斗士学校；拉格维斯似乎也并不觉得这种忽略是不智的。也许更接近事实的是，许多饱含宗教内容的电影需要流更多的血、遭受更多的痛苦，比单纯传播那些福音所需要的多得多。

没有人会因为一部电影本身去责备它。美德会带来消极愉悦，那便是看着邪恶的人下地狱，这并非什么新鲜事，而是非常古老的娱乐形式，比彩色电影和焦糖爆米花还要古老好多个世纪。因此，让这个殉道者雷切尔拥有曼妙的双腿吧。让这些做视觉效果的人在拍摄的大日子拥有一个真正的日蚀吧，令髑髅地在正午变暗①。让矿井爆炸、燃烧，埋葬那些奴隶吧。让我们的角斗士们在学校里用带刺的摇摆球、三叉戟和渔网训练吧。让杰克·帕兰斯在他的战车踏着泥泞的地面时，像理查德·威德马克那样露出他那雪白的牙齿，表现出施虐狂般的喜悦吧。让意大利的群众演员倒在地上，喷出番茄酱吧。我们已经习惯了这一切，并且发现它很容易理解。

然而，难以解释的是电影公司，以及其宗教目的、那些尊奉与奉献是否真诚。还有那些哽咽。这些人相信他们所说的话吗？他们知道什么是虚伪吗？也许德·劳伦蒂斯和电影公司是诚实的，同时也是不诚实的。就像观众既喜欢残忍的行为，又喜欢天真的纯洁一样，艺术家也有可能将宗教意图与低级噱头结合起来。

就像那些娱乐内容一样，他们的问题由来已久；这是协调宗教活动和实际活动的问题。讲求实际的人常常被精神事业的理想所陶醉，被其目标远大的宣言冲昏头脑，以至于他们行事几乎不切现实。如今，许多

---

① 电影中耶稣被钉十字架的镜头是在1961年2月15日日全食时在意大利拍摄的。

人过于世故，不会陷入明显的虚伪之中，相反，他们学会了扑灭那些散发出芳香的紫色烟雾，在这种烟雾中，一切似乎都是真诚的，没有什么一定是假的。

［1963］

莎士比亚的十四行诗

"我喜欢关于十四行诗的理论。"王尔德《W.H. 先生的肖像》的叙述者这么表白。R.P. 布莱克穆尔[①]的文章题为"痴迷的诗学",显然,十四行诗也让读者痴心着迷。我认为《莎士比亚十四行诗之谜》[②]是一部引人入胜的评论集。爱德华·休伯勒[③]在他无比清晰晓畅的序言中说:"除了《哈姆雷特》之外,莎士比亚的其他作品都没有像十四行诗那样引起如此多的评论和争议。也没有比这些十四行诗看上去更胡说八道的作品了。"他还告诉我们,或更确切地说,是警告我们,莎士比亚产业以每年近一千本的速度生产着著作、论文和随笔。

看着现代批评家对 17 世纪早期下苦功,就像看到家里的捣蛋鬼终于离了家。读这部文集的乐趣便部分来源于此。但是文艺复兴的氛围确实对他们有好处;他们脸颊红润,才华焕发。例如,莱斯利·菲德勒[④],他对《哈克贝利·芬历险记》的同性恋解读曾经激起民愤,那他肯定是跟诗人和 W.H. 先生坚定地站在一起;还有布莱克穆尔先生,我

[①] R.P. 布莱克穆尔(R.P.Blackmur, 1904—1965),美国文学评论家、诗人。
[②] 1962 年首版,除文中五位作者的莎评文章外,也收入了王尔德《W.H. 先生的肖像》。
[③] 爱德华·休伯勒(Edward Hubler, 1902—1965),研究莎士比亚的知名学者。
[④] 莱斯利·菲德勒(Leslie Fiedler, 1917—2003),美国文学评论家,著有《美国小说中的爱与死》。

最近正好读过他对托马斯·曼的批评意见，那么本书中他的文章，也至少算是可以理解的了。

现在我们来看看这些理论，从最极端的开始，无疑是菲德勒先生的理论。他的分析几乎完全从性的方面入手。一代又一代的评论家试图清理十四行诗，让它们看起来"正常"，这种讲究，这种不安，就是对他方法的正名，或至少是一种解释。前代学者的操作很可能大大激怒了菲德勒，他可忍耐不住。他对自己关于十四行诗中同性恋元素的结论并不满足，于是把魔爪伸向了戏剧，发现了只有他的黑暗之光才能照亮的男性关系。我多少有些吃惊，他的批判竟那么快指向了《裘力斯·恺撒》。起初我以为他是想说卡西乌斯和布鲁图斯（他们在军营中争吵）之间丝丝的同性恋色彩——却不是，指控是针对恺撒本人的，他可被指摘之处，并不比他妻子少。"在莎士比亚的想象中，年长的情人并未能全身而退，而是被诅咒，在《裘力斯·恺撒》里更是被刺死；或是像在《亨利四世》里那样，注定被抛弃，死于心碎。"这些话不是轻描淡写（de gaieté de coeur），随便说说的。菲德勒先生是真正的饱学之士，长于引经据典，未经训练的读者发现不了这种种隐情。例如，他有所创见地指出"地狱"一词也指黑女士的阴道，"火"是指她"诅咒年轻人的力量，让年轻人染上花柳病的能力"；十四行诗第 129 首里"把精力消耗在耻辱的沙漠里"① 也指精液的排放，"沙漠"也释为"腰"②，"精力"意味着肉体的欲望。"这首诗，"他在谈到第 129 首时说，"很快成为了典型的文艺复兴翻案诗，是基督教对肉体的强烈否定。"在他看来，对黑

---

① 引自梁宗岱译文，下同。
② waste 音近 waist。

女士的痛斥，可以理解为莎士比亚试图摆脱欧洲诗歌长期以来盛行的对女性的古老崇拜。因此，十四行诗不应被视为个人叙述，而是对爱的诠释，"对爱本身的诠释，16世纪末西欧所理解的那种爱。也就是说，这些十四行诗记录的是一个人试着调和宫廷骑士爱情准则中的某些固有矛盾，调和这些准则在遭遇基督教时面临的某些困境。"菲德勒认为，莎士比亚赋予这个男人一种神秘的力量，而在传统的宫廷骑士爱情里，这种力量总是属于女人的。相比本书中另一位作者诺斯罗普·弗莱①先生，这些准则和基督教之间的冲突摩擦在他看来要更严重一些。我本人则和普通读者一样，都是旁观者，但当菲德勒说但丁笔下的贝雅特丽齐身上也有同性恋色彩时，我多少就有些犹豫了。"作为恩典的爱出现在双性的贝雅特丽齐身上。"他说。因为她即基督？这结论有点难以接受！

到了斯蒂芬·斯彭德②这里，我们就发现气氛缓和多了。他通情达理、勤奋好学，或许有点太好预测，但至少很可靠。他关心的与其说是"发生了什么"，不如说是"其中的感受"。他谈到了"这俩人关系中阴暗罪恶的一面，也许是由于彼此间的某些行为，也许是由于道德上的牵连，使诗人把朋友的罪过当作自己的罪过来承受。"斯彭德先生不那么武断、固执，像奥斯卡·王尔德一样，他更专注于柏拉图式的思考，更关心十四行诗中给出的哲学和对爱的描述，而不是这里面的精神病学维度。他建议把这些诗读成对话的一方，而不是独白。那位年轻人

---

① 诺斯罗普·弗莱（Northrop Frye，1912—1991），加拿大文学评论家、文学理论家，著有《批评的解剖》。
② 斯蒂芬·斯彭德（Stephen Spender，1909—1995），英国诗人、文学评论家，《文汇》(*Encounter*) 杂志编辑。

的美显然可以翻译成其他品质——内在真理、美德、诗意——而这些品质回过头来又混合在一种贵族观念里。斯彭德将其定义为"具有纯粹性和完整性的原始存在。也许和他的出身有一定关系,但无论如何像他这样包含内在美德(以玫瑰为象征)的人,是不该堕落,不会背叛的。原初的美德是根深蒂固的真理,外在美的唯一价值就是与之相呼应。从根到枝,到花和果,四季、历史、个人生活——这里面有一种延续性的概念。'成熟就是一切。'"这里要表达的是,在十四行诗中找到什么宗教信仰无所谓,莎士比亚从基督教或异教中会汲取最适合他诗歌的东西。

斯彭德先生在这个年轻人身上费了好多笔墨,还给他画了一幅心理肖像,以解释莎士比亚态度的变化。他认为他身上有种冷漠的自恋,逼得爱他的诗人成了一名导师:

> 谁有力量损害人而不这样干,
> 谁不做人以为他们爱做的事,
> 谁使人动情,自己却石头一般,
> 冰冷、无动于衷,对诱惑能抗拒——
> 谁就恰当地承受上天的恩宠①

对于斯彭德来说,这是诗人在指出他冷冷的美。这种冷淡自有它的好处,但缺点也更可怕,远甚于更热情、更冲动的那些本性的缺点。后者有再生的力量。冷淡则自有其完美形式。然而,一旦错过,它们就注

---

① 第94首。

定堕入可怕的腐坏。"烂百合花比野草更臭得难受。"

斯彭德和诺斯罗普·弗莱都对十四行诗在戏剧家莎士比亚的发展中占何地位颇感兴趣。斯彭德提醒人们注意济慈关于否定能力[1]的概念。"诗人，"济慈写道，"是世上最无诗意的人；因为他没有身份——他不断追求并充实着另一个身体——太阳、月亮、海洋、男女，这些都是冲动和诗意的产物，它们身上有一种不可更改的属性——诗人则什么都没有；没有身份——他无疑是上帝的造物中最无诗意的。"斯彭德倾向于接受莎士比亚的"变色龙诗人"的称号，也就是说，他具有进入他人存在的否定能力，他的手能从中间媒介抓取颜色，也就是十四行诗第111首中的"染工的手"：

> 也几乎为了这缘故我的天性
> 被职业所玷污，如同染工的手

因此，有一种感觉是，诗人任凭那另一存在的摆布，被它不可思议的特性所征服，于是报以同样的惊奇赞叹：

> 你的本质是什么，用什么造成，
> 使得万千个倩影都追随着你？[2]

在斯彭德看来，这应该会让我们不再那么看重十四行诗中纯粹的自

---

[1] negative capability，屠岸译为"消极感受力"。
[2] 第53首。

传体元素。

我觉得文集里最有价值的是诺斯罗普·弗莱的这篇文章。在他看来，要诠释爱的主题，最好与"诗人的培养"联系起来。他告诉我们，在文艺复兴时期，"任何想成为严肃诗人的人都得好好努力。他就是加布里埃尔·哈维所说的'好奇的全才学者'，同时也是每一种已知修辞手法的实践专家。……但如果他不像我们所说的那样'拥有它'，那么学习和专业知识对他就没有什么帮助。拥有什么？用现代术语来说，就是拥有强大而又加以约束的想象力。与最狂暴的情感作斗争，学会控制它们，像驾驭横冲直撞的野马一样，强迫它们为诗歌服务。……对文艺复兴时期的诗人来说，爱是一种创造性的瑜伽，一种富有想象力的训练。在爱中，他眼见最强烈的情感围着性兴奋、嫉妒、痴迷、忧郁打转，而他自己被他的情妇轻慢、鼓舞、奚落、赞赏，被遗弃，又被赐予幸福。"这并不是说文艺复兴时期的诗人开始获得现代意义上的"经验"，而是说他习惯以完成训练的方式，开放他的思想和精神，使他与经验有一定的联系。"诗歌，"弗莱先生说，"不是经验的报告，爱也不是未开化的经验；在诗歌和爱情中，现实都是被创造的，而不是创造的原材料。"

弗莱同意斯彭德的看法，在否定能力方面可能还有进一步地阐发。他说，莎士比亚有一种能力，能为周遭事实迁就自己的本性，"在文化史上无与伦比，这种职业不仅让他没有私人生活，而且几乎没有私人人格"。弗莱还有两句话格外切中要害。一是说，"离开了你，日子多么像严冬"[1]里那个自私的年轻人，被诗人改造成"第105首里那样光芒四

---

[1] 出自第97首。

射的上帝。……但是，那年轻人与'两颗真心的结合'① 又有什么关系呢？十四行诗中几乎没有什么内容足以表明这个青年有心，更别说一颗真心了。我们几乎无法回答这样一个问题：即使是基督教，连同它所有的神学工具，也说不清我们内在值得救赎的东西与我们实际所是之间的关系。"综上所述，弗莱先生将十四行诗描述为"西方世界所有形式的爱的诗性实现"。他说，也许莎士比亚并没有在这些诗中敞开心扉。某种程度上，他一直是匿名。但他开阔了我们的眼界，向我们展示了"诗歌不仅仅是一个让人毫无头绪的巨大迷宫"。

[1962]

---

① 第116首。

作家成为说教家

很难理解一个寓言小说家到底在说什么。或者，人们在追寻寄托、矢志拥护的价值或启示（message）的时候，自以为在说的那些，更是让人摸不着头脑。欧内斯特·海明威的观点是："如果你在找消息（message），那试试西联电报。"大众一直追着作家要启示，所以对海明威的这个看法，作家一下子就能感同身受。不过事实上，美国作家的成长环境，就是很拿它当真的。美国人是一个爱说格言的民族，打小就被教着怎么从故事里找出寓意。他们在主日学校学习。他们向穷理查①学习——至少在我那个时代是这样。在1920年代的芝加哥，我们这儿到处都是穷理查："小斧子也能砍倒橡树。""懒汉睡觉时，你要深耕。"这些警句看似真实可信。朗费罗②也是言之凿凿，我们得在院子里背诵的："生活是真实的！人生是热烈的！坟墓并不是它的目标。"最后是《鹦鹉螺》③："哦，我的灵魂，为你建造更宏伟的大厦吧。"

但是，这一切发生的时候，芝加哥的报纸上成日价都是连篇累牍的黑帮杀人事件。迪翁·奥班尼翁在他的花店被谋杀，海米·维斯在教堂

---

① 本杰明·富兰克林创造的人物，虽然未受过学校教育，但自有一套朴素的经验哲学。穷理查也是富兰克林1732年—1758年所出的风行一时的《穷理查年鉴》中所用的笔名。

② 朗费罗（Longfellow，1807—1882），美国诗人，曾任哈佛大学近代语言教授，主要诗集有《夜吟》等，长篇叙事诗《伊凡吉林》等，曾翻译过但丁的《神曲》。

③ 奥利弗·温德尔·霍尔姆斯的诗。

台阶上被暴力杀害，卡彭总部被机枪扫平，杰克·林格尔被干掉，理发师杰克被绑架。要在这么一阵血雨腥风里生存下来，文学的道德教导可得非常强大才行。学生们从《论坛报》一路翻到《埃尔森课本》，他们很可能会觉得，文学跟生活没多大关系。"为爱奉献一切。"他们读到爱默生这么说。但在市政厅，什么叫奉献就另当别论了，我们必须学会（如果学得会）如何协调崇高原则与粗鄙不堪的事实。

惦念这些工作格言的美国人，就不该闲着。爱默生一生致力于此。梭罗引导我们注意大自然的某些事实，然后还是马不停蹄，直到他从中提取出道德意义。惠特曼当然是个执着的说教家了。有时，这些意图说教的19世纪伟大作家让我们感到厌倦，他们的布道太长、太天真了。商业和工业化扩张的粗鄙、混乱、丑陋、无法无天让他们深感震惊，却是我们的唯一环境，我们的常态。有时我们对他们的浪漫天真都有些不耐烦了。看到爱默生告诉我们"苦干、灾难、愤怒、匮乏是雄辩和智慧的导师"时，我们不禁会想，他将如何解读现代组织里那些邪恶的错综复杂现象。

沃尔特·惠特曼在《民主远景》一书中恳请民主社会中的诗人们创造原型，也就是美国公民的理想形象，并赋予作家最高的道德责任。他以先知的精神写道："牧师走了，神圣的文化人来了。"这种特殊的浪漫主义使诗人（作家）成为新的精神领袖和公众导师——这群公众刚从奴役和迷信中得以解放。惠特曼常把自己当作这方面的榜样，他也确乎做到了。实际上，他说：如果你想知道这个民主国家的美国人是什么样的——看我就好了。凡我所认为的，你也会这么认为，凡是能打动我的，也会打动任何人。

当理想高远到一定程度的时候，就很容易被那些忙忙碌碌务求实际的人接受。为什么不呢？崇高又能害了谁。我听到一个世俗的家伙在讨论历史课的地位时说："得了吧，为什么不能让孩子们知道国王什么的呢？那不坏嘛。"我们美国人夸张的道德调门也不坏。

霍雷肖·阿尔杰①的说教比惠特曼的更受欢迎。几代美国人都读过《沉没还是游泳》《小提琴手菲尔》《卖火柴的小男孩马克》《从运河小工到总统》，写的都是好心人获得了幸福和财富的回报。不过对于阿尔杰最强调的寓意——世俗的禁欲主义会导致资本主义的成功——我们最好的小说家大都予以激烈地否定。现实主义者和自然主义者的愤怒及道德热情把霍雷肖·阿尔杰彻底激怒了。诺里斯、德莱塞和詹姆斯·T.法雷尔对美国生活的描述截然不同。菲茨杰拉德在《了不起的盖茨比》中告诉我们，"恶浊的灰尘"自会尾随年轻人的春秋大梦。纳撒尼尔·韦斯特在《整整一百万》里把传播成功的福音撕得粉碎。

美国文学史可以说就是一连串的针尖对麦芒。至于对战双方的身份，有五花八门的说法。菲利普·拉夫曾经说，美国作家要么是白种人，要么是红皮的印第安人。我们知道有那么一项高雅传统，受到粗野流氓的挑战。我们还知道，地方主义者反对世界主义者，某些安土重迁的人坚持认为最重要的是根和传统，而专门描写城市里头阶级斗争的小说家对此存在分歧。梦想家不同意实践派，感性作家又难苟同于社会历史学家。

现在，古板守旧的人跟没那么固执的一方之间存在斗争。或者用我的话说，是洁净派和肮脏派之间的斗争。洁净派想要赞美资产阶级的美

---

① 霍雷肖·阿尔杰（Horatio Alger，1832—1899），青少年文学小说家，多以"从赤贫到巨富"为主题，对美国镀金时代的形成有重要影响。

德，至少看上去尊重他们——他们的沉稳、克制、责任感。肮脏派也就是当今的浪漫派，赞美冲动、无法无天的性格倾向、心灵的智慧。洁净派时而保守，有时还会为占人口多数的盎格鲁-撒克逊人讲话。约翰·P.马昆德①们和詹姆斯·古尔德·科赞斯②们就是后面那种洁净派。科赞斯先生有意识地宣传洁净派的思想。亨利·米勒，有着无可争议的才华，却是肮脏派之父。他反对得过头，这可以解释他为何如此粗野。美国文学正是由于其进展中的这种强烈反差，才总是产生夸张之作。卫道士越是虚伪，人们就越是渴望"扒粪者"丑闻。回应某些上层社会白痴的，是泥腿子发出的大声咆哮。科赞斯先生傲慢的清教主义唤起的是威廉·巴勒斯③的性爱宿醉。亨利·亚当斯在俱乐部窗口对宝贵品质逝去的哀叹，只会让科尼岛和大西洋城的移民们更加吵闹。

但很多情况下，区别只是表面上的，洁净派和肮脏派其实非常相似。不难预料，洁净派也会表达破坏性的情感，而肮脏派一旦好好说话，往往就成了多愁善感的说教家；他们普罗米修斯式的盗火反抗，有时不过是要求学龄前儿童的性探索能被成人当作公开标准来接受。肮脏派们深信讲坏话对我们的痛苦烦恼有好处。他们试图制造轰动效应。但要激起公愤、让所有人都大吃一惊并不容易。大家都看得够多、听得够多了。

在美国当个作家不容易。许多人还没为这份工作挑好合适的行头，

---

① 约翰·P. 马昆德（John P. Marquand，1893—1960），所著《已故的乔治·阿普利》(1937) 获普利策奖。
② 詹姆斯·古尔德·科赞斯（James Gould Cozzens，1903—1978），所著"二战"小说《荣誉卫士》(1948) 获普利策奖。
③ 威廉·巴勒斯（William Burroughs，1914—1997），"垮掉的一代"主要成员，代表作《裸体午餐》(1959)。

就已经筋疲力尽了。就连惠特曼也特别关心自己马虎随便的外表,觉得歌唱美国的人看上去应该像个人物。他过去既是、又不是一个粗人。然而,他的存在一定传达了某种寓意。我们的肮脏派、垮掉的一代和惠特曼一样,拿自己当模范献给同胞。他们希望自己的同胞,尤其是中产阶级同胞,能够更自由、更真实地表达自己,打开眼界,抵制无意义的苦差,反抗陈腐婚姻和不愉快性爱的奴役。女性杂志里的指点迷津栏目说得也差不多。这些意见本身并没有什么可怕的革命性。"垮掉的一代"的中产阶级弟兄们在不知不觉中犯下的罪过,可比凯鲁亚克、梅勒和巴勒斯严重多了。作家们对作家应该是什么样有一种想象,于是自己也摆出那种派头。公众喜欢他们的古怪行径;喜欢在八卦专栏中读到他们的所作所为,咯咯笑着他们的脏话,像吃东西、喝威士忌、抽烟或看广告那样消费着作家。这些夸张过分的行为背后,其实别有一份严肃挚诚,公众却无动于衷。

　　本质上,肮脏派希望我们成为真实的自己,接受自我,不再害怕自己千奇百怪的性冲动。他们教导自然的荣耀。于是我们问:"那么,什么是自然呢?我自己受到乌七八糟的影响,每个礼拜花三千多美元在夜总会看演出,是自然吗?"如果这是自然,亲爱的朋友,它就不仅会给我们道德上的救赎,还会把我们送进最一流的疯人院。(我们付得起三千美元一周的价格。)

　　公众向作家伸手要起"善"来,总是毫不犹豫,而且都是狮子大开口。公众认为神职人员、学校教师和小说家是他们道德上的奴仆。这个想法也并非完全不公平。但这里面还是有些讲不通的地方,往往会产生奇怪的结果。

　　想象一下,美国一家大报的总编辑,喝醉了酒,坐上他那辆山羊拉的车,在庄园里四处游荡。结果他跌了下来,摔伤了屁股,被送进医院接受牵引治疗。再想象一下,一个朋友(或仆人)给他送来三四本新近出版的小说,卧床不起的编辑读罢,大发雷霆——这些书太堕落了。如果这张报纸在平日种种不端中,还扭曲政治新闻、用可悲的不公正和明显的偏见来报道它所反对的人,试图推动政府向古巴宣战,降低公众的精神生活水准,败坏语言,用猪肩肉、防风窗、内衣、一元大甩卖、止汗剂的巨幅广告占满版面,而未能告知公众真正重要的事,为老年人争取医疗保障等等——情况就更有趣了。这样一张报纸,在一个有理性的人看来,是不道德的。但这位大人物显然被那几个小说家激怒了,他们怎么能这样描写本地的穷人生活呢。他抄起电话,把他的图书编辑大骂一通,命令他在任何情况下都不要再提那些书,更别说做广告了。

有时候,伟大的企业在本质上似乎是合乎道德的。没有人会要求大公司维护任何价值。它要是有公益精神的话,可能会雇一家广告公司来给大家解释它做了多少善事,它怎么把免税款项花在爱默生和沃尔特·惠特曼的语录上。但它并没有刊出它的财务状况表,于是道德高尚的批评家们也没法在数以百计的刊物上讨论。就这样,相比内布拉斯加荒凉偏僻之地一个孤独可怜的小说家,商业组织的道德责任倒是来得更简单,负担也轻得多。也许就该这样。伟大的企业固然有些虚荣自负,但它不会做出全面的道德主张。它只是说:资本主义对你有好处。我们是坚韧强悍、充满活力的现实主义者,这是上帝和国父们的本意所在。

然而,按照传统,作家必须以不同的标准生活。就算他是个公开的非道德主义者,就算他自命为叛逆艺术家、反抗者、憎恨生活的人或是社会的死敌,对真理的渴望还是会驱使着他。澄清、深化、阐明都是道德目标,即便读者觉得他的手法杂乱无章,甚至让人讨厌。达达主义者和超现实主义者的"狂野"写作旨在让读者震惊，让他们进入一种全新的、更活跃的清醒状态，而不是让他们觉得恶心。他们厌恶传统文学，厌恶资产阶级作家这个行当，这在很大程度上是正当的。但是，在呐喊和咒骂声消散之后，水落石出——他们是说教家，而且是浪漫主义的说教家。在我们的肮脏派里可以看出类似的目的。他们在我看来经常是为了泼溅污秽而泼溅污秽，为崇拜暴力而崇拜暴力，还为了生病而病死，但即便是威廉·巴勒斯，在残忍和邪恶方面无出其右的这位，似乎也觉得应该要有一个目的。于是，他的《裸体午餐》成为反对毒品的警告。"乌七八糟的习惯是当今世界的头号公共卫生问题。"他说。

当然，世道越坏，人们就越是急切地想要维护价值。这个世界越昏暗、越沉闷，对色彩和多样性的要求就越强烈；人们越是招摇撞骗，就越想听到善与善行。这一定是自然规律。而作家必须尊重这种要求，这似乎也是自然规律。有些作家带着孩子般的真诚，有些想得更深，试着告诉我们，怎样才能找到所有人都如此迫切需要的东西：秩序感。但在其他时代，那些不可或缺的标准并不是源自小说家、剧作家。

小说家和其他人上哪儿去找这些标准呢？道德贫乏的公众向他们索求值得维护的价值，他们能提供什么呢？如果一个小说家要肯定什么东西，他可得好好准备一番——详细论证自己的论点，使之与确凿事实相符，甚至还必须做好受到羞辱的准备，他发现自己可能不得不肯定一些别的东西。事实是顽固、难以驾驭的，而小说本身的艺术往往会反对作家的意识或意识形态目的，偶尔还会破坏最具建设性的意图。不过，建设性的意图也会毁了小说。

这种相互破坏有一个很好的例子，见格雷厄姆·格林的新作《一个自行发完病毒的病例》。这部小说以精神枯竭为主题，从一个成功建筑师的自我厌恶和自我排斥开始说起。他厌倦了这个世界，来到非洲是为了迷失自我。他在麻风病人聚居地住下来，不知不觉中受到病人、医疗传教会、神父和医生的吸引。起初，他没有真正想要帮忙的欲望。他自己已经接受了死亡，没有动力去摆脱无目的生存的沉重负担。但不久他就卷入了与疾病的斗争，开始让自己变得有用。然而，小说一直没有超越这个开头，因为它被骤然打断。殖民者里的一个年轻妻子闯进了故事，她神经兮兮且愚蠢，让我们的建筑师自行发完病毒，无人惋惜地毁灭了。难以置信的戏剧性。剩下的是一种可疑的主张：不要再沉溺于我们自己的苦难，必须为他人生活和行动。我们必须承认，这是一件值得肯定的好事；如果格林先生能在他的小说里充满激情地阐述这一点，我们都会无限感激。事实上，我们都感谢他对精神枯竭的生动描述。然而小说本身，或者说艺术家的良心，是不能允许强行去推举什么价值的。这部小说于是也只能瓦解。

在小说的历史上，有一段无忧无虑的时光，作家不用做别的，只消告诉我们发生了什么事就行。经验本身就让我们高兴；对经验的描述是自证其明。但这么简单的东西今天是绝对无法接受了。自我，即事情发生的对象，也许正是挑剔难搞的现代意识所无法接受的。

20世纪的天才作家（保罗·瓦莱里、D.H.劳伦斯、詹姆斯·乔伊斯等）让我们质疑经验自我的稳定性。经验自我被溶解在智性、本能里，被溶解在这一物种的共同生活里、梦想和神话里。而所有这些都让我们意识到，那至高无上的个人，那个用命运、激情和道德问题写满小说（和历史研究）的紧密实体，只是一个被编造出来的东西，是众多兴趣和影响的产物，我们正是因为对物理学、心理学和社会阶级划分如此无知，才会诞下这样的产物。

无论这种重估导致什么结果，它带来的虚无主义激情都还在弥漫。要说有什么不同，那就是人们对激进文学的需求增加了。最近，莱斯利·菲德勒告诉我们，小说家的责任就是站在对立面，要用雷鸣般的语气说"不"，永远说"不"。菲德勒先生提醒我们，文学中的反对传统，预言性谴责的传统，标示着我们的忠诚。

如果你能准确地预言，那预言当然是件好事。我的意思是，先知必须是货真价实的。如果他屁股口袋里放了一张文学节目单，代替了他必须说出来的上帝的话，那么他的预言永远不会被接受。在这里有两个警告。首先，推举正统价值的蠢行和一望即知或毫无意义的乐观主义，这类作用力不应该引发大小相等、方向相反的反作用力。第二，任何人都不应该拿文学研究上的"不"来说叨。正如有些人指出的，文学会表明，从索福克勒斯到莎士比亚，从莎士比亚到托尔斯泰，最伟大的天才都诅咒过生活。某作家也一样诅咒生活，但这压根说明不了什么。作家在这类问题上深思熟虑的选择永远不会让人好奇。我们已经受够了那种自得其乐的可怜虫。在法国，书店里那种可怜愤怒、大喊大叫的主人公已经像餐馆里的泡菜猪肉土豆一样普遍——让人绝望的泡菜，配上富有中产阶级反抗精神的德国蒜肠。真的，是时候让每个人都意识到其中的浪漫绝望，烦恼地意识到其中荒谬——是愚蠢可笑的自命不凡，而不是形而上学的"荒谬"。诅咒天堂是很神气，但诅咒自己的袜子时，就别想着被认真对待了。

拜伦、普希金和热拉尔·德·内瓦尔汇流而成的浪漫主义-悲观主义传统，今天也有诗人继承，然而他们都不足道了。19世纪让诗人怒不可遏的资产阶级乐观主义，也没那么骄傲自信了。几代人以前，它就开始摇摇欲坠，到现在已经摔了好多次，一副灰头土脸的样子。乐观主义如果不是那么破败不中用，它也不会去一再希求得到人们的肯定与维护。

大多数作家都认为他们的作品富含寓意。托尔斯泰认为，小说家应该和他的主题内容保持道德关系，他应该对道德的定义充满热情。对于其主题，作家应该要么喜欢要么讨厌。因此托尔斯泰谴责中立、客观，认为这是缺乏艺术性的表现。但他也不同意"为艺术而艺术"的小说家，这些人明确拒绝任何寓意。福楼拜或许是其中最重要的一个。他和追随他的乔伊斯都觉得，我们所说的任何可以被视为道德寓意的东西，都将是严重的错误。乔伊斯说，艺术家应该和他的作品没有明显的联系。他应该是耐心等待时机，在一边削剪着爪牙，完全无视他的造物的感情。对于乔伊斯来说，这样的审美客观性是必须的，在《一个青年艺术家的画像》中，他明确拒绝了任何在艺术中激起欲望或需要行动的东西。在他看来，一件艺术作品应该唤起的感觉是静止的、超越欲望的，是十分纯粹的感觉，不能参与判断和思考。

对于小说家来说，这是一个相当傲慢的姿态。这种姿态似乎更适合诗人或音乐家，因为小说与生活的交汇是在一个更具人间烟火之处，充满无规律的混乱。为艺术而艺术的小说家信仰纯粹的形式、古典的秩序。这种秩序可遇不可求，而在混乱的情形下抱着这样的信仰，难免会失望。

这样的小说家不会同意像托尔斯泰说的那样去爱与恨。他保留意见。他克制自己不发表观点。他相信，正如埃里希·奥尔巴赫写的福楼拜那样，"如果能成功地单纯用描述的语言将任何一个事件从头到尾表达出来，让事件对自己及对参与其中的人物进行全面的解释，这比对事件加上某种看法或进行评论好得多、完善得多。福楼拜的艺术风格就建立在这样的信念之上，即充分相信语言被负责、可靠、细致地运用的语言的真实"。① 奥尔巴赫教授称之为"客观严肃的态度",并做了以下观察:"客观严肃就是进入到一个人生的激情与困境的深处,而作家本人却并不激动,或至少不表露自己的激动:人们往往不要求艺术家,而是要求神职人员、教育工作者或心理学家抱有这种态度。但这些人想要起的是直接的实际作用,而福楼拜并没有这种意图。"②

因此,显然艺术家如何决定一生所托,是自认为一个说教家还是纯粹客观的艺术家,都无甚区别。作家无论如何都会发现自己也背负着牧师或教师的重任。有时他看起来像最怪诞的牧师、最具个性的教师,但我相信,寓意的成功实现,离不开艺术。

这意味着,艺术家最好不要紧张兮兮地准备说教。苦心托付是徒劳的。寄寓所意味的,远比任何"立场"或知识分子态度还要初级。我想说,小说的寄托可以用它吸引我们的力量、用它所包含的能量来衡量。一部软绵无力的作品不可能有什么寓意。无聊比下流更糟糕。无聊的书就是邪恶。它可能会假装像金子一样好,像馅饼一样好吃,能多甜有多甜,但如果它平庸无聊,它就是邪恶。

我们在现代文学中不断感受到的是,作家们并不是没有追求寓意的欲望,而是有一种道德狂热,它不得要领、难以抑制、模糊不清且毫无目的。某些小说家、剧作家的出于善意的兴奋并不是一个孤立的文学现象。相比政治领袖或社会规划者,他们语焉不详的地方在于,究竟要对什么表现出善意,又将如何地善意或充满建设性。在这方面,我们看到了各式各样混乱无序的道德目的。只要小说家处理了善恶、正义与非正

---

①② 引自《摹仿论》,奥尔巴赫著,吴麟绶、周建新、高艳婷译,百花文艺出版社,2002。

义、社会的绝望与希望、形而上学悲观主义与意识形态等概念,他们就没好日子过了,跟那些在认知上卷入这些困境的人差不多。他们只能走同样的路:自由主义的路、自然的路、普罗米修斯式反抗的路、社会主义的路——这个名单几乎无穷无尽。作家会择其一,然后主张自己的真理。因此,他的艺术命运和思想命运差不多是绑定在一起了。它们要么一起胜利,要么一起覆亡。像加缪、托马斯·曼和阿瑟·库斯勒这样差别甚大的小说家,在这方面却是如此相似。他们的艺术和他们的智识立场一样强悍,或一样孱弱。

正因为如此,如果一门艺术想要强大,便不能建立在意见的基础上。意见可以被接受、被质疑、被驳回。而一件艺术品是不容质疑的,也不能被驳回。

最后一件事。如下主张应该没有多少人会不同意——我们要么想让生活继续,要么不想。如果我们不想继续,为什么还要写书呢?死亡的愿望是强大而无声的。它注重行为,不需要语言。

但如果我们回答"是",我们确实希望生活继续下去,我们很可能会被问到如何继续。何种形式的生活是正当的?这就是道德问题的本质。当一个作家的想象力足以暗示我们,我们可以如何自然地作答——不带什么别扭的论点,而是带着自发的神秘证据,不必再与绝望论争——那么我们就会称这个作家为道德的。

[1963]

比亚特丽斯·韦布①的美国

西德尼·韦布夫妇1898年来到美国,考察美国的制度;当时他们已经出版了关于英国地方政府的十五卷研究报告。穿过北美大陆后,他们继续环球之旅,向西到达澳大利亚和新西兰。比亚特丽斯·韦布每天都会记下自己的观感,好似萧伯纳笔下的女学究留给我们的记录。韦布太太是一位铁路大亨的女儿,受过良好的教育,拒绝过一个闲适的英国女人的生活(那是一种生活吗?),蔑视门当户对的传统婚姻。"当我转向社会调查,立志拿它作我毕生技艺的时候,"她在《我的学徒期》里写道,"我在伦敦社交界的经历,正好让我开始带上个人偏见——就算不是完全取代,但也极大地消减了我父亲那套对有闲阶层社会价值的信仰。"

不过从日记来看,韦布太太从未成功改变过她的社会观点。她描述起华盛顿的国会领袖和纽约、芝加哥、丹佛、旧金山的大佬来,仍然不脱一种贵族的优越口吻,一种社会主义的势利感。她经常让我想起高尔基回忆录里对托尔斯泰的描述——一身农民装束的大庄园主。她吹毛求疵、缺乏幽默、高傲自大,但仍不失为一个精明善察的女人,总是能迅速掌握复杂的新情况。在波士顿待了一周后,她就对当地政治局势作了精彩的评论,这么总结道:"打理波士顿的,是富有公共精神、消息灵

---

① 比亚特丽斯·韦布(Beatrice Webb,1858—1943),英国社会学家。

通的头脑和腐败低效的双手。波士顿实际上是贵族统治下的腐败民主。"

她一定会让那些大佬们大吃一惊。他们以为是在款待一位漂亮的英国客人——或是让她碰钉子——结果发现这个可怕的调查员压根没理会他们的虚情假意,尽让他们提供警察、选民、赞助、污水、铺路相关的信息。

她很快意识到国会委员会享有了过度的权力,官僚制暗含危险,看出公众对不义之财沾沾自喜,政府中涌动着商业力量。她指出:"美国人蔑视个体公民的既得利益或'既定期望'。私营企业被允许践踏个人。"她对商人和经理的观察也很敏锐。在匹兹堡("一个名副其实的地狱般的地方"),她注意到那些在卡耐基工厂管事的,即"脑力劳动者"是如何地好斗而傲慢。她认为卡耐基本人是"爬行动物"。她的这类肖像画倒是不落俗套。但对"私权利"的看法显然没有什么改变。

不过,她对善待劳工的伊利诺伊州州长约翰·彼得·奥尔特盖尔德,也没有多少奉承。她觉得奥尔特盖尔德是"工人和持不同政见的牧师的混合体",缺乏"个人尊严和一定的'手腕'"。在韦布太太的设想中,衡量一个人智力和道德品质的是他发挥社会效用的程度。伍德罗·威尔逊甚合她的意,泰迪·罗斯福让她充满热情——他真是"喷喷带劲儿"。她认为众议院议长托马斯·里德会是一个"相当不错的出纳"。"据说他很虔诚,也许还正直诚实,但他微不足道"。她把闲散的美国女性描述为痛苦而沉闷的生物,几乎不值一提,"缺乏求知欲和公共精神"。

再谈谈她的写作风格。总的来说,是精确而犀利的:康奈尔大学的学生"是些举止得体但看起来不太健康的年轻人,牙齿不好,满脸粉刺,窄胸斜肩"。罗伯特·林肯"全赖他父亲的声望,扶他上了青云。他脾气

189

坏，暴饮暴食：一个彻头彻尾的物质享受主义者，才智确实平庸"。众议院少数党领袖约瑟夫·W. 贝利"在英国人眼里就是个最糟糕的无赖，在他身上，下层演员和吵吵闹闹的政治演说者奇特地结合在一起"。

她对美国政治体制的解释总是清楚又在理。日记中对旧金山的描述令人难忘，还有一篇夏威夷简史，以及一份生动活泼、趣味盎然的报道，内容是与某位摩门教长老众多妻子之一的会面。这名妻子是个医生，还跟丈夫在州参议院同台竞选。韦布太太让她讲述自己的故事，故事颇引人入胜，然后得出结论，说她是个"思想纯洁的小灵魂"，但多半没有政治能力，只有些零星的医学知识。然而韦布太太的高谈阔论，只被一句对一夫多妻制的评论拯救，她说"二十头母牛只需要配一头公牛"。

韦布太太把自己看到的一切都与英国经验相比较，不过她往西走得越远，越是能摆脱这种强加给自己的义务。她虽然一脑袋的偏狭过时，但穿越落基山脉似乎解放了她的思想和风格。行至落基山脉以西，同样，让韦布夫妇松了一口气，不再一心一意追寻美国地方政府的事实了（华盛顿真是叫人失望）："现在不是来华盛顿的时候，我们所有那些得以介绍来拜访的政治家，心思却全在古巴那里①。"韦布太太终于能好好休息一下。布莱斯子爵②和托克维尔对美国制度的研究要深入得多。韦布太太的观察不乏偏见；但她的日记也确有智慧和魅力。

[1963]

---

① 古巴在 1895 年—1898 年反抗西班牙殖民统治，要求独立，1898 年美国介入战争，史称美西战争。西班牙最终撤离古巴。1902 年，古巴获得正式独立。
② 布莱斯子爵（Viscount Bryce, 1838—1922），一译白赉士，出生于北爱尔兰的英国政治家、外交家、历史学家，1907—1913 年任驻美大使，著有《美利坚联邦》。

近日小说巡礼

　　独特的现代形式的个人,首次出现是在蒙田的文学作品中。无意间这就成了起点。蒙田在他的《随笔》中把自己描绘成一个相当平凡的人,但在他身上可以看到一切本质性的东西:"我愿意大家看到的是处于日常自然状态的蒙田,朴实无华,不要心计:因为我要讲述的是我。"[①]他避开极端特例,专注于庸常。他对庸常进行了深入的研究,将注意力全然集中在人类的事物上,从而对个体存在的范围和意义生出一种全新的想法。人活在这个尘世,他的生命是脆弱的,他的时间是短暂的;尽管如此,他仍拥有许多非凡的能力,并可能获得一种深刻的怀疑智慧。蒙田的随笔是一份个人记录,隶属于一份彻底的告白,但与圣奥古斯丁的《忏悔录》不同,内中并没有宗教性的特质。对于蒙田来说,人类的境况是世俗的。这些事实,所有这些事实,尽管其中许多肯定微不足道,但都属于他对人类的描述。全部的事实都必要。尽管它们混杂一气,但并不妨碍个人获得他自己那种人类的伟大。因此蒙田能够轻松地从厨房问题过渡到形而上学。这种高低混合显得尤为现代。

　　两个世纪后的浪漫主义个人主义,在卢梭那里,宣称了自我的独一无二,比蒙田更加激进,更加雄心勃勃,将个人和周围世界对立起来。19世纪的浪漫主义歌颂个人,赞美人的自然属性和直觉品质,把文明视

[①] 引自《蒙田全集·随笔集》,《致读者》,马振骋译,上海书店出版社,2017。

为大敌。浪漫主义期待一种新的、更广泛的自由，希望人类生活具有审美特征。但事实上，这些大胆的期望没能存在多久。在现代世界（浪漫主义是一种现代现象），要先有平凡经验，才会为例外感到兴奋。一个工业化的大众社会容纳不了哪怕稍微多一点的反抗者和天才。雪莱写普罗米修斯的那个世纪，也是埃米尔·左拉写出近乎灵长类的农民和无产阶级的世纪。浪漫主义早期对自我的大举主张，到了人口众多的现代听起来就很愚蠢了。到19世纪下半叶，头脑敏锐的人都开始觉得浪漫的个人主义不可靠了。陀思妥耶夫斯基（以《卡拉马佐夫兄弟》中的米乌索夫为例）向我们展示了好逸恶劳、精神上完全资产阶级化的人是多么容易把自己当作浪漫的理想主义者。随着浪漫主义情感被贬低、被庸俗化，文学作品开始对浪漫主义英雄表现出强烈的敌意。

早期的现实主义，在巴尔扎克的小说中，非常强调个人。巴尔扎克的小说虽然是在当代的庸常场景下审视生活，但对底层人民给予了充分尊严。18世纪末，浪漫主义开始在贫贱低微中看到伟大美德。犁地的小伙子、贫苦的佃农、淳朴的乡村姑娘令彭斯和华兹华斯着迷。然而，19世纪现实主义小说中出现的庸常的文明城市人，吸引力就大打折扣。巴尔扎克极其严肃地审视他，甚至带着悲剧性，证明他的激情深刻而扭曲。老高老头、葛朗台、伏脱冷——偏执狂父亲、贪婪的天才、直觉敏锐的罪犯——都是取自日常生活的伟大人物。在《汤姆·琼斯》这样的18世纪小说中，这种日常生活还是喜剧素材。严肃的现实主义属于19世纪。

很快，在19世纪的作家看来，平凡日常的生活很难有什么英雄性，还更容易滑向堕落。霍桑在《红字》的前言《海关》中，以温柔而又苦涩的讽刺口吻，讲述了他为什么必须写一部浪漫小说。他描绘出一幅可怕景象：塞勒姆的海关沉闷萧条，老人也就是海关职员们衰颓迟钝。对他来说，这便是现代的塞勒姆。古老城镇"模糊的暗淡的魁伟"[1]，以及那些携带《圣经》和利剑的殖民者，那些迫害贵格会教徒、烧杀女巫、虔诚又心狠手辣的清教徒——所有这一切都在现代的阴郁无聊中结束了。作家在他那些高贵的祖先看来，一定渺小得可耻。"'他究竟是个什么人呢？'我的先人们的一个灰色影子对另一个嘀咕说。'一个写故事书的作家！人做什么样的正经事儿不好——在他有生之年和同时代人中，为荣耀上帝或者为人类服务，这算什么方式——非要干这营生？'"[2]

海关大楼的麻木虚空让人心情压抑、垂头丧气，为了拯救自己，霍桑浪漫地写道："我被日常生活的物质形态逼迫得晕头转向，于是试图把自己抛向另一个时代，这真是愚蠢的行为；那肥皂泡般难以捕捉的美好因为真实状况的鲁莽碰触而破灭，这一切时时刻刻都在发生，我还坚持创造空中楼阁一样的世界，同样是犯傻的行为啊。更可取的努力，是把思想和想象力渗入今日那浑浊的实体，让它变成晶莹的透明体；是把那种日渐不堪其重的负担转化为精神；是坚定地寻求藏于微小而琐碎的小事间，藏于我现在交往的寻常百姓背后的真正牢固的价值。错误是我犯下的。展现在我面前的一页页生活，似乎枯燥、平庸，那只是因为我没有探寻到它的深层意义。那里就有一部书，比我写出来的所有书都好。"[3]

我们不能肯定霍桑是真心这么想，因为他实际上是在为一部杰作道歉。然而，他并不是唯一一个不满于日常生活、怏怏于作家无能为

---

[1][2][3]　引自《红字》，霍桑著，苏福忠译，上海译文出版社，2011。略有改动。

力的人。1840年，亚历克西·德·托克维尔写道："在美国，人们的生活最渺小、最枯燥、最乏味，总之，最没有诗意，无以引发人们的想象力。"他补充说："但在指引生活前进的思想中，却永远有一种充满诗意的意念，这种意念就像潜藏在体内的支配其余一切活动的神经。"

  19世纪的小说家们，在浪漫个人主义的熏染下，发现自己有义务应对工业集体主义的结果。精神上有涵养，个人生活丰富多彩，对于众多的人口来说也是可能的。但与此同时，个人那单独而分离的自我，感到严重掣肘，受到巨量人口、自然和生活条件的压迫——他的卓越由于缺乏真正的力量而变得毫无价值。浪漫的个人时时处处看到不公，看到衰弱、疾病、无知无感和毁灭的威胁。19世纪晚期小说中典型的英雄人物被基督教理想主义剥夺了生命力（在托马斯·哈代的作品里），被文明社会的安排宠坏或摧毁（托尔斯泰），决定赖在床上不再起身（冈察洛夫）或生活在精心设计的限制之下（亨利·詹姆斯）。福楼拜伟大小说中的女主人公爱玛·包法利是个完全不起眼的人，一个外省常见的小资产阶级。但《包法利夫人》不只是一份悲惨生活的记录。这是非常特殊的美学创造，影响深远。艺术家的表现力、他的精湛技艺和训练、他对命运的解读，被放到作品的核心位置。而早前，最被看重的是小说的主题。在《包法利夫人》中，艺术本身弥补了人物头脑或心灵的缺陷。女主角的微不足道得到认可。是艺术被大举高扬。福楼拜式小说家的目标是忘我地沉浸在他的主题中。埃里希·奥尔巴赫在他极具批判性的《摹仿论》中，说福楼拜"认为语言的表达本身能够表现事件的真实性"[1]。

---

[1] 引自《摹仿论》。

在小说家看来，世界是极其复杂和可畏的东西。现实是大量互不相连的个人世界，奥尔巴赫解释道，其中"每个人都独往独来，谁都不能理解他人，谁都不能帮助他人去理解；这些人没有共同的世界，因为只有许多人找到通向真正属于自己的现实——也是所有人真正共同的现实——道路时，共同世界才能够实现"①。因此，个人主义在艺术家本人身上找到了避难所，但也不能长久，因为20世纪的文学不能容忍这一点。它猛烈抨击了旧式的浪漫个人主义。基督徒（T.S.艾略特）和马克思主义者（贝托尔特·布莱希特）同样强烈地攻击它。在《鸡尾酒会》里，爱德华·张伯伦不愿相信自己的个性；在布莱希特的《措施》里，一位热心的青年共产主义组织者被他的同志们消灭了，因为他是独立个人，对党是危险的。D.H.劳伦斯则从另一个角度宣称文明人格的无效。例如，他在一篇有关梅尔维尔的文章（《美国经典文学研究》）中认为，"作为人"，梅尔维尔"几乎是死的。这就是说他难以对人的触碰有什么反应，有的话也只是存在于理念中，或只存在那么一瞬间。他那具有人类情感的自我几乎丧失殆尽。他十分抽象、有自我解剖精神，也心不在焉。他所迷恋的是物质那奇特的滑动与碰撞，而绝非人的所作所为"。梅尔维尔的灵魂是一个"孤立的、心怀高远的灵魂，这是从没有真正接触过他人的孤魂"。②对劳伦斯来说，庸常和传统概念的那种自我是"彩绘的磨石"。他认为我们正在见证虚假的"社会"自我、奴性自我的可怕终结。我们忍受着死亡的恐怖，期待可能的重生。按照现代人的态度

---

① 引自《摹仿论》。
② 参见《劳伦斯论美国名著》，D.H.劳伦斯著，黑马译，上海三联书店，2006，略有改动。

来看，这还是比较乐观的。劳伦斯期待重生与复兴，期待本能取得新的、更大的胜利。1920年代初，维也纳诗人胡戈·冯·霍夫曼斯塔尔发表了一份声明，表达了一种更为虚无主义的态度："我们的时代是未被救赎的；你知道它想从哪里得救吗？……那便是个人……我们的时代在这个被19世纪养肥的16世纪孩子的重压下呻吟得太沉重了……我们是无名的力量。是灵魂的潜能。个性是被我们抛弃的阿拉伯式花饰……我甚至可以说，我们在过去十二年里目睹的所有不祥事件，只不过是在笨手笨脚、坚持不懈地将欧洲的个人概念埋葬在它为自己挖掘的坟墓中。"①

这样一种立场，如评论家莱昂内尔·阿贝尔在他高度原创的著作《元戏剧》里所指出的，必须"让道德经受痛苦的荒谬"，而道德本身，用象征主义诗人兰波的话说，是"大脑的弱点"，如果人是一种"无名的力量"，那么道德可能是一件历史戏服，人可能觉得穿着挺高兴，穿了几千年。目前的趋势是，用阶级、民族或种族的观念来代替以个人为中心的道德观念。在政治领域，古典自由主义认为，握有权柄的多数人应该由一个或少数有才能的人来领导。"凡一切聪明事物或高贵事物的发端总是也必是出自一些个人，并且最初总是也必是出自某一个个人。"J.S.密尔在《论自由》中说②。不过20世纪西方文学里的反个人主义还远未体现出政治意义。托克维尔预言，当那个大权在握的人变得无足轻重时，多数人会在民主国家的文学作品中得到颂扬。现代文学并没有实现这一预言。有伟力的作家，甚至是天才作家，都表达了他们对自

---

① 系霍夫曼斯塔尔在看完布莱希特的《巴尔》(*Baal*, 1918) 一剧后所做的评论。
② 引自《论自由》，J.S.密尔著，许宝骙译，商务印书馆，2007。

我的厌恶和憎恨。他们呼喊着要摧毁那个假神。他们常常钦佩个人、百姓乃至庸众的刚毅，甚至野蛮；但总的来说，对浪漫个人主义的控诉，这一行为本身就是浪漫，对人文主义的厌恶，这种厌恶就是出自人性本源，他们觉得这样足矣。他们都没有走到召唤我们进入陀思妥耶夫斯基的大审判官所说的"一个没有争议、和睦相处的蚁穴"①的地步，也就是集体的终极形式。

最近有两部小说，向我们展示了个人的沉沦会是什么样。一是亚历山大·索尔仁尼琴的《伊凡·杰尼索维奇的一天》，描绘苏联集中营的生活，一是詹姆斯·琼斯的《细细的红线》，描绘在瓜达康纳尔岛抗击日本人的美国步兵。当然，作战士兵和奴隶劳工之间存在巨大差异，但正是这些差异使他们的共通之处更加引人好奇。这两本书都讨论了为生存而斗争的问题，也都讨论了对权威的态度，也因此讨论了对自我的态度。自我，正是生存的依凭。伊凡·杰尼索维奇最需要的是温饱；当他在北极的黑暗中工作时，满脑子都是面包、取暖和偶尔放纵一吸的烟草。违反集中营规定的人是活不下去的，他会被关进冷窖，健康大损。但不违反规定的人也活不下去。他必须抓紧一切机会去学会可能有用的东西；他必须学会如何把一块有用的金属碎片藏起来不让巡警发现，学会如何把一小块面包缝进床垫里。他一刻也不能感到不舒服，他承受不起。伊凡·杰尼索维奇因为发烧，在床上多休息了一会儿，就被鞑靼士兵处罚了。他问道："为了什么，长官？"（囚犯不允许使用"同志"这个词。）索尔仁尼琴特别提到，他问这个问题的时候"用一种很

---

① 参见第120页的"蚁穴"注释。

可怜的声音，其实他并不觉得自己真有这么可怜"①。然而，伊凡知道，他不能与鞑靼人争辩，他只是在形式上抗议一下。希望被人同情或期待正义，这样的想法是不能有的。任何这样的想法或期望都会削弱生存的意志，也会暴露这种意志。像前海军军官这样的囚犯，如果不能迅速忘掉过去的尊严，不能学会控制自己的舌头，他们就会吃上冰冷的牢饭，然后死在这上面。在零下二十度，衣不蔽体、食不果腹的状况中，人是活不下去的。伊凡·杰尼索维奇回忆道："在那里将有一个月无处烤火——连狗窝都没有一个。篝火也点不起来，用什么生火呢？只有拼命干活才是唯一的生路。"②因此，他很感激鞑靼士兵对他施加的劳役处罚。

　　斯巴达式的自律和粗野农民般的狡诈，让伊凡能在泰加森林忍受劳动多年。他不去想当局，不去想政府，不去想权利，不去想他自己所受的不公正的监禁，不去想其他犯人的痛苦，不去想家人——所有这一切都会让他心烦意乱，都是不必要的波澜，浪费精力。他满脑子想的都是面包、糖、炖鱼、靴子，以及如何成为活下来的人。但在《战争与和平》中，就几乎没有提及普拉东·卡拉塔耶夫的温顺美德，也就是皮埃尔·别祖霍夫在被俘期间学习到的那些纯朴智慧。虽然伊凡·杰尼索维奇并非没有基本的宗教信仰，但他的信仰就像他的饮食一样少得可怜。在一天结束时，他感谢上帝让他活下来。"谢天谢地，又是一天过去了！谢天谢地，没睡在禁闭室里，这里嘛，还过得去。"旁边板铺上的宗教犯阿辽沙听见这些低语，于是想着让伊凡·杰尼索维奇也祈祷祈祷。然而，伊凡·杰尼索维奇回应说，祈祷就像希望一样，是危险的。"祈

---

①② 引自《伊凡·杰尼索维奇的一天》，亚历山大·索尔仁尼琴著，斯人译，作家出版社，1963。

祷，"他说，"跟写申请一样，不是递不到，就是被拒绝，上面潦草地写着'不同意'"①。信仰不能移山，也不能缩短囚犯的刑期。但是浸礼教徒阿辽沙对哪怕一丝的自由想法都感到恐惧。他说："到了外边你最后的一点点信仰也会丢得个一干二净！……在这里你有充分的时间可以考虑你的灵魂。"如果阿辽沙被关进监狱是上帝的旨意，那么他心安理得待在这里倒还说得过去。"可是我为什么坐牢呢？"伊凡·杰尼索维奇说，"为了四一年战争打起来的时候，我们没有准备，就为了这个？这跟我有什么相干？"②但这些理论上的考虑都不重要，浸礼教徒阿辽沙的宗教天真可能是为了满足苏联文学政策里的反宗教要求。

《伊凡·杰尼索维奇》对事实性内容或档案式纪录的兴趣，高于文学。这是一种单调乏味的工作，缺乏色彩和激情，缺乏戏剧性的视觉效果。然而，事实本身却有一种奇怪的说服力，事实铺展时的节制朴素、扁平单调，同集中营里非人的冷酷和伊凡的个性全失、唯愿苟活是相吻合的。

这种动物般的忍耐力，即伊凡奋力的全部目标，对某些现代作家来说，本身就是一种积极或英雄的活动。对于布莱希特来说，个人就真的是所谓的个人。在他看来，所有的人类现实都必须经过彻底的反思，真理必须在不存幻想的磨练中才能求得。他的伽利略说："我藐视那些长着一个脑袋而没能力喂饱自己肚子的人。"③这个讲法，不是为了贬低思想，而是在拔擢肉体，就像阿贝尔先生在他的《元戏剧》里说的那样。无论我们想对人类作出什么断言，都必须符合人类行为最普遍、最基本

---

①② 引自《伊凡·杰尼索维奇的一天》。
③ 引自《伽利略传》，布莱希特著，丁扬忠译，河南人民出版社，1980。

的事实，而权威和传统对这些事实的解释，是伽利略所不能接受的。

这些议题在大多数现代小说中都存在，只是很少说得这么明白。在《细细的红线》中，则是相当直白。战争把男孩变成男人，自然不是什么新鲜的主题。让詹姆斯·琼斯感兴趣的是，平民社会造就了这些男孩，也给了他们得以成为男子汉的那种残暴。在原始暴力的情境下，家庭、社区那些松散的道德准则垮塌了，传统信仰无所依凭，变成了强加之物，幻想破灭的人是不会再全心接受它的，即便里面那些称手的智慧、生存的智慧看上去多么容易让人接受。男孩仍然认为自己有作为个体的价值，某一地某一人仍然在关心着他的存亡。但硬心肠的人已经认识到，事实并非如此；国内的人民已经将他推向毁灭的道路，而他越早明白这点越好。在更广大的背景下，他是挺住了还是倒下了，都无关紧要。那些更老谋深算、精明强悍之人，那些职业军人明白这一点。像威尔士上士这样的人就相信，而且带着绝对的信仰，或者说是形而上学层面的信念。对于那些不理解的人，他不会宽容以待，而是多少有些渴望地等待着现实来惩罚那些无知、轻信、天真、不成熟的人。威尔士的强悍和严厉不仅仅是一种个人态度；也是他最基本的生存智慧。他在战场上赶走一名年轻士兵，这名士兵想在他附近挖一条战壕。依附别人是可悲的；它泄露了不成熟的性格，战斗经验丰富的士兵对此有一种本能的蔑视。对威尔士这样一位明智的人、真正的人来说，这世上值得关心的一切就是财产。他不知道自己这么说是什么意思，只是像念咒语一样喃喃自语——"财产"。有智慧的人拥有财产；其余的都是笨蛋。但即使是威尔士上士，也有不理智的慷慨冲动。他冒着火爬出来救回一个受伤的人。结果他的努力白费了，那人奄奄一息，威尔士又回来掩护他。"他抽噎着大声喘气，心里向自己严肃保证，不能再一时冲动，让荒诞疯狂的情绪占常识的上风。"①

在这种情况下,"事实"就是将人们放置在同一平面的东西。恐怖、嗜血、贪婪和性兴奋是最主要的事实。琼斯笔下有一个人物——人们通常都未注意到——甚至在想,是否渴望一种特殊的性满足,才是战争不可根除的原因。在死亡的威胁下,这些士兵脱离了平常的自我,遭受着残酷变态的猛烈攻击。神话学家可能会用现代思想特别喜欢的语言这样说:至高无上的神不是个性之神阿波罗,而是代表本能和整个人类的酒神狄奥尼索斯。

J.F. 鲍尔斯的《神父之死》,从一个完全不同的领域观察生活。小说的主人公厄本神父,属于虚构的圣克莱门特教团。他是一个活跃入世的牧师,善于演讲,也很爱交际,充满魅力,他喜欢食物、运动,也喜欢有人作伴,因而很受欢迎。厄本在芝加哥干得好好的,而他的上司决定把他调到明尼苏达乡下。说得好听点,是在考验他的耐心。他觉得难以理解。当然他还是服从了,但心不甘情不愿。从火车车窗望出去,他对明尼阿波利斯北部乡村的印象是:"一片平坦、树木稀少,看不见人的伊利诺伊州。它不吸引人,也不拒绝人。他看到的溪流比他在伊利诺伊看到的还多,但这些溪流都不怎么流动。十一月在这里就是冬天了。太多的白框架农舍,既不新也不旧。厄本神父想都没想过来这样的地方过感恩节或圣诞节。生锈的农具。褐色的泥土。灰色的天空。冰层。没有雪。火车上的人都在讨论这些。厄本神父完全没听到,一个多小时

---

① 引自《细细的红线》,詹姆斯·琼斯著,姚乃强、武军、高骏译,译林出版社,2015。

后……那天上午，差几分钟十一点，火车抵达杜斯特豪斯，厄本神父是唯一一个下车的乘客。"

威尔弗雷德神父是杜斯特豪斯的克莱门特基金会负责人，俩人早在刚入教门时就已认识。这里财政状况不佳，神父们财力有限，威尔弗雷德正努力让一切有效运转。除了瓷砖、五金、油漆、农机、燃料和免费乘坐的火车以外，他几乎啥都不想。神父们的兴趣大概是任何一个有地方需要经营的中西部人的兴趣。而厄本，如他的名字所示①，是老于世故之人，对这些乡巴佬嗤之以鼻。他自己也知道，他一点也不谦卑。威尔弗雷德做啥都慢吞吞的，笨手笨脚，缺乏想象力。厄本则见多识广，长袖善舞，迷人而骄傲。

鲍尔斯先生的主题是讲求实际的普通美国人如何开展宗教生活，他在讽刺喜剧方面颇具才华。他避免强烈的对比和过于用力的表态，有时，遵从这样的克制以至于看上去都有些模糊、被动了。在《神父之死》里，罗马天主教与美国的生活方式相遇，而这次相遇的结果并不十分清楚，因为厄本的精神品质可说是几乎未予任何描绘，太写意了，虽然毫无疑问他是真正受到感召才来做神父的。

克莱门特教团有个富有的赞助人叫比利·科斯格罗夫，他很享受厄本神父的陪伴。比利慷慨大方，但性格古怪；他实际上是个任性骄纵、恃强凌弱、无所事事的家伙，他的生活则是无止境的残暴假期。他花钱大手大脚，喜欢为教会做事。厄本被任性顽皮的比利逗乐了，原谅了他的粗俗无礼，这是一方面，另外一方面，则是厄本贪恋美食和豪车——他非常热衷于运动和汽车。厄本陪着比利去了北部森林钓鱼，这是他乐

---

① Urban，意为城市。

意，当然也是为了教团。在那里，比利大发脾气。他在吸血湖运气背到极点，没钓着什么鱼，见到一只雄鹿游过，就下决心要得到那鹿角。他试图按住鹿头让它淹死。这样的残忍连厄本都看不下去了。他加快船速，结果让比利掉进水里。比利获救后，立即把厄本扔进湖里，自己开船加速离开。这最后的结果一点也不滑稽。

事件发生之前，厄本在船上一直思考为信仰生死的问题，他比较了比利和征服者威廉，认为俩人都"对上帝的好子民温和以待，对那些否认上帝意志的人严酷到底"。这个类比有点好笑。比利对历史压根不感兴趣。他是地地道道的当代美国的产物，全然按自己的方式行事，狂热地追求自己的乐子，从不在思想上浪费一点力气。这俩人中，他是比较热情的那位。厄本的宗教热情并不强烈。可能因为美国人就是这么通达、轻松、友好、舒适、不唐突，没什么确定目标。这本书以厄本生活中的两个重大变化作为结尾。他被高尔夫球砸中头，受着头痛眩晕的折磨。就在这时，他被任命为教省会长，回到了芝加哥。作为教省会长，他让每个人都失望，但人们很快发现，这是因为他身体不舒服。为了不让来客发现他受的伤，他总是背过身假装诵念祈祷书，于是获得了虔诚的名声，"然而，现在这么说，并非完全没有根据"。小说的最后几页不含一丝讽刺，我想，它意在展现厄本发生了变化，这位殉难于苦痛的厄本，实现了自己的宗教命运。不过实际上，小说结尾在这方面说得很少；它倒是在试图告诉我们，不要指望追随厄本灵魂的进程。其状况是无从诉说的。

鲍尔斯先生遵守了大多数现实主义作家所接受的惯例。他不会把"现实中"不属于这些人物的思想或情感安在他们身上。奇怪的是，像鲍尔斯这样的宗教小说家，或者像格雷厄姆·格林和伊夫林·沃这样他

203

显然认同的人，竟然不愿意在他们的书里给出一种具体的宗教心理。但凡比庸常生活状况允许我们所见的更深刻的东西，他们都只作隐约的暗示。而且，由于我们被这些庸常生活状况所限，受了堕落腐坏、无聊心境和自我中心的影响，我们之中最高尚的人，也便是在人类状况中受苦最多的人。因此，这些小说家笔下的主人公很大程度上并不是善于表达的殉道者。现实世界比想象中最黑暗的发明物可怕万倍。鲍尔斯先生对这些现实的描写与弗朗索瓦·莫里亚克、格雷厄姆·格林、艾略特或任何其他基督教作家一样精彩，但他在描写宗教体验时也一样缄默。然而，到底20世纪的精神生活是什么样呢？这些作家拒绝开导我们。也许这是我们的过错，我们要求有人来开导解惑，还总想走实证主义的路数，觉得精神生活应该是我们可以把握的现实。但是，作家们都是应了小说戏剧的挑战，才创造了我们眼见的这些作品，他们应该向我们展现宗教生活的真实。精神历程的抉择，通常的结果不是归正，而是走向死亡，几乎无一例外。现代宗教小说中的基督教是受难与十字架的基督教；它的宗教生活最终变成了一种神圣的死亡。正如哲学家加布里埃尔·马塞尔所说，这些作家看到了我们的选择——介于"白蚁聚落和神秘群体"之间。这样的观点或许更多地表达了浪漫主义的失望，而不是基督教的信仰。①

菲利普·罗斯《放手》的主人公加布里埃尔的成长目标，是不仅要过上舒适的生活，还要思考"更高的事情"。这些"更高的事情"多少

---

① 本段 spiritual life，spiritual experience，spiritual course 分别译作：宗教生活；宗教体验；精神历程。

影响了他的幸福。他在吃喝的时候，痛苦的阴影会稍稍飘过，不过所剩的天光仍然够他找到勺子。他明白，在这样一个世界里，做个庸俗的享乐美食家，一个小资产阶级的人，是有些堕落的。他读到（加布里埃尔是一名研究生）高尚的情感、伟大的事业和超出凡俗的情操，觉得自己如此孜孜汲汲、野心勃勃地追求个人目标有些荒唐可笑，但这并没有改变他铁一般的自私。他有足够的自我意识或"不快乐的意识"，知道自己在恋爱中很敏感，如果同阶层年轻人都做的事情他也做了，他便会十分满意自己的洞察力。正如刘易斯·卡罗尔在《海象与木匠》中所写的，人们为小牡蛎流下了眼泪，然后把它吃掉。加布里埃尔想表现得好点。他试图让一对不幸福的夫妇收养一个孩子，那位准备把孩子送人的怀孕女服务员是书中最生动的描写。但是，对于个人生活及随之而来的个人判断问题、个人幸福的追求，我们并不感兴趣，反正不像罗斯先生和加布里埃尔那样感兴趣。罗斯先生显然没有意识到，他把加布里埃尔的麻烦渲染得如此严肃，却是增强了人们对个人轶事的反感。从我们与加布里埃尔的首次会面中，便知道他是相当强悍的年轻人，在基本事物——食物、住所、金钱、个人提升——上，他总会成功。对于这么一个事事谨慎的主人公，或者什么事儿都被描述得清清楚楚、津津有味的主人公，我们就没有什么可指摘的了。问题是，加布里埃尔期望讨所有人的喜欢，却没有任何人让他着迷。

　　约翰·厄普代克《马人》的主人公彼得，是一个性格略有不同的青年。彼得带着让人遗憾的冗长，向我们展示了现代批评家所称的"感性"。以下是一些典型的感性想法和印象："我这当儿在欣赏我画的那个老院子里的核桃树下的淡紫影子。我过去很喜欢这棵树；在我幼小时那根树杈上系着一个秋千，这在我的画里已经成了灰黑一团了。看着这一抹子黑，我又重新体验了我用油画刀刮的那一下子，在我生命的那一秒钟，我表现出一股子十分坚定的劲头。我想就是这个坚定性、这种能以抓住这几秒钟的气势，吸引着我在五岁便倾心于艺术了。因为我们大约在那个岁数，是不是会悟出事物如果没有死，便肯定要变化、要从我们身边扭开、滑走、退去，就像在微风荡漾的六月的一天，那照在葡萄架下砖地上的一抹阳光，顷刻之间便悄悄移动得无影无踪了？"[1]

  这段文字里有不少令人好奇之处，颇有益于我们的研究。这些话出自一个高中男孩之口，都是他的想法。十五岁的时候，他就已经对童年有了一种怀旧之情。他回忆起自己审美的开端，带着哀歌的感伤，以及长者的智慧。据说，老了的乔纳森·斯威夫特曾为自己年轻时写得这么好而暗自庆幸，厄普代克笔下的青春期主角则是被自己五岁时的艺术成果所感动。这番沉思是相当主观的，必须小心选择词汇、节奏和意象——像是出自一个诗人之手，如果他觉得有必要写下来的话。文学系的学生可以从中发现亨利·詹姆斯和弗吉尼亚·伍尔夫的影子，以及詹姆斯·乔伊斯的影子，是写《都柏林人》和《一个青年艺术家的画像》时的乔伊斯。感性在很大程度上是属于年轻人的。这要归功于歌颂人生早年的浪漫主义——童年善感的心，青少年的愁绪。早期的浪漫主义，是把宙斯拉下王座，欢迎普罗米修斯的到来。厄普代克笔下的彼得扮演普罗米修斯，他的父亲扮演客戎，然而作者没能把这个神话成功地带到宾夕法尼亚的乡村。

  他的故事更成功。"他们刚搬到火镇时，"厄普代克在他的新小说集《鸽羽》得名的那篇故事中写道，"东西都乱了章法，得重新归置。"大

---

[1] 引自《马人》，约翰·厄普代克著，舒逊译，外国文学出版社，1991。

卫是个敏感的独子，当他拿起H.G. 威尔斯的《世界史纲》，读到耶稣是某种共产主义者时吓坏了："罗马帝国某个小殖民地里出身卑微的政治煽动家，一个流浪汉。"那些有关死亡和永生的问题，母亲和主日学校多布森牧师的回答他都接受不了。大自然也安慰不了他。长距离散步能给他母亲带来的乐趣，他体会不到，也感到困惑。"在他看来，平缓地起伏伸展开去的棕色地平线只表示出一种无尽的疲惫感。""你希望天堂是个什么样子？"他妈妈问。"他感觉到她吃了一惊，他又怒了。她本以为他早就不再琢磨天堂什么的了。她以为他已经加入到那个对此保持沉默的共谋当中，就是他现在意识到的周遭大家都采取的态度。"小主人公大卫是个感性的孩子，所以不难想见，他会用美学的方式来解决他的困难。他在谷仓里射杀了几只鸽子，然后凝视着它们的羽毛，感到陶醉和安慰。"对于这些毫无价值的鸟儿，上帝尚且慷慨地赋予此等鬼斧神工，他当然更不会拒绝给大卫以永生，否则岂不是毁掉了他整个的创造？"[1] 反思让厄普代克的孩子们早熟，早熟得几乎像老人一样。他也还是让大卫身上带着一丝讽刺。这个男孩杀死了这些无害的鸟，但在它们的羽毛中看到了自己不朽的证据。故事本身就表明作者对神工技艺有很高的信心。感性作家的信仰当然就是对艺术的信仰。

　　成年人的世界应该被描述为一种阴谋，他们共谋来掩盖自己的无知与顺从——美国青春文学里随处可见这样的说法。这个主题至少可以追溯到舍伍德·安德森的《我想知道为什么》，念文学的学生们也能在费尼莫尔·库珀和马克·吐温的作品中找到它。在J.D. 塞林格的《麦田里的守望者》和他最近的格拉斯家族故事中，即将成年的男孩认识到了

---

[1] 均引自《鸽羽》，约翰·厄普代克著，杨向荣译，上海译文出版社，2015。

成人社会的恐怖。这些青少年通常被描述天生敏感、直觉非凡；他们仍然拥有中国哲学家所说的"赤子之心"，在这个充满腐败和妥协的世界里，只有在他们身上才能看到民主自由价值观，看到仁慈和慷慨。在19世纪，成熟同样往往被描绘成邪恶，或是可悲。巴特勒的《众生之路》讲的是青少年从长者的暴政里解放出来的故事，他还在别处半开玩笑地评论说，要是一个孩子无父无母地来到这个世界，襁褓上还别着一张二万英镑的支票，那是最好的了。19世纪文学里的家长角色大都是面孔粗糙的蓄须男子，他们是规训、克制、秩序、虚伪和控制的化身。就连J.S.密尔这样头脑冷静的人，在《自传》里也流露出一种苦涩。他说他父亲是怀着最良好的意图，把他的全副感情都钻取走了。他一直相信前方是一段有益于世、富含意义的生活。而当他陷入绝望的时候，他就不信了，暂时不信；等他慢慢恢复了这种信念，危机也就结束了。伊万·卡拉马佐夫带着叛逆的情绪告诉弟弟阿辽沙，虽然他确实热爱生活，热爱春天黏黏的小叶，但他希望并更宁愿早早死去，他可能预见到，随着年龄的增长，他将失去反叛精神，变得贪图安逸、只顾自己。因为他相信上帝创造了一个不公正的世界，他恭敬地提出要退还"入场券"。然而，到了世纪末，另一种浪漫的青春却明显地拒绝对这个世界负责。似乎没必要再去琢磨这个世界、探寻它的不足；我们可以发现它有不足之处，但无需对此品头论足。20世纪最受推崇的作家要么是极其主观的，要么是虚无主义的，又或者两者兼而有之。对他们来说，传统权威并不存在。国家、家庭、宗教都被视为幻影。在艺术家那里，艺术本身的权威一直在下降，而文学依然繁荣，尽管其理念被那些自称反艺术家的人鄙视。

不成熟，对美国作家或战后受美国影响的欧洲作家如此具有吸引力,原因或许不难发现。个人在面对现代组织的庞大力量时,体会到强制的被动,非常像童年时代的无能为力感。而对这些权力集团说"是"的人不是孩子,是成年人。由此,就产生了对童年和青春的依附,这就可以解释为什么会有中年甚至上了年纪的垮掉一代,以及老到退休年龄还乐得笑出皱纹的彼得潘。

> 婴幼时,天堂展开在我们身旁!
> 在成长中的少年眼前,这监房的
> 阴影开始在他周围闭合 ①

——威廉·华兹华斯写道。精神分析学对婴儿期行为的各种研究发现支持他的看法,公众也普遍认可。他受到许多人的热情拥护。

在这些人中,才华横溢的塞林格无疑是最佳队友。他内心的忠诚大多给了儿童和年轻人,在描绘他们的时候事以极大的热情和纯洁。《麦田里的守望者》也许过于接近华兹华斯的浪漫主义理论,用他的话来说,孩子"仍然是大自然的牧师"。主人公霍尔顿·考尔菲德扮起先知来完全不像个中学生。相较而言,塞林格的短篇没那么雄心勃勃,也不那么意识形态化,比他的长篇小说更成功。不过他的主题始终如一。在《为埃斯米而作——既有爱也有污秽凄苦》中,士兵沉浸在同小女孩和她弟弟的交流中,这是一种特别的、常人无法享有的融洽。在《逮香蕉鱼的最佳日子》里,和新婚妻子在佛罗里达的西摩·格拉斯自杀了,但在此之前,他和一个小女孩在水里玩,还给她讲了他的香蕉鱼故

---

① 引自《华兹华斯抒情诗选》,黄杲炘译,上海译文出版社,1986。

事。在《木匠们，把屋梁升高》里，塞林格讲述了"二战"期间的一个大热天里纽约的一场奇怪婚礼，并揭露了"正常"社会行为的愚蠢。他写到另外一场战争，对阵双方是社会里的正常人和不正常的、或异常杰出的成员。缺席的主人公是西摩·格拉斯，他对爱情、婚礼和婚礼派对有自己的想法。参加婚礼的女士们，尤其是伴娘，看到新娘被新郎花样百出地羞辱，愤怒至极。塞林格对她们的行为准则做了精确描述，但并非完全善意。已婚伴娘"是个健壮的娘们，约摸二十四五岁。穿件粉红软缎礼服，头发上缀着个人造的莫忘我花小花环"。[1]她身上有种明显的运动员气质，仿佛一两年前她在大学里主修的是体育。她膝上放着一束栀子花，好像没了气的排球。她的丈夫笑着称她为"狠心的娘们"，显然很熟悉她打击人的能力。另一位女士，西尔斯本太太，则受到了更富同情的对待。汗水渗透了她烤薄饼似的厚重脂粉，但她拿着漆皮手提包，"就像是抱着一个心爱的玩偶似的，而她本人呢，像是个被当作试验品来涂脂抹粉的、非常伤心的、从家里出走的小孩子"。西尔斯本太太的孩子气赢得了塞林格的纵容；她不属于成熟女性那个富有侵略性的坚固联盟。讲这个故事的是新郎的弟弟，他带着一小群参加婚礼的来宾，包括好斗的伴娘，来到他和哥哥共有的小公寓。在那里，他帮忙调酒，在伴娘指责西摩是个不知道如何与人"相处"的怪物时，他热情地为兄弟辩护。"他是绝对不适宜于结婚或者干其他任何近乎正常的事儿的，看在老天爷面上。"她说。愤怒的弟弟回答道，他根本不在乎西摩的岳母会说什么，"而且，说到这个问题，也不在意哪个不学无术的职

---

[1] 均引自吴劳译文，下同。收入《麦田里的守望者——塞林格作品集》，浙江文艺出版社，1992。

业评论家或者信口雌黄的婆娘说些什么"。西摩是个诗人。"看在上帝面上，他是个诗人啊。我是说实话，是个诗人。"无论是已婚伴娘、岳母还是精神科医生，都永远看不到他的本来面目。在这次爆发之后，弟弟独自坐在浴缸边上，读着西摩的日记。西摩似乎以圣洁的宽容和爱看待周围每一个人，以某种方式把平凡庸常解释为神圣的奇迹。新娘子做的点心，点缀着覆盆子的奶油干酪冻让他热泪盈眶。他对费德尔夫人的看法是："她这个人啊，是一辈子对贯穿在事物、所有的事物中的那股诗意的主流无法理解或爱好的。她还是不如死去的好，然而她继续活下去，上熟食铺，去找她那个精神分析学家，每天晚上看完一部小说，穿上紧身褡，为穆莉尔的健康和前途出谋献策。我喜欢她。我认为她勇敢得叫人难以想象。""上帝啊，"西摩终于说，"如果我称得上有什么病的话，我是个颠倒的偏执狂。我怀疑人们在阴谋策划来使我幸福。"

纯洁与社会之罪恶堕落的对比，在这部西摩小传中得以延续和扩展。这本传记很感人，但有些冗长，这也是圣徒传记的通病——不厌其烦地谴责这个厚颜无耻、冷酷无情的粗俗世界。圣人会宽恕，但有太多的事情需要宽恕。他被一切平常不过的事物迷住了，虽然在别人眼里这很可怕。他在狂喜的巅峰自杀了。如今所有的作家都知道，让一个善良的人物看起来真实可信是很难的。你要说他身上有些什么特点，读者都叫你拿出确凿证据来。黑暗之子也许一直渴望见到光明之子，但他们也很怀疑对方是不是货真价实。不过他们现在已经相当世故老成了，不会再去嘲笑美德。他们更倾向于说，"这不是很好吗？真的——很甜美。我们需要更多这种可爱、浪漫的孩子气。"就这样，像塞林格这样的作家可以得到举世的夸赞，而他所处理的情感仍然停留在青少年的水平上。我怀疑"赤子之心"的天真能否战胜成熟老练的判断。要把聪明人弄糊涂并不容易，因为随着时间的推移，他们会变得越来越聪明。然而，塞林格做了一个作家应该做的事；他固执地坚持他那脆弱的理想主义。他的小说中有一种高尚的情感，不幸的是，这种情感在当代文学里已是罕见。也许这样的高贵只能属于纯真，或者只能在一个小圈子里被欣赏。格拉斯家的孩子是一个非常小的被选中的群体。他们与东方佛教有着千丝万缕的联系，但他们最强烈的认同是对于彼此，他们互相之间才最能同情共感。在美国文学中（尤其是海明威和菲茨杰拉德），最好的东西往往只有内行人才能欣赏，只有最"懂"的人才能欣赏。而年轻人和纯洁的心，是最能"懂"人的。

近一个世纪前，塞缪尔·巴特勒宣称，他可以忍受说谎，但不能忍受不准确。约翰·奥哈拉同样有追求准确的热情，作为一个社会历史学家，他只容忍确切的事实。他知道在 1926 年，爱吃甜食的女士会吃洛尼牌的巧克力（或者萨摩赛特、佩奇和肖、惠特曼家的巧克力）；他非常清楚入选沃尔特·坎普的全美足球明星二队意味着什么；一枚 .30-06 口径的子弹能射多远；一个人如何在"二战"期间建立黑市财富；新泽西特伦顿市的汽车修理工多久需要换一次衣服。他似乎有无穷无尽的让人着迷的信息；而且是有些得意地摆在你面前，告诉你这些是真的。阅读他新文集《科德角的点火器》的二十三个故事时，你可以感受到事实的力量。记录下这些事实的奥哈拉，爱它们爱得发狂。他是他那个领域的大师。他在对话上精雕细琢，无懈可击。在《工程师》等以 1920 年代为背景的故事中，没有一个角色会使用后来才出现的俚语。这些对话避免了错误的口气，分寸拿捏到位，字里行间透着一种明显的骄傲。这骄傲固然情有可原，但也值得注意。工程师维克斯搬进一家旅馆，与黑人搬运工吉米谈自己的安排,这场对话就长达五页。他和吉米谈好洗衣价格,告诉他自己想把衣服熨平,袖子不要有褶皱,他要确定,吉米在擦鞋的时候是否会把鞋带抽出来。吉米回答:

"如果他们要求的话我会。我一般是把它们拿出来,放在水龙头下冲洗干净,让它们看起来又新又漂亮。我做得干净利索。但有些人不要求。"

"好吧,我要求这样。"

"好的,先生,我明白了。"

"我就喜欢这样做事。"

并不是只有维克斯一个人喜欢这样做事。奥哈拉在各种细节上都那么考究、深入。他最敬佩那些精通自己行当的人,尽管这位工程师本身是个坏蛋,但奥哈拉记录起他的成就来,可谓津津有味、兴头十足,几近于同情。现实主义作家遵循一种方法——可追溯至蒙田——在随机的事实上空盘旋,等待机会猛扑下去抓住本质。奥哈拉向我们展示了这办法多么有用。只是有时他抓住的本质并不是那么本质。他的一些故事就像有轨电车,闪闪发光,却没有乘客。例如,《周日早晨》几乎没什么实质内容。《正义》试图解决困扰一个中年男人的良心问题,但没有成功。这个人在人生之秋突然性欲勃发:"我怎么跟自己解释发生在我身上的事呢?我又活了过来,像以前一样。但这一次是远秋的乍寒让我这么绝望地复活,而不是因为往事的记忆,对一个活生生的女人的记忆。我几乎没想那女人;我想的是自己。然后我开始觉得,如果不回到那幢可怕的房子里,我的新生就不可能完整。这新生也很可怕,但我已经失去了以往对美的所有感知。是的,被早霜冻死了,和它一起下了地狱。一物被杀,另一物复活;过去的就是过去了,最好是过去,无用的过去。只是这可怕的新生还未死。"在奥哈拉的作品中,如此缺乏清晰、缺乏正确判断的情况是很少见的。他很少正面表达敏感的感情。显然,他还是间接靠近它们的时候写得比较好。

总的来说,他喜欢诚实、率直、朴实的人,喜欢坚忍正派的人。《教授们》里的欧内斯特·潘伯恩发现自己对同事杰克·维奇的判断有误,于是考虑是否应该对他说点什么。"恭维他肯定不接受,说同情的话也不可想象。事实上,是维奇在恭维潘伯恩;维奇出于信任赞扬他,并让他不要再沉默下去,因而给了他更巧妙真诚的尊重。"这些都是奥哈拉喜欢的不动声色的美德。它们让人想起吉卜林。在这里,浪漫主义的"至高无上的自我"被替换成了更为缄默含蓄的体面的自我。这个体面的自我是内行人,内行知道什么是对的。他为此感到巨大的满足。而浪漫主义那种精心经营、却很可能是自我放纵的精神生活,为奥哈拉所拒绝,同样拒绝的,还有他心目中的大师海明威。

詹姆斯·鲍德温的《另一个国度》或许应该被视为一部档案记录,而非小说。很难相信以鲍德温的才华,会真把它当作小说。其中人物有一种时断时续的现实性;在同一页上,他们可能在一句短语中是真实的,在下一句却变得虚假、缺失生气。时而激烈,时而松散,时而戏剧化,充满文艺腔,或是愚蠢,还有空洞。做爱的场面很多,但都很糟糕,用低劣的劳伦斯式的修辞手法,用"本能的满足"这种耸动的语言,描绘出一种肮脏的自然神秘主义,混杂着河流、潮汐、丛林和宇宙事件。无疑他这是一片好心,或许也符合社会进步的利益,但这真是非常糟糕的东西,在不该敏感的地方敏感,大量的短语,几乎不带感情。当鲍德温表达盛怒或愤慨时,真诚可佩;而当他写到爱与温情时,却一点也不令人信服。这部小说中所有重要的问题,那么多问题,全被翻译成了性。真理与荣誉，愤怒，爱与恨，美国社会的种种不公，还有极具威胁性、爆炸性的种族冲突，这一切都无法得到合理的解释——美国黑人的处境就是一桩丑闻——鲍德温把所有这些问题都和性的主题联系在一起。文明的白人性行为遭到毫不留情的谴责和诅咒。这个国家的普通白人公民所能接受的一切平凡、正常、"老古板"的价值观，都被鲍德温愤怒地撕成碎片。"那堆唬人的空话，什么自由的国度、勇士的家园，"《另一个国度》里一位黑人妇女说，"亲爱的，总有一天，我要把自己变成一只大拳头，把这个可悲的国家碾成粉末。有时候我根本不相信它有存在的权利。"在书中另一处，她问道："如果那些白人把你关在这儿的监狱里，你不会恨他们，恨他们所有人吗？"她正说着哈莱姆贫民窟的种种肮脏、丑陋和不幸。"把你关在这儿，让你发育不良，让你挨饿，让你眼睁睁看着你的母亲、父亲、妹妹、爱人、兄弟、儿子和女儿，不是死掉就是发疯，或者沉沦。这样的事不是发生一下子就过去了，而是日复一日，年复一年，一代又一代！"愤怒是正当的。因此，作为一份档案纪录，《另一个国度》很重要，但它无益于小说的进展。

乔治·奥威尔在1940年写了一篇文章（《在鲸腹中》）赞扬亨利·米勒，他在文中指出，文学发生了重大变化。米勒在书中抛弃了奥威尔所谓的"一般小说的日内瓦语言"，而是把"内心的强权政治拽到明处"。就米勒，他说，"与其说米勒是在探索人们的思维，倒不如说他是爽快地承认平常的事实和情感。这个事实就是，许多普通人的言行跟书中记载的并无二致，也许大多数人都是这样。在《北回归线》中，人物交谈时不自觉的粗鄙话语很少在小说中见到，但在真实生活中极为常见，我一遍又一遍听到人们用这种方式交谈，但人们并没有意识到自己的话语十分粗鄙。"①奥威尔对米勒的评价相当准确。他把前所未有的东西带进了文学。问题在于，对于一个作家来说，随着他对杂乱无章的日常事实探索渐深，他将如何处理这些事实，是想让我们感到震惊，还是另有目的。米勒一直是一位艺术家，而那些向他学习过的作家如鲍德温，却并不认为在所有情况下都有必要去做艺术家。有些人觉得，在混乱中就必须是全身赤裸、瑟瑟发抖，或者体验到精神崩溃，因为崩溃就存在那里。艺术也必须屈从于这种毁灭。许多作家强烈反对人类在生活其他方面处处受苦的时候，艺术却取得了胜利。鲍德温一定是这些作家中的一员，因为他能轻而易举地写出更好的小说——一旦他相信那样写小说能更快达成他的道德目标。他是个不太把文学当回事的作家，原因不难理解。不过，他也不是完全不顾文学性，毕竟他是个作家，还是一个相当受欢迎的作家。他有一批追随者，大多是信奉自由主义的白人，他对他们有很重要的道德引领作用，艺术上有没有作用就不知道了。至于他的说教，无论是在小说中还是在他最近《纽约客》上的文章（现已收录书中出版，书名为《下一次将是烈火》），都是情绪炽热，但杂乱无章。鲍德温对爱情和自由有着强烈而又相当模糊的信念。美国白人发现自己如此遭人恨，深感震惊，但同时也被这些愤怒的谴责、对白人失败的揭发给吸引过来。在某些情况下，他们还痴迷于黑人据说更自由更深入的性行为。鲍德温认同一个流行的观点，即道德的健全和性满足的能力是相关联的。在许多现代小说中，性无能与邪恶相伴（如劳伦斯《查泰莱夫人的情人》），受阉割或本能上有残疾的人是冷

---

① 引自《在鲸腹中》，乔治·奥威尔著，董乐山、贾文浩、贾文渊译，北京燕山出版社，2015。

酷工业文明最忠实的仆人。鲍德温暗中仰赖的这些劳伦斯式思想,最终可追溯至精神分析。他笔下的黑人,尽管受尽侮辱、面目全非,却能更忠于自己的本能,更贴近于现实,比他的白人压迫者更善良、更有人性:"你必须去思量这位公民所受的待遇,在他忍受了这么多之后,他回到'家'——四处奔波找一份工作,找一间房子住;他亲身坐上种族隔离的公交车;亲眼看见上面写着'白人'和'有色人种'的标记,尤其是'白人女性'和'有色女性'的标记;看着自己妻儿的眼睛;亲耳听见那些关于北方与南方的政治演讲;想象你自己被告知'继续等着吧'。而所有这些都发生在世界上最富裕、最自由的国度,发生在20世纪。"[1]

资产阶级自登上世界历史舞台以来,一直在给喜剧作家提供素材。现在还是如此。尽管人们常说,它的历史使命已经结束。在莫里哀《醉心贵族的小市民》里,它是新鲜而滑稽的;到萧伯纳的《伤心之家》里,它就已经不新鲜,开始腐坏了;曼根先生的财富是虚构的,是个笑话,他的谨小慎微造成了他的死亡。现代喜剧的主题与其说是成熟的资产阶级,不如说是摹仿社会领袖身上尊严与教养的小人物。在19世纪小说里,获得严肃对待乃至悲剧性的庄重描摹的是这样一些人物:雄心勃勃的男女,与农村劳动者或农夫脱离的一代,像是哈代的裘德或福楼拜的爱玛·包法利——无名的外省人,满脑子庸俗书籍的影响,幻想着浪漫美味和幸福的性爱。后来,萧伯纳在《卖花女》中待之以杂糅的手法。可怜的杜立特尔家的小女孩被教授从垃圾堆里带走,被教导像上流

---

[1] 引自《下一次将是烈火》,詹姆斯·鲍德温著,吴琦译,人民文学出版社,2019。

社会的女人一样说话；她焕然一新，并且能够以一种不同的方式去感觉、去受苦。普通人，像哈代笔下的裘德一样，爱上了学问、宗教、文明以及所有更高层次的思想和情感，在一番雄心勃勃、令人心碎的奋斗之后，到头来却发现博学者的势利、信仰的空虚，还有一个垂死的文明。他的种种努力，得来的回报却是看透世事的痛苦和精神上的折磨。

20世纪的喜剧作家让不少性格孤僻、畏缩寒酸的人来扮绅士。乔伊斯《尤利西斯》中的利奥波德·布鲁姆便是这样一个人物——"今天早晨咱们多么了不起啊！"[①]在电影中，这类人物由查理·卓别林做代表，还有雷内·克莱尔《我们等待自由》里的一个流浪汉，他摇身一变，成为资产阶级大亨，但觉得不能忍受，于是再次远走高飞。艺术家和诗人自己也喜欢扮演受人尊敬的形象，把自己伪装成银行职员或保险经理，卖力嘲弄艺术人格的浪漫概念，也笑话那些出身平凡却假装绅士的小人物。"尊严"这件外衣仍然是一大笑料，正如J.P.唐利维最近在《姜饼人》中所示。塞巴斯蒂安·丹杰菲尔德号称在都柏林学法律，一直一副屈尊的态度对待小店主，而他其实就是个"农民"，一个插科打诨的恶棍，肆无忌惮的酒色之徒。私人生活、精神生活、值得尊重乃至称颂的敏感——现在都成了喜剧的素材。早在一个多世纪以前，司汤达就对第一人称单数感到厌倦，他抱怨说，这"我我我"地实在是太费劲了。20世纪文学严肃郑重地探索意识、内省、自我认识和疑病症，像伊塔洛·斯韦沃《季诺的意识》这样的作品却对这些都报以幽默讽刺。内心世界、"不快乐的意识"、个人生活的管理、"异化"——对所有这些悲伤的问题，已故的浪漫主义作家们特地用上一种失望苦涩的语气——到

[①] 引自《尤利西斯》，乔伊斯著，萧乾、文洁若译，上海译文出版社，2010。

现代喜剧作家这儿却彻底颠覆了。极度主观的自我关注被嘲笑了一番。我的情感，我的早年创伤，我的道德严肃性，我的进步，我的敏感，我的忠诚，我的内疚——现代读者会觉得这些都很好笑。也许是人口爆炸让这种形式的自我关注看着那么滑稽。也许是政治革命、科学革命、战争、所有现代国家在治国实践和学说上的差异、宗教的失败，以及其他种种——解释很多，无穷无尽——让个人主义的种种形式过时。

比较托马斯·曼的《威尼斯之死》和弗拉基米尔·纳博科夫的《洛丽塔》或将有助于引导我们的观察。这两部小说讲的都是上了年纪的男人爱上比自己年轻得多的人。真的是很像。亨伯特·亨伯特就是古斯塔夫·冯·阿申巴赫的喜剧版。在纳博科夫这里，尼采式的、弗洛伊德式的主题都被嘲弄了。亨伯特不为疾病所动，也不把疾病与天才联系起来；至于"变态"，是那个一脑袋"正常"、留着大胡子的过去发明的概念。托马斯·曼怀着极大诚挚发展的"阿波罗-雅辛托斯"主题，在他身上也无所表现。德国式古老坟墓里的问题，像什么世界命运之类的，打动不了他。他不必引经据典便能坠入爱河，并以一种对嫉妒情人的怪诞戏仿，杀死了他的情敌。而对手奎尔蒂也不会悄无声息地乖乖死掉，而是拿自己、谋杀他的凶手和伟大的激情——也就是生命的价值在不停地开着玩笑。

阻碍美国喜剧发展的，不仅仅只有艾森豪威尔时代的沉闷肃穆、过度虔诚和高层的缺乏幽默。肯尼迪政府虽然更爱幽默，却没给我们带来多少素材。民主国家公民的尊严，是少数族群在一本正经地主张，而他们早年说不上话的时候一直是被无情讽刺的对象。《哈克贝利·芬历险记》是一部经典之作，逃跑的奴隶吉姆是个伟大的角色，这些都不重要。人们叫他黑鬼吉姆，为了这，今天团结起来的黑人舆论是要把这书埋掉的。其他少数族群在争取平等权利方面也没表现得更好，所得到的不过是一种虚假的、嘴上说说的"尊重"。各阶层在追求社会地位上升的过程中，都会变得易受刺激，甚至过度敏感，这不幸成为傲慢、虚伪、专制的来源。当我们听到赫鲁晓夫总理大呼苏联年轻一代诗人画家"吃的是人民的面包"，却以"可怕的腐坏和肮脏的涂抹"来回报他们时，我们开始理解个中意味。这就是这一政策——艺术必须直接服务于任何政权或阶级的政治和社会目标——的结果。萧伯纳曾经略带傲慢地说，每个暴君身边都应该有个不忠的臣子来让他保持理智，而他，喜剧作家，就是那个不忠的臣子，肩负着提醒暴君真相的危险重任。那种觉得真相总是清楚明白，于是每个人都能领会喜剧作家意图的看法已经过时了。杀害或监禁数百万人、明显是疯了的严酷暴君制造出最痛苦可怕、一目了然的真相。然而我们自己的暴政形式温和无比；这是幸运，我们没遇到如此可怕的事情。但我们不该一直这么沾沾自喜。我们自己的问题够多了。

由于一些特别美国式的原因，形形色色的假装做作都被当真。在别处被看成是讽刺人物或漫画人物的家伙，我们的作家见到了，也感到应该恭敬地清清嗓子，称呼他们"粗野先生""尊敬的白痴先生"。正如精明敏锐的评论家哈罗德·罗森伯格对此所说的，作家"太爱他的邻人了，以至于他们的弱点让他十分不安"。也就是说，作家以他们理论上应有的热诚对待所有人。或是由于缺乏勇气，或是由于不够坦诚，或是因为他不信任自己的直觉，或是因为他没好好发展自己的理解力——他把本身具有喜剧性的主题弄得极其严肃。"如果他们的角色能少一点爱与团结，长岛北岸或密西西比县城里的勇士们可能会产生一些像狄更斯或果戈理笔下那样实打实的活怪物，"罗森伯格写道，"然而，菲茨杰拉德和福克纳却不愿把这些他们赖以获得'价值'的公民扔给鸡飞狗跳的喜剧。"

情况正在慢慢发生变化。虽然喜剧作家并不比别人更乐意攻击权力的源头，但他们已经开始以喜剧手法探索一个浪漫主义的主题——珍贵的、独一无二的自我。浪漫主义情感一直以来都遭到讽刺作家的嘲弄。托马斯·洛夫·皮科克是最先一批。陀思妥耶夫斯基在《群魔》里对细腻浪漫性格开的玩笑棒极了。但总的来说，文学中的现代主义运动还是苦情者的胜利，甚至在最近的"荒诞派"戏剧和小说中，绝望的形而上学色彩仍然要多于欢笑。不过，还是有少数作家，其中包括当代最优秀的作家，用喜剧给我们带来了仅有的慰藉，让我们从长期盛行的悲观、沮丧情绪中解脱出来，也告别假正经（追求真正的高尚的严肃而不得所产生的堕落效果）。让我们期待，喜剧精神能嘲笑那些过剩[的自我]和一本正经的扯淡，甚至把它们呵斥走，这时候，真正的道德严肃才会回归到文学中来。无论我们最终决定是在存在主义形而上学、现代心理学、马克思主义还是符号逻辑的基础上探讨个体生命的意义，我们都必须记得，现在比以往任何时候都有更多具有个性意识的生命，某些革命正在创造更多这样的生命。否则一切的探讨都不合适，不合理。免费的公共教育赋予文盲劳动者的后代以表达的权力，也由此产生新的理解，这使得他们能谴责自己的文明状况。一种强大普遍、潜藏已久的怨愤精神，正在说出最初的言语，释放或许早就被期待的呼喊：世界是压迫者，存在是荒谬的。在这样的情况下，反对现代文学中无节制的苦情的喜剧精神，便是一种理性精神。

而未来已不可能使我们震惊，因为我们已经做完了一切可能使自己感到震惊的事情。我们已经如此彻底地揭穿了自我，很难再这么继续下去了。也许我们内心的某种力量会告诉我们自己是什么，既然旧的误解已经被推翻。不可否认，人类通常并不如他上一代人所想。然而问题仍然存在。他总得是什么东西。他是什么？在我看来，现代作家对这个问题的回答很糟糕。他们或愤怒、或虚无、或滑稽地告诉我们，我们错得多么离谱，但接下来，他们几乎什么也没有提供。事实是，当现代作家认为他们知道，就像他们认为物理学知道或历史学知道的时候，他们就犯下了罪。小说家的主题是不可知的，以任何形式都不可知。神秘感增加了。它不会变少，即便文学的类型慢慢减少。消失的不过是象征主义、现实主义或感性主义，而人类的神秘性不会消减一分一毫。

[1963]

赤脚男孩：叶夫根尼·叶夫图申科[①]

在叶夫图申科《早熟的自传》里，照片上的他是个瘦瘦长长的年轻人，头发像布莱希特那样梳在额前。他在聚光灯下朗诵诗，观众将他团团包围，面前塞满了麦克风。但他一点也没感到拘束。他的姿势，双手按住胸口，好像在袒露他的内心，提醒我们佳吉列夫[②]、斯坦尼斯拉夫斯基[③]、夏里亚宾[④]不是凭空而生的。俄国人的风度、俄国人的口才都还活着。帕特里夏·布莱克在《文汇》杂志里说叶夫图申科"英俊迷人得直叫人惊叹。他在一套灰色丝绸西装底下穿了件图案夸张的美式运动衫……他向观众亲切挥手"。叶夫图申科是个明星。崇拜者求他的签名。世界媒体报道他的一举一动。他的自传刊登在《星期六晚邮报》上，推介人是中情局退休局长艾伦·杜勒斯先生。他对"他们"是坏事，对"我们"是好事。赫鲁晓夫总理很生气。斯大林时期的宣传干将伊利切夫[⑤]同志很愤怒。在苏联，叶夫图申科被描述为"俄罗斯头号少年犯"。在布莱克小姐的描述中，他过着诗人的生活，年轻人崇拜他，他热情奔

[①] 叶夫根尼·叶夫图申科（Yevgeny Yevtushenko，1932—2017），俄罗斯诗人。
[②] 佳吉列夫（Sergei Diaghilev，1872—1929），俄国艺术批评家、赞助人，俄罗斯芭蕾舞团创始人。
[③] 斯坦尼斯拉夫斯基（Konstantin Stanislavsky，1863—1938），俄国戏剧和表演理论家。
[④] 夏里亚宾（Feodor Chaliapin，1873—1938），俄国歌剧演唱家，男低音。
[⑤] 伊利切夫（Leonid Ilichev），1950年—1952年任《真理报》主编。

放,喝着酒,吃着巧克力。他跟宇航员尤里·加加林合影,还会带着诱人的鲁莽挥舞双臂,他熨烫自己的裤子,炫耀着毛皮领带。无论在国内还是国外,都有一大群公众需要一个俄罗斯诗人的形象,而叶夫图申科显然满足了他们的想象——这个诗人要能大胆谈论良心问题,必须是一个东西方都亟需的公民诗人,必须是自由精神的象征。

他一定是个勇敢的年轻人。这世界已经到如此地步:在基辅附近的巴比亚尔(Babi Yar)峡谷,纳粹屠杀了万名犹太人,而写首悼念诗便会遭到苏联总理的训斥。在1963年3月8日克里姆林宫召开的知识分子和艺术家的特别会议上,赫鲁晓夫宣布:"这诗写得好像只有犹太人是法西斯罪行的受害者,好像死于希特勒式屠夫之手的,没有几个是俄罗斯、乌克兰和苏联其他共和国的人民。很明显,其作者没有展现出政治上的成熟,相反展示的是对历史事实的无知。他是为了谁,为什么提出这个问题?有必要提出这个问题吗?好像我们国家的犹太群体正在受折磨似的?"有些人并没准备好接受现代世界的一些共同事实,必须拿把大头锤往他的头里敲进去。为什么在希特勒倒台十八年后,苏联倒要继续迫害犹太人?为什么苏联总理要强迫诗人改写他的诗句?在后一版中,叶夫图申科提到了俄罗斯人和乌克兰人。为什么整首诗都是犹太主题?这是苏联政府所不能允许的。

从叶夫图申科长诗的英译版里,似乎完全看不出冒犯的意思,这诗是用牛奶、黄油、木薯淀粉、鸡蛋这些最无害的原料做成的。在自传里,叶夫图申科看上去也没有强烈的革命性:"人是天生的理想主义者……人有做梦的需要……生命中最重要的是人性的善良。"对于一个局外人(不是苏联问题专家的人)来说,真是很难理解为什么有人会因为在《巴黎快报》上发这种柔懦的情思而受公开谴责。但事实是,在官方看来，这是一次非同寻常的挑衅行为。就连加加林也指责叶夫图申科："在外国媒体上这么说我们的国家和人民……我为你感到羞耻。"

叶夫图申科写道："我爱我的同胞，不仅作为俄罗斯人，也作为一名革命者。无论发生什么，他们都没有失去对革命理想的纯洁初心的信仰，尽管这种理想后来遭到种种污蔑。这让我对他们爱得更深了。"他的这番话部分源自口号。他把这些口号的碎片重新拼接起来，批评斯大林主义、官僚主义、教条主义、清洗运动、集中营，同时声明他的爱国主义的纯粹性，他对共产主义理想的忠诚。这就好像一名美国诗人试图用 7 月 4 日演说词里的语言，让美国主义从伯奇协会①那里挣脱出来。"'共产主义'和'无私'是同一个意思。"叶夫图申科说，官方听了会皱眉，他自己则可能激动得发抖。他一定觉得有必要用自己的胆量更进一步去巩固解冻时期或俄罗斯之春的成果。但他的"自传"是一项一百二十四页的简明政治行动，而非个人记录。叶夫图申科本人最后也不过是个幽灵。萨金特·施莱弗决定向和平队成员发放这本书，这表明，现在这种政治上的"苏打水"在东方和西方都一样可口、合人心意。

叶夫图申科在俄罗斯的追随者都是年轻人和大学生，很可能他在知识分子中也很有吸引力，这些知识分子——物理学家、化学家、工业设计师等——是苏联政权不可或缺的技术型知识分子。诗歌朗诵会上常有奇怪的人出现，自称"工程师某某"。在自传中，叶夫图申科介绍了他的朋友、物理学家塔拉索夫，说"他有火星人的额头，胳膊下夹着棋

---

① 即约翰·伯奇协会（John Birch Society），是美国一个支持反共主义及有限政府的利益团体。

盘",是塔拉索夫帮助和鼓励了他。离开这些技术型知识分子,任何现代社会都无法运转。在苏联,叶夫图申科们很可能表达了这个新阶级对更多自由的要求。对于那些在艰苦、残酷的斯大林时代受训的共产党领导人来说,叶夫图申科的温和反抗和他对一些基本礼数的坚持,几乎是一种暴行。如果是在二十年前,这种"大胆放肆"的行为会遭到拉去卢比扬卡监狱枪毙的惩罚。党的领导人显然已经意识到那些日子已经过去了。据说叶夫图申科本人曾提醒赫鲁晓夫,坟墓并不是治愈万恶的完美解药。让我们希望总理能受得住被人顶嘴吧。他再也不能用老一套来恐吓技术型知识分子了,而他们似乎是诗歌的伟大赞助人和爱好者。

[1963]

我的老弟邦米奇[①]

在美国，很少有小说家真正写过剧本，但几乎所有的小说家都十分肯定自己能当剧作家，这轻松得很。他们有这样的信心也是很自然的。作家必须自信能满足业内形形色色的要求。传统上，他是个反专家。尽管他感受到了大环境要求术业专攻的压力，但他坚信自己的多才多艺、无所不能——虽然往往暗藏于幻想，但还是会露出一鳞半爪，像旧通讯簿上随手记下的诗歌或其他妙手偶得的片段。

我自己早就摩拳擦掌准备当剧作家了，所以大约五年前，莉莲·海尔曼建议我写剧本的时候，我一点都不意外。没多久，戏就写好了。海尔曼小姐觉得很有趣，然后估计说，这个剧如果不加瓦格纳式的管弦乐伴奏，大概要演八个小时。她提出了宝贵的修改建议，但我大都无法采纳，因为这需要专家的协作，还要有剧院真的表现出兴趣。所以我把这项乌托邦计划摆到一边，再次转向小说。

大约两年前，我受"生活理念剧场"组织的邀请，办了一次朗读会。这个由罗伯特·洛厄尔、莱昂内尔·阿贝尔、罗伯特·希弗诺、埃里克·本特利、玛丽·奥蒂斯、雪莉·布劳顿等作家和艺术家支持的团体，在周日下午吸引了不少好听众。我对当初那份草稿下了功夫，砍去了几小时。但还是很长。我自己演了所有角色，以最快的速度朗读。我

[①] 喜剧明星邦米奇是贝娄剧本《最后的分析》(1965)的主角。

激动得发狂，在进入第二幕之前就开始失声了。我被自己这神乎其技的大作弄得筋疲力尽，这发明的第一受害者就是我自己。

倘若你问一个作家对美国戏剧有什么看法，他会告诉你，美国戏剧没有语言，缺乏修辞或姿态。你再问任何一个戏剧专家，小说家写的剧本有什么问题，他会回答说，他们不明白剧本和舞台之间的区别。在这个问题上，我还发表不出任何有价值的见解，为时尚早。但我现在已经意识到戏剧家与作家权威的限制。我还认识到，小说家的习惯是多么的独立，这让我感到有趣又好奇。

四壁之间，只有纸相伴，他是以高度的自治来抵消孤独。在剧院，他发现了与人合作的快乐。已故的乔治·贝尔纳诺斯抱怨说，写作是孤独的劳动，剥夺了小说家的基本社交。这确实是一种苦涩又痛楚的剥夺，尽管在某些情况下，小说家生性就偏爱如此。但在剧院里，你看到活生生的面孔，你感觉自己是团体的一部分，你的心向演员们敞开，甚至向西44街的脏乱差敞开。就连睡在门口的流浪汉看上去都像呆头呆脑的天使。所有这些快乐的代价就是一个人独处能力的降低。

百老汇和华盛顿特区有一些明显的相似之处。两者都是通过妥协来推动进步，都可以从中看到制衡的作用。两者都通过秘密的政治安排来开展公共事务。剧作家撰写法律条文，导演从委员会获得法案，经过多次协商和修改后，法案通过，好戏上演。

这不是一个毫无根据的类比。小说家是直接与他的读者交谈。但戏剧观众不是读者的集合。小说固然有民主的起源，但在后来的发展中带上了贵族色彩。而剧院是为数百万人准备的。有个法国作家称戏剧为粗俗的艺术。戏剧的要求当然比小说更简单原始，但它是否一定更粗俗则另当别论。

不管怎么说,我已经试着把想法放到舞台上,以一种可能最容易被接受的形式,也就是笑剧。有些人可能认为我的剧本《最后的分析》是恶搞精神分析,这样的成分确实存在。但我真正想要重现的,是一种当今常见的混合——真严肃与假正经的混合。自学成才者生性勇敢,会奋起直面思想,我深受这样的人吸引。当然,在高度智识化的、被知识大大改造了的世界,我们都受到思想的干扰,我们也都无一例外地需要自我教育。

我尤其被那些披着哲学家外衣的爵士音乐家、职业拳击手和电视喜剧演员打动。我觉得他们特别感人。在鸟国[①]的喧闹声中,他们在思考克尔凯郭尔。他们一离开麦克风,脸上的笑容就凝重起来。他们常常着迷于弗洛伊德和费伦齐,还有罗洛·梅和埃里克·埃里克森,他们私下里的谈话充满精神分析的概念。他们不知疲倦地探索自己内心深处,这样的自我专注,是我们喜剧的源泉。

《最后的分析》里,我的主人公邦米奇,正如另一个角色所评论的,"就像一个思想上的废物"。但那是思想吗?也许更像隐喻,我关心的是隐喻对人类心灵的影响。任何对人类命运的有力阐释——人的堕落、太阳神与酒神精神的对立、历史作为阶级斗争、爱欲与死亡的辩证法——都如此固定或催眠了人们的想象,让人们看不到其他选择。

菲利普·邦米奇已经被精神分析的隐喻给带跑了,在这场笑剧中,他努力寻找自己的立足之地。《最后的分析》正是他所寻求的。或者就像上一代人在格林尼治村开玩笑时吼来吼去的那样:"圣诞节前从长沙

---

① 鸟国(Birdland),纽约著名爵士俱乐部。

发①上起来！"我们的喜剧演员邦米奇还真以某种独特的方式打破了隐喻的束缚，"离开长沙发"，自己站了起来，甚至跳了一会儿舞。

[1964]

① 指精神分析时使用的长沙发。

思考者的荒原[①]

在美国,有那么多松松垮垮、拙劣无聊的故事和小说被创作出来并出版,我们之中具有反叛精神的人认为,这要归咎于美国制度的可怕古板、权力的愚蠢、性本能的贬损,以及作家的失败——作家在相当程度上被异化了。而这些头上长角的家伙出产的诗歌、小说和理论陈述,也一样肮脏、粗糙、无聊,而且不知所云。显然,今天,多样化的性行为和言辞激烈的异化宣言并不会生产出伟大的艺术作品。

对于我们这些小说家来说,能做的只有思考。我们只有去思考,去更清晰地认识自己的状况,不然就只能继续写写小儿科的东西,失去用武之地;如果没人拿我们当真,我们就会真的变得无关紧要。在这一点上,批评家也难辞其咎。他们同样未能描述出时代的境况。世世代代,文学一直是它自身的源泉、自己的王国,以它自己的传统为基础,接受与世俗世界或浪漫或疏远的分离。这种疏离中虽然也能诞生杰作,但时至今日,却使文学日渐颓靡。

作家在践行分离主义时,或多或少自觉接受了一种现代文明理论。这个理论认为,现代大众社会可怕而残酷,对人类精神中的任何纯洁都充满敌意,它是"荒原",是恐怖。艺术家永远无法同它的丑陋、它臃肿的科层化编制、它的偷盗、谎言、战争和残暴行为相调和。这是文学

[①] 在《索尔·贝娄全集》中,本文题名为《谈谈小说家的职责》。

不加批判地赖以生存的一个传统。然而，用自己的眼睛来观看世界，是每一代艺术家和批评家的任务所在。也许他们会看到更糟糕的事情，但至少是他们亲眼所见。他们不会，也不能允许自己世世代代都抱着未经亲身检验的观点。如果故意视而不见，我们便失去了自称为艺术家的权利；我们就接受了我们自己谴责的东西——狭隘的专业化、专家化、势利眼，以及塑成一种社会等级。

不幸的是，这种划分社会等级的作派，这种解放、独立、具有创造力的姿态，吸引着那些时时处处做梦的可怜灵魂。他们向往更充实、更自由的生活。于是作家被爱戴，被羡慕。但他能为自己说些什么呢？为什么——他说，就像一个多世纪以来作家们所说的那样——他被排斥于自己所在社会的生活之外，被那些玩世不恭、对艺术家只有轻蔑的统治者所鄙视，为什么他没有真正的受众，就这么被疏远。他梦想着一个"黄金时代"——在那个时代，诗人或画家身上表现出一种时间地点的完美统一，他们真正接受自己的处境，享受着与周围环境的和谐一致。但事实上，没有"黄金时代"也就没有"荒原"。

现在不是什么黄金时代。现在就是现在这个样子。那我们就只能抱怨了吗？我们作家还有更好的选择。我们要么因为时代太糟糕而闭嘴，要么因为我们有写书的本能、从中获得快乐的才能而继续写下去。这种本能和才能，世道就算再恶，也无法抹杀。与世隔绝的专业主义就是死亡。脱离了这个平凡的世界，小说家就只是个老古董，他会发现自己被放在未来某个沉闷的博物馆的走廊玻璃柜里。

我们生活在一个技术的时代，这个时代似乎对艺术家怀有无尽敌意。艺术家受到机械化和科层化的威胁，必须为他的生命、为他的自由而战，和所有其他人一起——为正义和平等而战。这并不是在建议小说家立即投身政治领域。而是说,在这个起始阶段,他要开始运用自己长期闲置的才智了。如果他拒绝政治,他必须明白自己在拒绝什么。他必须开始思考,而且不仅仅是思考他一己之利和需要。

[1965]

隐匿的文化

我们无法掌控转变。它太剧烈，太迅疾。我们得拼了命地尝试。然而，我们必须试着理解那些直接影响我们的变化。这或许不太可能，但我们别无选择。

我在此想评论的，是英语国家的作家与公众之间关系的变化。让我从一名先锋作家大约三十年前的一段描述讲起。

他肯定会称自己为有学问有修养的人。他还会把自己同文化教养一般的人，也就是文化上的猿人区别开来，同教养浅薄甚至毫无教养的人，也就是憎恨现代传统中所有的善与美的市侩区别开来——虽然这么做不乏讽刺，但他还是很认真的。这并不是说，这位渊才大略的作家心如止水地享受着与世隔绝，出于骄傲或颓废的阶级感情而排斥广大公众。相反，给文化划分高低造成了许多痛苦，许多知识分子认为这对社会和整个文明都是危险。

也许这位30年代的先锋派忽视了诗人受赞助下的屈辱，而经常怀念18世纪和那个杰作迭出时代的一小群优雅贵族受众。在他看来，19世纪的受众已经完全庸俗化了——他们热情但粗鲁，就是一群小店主。接下来他们的小毛病越来越严重了，那就是商业剥削，卖廉价小说大发横财的推销员纷至沓来，正是这些人把大众文化带进这个世界。根据这位先锋派的说法，先锋的少数群体变得越来越小。专家、技术人员出现了，他们是一种新型知识分子，很少或者压根不能理解艺术，对精神生活也无多少兴趣。

最后，到了 20 世纪，正如杰出的评论家和观察家、已故的温德姆·刘易斯这位真正的知识分子所指出的那样：文明把自己一分为二，把所有最具创造力、最聪明的生灵都塞进了围栏和保护地。先锋艺术家，就像美洲印第安人被限制在贫瘠之地一样，被禁闭在象牙塔里，剥夺了与人的接触交往。也许这一切将以知识分子的彻底消亡而告终。只有几部暮光般的大师之作会保留下来，像乔伊斯和保罗·克利的作品。我们将会进入最终的堕落，进入一个自始至终残酷愚蠢的时代。

这在某些方面类似于 19 世纪浪漫主义者对资产阶级境遇的描述，不是完全没道理，但也有一些夸张之处。当时，浪漫主义者也看到自己与社会隔绝，被统治者蔑视，和人民分离，渴望与他们聚合。

温德姆·刘易斯是一位深思熟虑、有创见的观察家，但很明显，他有好多都预料错了。知识分子还没有被消灭。相反，他们的人数和影响力都有所增加。如今，他们被尊称、甚至被惊叹为政府不可或缺的人物，能制造有见地的舆论，还是象征合法性的来源——他们直接取代了神职人员。老沃尔特·惠特曼宣称，"牧师走了，神圣的文化人来了"，相比三十年前，这话现在听起来就不那么精神错乱了。

我说的不是这些知识界人士真的自带神性（那是另一回事；他们离神性还有点远），而是他们与日俱增的影响力。

在第二次世界大战前夜，确实没有什么知识大众。现在情况不同了。知识分子或近于知识分子的阶层在壮大。我们有数以百万计的大学毕业生。大学文凭已经不算什么了。不过它能表明你受到了高雅文化的熏陶。而学生们接触到的文学文化是那些高眉天才的创造——叛逆、颠覆、激进。今天，数百万人拥向艺术博物馆，瞻仰美得出奇、气势磅礴的艺术作品,刘易斯称这些艺术家们的创作环境为"现代主义渐浓的暮色"。数百万人上过文学课程,熟悉了诗歌和小说,写出这些的作家,当年可是拒绝同代人的普遍趣味的。

少数受众不再是那一小群读20年代的《转型》①杂志或讨论"有意义的形式"的鉴赏家了。目前我们有一个庞大的文学群体,和一种可以称之为"矮子里拔高个"的文学文化,在我看来是一种非常糟糕的文化。

首先,大学现在已经接受了现代文学。两代人以前,板着脸的老学究拒绝讨论勃朗宁之后的人,但到了30年代,他们的权威被打破,所有大学都允许研究当代作家了。成千上万的教师造就了成千上万的文学毕业生。这些教师中,有极少数相当出色;其他人还算无害,是一些文本编辑家、古物学家和老顽固。再有一些人,是有影响力的诠释者,或误释者。

培养文学知识分子的是大学,而非格拉布街②,也不是在波希米亚。大众媒体和大学资助下的季刊已经合围吞噬了文学性新闻。领薪水的教授大量贱卖文学稿件,几乎挤走他的竞争同行。波希米亚人也被重新安置在靠近大学校园的新区域。

由此,大学培养了大量的文学知识分子,他们从事教学、写作或进入出版社工作。据我的观察,这个新群体深受现代经典,也就是乔伊斯、普鲁斯特、艾略特、劳伦斯、纪德、瓦莱里等人作品的影响,他们只是把这些经典转换成其他的话语形式,把想象转化成观点,把艺术转

---

① 20世纪20年代巴黎出版的先锋派杂志。
② 格拉布街(Grub Street)是伦敦一条旧街,即现在的弥尔顿街,过去是潦倒文人聚居之处。

化成认知。他们做的,只是换一种说法。他们重新描述每件事,往往让人更读不懂。他们用可理解的行为来代替感觉或反应。

有时他们似乎是在制造"思想史",创造一种比艺术更适合他们及其学生的亚文化。有时我觉得他们是在试图为 20 世纪建立一种文明智慧的新模式,这种智慧终有一天——时代精神一旦允许的话——会提供一种更有价值的艺术。或许奥尔特加所说的"艺术的非人化"反映了文学知识分子对艺术的要求。他们为了在艺术中寻找意义,而对艺术施加压力,部分原因可能在这里。

重作描述,可能饶有趣味,可能颇有助益。后代必须像伊甸园中的亚当和夏娃一样,重新命名他们的野兽[①]。莫里哀揭示了其中的滑稽之处,他笔下的茹尔丹先生发现自己一辈子都在讲散文。我们美国人则享受着这些专名术语生出的喜剧。我们付钱给心理学家,让他们深入我们的性格,然后科学地重新描述这些性格,至少在语言层面上将意识理性化。我们很高兴听到说我们内向、固执,此处有点压抑,彼处有欲力投入,或是如此这般地依恋我们的母亲等等。这些全新的描述听起来就很有价值,我们付的钱真是不冤枉呐。

然而,我们的文学知识分子所做的重新描述,是把什么都往坏里说,抹黑现在的时代,否认同代人的创作余地。他们认为自己才是现代经典作家们的唯一继承人。我们最受尊敬的文学家们对标乔伊斯、普鲁斯特,并把自己打造为这些大师的杰出代表,实际上是唯一的代表。詹姆斯或法国象征主义者的代理人、经理或经纪人(推广者)认为,他们是这些作家唯一的后继者。于是他们享有某种上流社会的名声。他们是

[①] 此处疑误,据《圣经·创世记》2: 18—2: 23,亚当在夏娃被创造之前命名了动物。

那少数幸福的人。他们像古罗马禁卫军一样，忠于可怜的勃朗宁的遗骨。只是业务规模要大得多。

有明显迹象表明，在美国大学所谓人文学科中的知识分子，正试图从作家手中夺走文学，为自己谋利。这些知识分子就像英国公主在蜜月时对丈夫所说的："仆人们也度蜜月吗？这对他们来说太好了吧。"对于当代小说家来说，文学也实在是太好了，他们不过是些没受过教育的苦力。

这些知识分子对文学做了什么？为什么，他们谈论文学、把它当个宝、拿它做事业、当上了精英，为什么他们要用文学来装点自己，用它来做长篇大论。文学是他们的素材，他们的资本。文学是他们予取予求的所在，满足他们在撰写文化史、新闻学或风俗批评时的需要。他们创作出杂糅着文学的作品，有时是挺有趣的，但几乎总是认定当代文学颓废过时。他们想利用现代传统的文学来成就一桩更了不起的伟业；他们想设计一个更高、更有价值的精神王国，这个王国里满是令人眼花缭乱的智识。

让我来指给你看看在课堂上讲授现代文学的其他后果吧。莱昂内尔·特里林教授在他的《超越文化》一文中告诉我们，在美国，有相当一部分人接受了现代经典的教育。他认为结果不太好。人们明白他的意思。

他们似乎什么都没拉下。一方面，这些教师、编辑或文化官员照单全收了现代经典作家对现代文明的厌恶。他们反感权力的张牙舞爪和城市人群的堕落。他们把"荒原"的景色变成了他们自己的。另一方面，他们非常富有。他们有钱、有地位、有特权、有权力；他们把孩子送去私立学校；他们负担得起上好的牙科护理，坐飞机去欧洲度假。他们有股票、债券、房子，甚至游艇，这让他们对壮阔的艺术生活抱有一种特别而亲密的共情，而所有这些，都要归功于他们所受的教育。他们的品位和判断是兰波和D.H.劳伦斯一手打造的。还有比这一手更漂亮的吗？

然而，可能现代世界的事情就是这样的，或许是因为信仰的衰落，或许是因为对人类行为的价值产生了某种怀疑。于是，在短暂的一生中，人们尽可以把所有心爱之物都结合起来。人们追求奢侈，但也想方设法地保持着朴素中蕴含的价值观。他们将私人安保与反叛态度，一夫一妻制与性实验，传统家庭生活与波希米亚态度、享乐的生活与伟大的书籍结合在一起。他们工作日是副主管，到了鸡尾酒时间可能是无政府主义者或乌托邦主义者。身居高收入阶层，他们已经远离了纽约的肮脏和危险，但他们理所当然地保留着所有的疏离情绪——为了保持尊荣，而一脸不高兴、不满意、不领情，满腹狐疑，在理论上蔑视权威。

这没什么新鲜的。陀思妥耶夫斯基早发现，那些含着热泪背诵席勒颂诗的人，在令自己平步青云方面也是一把好手。难怪特里林教授不高兴。他认为文学教育这事情可能是祸福参半，英语系送往世界各地的评论家、作家和管理人员，到头来都没干好。

那么他们应该扮演哪些重要的角色呢？欧文·克里斯托尔在《公共利益》一书中回答了这个问题。他指出，文学知识分子帮助受教育阶层塑造观点，在定义我们社会的道德品质方面发挥了至关重要的作用。他说："毫无疑问，质疑或肯定一个社会的基本制度的合法性，批评或修正政治生活赖以进行的基本假设，是相当重要的——没有比这更重要的任务了。我们的文学知识分子能胜任这项工作吗？不得不说，他们还没准备好，他们应该做得更好的。"

情况就是这样。评论家和教授们都宣称自己是现代经典作家真正的继承人和后代。他们模糊了当代作家和他的前辈之间的联系。他们没有塑造受教育阶层的观点。他们未做任何努力去创造一个新的受众群。他们教坏了年轻人。他们要为越来越多韦伯伦所说的"训练有素的无能"负责。

此外，他们还设计出适合自己的艺术和文学类型，有权力招募符合自己要求的画家和小说家。新写出来的小说，都包含文学知识分子喜欢的态度、立场或幻想。这种种当然是经过了深思熟虑，尽管它们可能不过是时髦学说的注脚。

文学能够如何为人所用，对文学来说日益重要。它正在成为种种取向、姿态、生活方式和立场的来源。这些立场包括零零星星的马克思主义、弗洛伊德主义、存在主义、神话、超现实主义、荒诞主义等等——都是现代主义的残骸，加上末世论的残羹冷炙。

我在说的，都是些受过良好教育、超级文明的人。他们相信，正确的立场会让人少些幻想。不要整天想些有的没的，比其他任何事情都重要；揭露、祛魅、憎恨并体验厌恶，是一种开明进步。温德姆·刘易斯对这最后一种现象有个绝妙的说法——他谈道，现代浪漫主义者的厌恶曾经是贵族式的，现在这种厌恶普及了。有人可能会补充说，启蒙运动的怀疑精神也得到了普及。现在人们都觉得，如果能看透一个人对祖父的爱的阶级起源，揭示友谊内在的虚伪弱点和卑鄙，是件幸事。

尽管如此，友谊、亲密关系、对自然的感受，以及根深蒂固的规范还是存在。例如，总体而言，人们并不会认为杀人没错。即便他们给不出有理有据的论点，他们也不一定会被驱使着做出无端的暴力行为。在我看来，作家们最好还是重新开始思考这类问题。显然，评论家是帮不上他们了。评论家太浪漫了,处理不了这类问题。

关于先锋派,我再说一句。努力创造先锋条件,这种说法是一种历史决定论。这意味着人们一直在阅读文化史书籍,然后回过头来得出结论,说要是没这些条件,不可能有这样的创新。但天才永远不受限制,永远是前卫的。脱离传统不是兴之所至或政策后果,而是出于内在的必然。

至于早前的高雅受众,现在已经被我们的文学文化所吸收,模样大变。就目前而言,作家写作的时候是没有受众的。他必须相信,他的创作将会唤起一群受众,他所创造的新形式将会创造一个新的公众群体,他将用真理的力量让他们浮出水面。

[1966]

以色列：六日战争

在以色列看来，这是一个疯狂的世界

特拉维夫，1967 年 6 月 12 日——披甲的纵队连日连夜沿着太巴列①的主干道往下奔袭，在加利利湖左转，然后继续向北，经过耶稣布道的地方——八福山②。

这条路晚上经常遭到炮击，叙利亚那边的山上发来的炮火。人们能看见田野被大炮点燃，听见炸弹隆隆低鸣。太巴列实行了灯火管制。人们坐在湖边听着新闻，交换着预测和谣言。

纳赛尔辞职了，埃及播音员抽泣起来，但埃及人本是好哭的③。另一个人说，纳赛尔没有辞职。然而那时候他已经不重要了；在西奈沙漠，他的部队已经被撕成碎片。现在关键是叙利亚人。入侵是那天早晨开始的。以色列军队似乎正在往大马士革推进。俄国人威胁要断绝外交关系。不过似乎没有人对此感到不安。

显然，以色列人觉得不必关心大国会怎样了，因为大国们显然已经决定让阿拉伯人为所欲为。

---

① 太巴列（Tiberias），名字源自当时罗马帝国皇帝提比略，加利利行省首府。犹太教四大圣城之一。
② 据《圣经·新约·马太福音》，耶稣登山训众论福，列出 8 种福分。
③ 《圣经·旧约·创世记》里雅各死时，埃及人为他哭了 70 天。法老死时，埃及人哭了 72 天。

大国允许纳赛尔、侯赛因①和叙利亚人做军事动员,允许他们威胁把以色列人赶进大海,像耗子一样淹死他们,杀个干干净净。现在可以看出来了,一个以色列人对我说,纳赛尔明显是个疯子。然而,美国人给这疯子小麦,俄国人给他武器和军事建议。法国人也讨好他;南斯拉夫人认为他是中东进步势力的领袖;连印度人都同情他。他头脑是精明,但很可能已疯了。他带领着世界跟一场更大规模的战争擦肩而过。所以说,那些任由他胡来的领导人,也跟他一样疯。

目前看来,这些说法也不是太夸张。星期六早上,以色列北部布满了军队、装甲车和大炮。坦克上点缀着鲜花和照片,缴获的旗帜,还有赶了阿拉伯最新时髦的模特假人。在山区,炮击和轰炸仍在继续。喷气机于无形中呼啸而过,不多久,就听见砰的一声,眼见着山顶冒出一阵浓烟。但是在集体农场,做父母的觉得现在安全了,可以把孩子们从关了几天的防空洞里带出来了。

星期五,叙利亚人对边境定居点开始不间断的猛烈炮击。我参观过的集体农场也遭袭了。袭击者把一些阵亡战友留在果园里。但是现在,以色列军队来了,定居者就把他们的孩子从防空洞里带了出来。早上七点,雷瑟姆农场就像新泽西的一个工人阶级社区服务营地,铺满沙尘的破败院子,堆放着婴儿车和玩具,孩子们套着登顿睡衣②,踩着羊毛拖鞋。然而树林里,还有弹坑和尸体,不时能闻到炸药和燃油的气味;就在树丛下面,还有一个装甲纵队。士兵们正从树上摘苹果。士

---

① 约旦国王侯赛因·本·塔拉勒,本是巴勒斯坦解放组织的保护者,该组织最初就创建于约旦。后在政治及外交方面一直采取中间路线,以应付国内外政治压力,主张与西方结好,特别是英国和美国,以对付阿拉伯民族主义浪潮的高涨。
② 美国知名儿童连体睡衣品牌,1865年创立于密歇根州。

兵、苹果、穿睡衣的孩子、儿童三轮脚踏车——这就是星期六早上的战争景象。

士兵们想和外国记者聊上两句。其中一个士兵戴着厚厚的学生气的眼镜,两天前才跟约旦人交过战。另一个,我惊讶地发现自己和他讲起了西班牙语。他来自马拉加①,来"这片土地"上生活了十一年,是个电焊工,现在受了点轻伤,头上缠着绷带。

这名以色列-西班牙士兵指给我们看下面的第一批叙利亚战俘,一脸的心满意足。他们蹲在一个砾石坑里,瘦瘦小小的,穿着高筒靴,棕色皮肤,抬头望着看守他们的卫兵。"第一批,"我的西班牙犹太人说。他说起他们来,仿佛他们是小鱼,大鱼还在后头呢。

然后,他冲我的泡泡纱外套咧嘴一笑,说我一定是个美国人。还有谁会穿成这样来到前线呢?有些欧洲记者都是一身的丛林迷彩服。我的泡泡纱就像登顿家的睡衣,可泡泡纱本就是那样的。上周一,在耶路撒冷的大卫王酒店,客人们脚踏光滑平坦的地面,从舒适的阳台眺望老城里的激烈冲突。一名目击者告诉我,他刚吃完早餐就去观战了。他看到一名以色列士兵被一枚迫击炮击中,整个人从他的靴子中被炸飞出去了;就在刚才,那士兵还在看报纸。

后来,我和一群记者一起站在看得见希伯伦②山的地方,俯视着下面的山谷,里面正在部署装甲部队。可以听到大炮和重机枪的声音,看到炸弹爆炸。陪一名外国摄影师一块儿来的英国女孩,身穿紫色宽松裤,脚蹬神气的红色卡纳比靴。下面有人被杀死,当然不是她的过错。

---

① 西班牙南部海岸城市,马拉加省首府。
② 希伯伦(Hebron),即哈利勒,约旦河西岸的巴勒斯坦城市,耶路撒冷以南30公里。亚伯拉罕的故里,犹太教和伊斯兰教共同的圣城。

那男朋友说"来吧",她便跟了过去。

特拉维夫有超现代的建筑,但几英里外的加沙,就全是阿拉伯帐篷,看上去像屎壳郎蜕下的壳。帐篷上还有用脏塑料布和碎纸板打的补丁。你骑着马穿过丰硕的果园,灌溉突然停止了。阵阵沙尘涌过路面。你离开满是现代奢华的游客酒店,一小时后,就看到埃及士兵暴死在西奈半岛的公路边,尸身肿胀,在沙漠的阳光下又黑又臭,而他们周围都是最现代化的装备——俄制的,也烧坏了,毫无用处。但这些令人困惑的对比不会影响到此时此刻的以色列人。对他来说,问题很清楚。他的生存受到威胁,必须保卫自己。

西奈的毒日头衬着地上的景象

1967年6月13日,西奈某地——埃及人在加沙广场修建的一个混凝土炮台,现在是一个以色列士兵拿着机关枪把守着。坦克控制着主干道,士兵们从屋顶上监视。

热。沉闷。满街都飘着垃圾发酵的臭味。金属波纹板屋顶上压着石块和旧卡车轮胎。一身黑衣的老妇人,黑色的面纱遮住她们忧郁、男性化的脸。几个男人穿着条纹睡裤走来走去,是要去睡觉的意思。再加上阿拉伯音乐——甜腻的七拐八弯,没完没了,带着怪诞的暗示和诱惑,叫人昏沉麻木。这不单单是叫人听得难受,而是肠子都能痛苦地感觉到,像是服了药。

以色列指挥部附近的人行道上,几个人在扫着瓦砾,白裤子松松垮垮。有个埃及医生告诉我们,军方给他提供了充足的食物和医疗用品。他有一副纳赛尔式的表情,甚至还留着纳赛尔那样的小胡子,微微笑着,嘴角却向下垂,不说话的时候,神色凝重。

离开加沙后,我们看到了埃及人丢弃的第一批坦克、车辆、枪支和物资,有些被烧毁,有些被炸得粉碎,但大部分都完好无损。新卡车上的印字告诉你,它们是高尔基汽车厂制造的。对于俄国人来说,这真是一笔不错的投资。当你看到西奈半岛上满是价值数百万美元的军械,从公路冲进沙漠,一旁横着埃及人的尸体,你就知道自己对大国的判断没错。

死者大多赤着脚,在逃跑的时候把鞋子掉了。只有少数人戴着头盔。有些还戴着头巾。离开加沙后,我就没看到活的埃及人,除了一小群被抓获的狙击手。他们被蒙住眼,五花大绑地躺在一辆卡车里。帐篷里的人都跑掉了。他们用破烂麻袋布和塑料布搭起来的棚子已经空了,只有几条狗在周围嗅来嗅去,当然,还有成群结队的苍蝇。豺狼马上就要来了,有人说。

一位参加过1956年西奈战役的老兵告诉我,这一回埃及人已经干得好多了。他们巧妙地布置阵地,建了星罗棋布的战壕。埃及人的俄国或纳粹教官——我的这个线人说,有不少德国人"二战"后在埃及定居,算是派上了用场——还是有理由感到欣慰的。可是,埃及军队没有空中掩护就完全使不上劲了,而以色列一上来就摧毁了阿拉伯机场,甚至那些所谓超出范围的也炸了,炸了跑道,然后回来补炸飞机。如果他们不这样做,战争将会漫长而残酷。

我不是军事专家,对枪炮口径和装甲厚度一窍不通。我只知道这是巨大的胜利,留下巨量的残骸,烈日当头,尸臭满天。烧毁的卡车被掀翻,炮弹从箱子里撒出来,还有衣服、鞋子、床垫弹簧、粉碎的家具、信件、阿拉伯报纸、担架、绷带、行李袋和散落一地的防毒面具。

我特别注意到那些被损毁的汽车。汽车对美国人来说是一种象征,因此战争中汽车的命运有着特殊的意义。一辆被撞的汽车前后盖都开了，看上去像是举双手投降，仅剩的玻璃也糊得看不清。联合国部队留下一些发灰的车辆，都被压扁了，完全散了架。

死去的埃及人就躺在他们倒下的地方。没有人来收尸。我看见的第一个，是先看到他鼓鼓的肚子，因尸体腹胀而高挺出地面。他们的腿都绷得紧紧的，肿胀的身体像是游行队伍里的人形气球。脸都发黑，被太阳晒糊了。在这样的高温下，会迅速腐烂，不多久就露出头骨。人们感到的是汗毛直立的恐惧，而不是怜悯。腐烂纸板的酸甜气味，变成一种味道留在嘴里。

这一次，不吸烟的我却很高兴有人在我身边吞云吐雾。一些烧焦了的尸体蜷缩在坦克旁。其他则是一堆一堆的，出现在山坡上的战壕里，出现在坑洞里。很快，你也不再看下去了。你只要瞥见一些歪斜的形状，就知道那些都是尸体。

阿里什机场附近，以色列男孩们正在踢足球、做体操、放松休息。有两个找到了躺椅，懒洋洋地靠在上面，聊着天，吃着黑麦面包。他们身后是条铁路岔线，停着烧毁的火车车厢。黑乎乎的金属板从铆钉上脱落，弹了出来。你定睛看着，试图从无处不在的死亡中找到解脱。

约旦一瞥

1967年6月16日——从耶路撒冷的以色列控制区去往约旦控制区，要经过一条用耶路撒冷的褐色尘土铺就的临时走廊；还要穿过盘成八字形的倒刺铁丝网，在冲突激烈的检查站绕过柏油桶路障。

新建的以色列公寓楼遭到炮击。叫人费解的是，有些窗户上还挂着婴儿车和儿童三轮脚踏车。外面的干草堆里，戴着阔边军帽的士兵们正在挖掘地雷。他们用金属棒轻轻戳着地面,再用白色胶带标出安全通道。

这是相当危险棘手的工作。这个居民区临近联合国救济署仓库,阿拉伯人在这儿给慷慨地埋了好多地雷。联合国的房子于是被炸毁,但屋顶和墙壁完好无损,一袋袋一箱箱的美国面粉和大米也都好好的,还有瑞士奶粉、肥皂块、豆类、阿根廷腌牛肉,美国运来给阿拉伯难民的混合蔬菜。奶粉上还贴着个签条——"瑞士联邦的礼物"。

我们——也就是代表《纽约时报》的西德尼·格鲁森、以色列联络官、司机和我——将进入约旦河谷,这是以色列上周占领的领土。我们要去拉马拉①,最后会走到《圣经》里称为示剑的纳布卢斯②。示剑有一个多情的王子,爱上了雅各的女儿底拿,占了她的便宜。为了报复,她的兄弟们杀死了镇上所有的年轻人。护卫队经过时,有人提了一下这段古老的历史。

坦克和大炮还在往河下游开去。("我朝着约旦河看,我看见了什么?"③)大卡车对向驶来,满满的负载。天气热极了,灼热干燥、尘土飞扬的喀新风④一个劲儿地吹着。被弹片打坏、被坦克轧扁的新汽车随处可见。迎面而来的大卡车装的都是英国美国产的军火。在约旦一边的山上,发现大量这类被弃置的武器储备。没有人感到惊讶。

---

① 耶路撒冷以北 10 公里的巴勒斯坦城市。
② 耶路撒冷以北 63 公里的巴勒斯坦城市,位于约旦河西岸的肥沃河谷,是沙漠天然绿洲的贸易中心。
③ 非裔美国人灵歌《慢些走,亲爱的马车》中的歌词,歌曲以《圣经》故事中先知以利亚在过约旦河时被火马车带往天堂为背景。
④ 埃及春季的闷热南风或东南风。

我们这几个美国人好奇地审视着这些出口产品。木箱子里装着一百多吨军火，都是簇新的。上面还骄傲地贴着标签——星星、条纹、红、白、蓝——来自阿拉巴马州的安尼斯顿军火库。这美国贴纸上，两只强壮的手握在一起，象征团结和友谊，振奋人心。这友谊的对象没有指明是谁。他可能是任何人——任何会使用4.2英寸迫击炮或106毫米口径无后座力步枪的人，任何会发射W-20榴弹或用炮弹开火的人。存放这些东西的洞穴离《圣经》上的示罗①只有两英里。洞里相当宽敞，凉爽通风。抬头可见峭壁上有通风口。

一个英国出生的光头士兵，裸露的胸口布满灰尘和汗渍，对我们说了好些关于我们国家和我们总统的事情。我复述不出来。他说："你们这些混蛋对我们太好了。给我们拖拉机。所有别的东西都给了当地的和平居民。"公平起见，我补充一句，有些补给是英国来的。

这里还有从波兰运来的大罐土豆，削得整整齐齐的，荷兰豌豆，尼日利亚的肉罐头。一个正统派军士在肉罐头上方举起双臂，打出禁止的手势。以色列军队遵循犹太饮食法。然而，有些士兵还是睁大了眼睛盯着那些罐头。可谁知道呢，有人说，尼日利亚人在罐头里装了些什么？

宵禁开始前，拉马拉的阿拉伯人都上了街，商店也纷纷开张。虽然有个线人告诉我们那里没什么可吃，也没什么可喝的，但我们看到肉铺里有肉，推车上摆着香蕉。工作人员在修理电线。

这里的军事长官是奥瑞尔上校，一名预备役伞兵军官。他告诉我们，这里是双城，费比拉主要是穆斯林，而拉马拉的阿拉伯人大多是基督徒。这两边加起来有三万二千人，此外难民营里还有二万五千名巴勒

---

① 示罗（Shiloh），被认为具有"和平制造者"或"和平""安宁"之义。

249

斯坦人。战争开打时,数千名约旦村民来到这个镇上避难。有两名市长,每个社群一名,与上校合作。在电线修好前,供水都会不足。抽水机摇摇晃晃地运作着,但也没人渴死。没有疫病流行的危险。死去的约旦人正在被埋葬。一名以色列军医监督公共卫生。联合国近东巴勒斯坦难民救济工作署继续给难民提供食物。

奥瑞尔上校说,我们身为美国人,或许会对八九十名阿拉伯裔美洲人的境况感兴趣。他们来到这里,结果被战争所困。因为他们现在算是在以色列领土了,而他们的护照上没有以色列的入境章,一时走不了。奥瑞尔上校精通法律,认为这是个非常微妙有趣的法律问题。"但我们会解决它,"他说。这位上校似乎不是那种束手无策的人。

正说着,我们就遇到一对从智利来的老夫妇,他们来看自己在拉马拉曾住过的家。我们用西班牙语聊了会儿。同为西半球的公民,我们对那些当地问题都有超然之感。他们诉说此次的行程,从开罗一直到斯匹次卑尔根岛。这位老先生戴着阿拉伯头巾,用一根编织的毛绒绳子扎住,但他的精神气却完全是美洲式的。他七十多岁了。虽然脖子上的皮肤有点皱,但看上去一点都不虚弱或害怕。

另外还有等着同上校说上话的人,都快哭了。两名开吉普车的士兵,要领我们去一座大难民营,却迷了路。于是让我们在拉马拉希尔顿酒店等着,自己去打听。我们同其他士兵攀谈起来,在空荡荡的酒店里徘徊。

拉马拉希尔顿不是那种漂亮的希尔顿。从外观上看像是给截去了一段,好像原本应该是个更大更宏伟的建筑。

我走进厨房——我总是受到厨房的吸引——欣赏着那些长柄平底锅、切肉刀、研磨臼齿、剁肉墩——那是一截树干,上面还有树皮。这里没什么可吃的东西——当喀新风吹起，炙热的山头发出晃眼的光，你在圣地是不会有多少胃口的。遮荫和水才是你更想要的。而且我来这儿看也是为了调查，不是因为肚子饿。

我盯着船形碟里剩下的肉汁，上面结了一层羊脂。冷冻柜全化掉了，里面空空的，一股臭味。池塘里浮在水面的，除了睡莲叶片，还有一层黏液。"我们的花园，"酒店的广告里写着，"有六千八百平方米，所有人都能在此休憩。夏天，将为阁下呈上东方美食佐以本地产'阿拉克'酒，及民间艺术表演——不容错过的体验。融合东西方元素的菜肴将满足最挑剔的胃口。"

有人告诉我们，酒店离机场只有五分钟的路程。确实如此。航站楼和跑道现在都掌握在以色列人手中。从路上看过去，机场似乎完好无损。而我们一开到盖兰迪耶难民营，立刻就被阿拉伯人团团围住。

穿长袖衬衫的年轻人从四面八方跑过来。两个手握冲锋枪的士兵分立两边，还有五个站在远处。几个又矮又壮的青年朝我们挤过来。站中间的一个会说英语。他应该三四天没刮胡子了，门牙大修过，填了东西。他叉着胳膊，双眼圆睁，鼻子喷火，他是来给外国媒体送料的，送上关于饥饿和悲伤的故事。

人们正在挨饿的说法有些站不住脚。我们所到之处，都能看见面包，也知道面粉供应充足。联合国可能提供不出丰富多样的饮食，但决计不会让人挨饿。难民们住在石头砌成的拥挤棚屋里，近旁有泥土的小角落，种着番茄苗、南瓜藤，还有几株小无花果树。

上了年纪的人没那么多宣传意识。男人们穿的是做枕头用的坚质条纹棉布，妻子们都身形丰满，穿着白色粗布衣服，看上去很自在。他们都彬彬有礼地请我们上家里看看。往下陷的小房间，没有窗户，里头只有几条地毯的碎片、一只凳子、一张铺盖卷，还有一面破镜子。我去看了看厕所，水泥茅坑两边有放脚的凹槽，是冲洗过的。这里不缺水。

男人们在联合国开办的学校里学手艺，但也不用这手艺做什么。要查明这些巴勒斯坦难民中究竟有多少人真正与以色列作战过，是不大可能的。有些——可能相当大一部分——已经离开，渡过了约旦河。

以色列人说，约旦人在战争前两天就全民武装起来。现在正是缴械阶段。拉马拉发生了好几起狙击事件。但是加沙的狙击手更活跃，那里的难民问题十分严峻。联合国正在设法为加沙的三十万难民提供食物，他们的状态可说是一触即爆。人们告诉我，如果待在加沙难民中，即便是联合国官员也不安全。

一篇约旦报道称，从杰里科[①]和叙利亚边境逃离的七万人，现在聚集在安曼附近的泽尔卡地区。据说约旦人现在正在遣返难民。在西奈沙漠，被击败的埃及军队试图在缺乏食物和水的情况下回到苏伊士。纳赛尔不希望这些幸存者回去传播这场灾难的细节。在热衷谣言的特拉维夫，人们都在说，纳赛尔命令击毙从西奈半岛出来的埃及士兵。今天早上，一家法国报纸就刊登了这则消息。

纳赛尔被铁托等马克思主义领导人视为进步主义者，俄国人和中国人称他为帝国主义的真正敌人。说他下令屠杀幸存者，并非不可想象。不管怎么说，眼下死于饥饿、干渴和暴晒的人，是比战死的人数要多。

---

① 巴勒斯坦约旦河西岸城市，一个超过3000年历史的古城，《圣经》中称"棕树城耶利哥"。

伦敦《泰晤士报》一篇社论敦促大国提供紧急援助。大国的舰队还在地中海东部。以色列似乎花了一些时间才意识到，解除埃及人的武装并让他们获得自由，"实际上是对他们判处死刑"，《泰晤士报》说。

显然，难民问题需要国际解决。没有人能理直气壮地声称正义完全在以色列一方。虽然部分阿拉伯领导人利用难民的苦难来加深对以色列的仇恨，但以色列人本可以为阿拉伯人做得更多。例如，拨款用于赔偿和重建，应该还是可能的。西德付给以色列的部分款项，即可作此用。现在，难民的数量已经大大增加，如果按照过去的办法，联合国将会支持建起几十个破败贫民窟，在那里，消沉堕落、游手好闲的年轻人将会专心搞他们的"政治"。

只有阿拉伯极端分子才能从中获利。而原本，科威特在征收的采油提成费里拿出一个微不足道的比例，就可以用来支持巴勒斯坦阿拉伯人重建家园。花费在西奈半岛两次战役中的数十亿美元也是如此。还有苏伊士运河的通行费也是。

在纳布卢斯，一大群阿拉伯人在等汽油或煤油配给。军事当局说宵禁提前到下午六点。现在是下午两点，街上挤满了人。太阳从朱迪亚山上直射下来，闪着石色的光芒。在这灼人的高温下，我开始有些疲乏了。

我很高兴能在墙壁厚实的指挥部大楼里坐下来。一名以色列中士给我们倒了口威士忌。待我们缓过气儿来，便又大着胆子冲进热浪。阳光直射在你的后颈，你的脑壳里会生出一种奇怪的模糊感。

我们沿街走着，往商店里张望。什么也买不成。这里不接受以色列货币。理发店里六个阿拉伯人直盯着我们瞧，像是在邀请我们进去。店里的顾客除一人外，都穿着西式服装。那个例外是位上了年纪的绅士，他戴着一顶塔布什帽①，一直盖到他忧郁的眉毛。他的下巴也好像攒了许多情绪，皱了起来，但最后还是好奇心胜出。他站到我们旁边听着，口袋里像挂个听诊器似的挂着一根水烟筒（我尽力去猜了）。

理发店的镜子直接来自科尼岛的一家游乐园。我们在里头看起来都很宽，鼻子扁扁的，笑得四分五裂，眼睛也七扭八歪。这里也有一个发表意见的人。他长得十分英俊，深色眉毛，面无笑容，看起来生气的样子。当老理发师全神贯注地、甚至是有些溺爱地修剪着他的黑发时，他开腔了，说美国人都是间谍。不，他不相信美国人开飞机过来给以色列打掩护。但美国人确实为以色列人发现了埃及在建的机场。得啦，得啦，我们的《纽约时报》代表说。

理发还在继续，这位发表意见的人试着表现得开心一些，可他有太多的激情难以控制。他苦笑着，不过还是想说话。他跟记者谈话时，觉得自己所说的真相将会传遍全世界。他说自己是个奶牛场场主。有六十头奶牛要挤奶。他弄不到汽油（发动汽车），来让他那些遭罪的奶牛好受些。奶牛要吃干草，城里的孩子要喝牛奶。我突然想到这活可以让驴子来干。这儿有不少人在一边听着音乐，一边刮着脸，消磨时间，而农场沿着这条路上去只有两英里。

接下来，我们开始谈论未来，谈阿拉伯的统一、涌动的复仇情绪。"然而是你们向以色列宣战的。"《泰晤士报》这么说。"我们签订过一个条约的。"绅士奶牛场主说。他补充道："侯赛因国王被外国施压，在国内又受到牵制。"然后他便沉默了，皱着眉头看着我们，就像已故的约翰·吉尔伯特扮演的阿拉伯角色那样。

----

① 穆斯林男子戴的一种红色无边毡帽，圆塔状，中间有缨子。

看看中东的海报艺术家如何打理好莱坞明星的面孔，以及他们加诸这些明星身上的感情，是很有启发意义的。阿拉伯化的罗伯特·米彻姆①变得强壮、体面可敬了，可是因为预见到自己会失败，他的面孔扭曲起来。命运注定对他不利。我们知道他成不了。我们这位绅士奶牛场主也是如此。

这当儿，他的脖颈正享受着舒适牌电动剃须刀的修剪，他端坐着，一副痛苦而骄傲的样子。对于这一表情，我无法给出 T.E. 劳伦斯②或弗雷亚·斯塔克③那样的解释。在我粗略浅陋的中西部判断中，这似乎是完全错误的。这些传统的高贵有什么用呢？如果最终是开着被炸烂的俄国坦克朝西奈半岛去，是看着死人的黑脸慢慢腐化解体到全非，是幸存者们还要为了喝一口沟里的水而战，那就毫无用处。

---

① 罗伯特·米彻姆（Robert Mitchum，1917—1997），美国演员，长于塑造黑色电影里的"反英雄"人物。
② T.E. 劳伦斯（T.E.Lawrence，1888—1935），即"阿拉伯的劳伦斯"，著有《智慧七柱》。
③ 弗雷亚·斯塔克（Freya Stark，1893—1993），英国探险家、旅行作家，写了20多本中东游记。

怀疑与生命的深度

现在的年轻人想成为一名作家，很可能比三十年前要容易。但要真正成为一名作家，可能就难多了。直到最近，美国社会还很粗糙，艺术家很难解释他在其中的存在。作家总觉得自己不太适合这里，于是经常去国外生活。

我遇见的第一个作家是我在芝加哥的一位邻居，他上了年纪，是个开模工，写写低俗小说。他住在一间难看的小平房里，在阁楼上打字。房间收拾得不错；他有很多时间来拾掇、粉刷、浇水、修剪。有一回他对我说："人家看到我在附近转悠，会觉得我是生病了，要么就是无所事事在闲逛。但我不是游手好闲的人，我是名作家。"在这个工人阶级社区，街道白天空空荡荡。从劳动、从工厂节奏中解脱出来，让这位老作家深感内疚。男人就应该是天还没亮就起床，黎明时分在街角等电车，然后去工厂。白天待在家里的应该是妻子，而非丈夫。

我的邻居为《大船》①和《真情告白》②杂志写文章。我则梦想着有一天能为《美国信使》或《转型》杂志写文章。然而，很明显，没办法再窝在阁楼上用一台已经不适合商务通信的旧打字机写作了，往屋外看，街上就没什么正经人，男人都出门挣面包去了，他们就应该这样满头大

---

① 《大船》(*Argosy*)，美国首份低俗小说杂志，1882 年—1978 年在纽约出版。
② 《真情告白》(*True Confession*)，美国女性杂志，1922 年开始出版。

汗地赚钱。不久前,柯立芝用他的新英格兰鼻音告诉我们,美国的主要事业就是做生意。我们可以为他说这样的话而瞧不起他,但谁也不能否认他的主张。那时候大家都住在大型工业片区,我们大多数人如今仍然住在这样的地方。美国的城市,即便是纽约,也是为生意和工作而建。

但 20 世纪 20 年代以来发生了相当大的变化。作家们不再感觉自己那么像外人了。现在要是有人想当小说家,他宣布自己蒙召的时候,家里人也会更平静地接受。艺术和文学都可以。现在这两个行当都挣得到钱了。普通人也比我认识的那位老开模工更自由、更解放。他不会再为无所事事而如此不安。他自己也染上了一些放荡不羁的习气。你会看到现在的卡车司机一边品着马提尼酒,一边听异装癖唱着高深莫测的歌。警察们在超市里讨论心理学和跳棋,读约翰·奥哈拉①和托马斯·奥尔蒂泽②,看电视上的文化节目——讲的是迷幻药和宗教。

当然,美国生活的基本事实还是生产。制造业和商业文明压倒一切。金钱、生产、政治、规划、行政、专业知识、战争——这些才是吸引成熟男人的东西。这才是社会作为一个整体的意义。人们如果满脑袋都是这些事情,大多数作家就别指望能进入他们的心灵了。应该补充一下,这也就是深受媒体影响的大众。

所以这位年轻的作家并不指望有很多读者。有一小群慎思明辨的读者就足矣。但他一上来就有一个困难——人们压根不承认他是什么作家。他一副自命不凡的样子,也没什么资历。他的第一要务就是证明自己。

---

① 约翰·奥哈拉(John O'Hara,1905—1970),美国作家,代表作有《相约萨马拉》。
② 托马斯·奥尔蒂泽(Thomas J. J. Altizer,1927—2018),美国激进神学家。

五六十年前，这个未来的小说家从苏瀑①或内布拉斯加州的林肯出发，前往圣路易斯、新奥尔良或芝加哥。如果他语言天赋不错，可以当上报社记者，在密西西比河岸边或芝加哥近北带波希米亚风的地方住下。于是他成了一名写作者。但这样的机会已不复存在。新闻的采集和传播已经理性化、机械化、电子化了。大部分美国报纸上都充斥着肉类、塑料制品、内裤和二手车的广告。没有什么空间留给写作。有一些同时供几家刊用的新闻和辛迪加专栏。报道不加思考，也毫无个性。过去的那种轻松随意已不复存在。再也没有沙龙里的闲荡和乱写乱画了。报纸头版不再狂乱炫目。真实庄重的生活追上了我们。还有世界的命运，如此等等。

到了20年代末，作家们已经放弃了新奥尔良和芝加哥，转向了好莱坞、纽约或巴黎。今天，人们都觉得纽约是美国的文学之都。但真的是这样吗？一名年轻作家在纽约能找到什么呢？当他从帕迪尤卡②或托皮卡③来到这里时，他感觉终于逃离了贫瘠的边缘地带。他已经到达了中心。但这是什么中心呢？新的文学思想，新的创作冲动的中心？他是凭什么相信会在这里能找到这些？

纽约是出版中心，是美国文化生意的中心。文化在这里制造加工，整装待发。在这里，出版商有印刷、开单、运输、编辑、广告和会计等全套现代化设备，还有自己的一队专业人士。他们一起等待着手稿。开销这么大，不能等太久；他们必须在某个地方找好素材，吸引作家，或者就在自己的编辑部里编造一本。我们说的是纽约，当然其实也包括华

---

① 美国南达科他州最大城市。
② 美国肯塔基州的一座城市。
③ 美国堪萨斯州首府。

盛顿和波士顿。纽约的一些文学官员实际上住在麻省剑桥、纽黑文、本宁顿、新不伦瑞克和普林斯顿；还有一些住在伦敦和牛津。这些高雅文化的头头们为报纸撰稿，参加委员会，提供建议、咨询，制定标准，下定义，喝鸡尾酒，八卦闲聊——是他们赋予了纽约活跃有创造力的外表，让纽约的文学生活看上去充实饱满。但这里面没什么实质内容。只有文化生活的概念。有操纵、欺诈和权力斗争；有内斗；有虚张的声势，也有被低估的声名。气势汹汹、盛气凌人、趾高气扬，还有时髦追新、形象打造、操纵大脑——这些才是这座中心所能提供的。

从托皮卡、达拉斯或丹佛来的人，能做的也只是过上诗人或小说家的生活而已。可以拿上一个写字板，去酒吧，披好一身行头，成为瞩目的焦点。如此这般，之于诗歌，犹如面包广告之于营养。它只是事物的表象。不过，有些人觉得这样也就够了。相比追求一门艺术的完美，当上作家或是过上文艺范的生活，才是更有吸引力的。艺术是很难的。艺术家们也是腹背受敌——有诋毁者的围攻，也有变革的挑战，还要面临行将过时的威胁。电台电视台的预言家们这么说，一脸傲慢、想要退出传统、彻底不玩的大学教授们也这么说。而且，我们似乎已经到了这样一个阶段：但凡受过一定教育的人，觉得他所需要的全部文学作品都已到位，对同时代人写的小说不感兴趣。这些小说往往与他真正关心的东西毫不相干，只是些没什么独创性的乏力之作。可是，纽约和旧金山的文艺生活看上去倒是十分令人向往。文化上的罪恶感、对无所事事的恐惧曾经折磨着那位开模工，而今天的年轻人已经完全从中解脱出来，从职业伦理中解放出来——尽管有时候他们会穿上四十年前穷苦工人的衣服。他们在艺术生活中享受自由与闲暇。大家觉得这样挺好。公众想要的是诗人或看起来像诗人的人。一个伟大的文明总是有且必须有诗人。

我们是一个伟大的文明。一个人不一定要读诗。大佬可以请人帮他们读。重要的是大家各就其位。

有才能的作家偶尔也会在纽约崭露头角。但总的来说，他们对上坡时的艰难耿耿于怀，于是狠狠地补偿自己。他们往往脱胎换骨，成了重要的文学人物。他们的余生，除了在著名期刊上做些一本正经的采访、在白宫委员会任职或飞往巴哈马群岛参加有关艺术危机的国际小组讨论之外，几乎不做其他事情。通常，作家是被文学人物吸引而开始写作的。但在这种情况下，最大的吸引力是努力奋斗提升社会阶层，而不是艺术。

因此，纽约并不是美国的文学之都。它只是文化产业的中心。它为美国公众制造艺术的生活方式。这个国家的文学活动主要集中在大学里。大学在60年代的地位，就像20年代的巴黎之于菲茨杰拉德和海明威。安娜堡和爱荷华不是巴黎。但是巴黎也不是那个巴黎了。旧日的荣华散尽。没有格特鲁德·斯泰因。没有乔伊斯和纪德。伟大的文化都已消逝。那么去哪里寻求庇护呢？从乔治亚州、明尼苏达州来的年轻人，上哪儿去找一个能提供保护、又给予精神滋养的环境呢？不是在巴黎。今天，没有一个国家可以宣称，那个孕育艺术的城市就在我们这里。纽约可能是画家的天堂，但即便是画家，也要逃离画廊、经理、记者和艺术品投资人。年轻的作家都想要退出这种不给他们机会的生活，而那些小圈子，非但不让他自称艺术家，还常将其视为赶时髦的缺乏男子汉气概的酷儿（如果那小圈子承认他们里面出了个艺术家的话）。难怪明尼苏达州来的年轻人想要找一个"好地方"，"真正的中心"。人们像艺术家一样行事，用艺术的行为代替艺术，由此，那种有如神助的幸运生活似乎就不远了——人们正努力为它创造条件。为了获得这些条件,如果有必要,他们准备把艺术碾碎,像沙子一样铺在脚下。换句话说,艺术家的角色——这个角色本身——吸取了太多能量。许多作家把本该投给艺术的力量,投在了艺术家的形象上。现在,作家们在大学里得到了庇护,但是过得不太舒服。他们多半把自己的浪漫主义、民粹主义和反智态度带进了大学。我自信有理由说,在过去的几十年里,几乎没有什么新的文学思想。作家们对社会的态度都是从现代经典中来的,而且死死抱住不放——艾略特的观点,乔伊斯的观点,劳伦斯的观点。20世纪文化批评的主流已经有五十年没什么变化了。很少有人不满意现代主义的正统。这种正统观念统治着英语系,而英语系已经成为年轻文人的巴黎。

美国社会生活的变化,不论好坏,都赋予大学一种革命性力量。接受过大学教育的知识分子得以发挥巨大作用,在工业组织、教育、政治、城市规划,乃至如何使用闲暇(或如何"重建"越南,密歇根州的一个项目)等各方面。而作家,对这些只有最模糊的认识。受过大学教育的科学家和知识分子将如何运用他们手握的新力量?我的看法并不乐观。但此时此刻,我自己就陷入羞耻之中——身为作家,接受了大学的庇护,但作家们还错误地认为这里是旧式的学院。人类生活正在大学的实验室里被彻底改变,而小说家们所思考的行动,却还是吉普、枪、威士忌和斗牛这些。大多数美国作家都认同美国的反智传统,认为教授、牧师、艺术家和所有从事"高雅"职业的男性,都是女人,而非男人。身在大学的作家也并没有找到大学里的智性生活。这可能是因为大学没有那种统一的智性生活。他们是术业有专攻。理想情况下,应该有一种共同的文化将大学庇护下的艺术家们联合起来。然而,在我看来,现在情况尚不理想。总之英语系的作家几乎没怎么接触过科学,除了精神分析。精神分析是英语系最喜欢的科学，而它本身就大大受益于文学，一些人认为它是将浪漫主义文学对梦和无意识领域的洞见，作了德国式的系统化。

不过，让我们假设作家对现代科学有了兴趣。他们会拿科学做些什么呢？在19世纪，从埃德加·爱伦·坡到保罗·瓦莱里，科学给了作家们一些或兴奋或邪恶的想法。戴上精确、演绎、测量、实验的面具，这假面舞会让他们高兴极了。在那时候，掌握科学这件事情还是可以设想的。但到了20世纪，作家就不能这么指望了。他们多少有些敬畏。他们害怕了。他们提出某些观点，拥有某种印象。他们已经失去了信心，不愿宣称自己掌握知识。现在的知识是什么？甚至去年的专家如今也不是真正的专家。只有今天的专家才可以说知道一些事情，而如果他不想被无知压倒，就必须迅速跟进。

事实上，一些作家认为，信息是今天唯一的缪斯女神。然而，面对着周日早上的《纽约时报》，我们都开始明白，完全知情也可能是一种错觉。我们必须等待艺术生产出信息的象征等价物，也就是知识的客体或符号，以及超越单纯事实的观念。然而此时此刻，作家却感到了某种自卑。他继承的是一种现实主义的传统，现实主义的作家处理事实，而且对他要处理的对象确有所知。但是现在的作家到底有什么样的知识呢？对于那些真正想要了解发生何事的人，他能提供什么来帮助形成成熟的判断呢？对于"我们文明的危机"，他有什么要说的？他怎么能和那些掌握着如此"客观"、"真实"知识的人竞争呢？

作家不能按老路这么走下去了。即使选择老路，也要以全新的方式。现在能说些什么呢？什么才是真正要紧的？艺术能预示什么？在我们经历的所有变化中，最持久不变的意义核心是什么？对于这些事情，读小说的人有时比写小说的人更有体会。最近，华盛顿的一个人跟我说，他认为作家不应该试图描述政治现实。那是死胡同。他们应该专注于内心世界和主观状态。我回答说，在这方面他们已经做得不少啦。但他说，组织化的美国正在吞噬他，他开始对抱团行事这种事感到迷茫，甚至对死亡的想象也受到了影响。有时他认为灵魂是一个可互换的部分。也许他夸张了。但我们确实为我们的自由感到担忧。组织机构真是无远弗届。我们还继续用古老的吉普赛风格拨着旧琴弦，这样能行吗？

作家已经既落后又迟钝，也不愿重新开始思考。他们继续撞钟，以此来应对危机——来点象征主义、行动主义，来点流氓混混、极端主义，等等。中年作家混乱又困惑，不忍直视。上一次他们脱胎换骨已经是二十五年前了。很少有人会在第一次革命之后再进行第二次、第三次革命。一个人必须了解正在发生的事情，但他们全心信仰的民粹主义从不鼓励他们动脑筋。相反，这种信仰还让他们觉得，就是应该对人民、对民主大众保持沉默。现在，大学雇佣了他们。但不是雇他们来思考的。大学希望他们能培养出职业作家，还希望他们能把艺术生活带进校园，也就是波希米亚。不过不要把坏习气一起带进来了。来点波希米亚的情调就可以了。于是作家带着打字机来到校园。他发现，现代文学教授、一些哲学家和神学家，已经表现得像个作家了。他应该跟他们竞争吗？他最好还是坐下来，一个人，把事情理理清楚。

一般来说，文学教授有两种类型：第一类是古典学方面的。他是个古物研究者，是文化珍宝的保管人。这些珍宝已历经编辑、编目，受到过充分的描述，几乎没什么其他可做的了。唯一要做的就是带着谦逊的骄傲，带着同这不够得体、颠簸不停且危险无聊的世界相分离的感觉，把它们交给下一代的合格保管人。第二类是和现代作家打交道，而且常把他们视为榜样。我读本科的时候，有些文学老师看上去就像研究丁尼生、勃朗宁、斯温伯恩、拉斐尔前派或凯尔特薄暮的那些人。后来他们受到海明威的影响，海明威是个大受欢迎的榜样。许多20年代长大的人都模仿菲茨杰拉德的风格，成为一个闷闷不乐的年轻人，喝太多，有个疯疯癫癫的老婆（许多太太照办了）。现在我们有像劳伦斯一样的教授，迪伦·托马斯一样的教授，还有贝克特、尤内斯库和诺曼·梅勒，以及林妖、潘神之子、酒神、服用迷幻药后寻找上帝的人等等。

我们似乎已经到了这样一个时代：这年头，文化的最大问题是如何使其为个人所用。我们被训练着去消费好东西，把它们变成我们自己的。我们可以在文学期刊上看到这种现象，而现在期刊也被归编到大学里了。和美国其他杂志一样，它们现在是众人看法态度的一大来源。它们对研究生和年轻知识分子的作用，就像《时尚》《魅力》杂志对职业女性和家庭主妇的作用一样。它们教导他们什么是时髦，什么是过气。它们用艺术话语代替艺术，提供装饰用或作谈资用的思想，也就是现成的先进观点。期刊上挤满了现代文学教授，也许他们是为了给年轻知识分子将来谋得一职做准备——这个扩张中的文化（数十亿美元用于教育；联邦艺术基金）创造出好多新职位哩。问题是，这么做也许不会给文学添上新砖，而只是挪来了旧瓦。

这些人实际上对新的文学不感兴趣。他们自己，文学知识分子，才是新鲜事物。他们是辉煌的大事件，是现代创造力的伟大结晶。他们，可以说，镀着艺术与文学的外衣。就像年轻女士穿蒙德里安图案的塑料雨衣一样。

建立于大学——先锋世界之上的先贤祠已经满员，不欢迎新的申请者。当代作家的主要作用是提醒我们，文学知识分子如何定义伟大传统里的好坏。这些受过大学教育的知识分子对活着的作家是这种态度，于是他们批评起来，言辞中也是充满暴力、复仇般严厉。在大学和知识分子圈里，人们喜欢罗马节日，喜欢血腥的娱乐活动。小说家和诗人被迫参加角斗。文学带上了体育色彩，像曲棍球或职业拳击一样。组织访问讲座或年度研讨会的文学杂志编辑或教授，看上去就像战争催化剂。我不止一次被 X 教授邀请与 Y 教授对质，Y 教授称我为叛徒、走狗、骗子、卑鄙小人。邀请函上写着："我相信您会希望有机会在同一平台公开回复。"有一句古老的爱尔兰谚语很适合在这儿说，是在杜利先生[①]的黄金时代从芝加哥阿奇路流传下来的："乔说你不适合和猪一起生活。但我支持你。我说你适合。"

人们普遍认为，一个诗人应该愿意站在耀眼的灯光下展示他的灵魂，向公众保证他的灵魂具有充分的价值，他真的是个诗人。让大家看看，他是不是名副其实。

我的意思是，这也是过上了一种生活———一种艺术生活。多数艺术家和画家都没觉得有何不妥。画家和雕塑家似乎特别愿意作出各种艺术噱头来推销自己。他们弄出个新玩意儿，自己也就成了新闻，并且保持住艺术能给人带来的兴奋，让那些有地位的人获得特别的享受。在这个过程中，受苦的是艺术本身，它不可能作这种兴奋的来源。让人们参与具有艺术情调的群体活动，显然有某种额外的审美功能——社会的、心理层面的，或是带有野蛮的、部落色彩的功能。也就是一些写写画画。

[①] 美国幽默作家芬利·彼得·邓恩笔下的虚构人物。

已故的温德姆·刘易斯在50年代初写道，艺术家的作品主要是提供给艺术家群体的。他相信最有资格评价一部小说的读者是小说家。作家是为某人写作。"在我们这个时代，"他说，"几乎可以肯定，这某人就是另一个作家……由此看来，如果其他作家（知识分子）的品行开始败坏，而高超的技艺和创造行为本身恰依赖于这些正直品行，那将是多么可悲啊。"刘易斯相信过去被称为"文学共和国"的那种东西。（他认为学者和教师都是这个共和国的公民。）他认为，文学共和国必须"以某种方式获得一种更深刻的整体责任感……这样，它就可以尽其所能地保证其成员享有不受妨碍的表达自由，而它知道，这是诞生一部杰作的先决条件。它还会努力提供一些对抗执迷病症传染的预防药物。"

现在还没有这样的事情发生。作家群体（学者、批评家、教师）不能确保同道们任何形式的创作自由；相反，还越发限制他们。文学批评试图关紧文学的大门。它在读者面前竖起解释的高墙。温顺的公众同意了专家的这一垄断——"没有他们，文学就没法理解"。评论家为作家代言，最终成功取代了他们。高超技艺所仰赖的正直品行，以及创造行为本身，都难以引起批评家和学者的兴趣。他们似乎没有意识到这样一个基本事实：除非当代艺术家继续艺术家一直以来的本行，否则传统将不复存在。评论家如果不理解这一点，那么他对伟大传统的感情，无异于一条狗对一座大教堂的感情。

集体责任感缺失了。我们的文学知识分子回避所有这些思考。单是文学共和国这个想法，就能让他们退缩。他们对自己的艺术自由和思想自由有着奇怪的想法。他们似乎认为，文学知识分子的自由是一种由文明促成的野蛮。他们憎恨那种文明，因为只有最娇生惯养的孩子才会憎恨它。他们似乎相信，他们对人类最高标准、人类最高理想（不成文却深入人心的理想）的忠诚，表现为最极端的破坏性。至于这破坏是否必要，很少有人研究。这种想法已经存在很长时间了。自 19 世纪末以来，它的影响尤为深远。

"Car l'Homme a fini! l'Homme a joué tous les rôles！"——人类完蛋了！兰波写道。人类扮演了所有的角色！到了正午，他对砸碎偶像也感到厌倦了，于是回到自身，从旧神那里解脱出来的自我。当然，这里头有一些非常激动人心的东西。或者在 D.H. 劳伦斯笔下，就是不死鸟从毁灭和净化一切的火焰中冉冉升起。然而这些图景中包含了相当大的乐观情绪。圣像被破坏，为内在的永生上帝扫清了道路。我们下到地狱，但在神话中，我们又出现了，而且变得更好。在一种隐秘的乐观主义的支持下，悲观的评论家不必为诸如集体责任或文学共和国这样的东西伤脑筋。事实上，他可能认为，老坏蛋温德姆·刘易斯在生命的最后时刻变得软弱了。然而在现实中，这种激进的破坏性多半是种姿态和游戏。它在期刊、研讨会、画廊和偶发事件中保持着一定水平的艺术兴奋。这种极端主义背后有金主的资助，这些金主也就是大学和别的慈善机构。在我看来，这里隐藏着一个概念，即"审美"的深入人心。艺术，是原子化的、分散的，如今被个体生命所吸收，因而整体水平应该有所提高。

在这方面，奇怪的是，现代经典本身也推动了这些看法的形成。人们不会只是阅读《一个青年艺术家的画像》，他们通过小说接受了美学上的再教育。除了成为艺术家，他还能做什么呢？他有义务跟随乔伊斯进入这个世界，感受乔伊斯的感受，见乔伊斯所见，找到相同的内心标杆，用文字、图像和节奏的力量来改变平凡惨淡的生活。这可能是评论家们今天自顾自"艺术化"的一个原因。他们花了很多时间控制住强大的批评装置,"审美地"研究共同经验的材料。他们的老师是创造新意识类型的寡头垄断家。他们引领读者(或学生;或科目)一起进入艺术史,提供革命态度和革命技术方面的指导。如果你认为自己是乔伊斯或劳伦斯,是某种意义上的艺术家,那么集体责任和文学共和国之类的想法自然是离题了。

小斯蒂芬·迪达勒斯们教文学、编杂志、写批评文章,从克里特岛或都柏林远远麇集过来。当我们周围满是这样的人物,我们又把注意力重新转向了那位从托皮卡来的年轻人。文学天赋让他难以自弃。他当然得离开家。纽约没什么可提供给他的。至于大学,可能对他有不好的影响,可能令他沮丧。但美国的文学活动主要就是在那里。这个国家所有的高级精神活动,无论好坏,都在那里。即便是激进主义,目前也没有其他的寄居地。

我记得,奥尔特加·加塞特曾批评歌德定居魏玛。奥尔特加认为,一个诗人应该接受灭顶之灾,全心全意地认同自己的无家可归。可能是吧。要规定诗人干这干那的有点难。评论家们特别喜欢揪心于伟大艺术家的不幸。难道只有魏玛大学是更恶心、更资产阶级化的形式吗?在奥尔特加看来,可能就是这样。

这种魏玛式的恐惧,可见于许多作家的激进态度中。他们对各种建制充满敌意,反对传统建立的权威,不太可能在大学的庇护下平静下来。他们这种很坏的内心想法,让他们采取夸张的激进态度。但事实证明,这种激进的姿态相当受欢迎。越来越多的公众也染上了艺术家的不安,欢迎这种激进主义的表演。此时此刻,"组织人",那些律师、麦迪逊大道上的专业人士、上层公务员,也就是有才智但无权无势的人——他们的感受无异于那些被大学阴影笼罩的作家。激进主义表演里的种种姿态——解放、反抗、幻灭、怀疑和异议精神，逼得他们作出反应，生出对知识和情感的不断要求，结果难免受挫，并因此心生怨恨，感到疲惫困惑。但那些只是姿态上显得激进啊。没有什么比这种毫无威胁性的激进主义更安全、更万无一失的了。这种激进主义伤不着任何人一根汗毛，而且说到底，它依赖的就是制度的稳定。

那该怎么办呢？最近，一个聪明博学的朋友半开玩笑地对我说，也许解决之道在于"着魔"，这个时代的作家应该向萨满教靠近。萨满巫师，是西伯利亚的原始祭司，会在仪式中进入鬼魂附体的状态，喃喃自语。他们雌雄同体，是神秘的造物，无拘无束，摒弃一切规范。我想他并不是当真建议文明国家的作家完全效法他们。但火烧眉毛、找不到分析现实所需的知识时，某种大胆直觉似乎是最佳选择。毕竟，兰波是德鲁伊特式①的人物，而带着酒神式天启洞见的劳伦斯，和萨满巫师也差不多。萨满教仿佛隐含着肮脏败坏，和神经质的性、催眠术、江湖骗术等等密不可分，于是被认为颇具现代特征。有些人极其抗拒这个油嘴滑舌、广告满天飞的世界，讨厌种种包装和公关，对他们来说，血、唾沫、排泄物、狂喜昏厥似乎是一剂健康的解药。污损、诽谤是必须的，还有亵渎，如果你还能找到足够神圣的东西来亵渎的话。那些不得不在让步妥协的天罗地网之中生活的人们，特别容易受到萨满教的吸引。它向他们承诺，将会有魔力穿透组织、暴政的铜墙铁壁和种种已成既成事实的谬误和愚蠢。这里多多少少隐含着一个巨大渴望，也正是我们所求的美国文学方面的建议——应该有人可以这么无拘无束地谴责国家和它庞大的组织，谴责主导产业和游说集团，控诉真假信息、操纵和控制。

---

① 指古代凯尔特人中一批有学识的人，他们担任祭司、先知、教师、医生和法官。

这其中也暗示着，衣食无忧、形似自由的人民是多么需要反抗甚至颠覆。还有，我们可能正在转向神圣，即使只是在萨满教这样邋遢混乱、模糊低劣的形式里。或许艺术家就是应该祈祷神灵附体，这样，他才能在狂喜中说出真理，那种有耐心的理性再也带不来的真理。

一个世纪前，在基督教神职人员开始心生疑虑时，是诗人和小说家站到了精神危机的中心，承担精神之责。沃尔特·惠特曼宣布，牧师走了，神圣的文化人来了。亨利·詹姆斯说过："作家最重要的职责是拯救灵魂，让他们脱离顺从，乃至脱离对奇趣事物的屈服。"作家绝不会放弃对灵魂的拯救。一些作家自降到更实际的层面，那就是教人以姿态。还有些作家更偏向做原始的萨满巫师，而不是神圣的文化人。但是他们的责任感还在。很少有作家真正否认人类这个物种的存在权利。乔纳森·斯威夫特是个德高望重的牧师，他不相信我们这个种族能够长盛不衰。但这种悲观主义是相当罕见的，即便在我们这个激进、不计后果的时代。虚无主义作家想方设法地诽谤我们，用虚空幻象来吓唬我们，尽管如此，也不至于如此悲观。总的来说，作家们并没有放弃拯救灵魂。但他们都拿出些什么了呢？好脾气的让人安心的保证吗？还是自由主义式的信心，觉得"一切都会解决"？或是翻新一下道德？翻新一下基督教？在美国，灵魂的拯救已经退化为只在性方面指点迷津和其他微不足道的有益指导。也许年轻作家能受益于他与大学的联系，好好思考这些问题。他最好准备独自思考。对于那些古典文学教授来说，他压根不存在。现代文学教授可能会让他希望自己不存在。哲学家和神学家也许会把他写的东西放进他们对现代精神紊乱的诊断。他更证明了他们"存在"的意义。但他不大可能从他们身上学到什么东西。

在这个轮廓模糊变幻的时期，公众成了半个艺术家，而艺术家却不清楚自己还有何用。所有熟悉的东西都被认为是无聊而可耻的。生活的某些形态近乎自我败坏。存在毫无价值、毫无美感，人们羞愧难安。极度的单调乏味感，驱使人们使出浑身解数追求新奇有趣。理性化组织的魔爪伸向生活的每一个角落，以至于我们越来越难相信，我们的同时代人还有迷惑我们的力量。我们渴望迷醉的魔法，同时又深深怀疑。现代读者很难相信存在另有一层维度，另有一重特质。作家和想当魔法师的人受到严苛的资格审查，人们对参谋长联席会议成员或总统候选人都没翻得那么底朝天。虽然公众还是一样地渴求迷人之物和表达，还一样不断地向往意义，但早已对作家失去了信心，不相信他们还能把这些事物写成奇妙咒语。于是，公众从他们那里获取了别的东西——行为的理念，生活方式的建议，实用的指南，对自我的描述。

我们已历经风云，数度转变。一想到这些，即使强悍之人也会感到疲倦。在20世纪，作家们往往无意识地强调，必须把人类从古代的束缚和禁忌中解放出来。我们今天享受到了很多过去遥不可及的东西。这种日益高涨的解放气氛让20世纪激动不已。传统，就像重负一样，可以被提起，放到一边。我们已经把它们移开了，但我们获得了什么呢？人们开始意识到，过去横亘在你眼前的东西，某种程度上仍然有意义。我们在文学中获得如此之大的自由解放，结果却是让我们赤身裸体，暴露于荒芜，无足轻重，成为存在中的不存在这些重重威胁之中。

回望世纪初，我们可以看出文学有以下趋势：

1. 文学团体相信，通过革命的意识形态，文学可以重新对人类生活施加魔法。

2. 浪漫的性理论，像 D.H. 劳伦斯的理论，提出要把人类从压抑中解救出来，挣脱枯燥乏味的理性主义，挣脱直摧灵魂的工业文明之丑陋，呼吁恢复自然之神、恢复古老的神话真理，等等。

3. 排斥情感，知觉至高无上，反对有碍于此的所有其他人类品质。保罗·瓦莱里最能代表这种趋势，而且我相信，当代心理学的诸多发展也反映了这种趋势。我引他文章中一句话："人类算是登峰造极了，已经开始沉迷于：寻找情感，编织情感，渴望失去理性，也使别人失去理性，大家相互撄搅人心。"

在一定程度的解放后，我们近乎无足轻重，也达到了最后的超然。说到这里，我在想的是瓦莱里对喜怒形于色的厌恶，对个性特征的拒绝，对人性戏剧的反对。很多人都颇为认同——灵魂没有什么剧场，特立独行被夸大和高估了。简而言之，对人类那些疯疯癫癫的行为的厌倦。

似乎智性已经高到能怀疑这种人类疯癫行为的程度。今天的作家不得不面对这种极端的怀疑。读者和观众倒是获得了极大满足，他们喜欢看到个性、爱、责任、美、家庭、"英雄意志"的古老戏码暴露在波普艺术的讽刺或荒诞戏剧之下。第一次世界大战以来，这些传统观念饱受艺术家的颠覆。现代公众已经发展出一种奇特的旁观者的无动于衷，同时超脱于他过去的所感所信。他们自顾自地思考着人性，站在安全的角度、豁免的立场，不作表态。孤立、沉思的反我，则静静注视着情绪的马戏团。它如此客观；忙着摆脱无数的虚妄与谬误。这种摆脱人类种种情态的渴望，可能源于另一种渴望：洞察人类奥秘的智性需要被净化，其力量还需增强。但这里头也可能包含自我厌恶的因素。或许是厌世的最新表现形式。

我刚刚说的怀疑论，是自认为可以"看透事物的本质"。不幸的是，它似乎觉得万事万物都很肤浅，可以"看透"。换句话说，它觉得"生命的深度"已经消失。

如果它不在原来的地方，那么它去了哪里？它能去哪里？排干一个湖泊，水一定也流到某个地方。如果某个邪恶天才工程师发明了一种偷走密歇根湖的方法，他也得找个地方把水贮藏起来。人类存在和人类行为的意义也当如此。如果它不在我们千百年来惯常见到的地方，那么它在哪里呢？艺术将不得不处理这个问题。也许这最后会变成一个不真实的问题。但没有什么能阻止想象力重新审视其见证。

这就是为什么我一开始说，今天成为一名作家并不难，但也可能比以往任何时候都难。过上作家的生活，比真正成为一名作家要容易。然而，画饼并不能充饥。

[1967]

1970 年代

论美国：在特拉维夫美国文化中心的评论

首先我想说，我不是作为一个美国历史的专家站在这里。我只是个作家。有时候，尤其身在异国时，作家会发现自己成了他同胞的代言人；但我怀疑自己能否得到同胞们的提名或投票。

美国是现代资本主义民主国家中的最发达者，而它发现自己现在正处在可怕的危机之中；真正的问题在于，它是否能维系今天所扮演的世界强国的角色，以及它的两亿人民能否生活在一个不会失去自由、不会自我毒害至死的资本主义民主国家。对我来说，这才是真正的问题——一个民主的大众社会能否保持自由社会之身？它是否有能力应对这场危机，并且有意志不让自己退化到如赫胥黎《美丽新世界》描绘的那般境地？

我们所有人都是移民的孩子，在美国长大，认同某些直到今天都不愿放弃且赖以维生的民主理想。这么一种对自由的信仰确实存在。不过，这种信仰如何具体地实现，颇见分歧。人们会同时产生两种感觉：一面觉得对当前事件、公共事务有了更大的参与感，一面又感受到个体的无助或无能，这让人们非常害怕在美国被非政治化。而与此同时，他们发现自己身处事件的中心，他们从未像现在这样如此活跃于公共事件。

那么，美国的世代之间有代沟吗？我反对任何依据人性将群体分类的作法。我可不喜欢说，在美国或其他地方的任何特定群体或一代人，比另一个群体更缺乏人性。当我听人说老一辈和年轻人之间有什么意识形态分界线的时候，我是很担心的。回想起来有这么一件事——我年纪够大、够格去回忆了——20世纪20年代、30年代欧洲的极权主义运动同时也是青年运动。

现在，鉴于这场运动是知识分子运动，或许应该提到的是，美国的知识分子一直都是分离主义者。也就是说，他们始终认为自己应该站在国家的权力安排之外。19世纪时，他们深感自己是局外人。大体上知识分子都对权威持有异议，立场都是远离组织化的权力。历史上确实有好多次知识分子大举参与政府服务或政治活动之事，但在美国，从未真正出现过这种倾向。这是和英国的民主理念截然不同的。在英国人看来，服务于政府不会被认为是出卖或背叛知识分子的原则。许多19世纪最伟大的英国人都为自己的政府效力，如詹姆斯·密尔或本杰明·迪斯雷利。而对美国知识分子来说，涉足政府或社会事务，似乎就会被认为是某种形式的背叛。这就成为一个非常特别的难处了，因为现在的社会没有知识分子是运转不起来的。

大学不再是曾经的象牙塔了，如果知识分子觉得他们接受政府职位是出卖自己，这会让美国知识分子和美国政府的日子都不好过。当知识分子认为自己的道德责任就是自远于一个两亿人口的技术社会和世界大国时，这样的国家和社会如何运作下去，恕我不知。

这些孩子来自中产阶级家庭，大部分是；他们对中产阶级的指责是相当正当的——中产阶级没有出产任何能让这些年轻人信靠的价值观。当然，中产阶级父母像社会中的所有群体一样，也对社会的持续改头换面、各种史无前例之事大感吃惊，但这不能被当作借口或理由。事实是，他们确实汲汲于物质成功，为子女提供了富足生活和精心照顾，却未能提供任何特别的精神或道德要素。父亲们表现得好像在家庭之外存在一种非法生活，商业生活是腐败的，他们忙着干些敲诈勒索的勾当，而在家则尽可能地保持纯洁。这就是查理·卓别林在《凡尔杜先生》里讽刺的那种想法——你在外尽可杀人越货，回来还能过上完美平衡、受人尊敬的中产阶级家庭生活。孩子们抗议的正是这一点，因此他们是完全正当的；而他们的抗议又是自毁型的，所以我们必须做点什么，不让他们自毁。

美国的中产阶级父母——我说起来是特指犹太父母，不过我觉得他们在这方面都一样——感觉已经从一个可怕的噩梦中醒转过来，他们觉得自己的抚养过程有误：这些父母不明白，自己既残忍又高压，而他们的孩子们将会获得自由，并享受生命的每一项特权。孩子们当真了，相信父母所说的——什么都是为了他们，中产阶级的父母是失落的一代，而他们，年轻人，是一切的意义；这个社会有权获得净化；他们被免除了为达基本生存条件之苦。年轻人真觉得生活里什么都不缺，一切都是丰富现成的，而因为什么都一直丰富现成，那么生活问题的解决方案也应该招之即来。于是他们召唤；解决方案却不是那么伸手可得时，他们震惊了。

青年的思想是浪漫的，而人们对青年的思想又抱有浪漫化的情感，诗意地说，这是一个非常好的事情，但实际上，我认为是有害的。

学生知道他们要在大学里待上四年，或者五年、六年，这些年过去之后，体制就会吞噬他们——就是说，他们在社会里做出改变的最后一次机会就会消失；他们会变成专家或专业人士，这就是真实发生的情况。许多抗议者在学生生涯结束、迈进职业生涯的等级世界之后，整件事情就结束了，所以这是他们最后一次向体制发起抗议的机会。但学生们正在攻击的是大学，而大学却不是最恶的罪人。大学是美国唯一也可能是最后能自由交流和讨论的中心，如果毁了大学，如果把大学当作主要攻击目标，美国的自由机构会变成什么样？

大学是所有机构中最脆弱的。像教堂或犹太教堂一样，他们从未准备过任何防御体系。现在，如果学生攻击大学，他们（以为）在攻击整个社会；他们正在把大学等同于社会。但我认为这是个错误，因为大学绝不是社会；社会也不是大学。……

美国社会现在腹背受敌。谁来解决它的问题？这些问题是要在街上解决，还是要指望某种权威或某种组织化权力的细加思量来解决？学生可不想承认任何形式的权威。那么，要替代美国的权威，他们有什么计划呢？你经常从新左派那里听到的是，这样，我们把所有东西都烧掉，我们射杀所有的老家伙，然后我们就有好主意了。我对那种好主意不抱什么信任，我也不大相信什么不死鸟浴火重生的故事……

当然在美国，和在所有国家——包括以色列——一样，我们都生活在海量公共噪声之中，时代大事对我们索求甚多。几乎没法回避这些。以色列在这方面还有个优势——至少每天不得不面对真实可见的危机，而在美国，这些事情是通过媒体来到我们身边的，其中多半还是以幻想的形式出现。也就是个人头脑中的政治现实获得了一种幻想色彩，就像人们在早餐时——孩子和父母打开电视机，看到有人在越南雨林里战斗、阵亡……

我真不知道艺术若没有了一定程度的安宁或精神上的从容自若还能否存在；没有一定程度的安宁，就既不会有哲学、宗教，也不会有绘画或诗歌。而现代生活的一大特征就是废除这种安宁，因此，我们有失去艺术的危险，同时失去艺术所要求的灵魂的安宁。

所以当你问我是否在参与时,我当然是在参与,因为我不得不迎接这一挑战。这不是道德考量的挑战——也就是说,我不会对自己说,我是一个教师、领袖或先知,必须把一个道德教训带给美国公众。我受到的召唤是成为一名作家、小说家,而不是一个道德家。我想每个作家都会觉得自己写的东西里有一种隐含的道德意味,他不需要对他所投身的事情做明确的道德说明。但我说,每个人都是不情愿地参与着,这才是真正的答案。问题是,你如何克服这些噪声呢?

在美国,但凡达到一定声望的作家都要选择是否晋升富豪阶层。这完全取决于他自己。许多年前,我读到俄国批评家、哲学家列夫·谢斯托夫的一段话,他说公众希望作家成为角斗士。公众确实想看到作家们在斗兽场里战斗、流血;当然,现在除非身处底层身不由己,没有人会真的流血,但是如果环顾一众美国作家,我愿意点出名来——诺曼·梅勒、杜鲁门·卡波特、戈尔·维达尔,我看到的是,他们是真正享受为大众媒体表演,他们非常乐于成为公众人物。在今天,这并不一定是坏事。过去很多作家都是公众人物,并且以这样的身份做成了很多好事。伏尔泰是公众人物,维克多·雨果也是公众人物。只要作家在投身的事情里含着一丝真理或激情,这些事情本身没什么不好的,即便其他作家觉得不能苟同。所以如果诺曼·梅勒想要在电视或类似的地方当个小丑,我一点没意见,只要他能一直产出有趣的文学——很多时候确实产出了。没有理由以意识形态看待这些问题;我不会这么做。

[1970]

纽约：举世闻名的奇迹

美国人怎么看纽约呢？这就像问苏格兰人对尼斯湖怪兽作何感想一样。这是我们的传奇现象，我们的伟大事物，我们举世闻名的奇迹。有些人希望这不过是个停不下来的传说。然而，正如所有人类之事的发展，这非常真实，超级真实的。在其他美国城市里只是微露端倪的东西，在纽约则被加浓、被放大。纽约人觉得自己好像处在万事万物的中心。这千真万确，也着实稀奇。

在纽约，就像在所有伟大首都一样，人们的行为总好像有什么象征意义，试着传达出这个地方的精神。有个来访的外交官写信感谢捡到他钱包、完好交还的无名好心人。而在时报广场，一个盲人被袭，导盲犬被偷；他流血又流泪。一警察喃喃自语："这种事只会发生在纽约。"在更静谧的环境里被压抑的种种冲动，在此地被释放。每条街上，人们都被教导着"生活是什么样"。

激动人心、狂躁不安的纽约，让人不能忍受，无法控制，简直像个恶魔。没有人能对它作出充分判断。即便是沃尔特·惠特曼在今天也无法全情拥护它；他要这么干的话倒是可能把自己掀个底朝天。那些想要思考这种现象的人最好还是把这沉思的工夫用在别的地儿。那些想要感受纽约深度的人最好还是小心点。我在纽约住了十五年，也忍了它十五年。现在我搬到了芝加哥。

这种对本地的自豪感，在其他城市和地区已经减退。老式的天真自信消失了。经历了过去十年的风雨，得克萨斯也不再吹牛了，戴利市长的芝加哥也不说大话了。在世纪之交，芝加哥是一座地区首府。1893年，它梦想着成为一座世界城市。学者、建筑师、诗人和音乐家从周边的印第安纳、威斯康星、内布拉斯加纷至沓来，聚集于此，但到1920年代末期，中西部的文化生活就奄奄一息了。火车载着诗人，也载着猪肉，离开了芝加哥。这座城市又迅速陷入了地方主义。

一代又一代美国年轻人，为了追求更波澜壮阔的人生，把主街让给生意人和乡巴佬，自己跑去了巴黎或格林威治村。毕竟，美国的伟大目标不是鼓励画家、哲学家和小说家。要过得像个画家或知识分子，必须去其他地方生活，而不是在底特律、明尼阿波利斯或堪萨斯城。这些背井离乡、四海为家的移民希望找到他们的理想国，找到培育艺术繁荣的特殊氛围。

20年代，格林威治村里的波希米亚生活是相当优雅的——甚至是贵族式的，因为它在吸引作家、画家和激进分子的同时，也吸引了富人。旧格林威治村取得了巨大的成功，纽约真的是美国的中心，拥有某些稀有、珍贵的品性。纽约有吟诵自由体的诗人、践行自由性爱的恋人和优雅的酒鬼，还有富裕的傻瓜和怪人，它的一众艺术家和革命家都令年轻一代深深着迷，更加强了他们对自己家乡的丑陋庸俗的厌恶之心。

所有这一切，当然已经结束了。纽约现在是美国文化的商业中心，是娱乐或轻浮的中心，兴奋的中心，甚至是焦虑的中心。但它没有独立、原创的知识生活。它提供不了心灵的平静，也没给艺术家们提供什么智力活动的空间。这里不再讨论思想。我遇到一位旧格林威治村的知识分子，现在留着灰胡子、瞪着眼睛。我发现他全身别满了抗议徽章，就好像鱼身上的鳞片。他的知识分子身份已是前世。

也不知是好是坏，现在这个国家的知识生活已经搬进了大学。波希米亚式的做派和观念也在美洲大陆传播开来。这一庞大新群体消费的精神产品，最大的生产者和分销商就是纽约。纽约现在的文化领袖都是宣传型的知识分子。这些受过大学教育的男男女女，从未像诗人、画家、作曲家或思想家那样生活，但成功组织了写作、艺术、思想和科学活动，在出版社、博物馆、基金会，在杂志、报纸（主要是《纽约时报》）上，在时尚界、电视和广告里。所有这些都是为了让你掏钱，而且要慷慨地掏钱。

一个权威不逊于兰登书屋的杰森·爱泼斯坦的先生，在《纽约书评》里告诉我们，纽约会是个绝妙去处——如果你一年能赚到五万五千美元的话。他或许还应该加上西奥多·罗萨克先生所谓的"反文化"和莱昂内尔·特里林教授的"敌对文化"，就是迪克·惠廷顿那只能带来巨额财富的猫①——因为兜售激进思想（其中一些思想很老旧了，但许多美国人就是没找到机会阅读波德莱尔、蒲鲁东或马克思）有利可图，因为批评甚至公开仇恨社会并不妨碍在这个闪闪发光的城市飞黄腾达。

但我不认为今天会有人从爱达荷州的博伊西飞来，热切地在纽约寻觅那些作家——他们怀着对诗歌的纯粹之爱，像雅典人一样等候在公共图书馆的台阶上，讨论存在或正义。今天的宣传型知识分子对此类事务几乎没有兴趣。他们阅读量很小，也不会谈论文学。文化纽约的繁荣建立在过去的那些伟大事物之上，而现在它仍维系着这种幻象。纽约是一个伟大的回声营销者。过往，甚至被翻译成格林威治村的租金和房产价

---

① 迪克·惠廷顿和他的猫是一个英国民间传说，原型是富有的商人、后来的伦敦市长理查德·惠廷顿。在这个故事里，他出身贫寒，通过把猫卖给一个老鼠肆虐的国家而成了富翁。

格,被转换成餐饮费用和酒店房价。纽约的繁荣似乎还有赖于一种全国性的匮乏感——许多人认为自己正在不如意的地方无望地沉沦,在没有声色、没有剧场、没有活泼泼的共生感的美国式虚空里,在那些地方,人们无法以世界视角煞有介事地谈论生活。

美国没有圣地,于是我们就凑合着过起了世俗生活。如果在伊利诺伊的罗克福德问这里发生了什么事,司空见惯的回答是:"什么都没发生。所有的事儿都在旧金山、拉斯维加斯和纽约。"当你去过一趟纽约,回到芝加哥,人们会问:"你看到什么了?哦,你肯定去剧院了。"但今天,人们在纽约的剧院里能看到什么?别人的性器官。大概是为了庆祝从清教主义解放出来,从性束缚中自我救赎。但《哦!加尔各答!》[1]绝对是一出戏中戏,因为纽约自己就是一个国家的剧场,上演着光怪陆离。外人——这个国家的其他人——一直在观赏,从不厌倦。

[1970]

---

[1] 英国戏评家肯尼思·泰南创作的音乐剧,该剧色情、先锋、讽刺时事,1969年首演。

机器与故事书：技术时代的文学

19世纪的作家不喜欢甚至恐惧科学技术。虽然爱伦·坡发现科学态度可以与幻想大幅结合，创造出科幻小说，雪莱浪漫地试验化学药品，巴尔扎克自认为是博物学家或社会动物学家，但在绝大多数情况下，科学、工程、科技令作家心生恐怖。他们将机械能源、工业产业和大规模生产，同感受、激情、"真正的工作"、匠心和做工考究的东西对立起来。他们在大自然中寻求慰藉，专注于精神领域；他们更看重爱与死亡，远胜于技术产业。从过去到现在，作家们都偏爱原始的、异域的、不同寻常的东西。正是这种浪漫的态度生产出文学与绘画的杰作。当然，它也生产出一些文化的陈词滥调。这种陈词滥调一方面是非人性的机械化进程，另一方面与之旗鼓相当的，是展望实证科学、理性奇迹的新时代，展望进步，这种进步让艺术同宗教一样变得过时。技术是非人的这类套话，今天给我们带来的就是这样的小说：嗑药的高贵野蛮人，在被核设施截断的水域里捕鱼的原始人，他们漂亮又神秘。

现在，正如具有权力意识的理论家们所见，旧艺术和新技术之间的斗争已经以技术的胜利告终。像亚瑟·C.克拉克先生在《行星三号报告》中作出的如下声明，就非常典型。"一直有这么个说法，"他说，"艺术是用来补偿现实世界之不足的；随着我们的知识、我们的力量、尤其是我们成熟度的提升，会越来越不需要艺术。如果这是真的，超智能机器就根本不需要艺术。即便艺术最终走进绝路，我们还有科学。"

"胜利"方发言人的这番讲话在好几个方面都是非常愚蠢的。首先,自认为艺术属于人类的童年,科学等同于成熟。第二,认为艺术诞生于孱弱与恐惧。第三,乐观崇拜超智能机器,对机器克服现实世界所有不足的能力表达出极大的信心。在某种程度上说,这种乐观的理性主义颇具吸引力。要是用韵诗表达,听起来大概很像埃德加·A.格斯特。埃德加感受到的资本主义和自力更生,一如亚瑟·C.克拉克对超技术未来的感受。他们都有点膨胀,有种胜利者的陶醉感,有着过于简化的信心。克拉克先生实际上是在说:"别担心,亲爱的朋友——如果艺术完了,我们还有科学。很快,我们就不需要荷马和莎士比亚,不需要蒙特威尔第和莫扎特了。在我们成年后,会思考的机器将给我们所有智慧和喜悦。"

我选择了不同的理论家从另一个角度提出这个问题。在1972年7月的《大西洋月刊》上,西奥多·罗萨克与化学工程学教授罗伯特·J.古德杠上了。在写给杂志的一封信里,代表科技党的古德教授表示,看到现代知识分子"切断自己的理性根基"令人遗憾。罗萨克先生试图对教授循循善诱。带着虔诚的兴奋,他说:"除了对我们文化内部崇高而令人尊敬的传统满怀深情外,在这激烈的反对中,我们还能做什么呢?即便知道这是悲剧性的错误,是灵魂的死亡。"罗萨克先生继续说:"我在我的写作中所针对的,主要不是科学。相反,我希求能治愈的伤口是精神的异化:人性同大自然连续体的不幸区隔,想象的伟力同知性、行动彻底分离。古德教授贬斥为不理性的那些……却正是人类潜能的一大所在。如果在此处砍掉理性,理智的状态就会变得疯狂,会坚称只有非人的、实证的、客观的、可量化的那些才是真实的——正所谓科学上的真实。信了这个,你就离这么做不远了:通过阵亡统计、清点百万人记的死亡，以及细数我们神经回路中的化学失衡，来罗列我们存在性中的悲剧。"当然，要是不谈及当今最可怕的话题，这些问题是没法讨论的。对于所有领域的意识形态学家来说，政治问题永远是纸屏风背后蹲着的那个庞大、惹人厌的东西。但是，当我们援引所谓超智能技术不再需要艺术这一论点，以及所谓我们需要创造力来治愈精神异化、使我们远离罪恶战争的相反论点时，我们的选择其实还没有完全穷尽。还有第三种选择，跟补偿世界的不足或社会的健康没半点关系。这个选项的论点是，人人都是艺术家，艺术就是人类总在做的某件事的命名。当今的技术可能和人类做的这类事不兼容，但艺术是无法从人类身上被剥走的，就像脸和手无法和人身分离一样。重视特定事物，并为该事物不断添加意义的倾向，不会驱赶另一种倾向，去坚称有限之有限性，并剥夺它的尊严和美丽。

一位知名的进步主义精神病学家告诉我，未来，随着性嫉妒的消逝，奥赛罗将会变得不可理解。科学主义者非常喜欢谈论所谓幼稚的过往、庄重的未来。我听到人们谈起未来世代的成熟的时候，想到的是《反回忆录》里，马尔罗与教区神父之间的一段谈话，这位神父参加过抵抗运动，后来死于德军之手：

你听告解多久了？
大概有十五年了。
告解教给你关于人的什么呢？
……首先，人们比你想象的更不开心……其次……一个基本的事实是，没有所谓的"成年人"。

总之，浪漫主义者认为，否认我们心底的那个孩童，在心智上是非常危险的，而科学主义者说，技术进步正要把我们第一次带入成人阶段。对于何种艺术会否增进人类幸福，知识分子们的看法各执一端。大多数讨论中，重点落在健康、福利、进步或政治——什么都有，只除了艺术。对于艺术本身，大多数知识分子知之甚少，也不太关心。

马尔罗《反回忆录》以聪明的神父马基开场。接下来他立即进入回忆录和忏悔录主题，并讨论自传中"戏剧化的自我形象"。"曾经，"他说，"人们从伟人的光辉事迹中探寻自我；后来，变成在个人的秘密行动中探寻自我（所谓光辉事迹通常是暴力事件，这个事实助长了这一转变，而报纸令这等暴力不足为奇）。"马尔罗接着总结道："人们即便不认同精神分析的结论，也得承认，它召唤出来的怪兽比最动人的回忆录作家的忏悔都高明。精神分析师的沙发揭示的远不止人类心灵的秘密，还有更令人震惊的事实。相比陀思妥耶夫斯基《群魔》里斯塔夫罗金的告解，我们对弗洛伊德的'鼠人'更为震惊：这只能解释为天才了。"

但在我的理解里，陀思妥耶夫斯基才是天才。我不太确定马尔罗是什么意思，我想他是在说，临床心理学家对人类心灵的了解比任何最伟大的小说家能揭示的都要更深刻、也更充满好奇。也许他甚至暗示，在他的老鼠奇想或古怪幻想里，疯子比作家有更强的创造力，而作家的"邪恶秘密"或"可怕回忆"平淡无奇，他能补偿给我们的只是他头脑的力量——"只能解释为（他是）天才了"。但我们就算不走那么远，也完全可以这么援引小说家马尔罗的观点：他认为在事实领域，作家是"愚蠢的"，无法与临床心理学专家竞争。

所以，向公众提供"信息"的曾是小说家。但今天，当人们真的想对事情有所了解，他们会求教专家。大学和研究机构生产出大批专家，政府给他们认证。而眼花缭乱的专业技术让那些摇摆不定、需仰赖他人、生活悲惨的人们目眩。不止小说家失去了自己的阵地。专业知识让所有的意见都显得不牢靠，甚至有权势的人都不愿相信自己的判断。在事实被压制的极权主义国家，勇敢非凡的作家仍然用老办法说出真相。（为什么不是一个苏联专家来告诉世界关于古拉格群岛的真相？）但在自由世界里，小说家很少用老办法来引领公众。

在19世纪，艺术家的形象高大伟岸，醒目非常。公众恭敬地听他们的维克多·雨果和列夫·托尔斯泰说话。但萧伯纳和威尔斯是声望卓著的文学发言人群体的最后一代。到了战后，只有伯特兰·罗素和让-保尔·萨特以这样的角色出现在世人面前，而即便这俩人在论述上更连贯更清晰，他们也不会像他们的伟大前辈那样对公众有如此影响。作家作为大众先知和可靠信源的时代已经一去不复返。

但已有一条标准为小说家和专家设立——事实标准。这项严格的责任制度导致小说的写作范围大大缩小，也令小说家怀疑自己的能力，怀疑自己把想象力加诸全世界的权利。想象力的权威已经衰落。这有两大显著后果。本世纪早些时候，有些作家因为旧小说的目标没那么远大而否定它们。像狄更斯《远大前程》那样的小说，正在被更无所不包的小说——无异于包纳整个世界的感官计划——所取代。相比描绘真实世界，普鲁斯特《追寻逝去的时光》和乔伊斯《尤利西斯》都更看重感官。

乔伊斯可能无意中成了一个感官的独裁者。这个世纪需要一本书？他就提供了一本。这是一本让其他书籍再无必要的书。《尤利西斯》和《芬尼根守灵夜》写了大约二十年时间，阅读它们也要花这么长时间。这种过度自信，是作家权威衰落的结果，也是想要吸引人注意的文学想象力衰弱的结果。而最近的一项后果是缴械投降——作家已经开始屈从于事实、事件和报道，屈从于政治和煽动言论。现代艺术试图用任性随意的方式为自己创造权力，而且以各种公开形式追求和崇拜权力。

直到最近，艺术家的理想国还同技术人员的实践或机械领域划圈而治。但在20世纪，正如保罗·瓦莱里认识到的那样，事情有了变化。他在一篇文章中写道："美好奇妙现在已经有售了。生产那些奇幻机器，给数以千计的人提供了生计。而艺术家在创造这些奇幻伟迹方面没有任何贡献。这些是科学和资本的成就。资产阶级已经把钱投资于幻影，期待人们丧失常识，以便投机倒把。"

是的，技术是科学和资本的产物，是专业化和劳动分工的产物。生产出一件机器或商品，是无数个头脑和意志联合行动、形成精准力量的胜利。如此多的意志构成了一个虚拟的超级自我，在将梦想转化为机器方面成效惊人。相比之下，文学是由单个的个体负责生产，其关心的也是作为个体的人，其阅读者也是各个不同的人。而单个的个体，这个生气勃勃、有感官有头脑的存在单元，能判断、能理解，会快乐、会悲伤，真正地生活，也真正地死亡。这样一个个体，和整齐划一行动并根据计划生产出飞机、原子弹、计算机、火箭等现代科技奇迹的那个虚拟的超级自我，是没法作比较的。在光鲜动人、无往不利的技术面前，人们有时会认为，此前所有关于个体自我的理念都一文不值。

技术这一新事物的理论家认为，一个事物只有自证其新，才是真实的。我刚才引用过的瓦莱里《论进步》一文，将这种态度分析得淋漓尽致。他说:"人们毫无疑问正在形成这样一种思考习惯:将所有知识视作过渡,将他们每个阶段的努力和关系看作是临时的。这是全新的。"而且,"假设这场我们正在经历、也正在改变我们的巨大变革继续发展,终于改造了留存至今的任何习俗,完全改变了我们的生存所需;新时代将立马生产出不再保留任何过去思维习惯的人。对他们而言,历史不过是些奇怪的、不可理喻的传说;在他们的时代,一切都史无前例——过去时代的任何东西都活不到今天。人身上但凡不属纯粹生理的一切,都会被改造。我们的雄心、我们的政治、我们的战争、我们的礼仪、我们的艺术,现在都处于快速变化阶段;它们越是依赖实证科学,就越不会是从前的样子。那些**新事实**变得更加重要,取代了传统和**历史事实**的权威"。

  这便是新传统的精髓。通过对技术的依赖,"新事物"实现了上个世纪受到历史意识压迫的思想家们的长久渴望。卡尔·马克思在历史中感受到的是,所有逝去世代留下的传统,合起来就像活人大脑里的一个噩梦。尼采动人地说过"曾是如此"(it was)的暴政,乔伊斯的斯蒂芬·迪达勒斯①也将历史定义为一个噩梦,他挣扎着要从中醒来。我们一度无知无觉,但技术的魔法将我们从中释放出来,进入一种完美而清醒的精神状态——这么一种无条件的自由的愿景,实际上是一种传奇,是法国知识分子的天堂。但瓦莱里并未忽视这一愿景的苦痛之处。他说:"进步的一个最不可避免也最残酷的影响,就是进一步加深死亡的痛苦。习俗、思想革命加剧加速,这种痛苦也随之加深。灭亡还不够;

---

① 斯蒂芬·迪达勒斯,乔伊斯的文学自我,在《一个青年艺术家的画像》《尤利西斯》中均有出现。

人必须变得无法理解，甚至可笑；即便拉辛或博须埃①这样的人物，到时也得与那些奇怪的、身上文着线条或图案的人士为伍，暴露在世人面前，供人一笑。还有更可怕的：他们要在画廊里站成一排，慢慢地和动物王国的标本融为一体。"

技术成就达到顶峰时，便磨刀霍霍要废除旧事物。博物馆比坟墓更糟糕，因为它把我们当傻子，羞辱我们，等待着我们的野心和虚荣心做出判决。当然没人愿意被抛弃两遍——死掉，还要变成化石。每个人都想成为历史的朋友和同道。有意无意地，知识分子试图成为黑格尔所谓的"历史人物"或"世界历史人物"，真理正是通过这些人在运作，这些人对时代的要求自有洞见，可以预见什么事物成熟待发展、何为新生的原则、何为下一个必要之事。他们会谴责噩梦一般的过去，但他们也有永恒的渴望：侧身历史序列，证明自己在历史上极其必要。正是这些人，这些追新者，从技术进步中发展出一种对过时事物的特别蔑视。鉴于这些与过去世界为敌的人追求的是下一步的必然发展，他们也还是做出了自己的历史判断——即便他们告诉我们，我们会越来越多地依赖实证科学，因而越来越少地依赖过去。知识分子，在感知到技术进步的残酷影响时，不但试图通过与下一个必然之事建立联系来避免自己被遗忘，还要令其他人被遗忘——谴责那些未能认识到人类状况已经或将要被科学和风俗革命彻底改变的作家，这些人在他们的老式房间里享受着老式的孤独，继续思考着老式个体的命运，干着他们的老行当（17世纪

---

① 博须埃（Jacques-Bénigne Bossuet，1627—1704），又译波舒哀，法国主教、神学家，长于讲道与演说，是路易十四的宫廷布道师，宣扬绝对君主制与君权神授。

手工业），他们没有意识到，"世界精神"已经抛弃了他们，就像抛弃城市的围墙、抛弃弓弩一样。

和赫胥黎的《美丽新世界》或乔治·奥威尔的《1984》不同，乔伊斯的《尤利西斯》并不直接关注技术。但它仍是20世纪最现代的小说——它是人类在人造物时代的那份生活记录。《尤利西斯》里提及的都不是自然物。这个物质世界，完全是人类的世界，里头所有的东西都是人类的发明；它是先在有意识的头脑里成像，然后成形。大自然掌管生理上的一切，无意识当然也是大自然的据点，但外部世界是一个各种想法获得肉身的世界。大自然主内，人造物主外——利奥波德·布卢姆先生的生活，就是这么喜剧性地由这两大力量分治。时间是1904年。在都柏林，那里没人见过亚瑟·C.克拉克先生的超智能机器，做梦都没有，但技术的时代已经来临，《尤利西斯》即是文学方面的绝佳共鸣。

那么，《尤利西斯》是什么？在《尤利西斯》里，两个男人，迪达勒斯和布卢姆，六月的某一天在都柏林城里游荡。布卢姆太太，一个歌手，躺在床上读着书，又不太规矩，若有所思，想东想西。不过，这段对两个行人和一个淫妇的叙述，已经把关于人类的一切都交代清楚，完全穷尽。没有动物学家可以比乔伊斯阐述得更明确、更完整。布卢姆先生早上的第一件事是泡杯茶，给猫喂牛奶，去屠户那里买早餐要用的肉，给妻子带去一个托盘，吃一个烤得微焦的猪腰子，然后带上他的报纸去上厕所，其间读一个获奖故事，再用这同一张纸擦擦屁股，然后出门去参加帕狄·迪格纳穆的葬礼。事情不可能更真实了。

今天，现实主义在文学里是一项传统，而这个传统的假设是，人类不是长久以来自我设想的那样了。他们已经变得不同，他们生活在一个祛魅的世界，科学也没法揭示这个世界的存在有什么特别意义。但人们仍然试着去过一个人类的人生。而这是相当古怪的，因为人不是他自己以为的那种相对杰出的生物。在新的视角里，他悲惨得多，更像只动物，也更普通。

在《尤利西斯》中，乔伊斯用小说对人类生活做了最充分的描绘——在现实主义的传统下。在他看来，物质世界现在已经完全地人为化了。关于我们的一切——衣服、床、餐具、街道、厕所、报纸、语言、思想——都是人造的。所有的人造物都来源于思想，它们实际上是延伸到了物质的思想。大自然从生理上管治我们，无意识的世界当然还是它的根据地，但外部世界已经完全由人类的发明和投射构成。大自然完全被打败了。尤利西斯-布卢姆的生活就这么好笑地被这些力量分治了——最深处的是本能，中间是语言，外在则是人造物。

乔伊斯完全是一个自然主义者，一个艺术家-动物学家、诗人-民族志学家。他对布卢姆生活的描述包含了一切。每件东西似乎都要求着被包括进来。没有忽略任何琐碎或荒谬的东西。四处滋蔓的，却是老派资产阶级式的不愿谈论自己。不过，到底什么才是重要的信息呢？没人知道。任何事情都可能很重要。弗洛伊德在《日常生活的精神病理学》中教导说，无意识不会像有意识的判断那样区分事物的主次，而心灵中的无价值之物所告诉我们的，都是最深刻的事。乔伊斯是弗洛伊德之后，我们这个时代第二大回收心灵废品的。最不重要的事实可能是头等重要的。也由此，我们知道了布卢姆的帽子衬里，知道他口袋里有什么东西，知道了他的生殖器和肠子。我们也彻底熟悉了摩莉，她在月事之前的感觉如何，她闻起来是什么味儿。

有了这么多的知识，我们就接近于混乱了。我们怎么处理这么沉重的信息负担呢?《尤利西斯》是一出信息的喜剧。利奥波德·布卢姆淹没在随机事实的海洋中——教科书标签,新闻条目,历史碎片,口号,陈词滥调,小调,歌剧咏叹调,格言和笑话,民科的胡说八道,海量的迷信,幻想,对都柏林水供应的技术描述,对绞刑犯的观察,对狗交配的回忆。学习、史诗、信仰和启蒙的碎片倾泻在他身上。四面环绕着海洋,他有时候觉得自己活得像一种腔肠动物或是海绵。人造世界像物理世界一样,开始暗示无限。对于所有事物,几乎都可以给出排山倒海的描述,这对头脑造成了威胁:或是变得空洞浅薄,或是崩溃瓦解。

威廉·詹姆斯认为,即使是最强健的头脑,也无法了解某一天某座城市里发生的一切。没人能承受得了。保护我们与事实的海洋相隔离,不要消融在里面,这很可能是神经系统的一项功能。然而,我们现在却自己去找上这个麻烦,因为浮士德式的全能梦想依然存在。

布卢姆的头脑时时刻刻受到事实的攻击,他被打沉了。他似乎承认对这些事实负有某种责任,于是他去了都柏林处理他的事实。这意味着,我们的科学、工业、技术、城市世界都有它自己的生命,并且会为其自己的目的而借用我们的头脑和灵魂。在这个意义上,文明生活在布卢姆身上。文明的信息征服了他的头脑。他是不自觉或随机知识的承受者、仆人和奴隶。但他也是一个会走神的诗人。如果布卢姆只是"普通人",只是现实主义描述为"平凡"的那种人,他绝不会是我们崇拜的布卢姆。

事实上,布卢姆是一名智者,一个喜剧演员。在他被动的深处,他在抵抗。在都柏林,他被称为"有几分艺术家气息"。在现代信息的海洋中当一个艺术家,肯定不是什么福分。艺术家比其他人更不能抵抗事实。他有义务记下细节。甚至可以说他被迫去看那些东西。在墓地,布卢姆忍不住去看掘墓人的铲子，注意到它"闪着蓝光"。他是顺从地、艺术气而又痛苦地沉浸在自己的精神海洋里。他那"有几分艺术家气息"的事实，让信息的问题更严重。他希望通过离题、闪躲和机智，寻求慰藉。

为什么《尤利西斯》里的多样信息如此强大、令人目眩？这些信息有效，是因为故事本身可以被忽略。正如格特鲁德·斯泰因曾经说过的，《尤利西斯》不是一本"接下来会发生什么"的书。一个"接下来会发生什么"的故事，会像神经系统一样，屏蔽那些让人走神的东西，维持秩序。

正是故事的缺席，让布卢姆成其所是。要是有目的地推出他这个人物，那么这个故事就会令世界井井有条，令他集中精神。但或许布卢姆的头脑最好还是不要接到什么命令。为什么他这样一个父亲自杀、孩子去世、戴绿帽子、在天主教的都柏林生活的犹太人，要渴求道德和智力上的明晰呢？如果他头脑清楚，就会完全变成另外一个人。不，布卢姆的生活计划就是没有计划。他在现象间打着哆嗦，好像要向着什么决心走去。喔，他到那儿了，但那里是一片区域，不是一个点。在一天中情绪低落的那几个小时里，他觉得，"什么都称不上事儿"。他感到自己受到人之为人的条件的奴役。如果没有故事，那些条件就会为所欲为，让人陷入绝望。乔伊斯似乎在告诉我们，人造物文明令意志萎缩。意识流既深且广地穿过了无意志的世界。具有强大意志的浪漫英雄，如拉斯蒂涅们[①]和拉斯科尔尼科夫们[②]已经离去。今天的真相是，在小布卢姆们

[①] 巴尔扎克《高老头》里不择手段地攀高枝的年轻人。
[②] 陀思妥耶夫斯基《罪与罚》里有着双重人格的杀人犯。

这里，意志不会妨碍意识流。他的意识流没有故事，但有主题。然而，布卢姆并没有消融在这个主题流中。对人类个体的全面检视，揭示了一个最特别的实体，一个喜剧主角，一个"布卢姆"。

但是，当一个"布卢姆"仍要承受可怕的重压。乔伊斯希望我们如何看待布卢姆问题，我们并不清楚。《尤利西斯》里的长段落，通过暧昧的笑声连奏（音乐意义上的）互相连接。然而，似乎乔伊斯期望的是一个超越"个体性"的个人，（浪漫意志等等）个体性都是虚假造作，他期望的个人受到超个人的神话力量的支持。从无意识中横空出世的神话，优于纯粹的"故事"，但如果平凡琐碎的自我观念还在，神话不会降临。只有放弃自命不凡的自我，神话的力量才会展现。因此，意识必须消除意识本身，每一个隐藏的东西都必须给挖出来。所以会有布卢姆如厕的时刻，在帕狄葬礼上的尸体冥想，在看见瘸腿格蒂的时候射精，在夜城的疯狂幻觉。在这个新版"最不重要的事实可能是头等重要的"游戏里，旧式的高贵举止要受到狠狠打击了。

你今天读《尤利西斯》的感觉，就是现代社会强加于每个人的那种程度。过去对这个广袤世界一无所知的普通人，今天站在这个世界的中心。至少他认为他是——作为读者、听者、公民、选民，所有公共问题的判断者。他的想象力已经成形了，让他觉得自己是中心。这个至关重要的故事，似乎就是社会本身。但真正的关注点，全凭集体成就和公共事件掌控，被人类的命运、被一种"政治"所垄断。一厚打《星期日泰晤士报》和《时代周刊》《新闻周刊》叠在一起送到我们手中，电视画面在我们身后闪烁。这是本周与人类这个物种有关的所有重要事务的记录。这是关于我们，我们的生存希望，我们的共同命运的。——就是现在吗?这真的是针对我的境况在讲话吗?里面说的人类,是我吗?是我的心灵、灵魂与命运吗?不,名义上站在中心、研究这份记录的个体,其实并不感到身在中心。恰恰相反,他觉得自己在公共领域毫无意义,轻如鸿毛,也没什么合适的故事。一个合适的故事可以表达他的直观感受——他自己的存在是尤其有意义的。他的存在是有意义的——这种感觉困扰着他,但他什么都不能证明。但准确地说,干艺术事业就是要带着这样的感觉。

虽然太阳温和地照耀着大地,但现代人都明白,高高的天空里正在发生可怕的核聚变和骇人的爆炸。因此,当温和的布卢姆走上街头,我们意识到,在他买肥皂的行为后面也跟随着强大的智慧。现代主义者都是学识渊博的知识分子——像乔伊斯这样的维柯主义者、弗洛伊德主义者、马克思主义者、柏格森主义者等等。技术社会生产出一众心理艺术家和极度知识化的文学文化。"大多数现代杰作都是批判性的杰作,"哈罗德·罗森伯格写道,"乔伊斯的写作是对文学的批评,庞德的诗歌是对诗歌的批评,毕加索的绘画是对绘画的批评。现代艺术也批评了现有的文化。"罗森伯格觉得这点很有价值:"人们一直希望,杰出人物与优秀事物的衰落,是因为现在正处于转型阶段。个体的抵制力,是仅存的有利一面。抵抗和批评。"期望杰出人物与优秀事物的衰落(后者是受到技术的影响)是转型的结果,这表明罗森伯格先生的心站在了正确的一边。但他又强调批评,也就是呼吁知识的优先,这就有另一层含义。艺术必须满足知识分子的要求。它必须在正确的意义上批判现有文化,以此来吸引知识分子。事实上,现代艺术已经非常努力地取悦它的知识分子判官了。20世纪的知识判断类似于18世纪的贵族品位——这个意思只是说,这两个世纪里的艺术家都承认其重要性。20世纪的艺术如果能够直接转化为知识兴趣，能激发思想，能对论述有所贡献，便会受到更多的欣赏。因为知识分子不喜欢在想象力的作品前适可而止。他们喜欢说话。他们从文学中制造出神学和哲学。他们制造了心理学理论，制造了政治。艺术是这个社会阶层的一大支持者。

纪德的《伪币制造者》是一部小说，也是一个文化产品；《红与黑》则不是。《魔山》属于思想史，精彩的《小杜丽》则对这个类别闻所未闻。狄更斯从来没有跨界到文化批评，在当查尔斯·狄更斯的同时也去当卡莱尔和密尔。但在20世纪，作家在当创造者的同时，通常也是受过教育的人，而在某些人那里，教育要高于创作。这是有原因的。在这个革命的世纪，我们身负"理解"的重担。我想说的是，文化风格不能与真正的理解相混淆。目前我们还没有这种理解的代表，而文化风格则似乎有成千上万。

在这个技术时代，文学遇到的一个问题是，那些主宰文学问题的人的问题——那些专家、学者、历史学家和教师。现代作家本身就要比一个多世纪以前的作家更为"知性"，他们现在面临的读者大众则是这些人，或是受到这些人的教育，被这些人主导：教授，"人文主义者"和"反人文主义者"，专业的文化看护者，未来的思想家和塑造者。这个具有批判性的公众群体，有一千个重要的（政治和社会）问题要回答。他们真是烦不胜烦。诸如："我们应该听谁的？可以去读谁的作品？真正吸引现代受过教育的知识群体的是什么，或者可能是什么？"这些问题的答案，只能是悲伤和叹息。为了证明我所言不虚，我将简短地引用莱昂内尔·特里林的一篇文章《本真性与现代无意识》。在这篇文章中，特里林教授认为，在这个时代，既然事物都已经变成这样了，那么小说就不再会是'真实'的，也不会再吸引'真实'读者。"当今的杰出小说家,像亨利·詹姆斯,会这么说他自己:他'爱那个故事是爱那个故事本身',意思是,这个故事不具有任何明显的思想意图,就像那些原始故事一样,里面包含的只是詹姆斯所说的'讲述奇迹的天赋才能'。在詹姆斯那时候,老话说一种能把读者紧紧抓住像被施了魔咒一样的叙述,已经变得很可疑。而这怀疑到了这等程度——如瓦尔特·本雅明三十多年前所说:'说故事的艺术'已经濒临灭绝。"

有人大叫:"等等!这个本雅明是谁?为什么他说的话很重要?"但是知识分子确实是通过相互援引来加强他们的论点。事实证明,瓦尔特·本雅明反对说故事的人,因为他们"以实际的利益为导向"。特里林引用本雅明的话说,故事很可能会包含些"有用的东西"。这里,我所说的"文化风格"开始显现。现代文学文化以激进、异议、自由为傲,有自己的正统观念。我们不是知道它是如何看待"资产阶级""孩子""家庭""技术""艺术家"和"有用之物"的吗?我们确实知道。波德莱尔说,有用这个概念让他感到恶心——而波德莱尔正是那个正统的基础。本雅明所反对的说故事的人,"有慰藉要给予",而这慰藉的给予,是个"老式的指环"。接下来,特里林教授说它"在现在这年头不太真实——在我们现在这个时代,还说是被下了魔咒,让人暂时忘记自己,关心那个不是自己的人的命运,是不太真实的。……现在我们不禁要问,叙述者有什么权利对另一个人施行这样的权威,更别说施加给读者了:他有什么权利来安排两者间的混淆,还假定说有慰藉要给予"。

如果我们的时代有什么老式和不真实的东西可以对人施魔咒,那么荷马和陀思妥耶夫斯基那些让我们着迷的作品就是不真实的了。因此,这位文学教授的看法其实就是,现在文学本身是不真实的。特里林教授的观点似乎是,现代的境况正在扼杀曾被高度评价的某些人类活动(艺术)。对于一个真正的现代人来说,生活在现代技术社会中,天真的自我投降是不可能的。显然,问题的一部分在权威。"叙述者到底有什么权利"擅自入侵我们的思想,故意迷惑我们,还给我们提供慰藉?我没看出制造这样一个政治问题有什么好处。我们的父母有什么权利生下我们,我们又有什么权利生下我们的孩子?社会有什么权利教给我们一种语言、教给我们一种文化?如果这些大谈真实的人没有一套语汇,他就无法表达自己渴望的纯真。

但我意识到,这并不是很公平。特里林教授希望带着生活的故事,离开生活的表面,下沉到无意识的深处,寻求真相和成熟——如果他能够努力思考,无畏地面对无意识,就会成为亚里士多德的"伟大的灵魂人物"之一。因此,特里林教授似乎同意马尔罗的神父在抵抗运动中说的:从来就没有什么成年人。特里林的立场也接近亚瑟·C.克拉克先生,他认为艺术是对现实不足的补偿,而且"随着我们的知识、我们的力量、尤其是我们成熟度的提升,我们会越来越不需要艺术……超智能机器根本就不需要艺术"。

所以,特里林教授走向了"科学真理",宣称我们已经不再能被施魔咒,克拉克先生告诉我们,技术可以把我们从对艺术的幼稚需求中拯救出来。艺术本身并没有在世界上投射出荣耀的新作品——即使有,专家们可能也还不知道。或许,在这里一种温和、公正的说法是,人类一直在彼此讲故事。他们有什么权利这么做呢,又仰赖什么权威?好吧,没有,真的。他们只是简单地服从于想说的冲动、想听的欲望。科学和技术不可能从灵魂中消除这种叙述和施魔咒的怪癖。

现时代有某种对不安的合理化,或认知上的烦躁:那种想要参与的妄想,使得任何艺术作品的俘获力都令人难以忍受。阅读欲望本身被

"文化兴趣"和一种妄念损害了——想要把所有东西和别的东西联系起来、把艺术作品转化为论述主体。技术削弱了精神栖息的某些据点。婚礼宾客和古舟子们都被技术乐队的疯狂咆哮搞得震耳欲聋。

在一本迷人又古怪的书里,大革命前的俄国作家 V.V. 洛扎诺夫反对禁欲的清教主义的话可以被更广泛地应用,也很适合现在这个主题。他写道:"在我的灵魂被释放到这个世界、来享受这个世界之前,已经过去了一百万年;我怎么能对她说:'亲爱的,不要忘记你自己,但以负责任的方式作乐。'不,我对她说的是:'亲爱的,享受自己,度过愉快时光,我可爱的人呐,好好玩玩,我的宝贝,你想怎么开心就怎么开心。到了晚上,你会去见上帝的。'我的生命是我自己的日子,那是我的,不是苏格拉底或斯宾诺莎的。"所以,不管洛扎诺夫的灵魂是个女王还是个流浪汉,他讲话的方式都有点色情-宗教的意思。不过,我们可以根据我们自己的目的来改编:"在我的灵魂被释放到这个技术世界之前,已经过去了一百万年。那个世界充满了超智能的机器,但灵魂,毕竟是一个灵魂,它已经等了一百万年的轮回,并不想就被那么一堆伎俩骗走自己出生的权利。它来自宇宙的深处,哪怕对这些发明有兴趣,它也不会被唬住。"

[1974]

我们对这个世界介入太深

华兹华斯在 1807 年警告说，我们对这个世界介入太深，索取又消耗，白白浪费了精神，我们放弃了自己的心灵，在外部世界，在自然界，心灵可回应的越发稀少。

在我们现代的术语里，这叫作"异化"。这个词是马克思用来描述资本主义下普通人的生存状况的。但对马克思来说，正如哈罗德·罗森伯格所指出的："这些在自己的工作中被异化的工厂工人、生意人、专业人士，被抛向了市场这个光怪陆离的世界。而艺术家是这个社会中唯一无法被异化的人，因为他直接以自己的经验为材料，然后将其转化。因此，马克思认为，艺术家是未来的理想人类。但是，当受到马克思主义术语影响的批评家们谈论异化时，他们的所指却与马克思的哲学和革命观念完全相反。他们不是在说人类个体与自己的悲惨分离，而是某些敏感的灵魂（他们自己）未能在情感和知性上加入大众文化的神话与传统。而他们觉得，被排除在流行幻象和守成惯例之外，令人悲伤。"罗森伯格这么说。为什么我要将他同华兹华斯联系起来？就是因为现在有这么一类人，无法忍受不更多地介入这个世界。顺便提一下，罗森伯格先生的文章有个有趣的标题：《拥有独立思想的人群》。

我还有两个引用可以提供。第一个是苏联国家主席尼古拉·波德戈尔内①最近发表的声明。他警告苏联作家们,任何偏离社会主义现实主义原则的做法都是不可接受的,他说:"在社会主义和资本主义之间的意识形态斗争日益尖锐的时代,我们的艺术被要求不断升级其思想军备,它不可与外来观点有一星半点的调和,我们的艺术要将苏联生活方式的坚定主张与消除不问政治的消费心理学结合起来。"

由于波德戈尔内先生谈到"我们的艺术",那我对此也有些主张。在西方,如果你允许我给"政治"这个词下我自己的定义,那么"我们的"艺术远非不问政治。当我说"政治",我的意思是世界与我们息息相关。与1807年相比,现在这个世界人口更多,更无孔不入,有更多问题,更具威胁性。正如华兹华斯所做的,我们在思考这个世界的时候,不能再把大自然和它对立起来。这是一个全由人造而非自然创造的世界,这是一个人造物也即头脑产物的世界。这个世界在我们身上存活,也依靠我们才能延续,它对我们的思想和灵魂产生剧烈影响,让我忍不住要给予它政治的特性。"要么就是太多事情发生得太快,要么是相比早前几个世纪,这些事情能更多地被看到听到。社会已经变得更加活跃。"爱德华·希尔斯写道,"人民(希尔斯教授说的是西方人民)已经开始要求获得更多的服务、利益和关注,还要求能分享权威。这就让可见可听的东西更多了。……狂喜、兴奋和激动已成为我们社会的一个持续特性。"我倾向于更进一步——我们现在处于极易分心的状态;经常处于疯狂状态。波德莱尔说的"日常疯狂",就是这个境况的早期状

---

① 即苏联最高苏维埃主席团主席,苏联法律意义上的国家元首。尼古拉·维克托罗维奇·波德戈尔内在1965年至1977年任此职。

态，如华兹华斯和他那实在太迫近的世界一样。到我们这个时代，狂热已经高烧到无法忍受的地步。和从前一样，我们已把自己的思想和灵魂拨给我们的历史专用。我们经常被告诫不要夸大，不要把自己的时代视为最糟糕或最艰难的历史时期。每代人都以这种方式抨击自己，哭嚎着自己的痛苦和负担。但仅仅用"战争"、"革命"甚至"大屠杀"这样的词语来描述20世纪发生的诸多事件，显然不够。毫不夸张地说，我们可以把我们这个世纪的历史称为一系列不曾间断的危机。当然，并非每个人都以同等强度去回应危机，而且我们中的一些人比其他人更容易被大事件所震撼。有些人持之以存在主义式的愤怒，还说，觉得有必要尽可能赤裸裸地、剧烈地忍受住这些痛苦。其他人则更强硬，或武装得更好，或者只是不愿把自己的生活拱手交给历史解释——或交出自己的想象力，因为这种历史解释剥夺了人们想象自己做出独立判断的能力。但我不明白我们如何能对所谓的"消费"社会的政治特性视而不见。我们每个人都站在事物的中间，暴露在巨大的公共噪声中。这不是华兹华斯警告过我们的物质主义，而是更深远的危机。所有人都专注于恐怖、犯罪、城市的不稳定、国家的未来、帝国的摇摇欲坠、货币的崩溃、大自然的污染以及终极武器。诵读这一长串名单本身就令人不安。已故的约翰·贝里曼曾告诉我，T.S.艾略特再也没法读报了。报纸"太刺激了"，他说。相比堪萨斯州的制造商或哈佛经济学家，善感的诗人当然更应该兴奋难抑。无论如何，大多数人在思考的都是商业和经济问题。而他们的头脑现在转向了社会问题。他们不会花很多时间思考绘画、叙事诗、柏拉图主义或悲剧。他们的头脑相对这些东西而言，已经过于政治化了。我不确定我是否要以维多利亚时代的方式，哀叹、抱怨人们对艺术的严重不敏感，甚至知识分子都这么不敏感。我只是发现，像我这样一个身边都是正经人、对美国知识分子有所了解的人，也不能说他们真的把文学当回事。文学对他们来说就是不重要。它不是生活中的力量。生活的力量在科学、技术、政府、商业、机构、政治、大众媒体和国家生活里，不在小说和诗歌里。很少、极少有人会像亨利·詹姆斯那样，认为艺术赋予存在以意义；很少有人想知道约瑟夫·康拉德的信仰还值不值得重视——康拉德相信，要理解一个人类事件，看见经验的真相，在道德上把握它，感受它的微妙之处，我们必须要有小说——读者的心绪必须沉浸在作家的心绪之中。而现在，甚至小说家和诗人都不相信这一点了。像奥西普·曼德尔施塔姆这样的人已经相当少见了。他认为，在苏联只有两种真正的力量，一种是斯大林的力量，一种是真理在诗歌中自我展现的力量。艺术家显然必须从自己的精神里找到力量，来抵抗我们时代的一大异化力量。这种异化的力量不是来自工厂或"市场的光怪陆离的世界"，而是来自政治。马克思的"未来的理想人类"显然是在俄国过早地出现了。

我想在此拿来与波德戈尔内做对比的，是歌德。歌德对作家社会责任的看法非常不同。他在1830年说过："我从来没有费心自问在社会中究竟有何用。我满足于我认为好或真的东西。这些东西肯定在更广大范围有用，但那不是目的。"

那些被冲突和持续饥荒折磨、被致命敌人困扰、为生存而奋斗的国家与社会，大概不会那么友好地对待超然沉思的歌德。内战期间的俄国以及希特勒入侵时的苏联，就是这样一个国家。然而，这已经是三十五年前的事了。我们都熟悉这位大亨，他哭诉着自己悲惨的童年，告诉我们他曾经多么贫困弱势，来为自己如今的邪恶和罪行正名。以色列这个国家现在也处于极大的危险之中，但它不会命令作家参与斗争。它并没有剥夺他们做出歌德式选择的权利。监狱国家的建造者和统治者、独裁者和寡头、恐怖分子和他们的智囊——我们物种中最残酷、最变态的那部分人——将政治强加于我们,然后告诉我们"我们的艺术"在号召我们做什么。

在受到眷顾的民主社会里,我们找到了那些将政治强加于自己的人。我认为让-保尔·萨特就是一个例子,他通过要求"行动"来表现自己投身正义,而那行动就是恐怖和谋杀。他在弗朗茨·法农《全世界受苦的人》的导言里告诉我们,第三世界在始终不熄的仇恨和杀害我们的欲望里,获得了男子气概。我们?他说的我们,指的是有罪的、怀恨的欧洲,以及"那超欧洲化的怪物,北美"。"原住民通过武力驱逐殖民者,才能治愈自己的殖民神经症,"萨特解释说,"当他的愤怒沸腾起来,他会重新发现自己失去的纯真,他开始了解自己……这是一场一旦开始就没有宽恕的战争。你会害怕,别人也会怕你;也就是说,或是沉湎于分崩离析的虚假生活,或是获得本就属于你的国土统一。当农民手里拿起枪,旧神话变得暗淡无光,禁令被一条接一条地遗忘。反叛者的武器是他人性的证明。因为在起义的第一天你就必须杀人:杀死一个欧洲人是一石二鸟,毁灭压迫者,同时也毁灭受他压迫的人;最后剩下一个死人,和一个自由人;头一次,幸存者感受到他脚下的国土。"

萨特对我们的提醒有其合理性,他提醒我们认识到我们的"谎言意识形态"、"我们人文主义的脱衣舞",以及欧洲的"肥胖、苍白……自恋"。这些提法都很公平。但是,当他坚持认为被压迫者必须通过暴力才能自我救赎时,我们应该把他当回事吗?我已经说过,作家正在放弃他们的想象力。拥抱想象力会让他们染上各种政治上、性和意识形态上的疾病;他们的牙齿直哆嗦,大脑里充满了净化狂想和经由谋杀达成的解放。

假设萨特写了一本关于全世界受苦的人的小说。他虽不是一个好小说家，但是艺术本身会强迫他处理真实或近乎真实的人类，而不是一群贩卖小册子的僵尸。假设在反叛中被杀的白人帝国主义者是真实的人，那么萨特能否证明屠杀了主人的奴隶就被暴力给救赎了呢？能否肯定他终于为成为一个自由人？我强烈怀疑，这种陈词滥调会使《恶心》①的作者感到恶心。战争一定令托尔斯泰愤怒，但《战争与和平》中的一切都经受过人性的检验，一字一句，全面细致。这部小说是托尔斯泰的处理之道。他让自己的信仰和激情服从于想象力的检验，接受艺术方法的判决。他的小说展现了根植于现实世界的人类，展现出真理是人类生死攸关的需求，一如呼吸。斯威夫特《格列佛游记》里理想化的马民"慧骃"，在提到"谎言"的时候用的词是"并非如此的事物"②。但说到真理的时候，我所指的就是真理。"真理、清晰和美，自然是公共事务，"温德姆·刘易斯写道，"真理或美，与供水一样受到人们的关注。"我所说的想象力之于真理，就是这样不可或缺。它是第一必要，而不是执行解放行动的一种欲望或责任。萨特宣称，在18世纪，头脑出产的是"一种双重行为，因为它产生了导致社会动荡的思想，同时也令其作者暴露在危险之中。而无论我们脑中在思考的是何种著作，这种行为总是以同样的方式被定义；一个解放者。毫无疑问，在17世纪，文学也具有解放的功能"。

---

① 《恶心》(*La Nausée*)，萨特1938年的小说。
② 因为慧骃不知"谎言"为何物，这是人类才有的概念。

不难想象，一个人可以通过杀死他的压迫者来获取自由和身份认同。但作为一个芝加哥人，我宁愿对此表示怀疑。谋杀并不会让凶手变好。如果不加控制，他们会杀更多人，更加野蛮。也许肥料和现代农业种植模式会造福饥饿世界的农民，而不是让所谓流血重生的蹩脚戏码再次上演。喂饱饥饿的孩子，要比制造尸体更有男子气概。

确实，作家18和19世纪拥有的重要地位已经不再。他输掉了。现在，他不是万物的中心。他觉得自己有社会责任，必须挑起动乱，必须为了正义而投身危险，这些横行霸道的想法，是因为他感到作家的重要性降低了，还带着一丝对18世纪角色的男孩气的怀旧。艺术作品要获得社会意义，还有许多其他途径。如果一个作家对政治问题真的感同身受，且遵循自己最深的信仰，那么他会写出值得阅读的政治小说。但是，充满历史诠释的意识形态大杂烩，没有任何价值。有些作家被他们国家的野蛮统治者硬推进政治，但仍坚持自己的立场，我对这些作家的勇气表示最崇高的敬意。我也非常同情他们。他们别无选择，只能以反对派的姿态写作。从他们的角度来看身在西方的我们，他们一定对我们的天真、我们对重大事实的明显无知、我们与意识形态玩具的任性周旋，以及我们胡乱制造麻烦的行为感到震惊。他们一定也对我们很多人昏昏沉沉毫不敏感的脑袋感到好奇。人类的一部分在监狱里；另一部分正在挨饿至死；而我们，这些自由的、吃饱了饭的人又并不清醒。怎样才能唤醒我们呢？

我之前说过，我们生活在一种时刻分心乃至发狂的状态，我把这种不可避免地沉浸在社会生活之中的行为，称为政治。我还说，美国的知识分子并没有真正认真地对待文学，而是专注于各种科学、技术或社会问题。在大学里，他们被告知，艺术非常重要，也非常愿意这么相信；

他们准备接受甚至尊重那些被称为（通常只是自称为）艺术家的人。但也仅止于此。

专家们对某些事情非常了解。而作家拥有什么知识呢？按专家的标准，他们完全无知。但专业知识本身就会产生无知。专家的世界图景可以科学到什么程度呢？他的专业化程度越深，他就越被迫地去维护表面现象。为了表达对科学方法的信仰，他提供了自然或自然历史的集体虚构所缺失的东西。至于我们其他人，所谓受过教育的公众，相称的集体表征已经指明给了我们，我们脑袋里还塞满了物理学、天文学和生物学入门课程的画面。我们当然看不懂，我们只是被指导或受训去看。以这种方式，不会有任何个体能看透现象。两个世纪以前，早期的浪漫主义诗人认为他们的思想是自由的，认为自己可以知道善，可以独立地解释和判断万事万物；今天，那些仍然相信想象力有这等能力，可以透过现象、求得知识的人，却不再像早期浪漫主义诗人那样，宣扬自己的这种信仰。我们现在了解了知识，那么想象力知道些什么呢？现在，受过教育的人都不会认为想象力能告诉我们任何事。但一切开始变得沉闷，人类开始厌倦自己，因为看似知识的那些集体虚构已经耗尽。现在，我们被自以为知道的东西给烦到了。要么是我们的理性探寻已经直达生命秘密的最深处，让一切浮出水面、索然无味，要么是我们已经通过宣布某些知识不合法，发展出了一种单调乏味的理性。我倾向于认为我们这受过教育的脑瓜里的单调理性，是无聊和其他苦难的根源。我们的主流文化过分尊重思想的集体力量，过分尊重制造出这一文明最可见成就的技术发展；它对想象力或个人才能不那么看重。它非常看重行动。它似乎认为艺术家应该成为知识工人，被用于社会系统。

西方世界并不强迫作家成为知识工作者或官员。但是，作家在想象力中感受不到力量，又想要获得力量，在巨大的社会压力下、在危机造成的政治化之下，作家开始认为，他也必须是一个活动家，一个有影响力的人。他必须做点什么，让自己可用，在正义的事业中发声。然而，我们现在的位置，恰好能回顾作家在政治上取得的成就——不是那么辉煌。像托尔斯泰、左拉这样的作家确实非常棒。但要是说起塞利纳、埃兹拉·庞德、路易·阿拉贡，以及数百个类似作家呢？所谓作家有责任搅动社会的观点，到底有什么根据？多少警察国家不是从这些动荡中产生的？如果一个人想要过危险的生活，坚持真理和冲到路障前面，不是一样危险吗？但是，扮演作家的角色总比真正当一个作家更令人愉快。作家的生活是孤独的，往往还是苦涩的。而从自己的房间里走出来，满世界飞来飞去，发表演讲，还剪成一条片子，该是多么令人愉快！

长久以来，世界的美好奇妙都在故事和诗歌、在绘画和音乐表演里；而现在，则是在神奇技术、现代手术、喷气推进、计算机、电视机和月球探险里。文学无法与了不起的技术竞争。作家为了留住公众的注意力，已经转向了惊世骇俗、下流猥琐或超级耸人听闻的手法，加入了这场正威胁文明国家理智的巨大喧哗。

但是，不应该有一个奇妙技术没法带我们走进的奇妙分支吗？如果有，我们怎么才能知道呢？为什么这么说呢，因为这个奇妙分支应该有能力把我们从嘈杂狂乱中解放出来，摆脱它们的暴政。我们一眼就能认出它来。1914年以来，危机已经全方位地统治了我们，生存焦虑已经永远和我们在一起，大众的骚动不安已经融入我们的灵魂。摆脱这场危机真的会是非常棒的一件事。这意味着文化的恢复或再创造。其中不可或缺的，是个人意义空间的恢复，在这个待修复的空间里，人人都将以自己的方式决定处事，人人都能被好好对待，形成一种智慧、全面、深思熟虑的和睦。在我们心烦意乱，问自己结局到来时会发生什么、我们还能承受多久、为什么要承受的时候，这些文化和意义空间的概念看起来非常天真。但对于艺术和文学来说，没有选择。如果没有意义空间，就没有判断力，没有自由；个体无法为自己决定任何事情。破坏意义空间、破坏个体，就意味着把我们孤立无助地留在公共领域。这时候再说我们对这个世界介入太深是毫无意义的，因为这时候已经没有我们了，只有世界。但显然，人类这种生物的骨子里就是想要抵抗世界的。正是从这种抵抗中我们推断出，真理是人类至关重要的需求。人类有很多途径去认识真理。如果所有这些认识真理的途径不能被我们现在的方式认同，那我们现在的方式怕是更加糟糕。

德国哲学家尤瑟夫·皮珀在《闲暇：文化的基础》一书中讲述了一种纯然接受的心态，抱着这种态度我们会意识到一些无关紧要的现实。皮珀问道："是否存在所谓知性的观照？在古代，答案总是肯定的；在现代哲学里，大多数情况下，答案是否定的。"

根据康德的观点，皮珀继续说，知识完全是推论，跟接受和默观正相反。对康德来说，知识是一项活动。除此之外的自称为知识的那些，都不是真的，因为其中不涉及任何工作。用皮珀自己的话来说："希腊人——亚里士多德以及柏拉图——和伟大的中世纪思想家们，认为身体的、感官的感知，乃至人类的精神和知性认知中，都具有纯然接受性的观照的能力，或者，如赫拉克利特所说，都能够倾听'事物的本质'。"那么，我是在建议我们避开危机和喧嚣，躲进默观的生活里去吗？这是不可想象的。相反，我在说的是，存在一种不同于主流模式的知识模式。而这另一种模式是持续运作的——想象力认定，事物会向那些有准备的心灵、那些知道如何去倾听的心灵传达出它们的一些本质。我还要说的是，完全沉浸在巨大的噪声中会杀死我们。永恒的危机会剥走我们的灵魂。事实上，好多人每天都在经历这种撕裂的感觉。针对那么巨大的生命威胁，艺术和诗歌能做什么呢？危机是否已经大到不可解决了？我想，唯有想象力，通过想象力发挥的作用，才能回答这些问题。

刚才作家们还在自问如何能变得有趣，以及为什么他们应该被认真对待。但是得有了力量，别人才有兴趣，作家们似乎没有掌握大多数人类现在所看重的力量——国家或机构的力量，金钱或资源的力量，政治的力量，科学和技术的力量。曾经，宗教有这样的力量，思想等等也有这样的力量。而真正让一个作家有趣的，是一种不被容许的能力，是一种尽管我们都非常了解但都犹豫不提的东西——灵魂。我不知道还能怎样吸引并留住现代的读者，他们现在已经变得越发够不着了。要知道现在读者的容忍度很低。糟糕无聊的小说会让他不耐烦。但他倾向于抵制一切文学的影响，特别是，如果他是或自认为是一个知识分子的话。

这话出自我口，听起来有点奇怪，因为在美国我就被视作一个高眉知识分子。但必须指出的是，公众的特性已经改变，变得更知性；而作家自己也有了更多知识上的兴趣，在讲故事的同时，开始注重分析和调查问题，或考虑意识形态方面的问题。知识分子对文学的态度变得"严肃"（此处是一个重重的引号）起来。他们发现，小说、诗歌或戏剧往往无意中对社会学、心理学、宗教学做出巨大贡献。狄更斯小说里的情节可作精神分析研究；《白鲸》为马克思主义者提供了研究工厂体系的材料。人们使劲地摇着书，指望里头掉出什么有用的东西，可以支持一项理论或某些思想体系。诗人成了某种松露猎犬，从森林里找出奇妙美味。不过，作家自己也开始接受这种猎犬角色，承认思想和解释更有价值、更具尊严——超越爱好、游戏、活力，超越想象力。知识分子制造话语——没完没了的话语。小说家甚至画家、音乐家现在都在模仿他，不久之后他们也都成了知识工人、话语制造者、严肃认真的人，乃至官员。这些痴狂到偏执的专业人士不会成为优秀的读者。他们介入这个世界太深，他们的心灵已经远得够不着。甚至可以说，能触摸到他们的心灵、打入他们已经被占满的头脑、让他们对一个故事感兴趣，堪称一项政治成就。

现在人们普遍认为，作家真正的领地是无意识领域。他从无意识的森林里寻得松露。没人会怀疑无意识的存在。确定无疑存在。问题是其中包含了什么。它只是动物的天性、本能，是力比多吗，还是包含更高等生命的元素？例如，人类对真理的需求是否也源于无意识？为什么——既然我们不知道无意识的定义——我们不该期望在其中找到灵魂的蛛丝马迹，以及侵略的蛛丝马迹呢？无论如何，在今天，无意识仍是冲动和自由的唯一来源，是科学无法触碰、留给艺术的一个分支。

我想说，和想象力相比，现代知识能给人类存在提供的描述是非常浅薄的。我们绝不能同意一头扎进现代知识的准则，去限制想象力，而应该继续以个体之姿，做出自由的个人判断。

华兹华斯警告说，我们索取又消耗，浪费了我们的力量。现在，情况更严重。比索取和消耗更糟糕的是现代的纷扰、举世的非理性和疯狂正威胁着存在本身。我们可以不这么做。在当前状况下，我对其他作家没有任何建议。我只能说，仅代表我自己——用赫拉克利特的方式倾听事物的本质，正变得越来越重要。

［1975］

对我自己的一份采访

——作为一个来自芝加哥的小说家,你如何让自己适应美国生活呢?你是否属于哪个文学圈子?

几年前,当我和小说家路易·吉尤一起走进巴黎的伏尔泰餐厅时,服务生称他为"大师"(Maître)。我不知道是该嫉妒还是偷笑。从来没有人对我如此恭敬。我知道文学对法国人有多重要。我做学生的时候,曾坐在(芝加哥)阅读沙龙文学和俱乐部文学,晚上在马尼餐厅与福楼拜、屠格涅夫和圣伯夫共度——边读边叹息。多么辉煌的时代!但是,在被人叫"大师"的时候,吉尤本人,一个布列塔尼人,一个前左翼人士,似乎不知所措。可能即使在巴黎,文学文化现在也只能受到谄媚的服务生小头头的尊敬。这方面我也不是完全确定。但可以肯定的是,这里就没有这样的事情。在美国,我们只有"餐厅领班"[1],我们没有文学世界,没有文学公众。我们有不少人都阅读文学、喜欢文学,但缺乏文学文化的传统和建制。我不是说这很糟糕,我只是说,这是一个现实,我们不是一个对这些事情感兴趣的社会。任何没有承袭这种尊重习惯的现代国家,就是不会有这些。

美国作家并没有完全受到冷落;他们偶尔也跻身名流;甚至可能会被邀请到白宫,但没有人会和他们谈论文学。尼克松先生不喜欢作家,

---

[1] Maître 的另一个意思。

直截了当地将他们拒之门外，但福特先生对作家，就像他对演员、音乐家、电视新闻主持人和政治家一样彬彬有礼。在大型招待会上，东厅塞满了名人，他们见到其他名人，更加欣喜若狂。国务卿基辛格和丹尼·凯抱在一起。加里·格兰特被参议员的妻子们团团包围，她们发现他保养得好极了，真人和电影里一样英俊。他们快承受不住这股与大人物接触的兴奋劲了。人们谈论他们的饮食、他们的旅行、他们服用的维生素和衰老问题。没有人讨论什么语言、风格、小说的结构、绘画的潮流。

那位作家觉得福特先生的派对是一场奇妙的流行盛典。参议员富布赖特似乎认得他的名字，于是说："你是写文章的，对吧？我想我能记起其中一篇。"众所周知，参议员曾经是罗德学者。他是应该记起来一篇的。

这样的一个晚上，对一个作家来说，其实是很惬意的。他好像也不完全被当成个人，飘过一个个房间，也不会被里头的对话打扰，东看西看，听一耳朵。他知道，活跃的公职人员是不会把政府职责同文学、艺术与哲学联系在一起的。他们的世界里布满高压线，而不是河畔的报春花。十年前，戴利市长在市政厅举行的小型庆典上代表中部作家协会给我的小说《赫索格》送上一张五百美元的支票。"市长先生，你读过《赫索格》吗？"其中一位记者揶揄地问道。"我翻开看过。"戴利答，厚着脸皮，言之凿凿。艺术不是市长的菜。是啊，为什么必须得是呢？我宁愿他忽略——斯大林对诗歌的那种兴趣。

——你是说现代工业社会在驱逐艺术？

完全不是。艺术是社会鼓励的一件好事情。它是非常容易被接受

317

的。但是罗斯金1871年对英国公众的评价，也完全适用我们："一群头脑在这种状态下的人，是不可能阅读的。任何伟大作家的句子，他们都理解不了。"罗斯金将之归咎于贪婪："他们（公众）贪婪得发疯，所以无力思考。令人高兴的是，我们现在病得还不重，还没到无力思考的程度；它不是内在本质的腐败；如果什么东西打动了我们，我们的反应还是能蒙混过关……虽然任何事物都有'好处'的想法，已经深深影响了我们的每一个决断。"

——你没觉得贪婪是问题所在，对吧？

没觉得。我强调的是"一群头脑在这种状态下的人"。我们处在一个特殊的革命状态，一种危机状态，没完没了地紧张。昨天我读到一篇讲医疗技术的文章，说这种新技术可以让病人自己恢复意识——让他们暴露在高频声音里好几分钟，直到平静下来，足以思考并感觉到自己的症状。为了让你的灵魂安静几分钟，你需要医疗技术的帮助。在酒吧、在餐厅，从廉价旅馆到白宫，很容易观察到每个地方的美国人都被同样的问题所困扰。我们的美国式生活是我们的激情所在，我们的社会和国家问题在前，整个世界都成了背景。这是报纸电视每日呈现出来的巨大奇观——我们的城市、犯罪、住房、汽车、体育、天气、技术、政治，我们在性、种族、外交和国际关系方面的问题。这些现实都确凿无疑。但是，大众媒体上通行的行话——呈现给广大公众、人人都信的那些激动人心的虚构，那些高度夸张、戏剧化、看上去像是大事的事情——里面哪句套话又是真实的呢？对于一个头脑在这种状态的人来说，还有可能阅读吗？

——尽管如此,一本好书还是可以吸引十万读者。不过你说,现在没有什么文学公众。

一本有影响力的书似乎会创造自己的文学公众。《赫索格》出版时,我意识到在美国大概有五万人显然是在等待着类似作品的出现。其他作家肯定也有相同的经历。但这样的一个公众群体是暂时的。没有一种文学文化会永远包含所有这些读者。有时候会出现稳定又聪明的读者群体,他们就好像美国教育体制制造的废物大浪里露出脑袋的游泳健将。他们是靠力量、运气和狡猾幸存下来的。

——在等待下一桩大事件到来之前,他们做什么呢?

是啊,他们成日价地可以读什么呢?有哪本期刊能跟得上当代文学里真正举足轻重的大事呢?

——大学呢?他们没有做什么来训练判断力、培养鉴赏力吗?

对于大多数英文系教授来说,一部小说可能具有相当重大的文化含义。它的思想,它的象征结构,它在浪漫主义、现实主义或现代主义史上的位置,它更高的现实意义,这些都需要相当投入的研究。但这种文化上的研究与小说家和读者有什么关系呢?他们想要的是鲜活的生命瞬间;他们想要男男女女生活在一个自成一体的小世界。文学教学一直是一场灾难。在学生和他读的书之间有一条灰色的准备地带,一片地地道道的沼泽。他必须穿过这片文化沼泽,才被允许打开他的《白鲸》,读道:"叫我以实玛利。"他就该在作品面前感到无知,感到不够格;他被吓坏了,甚至对这本他没资格看的书心生排斥。如果这个办法奏效,就会培养出一堆文学士,告诉你为什么裴庞德号在圣诞节早晨离开了港口。替代小说本身的,就是"有教养的人"对小说的看法。一些教授认为,这种有教养的话语远比小说本身更有趣。他们对小说采取的是一种教父对待《圣经》的态度。亚历山大城的奥利金问我们是否当真以为上帝走在伊甸园里的时候,亚当和夏娃躲进了灌木丛。《圣经》不是从字面上去理解的。它有更高的意义。

——你是否在将教父与文学教授等同起来?

不完全是。神父们对上帝和人有着崇高的观念。人文学科的教授们如果能被他们所讲授的诗人和哲学家的崇高所打动,他们将成为大学里最有力量也最具热情的人。但他们位于等级结构的底部,微不足道。

——那为什么大学里还会有这么多作家呢?

这是个好问题。作家没有独立的立足之地。他们依附于各种机构。他们可以供职于新闻杂志和出版社、文化基金会、广告公司、电视网。他们可以教书。有几份文学期刊硕果仅存,但还都是学术季刊。大型的全国性杂志不想刊登小说。他们的编辑只想讨论最重要的国内和国际问题,专注于"有现实意义的"文化问题。"有现实意义"意味着有政治意义。(我的意思是,大体上和政治相关的。)我们面临的"真实"问题是商业和政治问题。重大公共事务的核心都事关生死。但我们现在讨论的又不是这些生死攸关的问题。我们听到、读到的都是对危机唠叨个不停。我们的知识界成员在他们的学生时代接触过文学——他们操持过这个行当,现在则远远超过了文学。在哈佛大学或哥伦比亚大学,他们阅读、研究、吸收了经典,特别是现代主义经典。这些经典为他们充任企业、政府、专门领域——尤其媒体的从业人员,完成重要、必要、无可比拟的任务，奠定了基础。我之前说过，我们的公共生活已经成为我们的激情所在。单枪匹马的个人，一部小说的主角，在引人注意方面，能比得上集体命运，比得上一个新兴阶级、文化知识团体的崛起吗？一个阶级的兴起真是非常重要的。

——你是否在说，当我们变得极度政治化的时候，会失去对个人的兴趣？

是的，如果你将何为公共或公众的注意力所在，与现实政治混为一谈。一个自由社会如此强烈地政治化——如我对这个词的定义——是不能长久保持自由的。我默认对小说的攻击就是对自由原则的攻击。我以同样的方式看待"激活型"艺术理论。一件真正的艺术作品，它的力量会导致活动的暂时停止。它引人沉思，进入奇妙甚至对我来说神圣的灵魂境地。然而，这一切并不是被动的。

——你所谓的对危机唠叨个不停，会造成相反的情况？

我还要补充一点，真相是不被喜爱的，因为真实情况总是在进步，在改善。但我们渴望它——却是为它本身。

——回归文学世界的主题……

没有格特鲁德·斯泰因的茶会，没有丁香园咖啡馆，没有布鲁姆斯伯里的夜晚，没有乔治·摩尔和叶芝邪恶迷人的会面。确实，这些东西读起来非常叫人愉快。我不能说我怀念它们，因为我从来没亲身体验过。我对这些事情的了解，完全来自书本。莫里哀上演了高乃依的戏剧，路易十四本人可能乔装打扮，在莫里哀的一出笑剧里亮过相——人们喜欢在文学史里读到这样的轶事。我可不指望戴利市长参演我的任何一部笑剧。他只出演他自己的笑剧。而我,访问过共产主义国家的作家俱乐部,要我说对我们这里没有这样的机构感到遗憾,我是说不出的。我在亚的斯亚贝巴①的时候去了皇帝动物园。塞拉西②,号称"犹大之狮",他大概不得不收藏狮子。这些可怜的动物躺在恶心的暗绿色笼子里,笼子小得跟鸡舍似的,狮子根本没法起身走路。它们非凡的眼睛变得昏黄空洞,它们把头枕在爪子上,叹着气。我们这里的事够糟糕了,但还不像皇帝动物园或铁幕背后的作家俱乐部那么糟糕。

——没那么糟糕,并不等于就很好。你说我们这里的事也很糟糕,怎么说?

我承认,是有叫人悲伤的时刻。前几天我翻看乔治·桑写给福楼拜的书信集,她希望他下次拜访时,带上她的最新著作。"把你能想到的所有批评都写在里面,"她说,"那样对我来说就太好了。人们互相之间就该这样,就像巴尔扎克和我曾经做的那样。那不会让一个人改变另一个人;恰恰相反,一般而言,一个人作为另一个人眼中的'我'的时候,会更坚定,会完善自我,更好地解释自我,发展自我。这就是为什么即便在文学里,友谊也是善的,任何有价值的东西的首要条件,都是成为自我。"从一个作家那里听到这些话,是多么美好。但现在不会有这样的来信了。友谊和共同目标,属于 19 世纪法国的梦幻世界。物理学家海森堡最近在《文汇》杂志上的一篇文章里,谈到爱因斯坦和玻尔这代科学家之间友好乃至兄弟般的合作。他们的私人往来信件会在研讨

---

① 埃塞俄比亚首都。
② 即埃塞俄比亚末代皇帝海尔·塞拉西一世(1892—1975)。

会上被引用,被整个科学界讨论。海森堡认为,在18世纪的音乐界出现了同样一种精神。海顿与莫扎特的关系是相当动人的。但是,当缺乏巨大的创造性机遇时,就没有任何慷慨可言了。对于不那么幸运的年代里充斥的恶意和敌意,海森堡只字未提。今天的作家很少真心希望其他作家也好。

——那么批评家呢?

批评家用过去打击现在。埃德蒙·威尔逊根本读不得他同代人的作品。他止步于艾略特和海明威。其他人都入不了他的眼。这样的缺乏善意——我用最礼貌的说法——倒是被他的仰慕者们大为推崇。这个事实说明了一切。埃德蒙·威尔逊对加拿大人、印第安人、海地人和俄罗斯人感到好奇,研究马克思主义和死海古卷,是新教多数派里的文学名人。我有时候想,他受到的马克思主义或现代主义的挑战,就跟我看到犹太正统派后裔受到牡蛎的挑战一样①。历史进步要求我们克服反感。像威尔逊这样的人,本可以极大地推进文学文化,但他对此不屑一顾,他跟这一切都不沾边儿。这是脾气性格使然。也或许因为他是新教多数派。抑或许,在这里,海森堡原理同样适用——当创造性的机遇存在时,人们都会慷慨大方,但当这样的机会变少,他们就是……另一副模样。但这也没什么大差别。在人类演化进程的这一时刻,如此神奇、残暴、光荣而地狱般的时刻,法国、英国、意大利、德国这些一度根基深厚的文学文化却毫无建树。于是他们期待我们,"处于不利地位的"美国人和俄国人。美国出产了一大批孤独难抑的人,像爱伦·坡、梅尔维

---

① 犹太教禁食有壳类水产动物。

尔、惠特曼，还有酗酒者，隐没无闻的政府雇员。忙忙碌碌的美国，没有魏玛共和国，也没有教养良好的王公贵族。只有这些执拗的一根筋的天才在写作——为什么？为了谁？对你来说，这是真正的自由活动。和纪德无端谋杀一个完全陌生的人，全然不同。没人感谢这些作家，但他们不可思议地扩充了现实生活。他们并非出身于一种文学文化，也没有创造这样一种文化。类似的孤独难抑的人，最近开始在苏联涌现。斯大林主义完全摧毁了繁荣的文学文化，代之以一个可怕的官僚体制。尽管如此，尽管有强迫劳动和谋杀，对真理和正义的感知并没有熄灭。简言之，我不明白为什么我们还要继续追逐我们从未拥有过的东西。即便拥有过，也于我们的现实无补。也许，如果我们清除自己的怀旧情绪，不再去渴望拥有一个文学世界，就会看到一个全新的机会，来开拓想象力，恢复与自然和社会的富于想象力的联系。

——其他人，学者和科学家，对自然和社会颇有了解。可比你知道得多。

对。而且我想我听起来大概像个傻瓜，但我仍然要反驳，他们的知识有缺陷——缺了点什么。缺的是诗。荷兰历史学家赫伊津哈在他最近出版的论美国的书里说，他在20世纪20年代遇到的美国饱学之士讲起话来都很流畅，同时感发人心，但他补充道："我不止一次地，没能从他写的东西里面看到那个能引发我兴趣的活人。这一而再、再而三的经历让我得出这样的看法：对于美式学术散文，我个人的反应还是得看这篇文章本身的质量。我读得非常艰难；我和这篇文章之间没有连接感，也没法在上面集中精力。对我来说，好像是不得不处理一个不正常的表达系统，其中的概念不等同于我的概念，或者是以不同的方式安排。"在过去的五十年里,这个系统变得越来越离谱。我想要信息和思想,我知道某些训练有素、有聪明才智的人拥有这些——经济学家、社会学家、律师、历史学家、自然科学家。但我越是读越觉得读不下去,也越恼火。我告诉自己:"这些作者也属于受过教育的公众,也就是你的读者。"但这些都不重要。平庸的知识分子不会让你停止写作。写作是你的自由活动。此外,你处理的东西也在那里。如果你存在,它们就存在。

——那么文学文化到底存不存在呢……

抱歉我打断一下,我忽然想起来,托尔斯泰很可能同意这个说法,而且从中看到新的机会。文学文化对他毫无用处,他也厌恶艺术里的专业主义。

——但作家们是不是应该跟学术象牙塔握手言和呢?

在《你悔改吧》一文里,托尔斯泰建议每个人从发现自我的地方开始。这样的象牙塔总比一些作家给自己选的地窖要好。而且,大学和《时代》杂志一样,不是什么象牙塔——它理解世界的进路奇怪又生硬,它也有远程控制的管理安排。而一个作家从卢斯的企业那里[①]得到的钱、退休金和安全保障,比任何大学能给的都更多。这里我们又见到一座象牙塔。甚至比福楼拜的"象牙塔"更遥不可及。象牙塔是作家不安分的头脑里挥之不去的庸见之一。既然我们没有从文学世界里获得任何好处,索性把自己从这些陈词滥调里解放出来。精神的独立要求我们自

---

① 指亨利·卢斯的《时代》杂志。

省。大学就是这么一个适合悔改反省、一如适合作其他思考的好地方。但是当我们在对下一步作努力思考时,得避免成为学界中人。是的,变成教师。有些人甚至成了学者。作家待在大学里的一大危险就是变成学问家。

——你顺便简单定义一下什么是学界中人吧?

我只是大笔一挥地限定为人文学界的专业人士。欧文·巴菲尔德在他的一本书里说,那是"一种永远存在的职业化手段,用一堆泛滥的辞藻"讨论重要之事——由此取代真正重要之事。他说他对这些讨论感到厌烦。我们很多人都感到厌烦。

[1975]

诺贝尔奖获奖演说[①]

四十多年前,我是一个相当不听话的本科生。有个学期我注册了一门货币和银行学的课,然后就一头扎进约瑟夫·康拉德的小说里。对此我从不后悔,没理由啊。康拉德吸引我,也许是因为他就像一个美国人,他讲法语,但用异常漂亮有力的英语写作——他是个背井离乡的波兰人,在异国的海上航行。对我,一个在芝加哥移民社区长大的移民之子来说,一个对马赛熟门熟路的斯拉夫裔英国船长的吸引力是再自然不过了。在英格兰,他是相当具有异国情调的。H.G. 威尔斯提醒福特·马多克斯·福特,这位与康拉德合写了几部小说的人,不要破坏康拉德的"东方味"。他的不同寻常令他备受重视。但康拉德的现实生活并没有什么不同寻常之处。他的主题直截了当——忠诚、海上的传统、等级、命令,以及水手在台风袭击时遵循的脆弱无力的守则。他相信这些看似脆弱无力的守则的力量。他也相信他的艺术。他在《水仙花号上的黑水手》的序言中指出,艺术是致力于为可见世界提供最高正义的一种努力:它试图在宇宙中,在物质和生活现实中,发现什么是基本、经久、本质的东西。作家获得本质的方法不同于思想家或科学家,他们是通过系统的考察来了解世界。而艺术家首先只有以自己为对象;他深入自己的内心,在他深入的那片寂寞地带,他找到"表情达意的特有语言"。

[①] 译文部分参考宋兆霖译《诺贝尔奖受奖演说》。

康拉德说,他诉诸的"我们的那一部分……是天赋的能力,而非后天获得……是感到欢愉和惊奇的能力……是怜悯心……和痛苦感;是对天下万物的潜在情谊——也是把无数孤寂的心灵连在一起的那微妙而坚不可摧的休戚与共的信念……它将全人类连在一起——把死者与生者,把生者与未出生者连在一起"。

这份炽热的声明写于大约八十年前,我们现在可能想要批判地接受这些观点。我属于那代知道好多高贵或听起来高贵的词汇的读者,如"坚不可摧的信念"或"人性"等等,而这些词是被欧内斯特·海明威这样的作家们所拒绝的。海明威为第一次世界大战中的士兵讲话。这些士兵听着伍德罗·威尔逊和其他夸夸其谈的政治家的话上了战场,他们用的那些大词必须和这些年轻人铺满战壕的冰冷尸体对照着看。海明威的年轻读者深信,20世纪的恐怖、那些致命的辐射,已经摧残毁灭了人道主义的信仰。因此我告诉自己必须抵制康拉德的这通漂亮话:是抵制,不是拒绝,因为我从不觉得他说得有错。他的话直奔我来。那善感的个体看上去十分虚弱无助——他只感受得到自己的虚弱。但如果他接受了自己的虚弱、承认自己的离群,并深入自己的内心,更加深自己的寂寞,他会发现,他与其他孤独造物心心相印。

我觉得现在不需要再怀疑康拉德的话了。但是对有些作家来说,康拉德的小说——所有这类小说——都已经失效了。完结了。例如,法国文学领袖之一阿兰·罗伯-格里耶先生,"物本主义"(chosisme)的发言人。在一篇题为《论几个过时的观念》的文章中,他写道,当代名著里——萨特的《恶心》,加缪的《陌生人》,卡夫卡的《城堡》——都没有个性人物;你在这些书里发现的不是个人,而只是某个实体。"性格小说,"他说,"完全属于过去。它描述了这样一个时代:个人至上的时代。"这不一定是一种进步,罗伯-格里耶承认。但这是事实。个体已经被消灭。"现在是一个行政数字的时代。对于我们来说,世界的命运已经不再和某些家族某些人的兴衰起落相关。"他接着说,在巴尔扎克的资产阶级时代,有名有姓有个性是很重要的;个性是争得生存和成功的武器。在那个时代,"世上的东西都得有张脸,因为个性代表着一切探索的手段和目的"。他总结说,我们的世界可要谦逊多了。它已经声明放弃个体的无所不能。但它也更加雄心勃勃,"因为它看得更远。对'人类'的专属崇拜已经让位于更大的意识,一种不那么人类中心主义的意识"。然而,他还是安慰我们会有一个新的进程,承诺前路会有新发现。

在这样的情况下,我不想再争论。我们都知道厌倦了"个性"是怎么回事。人的类型已经变得又假又无趣。D.H. 劳伦斯在本世纪初提出,我们人类,我们的本能被清教主义破坏了,不再关爱彼此——更糟糕的是,身体上的互相排斥。"同情的心碎了,"他说,"我们在彼此的鼻孔里都臭不可闻。"此外,在欧洲,经典作品的力量已经持续了几个世纪,以至于各国都有其"显见的个性人物",出自莫里哀、拉辛、狄更斯或巴尔扎克的笔下。一个可怕的现象。可能这与美妙的法国谚语"有个性的话一定是坏个性"有关。这让人想到,没有创造力的人类容易从手边资源借用所需,就像新城往往是由旧城的碎石建成。精神分析学说里的个性概念或许可以证明这个观点——个性是一种丑陋、僵硬的形态,我们只能服从其中一些部分,而压根没有可以欣然接受的部分。极权主义意识形态也攻击个人主义,有时会以财产来定义个性。在罗伯-格里耶先生的论证中也有一丝暗示。拒绝个性、坏假面和存在的无趣形式,都有其政治上的后果。

但这不是我的主题；我在此感兴趣的是艺术家优先考虑什么。他是否有必要或甚至就适合从历史分析开始，从思想或体系开始？普鲁斯特在《追寻逝去的时光》里提到，年轻聪明的读者越来越偏好那些有着崇高的、分析性的、道德化或者是社会学倾向的作品——也就是说，那些看起来更深刻的作家。"但是，"普鲁斯特说，"由理性判断艺术作品的那一刻起，就没有什么稳定或确定的东西了，人们可以证明他想证明的任何东西。"

罗伯-格里耶带来的并不是新消息。他告诉我们，我们必须涤清自己身上的资产阶级人类中心主义，按照我们先进文化的要求漂亮行事。个性？"病了五十年，被严肃文章家下了多次死亡通知书，"罗伯-格里耶说，"但它还是坐在19世纪给它的宝座上，没有任何东西能把它拉下来。现在，它是一具木乃伊了，但还是和传统批评所尊崇的其他价值一起，以不变的威严——装模作样地——占着王座。"

我和大多数人一样认同罗伯-格里耶的看法，反对我们带在身边的各式各样的木乃伊，但我喜欢阅读小说大师们的作品，从不厌倦。他们书里写的人物那样鲜活生动，这样的东西会死吗？是不是人类已经走进死胡同？个性真的如此依赖于历史和文化状况吗？作家和心理学家如此"权威地"给这些境况做出的说明解释，我们是否就应该接受？我认为问题不在人类的固有兴趣，而在于这些想法和解释中。正是这些思想的陈腐和缺陷令我们反感。要找到麻烦的根源，我们必须检查一下自己的脑袋。

严肃的文章家们签发了个性的死亡通知，这意味着另一群木乃伊——知识界某些可敬的领袖——已经立了法。我觉得好笑的是，竟然容许这班严肃文章家来签发一种文学形式的死亡通知。艺术应该跟着

"文化"走吗?这里头肯定出什么问题了。

如果出于策略需要,小说家是可以放弃"个性人物"的。但是,把个体至上时代已逝作为理论依据来做出这个决定,则是胡闹。我们不该让知识分子成为我们的老板。我们让他们管理艺术,对他们没任何好处。他们读小说的时候,难道只是为了在里头找到自己观点的背书?我们就是为了玩这样的游戏吗?

伊丽莎白·鲍恩[1]曾经说过,个性人物不是作家创造的。他们预先存在,他们是被发现的。如果我们找不到他们,如果我们不能将他们再现,那么错在我们。但必须承认,找到他们并不容易。人类的境况可能从未像现在这样难以定义。那些说我们正处于世界历史初级阶段的人说得对。我们被一股脑儿地聚到一起,似乎正经历着新的知觉状态的苦痛。在美国,数百万人在过去四十年里接受了"高等教育"——也不知是福是祸。在20世纪60年代的动乱里,我们第一次感受到了时髦学说、概念、感性的影响,和心理学、教育学、政治思想大流行带来的后果。

每年我们都看到大量文章著作涌现,作家们告诉美国人他们的处境如何。所有这些文章著作都反映了当前的危机;都在说,我们必须对此做些什么——好一阵混乱迷惘,造就了这些分析家,但他们还在为这些混乱迷惘开处方。作为一个小说家,我思考着我们同时代人极度的道德敏感,他们对完美的渴望,对社会缺陷的不容忍,他们感人又好笑的无度要求,他们的焦虑、烦躁、敏感、温柔、善良,他们狂风骤雨般的

---

[1] 伊丽莎白·鲍恩(Elizabeth Bowen,1899—1973),英国小说家,以描绘上层中产阶级的生活闻名,代表作《心死》和《巴黎的房子》。

情感爆发，他们试验药物、触摸疗法和炸弹时的轻率鲁莽。前耶稣会士马拉基·马丁在他关于教会的书中，将现代美国人比作米开朗基罗的雕塑"俘虏"。他看到，想要从一块物质中"挣扎出来，成为新我，却未能成功的努力"。马丁说，美国"俘虏"在他的挣扎过程中也受到重重围困——那些"自命的先知、牧师、法官和他的苦难的制造者对他的解释、告诫、预警和描述"。

如果我们花点时间细究这种苦难，我们会看到什么？私人生活中的无序，或近乎恐慌。家庭——对丈夫、妻子、父母、儿童来说——一片混乱；公民行为、个人忠诚、性行为（我不诵读整个名单了；我们都听烦了）里的——进一步的混乱。我们正是在这种个人生活的混乱和公共生活的困惑下努力生活。我们向一切焦虑敞开双臂。我们天天忧心着一切事物的衰落覆亡；我们既为个人生活而不安，又被社会问题所折磨。

还有艺术与文学——它们如何呢？好吧，是有一阵狂乱的骚动，但我们没有完全被它主宰。我们仍然能够思考、辨别和感受。更纯粹、精妙、高尚的活动并没有听任愤怒或胡言乱语的摆布。还没有。人们还在写书，在阅读。挤进现代读者乱糟糟的脑袋可能更困难了，但仍有希望穿过喧嚣，抵达一片安宁境地。在这片安宁境地，我们小说家可能会发现读者正虔诚地等待着我们。精神世界越混乱复杂，人就越是热切地追寻本质。第一次世界大战以来无休止的危机循环，塑造了这样一种人——他经历过千奇百怪的可怕的事，显然已不抱什么成见，那些令人失望的意识形态已从他身上退去，他生出一种与形形色色的愚蠢疯狂共存的能力，还生出对某些恒久的人类之善的巨大渴望——比方说，真理、自由、智慧。我不认为我是夸大其词；有充分的证据证明这一点。分崩离析？嗯，是有的。很多东西都在瓦解，但我们也在经历一种奇特的提炼升华。而且这一过程已经持续挺长时间了。我仔细读了普鲁斯特的《追寻逝去的时光》，发现他清楚地意识到了这一点。这部小说描绘"一战"时的法国社会，也验证了他的艺术的力量。他坚称，如果没有一种敢于正视个人或集体的恐惧的艺术，我们就无法认识自己，也无法认清任何其他人。只有艺术能刺穿这个世界的表面现实——也就是骄傲、激情、智慧和习惯所建立的一切。还有另一个现实，即被我们忽略的、真正的现实。这另一个现实一直在向我们发送暗示，但如果没有艺术，我们便无从领会。普鲁斯特称这些暗示是我们的"真实印象"。如果没有艺术，这些真实印象、我们始终具备的直觉，都会隐身不见，只会留下"一个为实用而造的术语，我们错误地称之为生活"。

普鲁斯特还能在艺术与毁灭之间保持平衡，坚持艺术是一种生活必需，是一种伟大的独立现实，是一股神奇的力量。但艺术已经同人类的主要事业脱绑很久了，不同以往了。黑格尔早就观察到，艺术不再吸引人类的核心精力。这些精力现在放到了科学上——"一种不懈的理性探究精神"。艺术靠边站了。身在边缘的艺术于是形成了"广阔而多变的视野"。在科学时代，人们仍在画画写诗，但黑格尔说，无论现代艺术作品中的神灵看上去多么华贵，无论我们在"圣父圣母的形象"里发现了怎样的无上尊严和尽善尽美，都是枉然：我们不再顶礼膜拜了。虔诚下跪已是很久以前的事了。独创性、大胆探索、新鲜发明取代了"与现实息息相关"的艺术。在黑格尔看来，这种纯艺术的最重要的成就，就是从过去的责任中解脱出来，艺术不再是"严肃的"。它以"宁静的形式"提升灵魂，"超脱于陷入现实局限的痛苦"。我不知道今天谁还会这么要求艺术，要它提升灵魂，摆脱卷入现实的痛苦。我也不确定，现在是纯粹科学中的理性探究精神吸引了人类精力的核心。核心似乎满是（尽管是暂时的）我所描述的危机。

19世纪的欧洲作家不会放弃文学与人类主要事业的联系。单是这个提法就会让托尔斯泰和陀思妥耶夫斯基感到震惊。但在西方，伟大艺术家和普通大众之间的分离真的发生了。艺术家对普通读者和资产阶级群众生出明显的蔑视。他们中的最杰出者清楚地看到，欧洲产生了什么样的文明——光辉灿烂，但脆弱不稳定，注定被灾难倾覆。

我们当代的人尽管显得激进又创新，但实际上非常保守。他们追随19世纪的先辈，坚持旧的标准，用跟上个世纪一样的方式诠释着历史和社会。如果作家们认识到文学可能会再一次吸引那些"核心精力"，认识到文学有了从边缘回到中心、回归简单真实的强烈渴望，那他们会怎么做呢？

当然，也不是想回来就能回来的，虽然这个愿景——我们被需要——如此激动人心。危机的力量如此之大，大到会把我们召唤回来。但规定去做这做那是徒劳的，没法规定作家去做什么。想象力必须开拓自己的道路。不过，还是可以热切地期望他们——我们——从边缘回归。我们作家并没有充分地反映人类心声。美国人是怎样描述自己？心理学家、社会学家、历史学家、记者和作家又是怎样描述他们的呢？这就好像白日生活是他们订下的一份合同，在这份合同下，他们以我们耳熟能详的方式看待自己。但对罗伯-格里耶和我来说，这幅起源于当代世界观的众生相无聊至极：我们把消费者、公务员、球迷、情人、电视观众放到我们的书里。在这份白日生活的合同版本之下，他们的生活就是一种死亡。但还有另一种生活，源自我们对自己所是的坚持，否定了白日生活之种种，否定它们给我们安排的虚假生活——虽生犹死的生活。它虚假，我们也知道它虚假，所以我们不能停止暗中时断时续的抵抗——这种秘密的零星抵抗源自永恒的直觉。也许人类承受不住太多的现实，但也承受不住太多的不真实和对真理的践踏。

我们没有好好思考自己；我们对自己究竟是什么没有充分的考虑。我们的集体成就大大"超越"了我们，我们只有指着这些成就才能"证明"自己的价值。喷气式飞机让我们这些凡人在四小时内就能越过大西洋，我们声称的那些价值，正是由它来体现。然后我们听说现在到了西方花园关门的时候，也即我们资本主义文明的末日将临。这意味着我们收缩得还不够，还要准备好缩得更小。我不确定这该被称为知识分析，还是知识分子所做的分析。灾难就是灾难。有些政治家把灾难称为胜利是很恶劣的，比蠢更坏。但我要提请大家注意这样一个事实：知识界对一系列事务的看法都相当受人尊敬——对社会、人性、阶级、政治、性的见解，对心灵、物质世界、生命演化的见解。很少有作家，即使是最优秀的作家，会自找麻烦去重新审视这些看法或正统观念。这些看法无处不在，没有人真的去挑战它们。在乔伊斯或 D.H. 劳伦斯的书里，这些看法更显得耀眼，光芒四射，比在其他次要作家的书里更甚。20 世纪以来，有多少小说家会重新审视劳伦斯，或对性的力量、工业文明对本能的影响提出不同看法？近一个世纪以来，文学一直使用一套相同的思想观念、神话迷思与叙事策略。"过去五十年来的严肃文章家。"罗伯-格里耶这么说。的确如此。一篇又一篇文章，一本又一本书，验证了那些最严肃文章家的最严肃的思想——波德莱尔的、尼采的、马克思的、精神分析的，等等。罗伯-格里耶关于人物的说法也适用于这些思想，这些思想也还是因袭着大众社会、非人化和其他方面的所有习惯说法。我们被这些给代表了，多么可悲。它们给出的图景跟我们一点都不像，正如我们一点都不像那些古生物博物馆里重建的爬行动物和其他野兽。我们更灵活柔软、多才多艺、能说会道，远不止这些——我们都能感觉到。

现在居于核心的是什么呢？当前，既不是艺术也不是科学，而是人类的决心——在这样的混乱黑暗中，决心坚忍向前，还是堕落毁灭。全人类——每个人——都卷入进来。这样的时刻，必须让自己一身轻，抛却种种包袱，抛却无用的教育和一切听起来头头是道的陈词滥调，我们必须做出自己的判断，开展我们自己的行动。康拉德诉诸我们人类的那部分天赋的能力，是对的。我们必须在种种学说体系的废墟里找到这份天赋。这些学说体系的崩解会把我们从生活的固定程式，从对存在和意识的错误认识里解放出来，让我们获得必要的、喜悦的解脱。我越来越多地摒弃那些"仅仅是受到尊敬"的看法，也就是我一直坚信或自认为坚信的意见。同时试着辨别出哪些是我、是其他人真正信奉依赖的看法。至于黑格尔从"严肃"中解放出来并在边缘大放光芒的艺术——通过宁静的形式让灵魂超脱现实局限的痛苦——这样的艺术不可能在这场生存斗争中幸存。然而，这并不是说参与这场斗争的人们只有原始的人性，没有文化，对艺术一无所知。我们身上的邪恶、我们干出的损毁之事，显示了我们思想和文化上的丰富多彩。我们知道那么多。我们感受到那么多。这场搅得我们激动难抑的斗争让我们想要简化、重新思考并消除那些可悲的弱点。曾经作家和读者都是那么简单真实，是这些弱点让大家迷失方向。

作家是非常受人尊敬的。聪明的公众对他们相当有耐心，还在继续读他们的作品，不断失望却一直忍受，等待着从艺术中听到神学、哲学、社会理论以及纯科学里听不到的东西。在争夺核心地带的斗争中，一种巨大而痛苦的渴望产生了，渴望一种更广泛、灵活、充分、连贯、全面的阐述——解释我们人类是什么、是谁，以及生命的意义。在这核心地带，人类为自由而与集体势力斗争，个体为夺回灵魂而与非人化进程斗争。如果作家们没有再回到核心地带，不是因为核心已被人占据。不是的。他们可以自由进入。只要他们愿意。

我们实际境况的本质，其中的复杂、混乱与痛苦，是隐约不定地显现出来的，也就是普鲁斯特和托尔斯泰所说的"真实印象"的闪现。这本质露一下面，又藏了起来。当它消失时，我们又开始心生怀疑。但我们和它的联系取决于这些闪烁微光所由来的深度。我们真正的力量，也就是似由宇宙本身而来的力量，感觉也是时断时续。我们不愿谈论这个问题，因为我们什么都证明不了，因为我们的语言不够用，因为很少有人愿意冒这个尴尬的风险。他们会说，"里面有灵"[①]，而这就是禁忌了。于是几乎每个人都对它保持沉默，尽管几乎每个人都意识到它的存在。

文学的价值正在于这些间歇闪现的"真实印象"。小说徘徊于对象、行为、表象的世界和另一个世界之间。而这另一个世界正是提供"真实印象"的来源，它让我们相信我们这么紧紧抓住的善——在邪恶面前，拒不松手——不是幻觉。

不会有人在写了好多年小说后，还意识不到这一点。小说无法与史诗或不朽的诗剧相提并论。但这是我们现在能做的最好的事情。它是我们当代的斜顶小屋，一间能够庇护精神的茅草屋。一部小说正是协调了几个真实印象与众多虚假的印象，而后者构成我们所谓的生活的大部

[①] 《圣经·约伯记》32：8："但在人里面有灵，全能者的气使人有聪明。"

分。它告诉我们,每个人都有存在上的多样性,单一存在本身就是一种幻觉,而这多种多样的存在具有某种意义、某种关照,亦会有所实现。它许给我们以意义、和谐乃至正义。康拉德所说的是对的:艺术试图在宇宙中,在物质和生活现实中,发现什么是基本、经久、本质的东西。

[1976]

身为犹太人的美国人：
获反诽谤联盟[①] 民主遗产奖的讲话

有短暂而简单的历史，有时候是多么令人羡慕的一件事。我们的历史既不简单也不短暂。很荣幸你们让我获得这个奖，而我为了表达感激之情，要做一个关于美国及其犹太人、犹太人和他们的美国的简短演讲。这份人情债相当难还，因为我们共有的历史充满了复杂、狡猾和阴郁的段落；它也是令人大开眼界的光辉历史——它是人类历史的一个巨大组成部分。许多人试图通过同化或其他手段，以这样那样的方式摆脱这种可怕的历史重担。我自己却从未被这种希望诱惑：从历史的噩梦中醒转，更清醒，更自由。我倒是更像另一种人，喜欢沉思这些事情，但我的直觉实际上把我带到了这里，在真正对我开放的选择中，我一直更喜欢的是自由的与民主的那些——不全是这两个词的流行意义。

我去年夏天在《美国学者》上读到西德尼·胡克教授写伟大的教师、哲学家莫里斯·R.科恩的一篇文章，我被科恩的信仰打动了：他认为"自由文明的前途"与"美国的存亡，及其充分使用人权这项遗产的能力息息相关，也就是杰斐逊和林肯所阐述的人权"。科恩教授不是多愁善感的人。他意志坚定，不是一个嘴上说说爱国的修辞家。

[①] 反诽谤联盟（Anti-Defamation League），成立于1913年，是一个国际性犹太人非政府组织及美国公民权利组织。

他十二岁时抵达下东区。他了解贫民窟和血汗工厂。他对美国生活的邪恶一面有着深切严酷的认识——印第安人和黑人的历史,残忍,偏见,不公,歹徒暴力,歇斯底里。胡克觉得,科恩对美国的批评堪称"尖酸"。胡克说,科恩不是民族主义者。他知道没人能选择他出生的土地。他把希望寄托在开明的世界法的统治之上。但科恩某种程度上又是虔诚的美国人。现在,"虔诚"已经成了我们最糟糕的词了。而它曾是最好的词——想想华兹华斯对"自然虔诚"的渴望。也许我们可以做些什么来重新恢复这个词的定义。科恩接受桑塔亚那对"虔诚"的定义,即"对一个人存在来源的尊崇"。胡克说,这种情感很自然地出现在科恩的身上,并非出自意识形态的灌输,或盲目无端。

我相当能理解这一点。我们绝大多数人都能理解。是有些人天然地鄙视他们的出身。其他人,像我,怀疑如果我们放弃自己出生时就等待着我们的人生,会发现自己置身于一片虚无。我出生在加拿大的东部,在芝加哥长大。我的父母是来自俄国的犹太移民。他们把我送去了犹太宗教小学。他们不希望我跑去沙地玩,也不想让我去弹子房打台球。所有这些问题,我们都用意第绪语讨论或争辩。但我去公共图书馆时,借的是爱伦·坡、梅尔维尔、德莱塞和舍伍德·安德森的书。我带回家的,不是《巴比伦塔木德》。我把自己看作一个出身芝加哥街头的孩子,犹太父母的孩子。我被图书馆的书籍强烈地打动了,感动到自己开始着手写东西。这些是我之为我的部分来源。毫无疑问,人们可以有更好的来源。我可以列出那些更理想的来源,但那不是我的,我无法尊敬它们。我唯一能爱能恨的生活就是我——我们——在这里找到的生活,20世纪的美国生活,犹太美国人的生活。哪些来源,美国的还是犹太的,会引发更大的虔诚?两者互不相容吗?必须做出选择吗?自由的本质是，如果必须做出选择，就会出于最个人的原因做出选择。正是在这一点上，人们才开始感受到，拥有短暂而简单的历史是多么令人羡慕。（但是有这样的东西吗？）

在以色列，人们常常、有时是迫不及待地问我是什么样的犹太人，我如何定义自己并解释我的存在。我说我是一个美国人，一个犹太人，一个以写作为生的人。我对犹太人的问题并非不敏感，我痛苦地意识到大屠杀，我渴望犹太国家的和平与安全。然而，我补充说，我一生都住在美国，美国英语是我的语言，而且（以奇怪的普遍主义方式）我依恋着我的国家和它所属的文明。但我的以色列提问者或审查员并不满意。他们试图让我为自己辩护。他们坚信，犹太人在他们所谓的大流散中的生活，必然是"不真实的"。其中一些人告诉我，犹太人唯有身在以色列，才能再次进入历史，这样我才能证明自己存在的必要性和真实性。我拒绝他们的说法——说我的生活只是幻影灰尘。我不接受任何宣称别人最深刻的经历是多余的所谓历史解释。对我来说，那散发着极权主义的气味。我也不能接受这样的建议——和我六十年的生活一刀两断，忽略我对所由来处的感受，就因为我要么是犹太人，要么什么也不是。那会彻底把我抹去。这不仅是不敬和无礼，也是自我毁灭。

但是，人们不必一直抱持明显错误的观点。我刚刚的拒绝，是基于这么一个假设，即美国必然会走其他基督教国家的道路，驱逐或摧毁其犹太人口。但美国是不是一个像其他基督教国家一样的基督教国家呢？对于美国所不是者，人们可以写上很多很多。但是，在现在这样的简短讲话里，没有必要就自由民主做出宏大陈述。以最实际的方式说出每个人都明白或应该明白的东西就足够了：尽管企业和政府权力在美国覆盖如此之广且如此具有压迫性，但道德上人人平等的原则，从未在此地被拒绝。无论在何种程度上都没有。我记得曾读到说西格蒙德·弗洛伊德认为美国是一个有趣的实验,但他不相信它会成功。好吧,也许不会。但放弃是卑鄙的。这会破坏我们对我们生存来源的崇敬。我们会给自己造成一种可能永远无法恢复的损害。如果科恩说得对,自由文明的未来与美国的存亡息息相关,那么这损害将无处不在,无可补救。

[1976]

他们签署协议那一天

历史性的一刻临近，灰色的天空开了，风吹云散，太阳照在白宫北草坪的一众宾客和记者身上。他们来此观看埃及-以色列和平条约的签署。

风萧萧，即便有阳光照耀；温度计指向7摄氏度，空气凛冽非常。电视台的工作人员在直播平台上摆弄着大鼻子、漏斗眼的摄像机，数百名爱好者拿着自己的相机站在折叠椅上拍摄现场：贝京总理、卡特总统和萨达特总统，还有他们的夫人。他们或许希望镜头可以捕捉到自己眼睛看不到的东西。海军乐队奏起了花哨、快步的军乐。从拉法耶特公园传来阵阵呼喊，那是集会示威的巴勒斯坦人和他们的同情者，数百名防暴警察把他们挡在外面。圣约翰教堂敲钟庆祝，或许还会把基督教会的祝福送给抗议人群。特勤局特工检查受邀嘉宾的证件；白宫屋顶上手持双筒望远镜的人出没。白宫厨师戴着高高的白帽子，从上方的窗户往下张望。

在我旁边，一对上了年纪的夫妇从椅子上起身。这位女士用东欧口音的英语对我说："我太矮了啊——我看不见。"她的丈夫穿着老式的毛皮领宽松外套，个子也不怎么高。四十年前，他大概得体地穿上保守的细条纹上衣，戴上霍姆堡毡帽。我觉得他们是美国化了的难民。他们太激动了，听不到分界绳后面的媒体工作人员咆哮着叫他们坐下来。他们也不太关心那些正在彼此相认的大人物：亨利·基辛格、参议员莫伊尼汉，快活地跟每个人打招呼——这是位高权重者的特权。

纽约市的亚伯拉罕·比亚姆①没怎么享受这个特权，但他无疑也是个"名人"——芝加哥警察就是这么称呼那些照片上过报纸的人的。这位市长大人阁下②自带夺目光环。我一开始以为他是麻省剑桥的查尔斯·E. 怀赞斯基法官，还是个纽约人纠正了我。亚瑟·古德伯格③也出席了。有人问："为什么他会让自己被花言巧语骗得工作一辈子呢？林登·约翰逊的嘴巴真甜。"许多名人热情拥抱起来，亲切地抓住对方，吻来吻去。还有些很棒的人物可看：身披长袍的科普特和希腊正教神父，佩军事绶带的将军，我们在电视屏幕上熟悉的面孔有了肉身；在我们身后，是成群的摄像师；在我们面前，则是摆出警戒队形的特勤局，和即将签下协议的历史性桌子上正摇来摇去的小旗。

直到最后一刻，萨达特和贝京还在争论用词，萨达特坚持用"亚喀巴湾"，贝京坚称那是"埃拉特湾"，而且，据我所知，他俩还在为犹大—撒马利亚区争论不休。差异犹存，但这一刻，他们还是坐在了这里，准备签下他们的名字。

现场的大多数人都被感动了。一些人表示，他们感动得丧失了判断力，无力抵抗这一伟大的时刻。"了不起啊。"亚瑟·古德伯格说。然而，我同其他一些放不下自己警觉习惯的观众交谈过。他们说，我们走着瞧。或者，但愿长久④。我们所有人浑身上下都充满热流；希望的脉搏

---

① 亚伯拉罕·比亚姆在1974年—1977年担任纽约市长，任期中纽约经历过严重的财政危机，而他处置不当收效甚微，他也是第一位犹太裔纽约市长。
② Hizzoner，系 His Honor 的讹化，指美国大城市尤其纽约市的市长。
③ 前美国最高法院大法官，后辞职出任美国驻联合国大使，被认为是约翰逊总统欲安插亲信而做的替换。
④ 原文为法语 pourvu que ça dure。

344

剧烈跳动；然而，那些饱经世事的人已经学会，要在这样的时候保留一丝清醒。

不过，在我询问过意见的一众以色列、埃及和美国外交官和新闻记者里，即便其中最保守谨慎的，都说这是一个最重大的进步，一个伟大的历史性时刻，是反复互泼鲜血的敌人之间的和平。

今天在场的所有重要人物里，几乎没有一个人幸免于个人的苦难。萨达特的兄弟倒在1973年的战争中。以色列国防部长埃泽尔·魏茨曼的儿子一直没有从枪伤中痊愈。以色列外交部长摩西·达扬很早就一只眼睛失明。贝京的家人和他许多内阁官员及助理的家人在希特勒的集中营里被屠杀。贝京手下的一名工作人员埃利萨尔先生，是在另一个男孩死去之时获救的，那个男孩的父母有移民文件，他们带不走自己的孩子，于是带走了小埃利萨尔。埃利萨尔自己的亲人没能活下来。正是这些人，今天，将会在这份协议上签下他们的名字。美联社从贝鲁特报道："今天，阿拉伯世界的大部分地区都充满了愤怒。这是埃及和以色列的和平日。巴勒斯坦领导人亚西尔·阿拉法特发誓要'把走狗萨达特、恐怖分子贝京和帝国主义者卡特的手都砍下来'。"

签字仪式之后是重要人物的演讲。卡特先生宣布我们必须开始缔造和平。萨达特先生，一位字斟句酌、成熟老练的演说家，对着来自拉法耶特公园的抗议声浪说，再也不要有流血和痛苦。他补充说，再也不要拒绝权利，巧妙地指向了巴勒斯坦人。他是一位卓有成就的政治家，在今天的演讲者中最具文采。

轮到贝京用麦克风了，他知道自己一直以反对者闻名。"我同意，但是，像往常一样，带着一处修正意见。"他说。他告诉人们，这是他一生中第三大日子，第一是1948年以色列建国那一天，第二是以色列军队占领东耶路撒冷那一天。

于是萨达特试着向阿拉伯世界保证,他将继续代表阿拉伯人的利益,而贝京仍然坚持说耶路撒冷属于犹太人。萨达特谈到旷日持久的协议谈判造成的个人牺牲,说他被全世界骂,被自己的人民骂;最糟糕的是,他被他的老朋友们骂。但他用《圣经·诗篇》第126篇总结道:"流泪撒种的,必欢呼收割。"

仪式结束,我和妻子回到白宫新闻中心,发现大批记者一直是在彩色电视机上观看仪式。所有的自动售货机都空了,所有的糖果都被吃光了,到处都是纸箱,塞满了空罐、纸盘、纸杯、三明治包装纸和烟头。

一个满脸倦容的年轻女子穿着休闲裤和白色运动鞋,蜷缩在她的小隔间里,嚼着袋子里的玉米片。《新共和》一名上了年纪的记者用钥匙打开他的机密文件,然后用另一把钥匙打开他的电话机,拉出锁插头,开始拨号。埃及和以色列的新闻工作者三两成群。一个大块头的中东记者蹒跚而过。他脸上的表情像是脚掌里的刺被拔出来之前的安德鲁克里斯的那头狮子①。

在这样一个日子,人们自然会遗憾自己不是专家,不是那些知道内情的局内人。当门外汉的感觉真是太糟糕了。然而,稍作回想就能抚平你的悲伤。内行们坐在他们自己的小快艇上,我们其余的人和其他地球人一起,在一艘巨大的驳船上漂浮着——就是这个画面。我们必须尽己所能去理解所有这些协议、限制战略武器谈判、伊朗革命、苏联在也门的演习、中国领导人访美,等等。

---

① 古罗马传说中,奴隶安德鲁克里斯曾经拔掉一头狮子爪子里的刺,后来他被扔到竞技场里,这头狮子认出他来,和他紧紧相拥,之后奴隶和狮子双双获释。

约翰逊总统曾经说，他知道越南正在发生什么；他掌握着不能透露给我们的信息，而没有这些信息，我们就提不出任何值得考虑的意见。然而他也变成了又一个门外汉。我们这些不明真相的人也拥有自己的权利。阿诺德·汤因比曾经说过："赶尽杀绝，还是会留下蛛丝马迹。"你不能放弃形成自己见解的努力。

当然，有些时候，你会感觉像鹅妈妈的猫咪去伦敦觐见女王一样。但也有些时候，是你不愿意承认，就算那些懂行的专家里最热心的人，也有权放弃对心灵、感觉和想象力的大举投入。去年夏天，当我支持以色列即刻和平运动时，我和其他签名者一起被谴责为爱管闲事的人、无知的傻瓜，无权表达观点。芝加哥大学的社会学家莫里斯·亚诺维茨写道："这个想法——我们这些不生活在以色列的人有什么资格去批评——是一个相当有力的口号。"从我们的角度，我们可能会争辩说，以色列为存亡计，也应当了解一些我们作为美国人而获得的一手知识。要理解一个领域的基本常识，未必要成为专业上的超级巨星。直到今天，以色列的阿拉伯邻居们都拒绝承认以色列的合法性，拒绝承认它作为一个主权国家的权利，迄今都称之为"犹太复国主义实体"。萨达特给了以色列这不可或缺、弥足珍贵的承认，当然，也不是白给的。此外，以色列直到今天还是不得不完全仰赖军事力量维生，但人人都明白，以色列的军事力量终有一天会到达极限，或许已经到达了极限。

有人质疑以色列是否在1973年取得了决定性的胜利。他们还质疑它是否能继续承受备战所带来的经济和社会压力，驻军条件引发的内部争端的压力，预备役人员的动员，受困生命的焦虑和开支，进一步战争和更大伤亡的前景，以及最可怕的终极选择——即"核选项"。

因此，毋庸置疑，根本上是需要一个政治解决方案——政治-军事的解决方案。以色列绝对不可能拒绝这一点。贝京当然不能公开说自己确实知道单靠军事力量会越发徒劳。他要是这样声明,就伤了士气,还十分危险。

但自伊朗革命以来,全世界都清楚地看到了真相。激进极端主义在阿拉伯世界的完全胜利意味着所有犹太人的希望破灭,即以色列的终结。我在仪式结束后与兹比格纽·布热津斯基简单交谈了几句,根据这位卡特总统国家安全顾问的说法,这对西欧来说也是最大的危险。我认为他脑子里想的是人们开始说的所谓"欧洲的芬兰化"①。他本人并没有用这个词。

大约十年前,我曾在某个会议上见过布热津斯基先生(这世上有过多少这种会议啊!你可以用这些会议来衡量你的生活,好像普鲁弗洛克先生的咖啡匙②一样)。布热津斯基先生有一张惹人喜爱的脸庞,窄窄的鼻子透着波兰贵族的气派,而在芝加哥波兰人堆里长大的我,能够分辨出他脸部线条里尤具特色的不规则之处,斯拉夫人的眼眶,比西欧人更白的肤色——不是苍白,而是一种好看的白皙。

布热津斯基先生流利善谈,保持着必要的提防,但也不过于谨慎,他说对协议感到十分高兴——高兴但不是狂喜。布热津斯基不相信沙特会中断对埃及的财政援助,尽管他们声称将遵照去年 11 月巴格达会议上制定的政策,其中就包含对埃及的经济制裁。他还认为,以色列人将足够灵活地处理阿拉伯问题。他引用了犹太教的自由主义传统为例证,更引用了反对党领袖西蒙·佩雷斯最近在以色列议会发表的讲话。

---

① 指芬兰在政治上不与苏联结盟,但出于经济原因支持或至少不反对其利益。
② 本句出自 T.S. 艾略特《J. 阿尔弗瑞德·普鲁弗洛克的情歌》:"我用咖啡匙子量走了我的生命。"(查良铮译)

佩雷斯先生希望与巴勒斯坦阿拉伯人达成和解，因而采取了他的党派几年前会拒绝的立场。果尔达·梅厄压根不承认有所谓的巴勒斯坦人。布热津斯基先生不认为佩雷斯只是在夸夸其谈。佩雷斯是一个强硬的政治家，他期待重新掌权，而他观点的温和化反映出国内舆论发生了变化。布热津斯基先生显然认为，有责任心的以色列政治家们是不打算也无力承担协议的解体的，而且他们非常清楚一旦埃及激进分子夺取政权，对他们意味着什么。

不那么设防的官员则在非正式谈话里告诉你说，虽然萨达特在阿拉伯世界激起强烈愤怒，但不能说他就被压倒了。相反，萨达特似乎无忧无虑，所有事情尽在掌握。这些官员还说，萨达特对他的阿拉伯敌人蔑视至极，他那些不可译的华丽又夸张的咒骂，隐喻艺术里的任何门类都概括不了。H.L.门肯曾经出版过一部关于诅咒的词典，贬低他的人说过的所有可怕的话都在里面了。这真是地道的美国土产。在世界范围内也做一本这样的词典，或许会有用。

关于约旦国王侯赛因，还是那些畅所欲言的官员，说他最近的举动令人不快，他抱怨美国人，骂骂咧咧，还加以谴责。当然，他们承认，多年来他一直生活在死亡边缘，因为无法继续寻求在中东的独立进程，他相当沮丧。

埃及外交部长布特罗斯·布特罗斯-加利在他宽敞的酒店套房里，给我们讲了他对一些争议问题的看法。他是一名外交官，外形兼具埃及和法国风味，机智圆滑，能够轻易闪避他不喜欢的问题。没有任何不得体的拒绝，他只是轻松、老练地拨开他不打算讨论的事情。他用自己准备好的一些漂亮话来替代这些议题。我在某些场合也会这么做，但缺乏他这样的风度，也没有东方地毯和鲜切花的环绕。

他说，埃及有责任代表巴勒斯坦阿拉伯人的利益，因为除非他们满意，否则这一地区不可能实现稳定。因此，埃及与以色列的和平需要实现巴勒斯坦人的正义，而这是埃及的直接关切点。我提议说，埃及可以提出更明确的计划，以减轻巴勒斯坦人的苦难，特别是难民营里巴勒斯坦人的苦难。我在想着黎巴嫩的难民营。布特罗斯-加利反驳说，巴勒斯坦人最大的苦难是他们没有国族大本营，没有可以回归的家园。但并没有很多人想回去。许多巴勒斯坦人在国外都过得很富足。他们是阿拉伯人中经济最富有、受过最好教育也拥有最先进技能的一群人。有些是白手起家的百万富翁，这些人不太可能愿意住在巴勒斯坦国，但这样的国家有必要存在。毕竟犹太复国主义的一个影响是加强了阿拉伯民族主义。

他说起了达扬，他俩在这同一间酒店套房里进行过广泛的讨论。他说达扬是贝京的类似维齐①的高官，他们之间就是哈里发与朝臣之间那种东方式的联系。布特罗斯-加利认为魏茨曼是王储，是显而易见的继承人，对维齐有着传统上的不信任，一定会把他开掉。

我问布特罗斯-加利他对伊朗穆斯林的反西方主义作何看法，以及革命是否证明穆斯林正统不能接受现代主义。他回答，伊斯兰教能够并愿意接受现代的境况。我认为这些境况并不具有普世的吸引力，而且我很容易理解为什么宗教在其中会被如此排斥。布特罗斯-加利说，你们外国人缺乏真正的视角。在伊朗有如此多的派系，只有时间才能证明哪一派胜出。我只字未提革命委员会下令砍手、执行死刑的事。我妻子谈到穆斯林世界的女性问题。布特罗斯-加利先生选择不予讨论。

---

① 指旧时一些穆斯林国家的高级官员。

但是，他对埃及的以色列商人和技术人员的问题感兴趣。他把文化关系放在第一位。对他来说，这些比商业联系更重要。他说，以色列人应该学习阿拉伯语。他强调他并不是指许多犹太人过去从邻居那里学到的下层社会用的阿拉伯语——达扬讲的那种阿拉伯语。东方犹太人移民到以色列，开始说希伯来语的同时，不应该丢弃他们的阿拉伯语。

以色列人抱着优越感是不对的，他们还以为改造落后的埃及人是天生使命。他们绝不能犯下法国人对阿尔及利亚犯的错误，居高临下。我翻译一下他的意思，他认为，大批以色列人去埃及是受到商业机会以及美国为工农业现代化提供的巨额资金的吸引。而他们是不会受欢迎的，他们跟人打交道的时候要相当注意技巧。

布特罗斯-加利经常讲到法国和法国人，以及法国知识分子。他推荐让-保尔·萨特写萨达特访问耶路撒冷的一篇文章。他的朋友们叫他皮埃尔，他告诉我们，萨达特对他感到高兴时叫他皮埃尔，不高兴的时候就叫他布特罗斯。

我们离开他的套房时，看见相邻房间敞开的门里是一群埃及肌肉男，这些大块头保镖，没穿外套，看上去很自在，他们走来走去的时候手枪皮套会嘎嘎作响。他们可是武装到牙齿了。而美国特工则静静地坐在走廊里，有一个像助听器一样的装置将信息传入他的耳中。在他扣好的夹克底下，毫无疑问带着一把大威力子弹枪。这位平静的绅士是那种你可能在机场值机柜台遇到的，有一搭没一搭地跟人讨论跑道上常见大雾的工作人员。

卡特户外狂欢派对的最末，是约瑟夫·艾尔索普所说的"总统的正式接见"。一大群来宾在狂风中排起长龙，等待进入白宫，通道边围着飘动的塑料布，他们由此进入那橙黄色的大帐篷。

《华盛顿邮报》报道了一位兴奋的来宾,他说:"这是我第一次在卡特的白宫看到这么多华盛顿的社交精英。"《邮报》补充说,人们像蜉蝣一样轻快掠过。

是的,他们确实是掠过,还聊天,拥抱,交换着做戏般的亲吻。在这些伟大的场合,名人们因为相认而欣喜若狂。乐队演奏起来,空军合唱团艰难地歌唱着;没人注意他们。重要来宾——副总统蒙代尔、基辛格先生、能源部长詹姆斯·施莱辛格(一个巨大的存在,如一根喷烟的巨柱)——握手,微笑,发表各自的意见,我猜。我只能听到一耳朵谈话,有太多事叫人分心。

我再次见到了布特罗斯-加利先生,他点头致意,礼貌而迷人;他戴起黑框眼镜,看上去像极了巴黎人,有点像已故的演员萨沙·吉特里。参议员莫伊尼汉告诉我下午的仪式是多么打动他。基辛格先生什么话也没对我说,只是冷冷地忍受着我的握手。他非常像维多利亚女王,让我大吃一惊。("我们并不觉得有趣。"①)我那些白纸黑字的恶作剧言论显然让他很不高兴。

我们同桌的伙伴有密尔沃基的国会议员克莱门特·扎布洛奇,他是外交事务方面的大人物;他的小女儿,一个学习言语矫正的学生;一个得克萨斯州商人,卡特的早期支持者之一,还有他的妻女,一家子都非常好看,默默地参加着这场名人秀;还有以色列内政部长约瑟夫·伯格,是个和蔼可亲的大个子,动作灵活,戴着顶犹太正统派的帽子,他很想说点什么,但吵闹的噪声让他有点沮丧。

---

① 维多利亚女王的名言,据说是一名王室侍从官讲了一个有伤风化的笑话,而女王不为所动。

他尽了最大努力。他用意第绪语给我讲了两个有趣的笑话,还回忆起在莱比锡大学的旧时光,他在那里学习符号逻辑。听说我的妻子是一位数学家,他绘声绘色地谈起伟大的希尔伯特[①],并告诉我们,他——伯格先生,在口试时不得不说关于伊曼纽尔·康德的内容。后来我听到他试图让扎布洛奇先生对托克维尔的《论美国的民主》产生兴趣,还建议议员先生去读。

毕竟,还是有一些严肃的人在场,他们不能在这样的一天轻易接受这场庆祝活动,这一阵华而不实的喧嚣让他们困惑又心烦。但美国人显然已经厌倦了对这件大事发表感想。"很棒,这是最棒的一天。"阿弗瑞尔·哈里曼说道。亚瑟·古德伯格告诉媒体:"这是一项了不起的成就。"

很棒,了不起,就带你来到一个完整的句点了。眼前,除了吃鲑鱼慕斯,啜饮葡萄酒,等待心灵和情感的力量再次重组、重新出发之外,也没有什么可做的。

你告诉自己,人类已经在中东生活了数千年,在数千年间创造了复杂的困难情境,创造了相近得令人晕头转向也因此全然不同的信仰,创造了无法驱散的深仇大恨和深刻需求。在我们这个革命的年代,理性能在这些无限扭曲的欲望和嫌恶中找到怎样的基础,还须拭目以待。

[1979]

[①] 德国数学家大卫·希尔伯特(David Hilbert,1862—1943),发明了大量的思想观念(例如不变量理论、公理化几何、希尔伯特空间),被尊为伟大的数学家。

1980 年代

在罗斯福先生的时代

罗斯福是 1932 年在芝加哥获得提名的,那年我十七岁,刚刚从高中毕业。他在那年 11 月击败胡佛,不仅仅成为了总统。他成为了"那位总统",统治我们很长时间,以至于在 40 年代初的一部电影里,比丽·伯克——傻比丽对一位大腹便便、糊涂慌乱的参议员说,她刚去华盛顿看了加冕仪式。

在大萧条早期,我的代数老师,一位方脸、戴方形蓝色玻璃眼镜、一头白发的女士,常常真情流露,唱出"快乐的日子又来了"。我们大吃一惊。通常谢尔巴特小姐都一本正经的。教师很少对时代话题发声,比如,当林德伯格[①]飞往巴黎时,戴维斯夫人告诉全班同学:"我确实衷心希望,这个勇敢的年轻人,也是一个好人,永远不会叫我们失望。"这是对六年级生宣扬的一段启示。而谢尔巴特小姐竟会在方程式讲到一半的时候给罗斯福唱颂歌,就表明这个国家确实已经根基不稳,地动山摇了。直到后来我才知道市政厅被袭,谢尔巴特小姐没领到薪水。1933年的冬天,当我还是克莱恩学院的一年级新生时,整个学院都去了市中心,到市政厅示威。店主们以折扣价买下他们的辅币(市政发行的奇怪货币)。英文老师弗格森小姐后来对我们说:"我们闯进市长办公室,把

[①] 林德伯格(Charles Lindbergh,1902—1974),美国传奇飞行员,1927 年从纽约飞巴黎,是历史上首次完成单人不着陆横跨大西洋的人。

他堵得在办公桌边团团转。"

弗格森小姐,是个很有意思的老太太,有点古怪但充满活力,笃信要提供充分的细节。唱出作文规则是她的一个教学方法。她会在黑板前跳起舞来,用亨德尔"哈利路亚大合唱"的调子唱出"要!具体!"。她是个迷人的女性,生着一对叠起来的门牙,像新的第一夫人一样。她会边唱歌边手舞足蹈,不难想象她挤在市长办公室门口时是什么样。他们高喊:"给我们发薪水!"

1931年,芝加哥选出了第一位外国出生的市长。他是波希米亚人——安东·契马克,也是个难对付的政客,是民主党机器的建造者之一,尽管民主党很快就让爱尔兰人给把持了。契马克试图阻止过罗斯福的提名,于是南下到佛罗里达州同新当选的总统和解。根据芝加哥最渊博的历史学家之一兰·奥康纳的说法,"手推车托尼"[①]被手握德裔选票的阿尔德曼·帕迪·鲍勒催促着,跟罗斯福妥协。"契马克,"鲍勒后来回忆道,"说他不喜欢那婊子养的。我说:'听着,看在老天爷的分上,你没给芝加哥的中小学老师弄到过一分钱,而这个罗斯福是唯一一个可以帮你弄到钱的人。你最好快到他那里去,拍拍他的马屁,该干啥干啥。除非你帮那些老师弄到该死的钱,不然这个城市哪还有什么管头。'于是他去了,万能的上帝啊,接下来我就在收音机里听到说契马克给枪杀了。"

刺客赞加拉据说本是瞄准罗斯福的,尽管芝加哥有人声称契马克才是他真正的目标。很多人都能从契马克的死中受益。人们着急慌忙地

---

① "手推车托尼"(Pushcart Tony)是政敌嘲笑安东·契马克做过马拉有轨电车的牵马男孩的用语。

把他送去医院，据说，契马克小声告诉罗斯福："我很高兴是我而不是你。"这个传说是赫斯特的记者约翰·迪恩哈特的杜撰，迪恩哈特是市长的酒友，也是他的公关。按照奥康纳在《门路》里所引用的，迪恩哈特就这个话题的最后一句话是："要说托尼本来不想这样，这故事我可就说不好了。"

多年后，《芝加哥论坛报》载，白宫在致谢 W.F. 克罗斯女士——也就是在赞加拉扣动扳机时拉了罗斯福手臂的佛罗里达州女子——的信中写道："多亏您的机敏，一场更大的悲剧被避免了。"在大西洋海滩上收集石头一样收集反对罗斯福的事实的麦克科米克上校，从未对他心慈手软。但这封可能出自罗斯福亲笔的感谢信，说得确实没错。哎，对于"手推车托尼"契马克来说，悲剧本来还要大得多。

罗斯福的时代开始了，就此开始，伴随着一个芝加哥平凡政客的不情愿的殉难，他曾去同新人做笔交易——旧交易。那个新人，是时髦的东部人，手握着哈德逊河边庄园里势力人家的老钱，还是纽约州长（那又怎样！），一个戴着夹鼻眼镜、叼着长烟嘴的总统。"手推车托尼"怎么会知道他是被一颗瞄准最伟大的美国政治家的子弹给杀死的呢？杰斐逊（他自己绝不是操纵者）和麦迪逊拥有 18 世纪的风度。杰克逊有一腔火气。林肯拥有伟大的心灵。威尔逊是那个最好的美国——表现为最称职的白人新教徒国度。而罗斯福是政治上的天才。他不是知识分子。他博览海军史，偏爱其中那些插图精美的著作，并像许多其他贵族一样，埋首自己的集邮册。伟大的政治家很少是读书人或学者。当他需要聪明人的时候，便派人去哥伦比亚大学物色。他遵循君主制的传统，创建了一个智囊团组成的枢密院，其中人物比他的内阁成员还更有影响力，更有钱。现在，专家告诉我们说罗斯福在经济问题上是个白痴，专家很可能是对的。但是，不是秘密智囊拯救了美国免于分崩离析；好巧不巧，却是——这个来自达奇斯县的乡绅，一个被精明的外国观察者描述为"俱乐部恺撒"的男人，被机智又邪气的休伊·朗称为富兰克林·德拉·"不"的人。失业的群众、拿低薪的工人、机械工、被辞退的街车牵引工、文职人员、卖鞋的、熨裤子的、检查鸡蛋的、卡车司机、巨大单调的"歪果仁"①社区的居民，这些今天被描述为少数族群的涉世不深的新手都极其信赖他。他们只信罗斯福，一个格罗顿②男孩，一个登记在册的贵族，一个来自哈佛和海德公园区的富有绅士。他们没有呼唤一个无产阶级总统。

那时候，对于许多人来说，活下来就是福分。对于上了年纪的公民来说，这是一个严峻的时期——对于受过教育的专业人士来说，大萧条让人备感羞辱——但对于年轻人来说，摇摇欲坠的秩序和权威让他们得以逃离家庭和日常生活。正如我的一位朋友在志得意满的艾森豪威尔时期观察到的那样："做穷人的代价变得如此高昂。每个月手里得有几百美元。30年代的时候，我们每个月只要一点点钱就够了。"他说得太对了。以前房子周租很少超过三美元。杂货店柜台吃个早餐十五美分。还有洋葱煎肝、炸薯条和卷心菜色拉，外加考斯托牌布丁甜点的蓝盘特别晚餐③，在胶版誊写机印制的菜单上也就三十五美分。小混混东骗西骗，一周八到十美元就能过得下去了。对于教师，国家青年管理局会给点名义上的补助，你到戈德布拉特折扣百货看库房还能再挣点，你穿着哥哥留下的衣服，还会有大把大把的时间在克里勒图书馆翻

---

① furriner，foreigner 的一种方言发音，是戏谑表达。
② 格罗顿（Groton），麻省著名的寄宿制中学。
③ 饭店中特价供应的一道主菜。

《日晷》杂志①的过刊,坐在公共图书馆一堆来阅览室取暖的无害老家伙们里。在纽伯里图书馆,你还会结识信奉无政府主义、身为世界产业工人组织会员的理论家以及别的自学成才的知识分子,天气允许的时候,他们会站上布格豪斯广场的肥皂箱发表演讲。

  20、30年代,这个国家发生了一场变化,既是经济上的,也是想象力上的。20年代,大企业、工业家和政治家保障了美国的稳定,他们的盎格鲁-撒克逊姓氏让人感觉十分牢靠,跟金本位一样。1929年3月4日,赫伯特·胡佛上任那天,我因为喉咙痛没去上学,只得和新的美琪收音机相对,它装在一个大得可笑的柜子里。我转动旋钮——有位新的行政长官在众人面前宣誓就职。我从报纸上知道了他长什么样。他头发中分,高高的衣领,还戴顶大礼帽,看上去活像学院旅馆牌果汁瓶上的番茄先生。经历丰富、沉着稳重的胡佛,是那种善于平衡、踏实可信的赚钱工程师类型,是会帮助维系——不幸的哈定的继任者——"安静的卡尔"②的共和党统治的类型。芝加哥的共和党市长大比尔·汤普森③是个大骗子——所有本地政客都是强盗土匪,但谁也没觉得真的受了伤害。像萨缪尔·因萨尔或道威斯将军这样的大人物自然非常厉害,但总的来说他们也都还好。那些为所欲为的流氓互相残杀,但很少伤及普通老百姓。芝加哥是个庞大的移民村庄网络,弥漫着德国酸泡菜和家酿啤酒的味道,混杂着肉类加工和肥皂制造的味道,而它如此平静——一种

---

① 《日晷》(*The Dial*),1880年—1929年发行的芝加哥本地文学批评杂志。
② 1923年哈定总统在任内病逝,副总统卡尔文·柯立芝(Calvin Coolidge)递补上任,成为美国第30任总统(任期1923年—1929年,1924年成功连任)。柯立芝在公开场合能言善辩,私下里少言寡语,于是得名"安静的卡尔"。
③ 比尔·汤普森是体重300磅的6尺大汉,加之行事高调,于是得名"大比尔"。1915年—1923年、1927年—1931年间担任芝加哥市长。

走味的令人作呕的平静，显然就是当年联邦党人期盼的那种庸俗的安宁。国父们已经预见到一切都会好起来，生活会井然有序；没有伟大的超越，没有崇高。

太阳照耀着，像是能穿透灰蒙蒙的厚重烟气，河水缓慢流动，河面附着一层化学物质形成的彩虹膜，有轨电车摇摇摆摆，穿过芝加哥无尽而平坦的巨大路网。生产信封的高（Gaw）先生成了城市礼宾先生，带着过时的华丽气派和浮夸的说辞在火车站接待了所有贵客。芝加哥属于《推进者》[①]的报人们，属于房地产商和公用事业巨头，属于威廉·兰道夫·赫斯特和伯蒂·麦克科米克，属于艾尔·卡彭和大比尔·汤普森以及我们居住的绿树成荫的后街。

花七美分买张有轨电车票，就能来到市中心。在伦道夫大街，我们找到了不要钱的乐子，进了本辛格的台球沙龙和拳击手打打闹闹的特拉弗顿体育馆。这条街满是爵士乐者和出入市政厅的公务员。我少年时代的朋友菲什，可以从他父亲弹子房的收银机随便拿走二十五美分，不时请我吃个热狗，来杯海尔斯根啤。要是钱花过了头，我们就从市中心步行五英里回来——沿路都是货场和工厂；还有制造侏儒、巨怪和水中女神这类花园雕塑的小摊帐篷；有克利兄弟，你买配有两条裤子的西服套装和棒球棒的地方；波兰火腿铺；分区街和亚什兰大道街角的皇冠剧院，挂着龙·夏尼或蕾妮·阿多莉的海报，伴着爆米花机噼啪作响；然后是联合雪茄店；然后是布朗餐厅、科佩尔餐厅，楼上是不停的扑克牌局。就是这样缺乏生气，胡佛式的单调乏味。高尚一点的活动并没有被

[①] 《推进者》(The Boosters)，芝加哥本地报纸。原为社区报，1926 年起由李奥·莱纳收购后服务全城。2005 年后被一再转售。

禁止，但你必须自己去寻觅。如果你订阅了《读者文摘》，可能会获赠一套福楼拜全集。并不是什么人都会去读这些胶硬麻布装订的书的。

菲什比我们其他人都早熟。十四岁的时候，理发师已经在给他刮胡子了，他给钱很大方，还是从他爸收银机里拿出来的二十五美分。他那男子气概的、东方风味的脸庞，用金缕梅水按摩，下巴还扑上粉，很快就大起胆子来对女孩子跃跃欲试了。他也会花钱买书、小册子和杂志。不过他想从中得到的只是些即时的印象——他不是做学问的——读了几页后，他就把杂志和小册子传给了我。通过他，我熟悉了卡尔·马克思和列宁；还有玛丽·斯托普斯、哈夫洛克·埃利斯、V.F.卡尔弗顿、马克斯·伊斯特曼和埃德蒙·威尔逊。大萧条的开始也是我精神生活的开始。但突然之间，安慰人的喜剧戛然而止，好意又荒诞的粉饰失败了，"派克峰或双峰"①，巴比特们②开始活动。收银台里再也没有二十五美分了。

美国领导人在20年代讲的美国故事是，这个国家取得了历史上最辉煌的成就之一。胡佛在1928年的竞选演说中夸口说，美国征服贫困已是伸手可及的现实。"救济院正从我们中间消失……我们的工业产量前所未有地增长，我们工资的购买力稳步提升。今天，我们工人的每周平均工资能买到的面包和黄油，是欧洲工人的两到三倍。曾经我们为我们的工人争取的是一个满满的餐盒。但现在，我们的想法已远超于此。如今，我们争取的是在生活和休闲中获得更大的舒适度、更多的参与度。"

---

① 派克峰或双峰（Pikes Peak or Bust），美国掘金热时期的口号。
② 美国作家辛克莱·刘易斯1922年小说《巴比特》中的主人公，一个矛盾的中产阶级商人。此后泛指不假思索地遵从中产阶级价值观的商人或专业人士。

胡佛对"满满的餐盒"该是有多后悔啊。但毕竟他是好心。他曾是战后欧洲的恩人。而今天，那些夸下海口、说要给我们塞满面包和黄油（银杯牌，不是欧洲面包）的大商人再次成为埃莉诺·罗斯福的叔叔泰迪所谓"坐拥巨富的坏分子"。他们的工厂关张，银行破产。

隐匿的悲惨苦难终于藏不住了，迅速涌现在街头。查封，驱逐，胡佛式棚屋，慈善厨房——加利福尼亚州长滩的老汤森博士目睹老妪在垃圾桶里翻检食物，启发了他的老年人计划。美国人吃蛆肉？芝加哥和洛杉矶是否会成为上海或加尔各答这样的东方城市？

了不起的工程师把他的工作搞砸了。他的继任者会做些什么？知名分析家采纳了罗斯福的措施，但他们的调查结果让人开心不起来。沃尔特·李普曼在1932年写道，罗斯福是"一个颇具恻隐之心、和蔼可亲的人"，但指责他"双肩挑水"，既想抓住右翼，又要保住左翼支持者，一个满嘴"两面派陈词滥调"的政客。罗斯福不是十字军，也不是顽固特权的敌人，"不是人民的保民官"，李普曼认为他只不过是"一个讨人喜欢、没有任何重要资质、但很想当总统的人"。

但是李普曼研究错了——那是另一个音乐家，完全不同的乐谱。罗斯福坐下来演奏的时候，简直席卷了键盘，弹奏出人们闻所未闻的音乐。他让人眼花缭乱。他那政治天才的秘诀，就在于他相当知道公众需要听什么。这便堪称总统的一份个人宣言，说自己考虑到了人民的感情，特别是他们的忧惧。他在第一次就职演说时，便在国会大厦前告诉众人："这是真正坦率而大胆地说出真相，全部真相的时候。……这个伟大的国家会挺过来的，一如它一直以来的坚韧不拔，它会复兴，会繁荣。"还有："我们不会怀疑基本民主的未来。美国人民……要求的是领导之下的纪律和指导。他们让我成为实现他们愿望的现成工具。"

伴随着这个强有力的声明，20年代的故事结束了，一个新的故事开始了。一反柯立芝和胡佛十年来的吹嘘，确立了大萧条的屈辱与失败。人们普遍认为，大萧条就是保险公司所称的上帝的行为，是一次天灾。彼得·德鲁克在回忆录中很好地说明了这一点："就像地震、洪水、飓风过后，社区再无等级，人人相互救援……承诺互助、甘愿冒险指望别人，是大萧条时期美国很特别的一点。"德鲁克教授补充说，在地球的另一边可没有这样的东西，在欧洲，"大萧条引起的只是怀疑、粗鲁、恐惧和嫉妒"。欧洲人认为，唯一的选择是在共产主义和法西斯主义之间选择。在世界领导人中，只有罗斯福信心十足地谈到了"基本民主"。在他的影响下，另一个美国已在人们的想象中成形——这么说并不过分。在他上任的头一百天里，复苏计划伴随舆论喧嚣而至，可巨额资金投入进去，那时候显而易见，无甚起色。尽管如此，他的一再当选证明了选民想要生活在一个罗斯福的美国，他们要把胡佛的旧美国掀个底朝天。当我听到叮当声响起，便会记起秋天清晨的一条芝加哥街道。这一阵叮叮当当的声响出自一片云雾，我走进刚开始被太阳照亮的大雾，只见一群人用斧头把旧铺路砖的灰泥凿下来——五六十个失业者假装做着一份工作，正如人们当时所说的那样，"挖出来又放回去"。麦克科米克上校的《论坛报》每天都在谴责这些无用功。在头版的正中，总有一幅讽刺那些愚蠢的教授漫画，他们的四方帽上挂下来一条驴尾巴。他们屠宰小猪，埋掉作物，让国债百倍增长，而正主持着疯帽匠茶会的罗斯福，轻轻松松地挥洒金钱。然而，凿砖块的人们对他很是感激。这些失业的簿记员、土木工程师或工具模具制造工人很高兴在街上干活，每周挣个二十美元。国债惹怒了上校，那个疯疯癫癫的爱国者。但国债对这些人毫无意义。他们急需政府付给自己这点儿工资。他们的职业尊严被牺牲，但个中包含的戏剧性也吸引了其中很多人。

那真是叫人难忘的日子。1934年，我和小伙伴一起出了门。我俩有三美元，够我们吃奶酪和饼干，但路费要靠别人。一众大男人、小男孩会像鸟群一样覆盖有篷货车，我们也在其中。在印第安纳州的南本德，我们路过史蒂倍克工厂，一群留厂罢工的工人从房顶上、从敞开的窗户里冲我们大呼小叫。我们也回叫，和他们开着玩笑。温暖的夏日里，坐在镀镍机车上，以每小时五英里的速度穿过新鲜的六月杂草，我们被载着奔向与白云齐平的地平线。现在回想起来，我都不记得母亲去世时自己有多难过，她在罗斯福宣誓就职前去世。随着母亲离世、父亲再婚，孩子们也都星散了。我不受约束了，从某种意义上说，是被解放了：虽然自由，但也像一个在爆炸中幸存却还不明白发生了什么事的人一样，不知所措。我什么都不懂。十八岁的时候，我甚至不知道自己是青春期少年。这个词要到更后面，40、50年代才出现。

我当然同情罢工者了。多亏了菲什的小册子，我才能自称为社会主义者，而社会主义的路线就是罗斯福试行的改革，正在替资本主义拯救美国，只是资本家太蠢，理解不了这一点。30年代的激进正统观念认为，议会制欧洲的改良主义已经失败，从世界范围内看，真正的选择在右翼可恨的独裁和左翼临时因而略显开明的专政之间。长远来看，美国民主不会成为例外。激进派这么说。其中的埃德蒙·威尔逊，曾在1931年写过，美国激进分子如果希望有所成就，"他们必须让共产主义远离共产主义者，毫不含糊、毫无保留地拿走共产主义，并强调他们的最终目标是政府对生产资料的所有权"。去红场列宁墓朝圣过以后，威尔逊写了篇奇怪的颂赞，告诉他的读者，在苏联，你觉得自己"处于世界的道德之巅，这里的光芒永不会当真熄灭"。他说起列宁来，就好像是人性的一项最高成就——"这个卓越的人，从一众阶级中迸出，声称他所做的无上的一切都是为了人类整体的升华精进"。

埃德蒙·威尔逊的《阿克瑟尔的城堡》，我是最早的一批读者。到1936年，我还读过他的《在两个民主国家的旅行》。威尔逊让我睁眼看到现代欧洲的高雅文化，在这点上我要感谢他。此外，我还在芝加哥遇见过他，在大学附近的五十七街，他拖着个沉重的格拉德斯通包，可把他热坏了，看上去气鼓鼓的，整个人汗津津到发亮，耳朵边、鼻孔里都竖着红色的毛发。在海德公园区的街道上，他就是一切出类拔萃事物的代表——想象一下！他声音嘶哑，举止毛躁，但他那么善良，还邀我去看他。他是我见过的最伟大的文学家，我愿意同意他的所有观点，无论主题是狄更斯还是列宁。但是，尽管我非常钦佩他，而且我就是喜欢听鼓励的话，却并没有被他的列宁崇拜给带跑了。也许因为我的父母是俄罗斯犹太人，我对列宁和斯大林的不信任就像威尔逊对美国政客的不信任一样。我不相信罗斯福，然而威尔逊显然相信列宁。不过，我似乎已经感觉到，罗斯福正在把这个国家团结在一起，而且在我顽固的心里，我抵制美国激进分子的威尔逊式计划。无论如何，我都没法相信哈佛和普林斯顿的自由派毕业生会从马克思主义者那里绑架马克思主义，并通过让美国无产阶级掌握政权来拯救美国。我就是秘密地相信，到头来美国会证明自己是个例外。美国和我，都是例外，会一起逃过预言，蔑视决定论。

即便不赞成罗斯福的政策，你也可以成为一个罗斯福主义者。随着时间的推移，我自己对他的政策越来越不敢恭维了。我记得我（在无助时）给他的打分。他认为希特勒罪大恶极，这点我给他 A。他对英格兰的支持让我深受感动（高分）。他对俄国人的判断，打分掉到 D。把乔·肯尼迪派到伦敦，把约瑟夫·戴维斯派到莫斯科当大使，是外交史上最不光彩的几桩任命了，这方面他不及格。他与斯大林打交道这方面，读者们还是看看波兰人、捷克人、罗马尼亚人……他们怎么说吧。他没有做任何事来阻止希特勒死亡工厂里涉及数百万人的谋杀，但当时我们对此也一无所知。

他最瞩目的成功是国内政治和心理上的。对于上百万的美国人来说，旧秩序的危机是一种解脱，是天赐。裂口打开后，想象力的新冲动奔涌而至。人们变得更易流动、更多样多元，心理适应能力也更强；他们表现出全新的情绪和色彩；在罗斯福的影响下，他们也更加温和世故了。对于那些有能力的人来说，最重要的是历经沉浮、重新出发的那种情感宣泄。于是，30年代的人们更擅交际，更能容忍弱点，不那么死板、势利，也不再搞什么偶像崇拜了。

对于出生在外国的人来说，罗斯福的影响特别令人满意。数百万人热切希望被包括在内，被最终认定为真正的美国人。有些移民地方观念很重，像波兰人和乌克兰人就喜欢保留自己的社区和习俗。其他人，感染了"美国热"，改换名字，转变性格，而且由于受到了这些改变的激励，一股脑儿地投身进这个国家的生活。又有谁知道，有多少人成了另一个人，摇身一变成为爵士歌手、黑脸喜剧演员、运动员、企业大亨、战前的南方贵妇、长老会的教区代表、得克萨斯农场主、常春藤联盟的校友、政府高级官员。可以说，这些自我创造的人，拿着假证件，暗中内疚又害怕暴露的演员，往往就是帝国的缔造者。激励一个人从来不是什么可耻的秘密。如果霍桑不明白这一点，就永远也写不出《红字》来。

这些生气勃勃、源源不绝的冒名顶替者，听到罗斯福说在这个国家里我们都是外国人,会感到莫大的福分。罗斯福自己也是一个演员,他展现出最成功的演技。他甚至也有一个秘密:他没法走路。在这个秘密背后隐藏着更幽深的秘密。

这么一想,来做个对比,看看菲茨杰拉德笔下的杰伊·盖茨比,他是一个无法原谅自己的伪装者。这个人物出生时名为詹姆斯·加兹,他被重塑了(我们或许应该说是再次出生?)。童子军的自我改造和天真的爱情理想主义,让他保持内心纯洁,容易上当受骗。而美国人从罗斯福这里看到的是,自负(*amour propre*,虚荣、秘密、野心、骄傲)不是必然给任何人带来坏心。你可以像叶芝说的那样"斟酌一切,宽恕自己遭遇的一切"。罗斯福那民主的派头、翩翩的风度、戏剧性的高贵头颅,看上去就像个伟人,他向美国人发出了这样一个讯息——不必假装,不必做戏,还有一片天地,尽可以保持你更深层的本性,保持一切如实。他似乎是在说,我们可以一直伪装,只要不被自己的伪装给骗进去。而这就是精神分裂症了。从他核心团队成员的回忆录里,我们知道他喜欢寻开心,他是个天才的喜剧演员,爱开自己的玩笑,也爱给别人来个恶作剧。他熟悉爱德华·李尔的《胡话诗》和刘易斯·卡罗尔的《猎蛇鲨记》。非理性自有其一席之地,尽管有理性存在。是的,生活固然真实、郑重,但也显然是愚蠢的。罗斯福一向明白这一点。其他人的认识则是模模糊糊的,也更艰难。比方说,你比较一下罗斯福的爱犬法拉和理查德·尼克松在他"真诚的"跳棋演讲里的小狗跳棋①。

在国内政治中令罗斯福制胜的直觉是,总统必须以最通俗易懂的方式与公众讨论危机。如果领导人没能循循善诱、安抚宽慰,民主就无法

---

① 指尼克松在演讲中承认他的小狗跳棋是别人给他的贿赂。

茁壮成长。当然，免不了会有一定程度的欺骗。这么多社会机构都建立在欺诈的基础之上，你不能指望总统"什么都说"。什么都说，那应该是知识分子的功能。对于罗斯福而言，攻击一下大企业，揭露那些巨富中的罪大恶极者，就足够了。他不是哲学家。然而，由于他与公众的关系，他可能会从《以赛亚书》那里抓来这么一句："你们要安慰。"而他的白宫继任者里，只有杜鲁门会对选民流露本色，但风格截然不同——他是"让他们下地狱"。我们最近的几位总统则技法老到，本能地不以本来面貌出现。对约翰逊和尼克松来说，这是十分可恶的。他们不是领袖；他们是职业的幕后操纵家。对公众说心里话，光是这种想法就让他们感到恐惧。逼着他们表现出坦诚自信的样子，他们就会转过脸，阖上眼帘，声音变扁。对于像林登·约翰逊这样满心权欲和秘密的人来说，在镜头前这么贬低自己太可怕了。他不是科里奥兰纳斯①，而是民主技师。在这样的技师执政下，衰退在所难免。

  文明的罗斯福给了美国一个文明的政府。我认为他就是亚历山大·汉密尔顿所谓的"当选国王"，如果说他多少有点蛊惑民心，那他也是不启用意识形态暴力地去蛊惑民心。他不是元首，而是政治家。希特勒和他在同一年上台。俩人都好好地用了一把无线电。我们这些听过希特勒广播的人永远不会忘记那些肆无忌惮的恫吓，还有他在发出死亡威胁时人山人海的回应。而罗斯福与他"美国同胞"的对谈令人难忘，则是为别的原因。那时候，我还是个大学本科生，满身披挂着怀疑主义的盔甲，因为罗斯福那么精明，不得不让人小心。但在盔甲之下，我仍

---

① 指莎士比亚历史悲剧《科里奥兰纳斯》的主人公，这位罗马共和国的英雄因脾气暴躁得罪公众，被逐出罗马。

然很脆弱。我还记得在一个夏天的夜晚,在芝加哥中途区往东走着。九点钟以后灯还长亮,地上长满三叶草,在科蒂奇格罗夫和石岛之间超过一英里长的地方都是一片绿。枯萎病还没有带走那些榆树,榆树下,开车的人们靠边停车,保险杠挨着保险杠地挤在一起,打开收音机听罗斯福。他们摇下车窗,打开车门。处处都是同一个声音,奇怪的东部口音,任何其他人这么说话都会激怒中西部人。你慢慢走过,可以一字不漏地听下去。你感觉好像加入到这些素不相识的司机中,静默中抽着烟的男男女女,他们不是真的在思考总统说的字句,而更多的是在确证他语气里的从容平稳,吃下定心丸。你有种感觉,好像是他们身上有什么大麻烦,让他们这么全神贯注,还有一件值得深思的事实,那就是这么多从未谋面的人都能在这一点上(罗斯福)达成一致。对我来说,或许还有一桩难忘的事——我知道了黄昏时分,三叶草花开的色泽能保持多久。

[1983]

对托克维尔的反思：芝加哥大学的一次研讨会

我写东西、出版故事和小说也有四十年了，必须是有那么点核心技能。但是呢，没心没肺的人啊，对自己认识最深的东西却完全说不出个所以然。我真希望自己也是这样。康拉德的麦克惠尔船长曾经驾船驶过台风，他太可爱了，都说不出自己是如何做到的。他也实在是幸运，不需要应对巨大的复杂。但是，《台风》魅力的一部分就是康拉德对复杂性如此详尽的摹绘，没有这一点，我们也看不出麦克惠尔船长有多单纯了。有时候我希望自己就是麦克惠尔，这个愿望本身即表明，我觉得我能写作至今，一定是遵循了某些相当基本的原则。这些原则肯定无法引起那些偏好复杂性的人的兴趣，但它们的确见证了我越过一路黑暗的礁石。

这就要说到，作家不能失去他的天真。必须补充的是，他不能忽视在当今时代生存的环境复杂性。他的单纯将完全沐浴在复杂之中。而越是默会的复杂越好。不用说出来。

当代美国作家（其他国家的作家也一样）愿意——太愿意让别人为他们执行必要的复杂操作。人们可以理解是为什么。但如此依赖别人是不对的。威廉·布莱克说："好人喜欢的是别人的意见，而不会自己去思考。""好人"我翻译为"自认是好人"，他们怀着不假思索的本能的天真，让邪恶发现他们的手无寸铁与甘心顺从。然而心理学家、批评家、社会学家、哲学家的观点不支持这样的说法。

那么,就算在当今时代不可能不思考,那些袖手不抵抗强加而来的注意力的作家会一事无成——那些大获全胜的观点如烟雾般笼罩着我们,让人不得喘息。但这是否意味着,我们必须将我们的夜晚献给研究托克维尔呢?幸运的作家生来就冰雪聪明,不读那些漂亮的书也能成才。不幸的是,我本人并非天赋聪敏,且无法独立处事。对复杂性的焦虑也让我承受不起。我不得不去了解是什么限制住了当今哪怕最优秀作家的才能,于是我转向了托克维尔,以及那些拥有看起来对现代社会做出让人满意的、独特描述的其他一些人。自然其中最重要的是尼采。不那么高高在上,也因此更热诚的,像温德姆·刘易斯这样的作家,他那暴躁的脾气多少有点尼采的样子,还有两三位俄罗斯现代作家,一会儿会提到。

我必须在一开始就承认,在读托克维尔时,我起初心满意足,到现在越来越感到恼怒。他太——用社会学家互写书评时用的词语——"权威"了。他全知全能,公平公正,极有先见之明。他优雅自如地承认了所有必须承认的事情:贵族欧洲完蛋了,他本人就是其产品。从马基雅维利、培根、霍布斯、笛卡尔开始的新时代,正施加在我们身上。民主世界和它的大众,它的奇迹,它的平庸,它带给自由和发展的辉煌机会和可怕歪曲——不必过多描述,在讽刺的蹦床上弹跳个不停。广义上讲,这些大众就是我们自己——是创造我们的家庭,是抚养我们的双手,是教育我们的学校,是压迫我们的压力,甚至是让我们变得势利的粗野流俗(如我们之中满脑子往上爬的冲动的人)。即便说不上我们是被这些所主导——我们也是一群埋首自我、注意力全在自己身上的人,一个只有自己的集体,观察、描述、评估自己。只有一项伟大的行为,而每个人都在其中。请允许我用托克维尔自己的话来列出这些断言,"在民主社会里,人人都非常平凡,彼此都极为相似,所以每个人只要看一看自己,就立即可以知道他人的情况。……我相信,"托克维尔写道——继续简要陈述他对民主国家的诗歌来源的看法——"我相信,经过一段时间,民主必使想象力从身外之物转向人本身,最后使想象力专注于人。民主国家的人民可能出于一时的高兴而向往自然,但他们真正向往的却是认识自己。民主国家的人民只能从这方面去发掘诗的自然源泉。"他还更进一步,坚持认为民主国家对过去的关注不多,却被未来的愿景所困扰。在这里,我发现我曾在书页边写下的一句无端指摘:"是像一国的社会主义,还是希特勒的千年帝国?"但这是信口胡诌的,就是我刚刚已经说过的,自己偶发的小恼怒罢了。我继续读,很快就读到了下面的句子,我们美国人被告知,"无生命的大自然的奇观,并未打动他们;他们周围的森林,可以说直到被伐光以后,才使他们感到其壮丽。他们的注意力完全被另一个景色吸引去了。当时,美国人只是一心要横越这片荒野:他们一边前进,一边排干沼泽、修整河道、开垦荒地和克服自然困难。他们自身绘出的这幅壮丽的图景,不仅逐渐地进入美国人的想象,而且可以说印在每个人的一举一动上,并成为引导他们智力活动前进的旗帜。在美国,人们的生活最渺小、最枯燥、最乏味,总之,最没有诗意,无以引发人们的想象力。但在指引生活前进的思想中,却永远有一种充满诗意的意念,这种意念就像潜藏在体内的支配其余一切活动的神经。"

在这里,托克维尔预测到了沃尔特·惠特曼对先驱者的颂扬。他还预测了美国式摩天大楼,里头都是大量的小隔间。密密麻麻的"乏味",但构成了我们著名的天际线。托克维尔看上去是在做不偏不倚的观察。他和尼采不一样,并没有怒斥那些"投票牲口",怒斥民主大众的堕落市侩；他也没有挖得更深，到尼采那种深度，历史性地定义了沮丧，也即虚无主义："就是旷日持久、虚耗精力的意识，就是'徒劳的'苦痛，就是不安全感，就是缺乏休养生息、寻得安宁的机会。"[1]而这些隐含在笛卡尔哲学中的观点，被托克维尔用来描述美国人。我引述一下他关于"哲学方法"的章节——美国人按照笛卡尔的名言行事，是因为他们的"社会情况自然地使他们的思想接受他的名言"。"每个人都自我封闭起来，试图从封闭的小圈子里判断世界"。此外，美国人"很少相信反常的离奇事物，而对于超自然的东西几乎到了表示厌恶的地步。由于他们习惯于相信自己找到的证据，所以喜欢把自己研究的事物弄得一清二楚。因此，他们要尽量揭去事物的层层外皮，排除使他们与事物隔开的一切东西，推倒妨碍他们观察的一切东西，以便在最近距离内和光天化日之下观察事物。……因此，美国人用不着到书本里去汲取哲学方法，他们是从自己身上找到这个方法的。其实，我认为欧洲也曾有过同样的情况"。

是的，这种信口开河的观察就是华兹华斯所说的，一个去"调查研究了他母亲的坟墓"的人的抽象的激情，也是威廉·布莱克所谴责的"单一视角"。我不会将尼采与这些空想玄谈联系起来，因为托克维尔也不甚重视尼采。他有他自己那一套，对虚无主义及其之于世界历史的特殊意义做出了更全面的阐述。托克维尔的目标没那么激进，他在民主中看到了人类的未来，试图友善对待那些不可避免的事物。他想鼓励我们，或者给我们一个台阶下。他能预见的最糟糕的事情毕竟还是可以容忍的。只是我们不止一次地跌穿了地板。

---

[1] 引自《权力意志》，尼采著，张念东、凌素心译，商务印书馆，1991。

不过，让我等一下再解释跌穿地板可能意味着什么，我请求你们把注意力先转向艺术和文学，看看在尼采认为"最高价值的废黜"发生得如此迅速、以至于我们简直赤膊的几个世纪中，文艺的理论家和实践者做了什么，或试着在做什么。就我所读到的尼采来说，这种赤身裸体可是让人兴奋的大好机会，正是为存在找寻更可靠基础的考验。对于托克维尔的所谓民主将会找到自身存在的基础那种论调，他应该会理都不理。托克维尔的这种基础跟尼采对于存在基础的伟大追求，没有一点相似之处。此外，托克维尔的计划（个人可以忽略不计，因此集体将成为英雄的主题）有一丝乐观轻快的法国思想的味道，听起来极其合理，但实际上没什么意义。

当他谈到美国的精神生活时，他提到"五行八作，三教九流，都要求在智力活动方面满足他们的希望。这批爱好精神享乐的新人物，并没有受过同等的教育；他们的文化水平不等；他们不但与父辈或祖辈不同，而且他们本身也时时刻刻在变化，因为他们的住所、情感和财富都在不断变动"。和传统或者习俗的联系是如此微弱。"而作家就是从这群其貌不扬和容易激动的人们当中产生的"。在同一段中还出现了这样的断言："在民主国家里，每一代新人形同一个新的民族。"如果你们将这两个关于个体不稳定与后代彻底改变的论点合在一起，就会得到这样一个时代——"要么国家本身必须改变，要么长存的元素始终抵制变化"。我不认为定居者的"征服自然"，也即托克维尔所暗示的主题，能合乎要求。巨大的技术迅速吞没了所谓"边疆的浪漫"。在这种变化中留下了什么呢？我试图归纳：一方面，是经过内战检验的宪法的力量；另一方面，是奴隶制和尚未解决的种族问题。

然而，没必要再去揣摩托克维尔的预言了，因为我们就生活在他做如此花式想象的未来里。我现在关注的是，尽管理论家、历史学家、艺术家做了各种尝试——他们拒绝在当前的民主时代"过着没有艺术的生活"——我们仍然无法想象会有这样的存在。这种拒绝，或者更确切地说，这种声明——有多种形式。我援引其中几个，从许多人熟悉的开始。亨利·詹姆斯面对 H.G. 威尔斯指责他太过"美学"的小说忽视了普通人的兴趣时，曾反驳说："艺术创造生命，创造兴趣，创造意义。"但在这种创造中，人必须有力量。也就是俄罗斯人曼德尔施塔姆在很久以后、身处非常不同的情况下（远非詹姆斯所处的风平浪静的时代）所说的，"与新生活的野蛮作斗争"。然而那些满口野蛮的人自己，就来自托克维尔所说的异质混杂、情绪激动的大众。

曼德尔施塔姆在他的文章《人道主义与当代》中写道："常有这样的时代，它们宣称，它们无暇顾及人，它们需要像利用砖石、水泥那样利用人，需要用人来建设，而不是为了人而建设。……亚述人的俘虏们像雏鸡一样在高大帝王的脚下蠕动……埃及人和埃及的建造者们视民众若物质材料。"① 显然，曼德尔施塔姆在这里写的是无产阶级专政，他将其与个人准则、完全不同于专制建构之下的真正的人类生存对立起来。新生活的"野蛮""并不会让我们对真正的音乐充耳不闻"——他在一篇谈斯克里亚宾②的文章中写道，"它包含了构成我们这些存在的原子"。

但引用曼德尔施塔姆让我离题得比预想的更远了。有些人不接受艺术和艺术家在民主时代会无可避免地退化，我的最初目的便是介绍这样

---

① 引自《时代的喧嚣——曼德尔施塔姆文集》，曼德尔施塔姆著，刘文飞译，云南人民出版社，1998。

② 亚历山大·尼古拉耶维奇·斯克里亚宾（Alexander Nikolayevitch Scriabin, 1871—1915），俄罗斯作曲家、钢琴家，神秘主义者，无调性音乐的先驱。

的声明。

"如果我们没有自己时代的艺术,那将是一场灾难",我们的老朋友哈罗德·罗森伯格这么说,我想这大概是他接受的最后一次采访。在回答下一个问题"为什么拥有自己时代的艺术是如此重要?"时,他说:"艺术和公众对事件的理解程度,有很大关系。这就是为什么说艺术具有政治意义。如果没有新的与现实相关的艺术,我们就会生活在这样一个世界:要么所有东西都属于过去,要么所有东西都和我们当代最深刻的进展无关。今天,极其重要的是,我们不应该袖手离开,如果人们生活在极权主义国家,除了政府允许我们所拥有的之外,就没有任何其他的公共经验。而随着大众传媒开始行使统治,类似的事情发生了。大众传媒的老板决定了你将要接收到什么样的新闻,发生什么样的情感体验。是什么使得一首诗可以被印出来?如何组织图片?如果这些都是事先由某个人们不敢蔑视的权威来决定,那么你就生活在一个没有任何经验可与别人沟通的盲目世界。这就被称为通讯的胜利——正是现在的状况。这就是为什么艺术家一直在努力想说出些新意来。"他的话里有两个值得注意的地方:一,托克维尔式的集体主题(作为整体的国家的生活)目前掌握在媒体老板手中;二,积累经验的能力本身就受到我们生存环境的威胁。

我还要引一段话,是温德姆·刘易斯的《没有艺术的人》里的,是针对我们今晚讨论主题的一部长篇研究。他最后这么总结:"重视我们的艺术是和对我们生命的重视紧紧联系在一起的,反之亦然。我在这里所做的一切,都源自这么一个假设:非物质的价值体系依附于艺术家的实践,谴责各种各样的干扰,而这些干扰目前正损害着艺术家的活动……至少我可能已经把你的注意力引向了一个关系重大的问题——即在即将到来的未来社会，是否史无前例地由没有艺术的人组建而成。"

而这是完全有可能的，正如俄罗斯小说家安德烈·辛亚夫斯基所证明的那样，没有艺术的生活，会像无盐饮食一样，完全可能。不过就是（我阐发一下他的意思）把树木、天空、猫、狗全都消灭，我们将生活在一个完全没有装备的世界，我们的灵魂同样空空如也。

我自己看到了不那么具有世界末日气息的东西。民主大众本身，已经属于一类被思想和艺术唤醒的人。他们在天性上就需要它，他们拒绝被剥夺，他们坚持行使自己的权力——他们决意不失望。这就是为什么亨利·詹姆斯会坚持认为"艺术创造生活，创造兴趣，创造意义"，这也是为什么温德姆·刘易斯会假设说，重视艺术是与重视生命紧密相关的，反之亦然。刘易斯在《作家与上帝》一文中走得更远，他说："真理、清晰和美，天然地就是公共事务。实际上，真理（除了《圣经》）……与我们呼吸的空气一样，公有且必要。真理或美与供水一样，受到公众的关注。""确实，"他继续说道，"我们这个时代的作家——屈服于隐秘技术的魅力和轻松得来的声誉的诱惑——让自己被边缘化，居于论坛的黑暗角落。渐渐地，他被推离了万物中心。无论他采用何种风格行事，每天他都在逐渐失去在世上的一席之地。然而，作家属于公众所在的地方。……无论哪种形式的真理或清晰（两者是同一回事）——不是维多利亚时代对经典思想的抽象——必须成为他最重要的追求。"

关于这些问题我还有很多话要说。例如，我可以谈谈在现代世界的巨大影响下，一些思想和灵魂表现出来的陌生性、独创性，与古怪的天才；或通过离心力释放、解放出来的决定论者的执念——他们认为艺术完全系于一种土壤肥沃的"文化"——一个敏感热烈、有教养的社会，滋养传统，支持那种环境，支持礼仪。想成就这些的话，就要追求衰

379

败、追求失望,也许还要背叛人的力量——今时今地,必然是从某个独特之处、从历史赋予我们的特殊视角产生的不可预测的力量。人类今天处于有利地势,可以纵览古今——将古代史诗与现代的非人化进程混合在一起。这些是现时代人类的特征。

现在我没有对这些想法做展开,而且我已经花了太多时间了。我将以奥西普·曼德尔施塔姆的两个非常简短的句子作结。第一个:"不要大着胆子描述任何你精神内在状态没有以某种方式反映出来的东西。"第二个:"我的呼吸、我的温暖已经躺在永恒的窗格上。"

[1984]

我的巴黎

巴黎的变化？像所有欧洲国家的首都一样，这座城市也发生了变化。最明显而叫人不快的变化是那些古老拱门外的高楼群。像帕西这样阴沉迷人的老城区，今天几乎认不出来了，新的公寓和办公楼竖起，其中大部分看起来更适合建在地中海港口城市，而非巴黎。在顽固的北方灰上再覆一层颜色并不容易，巴黎原来一直是灰色浮雕画一样——坚硬冷酷、雾蒙蒙、湿漉漉，一年中的大部分时间都没什么光彩。可以肯定的是，这些新建筑也逃不掉这层阴郁的色彩。当魏尔伦写道，雨落城中（这片地区的其他城市也是一样），泪流其心，他真是一点没夸张。作为一个曾经的巴黎居民（我1948年来到这里），我可以证明这一点。新的城市建筑会发现自己是无法与那片灰色抗衡的。巴黎的阴郁不单单是气候造成的；它是一种显现在建筑材料、墙壁和屋顶的精神力量，它对人的个性、观点和判断也都有影响。它令万物大大收敛。

但是说到变化……不久前我在巴黎闲逛，看看三十多年如何改变了这个地方。蒙帕纳斯大道上的新摩天大楼突兀极了，看起来好像是在芝加哥走失，到巴黎的街角来歇歇脚。蒙帕纳斯大道和塞纳河之间这一带，是我过去流连忘返的地方，这里最明显的变化就是一些便宜小商铺的消失。高昂的租金挤走了提供美味低价午餐的家庭小酒馆。一些破旧可爱的小店，现在让位于毫无吸引力、价格高昂又过度装修的新店铺。

人挤人——小街小巷让你想起叶芝的"青花鱼充塞的大海"[1]——需要你保持一种与漫步时的心不在焉完全相悖的警觉。你可能会忘记时间待上好几小时的灰不拉几的老店,现在已经擦拭一新,卖起了便携式电脑和高保真音响设备。文具店过去卖的笔记本都是用上好纸张制成的,现在提供的产品则是一种容易渗墨的薄纸。非常令人失望。曾经比比皆是的橱柜制造商和其他小工匠都不见了。

我的邻居,在韦纳伊街上的专业打包工人,好久以前就消失了。这位性格开朗的能手穿着工作服,戴着贝雷帽,在一家没有暖气的商店里工作,干冷刺得他的大脸生疼。他的嘴角一直叼着一支熄火的烟屁股——在这个繁荣的新时代,很少看到一个叼着烟屁股的傻瓜了。他还有只宠物,三足野兔,乍看纤细,后躯肥胖,在板条箱之间歪歪扭扭地蹦来蹦去。但现在不再需要徒手订起来的板条箱了。进步已经消灭了所有这些简单行当。取而代之的是售卖服装珠宝、刺绣亚麻或鹅绒床品的精品店。每个街区都有三四家古董店。谁能想到欧洲有这么多旧破烂呢?或者说,谁能想到,仆从阶级已经消失的今天,那些满怀资产阶级时代怀旧心绪的人们会如此热切地追逐帝政风格的玻璃展示柜、贵妃椅和象牙凳呢?

我巡视着林荫大道,发现了奇特的幸存者。圣日耳曼大道上有家卖军事史书籍和纪念品的商店,三十五年前就有,今天看上去仍然生意兴隆。显然古代战争编年史的真皮套装本永远有市场(如果你没见过荣军院的参观人群和巨大闪光的拿破仑墓,如果你低估了荣誉的力量,你就不懂得何为法国)。靠近圣父街的老卡米耶·阿吕点心店和许多小书店

---

[1] 参见查良铮译《驶向拜占庭》。

382

都一起消失不见了，但下一个街区主营神秘主义文学的书店跟上了之前那家军事史书店的步伐，旁边的雨伞店也活得不错。货藏前所未有地丰富，有一簇簇的长柄伞，还有顶部装饰着银质长尾鹦鹉和吠犬的手杖。感谢游客，让小酒店四处开花——潜伏其中的可怕的巴黎蟑螂也异常活跃，比它们的美国表亲窜得更快、长得更黑。流浪汉也比战后的苦日子里更多，以前不太见到这些醉鬼倒在人门口喝酒的。

巴黎古老的灰黄色墙壁足以抵御本世纪发来的冲击波。隐形的电子力量固然能穿透墙壁，但庭院和厨房还是保留了浓浓的阴郁气息。不过，林荫大道的商店橱窗表明，生活还是不同了，巴黎人感受到了前所未有的需求。1949年，我和我瓦诺街上的女房东达成协议：我在厨房新装上一个燃气热水器，免去两个月的租金。她开心极了，玩得不亦乐乎：拧一下水龙头，就点燃一团烈焰。邻居纷纷跑来祝贺她。巴黎当时正处于刘易斯·芒福德所称的"古技术时代"。它现在已经赶上了先进技术，法国商店展示着最时新的漂亮厨房——橱柜和桌面都用上了流光溢彩的人造雪花石膏，外形极具艺术感，工艺上更是登峰造极。

1950年那个天气糟糕的冬天里，我每周都会去一次巴克街的咖啡馆，和我的画家朋友耶西·赖切克见面。我们喝着可可，玩着卡西诺，肆无忌惮地退回到童年，他会给我讲齐格弗里德·吉迪翁的《机械化的决定作用》和包豪斯。洗牌的时候，我感觉自己既像在前进，又像在退后。1950年的时候，我们哪想得到1983年的巴黎会开出这么多的现代厨房用品店，小气的法国人会这样热切地爱上水槽、冰箱和微波炉。我想，这种转变的背后，应该是家务全包型女佣的消失。当你的女佣找到更好的工作时，后资产阶级时代就开始了。所以才有了这些个声光化电的厨房，才有了看不见的通风设备在那儿抽抽搭搭地响。

我想这就是"现代"在巴黎的意谓。本世纪初,"现代"的意思有所不同,而这个不同也是我们这么多人1948年来这里寻找的东西。1939年之前,巴黎一直是伟大的国际文化中心,迎接着西班牙人、俄罗斯人、意大利人、罗马尼亚人、美国人;是现代主义艺术运动的光辉核心,向毕加索们、佳吉列夫们、莫迪利亚尼们、布朗库西们和庞德们敞开怀抱。1940年巴黎的陷落是否只是暂时干扰了这种创造力,还有待观察。纳粹分子败返德国后,会恢复吗?有些人觉得这个朝气蓬勃的国际中心自20世纪30年代便开始衰落,有些人认为这荣光早已一去不复返。

我就是一个前来考察的人,算是第一波里的。战争的炮火刚熄灭,成百上千的美国人就打好包出国了。热爱法国文化的旅行者、诗人、画家和哲学家之外,还有数量更为庞大的不安分的年轻人——艺术史学生、大教堂爱好者、南部和中西部的难民、美国退伍军人法案支持下的退役大兵、多愁善感的朝圣者——以及同样一脑袋想法、计划着来发笔横财的人。我在明尼苏达州认识的一个年轻人跑去佛罗伦萨开了一家焦糖爆米花工厂。冒险家、黑市商人、走私贩、准享乐分子(bons vivants)、专买便宜货的人、笨蛋——数以万计的人坐着旧军舰漂洋过海,来寻找商机、寻欢作乐,或者只是为了来而来。遭到大轰炸的伦敦满目疮痍、弹孔累累、杂草丛生,巴黎则毫发无伤,即刻就能恢复她辉煌灿烂的艺术与文化生活。

古根海姆基金会给了我一笔奖金,于是我也准备参与这场伟大的复兴——如果真的开始了的话。和其他美国特遣队一样,我带着我的幻想,但也觉得自己是带着一丝怀疑(大概是我最挥之不去的想法了)。我不会坐在格特鲁德·斯泰因的脚下。我对丽兹酒吧一点概念都没有。

我不会像海明威那样和埃兹拉·庞德打拳击,或者在侍者送来牡蛎和葡萄酒的小酒馆里写作。海明威是我无限钦佩的作家;海明威这个人,在我看来真是太会玩了,是游客中的游客。他相信自己是唯一一个欧洲人全心对待、看作自己人的美国人。简单来说,美国传奇人物的爵士时代巴黎对我来说没有一点吸引力,而且我对亨利·詹姆斯笔下的巴黎也持保留意见——想想詹姆斯在《美国景象》里写纽约东区犹太人的反常咆哮。你总不能期待那些野蛮的东区犹太人的亲戚,会被吸引到维奥内夫人①那个压根烟消云散的世界里去吧。

塞缪尔·巴特勒说,生活就像是一边在学拉小提琴,一边开音乐会——朋友们,这是真正的智慧。我不厌其烦地引用这句话。我在开演奏会的同时练习着音阶。我以为我知道自己为什么来巴黎。像舍伍德·安德森这样的作家,奇怪的是还有约翰·考珀·波伊斯,向我指明了美国生活中缺乏的东西。波伊斯在他的《自传》中写道:"美国人的可悲之处就在于,不知道自己为什么可悲。""他们可悲,因为他们在感性交流、属灵联结的方面是如此荒凉贫瘠、抵死狭隘。而灵性体验和感官享受是我们大部分人生命中的救赎与补偿。"请注意,波伊斯是美国民主的倾慕者,否则我不会引用他。我相信只有讲英语的民主国家才有真正的政治。在政治上,欧洲大陆太小儿科了——幼稚得可怕。但美国所缺乏的,是在政治稳定之外,像享受感官之乐一样享受头脑之乐的能力。这就是欧洲能给予我们的,或者据说能给予我们的。

然而,我心里还是有一点不相信这个药方,不相信——像人们所宣传的那样——欧洲仍然存在且能够满足美国人对丰富与珍稀之物的渴

---

① 指亨利·詹姆斯小说《使节》里的人物。

望。的确,来自圣保罗、圣路易斯和伊利诺伊奥克帕克的作家去欧洲写了他们关于美国的书,是20世纪20年代最好的一批作品。企业的、工业的美国没法满足他们。在巴黎,他们可以自由地成为一个完完全全的美国人。他们从海外向老家发送想象力之光。但,是欧洲富有想象力的理性释放了他们、刺激了他们吗?是现代巴黎本身还是在所有国家都起作用的新的普遍的现代性,让巴黎在过去成为国际文化中心?我知道波伊斯所说的,美国人正在经历的荒凉贫瘠、抵死狭隘要靠想象力来救赎——无论他们是否意识到这一点——是什么意思。至少我以为我知道。但我也清楚地意识到,任何有眼力的人都看得到却很少提及的,欧洲自己有一股能量——一种虚无主义的能量,在长达六年的战争里摧毁了多座城市和数百万人。我不能轻易接受这套貌似有理的说法:美国,生命脉动变得极为薄弱;欧洲,仍然重视并继续在培育着微妙感官。事实上,一部战前欧洲文学大著早就告诉了我们虚无主义是什么,也曾警告我们会发生什么。塞利纳在他的《长夜行》里说得再明白不过了。他的巴黎还在那里,比圣礼拜堂或卢浮宫还要长存。无产阶级的巴黎,中产阶级的巴黎,更不用说知识分子的巴黎——正试图用马克思主义的教义来填补虚无主义的空虚——都在传递着相同的信息。

不过,我来到这里是有正当理由的。有一天,我和五岁的儿子在街上走着,阿瑟·库斯勒往我身上使劲一拍:"啊?你结婚啦?这是你的孩子吗?你来巴黎了?"你看,成为现代人,意味着脱离传统和传统情感,脱离国家政治,当然还有,脱离家庭。但是,我可不是为了成为现代人而住在韦纳伊街的。我是为了摆脱其他人设计出来并开始应用的那些衡量标准。说起来,我可不接受任何的限定。要对我做限定,那得等到给我写讣告的时候了。我早已决定,不让美国商业社会塑造我的生活，所以我对库斯勒先生的玩笑耸耸肩就过去了。另外，巴黎不是我的居所；只是一个中转站。没有什么居所可言。

我的一个美国朋友，坚定的法国文化爱好者，跟我大谈特谈这座人类之城、光明之城。他的话是要打个折扣啦。但我也并非完全不抱感情。用法语说，我是兴高采烈地（aux anges）在巴黎四处闲逛，泡咖啡馆，走在油绿色、散发腐臭的塞纳河边。我想象得到对这座人类之城不怎么感冒的游客。霍勒斯·沃波尔抱怨18世纪巴黎小街巷里的臭味。对于卢梭来说，它是自恋——文明恶习中最乖张者——的中心。陀思妥耶夫斯基厌恶它，因为它是西方资产阶级虚荣的首都。然而，美国人却爱巴黎。我也爱巴黎，但带着一点个人的保留。没错，我在巴黎花了很多时间想着芝加哥，但我有一个奇怪的发现——那就是，在芝加哥，我沉浸于巴黎之中很多年了。我很早就开始读巴尔扎克和左拉，知道这是《高老头》的巴黎，也是拉斯蒂涅挥拳头、发誓要出人头地的巴黎，是左拉的醉鬼和妓女的巴黎，是波德莱尔的乞丐和拿下水道老鼠当宠物的穷孩子们的巴黎。里尔克的《马尔特·劳里斯·布里格手记》里书写的巴黎在30年代紧紧抓住了我，普鲁斯特的巴黎也是，特别是《追寻逝去的时光》里描绘1915年巴黎的那些繁复、华丽又痛苦的段落——德国人半夜的轰炸，弗尔杜林夫人一边啜着咖啡一边读早报上的战事。我好奇这个地方是如何一步一步进到我的心里。我根本算不上一个法国文化爱好者，也不是那种准备把自己送到这座伟大城市，指望它帮忙来完善、成就自己的有所欠缺的美国人。

我这一代移民的孩子都已经成了美国人。这是需要付出努力才能得来的结果。人都是自己塑造自己的，用自己想要的方式。在这样的基础上，再要成为一个法国人，则需要第二度的努力。有人请我把自己变成

387

法国人吗？好吧，并没有，但在我看来，除非我竭尽全力地去当个法国人，不然就没法被法国完全接受。而这不适合我。我已经是美国人了，我也是犹太人。我的美国观念加在了犹太人意识之上。法国就得接受这样一个我。

从巴黎的犹太人那里，我了解到纳粹统治下的生活，知道了法国官员同流合污实施的搜捕，以及驱逐出境。我读了塞利纳的《窘境》，这是一组疯狂、凶悍的谴责训话，充满了对犹太人的仇恨。

一座郁郁寡欢、嘟哝不断、阴雨蒙蒙的城市，犹记得被占领的羞辱。黑麦面包都是配给的。煤炭稀缺。这些激发不了那种"美国人在巴黎"——在丽兹酒吧或丁香园寻欢作乐——的幻想。现在更匹配的，应该是波德莱尔的巴黎，天空像个沉重的锅盖压低了城市；或是巴黎公社女纵火队员的巴黎，她们点燃杜伊勒里宫，炸毁了堡垒的墙壁。一天早上，我眼见着一排街垒横贯香榭丽舍大街建起，但没有战斗。满腹牢骚的法国人很大程度上只是自己小打小闹。

不，我并不是完全不抱感情，但我的情绪是清醒的。为什么巴黎对我的影响如此之深？为什么这种帝国威严、隆重铺张、装饰华丽的结构会动摇我的美国式拒绝，会削弱我犹太人的怀疑与缄默？为什么我会难以抗拒这座城市的灰色基调、梧桐树的斑驳树皮和古桥下泛着苦药味的河？这地方自然对我很冷淡，这么一个芝加哥来的怪怪的外人。那它又为什么会这样抓住我的情绪呢？

对于一个文明人、甚至半文明的人的灵魂来说，巴黎都是一个永恒的布景。巴黎是座大剧院，你可以这么说，与生存有关的大问题都将在这里上演。那么，这个剧院又会有怎样的未来呢？它不会告诉你接下来上演的是什么。20世纪的任何人都可以利用这难得的机会吗？我们这一代美国人越过大西洋来估量这项挑战,来检视巴黎这个大舞台上的人性、温暖、高贵、美丽,以及骄傲、病态、愤世嫉俗、变幻莫测。

现在的巴黎,不会再激起美国年轻人心中这样的渴望和兴头了。现在这一代学生读狄德罗、司汤达、巴尔扎克、波德莱尔、兰波、普鲁斯特的时候,不会带着美国人生命力很薄弱这样的想法,因而也不会有相应的阅读欲望。我们的视域不出美国。它吸收了我们的全部精力。对着拥有古老石墙的欧洲,我们已经激动不起来。想象力不再具有伟力。这股力量自50年代开始减弱,到60年代彻底消散。

年轻的工商管理硕士、管理学院毕业生,还有基因编辑专家和计算机专家,事业稳稳起步,将来会跟妻子一起飞到巴黎,到里沃利街购物,在银塔餐厅用餐。行为科学家和那些饱学的专家,也没有太大分别,他们十分满足于自己本科时学到的那些关于旧世界的皮毛。一点马克思,一点弗洛伊德,一点马克斯·韦伯,还有对安德烈·纪德及其无理由行为的错误记忆,他们所需要的欧洲,和任何受过教育的美国人所需的一样多。

我想,我们没有旧欧洲的戏剧也能生活下去。很大一部分欧洲人,几十年前就厌倦了,从艺术转向了政治或抽象的智力游戏。不再有外国人跑来巴黎,用奇异美妙事物的现代表现形式,来丰富他们的人类感性。萨特及其追随者的马克思主义再没有什么奇妙魅力了。战后的法国哲学,改编自德国哲学,一点都不迷人了。巴黎,曾经是中心,现在看起来仍像个中心,不愿承认自己不再是一个中心。在马尔罗的协助下,执拗的戴高乐向一个非常想与他达成一致的世界发出命令,但当这位老人去世时,什么都没留下——除了古老的纪念碑,旧的美德。马克思主义、欧洲共产主义、存在主义、结构主义、解构主义,都无法恢复法国文明的荣光。很抱歉。一次巨变,大失领地。贾科梅蒂们、斯特拉文斯基们、布朗库西们都不会来了。不再有什么国际艺术中心吸引年轻人到巴黎。相反,来这里的都是些恐怖分子。对于他们来说,法国大革命的传统已沦为糊里糊涂的左倾主义,而讨好第三世界的政府会把巴黎变成投放炸弹、开新闻发布会的第一流场地。

　　世界的紊乱势必也在巴黎留痕。木秀于林,众人瞩目的焦点就是容易折伤。巴黎何以吸引了几个世纪以来的目光?很简单,因为它是世俗主义者的天堂。"在法国我们像上帝一样生活"(Wie Gott in Frankreich),东欧犹太人这么描绘至福。多年来我都对这个比喻迷惑不解,我想我现在搞明白了。上帝在法国会非常幸福,因为他不会受到祈祷、礼拜、祝圣、求解复杂的饮食禁忌问题的困扰。被不信之人包围,他也可以在晚上放松一下,就像成千上万的巴黎人流连于他们最爱的咖啡馆那样。黄昏时分宁静的咖啡馆露台如此怡人、如此文雅,几乎无处能及呐。

[1983]

奥尔特加·加塞特《大众的反叛》前言

在安东尼·克里根对《大众的反叛》修订本的精湛翻译中我们可以看到，奥尔特加如何充分而精妙地定义了"大众人"。而简述一下本书的论点，应该会对读者有所裨益。

奥尔特加所说的大众，并不是指无产阶级；他不想让我们直接将之等同于任何社会阶层。对他而言，大众人是一种全新的人类类型。法庭上的律师、法官席上的法官、弯腰麻醉病人的外科医生、国际银行家、科学技术人员、私人飞机上的富豪，这些人尽管受过教育、或有钱或有权，但其中大多数都是大众人，和修电视的工人、军用品专卖店的职员、市政消防检查员或调酒师没有特别大的分别。奥尔特加的观点是，在西方，我们生活在普通大众的独裁之下。科学和技术的胜利使人口大增成为可能，而新增的大众令文明社会发生性质上的革命性变化，因为在奥尔特加看来，革命不仅仅是揭竿而起反对现存制度，而是要建立起一套反转传统秩序的新秩序。现代革命为普通人、为他现在所属的庞大社会集团创造了一种全新的思想状态，全然不同于旧时的心态。公共生活已被彻底改变。不够格的个体"在法律上是平等的"，都属于作为统治者的大众。考察了最高权力在民的一整套假设后，奥尔特加得出的结论是，尽管世界某些方面仍保持文明，但其居民却是野蛮人。在奥尔特加看来，野蛮就是缺乏规范。"如果没有可以上诉的法律原则，就无所

391

谓文化。"① 大众社会中的哲学与艺术遭逢了和法律传统相同的命运。

奥尔特加的大众人有什么特点？大众人无法区分自然和人造物。技术，也就是那些廉价而丰富的商品和服务、包装好的面包、地铁和蓝色牛仔裤、自来水和手指轻点即开的电气设备，围绕着他。在他看来，这些都是自然界的延伸，一样运作不息。他想有空气呼吸，有阳光沐浴。他也想让电梯上升，公交车抵达。他区分人造物和有机体的能力消失了。他认为大自然的奇迹和技术中蕴含的天才，都是理所当然。因此，在奥尔特加的大众社会中，平民已经胜利，他们并不关心文明，而只关心机械化所能提供的财富和便利。大众社会的精神要求它完全沉湎于自身，信奉自身；从实践上来说，没有什么是不可能的，没有什么是危险的，从理论上来看，没有什么人比其他任何人更优秀——奥尔特加认为，这是大众人的信条。相比之下"精英"，只要他服务于一个超然的目的，就会明白他必须接受一种奴役。"随心所欲，"歌德说，"是平民的生活方式，高贵的人追求秩序与法律。"由此可见，大众人缺的是严肃认真。他什么事情都不当真，所有东西都可以互换。对他来说，什么都是临时的。他可能偶尔会有悲剧情怀，但总体基调是个闹剧。大众人喜欢噱头。他是个被宠坏的孩子，强求着要玩乐，随便发脾气，缺乏约束，只有下命令才能让他产生必要的紧张感。他的唯一戒律是，汝当期盼一切便利。"人们所做的唯一努力就是逃避我们真实的命运。"

那么，根据奥尔特加的说法，这个野蛮人的命运是什么呢？庸人的生活与世界打开了，这便让他闭锁了自己的心灵。普通民众的心灵的闭

---

① 引自《大众的反叛》，奥尔特加·加塞特著，刘训练、佟德志译，吉林人民出版社，2004，译文略有调整。

锁,正是大众的反叛所仰赖的基础,"并在这个意义上构成了今天人类所面临的重大危机。"心灵将对此作出何种反应,或是否会作出反应,奥尔特加没有在这本书中告诉我们。他在别处谈到了。在《人与民族》中,他认为个体自我的心灵挣扎及必要的"内在于自己",是形成真正的思想、孕育独特的创造性行为的先决条件——离开这些,社会会死亡。

"大众的反叛与现代生活水平的大幅提升是一回事。但这种现象的另一面是相当骇人的:大众的反叛代表了人类道德的彻底沦丧。"这是奥尔特加最悲观的看法。他说,诚然,就普通人的生活水准而言,西方所达到的水平优于过去任何时地的水平,但如果我们展望未来,我们有理由担心,它既不能保持这个水平也不会达到更高的一个水平。"相反,它可能会退回到较低的水平"。在政治领域,他似乎理所当然地认为大众通过国家行事,而在大众的统治下,国家将不可避免地压垮个体的独立性。

我想有必要指出的一点是,西方的情况与本书第一次出版时已大不相同。奥尔特加写出的是西方与技术的蜜月期。这个蜜月在几十年前就结束了。怀疑与担忧显然已经在大众社会蔓延。虽然生活水平不断提高,但现代人的信心却已经极大地动摇了——因为文明危机日益加重、战争不停、世事瞬息万变,并且,大众人也逐渐认识到,世界资源毕竟是有限的。此外,大众说到底并不是国家的主宰。不能说那些构架复杂的警察国家就表达了他们大众的意志,或者说希特勒或斯大林在第二次世界大战中领导了一国被宠坏的儿童。大众媒体也没有反映大众的主宰;其展现的毋宁说是塑造公众舆论和大众品位的魔术师的技巧。普通人不觉得自己能理解或控制正在发生的事情。他不敢全然相信展示给他的解释图景。80年代的平民百姓,都不像五十年前那样自信。危机大大规训了他们。今天的人类如果道德沦丧,那么原因大概不在于大众的反叛,而在于大众社会屡经的挫折,在其太过于真实的恐惧不断加重的阴影里,尤其是在那些被迫害、损坏、但还未完全闭锁的心灵所感受到的痛苦里。

奥尔特加无疑是有高人前辈的。早前的作家里,尼采便带着厌恶,宣布了一种新的人类类型的出现(在《查拉图斯特拉》中尼采称之为"末人"),但奥尔特加绝不是一个因袭他人的思想家。奥尔特加的大众人是19世纪艺术家眼里资产阶级的后裔——包括司汤达的小商人和外省政客、福楼拜的郝麦、陀思妥耶夫斯基笔下信奉巴力神①的人。这些作家都是奥尔特加的先人,一定程度上,他是从他们的视角来看20世纪:一种萎缩、损毁的人类类型,世上数以亿计这样的个体组成一股新力,成为现代文明的主宰。

只消读一页奥尔特加,就能感受到他的独创性。他阅读广泛,但不模仿任何人。法国作家大卫·马塔最近在《文汇》杂志刊文说到奥尔特加,称他"是源泉。他一点都不学究气,也不虚张声势,以至于根本就不算是一个传统的哲学家:他如此清晰透明,简直就是光明本身。他对任何思考的主题……都投以正午的亮度,于是,里头的偏见、人类部族的假相②、所谓的圆极③,都全然消解"。他是一个有教养的欧洲人,一个了不起的欧洲人,他的思想光芒则属于独一无二的西班牙式。

[1985]

---

① 《冬天里的夏日印象》译为日神,巴力神既是太阳神也是农业神。
② 弗朗西斯·培根总结了人类的4种认知谬误,此为其一。
③ 圆极(Entelechies),亚里士多德哲学里的与"潜能"相对的"完成"。

文明的野蛮人读者

作为一个中西部人、有一双移民父母的我很小就认识到，我被要求自己决定我的犹太血统、我的生长环境（在芝加哥成长充满偶然）、我的学校教育可以在多大程度上定义我自己的生活。我不打算完全依靠历史和文化来定义我的生活，要真是这样的话意味着我已经完蛋了。在我们这个时代的文明世界里，最常见的教导可以简单概括为："告诉我你从哪儿来，我会告诉你，你是什么。"即便我那热切美国化的家庭同意，芝加哥也压根不可能把我变成它那个样子。在我能完全想明白之前，我已经相当顽固地抵抗它的物质影响了。我也说不上来，为什么不允许自己成为环境的产物。但是，唯利是图、精明实用、商业经营这些对我都没有任何影响。

我的母亲希望我成为一个小提琴手，如果成不了，就做个拉比。我的选择就在帕尔默之家演奏晚餐音乐和主持犹太教堂之间。在传统的犹太正统派家庭，小男孩被教着翻译《创世记》和《出埃及记》，所以，如果这个伟大的世界、街上的大世界没那么诱人的话，我很容易就去当拉比了。此外，虔敬遵守教规的生活不适合我。我很小的时候就开始乱读，很快就被带离了古老宗教。我父亲不情愿地让我在十七岁时进了大学，我成了一个满怀热情（兴奋坏了）但表现不稳定、老喜欢和人对着干的学生。如果我注册了经济学 201 课程，我肯定会把所有时间花在读易卜生和萧伯纳上。如果我注册了一门诗歌课程，我会很快厌倦韵脚和诗节，把注意力转向克鲁泡特金的《革命者回忆录》和列宁的《怎么办？》。我的品位和习惯都是作家式的。对于诗歌，我更喜欢自己读自己的，而不是根据课上教的音顿。要是看书看累了眼睛，我就去男子俱乐部打台球和乒乓球。

我很快意识到，在先进的欧洲思想家看来，来自芝加哥这个野蛮物质主义中心的年轻人，他的文化前景注定是灰色的。屠宰场、钢铁厂、货场，构成城市的工业村都是些简陋的平房、阴郁的金融区、棒球场和职业拳击赛、机器一样的政治家、禁酒帮派间的战争——所有这些加起来，还有一个"社会达尔文主义"式黑暗的坚硬表面，文化的光芒是无法穿过的。在极其文雅的英国人、法国人、德国人和意大利人——这些艺术最高级现代形式的代言人看来，是没有希望的。其中部分外国观察家觉得，美国相较于欧洲有若干优势。它更多产、更有活力、更自由，而且在很大程度上免受病态政治和毁灭性战争的影响，但就艺术而言，正如温德姆·刘易斯所指出的，如果你想当一个画家，爱斯基摩人的出身要好于明尼苏达州的长老会教友。

文明的欧洲人往往摆脱了他们自己国家的阶级偏见，于是顺便把还没烂熟于心的偏见集中到对所有人都开放的美国上来。但是没人能预见到，所有文明国家都注定沦为一种共同的世界主义，文明古旧分支的不幸衰落将带来全新的机会，让我们摆脱对历史和文化的依赖——这是衰落的一个隐性好处。尽我们所能来解释我们的境况，人类不就是为此而生吗？当中心陷落、大厦将倾，人们就有机会看到一些曾被遮蔽的真相。之后是打下更坚实的新基础，旧的典籍被以新的方式阅读。

现在回想起来，我的许多作品，都是广泛阅读之后而成的喜剧。想象自己是美国卡利班①的亨德森,爬上他继承来的豪宅图书馆的梯子,翻检父亲藏书中标记过的段落——他父亲是普洛斯彼罗②,不会原谅儿子如此野蛮的行径。诗人洪堡炫耀自己在新泽西州穷乡僻壤的小破屋,还要引《麦克白》:"这座城堡的位置很好。"奥吉·马奇则在艾因霍恩床下的盒子里找到哈佛经典丛书。为什么对高级文化的执迷那么好笑呢?这么说吧,这时候美国社会已经朝着一个非常不同的方向进发了。在一视同仁的慷慨之下,它让脑袋里还在想着叶芝、艾略特和普鲁斯特这些他最喜欢的作家的洪堡,开着一辆前挡泥板带四个洞的别克,上了坑坑洼洼的泥路。在他美国同胞的眼中,上帝保佑他,他真是精神恍惚。

之所以好笑,还有一个更黑暗的原因:知识分子尽了最大努力来启蒙我们,为我们写书,但往往把我们带进抽象的沙漠。这么多年的专心勤奋学习之后,我们得到的却是无法向我们展现现实的一堆意见和公式。理论借用弄瘫了个人判断。换句话说,我们必须对学习持怀疑态度。我们是杂种野蛮人,知识分子说啥我们信啥,还忍受着他们"权威解释"里新发明出来的心灵语言。但最终,人必须消化掌控他自己的经验。他拼命在书里寻求帮助;但正如卡夫卡观察到的那样,把生命囚禁在一本书里是无益的,"一如笼中唱歌的鸟"。

有了这样的观点,我发现自己正如美国人所说的那样,左右为难,在岩石与险境之间。欧洲的观察者有时会将我归类为某种杂交珍奇,既不完全是美式也不太符合欧式。我旁征博引各种哲学家、历史学家和诗

---

① 莎士比亚《暴风雨》中丑陋凶残的奴仆。
② 《暴风雨》中被篡了位的米兰大公,遭流放后用魔法复位。

人,而他们都是我在美国中西部的洞穴里狼吞虎咽吸收的。我当然是自学成才的,现代作家都是这样。那个充满活力的新人,19世纪的小说家,大胆猜测、冒险和推论。独立的头脑自会形成判断。"世界,"巴尔扎克宣称,"是我的,因为我理解它。"

从另一个角度,美国读者有时会反对我书里某种异域性。我满口旧世界的作家,我那高眉的做派,让人觉得惺惺作态。我欣然承认我写的东西无论在哪儿都很难读,而且随着公众文盲率的提高,我可能会变得更难读。测试读者的智商绝非易事。人们应该知道,如果他们横竖要读书,那么出于对书籍的尊重,或是为了保存自己的颜面,他们应该较一般程度更熟悉一些20世纪的历史。此外,作家总是理所当然地认为,存在某种心灵的统一。"其他人在本质上和我是一样,我大体上也跟他们差不多,只是或多或少有些细微差别"。一篇文章便是一次献祭。你把它带到祭坛上,希望它能被接受。你祈祷着,至少那拒绝不会让你暴怒,把你变成该隐。也许,你天真地制出你的挚爱珍宝,不事声张地藏诸山林。那些现在认识不到它们价值的人以后可能会醒悟。而且你一直不觉得自己是在为任何一个同代人写作。很可能你真正的读者还没出现,而你的书会让他们真的出现。

有时候我是喜欢取笑那些受过教育的美国人。像《赫索格》,本来是一部喜剧小说:一个美国好学校的博士,当他妻子要为另一个男人而离开他时,他崩溃了。他开始沉迷于书信体,写了一堆悲伤、灼人、讽刺、狂躁的信,不仅写给朋友熟人,也写给那些塑造他头脑的大思想家。在这艰难关头,他从书架上抽出亚里士多德或斯宾诺莎一顿猛翻是要干什么呢,寻找安慰和建议吗?这破碎的人,当他试图把自己重新拼接起来、解释自己的经历、让生活重获意义的时候,他看清了这些努力中的荒谬。"这个国家所需的是，"他最后写道，向他那荒谬状态投降，"上好的五分钱的综合①。"在这里，他实际上是在和伍德罗·威尔逊的副总统马歇尔先生对话，马歇尔在"一战"时说过："这个国家所需的是一支上好的五分钱的雪茄。"

《赫索格》的一些读者抱怨这本书很难。他们可能对这位不幸又滑稽的历史教授颇感同情，但偶尔又厌恶他掉书袋的冗长信件。有些人觉得他们是被困在一场思想史摸底考试里了，还认为我太坏了，将风趣、同情跟卖弄晦涩学问混在一起。但我正是在嘲讽那书呆子的迂腐呢！我得到的回应是："如果你的目的是这个，那你并没有完全成功。你的一些读者认为，你正在设置一个挑战，类似于障碍训练，或是门萨俱乐部的一个书呆子填字游戏。"有些人可能受宠若惊，其他人则不喜欢接受测试。人们把最好的思维能力留给各自的专业领域，并且接下来，警觉的公民还要面临一系列严肃问题——经济、政治、核废料处置，等等。一天的工作完成了，他们想被逗乐。他们无法理解为什么他们的娱乐活动不应该只是娱乐。我某种程度上也同意这一点，因为我自己有时候读蒙田，也很想跳过他长篇累牍的引经据典，我高中程度的拉丁语这时候备感压力，让自己回炉再去念高中可不是一件快乐的事。

关于《赫索格》我最后想说的是，我写这部小说的本意是展现所谓"高等教育"如何无力于拯救一个陷入困境的人。最后他意识到，他没有接受过生活教育。在大学里，有谁会教他如何解决他的性需求、如何与女性相处、如何处理家庭事务呢？他以游戏的语言，又回归原点——或如我在写这本书的时候所努力的，让他回到初始的平衡点。赫索格的

---

① 引自《赫索格》，索尔·贝娄著，宋兆霖译，上海译文出版社，2006。

困惑是未开化的野蛮人的困惑。你说，还能是什么呢？不过有一点，是在他的喜感加持下他能紧紧把握的。即便在最深的困惑里，仍有一条通往心灵的步道。可能很难找，因为人到中年，这条路上已经杂草丛生，荆棘遍布——其中长势最狂野的就是我们所说的教育。但是这条通道一直都在，我们的任务就是保障它的开放，进入我们自己的最深处——那个意识到还有更高意识的部分，借此我们才能做出最终的判断，整合万事万物。

这种意识是独立的，不受历史喧嚣和我们即时环境的干扰。这便是生命奋斗的全部含义。心灵必须找到自己的根基，坚守阵地，击溃敌意。这敌意在思想中时有体现——或是否认心灵的存在，甚至企图宣告心灵完全无效。

[1987]

一个犹太作家在美国：一次讲座

先说说这次演讲的题目：是关于我个人的历史，以及这段历史背后的人的真实存在性。真实存在的人这个概念，在现代主义、后现代主义和后后现代主义思想家们这里已经大打折扣，它遭受的待遇让人联想到模拟汽车碰撞和飞机失事的工程师对人形肖像的粗暴使用——我们眼睁睁地看着假人被肢解，被点燃的航空燃料所吞噬。

"身份问题"一直困扰着现代知识人。极具影响力的存在主义、解构主义和虚无主义的设计师们已经齐心打造了个体（即我们每一个人）"新面貌"，那么我在这时候还大谈自己的个性和个人历史，是想要做什么呢？而且，事实上作家——小说家——是无权这么伸张的，他要么没时间，要么是没有那种形而上的能力。我想说的是，学识渊博的哲学家和批评家们提出了一些或许不必提出的问题，这些恶毒的问题，我将把它们和一个更恶毒的质疑联系在一起，即，一个人是否有权利以任何形式存在。

哲学家莫里斯·R.科恩曾经被学生这么问："教授，我怎么知道我存在？"

"嗯？"科恩回答道，"那么是谁在提问？"

多亏科恩教授，让我觉得自己站在了更坚实的基础上，可以做我一生所做的事：也就是，本能地回到我的第一意识，那个在我看来一直最真实、最触手可得的意识。对于那些无法触及任何核心意识的人来说，世上没有任何奥秘。他们会说，语言分析学家的目的是破除所有奥秘——那些所谓的奥秘。然而，我们必须尊重事实。事实是，由于我无法解释的原因，我自己的第一意识已经不间断存在了好多年。我都不知道怎么说，为何会有这种忠诚的依恋。我只能说这是一个事实，我想知道为什么有人觉得有必要去怀疑这个现实。但我们那爱管闲事的大脑就是会怀疑所有这些现实。我认作事实的核心意识，被这个相当现代、受过教育、具有先进意识的世界所怀疑，觉得那是假的，很可能是妄想。

现在，我便想让你们相信，我是对的，而我说的那个爱管闲事的大脑，错了。

在我众多意识中的第一意识是：我是一个犹太人，是犹太移民的孩子。在家里，我们的父母互相讲俄语，我们这些孩子和他们说意第绪语，孩子之间互相说英语。四岁时，我们开始用希伯来语阅读《旧约》，我们遵守犹太习俗，其中有些是迷信，我们整日都在诵祷和祈福。我必须记诵大部《创世记》，因此我的第一意识是有这么一个宇宙，在这个宇宙里，我是犹太人。对于世界的这种显现，用"古代"一词来形容是对的，如我过去所做的那样——那是过时的，史前的。这就是我"被给定"的部分，争论、试图修改或抹去这一点是毫无意义的。

对神圣上帝的千年信仰可能会拓深人的心灵，但它也显然是过时的。而现代的影响会立马把我带到时代最前沿，并向我揭示我有着多么古老的起源。然而，要摆脱这些起源，在我看来绝不可能。让我把自己非犹太化，是对我的第一意识的背叛。人们可能被诱惑着去超越被给定的自我，发明更好的自我，试着从更有利的地势重新进入生活。在美国，这是很常见的，我们都见过好多成功案例，许多都极富聪明才智。但我想都没想过这么做。所以说，我可能是过时了，但我也摆脱了深陷身份危机的恐惧。

然而，还有其他危机要面对。作为一个读了《西方的没落》的高中生，我了解到在斯宾格勒看来，我们的文明是一个浮士德文明，我们犹太人是巫师，是某类原始人的幸存后裔和代表，完全无法理解创造了西方伟大文明的浮士德精神，是基于盲目的生存方法或欺骗来发展出适应策略或保护性拟态的异邦人。因此，迪斯雷利通常被称为19世纪最伟大的政治家，实际上并不知道他在做什么。他无法自然地融入英国精神，只是通过学习和计谋才取得了成功。

读到这儿，我受了重伤。我嫉妒浮士德主义者，诅咒我的命运。我已经准备好成为文明的一部分，而文明的一位杰出阐释者（斯宾格勒可是国际上畅销的作家）告诉我，我天生就被取消了资格。他没说我该被判处死刑，有人可能会对此感激不尽。但他确实说了犹太人是化石，精神上过时，这本身就是一种死亡。然而我是美国犹太人，不是德国犹太人或法国犹太人，美国的一切都不同。我孩子气的预感是，美国，自由秩序的开明创始者，可能是文明的一项全新冒险，会把浮士德主义者抛在后面。因此，巫师之于浮士德主义，正如浮士德主义者之于美国人。通过这种巧妙的方式，我让斯宾格勒陷入绝境。

后来我在他那种历史中看到了一种达尔文主义——人类在演化阶段中不断进步。在自然历史博物馆，我都不知道该怎么跟周围的翼龙和菊石共处，该怎么接受自己站在一块被遗忘的进化展板上。这么描述博物馆里的自己没什么不好，我反而意识到我不属于那里。

讲演开始的时候我还没形成什么合适的观点，但现在我开始意识到我想说什么。我正在研究的状况是，一个年轻的美国人在30年代末发现自己有点像个作家，于是开始思考该怎么做、如何给自己定位，以及如何将作为一个犹太人、作为一个美国人和作家结合起来。不是每个人都认为这样很好。这个年轻人受到各方的质疑。占人口多数的新教徒的代表,想看看他够不够格。更势利因而不那么公然显露敌意的英国人,想知道他是谁或他认为自己是谁。后来,他的法国出版商干脆把他的书就交给犹太人翻译。

犹太人也一样试图给他找个定位。他过于犹太了吗?他足够犹太了吗?他对犹太人来说是好还是坏?商界或政界的犹太人问道:"我们得一直读他那该死的犹太人吗?"犹太批评家则磨刀以待——他们另有企图。这些犹太移民的儿子,是他们祖辈的饶舌和尖叫让到访下东区的亨利·詹姆斯感到紧张;他们在写爱默生、沃尔特·惠特曼或马修·阿诺德时,暗中指责自己的冒昧无礼。我个人的看法是,既然亨利·詹姆斯和亨利·亚当斯毫不犹豫地表达了他们对犹太人的厌恶,那就没有理由不让犹太人对这些大师——在心怀尊重的同时——想怎么写就怎么写。让这些人(心怀敌意的美国盎格鲁-撒克逊白人新教徒)一锤定音地决定何为美国人的心灵,而不去挑战其中偏狭的观点,让欧洲人染上的种族偏见肆意蔓延开来,将是不忠诚的,也是懦弱的。

另一方面,一个人不可能永远是英雄,布朗斯维尔[①]和德兰西街[②]的阴影时不时笼罩在爱好美国文学的犹太人身上,他们不幸地想知道T.S.艾略特或埃德蒙·威尔逊会怎么看他们。在我同代的犹太人中,不止一位诗人同英国做派打情骂俏,其他人则表现出各不相同的躲避、搪

[①] 20世纪10年代至50年代被称为"美国的耶路撒冷",位于纽约布鲁克林东区,是继曼哈顿下东区人满为患后的新的犹太人聚集地。

[②] 位于纽约曼哈顿下东区,是20世纪初犹太人聚集地。

塞、诡计和伪装。我对这种事没什么耐心。如果盎格鲁-撒克逊白人新教贵族们想把我看作他们珍贵文化遗产的犹太偷猎者，那就随他们去吧。

正是在这种反叛精神中，我写了《奥吉·马奇历险记》和《雨王亨德森》——"我是一个美国人"，等等。不过，我当然没傻到以为自己已经圆满解决了某些严重持久的问题。人人都不断将这些问题强加于我，包括我相当敬重的犹太作家和思想家。50年代的时候，我到耶路撒冷拜访了什穆埃尔·阿格农，当我们坐着喝茶，用意第绪语聊天时，他问我写的东西是否被翻译成希伯来语。我说到目前为止还没有。他以可爱的狡黠说，这是最不幸的。"大流散犹太人的语言不会持久"，他告诉我。然后我感觉永恒在我上方若隐若现，我意识到自己的渺小。但我还没完全失神，于是接住他的妙语，让谈话继续，我问道："像可怜的海因里希·海涅这样的诗人会变成什么样？"阿格农回答说："他已经被翻译成精美的希伯来语了，他的永生得到了保证。"

阿格农当然坚持认为犹太作家应该用的语言是希伯来语。我不介意就此开辩。但我没法把我的整个生命拆解下来，在希伯来语中重新开始。阿格农也不想让我这么做。他没有一丝恶意，只是将我的注意力引向了犹太历史的某些章节。他温柔地刺了我一下。

格尔肖姆·肖勒姆的书我很欣赏，他对我就没那么和气了。我被告知，我1976年获得诺贝尔奖时所作的发言让他大发雷霆。报上引用我的话，我说自己是美国作家和犹太人。也许我应该说我是犹太人和美国作家。因为肖勒姆是本世纪最伟大的学者之一，我很抱歉冒犯了他，但是在朝他的方向鞠一躬之前，允许我自己补充一句，这个问题让我想起以前小孩子常被笨拙的周日访客问到的那个问题："你更爱谁呀，你爸爸还是你妈妈？"我意识到我不假思索地回答记者："作家第一，犹太人第二。"

那么理所当然地，肖勒姆立马就把我和那些德国犹太人等同起来了，他们竭尽所能地自我同化，莱昂内尔·阿贝尔（在《知识分子愚行录》里）写他们觉得"德国文化是异教世界的文化"这一点最让人钦佩。肖勒姆说，德国犹太人的悲剧在于（阿贝尔也在这段里参考了肖勒姆），"他们被他们最爱的国家的民族主义政治运动摧毁"。

和许多犹太人的问题一样，这个问题比表面看上去更悲惨、更深刻。我将从自己的观点，即一个美国犹太作家的观点来审视它，并将重新回到阿格农，他在流散犹太人的语言会消失这一点上，温柔地刺了我一下。一个人的语言是精神性的所在，是这门语言收容你的灵魂。如果你出生在美国，所有的基本沟通、你和你自己最深入的沟通，都是用英语——美式英语。你不会用任何其他语言来撒谎，或说出真相。没有这个语言，就没有基本的思考。你不会用希伯来语或法语深思自己的死亡。你的英语是你展现人性的首要工具。当毒气室的门被关上，许多最后一次呼唤上帝的德国犹太人不可避免地使用了杀人者的语言，因为他们没有其他语言。

阿格农戏谑的警告背后，就有一些这样的认识。这种戏谑是他严肃对待我的一种犹太人的方式。他认为，犹太人的灵魂必须背弃欧洲，并在应许之地天堂般的和平中思考智慧（hochma）。是的，但将自己局限于应许之地，是犹太人无法忍受也无力承担的。即便那些从散居地移民来以色列的人（aliyah），也不能没有西方科学、西方文化、西方融资和技术。在阿格农的脚下研究智慧本来是多么令人愉快。他是这么说的——用意第绪语告诉我，如果我希伯来语的程度高到能理解他，那么我就会渴望再次见到他。在纳粹噩梦般的折磨之后，我们终于可以一起安顿下来，等待上帝之国的复兴。

在我看来，这不仅是一个犹太人，而且是一个欧洲犹太人的文学愿景。在欧洲，犹太人几乎在所有知识领域都大受欢迎，但犹太艺术家还是不可避免地遭遇国家或种族的障碍。瓦格纳的音乐理念以某种形式拒绝他们。歌德一定是比瓦格纳更理性、更平衡的，但即便是他也在《威廉·迈斯特》(第三部)中写道："我们不容忍我们之中有任何犹太人；我们怎么能让他分享最高文化，分享他所否认的起源和传统呢？"尼采在《善恶的彼岸》中写道："我还从未遇到过一个对犹太人怀有好感的德国人。"他这句话可不是对德国人的恭维。而1953年，被许多人称为20世纪最伟大哲学家的海德格尔仍然在谈论"国家社会主义的内在真理和伟大"。

分享最高文化，分享他所否认的起源和传统？但正在进行这种否认的，恰恰是传统文化。

在20世纪的欧洲，外国佬（métèque）作家大量出现。法语词典将métèque释义为"局外人"或"外国居民"，带有贬义。《牛津英语词典》释为客籍民（metic），但在这里不是常见用法。小说家安东尼·伯吉斯谈到métèques，并强力捍卫了外国佬作家——这里不是他们的出生地，他们处在语言及孕育语言的文化的边缘，被指对那些英语习语和语法的精妙规则、对"语言的天才"缺乏尊重（那些专家们这么说）。因为，伯吉斯说，英语的天才之处在于它的可塑性，它既愿意屈从于外国佬，也愿意屈从于纯正种族和正统语法："我们如把波兰人和爱尔兰人看作外国佬，便足以认定，在20世纪，相较于那些固守精妙规则的纯种英国文人，这些外国佬为英语做出了更多贡献（这意味着他们展示了语言真正能够做到什么，或证明了英语真正的特征是什么）。"

伯吉斯所说的爱尔兰人是乔伊斯，波兰人是约瑟夫·康拉德，我们还可以径直往这份名单里加上写法语的阿波利奈尔，写俄语的伊萨克·巴别尔、曼德尔施塔姆和帕斯捷尔纳克，写德语的卡夫卡，写意大利语（或的里雅斯特语）的斯韦沃，另外还有 V.S. 奈保尔或弗拉基米尔·纳博科夫。事实上，在这个世界主义的时代，要从现代文学里删掉外国佬而不留一丝痕迹，也不是件容易的事。

我可能问过阿格农，迈蒙尼德的阿拉伯语著作翻译成希伯来语，做得好不好。我那时候有点失神，即便现在，我的议论也有点不合时宜。

在美国，谁都是外国人，这些外国人可能正在形成一个民族类型，也可能不会（谁能预测未来会变成什么样呢？），所以像"外国佬"或"客籍民"这样的词是不适用的。更新维系种族的纯洁，是法国人的专长，如果一个人的法语可以为另一个法国人所接受，那么至少他已经用说的方式，表达了自己对高贵地位的向往。但是，异教徒混杂的纽约和婆罗门般高贵的波士顿从未主导美国人该怎么说话，而且东部人自命不凡的贵族做派在这个国家的其他地方还老被人嘲笑。然而，当我们自己的客籍民——犹太人、意大利人和亚美尼亚人移民的后裔——在第一次世界大战后开始写小说时，却引起了别人极大的不适，在某些方面甚至引起了警觉和愤怒。

欧文·豪在回忆《党派评论》的岁月时说过："部分本土知识精英……感觉名气再小的纽约作家都令人难以忍受。很快，他们嘟哝着说，美国语言和精神的纯洁被纽约街头污染了。……在大屠杀之后，反犹主义已经完全声名狼藉，成为文明意识的一层薄薄的遮羞布；但一些本土作家……在说起那些纽约的侵占者，也就是那些提议重塑美国文学生活的布朗克斯和布鲁克林聪明人时，从来不缺私底下的用词。杜鲁门·卡波特后来在电视上攻击犹太作家，他只是放肆地说出了那些更审慎的绅士私下里的低语。"

卡波特说，犹太帮正在接管美国的文学界和纽约的出版界。他在后来的一本书中写道，犹太人应该被塞进自然历史博物馆。

我对于 R.P. 沃伦这样的作家亏欠太多，他在我刚起步时对我相当好，也欠约翰·贝里曼、约翰·契弗和其他美国血统的诗人、小说家、批评家太多，他们一直在抱怨被忽略、被歧视或错误对待。大多数美国人都是根据功过取人，对于大多数读者来说，我的父母在哪儿出生并不重要。

然而，犹太作家万万不可无视那些贬低他的人。当他从一位他非常钦佩的诗人那里听到，美国已成为南欧佬和犹太佬的土地时，他不得不厚起脸皮，但又不能让自己显得粗鲁；或者从一个文学界更有名的大人物那里听到，他的犹太人同胞是逼迫逆来顺受的异教徒交高利贷的罪魁祸首，是他们把世界推向战争，非犹太人是被犹太佬驱使着来到屠宰场。我们这一代还有一个大诗人认为，必须限制基督教社会中不信教的犹太人的数量。

对于一个犹太人来说，应该采取的正确态度是尼采式的：鄙视被人鄙视这一现实（spernere se sperni）。

无论这种现象在易感的瞬间如何令人不快，它还是微不足道。对犹太人的厌恶是盎格鲁-撒克逊白人新教徒文人认同自己伟大传统的一种方式。此外，对于非犹太人来说，总有一刻像是要进行遗传选择一样，他们发现自己生来就有权决定是要支持还是反对犹太人（犹太人却没有这样的权利）。在本世纪初，有了一个与那些有权力的杰出知识分子平起平坐的机会。如果你来自爱达荷州或密苏里州，而能与莫拉斯①或不让德雷福斯②平反的人同台唱和，那真是太好了。

亨利·亚当斯特别喜欢德吕蒙，那位反对德累福斯脱罪的记者。即便最开明的头脑，如果你凑近了看，也会发现它们的虬曲角落。有这么一个诡异的例子，我引述一下 W.H. 奥登在埃兹拉·庞德获得博林根奖后向卡尔·夏皮罗所做的评论："每个人都或多或少是反犹的。"千真万确。我们都知道这一点，我们多想给我们最爱的作家发一张通行证，特别是那些最受爱戴的、一直不屑于流行偏见的作家，像奥登这样的，现代英国诗人中最无拘无束的一位。他在每个重大方面都是一个例外——正如卡波特，事事处处都不出所料地惹人厌。

"我们想摆脱我们出生的那个世界的恐惧和束缚，"欧文·豪在谈到30、40年代在《党派评论》发文的犹太作家时说，"但面对异教徒礼貌地筑起不可逾越的高墙时，我们会奋起宣称我们的'不同'，好像是为提升犹太性成为一种更高的世界主义力量。"如我们所见，异教徒并不总是彬彬有礼。关于其他人，豪是对的。他只是错在把给《党派评论》撰文的一众犹太作家视为一个完全统一的集体——"纽约作家"。我们这些人里，至少有两个认为自己是生长在波兰人、斯堪的纳维亚人、德国人、爱尔兰人、意大利人和犹太人混合区的芝加哥人。纽约作家主要来自犹太社区。我本不想成为《党派评论》团体的一员。然而，就像其中许多成员一样，我是"一个拒绝否认自身犹太性的、被解放了的犹太人"，如果我能在那些日子里好好思考，我想我应该会自称为一个"世

---

① 即夏尔·莫拉斯（Charles Maurras，1868—1952），法国反犹作家。
② 法国犹太裔军官阿尔弗勒德·德雷福斯被判为叛国，1906年平反。

界主义者"。

我查阅德尔莫尔·施瓦茨的时候发现他写的一篇文章,称T.S.艾略特为"国际英雄",这位诗人最贴切地定义了现代境况:萎缩、腐烂、疏远、失望、衰落——这是从古典主义和贵族趣味的高处来看待文明,所有这些判断都离不开一种高贵的历史意识。但我没法把自己安顿进去。事实上,按照艾略特的判断,我应该是那堕落的一部分,是他失望的部分原因。这倒不是说我的亲戚里有谁跟那用利爪撕开葡萄的本姓拉宾诺维奇的蕾切尔①有一丁点相像,但我确实觉得自己在艾略特的历史意识中地位肯定相当低下。当然,我拒绝屈服于这种尊贵意识的控制。我怀疑它是不值得信赖的,尽管外表光彩照人,但我觉得它比街上没头脑的虚无主义更险恶。历史呢?当然要,但是我们应该相信谁的版本——谁来为我们总结它呢?

我发现,在T.S.艾略特和乔伊斯及同代其他杰出人物这里,自18世纪末以来艺术家所理解的历史是——浪漫的历史。艺术家,即便是最激进的艺术家,也有自己的正统观念,且对西方历史抱持正统观点。但当我观察艺术本身,会发现艺术若自由发展,就会不断显现新证据,部分推翻那些最负盛名的作家对现代文明的判断。艺术不会受制于这些作家的最终判断。在我看来,不接纳新发现的僵化观点,无异于操纵拍卖。

但我想我可能花了太多时间在那些操控作家、统治英语系和文学新闻业的文化大佬身上了。受T.S.艾略特影响,出现了一种上流社会的独裁(以埃兹拉·庞德为首的流氓派系),这些人以传统主义者自居,实

---

① 艾略特《夜莺声中的斯威尼》诗中的人物。

际却是彻头彻尾的种族主义者。但这些事终究不值一提，只是小插曲。我们被要求克服与超越的，是出生和环境强加给我们的东西。卡尔·夏皮罗在他那部绕不开的著作《捍卫无知》里明白无误地指出，犹太作家的志业不是抱怨社会而是超越抱怨。

我们这个时代的犹太经验具有压倒性影响，这些不过是社交方面的事务（令人不快、不舒服），相形之下轻如鸿毛。

在读莱昂内尔·阿贝尔的回忆录《知识分子愚行录》时，我发现一个抓人的段落。阿贝尔说，战争期间，他曾对纳粹恐怖行径及东欧集中营的情况有所耳闻："但直到1946年德国投降一年多之后，我才真正意识到发生了什么。我带着母亲去电影院，我们在新闻片中看到了美国军队进入布痕瓦尔德集中营的一些细节。我们目睹了成堆的尸体如何被发现，目睹瘦弱、被虐待但一息尚存的囚犯如何被解放，目睹集中营里的各种灭绝手段、各种绞刑架以及纳粹放毒气杀害民众的那些建筑物。"

"这是永生难忘的画面，但我们离开电影院时，我母亲对我说的话同样令人难忘，她说：'我想犹太人是不可能克服这样的屈辱的。'她对德国在道德上蒙羞只字未提……她说的……不止于道德上的蒙羞，还有犹太人招致的屈辱。他们是如何克服它的？成功移民到巴勒斯坦并建立以色列国。"

我也看过集中营的新闻片。在其中一部里，美国推土机将赤裸的尸体推进一个大大的深坑。四肢脱落，头从崩解的身体上掉下来。我对此的反应与阿贝尔夫人的反应相似——这是一种令人深感不安的屈辱，是一种人类降级的感觉，好像遭受这种苦难的犹太人已经失去了其他人类同胞对他们的尊重，好像他们现在就会被认为是绝望的受害者，无法进行光荣的自卫，随之而来的可能还有一种对极端痛苦的本能反感或厌恶———种自己也受到污染、嫌恶的感觉。全世界都会带着怜悯看待这些死者，而这将他们推向人性的边缘。

"当然，大屠杀是一场悲剧。"阿贝尔说。作家都喜欢文学分类，阿贝尔开始谈悲剧理论："说到悲剧，我们必须牢记最好的悲剧批评家们的说法：作为艺术的悲剧，在结束时必须有和解的时刻。人类精神，已经被太多可怜可怕的事物所冒犯，因此必须与现实和解。这么多恶，必能带来一些善；而对于犹太人来说，只有以色列国的建立才能实现这种善。大屠杀所带来的，就是犹太复国主义的成功。"

我在页边的注释是"我们真的要到这个程度吗？"，我很难确定是时候让第五幕①落下。斗争还在继续。然而可以肯定的是，以色列国父们用他们的男子气概让犹太人重获尊重。他们解除了大屠杀的诅咒、抹去了受害的侮辱，为此，散居地的犹太人心存感激，对以色列报以忠诚的支持。或许比悲剧更合适的类别——如果需要一个类别的话——是史诗。几个世纪以来对犹太理念的信奉，确实会让人想到一部长篇未完的史诗，一群人正将自己奉献给更高远的存在。

在德国，瓦格纳式和后来希特勒式的史诗主题的复兴，很可能是为了取代犹太史诗，甚至摧毁犹太人的计划从体量上讲也是史诗级的。以色列的建立是犹太人史诗的新篇章。我们选择哪种文学标签可能一点都不重要，但后来我说到犹太人与文学，这时候讨论悲剧和史诗的分类就有点意思了。因为，前面的讨论暗示着，在现代世界的虚无主义深渊与虚空中，犹太人通过自身的恐怖遭遇和对苦难的回应，将自己与西方普遍存在的虚无主义情绪相分离——如果他们希望与这种虚无主义做切

---

① 古典戏剧与莎士比亚戏剧多为五幕结构，第五幕是终幕、结局。

割,他们是有这样一个正当合理的选择的。

与此同时,我还经常想着,如果他们没有被本世纪的经历所激怒,那才是一个奇迹。我查了叶芝的诗《为什么老人们不该发疯?》,看看他的老人们都受到些什么样的刺激:一个能干的小伙子变成一个醉酒的记者,一个有出息的女孩去跟一个傻帽生孩子。是的,个体的悲剧——人们不应该轻视它们。但是,和彻底消灭一个古老人群的计划相比,想想如果你是犹太人,至死都在被骂出身,那么个体悲剧所致的疯狂真可以忽略不计。

我有时会瞥见自己,一个上了年纪的犹太人,有点疯、有点走极端,就好像一只瓶子装不下倒进里面的东西,感觉自己的精神界限正在崩塌。我偶尔觉得自己在以色列政治里看到了大屠杀记忆所破坏的理性。即便我们接受阿贝尔的观点,认同以色列建国是一种发泄,宣布建国是大受欢迎的终幕——建国大戏的第五幕可能已经落下,但是犹太人与西方历史的牵绊还远未结束,我们自己的美国章节肯定还在进行。

时代已经改变(总是这样,不是吗),自卡尔·夏皮罗发表《捍卫无知》以来。我在充满希望的60年代读过它,其中关于美国犹太作家的章节让我永生难忘。夏皮罗认为,犹太人的创造性智慧几个世纪以来一直走了岔路。"我们时代犹太人的惊人知识力已经渗入了阳光下的一切,唯独犹太意识除外,"他写道,"众所周知,世界上只有两个国家可以让犹太作家自由地创造自己的意识:以色列和美国。……欧洲犹太人永远是过客。……但在美国,每个人都是过客。在这片无尽过客的土地上,犹太人处于一种罕见的地位,可以'过上充满犹太意识的生活'。犹太人生活在一个奇妙的历史悖论中:我们,竟是现代世界的精神原住民。"

在这里，夏皮罗说，美国犹太人已经能够"从历史意识中破土而出一个完整的犹太意识"。

后来，当他开始比对犹太神秘人文主义与美国世俗人文主义时，我便觉得索然无味了。但他之前的断言，即犹太作家在美国可以自由地创造自己的意识，极具吸引力。

然而，在创造自己的意识时，我们犹太裔美国作家必须考虑的限制是什么？我之前谈到了现代世界的虚无主义深渊，还提到说通过犹太人的恐怖遭遇、纳粹最终解决方案的残暴，犹太人可能会脱离西方的虚无主义。如果他们希望将自己与现代的、欧洲的虚无主义分开，他们会合理地行使这一选择权。我这么说具体是什么意思呢？

说起来比较复杂。我自然会被要求先定义一下虚无主义。虚无主义是什么？我们有各种定义可以选择。对于尼采来说，虚无主义意味着废止迄今被接受的所有标准和基本价值。但这可能太宽泛而无用。更在点上的定义是，虚无主义否认存在任何不同实质的自我。缺乏自我实质使得所有人都毫无价值、微不足道。如果我们微不足道，那么我们变成什么又有什么重要呢？然而，那些被杀害的人不需要接受杀手对他们的定义，也无法从杀手那里获得自己的人性，一如无法从杀手那里得回自己的生命。重估价值的重担在杀手那边，而他们的基础是虚无主义。

让犯下罪行的国家为这些人承受指责吧。被杀的人没有受邀进入虚无，而是被强迫接受虚无。在这种境况下——当我们的人性被人定义，或被指为缺乏人性——我们可以自由地撤回（在无法撤回我们身体的地方，撤回我们的思想）。屠杀者认为屠杀是被允许的，被杀的人充其量只是对生存有小小的主张，这主张还站不住脚，虚构了一个不可侵犯的自我。安乐死的理论家很久以前就同意毁灭不合格的人。即使是像萧伯纳（及其他）这样温和素食的费边主义者也同意，进步社会应该采取措施，摆脱有缺陷的类型。纳粹在中欧以严格程序开展社会、历史"进步"改革，是对犹太人和其他被判为多余的人的炼狱般的讽刺。这就是我谈到虚无主义的原因。

　　长久以来，我们都乐于将宇宙中的精神秩序与我们自己的生活联系起来，而现代价值体系视之无益、置之不理，这是不对的。我们对社会秩序采取务实态度，不会让普遍观念来影响我们自己独特的道德观。哲学家威廉·巴雷特在他最近的小书《灵魂之死》中，对自我消失（实际上是毁灭）的后果进行了有益的讨论。他批判性地审视海德格尔如何对待人类。在海德格尔看来，我们存在于这个世界上吗？我们问海德格尔："谁正在经历所有这些不同的存在方式？（或用更传统的语言表述，谁是那个主体，那个我，内在于或支持着我们存在的所有不同模式？）海德格尔在这里就闪避我们了。""我们什么都不是，"他说，"只是一种存在方式的总和，而我们自称发现的任何组织中心或统一中心，都只是些我们自己伪造或谋划好的东西。"

　　因此，在我们人类的中心——至少如海德格尔所描述的那种人类存在——有一个巨大的空洞。就这样，我们终于承认海德格尔的思想具有某种荒凉而空洞的属性，无论我们多么钦佩这一构想里的原创与新奇。

　　巴雷特接着问道："中心空空如也的人类怎么可能有真正的道德？"他总结说："（海德格尔）是绕不开的，他给我们描绘的荒凉而空洞的存在图景，可能正是运行于我们整个文化的感觉，而我们肤浅地去理解，亏欠了他。为了超越他，我们不得不亲身经历这种感觉，以到达彼岸。"对此我要补充说，哲学论证可以了结的问题，对艺术却仍然开放。因此，作家默认哲学家更优越是错误的，同样错误的是通过写诗、小说和戏剧，由艺术和人间细节来阐释、确认、实现那些杰出（以及不杰出）思想家（笛卡尔主义者、康德主义者、黑格尔主义者、柏格森主义者、马克思主义者、弗洛伊德主义者、存在主义者、海德格尔主义者等等）抽象地给予我们的思想。无论是哲学家还是科学家都无法详尽、确切地告诉艺术家，身而为人意味着什么。

但目前，这样是足够了。我前面说了，20世纪犹太人的命运是痛苦地体验虚无主义思想和虚无主义政治之残酷。我没有说犹太人——那些幸存者和后裔——逃脱了荒凉而空洞的存在图景，即巴雷特恰切指出的，这种存在感"运行于我们整个文化"。我们所有生活在西方的人都必须忍受这种荒凉。它传递的感受，它向我们灌注的动机，周遭环境使我们熟悉的人类状态，这些状态的入侵力让我们受限服从，它们给我们的个性所上的颜色，它们对我们造成的伤害，如今已经司空见惯的虚无主义那势不可挡的塑造力量——没有放过任何人。我在此展开的论点，是以我为传声筒：这样的犹太人并不能幸免于无处不在的荒凉。犹太正统显然声称对这种总体状况免疫，但我们大多数人都不认同这种正统观念。仔细观察的话，正统派也被这些含混不清所伤，未能幸免于我们这个时代对所有人无差别释放的暴力。

以色列人也想自称免疫于这种荒凉孤绝，且在某种程度上，他们必须面对的破坏危险让他们有理由这么想。但他们也是文明西方的一部分。他们必然采用西方的观念、西方的技术、西方的武器、西方的组织、西方的银行、西方的外交、西方的科学。捍卫这个犹太复国主义国家，会催生一个小型超级大国，因此以色列在相当程度上被迫共享了我们所有人都在经历的萎靡不振——法国人、意大利人、德国人、英国人、美国人和俄国人。以色列受到西方的严密监视，西方媒体和公众都在努力寻找犹太人的邪恶证据，也许其目的是将犹太人也拉进他们的虚无主义之中。

以色列之建成，是一种回应：针对开始战争的两个欧洲强国的虚无主义愤怒，针对其他不能、或许也不会保护本国犹太人的其他国家的共谋。以色列的建立者们意识到了这一点。但西方世界现在对支持以色列建国这个解决方案表现出些许不乐意——换句话说，就是想让犹太人摆脱这个想法。法国、英国和美国的犹太人都说自己在各自国家的公共生活中占有一席之地，因此他们也愿意分担那种无望的非存在感，体验自己中心的那个空洞，共享那发自每个"发达社会"垂死之心的绝望。

评论完犹太人及其无法割席的文明的实际情况之后，我想再回顾一下我1976年的发言，令人钦佩的学者格尔肖姆·肖勒姆非常不满于我说自己是美国作家和犹太人。或者，我是犹太人和美国作家。显然，让他生气的是，我应该首先把自己视为一个作家。大多数美国人在看到我的名字时，可能会对自己说"他是犹太人"，然后加上一句，"他写作"。这里的优先级并不重要。但我不是同化主义者。作为一个犹太人，我早就意识到美国在世界历史中的政治意义，意识到这个国家对人类所有分支的无与伦比的接受热情。

但我还是一个犹太人，生来就以犹太历史的方式来理解事物，我知道不能完全依靠开明的法律和制度来保护我和我的后代。我密切观察犹太人的现在，也积极地记住犹太人的过去——不仅经常有英雄般的受难经历，也体现出犹太历史意义的高度重要。我思考这些。我阅读。我想弄明白，做一个犹太人却不遵守几百几千年来的行为准则，可能意味着什么。正如老话所说，我不是一个守规矩的犹太人，但我怀疑肖勒姆亦并非完全正统。不过他沉浸在16世纪的犹太神秘主义中，仔细研究了卡巴拉主义，所以他不太可能没有宗教感情。

相比之下，我是一个美国犹太人，我的兴趣主要但不只是世俗的。我的美国和现代生活经验无法与犹太正统观念相调和。所以我的祖辈，如果他们能够亲眼看到并裁判，会发现我确实是一个非常奇怪的生灵，跟我那些天主教徒、新教徒或无神论的同胞一样奇怪。然而，他们这个怪得不像话的后代坚持认为自己是犹太人。他当然是了。不会有人觉得他应该对那一系列历史转变负责，但他成了这场巨变的一个奇怪的继承人。

对于西方特别是美国的作家来说，解决上述困难似乎为时已晚。现在几乎没有人意识到这些困难。作家很少流露说知道自己在这里享有的自由度。他们的特权显现在他们的破坏性里。他们以此来表明，伟大的美国并不拥有他们。他们对于不被拥有，又感到十分为难。但也没有人会非常认真地对待他们。说得更明白一些，就是他们并不对自己的看法负责。这些看法是空无的尘埃——没什么分量。

这是什么意思？可以说，我们在一阵眼花缭乱里，甚至将消灭虚无主义吗？

犹太作家，如果他们希望做出选择来拒绝虚无主义的做派，可以这样做。但对他们——对我们所有人来说——都更好的是，如果他们不让自己成为良心的代言人，不试着在世界面前将自己的行当道德化，如他们曾经所做的那样。

我从未想过为逃避歧视而避免被认作犹太人。我一直不是那么在意，也从没任人来歧视我——现在为此烦恼也有些太晚了。我的看法是——很多人都这么看——犹太人问题没有解决办法。在任何可预见的未来，对犹太人的恶意都不会终结；作为一个犹太人的意识也不会消

419

失，因为犹太人的自尊要求他们忠于自己的历史和文化，不是现代意义上的文化，而是对启示和救赎的千年忠诚。

在犹太教的主体这一问题上让我深受启发的哲学家列奥·施特劳斯说，那些旧信仰已经消失的现代犹太人，将信仰视为一种崇高的幻象。同化是一种不可能的选择，也是一种令人厌恶的选择。留给我们的是对犹太历史的思考。这位哲学家写道："犹太人和他们的命运是对没有救赎的活生生的见证。"他进一步指出，被选中的人的意义在于证明这一点："犹太人被选中来证明，没有救赎。那是空想……世界不是正义而永生的上帝——那个神圣上帝的创造，是我们这些有罪的生灵，为公义与慈善的缺失负责。是幻象？是梦？但在人类做过的梦里，没有比这更高贵的了。"

这与卡尔·夏皮罗的断言并非无法兼容。夏皮罗说，在美国，犹太作家可以自由地创造自己的意识。在创造时，他会发现有必要思考犹太历史并努力发现它最深处的意义。对于一个现代人来说，这或许就构成了犹太人的生活。

我在这次演讲开始时说过，"我的第一意识是有这么一个宇宙，在这个宇宙里，我是犹太人"。七十多年过去了，其中大概有五十年我都在写书，除了记述已经发生的事之外，我做不了更多了，我只能将自己作为一个例证。这份记录将显示 20 世纪如何看待我，我又是如何理解 20 世纪。

[1988]

芝加哥今昔

要用三两句概括芝加哥，可比你想象的要难。这座城市代表着美国生活中的某种东西，但那东西到底是什么，人们从来都讲不清楚。不是每个人都喜欢这个地方。从1924年起，我一直是个芝加哥人，慢慢地，我也懂得了，这感情得慢慢培养。如果没在这里住上几十年，是欣赏不来的。即便是几十年后，也没那么容易说明白你的眷恋，因为这座城市总是在改变自己，其程度超出想象。

芝加哥自力更生拔地而起，然后又自己击倒自己，甩掉一身瓦砾，从头再来。在战争中被摧毁的欧洲城市经历了艰难的恢复重建。而芝加哥不是要去恢复什么；它是让一切大不同。在这里要指望稳定，那一定是疯了。一个巴黎人总是能见着巴黎过去的样子，几个世纪以来都是那个样子。一个威尼斯人，只要威尼斯没有被淹没，他老祖宗见着什么，他也能见着。但是，一个芝加哥人在这座城市闲逛时，却感觉像个掉了好多牙齿的人。他的舌头轮番探索着一个个坑。现在我们来看看吧：五十五街的电车在路线终点拐进了哈泼大道；列车员匆匆穿过车身，把座椅转个个儿。然后他重新发动电车，搭上输电线。在这个角落里，有库蒂施堡，一幢波希米亚风的大房子，研究生、摄影师、未来的画家、哲学激进分子和实验室技术员（有个女孩把小白鼠当宠物养）在这儿扎堆。哈泼大道却说不上是塞纳河岸，这里的建筑没一座像圣礼拜堂。它们是如此丑陋，但我们熟悉它们，这是我们的，属于我们的事物留存下来，才是生命的延续。但在这里，我们注定得不到熟门熟路给人的安慰。我们芝加哥人，不能沉溺在一堆纪念品里多愁善感。

西边是一览无遗的新摩天大楼群。其中最雄伟的是西尔斯大厦，鹤立鸡群，闪闪发光。所有这些大楼都装甲整齐，像是爱森斯坦的条顿骑士越过无人区的冰面盯着亚历山大·涅夫斯基①。城市规划中，将继续从市中心往西推进，用住宅楼和商场填满空置的街道、废弃的区域。目前没人说得出这是否可行，大企业和银行是否对这座城市的未来有足够信心——它的旧工业停滞不前，曾经传奇的铁路调车场如今空空荡荡。我们是铁锈地带②里锈得最彻底的。

我是个职业小说家，但觉得自己也有点像历史学家。三十多年前，我出版了《奥吉·马奇历险记》，这部小说多少算是20、30年代芝加哥的一份记录。我从大学课程目录上看到，好几个学院都要念这本书。南斯拉夫、土耳其和中国也能读到，所以全世界的人都能构想芝加哥的城市画面，也就是奥吉冒险故事的发生背景。但那个芝加哥已经不复存在，只能在记忆和小说里找到。像艾尔·卡彭的西塞罗③、杰克·伦敦的克朗代克④，像菲尼莫尔·库珀的森林⑤、高更的太平洋天堂、厄普

---

① 《亚历山大·涅夫斯基》(*Alexander Nevsky*) 是一部1938年的苏联历史电影，谢尔盖·爱森斯坦执导。
② 锈带（Rust Belt）指传统工业衰退的地区，美国中西部和五大湖地区的匹兹堡、芝加哥、底特律都在此列。
③ 这个芝加哥黑帮老大以芝加哥西塞罗地区为大本营。
④ 克朗代克位于加拿大西北部育空地区，杰克·伦敦曾加入克朗代克掘金热。
⑤ 《最后一个莫西干人》(1826) 的作者库珀被认为是首个描绘美国原住民和原始景观的重要作家。

顿·辛克莱的丛林①一样，它现在只是一个想象中的地方。30年代已被消灭：衰败的房屋，闲置的空地，本地人——杂货店主、屠夫、牙医、邻居——个个魂归西天，幸存者窝在疗养院，在佛罗里达颤颤巍巍，在加州威尼斯死于老年痴呆。新来的一堆活泼泼的拉丁裔将会占领我那个老片区，二十六区。老房塌了，烧了。学校辍学率差不多是市里最高，毒贩子在光天化日之下交易。如果你在一个冬日重访分区街，看着西班牙裔的涂鸦，黑黑的面孔，读着商店橱窗里奇怪的描述，你会跟瑞普·凡·温克尔②一觉睡醒之后感觉一样，好像不是身在故乡，而是在波多黎各圣胡安的市区。现在，这个粗鲁彪悍的欧洲移民城市在很大程度上属于黑人和西班牙裔移民了。

兴衰交替的速度，让历史学家和先知备受挑战。芝加哥建城是1833年，不像罗马、耶路撒冷那样历史悠久，足以吸引考古学家。尽管如此，芝加哥的长住民认为他们有自己的纪念碑和遗迹；加速的发展密集浓缩在这几十年里，让它足与几个世纪的发展相媲美，于是芝加哥人经历了一场紧急方案，被迅速催熟。如果你在这里待得够久，你就已经目睹了历史的运动，会知道什么是真正的历史，大概也会领略什么是永恒。

如此多的起起落落，如此多的死亡、重生、变形，如此多的部族移民。对于本世纪初的中西部年轻人来说，这里是一个充满活力的地区首府。俄亥俄州或威斯康星州的学生来到这里学习，成为医生、工程师、记者、建筑师、歌手。他们在这里接触文化与文明。在这里，阿默、因

---

① 辛克莱小说《丛林》（1906）描绘了美国移民的艰难生存状态。
② 华盛顿·欧文笔下人物，同名短篇小说中他大梦20年。

萨尔和耶基斯各自在肉类加工、电力及天然气、交通运输方面积累了巨额财富。他们成千上万的移民雇员入住工业村——货场背后①，炼钢厂外，爱尔兰人住在"阿奇路"②，希腊人、意大利人和犹太人住在霍尔斯特德街，波兰人和乌克兰人住在密尔沃基大道。

按照年历来说，卡尔·桑德伯格赞颂芝加哥还是不久前，他说芝加哥是年轻的巨人，为全世界杀猪，而且是铁路大玩家。然而，街灯下受妓女诱惑的农场男孩已经不见了（就像他们所由来的农场一样）。这些饲养场很久以前就搬到了堪萨斯州和密苏里州，铁路调车场现在建满了新"年轻行政人员"的住宅。甚至桑德伯格的语言也已过时，那是20年代的广告用语，多少会让人想起大比尔·汤普森担任市长时市政厅的口号。"大声宣扬，不要小打小闹，"他告诉我们，"放下你的椰头。拿起喇叭。"

我们在宣扬的是什么呢？真正掌握城中权力的，是因萨尔家族和其他大亨，权力属于拉萨勒街，属于贪赃枉法的政治家。无政府主义的艾尔·卡彭和他那帮滑稽杀手在他西塞罗和二十二街的总部，卖出啤酒、烈酒，干着敲诈勒索的勾当。他们买通警察和官员，就跟我们买爆米花似的。大比尔是我们的搞笑政治家之一，就像澡堂子约翰和靠不住的肯纳③一样，是让公众一直大笑的政治家-艺人。我和成千上万个孩子一样，收到了大比尔选区区长们派发的河景公园免费门票，我们可以在里

---

① 指芝加哥城西南的蓝领社区，因临近联合货场得名。
② 美国幽默作家芬利·彼得·邓恩虚构的主人公、爱尔兰移民杜利称阿彻大道（Archer Avenue）为 Archie Road。阿彻大道是芝加哥最早的几条街道之一，从市中心直通郊野。
③ 分别是约翰·约瑟夫·考夫林和迈克尔·肯纳的诨名，二人分别以开澡堂和沙龙发家，长年担任代表芝加哥一区的市议员。

头骑旋转木马，对着游戏房的哈哈镜做鬼脸，还有像胡子一样刺得你脸痒痒的棉花糖，舔一下就一下子化没了。如果你有五分零花钱，可以试试去射击场赢一个丘比娃娃。十二岁的时候，我也是大比尔的粉丝。小学生都爱他。

这位市长喜欢在公共场合抛头露面，在他退休以后的垂暮之年，你还会见到他开着豪车穿过市中心。形单影只，愁眉苦脸，沉默寡言。一只巨大的爪子穿过天鹅绒背带。他在牧场度过部分青春岁月，所以平常都会戴一顶牛仔帽。在这帽子之下，他看起来虚肿颓丧。鲁奥① 可能会想给市长画幅肖像画，他画过那么多如山一般的面孔——这幅画的背景可以是无聊到发昏的芝加哥。

大比尔今天已经离我们很远了，和辛那赫里布或亚述巴尼拔② 一样远。只有古物学家才会想起他。但是芝加哥还在"吹"。在市长戴利（第一位③）治下，我们是"一座有效运作的城市"。重建密歇根大道北端的开发商宣布他们创造了"壮丽一英里"。无外乎此。在这里，尼曼-马库斯、罗德与泰勒、马歇尔·菲尔德、古驰、哈马彻·施莱默这些百货公司趾高气扬地建立起来。商店区的北端布满了舒适奢华的精品店、酒吧、健身俱乐部和新式餐厅。约翰·汉考克大厦和"壮丽一英里"是城中最负盛名的地方。从他们占尽天时地利的窗户里，可以俯视点缀着迷人游船和抽水站的密歇根湖。南边是哈蒙德和加里炼油厂，还有炼钢

---

① 乔治·鲁奥（Georges Rouault，1871—1958），法国画家，野兽派代表人物。
② 均是亚述国王，辛那赫里布于公元前 705 年—前 681 年在位，亚述巴尼拔于公元前 669/668 年—前 627 年在位。
③ 理查德·J. 戴利 1955 年—1976 年任芝加哥市长，儿子理查德·M. 戴利 1989 年—2011 年任芝加哥市长。

425

厂，或者残存的七七八八。向西边看过去，是臭名昭著的卡布里尼-格林公共住宅区，这是为低福利群体建造的众多设施之一。实际上，看贫民窟的最佳角度是九十五层高的天顶餐厅——对景观爱好者来说是天赐良机。

你不可能对自己生活了那么长时间的地方无动于衷。你终于认识到自己对它投入了多少感情。像米尼弗·契维①那样幻想自己在别的时代、在一座更文明的城市可能会做得更好，是徒劳的。你和你的父母、兄弟、表亲、同学、你的朋友一样，被分配到了这个地方——他们中的大多数都已在城外的墓地了。在这样一个火灾、拆迁吊车的破坏球和飞砖横行的地方，人们相互间的情感依赖便会升值。于是，我去找了我的面包师堂兄，去见了一位在刑事法庭审案子的老朋友。我参加了市议会会议和听证会，同温斯顿·摩尔谈论黑人政治，到俾斯麦酒店与已故市长戴利的一个助手共进午餐。城市政治是喜歌剧。巡回法官被判敲诈勒索。人们只能猜测有多少陪审团在听证词、准备起诉书。我跑东跑西，感觉就像一个不在册、没薪水的巡视员，我视察了芝加哥河畔的新公寓楼，在我那时候这里只是一片工业荒地。也不能说这些探险活动让人难过。我并不是很沉重。我只是不安，但也非常好奇，觉得有趣极了。毕竟我不仅仅是旁观者，我在这周遭投入了实质的生命；我们互有影响——比例我说不上来。

脆弱的时候，你很想认真对待那些城市学家的说法：美国北方大城市是属于资本主义早期阶段的19世纪创造，没有未来。但随后《芝

---

① 爱德温·阿灵顿·罗宾逊所著同题短诗里的主人公，是个抱怨没生在浪漫英雄时代、喜做白日梦的青年。

加哥论坛报》的一篇文章宣布，已有两百家全国零售商、开发商和租赁中介在希尔顿酒店开会，计划在市中心外开设新店。他们有没有看到，这座垂死的城市正被一群在破乱街道上打来打去的小混混控制？他们没看到！市内购物带正在"创造充满活力的中心城区"，我们被告知。华盛顿市长和"市议会顽固派"正在向数十位潜在投资者"出售芝加哥"。

像我们这一代的其他芝加哥人一样，我也会问自己这一切将来会变成什么样。过去我们也见证过大事件。当然，这些事件都不受我们控制，但它们活泼有生气，还很有娱乐性。民主党的老板们——托尼·契马克、凯利-纳什和理查德·戴利——不会高看人性，也不会抽象地关心正义。他们运行着一个紧紧抱团的寡头组织。政客做出的制度安排有利可图，但统治上又有相当程度的效率。而本届政府不讲效率。不断增长的黑人和西班牙裔人口成功争得了权力。爱尔兰、希腊、波兰和意大利裔选民徒劳地抵制。随着冲突的扩大和诉讼的增加，财产税上升，服务下滑。没有多少人为机械的分崩离析而哀悼，但取代它的会是什么呢？一切似乎都志在必得，每个人都在问："我们会成功吗？"这个城市的征税基础已经搬到了郊区。对于郊区居民来说，这座城市是一个剧院。绍姆堡、巴灵顿、温内特卡的居民们，从电视屏幕上观看我们。

芝加哥这个走钢丝的人，大胆无畏，从未坠落，他会不会在高高的钢丝中间突然腿抽筋呢？那些像我一样从未放弃芝加哥的人——我们这些忠心耿耿的人，告诉自己他不会坠落。因为我们根本无法想象没有伟大城市的美国会是什么样。穷乡僻壤能给我们带来什么？我们也会沦为观众，美国的历史将变成一个电视秀，像其他节目——热带雨林的消失、埃及金字塔的历史———样，被人观看。

427

我走在莱莫恩街，寻找贝娄家族半个世纪前住过的房子，但只找到一片空地。我跨过瓦砾，想象着头顶是什么房间。周围空无一物，没有一丝旧生活的痕迹。什么都没有。但也许，没有什么实实在在的东西可以依靠也挺好的。它迫使你转向内心，寻找真正持久的东西。给芝加哥一点点机会，它就会把你变成一个哲学家。

[1983]

1990年代之后

要考虑的实在太多了

如果有人问我对当今时势一些难解问题的看法，我有时候会这么回答：所有好事我都支持，所有坏事我都反对。不是每个人都会被这样的饭桌笑话逗乐。很多人觉得我把自己看得太好了，远高于这个世界——这个充满公共问题的世界。

"不要问你的国家能为你做些什么，问问你能为你的国家做些什么。"肯尼迪总统告诉我们的这句话对吗？过平凡生活的普通人，能为自己的国家做些什么呢？可以心里时时惦记着。我的意思是，可以摆好看问题的开明角度。大多数人得出的结论是，他们真正能做的事情也不多。有些成了活动家，游走全国各地，告诫劝导，示威抗议。在自由繁荣的美国，他们是可以这么做的。我有时会思考这种战斗性里头的经济问题。肯定有相当数量收入微薄的人，毕生致力于游行抗议、搞罢工纠察、发出异议。眼下，罗诉韦德案①的问题就吸引了示威者拥入华盛顿和布法罗。原子能、环境保护主义、妇女权利、同性恋权利、艾滋病、死刑、各种种族问题——这些都是报纸和电视网络的每日报道来源。对公众的民意调查没完没了，政治家和他们的顾问根据民调数据制定策略。而这，让我们面对现实吧，就是所谓"行动"。大多数美国人就是

---

① 美国联邦最高法院对此案在 1973 年的判决承认了妇女的堕胎权，并使之受到宪法隐私权的保护。

在这里，在激情与徒劳的混杂下，发现事实，追寻意义，找到定义。公众讨论的水平不尽如人意。我们一旦意识到这一点，心就往下一沉。这个国家缺乏明确有力的政治领导，让我们觉得真是在跌跌跄跄地前行。

今天，我们对《纽约时报》每天记录的危机又可以作何反应呢？——关于新俄罗斯和新德国，秘鲁和中国；南布朗克斯的毒品和洛杉矶的种族冲突，犯罪和患病人数的增加，所谓教育体制的不光彩行径；关于无知、狂热，关于总统候选人们的小丑伎俩？

是否有可能，挺身反抗人世的无涯的苦难[①]？

只要行得通，当然应该挺身而出。但我们还得考虑一下接下来会面对些什么，要知道这如海般无涯的苦难，足有一颗星球那么浩瀚——这对我们每日的阅读量提出了多少要求啊，更别说历史知识了。卡尔·马克思宣称，思想家成为行动者的时候到了。他是很敢说。但要是考虑他的知识分子门徒在20世纪的所作所为，又会让我们回到座位上。经常修正自己的观点，毕竟不是件小事；要是真走到这一步，就被动了，我们得被迫承认，努力思考、拒绝那些心术不正的东西，是多么必要。

当我们承认自己在公共领域成效有限，当我们意识到肩上的重担，以及不得不考虑到的那些复杂情况——当我们意识到公共讨论如此贫瘠，心情便十分沉重。就拿最近的洛杉矶骚乱来说吧，读到、听到大多数的社论作家和电视评论员跟我们说的那些话，我们不得不承认，舆论制造者里头，有能力思考的人太少了。把事情交给他们相当危险。

"好人喜欢的是别人的意见，而不会自己去思考。"大约两百年前写过这句诗的威廉·布莱克，并不真正相信那些不思考的老好人的善良。

[①] 出自莎士比亚《哈姆雷特》"生存还是毁灭"段独白，引自朱生豪译文。

他的意思是，不思考的好人容易把自己的思想自由拱手交给狡猾的骗子、用花言巧语蒙人的家伙——而这些人最终会表现出"他们的私心"。

老到的观察者一眼就看出，向善之人无疑偏好"好"的东西。他们的愿望就是想要被当成"最好的"。越富裕、"受过越好教育"的人，就越努力想要与最广为接受和尊重的观点保持一致。因此，他们自然拥护正义，关心人、富有同情心，支持遭受不公待遇和压迫的人，反对种族主义、大男子主义、同性恋恐惧，反对歧视，反对帝国主义、殖民主义、剥削，反对吸烟、反对性骚扰——好事都支持，坏事都反对。我似乎看到了人们被那些证书、徽章、奖章给覆盖，于是想起官方照片里的苏联将军，身上挂满层层叠叠的奖牌和功勋绶带。

什么都要最好的，这样的人当然也渴望有最好的见解。最一流的见解。此外，正确思想经过正确排序，会让社交更顺畅。要是排错了，你就会受到迟钝、仇视妇女，以及可能最糟的——种族歧视——的指责。欣然同意或顺从一致越是具有吸引力，独立的危险就越深。与众不同很危险。然而，我们必须知道，逃离异议带来的危险是怯懦的表现。

布莱克命题的第一部分"好人喜欢的是别人的意见"就是这样。现在进入第二部分："而不会自己去思考"。

要说明这里头的意思，我们只消看看日报就行了。如我所写，《芝加哥论坛报》重刊了《旧金山纪事报》签约作者查尔斯·伯雷斯为流行乐坛天才迈克尔·杰克逊作的乐评。迈克尔·杰克逊的音乐录影带《黑还是白》吸引了全球五亿年轻观众。伯雷斯说，杰克逊已经"在文化领域取得了里程碑式的成就"。成就了什么？杰克逊嬉戏着种族和性别的界限，伯雷斯写道。我们已经告诉我们的孩子，种族没有那么重要，男孩女孩平等，性别角色随心所欲。看到这些想法成真，年轻人会被迷住吗?

"《黑还是白》录影带的副歌部分唱的是:'你是黑是白,并不重要。'最吸睛的是那段电脑特效,一个人连续快速地改变种族和性别。杰克逊仿佛在说,我们首先是人,其次是男人或女人、这个种族或另一个种族。他呼吁人类团结,远离偏见。"

最后:"在一个受种族冲突和人口过剩威胁的世界中,生存本能会召唤出新的人类,没有单一种族、大部分人是无性的雌雄同体,不再受生殖冲动的支配。"

读者可能会觉得我找了这么一个奇怪的例子,真是走得太远了。不是这样。我们当中经常翻流行读物、看千奇百怪的有线电视频道的人都知道,像伯雷斯这样的观点一点都不惊世骇俗。他的遣词造句表明他是大学毕业生——可能但也不一定是加州出产。此外,他的这些看法似已成为一个举国计划——即塑造一种全新的观念,一副全新的头脑。这个"新人类"的思想是合成的、同质的、经过优化了的。它超越了遗传、天性和传统的极限,超越了所有限制和障碍。"从剃须、健美到面部拉皮和变性手术,这么多的身体变化我们都能容忍,我们又如何能反对(杰克逊)改变他的外貌呢?"伯雷斯问道。

现在,一个被广泛理解为指代"不为自己考虑"的术语,就是意识形态。对马克思来说,意识形态是阶级诱引下的变形,是资本主义对现实造成的腐坏。意识形态,简而言之,是导致了服从和顺从的一整套错误思想和真理反面。我竟把伯雷斯同马克思并举,是为了让大家好好认清这所谓全新的人类类型。这个新的"更令人向往的"美国人,将集所有美好事物于一身:不属于某个种族,雌雄同体,摆脱了爱神令人不安的烦扰。这个计划就是想破坏一切被认为天赐的、固定的、不能改正的东西。是不是因为我们已经厌倦了真实的自己——黑人、白人、棕色皮肤、黄皮肤、男性、女性、大个子、小个子、希腊人、德国人、英国人、犹太人、美国北部人、南部人、西部人、等等——所以现在想要超越所有这些令人厌倦的差异？也许基因工程最终会为我们实现这种乌托邦。

但是，拒绝这一厢情愿的平等主义幻想，需要一大套别的办法。要考虑的实在太多了。没希望——需要太多特别的准备。电子学、经济学、社会分析、历史学、心理学、国际政治这些领域，它们的复杂变化都浩如烟海，我们大多数人会寸步难行，被里头暗含的责任弄瘫。这就是为什么一套打包好的现成见解如此具有吸引力。

正是在这当口，知识的代表来了——专家、主持人、谈话节目嘉宾。交换意见，现在被叫作"对话"，"对话"二字已经被抹上一丝神圣的意味了。而实际上，它跟任何形式的真正交流都八竿子打不着。这是桩很难描述的事。两个或更多满胸荣誉徽章的家伙，斗志昂扬地出现在公众面前。我们坐下，观看、聆听，主持人和嘉宾的看法把我们吸引住了。

我年轻的时候，大权威是像 H.G. 威尔斯、萧伯纳、哈维洛克·艾利斯或罗曼·罗兰这样的人物。我们恭敬地阅读他们对共产主义、法西斯主义、和平、优生学和性的看法。我不带情绪地回忆起这些名流。威尔斯、萧伯纳和罗曼·罗兰让博学权威陷入争议。最后一个世界级的精神巨人是让-保尔·萨特，他对世界和平的贡献是劝诱第三世界的被压迫者不分青红皂白地屠杀白人。这等风起云涌的潮流，转瞬即逝，没什么好遗憾的。

在大西洋的这一边，我们现在的新闻节目主持人是 20 年代的亚

435

瑟·布里斯班、30年代的海伍德·布朗斯和40年代的沃尔特·李普曼们的接班人。很明显，彼得·詹宁斯、特德·科佩尔、丹·拉瑟和萨姆·唐纳森这样的人物能够轻而易举地接触到国家领导人，且权力比他们能言善辩的前辈大得多。但今天这些受拥戴的保民官（不是民选的行政长官）看起来相当奇怪——顶着他们巨大的头发造型——非常像凡尔赛宫或圣詹姆斯宫里戴的假发。这峨冠般的头发给人平添了魅力和尊严，但它的重量也可能压迫大脑。而且它会让我们意识到，这些信息艺术家的自然风度背后，是用功的算计。他们如此自信、流畅地谈论这么多话题——他们真的知道那么多吗？在不久前的一档脱口秀节目中，一个美国名流宣称罗斯福政府一直紧密支持着希特勒，直到珍珠港受袭。他那一分组的记者也都没反对这一点。他们中间就没有一个人听说过租借法案吗？他们没读过罗斯福总统的文字吗？他们没有意识到纳粹对美国的敌意吗？这些光鲜靓丽、衣着考究、油头粉面的受访人，对历史的了解就那么少？

美国当然是一片拥抱当下、面向未来的土地。美国人对过去就不该过分关注——这点很是迷人、特别招人爱，但为什么我们要把这些光鲜男女对公共事务的判断当真呢？我们可能想当然地认为他们有"背景资料"或简报。人们不愿意相信，这些人的无所不知完全是假象。但这可能还是没说到点子上。这些舆论制造者的真正目的，是让我们再一次浸到一坛"正确"或可敬的腌料里。

我们美国人有必要知道的是些什么呢？无知什么时候变得无关紧要？也许美国人直觉地认识到，对人类真正重要的就在这儿——就在我们身边，在资本主义美国。林肯·斯蒂芬斯扮演大革命后的俄国专家，说："我已经见过未来了，这样能行。"真是绝密智慧！这么胡闹会输得精光的。在第一次世界大战前访问美国的西格蒙德·弗洛伊德说，美国是一个伟大实验，但行不通。后来他称之为 Misgeburt——流产。这是德国高雅文化对我们的判断。也许第二次世界大战的集中营会改变弗洛伊德的想法。

美国是个实验，好多人都这么说过了（可能更多也只是说说，不是真的理解）。与此约略相关的，是查尔斯·伯雷斯在写迈克尔·杰克逊时，就在提倡实验。"想想如果杰克逊，"他写道，"不被看作一个怪家伙，而是一个勇敢的先驱，贡献自己的身体，以探索人类身份的新边界。"潜在的假设似乎是，我们人类作为一种物质存在，具有彻底的可塑性，我们想要什么（改进了的）形状，就能用这个材料制作出来。对此，一个不那么友好的字眼是"编程"。这背后的假定是，有必要拒绝我们天生所是，因为那个给定的、原生的、有血有肉的生灵，是有缺陷的、羞耻的，需要改变、纠正、转换。这个实体，如其所是，不会贡献任何东西，完全重塑一遍会更好。我年轻时，报纸和教科书、艺术和文学中描绘的斯大林模式下的那个"苏联人"，让文明世界猝不及防。我们称之为斯大林式的歪曲。而现在，我们似乎也想鼓捣一个合成人，一个经过修正、优化的美国人。这意味着人类失去了核心——更准确地说，他的个人核心。如果有个人核心，那也是不受欢迎的、邪恶的、反常的，是一堆偏见的集合——没一点好的地方。

我们开始体会到这个计划产生的影响。也许，个人的核心，或者我们天生所是，正在慢慢意识到，这修正我们的动力的背后，是暴政；这些让我们提升意识、训练敏感度的努力，正是为了强迫我们重新出生——以一种没有肤色、没有种族、没有性别特征、政治上也净化的方式出生，带着一颗被塑造好、编程好的头脑，能拒绝"坏"，肯定

"善"。真正的人类将来会变成不受欢迎的人（persona non grata）吗？难怪我们这么多人那么恐惧。

一种会自我改进的人——美国人特别喜欢这种事情，理想主义者高举旗帜，上面画了个奇怪图案。哈克·芬① 对于那些聪明漂亮又干净的新英格兰男孩而言毫无价值，这些男孩的座右铭是"精益求精"，努力进步。当萨莉姨妈威胁要把哈克"文明化"时，他决定"匆匆离去，往前方的领地"。曾经有段时间，美国儿童普遍认为"自我改进"的宣传不会把我们带往高处，反而会掉进泥沼。

在见解方面，美国人很容易受到理论家、"创始人"、弄潮儿、更高价值的使者的蛊惑。由于缺乏悠久文化的持续传统，我们着急慌忙地四处寻找对策；我们——在变幻无定中——寻找那必要而"正确"的下一步。我现在不记得是谁说的（好像是艾尔伯特·哈伯德或R.W.爱默生）："发明一个更好的捕鼠器，世界将为您开辟一条通往家门的道路。"我修改升级一下，变成："发明一种新的陈词滥调，你会成就一番大事业。"

也许最糟糕的要数这些"创始人"、这些更高价值的使者在用的语言。看得见、摸得着、被认可的人性的产物里，有哪个能用他们的话来表述？这种宣传话语，这种最时新的话术是如此堕落，也许正是因此，我本能地转向威廉·布莱克：

> 好人喜欢的是别人的意见，
> 而不会自己去思考；

---

① 美国作家马克·吐温的儿童文学作品《哈克贝利·芬历险记》中的主人公。

直到经验教他们去捕获
捉住仙女和精灵。
于是恶棍开始咆哮
伪君子开始哀嚎；
他所有的好朋友都显出了他们的私心，
于是知道了鹰不同于猫头鹰。

［1992］

作家、知识分子、政治：一些回忆

布尔什维克1917年夺取政权的时候，我才两岁。我的父母1913年从圣彼得堡移民到蒙特利尔，所以俄国发生的事件一直印在他们的脑海。在我家餐桌上，沙皇、战争、前线、列宁、托洛茨基就像故国的父母、姐妹和兄弟那样常常被说起。在犹太人中，很少有人相信伟大的君主制会轰然倒塌。年长的移民都表示怀疑，他们觉得布尔什维克的这些新贵很快会出局。然而，他们长大了的孩子们都热衷于参加这场革命。我还记得我父亲在街上和我们希伯来语老师的儿子莱奥瓦争辩，莱奥瓦说他已经买好了船票。我父亲高呼新政权毫无价值，而年轻人出于对长辈的尊重，微微一笑——毕恭毕敬但不为所动。莱奥瓦在列宁和托洛茨基的指导下出发了，去建立一个新秩序。然后他就消失了。

很久以后，在我们搬到芝加哥，而我已经长大到会读马克思和列宁之后，我父亲还是会说："你不要忘记莱奥瓦身上发生的事情——这么多年我都没从姐妹那里听到他的消息。我不想你身上有一丝一毫的俄国和列宁。"

但在我看来，我的父母就是俄国人，自带让人愉快的俄罗斯属性。他们带来一个装着圣彼得堡的精致细软的轮船箱——锦缎背心、高顶礼帽、燕尾服、前襟打褶的亚麻睡衣、黑色塔夫绸裙、鸵鸟羽毛和高跟纽扣靴。在蒙特利尔昏暗的极北之地①或无产阶级的芝加哥，这些东西都没用，于是它们成了小孩子的玩具。稍大些的孩子在美国迅速而热切地将自己美国化，其余人纷纷效仿。这个国家把我们接管了。它那时候还是一个国家，不是一堆"文化"的集合。我们觉得在这里是撞了大运。不过，在我就读的芝加哥高中，移民后代还是认为自己或多或少是俄国人，他们念《麦克白》和弥尔顿的《快乐的人》的同时，也会读托尔斯泰和陀思妥耶夫斯基，于是很自然地会去读列宁的《国家和革命》以及托洛茨基的小册子。图雷高中的辩论俱乐部讨论了《共产党宣言》；在社区主干道分区街，移民知识分子站在肥皂箱上演讲；而在"论坛"，即在加利福尼亚大道上的一所教堂里，社会主义者、共产主义者和无政府主义者之间的辩论吸引了数量相当可观的听众。这就是我激进教育的开始。在朋友的推荐下，我拿起了马克思和恩格斯。我记得，在我父亲那货场边寒碜的办公室里，《价值、价格和利润》遭到猛烈抨击——与此同时，警方正突击搜查街对面的一家妓院，很可能是因为他们没交保护费——床、床上七七八八的东西，还有椅子，从破碎的窗户里一件件扔出来。

美国青年共产主义联盟在30年代末的时候还试图招募我。太晚了——我已经读过托洛茨基关于德国问题的小册子，确信是斯大林的错误让希特勒掌权。

我好奇关于世界政治的这些信息是如何广泛传播的，而全球各地的犄角旮旯又是如何被占据的。诗人曼德尔施塔姆1923年采访一个共产

---

① 极北之地（Ultima Thule），意为极北之地的尽头、天涯海角。Thule是古希腊和罗马传说中距离英国北部还有六天航程的"极北之地"。

441

国际成员时发问:"甘地的运动如何影响了你在印度支那的活动?你有没有受到震动,产生共鸣?''没有。'我的这位伙伴回答说。"——据说这个被称为阮爱国的同伴,就是胡志明。曼德尔施塔姆这么向我们描述:"他实际上只是一个男孩子,柔弱单薄,惹人注目地穿着一件针织羊毛外套。"

不消说,会成为共产国际成员的男孩子不多。对于世界各地的数百万男孩子而言,十月革命是一声巨大的混响,自由与正义的隆隆共鸣让人无从回避,只能聆听。这场革命是好几十年来最重要、最负盛名的历史事件。支持者认为,它终结了最可怕的战争,俄国革命无产阶级给人类带来一个大礼——巨大的希望。现在,在共产党的领导下,全世界受苦的人将摧毁腐朽的资本主义-帝国主义。在大萧条时期的芝加哥,男孩女孩正诚心诚意地整理他们的革命思想。具体计划不明,但前景非常激动人心。意识形态的完全清晰在短时之内还不会到来。

在大学的时候(1933年),我是一个托洛茨基主义者。托洛茨基向他年轻的追随者灌输了为悲观落魄的被驱逐者度身定制的正统教义。我们属于这场运动,我们忠于列宁主义,我们能阐述历史的教训,描述斯大林的行为。但我和我最要好的朋友都不是活动家,我们是作家。大萧条发生后,我俩对写作生涯就没什么期待了。我们用五六美元撑过一周,租来的房间虽小,但图书馆又高又漂亮。通过"革命政治",我们符合了时代对行动的要求。但真正重要的是,我们从陀思妥耶夫斯基或赫尔曼·梅尔维尔、德莱塞和约翰·多斯·帕索斯以及福克纳那里获得了个人养分。在伦道夫街的克里勒图书馆填好一张小收条,你就能拿到一大摞装订好的《日晷》杂志,读一整个下午的T.S.艾略特、里尔克和e.e.卡明斯。30年代末,《党派评论》成了我们自己的(还带政治内容的)《日晷》。由此我们接触到了与我们同代的欧洲大人物——西洛内、奥威尔、库斯勒、马尔罗、安德烈·纪德和奥登。《党派评论》的主要美国撰稿人都是马克思主义者——评论家和哲学家，像德怀特·麦克唐纳、詹姆斯·伯纳姆、西德尼·胡克、克莱门特·格林伯格、迈耶·夏皮罗和哈罗德·罗森伯格。在莫斯科的审判期间，《党派评论》知识分子自然是站在托洛斯基一边。胡克说服了他的老师约翰·杜威去墨西哥领导一个调查委员会。我们苦苦地、热烈地追随着，因为我们不出意料是局外人，斯大林主义者才是内中人。只有我们这些在美国的人才知道他们多么不走运。罗斯福和他的新政执行者压根没什么头绪，他们既不懂俄国也不懂共产主义。

但我们后来开始知道，我们自己的运动一直那么愚蠢乃至荒谬至极。在西班牙内战期间，一个子儿都捐不出来的同志们激烈辩论着西班牙共和军的物资援助问题。对我们忠诚的一个更严正的考验是红军入侵芬兰。托洛茨基认为，按照定义来说，工人国家是无法发动一场帝国主义战争的。入侵是进步的，因为它能使财产国有化，这步迈出去就收不回来了，必将走向社会主义。忠于十月革命的托洛茨基与反对者进行了斗争——他现在的反对者甚众。此间的裂痕并没有引起美国公众的注意，他们反正是更喜欢迪士尼的《幻想曲》①。

虽然我现在已经远离了马克思主义政治，但我仍然钦佩列宁和托洛茨基。毕竟，我第一次听说他们的时候，还在高脚椅上吃着土豆泥呢。我怎么能忘记是托洛茨基创造了红军，而且他击败邓尼金②的同时，还

---

① 迪士尼1940年拍摄的音乐动画片。
② 俄国白军领袖之一。

在前线读着法国小说？我怎么能忘记他精彩绝伦的演讲所打动的人群？大革命还在施展它的魅力。而且最受尊敬的文学和知识界中人也臣服于这种魅力。埃德蒙·威尔逊访俄归来，大谈"世界之巅的道德之光"，而威尔逊，可是那个将乔伊斯和普鲁斯特介绍给我们的威尔逊哪。他的革命思想史《到芬兰车站》于 1940 年出版。那年，波兰被入侵，法国堕入纳粹之手。

1940 年也是托洛茨基被暗杀的那年。那时我在墨西哥，我在塔斯科见过的一位欧洲女士是托洛茨基的老相识，她给我们安排了一次会面。托洛茨基同意在科约阿坎接待我和我的朋友赫伯特·帕辛。就在我们约定的那天早上，他被袭击了。一到墨西哥城，我们就看到了报纸头条。我们去了他的别墅，多半是被当成了外国记者，因此被带到医院。急诊室一片混乱。我们只是说了声想见托洛茨基。一扇通往小侧间的门便打开了，我们看到了他。他刚刚去世。头上缠着一团血染的绷带。他的脸颊、鼻子、胡须、喉咙都血迹斑斑，碘酒干了，流痕如彩虹。

据报道，他曾说过斯大林随时都可能杀了他，现在我们明白了，一个无远弗届的政权可以对我们做些什么。下一个死亡令何其容易；杀死我们多么不费吹灰之力，无论如何高呼我们的历史哲学，我们的思想、计划、目的、意志，我们对自己肉身的把控却是那么微不足道。

* * *

对于那些工作和生活一直都体面光鲜的人来说，大萧条时期是对他们的羞辱。资本主义仿佛失去了对这个国家的控制。对许多人来说，这是推翻政府的绝佳时机。大萧条早期，第三国际的领导人所制定的政策在美国收效甚微。希特勒开始取缔左翼党派后，人民阵线宣布了一条新的政策。对于美国共产党人来说，温和且显然是和解性的人民阵线，是极大的利好。党从此摆脱了那些洋泾浜的拗口术语,开始说世界产业工人①和劳动阶层的语言。全心拥抱本土民意的美国共产党唱起了民谣,弹起了吉他。新万神殿正中就座的,不是列宁和斯大林,而是杰斐逊和林肯。罗斯福在炉边谈话中娓娓道来的新政哲学带来了温暖和信心。亨利·华莱士宣布,这是普通人的世纪。人民阵线认同这种新的民粹主义,而且共产党头一回认识到在国家生活中居于主流是多么令人陶醉。这个国家似乎正在进行一场伟大的文化复兴。作家和演员被资金充足的前线组织和同路人所吸引。左派撞了大运。

  我本人是新政的受益者,还是有感恩之心的。30年代末的时候,我受雇于公共事业振兴署作家项目。我们芝加哥办公室的明星是杰克·康罗伊和纳尔逊·阿尔格伦——共产党对他俩都青睐有加。阿尔格伦真是个怪人,在意识形态方面不幸非常易感,他天生的波希米亚气质里又带着一种很快过时的芝加哥味。很少有年轻一代的天才作家幸免于人民阵线的影响。我不仅指后来那些麦卡锡主义的受害者,也指《国家》《新共和》杂志一些声名更高的撰稿人,他们在西班牙内战期间就支持共产党(如马尔科姆·考利)。人民阵线的风格与众不同,它的"文化"在克利福德·奥德茨、莉莲·海尔曼或多尔顿·特朗博这些作家以及其他一些无名批评家和广播作家身上具有高度的辨识性。这个文化留存至今,你只消在餐桌上提一下惠特克·钱伯斯、阿尔杰·希斯、罗伯特·奥本海默或罗森堡夫妇的名字,就会知道30年代和战后早期的这些个议题和教条多么有生命力。

---

① 世界产业工人(The Industrial Workers of the World,简称IWW),1905年在芝加哥创立的国际劳工联盟,其成员被称为"Wobblies"。

正如查尔斯·费尔班克斯①所说，本世纪的极权主义塑造了对知识分子的定义。十月在列宁指导下行动的"先锋战士"是知识分子，也许对西方知识分子最具魅惑力的正在于这一点。在政治活动家中这点尤其明显，但布尔什维克模式在各处都具有极大的影响力。托洛茨基和T.E.劳伦斯可能是第一次世界大战中涌现的最杰出的知识分子活动家——前者是列宁的主要执行官，劳伦斯则是文雅的学者和隐士，是阿拉伯沙漠中真实的福丁布拉斯②。马尔罗显然同时受到这俩人的启发。这位唯美主义者、理论家在第一阶段渴望革命行动，对伟大事业中的暴力表现出强烈的好奇心。正是他，为40年代的法国作家树立了榜样。萨特当然也是他的一个精神后代，法国和其他地方都有许许多多人以他为楷模，直到他放弃革命。阿瑟·库斯勒的轨迹相仿，他经常将自己暴露于危险之下。但只有在法国，在30年代和雷吉斯·德布雷③的时代之间，左派知识分子将自己塑造成西方的革命战士。

列宁风格在20年代被柏林知识分子采用。贝托尔特·布莱希特的《措施》一剧代表了列宁主义的核心规则，即党的首要地位，它极力戏剧化了不服从的悲剧——党的工作者未能彻底抹去自我，实现"历史"的要求。马丁·埃斯林④绘声绘色地告诉我们，布莱希特本人——公众

---

① 查尔斯·费尔班克斯（Charles H. Fairbanks, Jr.），曾在政府部门任职，为里根竞选团队（1980）和布什竞选团队（1988）的外交政策顾问，在约翰斯·霍普金斯大学等多处任教。
② 莎剧《哈姆雷特》中的挪威王子，同样要复仇但比哈姆雷特更果敢。
③ 雷吉斯·德布雷（Régis Debray），法国哲学家、记者，生于1940年，1960年代末在古巴哈瓦那大学任教，支持格瓦拉的马克思主义革命，1967年被玻利维亚政府逮捕，被判30年监禁，1970年获得赦免。
④ 马丁·埃斯林（Martin Esslin, 1918—2002）匈牙利裔英国制作人、戏剧家，"荒诞派戏剧"一词的发明者。

形象底下是个让人头疼的文学天才①，身披卡车司机的夹克，戴一顶脏脏的大檐帽。他身着无产阶级的服装"在柏林开车横冲直撞"，但架着一副"小公务员或乡村校长式"的钢框眼镜。列宁本人被称为辛比尔斯克来的高中老师——埃德蒙·威尔逊称他为伟大的校长。一个伪装成书呆子的权力狂人。列宁风格也受到格林威治村波希米亚知识分子的青睐。艺术评论家克莱门特·格林伯格对此有个可取的评论，他也为伟大校长的人格魅力着了迷。他这么评论布莱希特："对他而言，列宁的律条成了永恒的行为准则，布尔什维克主义成了他的一种生活方式、一种美德习惯。"在别处他还说："列宁和托洛茨基的追随者，像小人儿一样学他们的样，却只学得皮毛——他们培养了自己的狭隘，带着忘我的奉献精神，严酷对待人际关系，最要命的是在经验上的极度无能，而这已成为共产主义'职业革命家'的标准特征……这是训练有素的狭隘……吓跑了想象力和自发性。"我多年前读到这段评论的时候，对格林伯格的敬重陡增，我在里面发现了一种不同寻常的自我洞察力。他就像艺术界的列宁一样。当时许多有才华的知识分子都染上了列宁主义的色彩。他们"很硬"。对他们来说，"生活"和"个性"是不真实的资产阶级幻想，是财产观念的外扩。人们的个体被消灭了，削弱自我，压抑脆弱，贬低时尚，拥抱先锋派，用革命的精神射线摧毁媚俗。

俄国革命是一小群知识分子在他们的首席理论家列宁的指导下完成的。西方知识分子为这样一个事例如痴如醉，真是不足为怪。

其中有些人是真的独出心裁，相当聪明（如哈罗德·罗森伯格）。

---

① 原文为法语 enfant terrible，意为聪明坦诚、说出的话常令家人朋友尴尬的可怕孩子，及行为出格、喜欢冒犯人的年轻天才。

447

30年代末，格林威治村一些醒过神来的知识分子开始有了反对意见。然而，他们中很少有人背弃马克思主义。无论如何，他们都紧紧抓牢那些使他们成为知识分子的文本。马克思主义的基本原理已经组织了他们的头脑，还使得他们比那些在美国大学胡乱受了些教育、毫无目标的竞争对手有更持久的优势。一个人年轻时候对什么东西投入精力和热情，以后就不可能完全放弃掉了。我在30年代末来到纽约，懵懂无知，但热衷于自我教育；到了40年代末，我成为《党派评论》的撰稿人，也是格林威治村村民。我们被商业美国所包围。格林威治村位于麦迪逊大道和华尔街之间，中心在华盛顿广场。埃莉诺·罗斯福从她那对着长椅和榆树的公寓里可能会看到——如果有人帮她指出的话——该国最杰出的一些知识分子在讨论法国政治、美国绘画、弗洛伊德和马克思、安德烈·纪德和让·科克托。人人都渴望着进行高尚文雅、多半脚不着地的谈话。

对达尔文来说，重要的是生存的斗争；对我来说，在那些年里，重要的是谈话的斗争。不说话就活不下去。这个左派反共群体里有好些能言善辩的：德怀特·麦克唐纳，高高大大，松松垮垮，留着胡须，瞪着眼睛，是个语速超快的结巴；菲利普·拉夫，带着低沉、粗喘的俄语口音；哈罗德·罗森伯格，滔滔不绝，雄辩霸气，含蓄又犀利；保罗·古德曼，精明谨慎，同时爱好幻想，仿佛躺在精神病学、诗歌、无政府主义和性的法则之上俯视着你。

在这些思想家中，知识分子和作家之间没有什么太大的区别。了不起的文化英雄是那些有想法的人。西德尼·胡克，在很多方面都是个明白人。他曾经告诉我，福克纳是个出色的作家，如果能加上点生气勃勃的思想，他的作品会更好。"我很乐意给他一些，"他说，"这会有天壤之别。你认识他吗？"

确实有很多东西需要我们去理解：历史，哲学，科学，冷战，大众社会，流行艺术，高级艺术，精神分析，存在主义，俄国问题，犹太问题。然而，我很快就观察到——或者说（因为我一般没那么快）我直觉体会到——作家很少是知识分子。"来点意识形态，跟上最新形势，才是最合宜的。"契诃夫说道——寻开心呢，我怀疑。他以更严肃的方式写过，作家"参与政治的程度，应以保护自己免受政治侵害为限"。"缺席那些政治-社会-经济性质的冗长论辩"是他的原则之一，他还建议作家们要客观、简练、大胆，避免刻板印象，以及富有同情心（啊，前些日子这些词都声名狼藉了）。

我现在不打算进一步讨论认知和想象之间的差异；我只是注意到，我凭着天性，回避了任何类似于选择的东西。我不记得曾和其他作家讨论艺术与政治的对立。多年后，在一次招待晚宴上，我问君特·格拉斯为什么他那么卖力地为威利·布兰特助选。作家应该参与政治吗？他不吭声地瞪了我一眼，好像坐在白痴村夫身边让他大为光火（他就是当晚的贵客）。

只有在美国会这样！他可能这么想。

因为在欧洲，作家将政治视为绝对真理。这才是应该要做的事，我在巴黎期间（1948年—1950年）了解到。1948年是一个特别惨淡凄凉的年份。煤炭、汽油甚至面包都还在配给中。巴黎再也不能被理所当然地视为世界文明之都了。法国思想家和作家正挣扎着保全巴黎的显赫地位。近来被称颂为解放者的美国人并没有受到热烈的欢迎，右翼对他们也很凶，跟左翼一样凶。莫里亚克在他的专栏里明白无误地表达了对俄国人的喜爱——爱俄罗斯文学，而不是美国文学（在某种程度上，我也同意）。只有通过了意识形态审查的美国人，才能被法国左翼所接受。其他人都是间谍。会讲法语的人麻烦就更大了——很可能是双重间谍。像我的朋友H.J.卡普兰这样的法国文化终身爱好者，就有这等嫌疑，而理查德·赖特则立刻受到欢迎；在皇家桥酒吧聚会的存在主义者们很快让他读了胡塞尔，一位我听起来就深感佩服的哲学家。我本来可能已经算个知识分子了，但此情此景让我想起一个法国漫画里的妓女，她说："我本可能是个修女（J'aurais pu faire la religieuse）。"看到赖特在圣日耳曼德佩区深陷一本难懂的厚书，我问他干吗要读，他告诉我说所有作家都应该读，我最好也弄一本。我还没有做好阅读胡塞尔的准备。我经常去的可是音乐厅和冬日马戏场。不过，我还是跟上了法国人的思想，读了《现代》杂志上的萨特、《战斗报》上的加缪。我还偶尔去巴黎哲学院听课。

战后巴黎弥漫着失败、占领和解放的痛楚。耻辱和怨恨的气氛让漂亮的建筑临街面黯淡无光，让塞纳河（至少我觉得）看着闻着都有股药味。后来我被说服了——说这种压迫感正是冷战的早期表现。那时，法国人夹在苏联和美国之间，一脸无助。据我所知，在公众舆论中，共产主义的替代方案还略占上风——如果你受不了理发师给你滔滔不绝地讲马克思主义，这头就剪不成了。和大多数美国人一样，我到巴黎来是接受再教育的，但这里的人对苏联历史的无知让我大跌眼镜。我一边读萨特，一边对自己说，带着芝加哥风格："这一定是在哄人。"在我老家地盘上，哄骗的罪孽不及扯谎。我更乐于相信，萨特这般奇特行径是故意的，是马基雅维利式的。他对资产阶级有这样的深仇大恨，以至于斯大林他都能网开一面。在知识分子的道琼斯排行榜上——如果有这么个东西的话——他的资质,在我开始读他之前,差不多是优先股。但在真相唾手可得的情况下,他对此还知之甚少,就非常令人失望了。他说起那"具有压迫性的资产阶级意识形态"来也是马克思主义的腔调,他承认自己的资产阶级出身,但他的目的是创造革命的大众。他自己是18世纪哲学家的继承人,他就像那些文学先辈对资产阶级说话那样对无产阶级讲话,将政治自我意识带给那些即将成为今日革命者的人。他断言,寻求解放的工人会一路解放我们所有人——始终如此。法国共产党是横亘在萨特和工人阶级之间的障碍。至于存在主义,他马上承认,是资产阶级的尸体在分解时产生的现象。然而,真是让人讨厌,他目前唯一可得的大众正是来自腐坏的资产阶级的知识阶层(他们无疑是受害者,但也是暴君)。

"如果作者是英国人,这会儿我们知道他是在跟我们开恶作剧的玩笑呢,"温德姆·刘易斯在《作家与上帝》中写道,"但萨特没有笑……他是山穷水尽了。"刘易斯的同情里带些挖苦。他是处处同意萨特的,他宣称我们生活在充满骗局的时代时,还赞许地引用过萨特。"国家社会主义、戴高乐主义、天主教、法国共产主义都是骗局——意识被蒙蔽,我们只有打破公众的幻想、启蒙公众,才能捍卫文学。……萨特相信所有共产党人相信的那一套,"刘易斯总结道,"但他不希望把这些东拉西扯的联系真的变成婚姻。"他说萨特是人民阵线的同路人:"在那些日子里,他走上了一条要么通向共产主义、要么通向空无一物的道路。他选择了虚无(néant)。"

我自己在1949年的猜测是——当时我还不成熟,不止是比现在看起来年轻,更是身心都未健全——法国知识分子正在做准备,自我调整,争取一个俄国式的胜利。他们这么坚持马克思主义思想,也体现出他们对另一个超级大国的反感。在英国有类似的反美情绪。格雷厄姆·格林就同他这一代的许多作家（和公职人员）一样，憎恶美国及美国政治。历届英国政府都大体上保持与美国一致，但格林有办法把至少部分的反美情绪从伦敦转移到华盛顿。在大西洋这边，他有一大批追随者。受过良好教育的美国人、仇恨体制的人，非常喜欢看到我们的社会及政策变得一团糟。"最大的敌人还是在内部"是列宁的战时口号。在他的所有思想中，这句大概最能传世。

我回顾往事，发现萨特等人的错误，却一点高兴不起来。我感到灰心丧气，更是因为所有这些对正义和进步的热望都失败了。我能理解，当危机接踵而至，没有人愿意就这么屈服不抵抗。看到如此多的聪明才智投入到错误百出的理论中，真是让人心塞。在铁幕背后的人们，则有了更明确的方向。

在西方，有某种观念上的消费主义。人们会自问，我该怎么想呢？信这个还是信那个？西德尼·胡克在他的自传中嘲笑了《党派评论》知识分子，那群受人尊敬的左派。他把他们写得像是做小生意的，是高雅精美的商场里卖外国特产的进口商。胡克认为，他们只是耍嘴皮子的，根本不知道什么是真正的政治。而且，他们相信"二战"就跟"一战"一样，是一场帝国主义战争。他们不是列宁主义者，并不想在华盛顿领导一场暴动，于是，他们对英国和德国的分析不免让人想起小人国里的那些神学家。胡克这位不屈不挠的冷战斗士，对他们那夹缠不清的马克思主义的阐述，在四十年后读来仍能觉出尖利的讽刺。我们什么也做不了，这是事实，但这并不妨碍我们希望正确的本心，那时候每个人都想有一个真正的立场。"我不得不把大炮对准德怀特·麦克唐纳和别的一些人。"胡克在他去世前几年告诉我。但是，没有人研究过孤独无助与见解正确之间的联系。追逐当代事件,某种程度上和阅读历史是一样的。我们当然必须读历史,但在现实中,我们可以做些什么呢?小说家斯坦利·埃尔金在一篇叫《作为一种艺术形式的第一修正案》的文章里问道:"过去谁会拿那么不恰当的东西当见解呢?……因为历史,历史过去确实是、现在仍然是活动家的日程表。我们其余的人,你、我,我们其余的人都只是某种世界观的粉丝,把新闻当戏看——当成剧集,安息日灵魂连续剧的一集。"他接着说,如果我们没有实现变革的天分,我们至少有"批评的安慰"。

当然,像胡克这样的活动家是实现了变革的。他们对冷战胜利的贡献无从衡量,但必须得到承认。我们就把胡克当作思想家和活动家的代表吧——是胡克,而非萨特的观点占了上风,也应该占上风。而埃尔金先生所做的,就是准确报告像我们这样的民主国家里,观点见解处在什么行情。我们需要考虑的是将理论阐述和有效性相结合。尽管胡克对我看待事物的方式显然缺乏同情,但我给他打满分,为他参加过的战斗而真心佩服他。胡克是积极的行动派,而不是那种沉思的类型,他不是哲学家,倒不如说是前哲学家。在我与他共度的最后几晚,他告诉我哲学已经什么都不是了。我问他教出来的博士们现在在做什么。他说,他们在医院工作,当伦理学家。这也不会让他不高兴。我不认为冷战的结束就意味着理论的破产。勾画出现代世界的清晰面貌,尽可能出色地解释西方的危机,仍然是必要的。

作为一种志业的政治,我是很尊敬的。但这不是我的志业。总体看来,作家并不擅长这一点。他们采取的立场通常是知识分子帮他们设定的。或者说如果他们自己是知识分子(例如萨特的情况),就自己来设定。在冷战问题上,我和那些反共知识分子及宣传家立场一致,虽然他

453

们往往调门高得很，充满文化自豪和自大感，但品位多半十分庸俗。在这方面，他们的相反阵营左派那边更是一塌糊涂。

因此，我的政策是避免那些作家聚会的场合。当约翰逊总统邀请二三十位"艺术领袖"到白宫时，我傻乎乎地接受了。我以为我宣读一封给《纽约时报》的信，表达一下我对越战的反对，就可以加入狂欢了——以示我对总统的尊重。这都是些什么原则啊！我那愚蠢的清高真是一大软肋。抵制这次活动的罗伯特·洛厄尔不止一次打电话给我，跟我商量下午的策略。我猜他和他的团队正在给我找个参加的理由——得有一个像我这样的人在里头。那天白宫满是洛厄尔支持者的喊叫，我称之为正方，反对者是少数。报道此事的记者和作家一样，吵吵嚷嚷、怒气冲冲。对我来说，高潮就是不请自来的德怀特·麦克唐纳的出现，这个身材高大、留着山羊须、脚蹬运动鞋踏进玫瑰园的了不起的波希米亚人，四处走动，为洛厄尔的抵制背书。许多人签字了。约翰逊总统后来说整件事就是一场羞辱。"他们来，是羞辱我；他们不来，也是羞辱我。"

菲利普·拉夫跑来给我洗脑："你被卡尔·洛厄尔放在了现场。他是个诡计多端的阴谋家。那么如梦如幻的诗人啊，他耍起手腕来，没人能拗得过。"

我记得我参加的最后一次文学会议是纽约的国际笔会。那回，我被发到一个关于"国家与作家的异化"的分论坛——真是个多余又愚蠢的话题。我简单讲了几句（在这种场合是越短越好），我说我们的政府压根不麻烦作家。国父们已经为平等、稳定、正义、减轻贫困等问题制定了一个开明的计划。艺术、哲学和人类的更高关怀，不是国家的事。我们这儿的重点是福利和一种实际的人道主义。凭借科学，我们将征服自然，并迫使它为我们提供资源。物质匮乏将被消灭。总的来说，我相信这个计划已经取得了成功。在商业社会中，没有什么能阻止人们写小说、画水彩画，但文化并不会像农作物、制造业或银行业那样得到同等的关注。我最后说，国父们的许多物质目标已经成功实现。

我还没走下讲台，君特·格拉斯就站起来向我发难了。他说他刚刚走访了南布朗克斯，那些生活在恐怖街头的可怜黑人不会同意说他们获得了自由平等。他们苦苦忍受的悲惨生活，根本不像我描述下的美国式成功的样子。大厅里挤满了作家和知识分子。格拉斯刚刚点燃了意识形态的导火索，接下来就是一声巨响，代表和访客都炸开了锅。我在这咆哮的气氛中尽量作答，我说美国的这些城市当然会立马下地狱，它们已经败坏得不行了。我还试图表明，补救措施如果有的话，也得由富裕的社会来开展，而这似乎就证明了国父们的物质目标的确已经实现了。我补充说，因为这是一次笔会的会议，而作家在政治方面并没有做得很好。在这方面，我提到了德国的布莱希特和福伊希特万格。格拉斯抗议说，他在美国总是被贬低为共产主义者。

你不得不佩服这些社会幻想家和解放者，他们知道如何占据并守住制高点。他们也是玩对等游戏的大师：你说美国制度好，因为你是它的辩护士和走狗；你不关心穷人，那么你还是个种族主义者。

他按下了宣传鼓动机器的按钮，发出了一个熟悉的信号。在他的信号下，激动的人群报以条件反射。

"大概伟大的德国作家在发声表态之前，不必去作什么了解。"梅尔文·拉斯基这么说格拉斯。

格拉斯似乎相信我正在为这制度正名——这块虫吃鼠咬的裹尸布。不，我只是在描述这里有些什么可看的。

我在此引用一下头脑煞清的政治理论家艾伦·布鲁姆的话,比我在一众心怀叵测的作家面前演讲里想说的意思表达得更好:"不能指望那些致力于自我保存的公民社会能培育出英雄崇高、感发人心的事物。那样的社会不要求也不鼓励高尚。……以'经济'角度看待人类的人,不会一直相信人的尊严,相信艺术和科学的特殊地位。"

这些便是启蒙信念的基础、现代性的第一原则,对我们大多数人来说是最好的馈赠。哲学家亚历山大·科耶夫说,列宁革命的目标从未在俄国实现,但它们和身在资产阶级美国的我们息息相关。在这个过程中,一切值得为之而活的东西都已化为乌有。

东欧"幸免"了我们的革命,而俄国却耗费了七十年,甚至出现了斯大林这样的人;波兰、匈牙利和其他国家进入了近半个世纪的苏维埃统治。坚守立场发起反抗、进了卢比扬卡监狱和古拉格的作家,他们身上的道德家和艺术家风范,让我们深受感动。我特别钦佩《科雷马故事》的作者瓦尔拉姆·沙拉莫夫和写了《我的世纪》的亚历山大·瓦特,以及熬过斯大林监狱和希特勒死亡集中营的许多其他人,俄罗斯人、波兰人和犹太人。

在西方,逃脱这种折磨的人,我认为可以公平地说,他们很容易将自责和钦佩混在一起。他们想知道自己在压力下会如何表现。恐怖是试炼中的试炼,我想我们大多数人都幻想过霍布斯式或达尔文式的自然状态下的挑战。知识分子对这样的挑战特别易感,还很可能会推想着经受这样的磨难能否治愈他们分裂的灵魂。

现在,我又想到了列宁喜欢的杰克·伦敦写育空地区的故事。他最喜欢的《生火》讲的是一个男人夜宿广阔的雪地,发现只剩下最后一根火柴。如果点不亮,他就会被冻死。我记得我小时候读这故事时屏住呼吸。后来我发现，杰克·伦敦在东欧有很多追随者。这种向文明之前状态的回归，在文雅人里也很普遍，就像人们会崇拜野性自然的人，崇拜那些有特殊暴力的人一样。例如，陀思妥耶夫斯基就对他在西伯利亚认识的罪犯印象深刻。一个凶手对他说："'你是无辜的，无辜得可怜。'……他看着我，好像我是个还没成熟、没长大的人，或者他对我的同情就是每个强壮生灵都会对弱者产生的那种同情，我不知道……甚至他在偷我东西的时候，都在替我难过。"

在这里，我是不是在反对知识分子，甚至批评他们阅读索尔仁尼琴或沙拉莫夫的方式？嗯，是的——只要他们允许用暴政来定义生存的基本法则。暴君告诉我们什么才是真正的生存，以及如何对此做出判断。一连串的苦难已经为我们设置好了，到顶是集中营，而西方社会位于底层。那些遭受最可怕折磨的人是"严肃的"，我们其他人则不值一提。

我对知识分子的反对可以简单归纳为：科学假定了人类本性中没有灵魂；商业无涉灵魂和更高的渴望——像爱和美这样的问题都不是它的事；马克思同样也把艺术等等分配给了"上层建筑"。于是，剩下的灵魂和连带着的神秘把艺术家给"困住"了。19世纪末，浪漫主义的热情（抵抗资产阶级的生存方式）在很大程度上失去了信誉。20世纪又将浪漫主义倒置过来，用仇恨取代爱，用虚无主义取代自我实现。在我看来，知识分子已经偏离了现代科学未能解释的那些生命中的基本事物，而现代经验似乎已经变得毫无实质。灵魂的力量，这是莎士比亚的主题（简单来说），也不断回响在亨德尔或莫扎特的作品里——在现代生活中没有立足之地，还被认为是主观的东西。但任何一处的作家仍旧依靠这些力量的存在而活。关于这一点，知识分子说得很少，甚至无话可说。

当我们读到沙拉莫夫或亚历山大·瓦特时，我们会为这些力量所倾倒。我们认出这些力量，它们直接出自人性，而人性拒绝强加的奴隶制和极权主义的不义。但在我们中间，在西方，这些力量没有被承认，甚至没人能认出它们。

在这里，我别无选择，只能做得过火。俄罗斯的东方专制主义来自过去，而那些为生命而战反对它的人所引发的同情心，我怀疑同我们现在这个世界没什么关系。我们美国世界是个神童。在物质层面上，人类多年的梦想已经实现。我们已经表明，消灭物质匮乏可能近在眼前。对人类的各种需要，都已做好了准备。在美国——在西方——我们生活在一个能提供童话般丰盛物质的社会。古老的幻想已然成为现实。我们可以即时看到、听到远方。我们的火箭能离开地球。飞天是我们的理想，也是真实的旅程。这是一桩新鲜事物，而它太宏大了，没法把握。沉下心来想想，我们会为自己在一切所见中——多得不可思议的发明和令我们沉溺其中的商品——失却的人性而颤抖。我们不知道这是人性的暂时萎缩，还是彻底消失。我们也无法判断我们是先驱还是实验对象。俄国应该已经了结了暴政和贫困。如果它发展自由市场，成为一个商业共和国的联盟，就得做我们一直在做的那些事。科耶夫暗示说，我们已经因为我们那无可比拟的奇异成就，变得无可挽回地微不足道，因此如今，我们对生和死都没法把握了。他似乎接受了尼采对堕落"末人"的骇人看法。

我自己则相信，无论什么事物，只要想象得出来，就至少会实现一次——人类有能力构想的一切，都会不由自主地去完成。好坏不论，这些就是冷战结束让我生出的想法。

[1993]

巴布亚人和祖鲁人

波士顿大雪封城,我在午夜注视着暴风雪,小汽车寸步难行。街灯下的雪花转啊转,我心说如果我们都被这轻柔的白色飘浮物覆盖有多好。亲爱的主,给我们一个星期的暂停吧,离开在四方燃起的愚昧,让纯净的雪冷却这些过热的头脑,稀释影响我们判断的毒素。让我们喘息一下吧,仁慈的上帝。

值此境况,但凡有情智的人都会在这万籁俱寂时发出如上的祷告吧。就我而言,这番祷告的直接原因还有些怪。在媒体及别处,我都受到了攻击,因为我被指对祖鲁人①和巴布亚人②做过一个评论。据称我这么说:巴布亚人没有普鲁斯特,祖鲁人也还没有制造出托尔斯泰,这句话被视为对巴布亚人和祖鲁人的侮辱,证明了我的麻木不仁——这还是往好里说,不好的说法就是,我是一个精英主义者、沙文主义者、反动派和种族主义者——总之,丧失人性的野兽。

任何我署名的白纸黑字上,都丝毫没有提过巴布亚人或祖鲁人。这桩丑闻完全是从记者这头起来的,是采访中发生的误解(总是会发生)。我不记得采访我的人是谁了。我总是傻乎乎地企图向在场所有人做解释、发教诲,当时我说的是识字社会和没有文字的社会之间的区别。因

---

① 祖鲁人(Zulus),南非民族。
② 巴布亚人(Papuans),太平洋西部新几内亚岛及其附近岛屿上的土著民族。

为我曾是一名人类学学生,你看看。很久以前,我曾是著名的非洲学家M.J.赫斯科维茨的学生,他几十年来倾注心血研究美国黑人。

我大四论文的题目是《法国与非洲的奴隶贸易》。我翻遍图书馆的书架,发现参与交易的两艘法国船只叫"让-雅克"和"社会契约"。我从来不是个专业的人类学者,我只是一个足够投入的业余爱好者。对这一领域,我广泛阅读,在电话采访后立马想起来毕竟有一部祖鲁小说:托马斯·莫福洛的《恰卡》,20世纪30年代初出版。在我追随赫斯科维茨教授的日子里,我读过翻译本。书里描绘了这个部落的阿喀琉斯,手刃成千上万人,包括他自己怀孕的妻子,是一出让人不能承受的深刻悲剧。

那么为什么我这番明显没准备且无疑是书呆子气的评论,让这么多人陷入一阵狂热的正义与愤怒?法国给了我们一个普鲁斯特,也只有一个。保加利亚没有普鲁斯特。那我也冒犯了保加利亚人吗?要这么说来,我们也没有普鲁斯特。白宫是不是应该发个圣令①、悬赏亵渎了美国高级文化的我的人头?

批评我的人里,大多都没法在地图上找到巴布亚新几内亚的位置,而他们还想给我定罪,说我蔑视多元文化主义,诽谤第三世界。我是一个年长的白人男性——而且是犹太人,这非常符合他们的目的。

我们引以为豪的读写能力,实际上没有多大意义。一个职业小说家告诉你说并非所有小说读者都是好读者,这话可以信。小说艺术的基本规则没有被广泛理解。没有作家可以想当然地认为,他笔下角色的观点不会被归到他头上。此外,人们普遍认为,小说的所有事件和想法都是

---

① 圣令(fatwa),指伊斯兰宗教领袖发出的死刑令。

基于小说家自己的生活经历和观点。

我们美国人偏好事实——只有事实才重要。阿拉斯加的一名掘金矿工看着早期电影，就抄起铁锹向大荧幕跑过去追打恶棍——与现实的低级绑定，这是我最爱的例证了。

毫无疑问，没有文字的社会有他们自己的智慧，原始的巴布亚人对自己神话的掌握，可能还好过大多数受过教育的美国人对自己文学的掌握。但如果没有多年的学习，又谈何理解与我们自己截然不同的文化。因此公平起见，应该体谅我们外人无法深入理解另一个社会，应该承认作为同一物种的成员，原始人和人类任何其他分支一样，神秘又可怕。

描述一群人是无文字的，并不是一种诽谤。不管怎么说，无文字的社会都在迅速消失。此外，众所周知，能读能写也会造孽。无论如何，研究文化是我们的想法。有教养的我们，要求对凡事都展开科学讨论。但巴布亚的田野工作者不会来这里了解是什么让洛杉矶、拉斯维加斯、迈阿密或纽约分秒运作。

几十年来主导苏联识字阶层的社会主义现实主义，迫使诗人、剧作家和小说家成为官方说谎机器的一部分。谁要是抵抗，谁就会去科雷马①送死，或被关进精神病院。奥西普·曼德尔施塔姆写了一篇关于斯大林的"蟑螂胡须"的诗，没有发表，但有人告密，引发了克里姆林宫的注意，这便是他的死因。

对不接受自主自发的文学想象力的人来说，想象力的自由与灵魂的独立相关，十分危险。这种独立性不单艺术家有，而是全人类共有的。

---

① 科雷马（Kolyma），远东极寒之地，最恐怖的古拉格所在。

在任何一个理性开放的社会，愚蠢放大对巴布亚人和祖鲁人的所谓"歧视性"言论，而引发小规模思想警察运动，都十足荒谬，会被人耻笑的。一本正经的狂热，是一种斯大林主义——那种严肃，像我这样的老一代人记得再清楚不过了……

〔1994〕

陪伴也孤单[1]

作家需要作家的陪伴吗？当然，要看情况了。有些作家，读他比见他更好。在每个东欧国家的首都，都有或曾有过作家俱乐部。在共产主义的华沙或共产主义的贝尔格莱德这些布置精美的俱乐部里，你可以坐在皮革扶手椅里啜着茶，跟人交换意见。我想波兰或南斯拉夫政府会发现圈养作家很方便。这些舒适的房间都被窃听了。当你在布加勒斯特和小说家或诗人同行聊着天，他们会意味深长地朝你看一眼。这种间谍活动太明显了，尽管如此，我还是认为西方作家印象最深的是：艺术家应该拥有他们自己的俱乐部，这些俱乐部的开销应该纳入公共开支。

当然，正如约翰·契弗在谈到他的东欧旅行时所指出的那样，"那都是些奇怪的国家"。一个证据是，保加利亚酒店的马桶座是方形。东欧还没有发现椭圆形，他会这么说。不过，除了马桶座，东欧的作家倒都是很好的陪客。他们举手投足都像作家，他们在各自国家有公认的地位。他们像作家一样生活。而在我们这里，我们就没那么显贵了。

也不能说这是好是坏。我只能说，在大西洋的这一边，作家往往是独狼。在第二次世界大战之前，我还很小的时候，有些作家要自力更生的，没有大学或其他机构给他们支持。那些干得不错、四处发表文章

---

[1] 原题为 Alone in mixed company，"mixed company" 指由于某些人在场，因而不方便讲某些话题的场合。

的人被称为"文化人";只是偶尔能发几篇的,是专栏作家或写手。幸运的是,在大萧条时期,我们所有人都不需要什么钱。格林威治村的村民过去一直说,每年有个一千美元,你就能穷得舒坦了。罗斯福-霍普金斯公共事业振兴署项目就帮了大忙。你得先获得认证——证明自己有资格获得这项福利。而一旦受雇,你就会发现自己衣食无忧了。周薪二十四美元九美分——在 30 年代相当可观,当时租个带家具的公寓是每月十二美元。自动贩卖餐馆的早餐价格是十五美分。时不时会来一个"小通知",让你为《新共和》或《纽约时报》临时写篇书评。就在战后不久,我被聘为维克多·韦布赖特做书籍摘要,他正在给美国拟一份企鹅书单。他给我的报酬是,一份三页的摘要五美元,非虚构作品十美元。结实、英式、乐呵呵抽着烟斗,穿靴子而不是鞋子,穿花呢而不是法兰绒,对你、对他自己、对他那间装修豪华的办公室都很满意的这位先生,是个自在的办事员。如果你不介意读书读到半夜,这份工作还是很舒服的。

这,就是你了——一个快要三十岁的文化人。如果你喜欢这些东西,你甚至可以宣称自己是个知识分子了。在《党派评论》和《哈德逊评论》里,在纽约大学和上城的哥伦比亚大学,有大把的知识分子。下城的格林威治村,有实验主义者、画家、受过高等教育的食利阶层的年轻男女——全国各地的无数移民来到纽约,来写书、写诗、学画或接受精神分析。这里有像保罗·古德曼这样的无政府主义者和威廉·巴雷特这样的存在主义者;还有优秀的作家,像为亨利·卢斯工作的詹姆斯·阿吉、德怀特·麦克唐纳、尼古拉·卡亚罗蒙特、梅耶·夏皮罗、西德尼·胡克和 W.H. 奥登,都是转身就能遇见。约翰·贝里曼、德尔莫尔·施瓦茨、让·斯塔福德和伟大的理论家——像哈罗德·罗森伯格那样大谈特谈不知疲倦——都是40年代末格林威治村一景。那些年里，我不是那样的明星。我是从全国各地被吸引到纽约来，年轻或看上去年轻的众多作家和画家之一。

许多有才华的年轻人很快又被吸引回了内地。格林威治村的人都不太安分。事实证明，人才都是不可预测的，而且非常可市。后来美国军人权利法案① 让所有的美国大学都人满为患。于是报酬颇丰的教学岗位出现了。全国各地的校园很快就有了各自的波希米亚人口。事实证明，格林威治村并不难复制。诗人们去了明尼苏达、爱荷华和伯克利担任诗歌教授；文化人变成了学者。后代完全否定了文学。文学和文学研究走上殊途。

这些不是对明显发生的变化作定论，我没这样说。只是我自己对于世纪中叶以来事态的一家之言，很可能不对。

那么，回到我的开场白——作家是否需要其他作家的陪伴？嗯，他们的陪伴可能让人愉快，让人兴奋，也可能产生最深重的错误，或是助长了弊大于利的意识形态。现代作家通常是独狼——是勘探者，如果你想的话——很可能成为一个唯我独尊的人，一个狂人，或道德虚无主义者。

作家的境况，不可避免地存在问题。境况好的时候，写作是福分。但是写作者，却可能荒谬又古怪。如今我不寻求作家的陪伴——现在我甚至不知道如何寻踪到他们的洞穴。但我时不时发现自己——突然地，几乎出乎意料地——出现在作家聚会上。在最近一次纽约笔会大会上，

---

① 即《1944年军人复员法案》，为"二战"退伍军人提供各种福利、包括失业补贴、家庭及商业贷款，并提供多样化的高等教育及职业训练机会的法案。

我被要求就"异化与国家"这个题目发言，然后立马发现自己（可能是由于我厌恶"异化"一词）置身于与君特·格拉斯的激烈辩论。……他确信，我在某种程度上是个保守派，准备接受（甚至可能认可）贫困、苦难和疯狂是我们这个胜利的超级大国的微小缺陷，并且我唯一的愿望就是美国应该赢得冷战。一定有人告诉过他，我是个反动派。他要是读过我的书，肯定不会形成这样的观点。我想他应该一本都没读过。政治生涯是会占用人的阅读时间的。

反正，这个纽约笔会大会是我参加的最后一次大会——大概十二年前的事了。60年代初，肯尼迪总统为安德烈·马尔罗举行的白宫晚宴，则是一个更让人愉快的场合。作家、作曲家、画家和表演者济济一堂，个个西装革履，或长裙拖地。我见到了那些我几十年没见的作家——埃德蒙·威尔逊、桑顿·怀尔德、艾伦·泰特。其中一些我后来再也不会见了。

我以前从未见过神一样的马尔罗。这确实是一次相当成功的晚宴——邀请了各路名流，还有一些真正的英雄在座——如查尔斯·林德伯格。林德伯格对我们所有人都报以冷眼；每个人都被他看了一眼，然后被拒绝。而林德伯格确实拥有我们都熟悉的那浮雕般的侧脸。

约翰·肯尼迪绝对不是正统派。没有一个正统派总统会邀请林德伯格到白宫，林德伯格是个孤立主义的美国第一主义者和纳粹的同情者。埃德蒙·威尔逊，则没那么冒犯人，他只是没缴上自己的所得税。欧文·肖已经搬到瑞士避税去了。那天晚上总的给人的感觉是，美国已经迈出了远离资本主义庸俗狭隘的第一步，我们美国人——终于！——通过将艺术融入这个第一强国的生活，得以体验国家的伟大。

看看艾伦·泰特，我们会知道作家确实得益于其他作家的陪伴——演奏会全程，他都在用指尖点着身边一袭晚礼服的女士的膝盖。还有一个,我最后一个印象:在艾森豪威尔的领导下,威廉·福克纳被要求领导政府的"人民对人民"计划。我的一位前村友哈维·布赖特邀请我参加一个小说家和诗人的大聚会。布赖特现在是《纽约时报书评专刊》的专栏作家,住在东六十街的一幢褐石大公寓里。在他的大沙龙里,我怀着敬畏,看到了那些在我看来异常杰出简直不该下凡的作家。我在那里遇到的是范妮·赫斯特还是艾德娜·费伯?我现在不能向哈维求证了,因为他几十年前就去世了。我第一次见到了威廉·卡洛斯·威廉斯,如果我没记错的话,还有康拉德·艾肯。东海岸的每一位作家都可能在场。我认出了斯坦贝克,以及,除非我弄错了,赛珍珠。

福克纳身材不高但长得非常好看,他刚从寒冷的外面进来,戴着圆顶礼帽(在芝加哥我们叫"巴尔的摩炉子"),波点丝巾,身穿切斯特菲尔德式长大衣。他很英俊,出奇地镇定。他的演讲满是讽刺:"总统要求我为作家领导'人民对人民'计划,于是我邀请你们在这里一聚,给出一些建议。我的第一个提议是,我们应该收走所有美国护照,阻止美国人到外国旅游。这样可以恢复美国在外的名声;第二,我们应该邀请铁幕背后的人来这里。住在一个小镇,在工厂干干活,打打棒球,周日吃鸡肉和冰淇凌。然后回去把这些告诉老家的人们。"

一众作家都不出声。他们或站或坐,思考着这些话。他们都哑巴了。哈维·布赖特一定是戳了一下某人以结束这尴尬的沉默。最后,一个试探性的、毕恭毕敬、安抚的声音出现了:"福克纳先生,难道你不觉得铁幕背后的人已经知道他们国家和这个国家之间的区别了吗?"

"噢!"福克纳告诉他,"知道是一回事,体验是另一回事!"

[1996]

拉尔夫·埃利森在蒂沃利

大约四十年前，我继承了一笔小小的遗产，在纽约州的蒂沃利买了幢房子。房子这个词还不确切；它曾一度是哈德逊河边的一座豪宅。它有一个铺满石板的荷兰酒窖厨房、厨房壁炉和一个升降送餐机，通往楼上已经消失的起居室。一楼有个宴会厅，但根据我的线人，蒂沃利小镇的居民们说，八十年都没人在里头跳过舞了。埃莉诺·罗斯福出生在蒂沃利。居民们的祖上都是达奇斯县贵族的仆人和看管人。

我不会去深入打探小镇或郡县的社会历史。附近有很多大家族——利文斯通、查普曼和罗斯福——但我对他们并不了解。我把一万六千美元的遗产都投进了一座衰败的大宅。为了修屋顶、安装新的管道，我从维京出版社预支了一万美元，准备写一部名叫《雨王亨德森》的小说。

这里有个不怎么样的炉子和一套暖风系统，可以吸走你鼻孔里的水分。我太忙于写亨德森，也忙于和我当时的妻子周旋，没有特别留意周围的环境。那是个革命的年代——我指的是性革命。婚姻不稳定、不严肃，遗憾而可悲。我妻子厌倦了和我一起在阴暗大宅里的生活，于是收拾好行李，搬到了布鲁克林。

我对此自然痛心疾首。我现在发现孤独（和房子的衰败）一样不能承受。我决定挽回我的一万六千美元，于是全身心投入救助。我粉刷了厨房墙壁和卧室，为了自我治疗，也为了改善这处房产。

然后，在巴德学院任教的拉尔夫·埃利森接受了我的邀请，搬了进来。我一直认为这是他的一桩善举。

我们在曼哈顿相识。我曾在《评论》杂志上给《隐形人》写过书评。我那时候就知道这是一部非常重要的小说，在这方面拉尔夫没有敌手。他写的东西，别人写不出来——对作家来说，这是值得称颂的好运。

我俩都在河滨道住过。那时候我们常碰头，沿着哈德逊河一起在公园散步。在那里，我们讨论了各种问题，了解了各自的历史。我被埃利森深深吸引，被他心灵的力量和独立所震撼。我们讨论理查德·赖特、福克纳和海明威。很明显，拉尔夫已经为自己作了通盘打算，而他的想法同文学季刊评论家的观点没有什么共通之处。他和我都不能接受文学记者为我们准备的类别。他是一个美国作家，黑人美国作家。我是一个犹太人、一个美国人和一个作家，我相信如果被描述为"犹太作家"，我会被转到别的轨道上去。我认为这分类的戏码是一种排他性的设计。埃利森对分类也持类似的反对意见。从他的角度，他看到的是，黑人是美国历史和文化的创造者之一。

那点我完全同意。我们发现彼此同情。我们相处得非常之好，还一起钓到了长岛海湾的银花鲈鱼。

拉尔夫开着他那辆巨大的老克莱斯勒，来到蒂沃利。他亲自服务这辆车，溺爱它，调试它，那车就像刚从装配线上下来时一样运行顺畅。后部行李箱打开之后，给了我关于拉尔夫组织能力的第一丝暗示。狩猎方面，有枪，有诱饵用的鸭；钓鱼方面，有钓竿、诱饵和柳条制的鱼篓；各个门类的工具应有尽有。拉尔夫会修收音机和高保真音响。我羡慕他那神秘的技术才能。在我看来，那是一大堆可怕的管子、表盘、冷凝器（我甚至说不出它们的名字）的大集合，他则从中看到了秩序。我的行李箱里，装的是备用轮胎、千斤顶、一些生锈的轮胎撬棒、破布和集市上的棕色纸袋。而他满是工具和武器的行李箱宣布，他已准备好迎接任何紧急情况，可以自主应对每一项挑战。

他不是独个儿来的。跟他一起的还有一条年轻的黑色拉布拉多猎犬，从克莱斯勒上跳下来，急着撒欢，直挠我的胸。拉尔夫从约翰·契弗那里买下它，契弗那时候差不多是黑色拉布拉多的饲养员。

舞厅现在成了拉尔夫的工作室。它和整个房子一样长。拉尔夫摆好他的打字机和办公桌，我们找到一个书柜放他的手稿。底楼看不到哈德逊河。不过可以看卡茨基尔山。

拉尔夫在舞厅里摆满非洲紫罗兰，他用一个火鸡滴油管给它们浇水。我从他那里学到了所有关于室内盆栽植物的知识。

但更重要的是，这座阴郁的房子不再空置——不再阴郁。我终日都能听到他电动打字机的嗡嗡声。它长长的节奏让我觉得，我们正在一艘开进森林的游轮上——满是松树、槐树、大草地的森林，这座房子以前的主人钱勒·查普曼在耕作、种植和收获。在我意识到这一点之前，钱勒已经成了雨王亨德森。他像一个真正的国王一样，开着拖拉机，撞翻围栏，推倒石墙，拔起界标。

拉尔夫和我把房子置于文明的控制之下。

他穿着厚重的摩洛哥条纹长衫，下来吃早餐。拖鞋在脚尖这儿向上打弯，挑起一条大大的东方式曲线。他是一个非常英俊的男人。引人注意、结实匀称、庄重得体的拉尔夫偏爱精美之物，一直穿得十分考究，而他也喜欢藤校风的衣服。在人人都决定不戴帽子的日子之前，他会戴着一顶非常精致的、过去称为馅饼帽的平顶卷边帽。相比之下，我就笨头笨脑的。他穿着以审美趣味精挑细选的衣服。我经常拿我的（相对）

邋邋来和他逗乐。他也研究我，不出声地开着心——觉得我对自己的外表这么欠考虑真是太有趣了。我每天都穿着一样的蓝色牛仔裤和青年布衬衫。

我们的餐食很简单。我们在厨房吃饭。我从拉尔夫那里学到了如何正确冲泡滴滤咖啡。他曾受过一位化学家的指导，用普通的实验室滤纸和室温下的水，然后将咖啡在隔水炖锅中加热。千万不能煮沸。

白天我们不太见面。我弄了个菜园，在厨房门口种下草药。

到了鸡尾酒时间，我们在厨房里再次见面。拉尔夫会调非常浓烈的马提尼，但没人喝醉。晚餐前，马蒂尼唱主角之前，我们要说很多话。晚餐的时候，拉尔夫给我讲他的人生故事——关于他的母亲，关于俄克拉荷马城；关于他们在印第安纳州加里的那些年，以及后来在克利夫兰的岁月，在大萧条时期，他和他的兄弟在那里猎小鸟吃。他向我描述了他搭货运列车前往塔斯基吉的旅程；以及他如何学吹小号；以及他如何读到安德烈·马尔罗的文章，改变了他的生活。我们经常一起漫谈马尔罗、马克思主义或绘画小说创作。

对美国历史和19世纪的政治、奴隶制、内战与重建，我们可以讨论很长时间。拉尔夫特别懂历史，我从来没他掌握得那么好，但慢慢地，我发现他不只是在谈论历史，而是在讲述他的人生故事，并将之同美国历史联系起来。他的动机，部分是文学——他试图找到一个自传的视角。在这方面，他非常像罗伯特·弗罗斯特——他把讲述自己的生平大事变成惯例，变成一项娱乐活动，并在拥有合适听众的时候，一次又一次地打磨修订。但弗罗斯特是他自己的使徒传作者，他会告诉你埃兹拉·庞德是如何在伦敦的公寓里，坐在洗臀缸上接待他的——好像弗罗斯特是个耕童诗人。"我不是博比·彭斯①",弗罗斯特老挂在嘴边。他努力打造一个文学史重要篇章的个人版本,或勾勒出大致样子,然后喷上他自己的固定剂。

拉尔夫的目的与弗罗斯特截然不同。他饶有兴致一遍又一遍地回溯他的成长故事,不是为了修订它或贴金,而是为了复燃旧日的感受,同时一再重新思考如何找到一种方式来写他的故事。

他和我有分歧。我并不会为田园牧歌或乌托邦式的旧日感伤。他不赞成我打理这块地方的方式。我还抱怨他的狗老在我的草药园里拉屎撒尿。我问道:"难道你不能让它在其他地方拉屎吗?"

这大大冒犯了拉尔夫,而当我发现露台被弄脏,气不打一处来,于是拿扫帚砸了一下他的狗时,他暴怒了。他向约翰·契弗抱怨说,以我的成长经历是没法理解的,我对谱系和品种毫无感觉,而且我只认得杂种,并且像对待杂种狗一样对待他的纯种狗。

契弗被这个给打击到了。好吧,有趣极了。契弗从来没对我说过这件事。但契弗的日记匿名出版时,我知道了拉尔夫的抱怨。

当我告诉拉尔夫,把车道边的刺槐修得稀疏一些可能是个好主意时,他说:"嗯,它们是你的树。"我立刻给一个有电锯的林人打了电话。我没想起来克莱斯勒的后备厢里也有一把这样的锯子。在我的地方,拉尔夫会自己修树。他也不会就此事问问任何人的意见。

但我们之间的主要麻烦还是狗。拉尔夫相信我曾经凶过那条狗。

我已经到了一定年纪,开始明白我们所有人硬要凑在一起是多么奇怪。我们为自己的自治感到骄傲,以至于我们很少意识到我们对自己多

---

① 苏格兰诗人罗伯特·彭斯的昵称。彭斯出身农家,从小在田里干活。

么慷慨，对他人又多么吝啬。自由给傻瓜准备的陷阱之一——四周都被孤立包围——是我们自我感觉的良好。我现在意识到，我给自己在生活的盛宴上挑了怎样一身好衣服。

而我们沸腾起来的偏执确实慢慢消停了，后来拉尔夫和我解决了分歧。他的狗毕竟那么好看、聪明、活泼。我没有凶过它，因为它是一个纯种，一个 chien de race。我们和解了，以最好的方式分道扬镳。

拉尔夫和我之后都认同说，我们在蒂沃利的生活非常愉快。这个地方不再是一个硬撑起来的废墟。它的新主人把它变成了一处景观。但拉尔夫和我，两个文学上的擅自占地者，滑稽地动辄生气，虽然住在一起但各自为政，在我所谓的厄舍小屋①度过了非常幸运的两年。我们没有形成伟大的友谊。我们拥有的是温暖的依恋。他尊重我。我钦佩他。他教了我很多东西；我尽力学习。

从那时起，我就像他教我的那样，泡早上的咖啡。

我经常想起他。他穿着摩尔人的长袍和脚尖上翻的皮拖鞋。有时他一只手握着量杯倒水，另一只手会擤鼻子，揉得那么使劲，能听见软骨在咔咔作响。

[1998]

---

① 厄舍小屋（House of Usher），取爱伦·坡的小说《厄舍府的倒塌》(*The Fall of the House of Usher*)。

文学：下一章

我年轻的时候就想好要写小说，而不是去讨论小说的死亡，免得自己给自己泄气。但我现在是八十多岁的人了，向公众展示自己的看法已无大碍。很可能对于大多数读者来说，小说的存亡是个十分空洞的问题。是学究气的专家告诉我们，每一种形式都有出生、成熟、变老，最后被杀死的过程。学者和评论家全情投入这些形式的伟大过去，仿佛是它们的最佳代言人，以权威之姿发话。你几乎可以听到梅尔维尔们和亨利·詹姆斯们的声音，给下一代文学新贵制定下规则。

20世纪头几十年里，作家还不那么专横。为了把我对这些事情的想法理顺，我要从福特·马多克斯·福特一本直截了当的小书《英国小说》开始。一战期间曾在战壕中战斗过的福特（同代人说他是"柠檬粉嘟嘟的胖家伙"），一开始就告诉我们，他的言论"同这一领域的前辈得到的结论相去甚远，这些人都称不上是富有想象力的作家，更别说小说家了"。他准备对他所研究的小说家及其读者采取更为温和的路线。这些读者代表了各自国家的共同意识。法国、德国、英国、俄国等地方的读者对他们的小说家同胞所描绘的生活事实，有一种集体性的熟悉。他们知道那些八卦。和奥登一样，福特认为八卦会让一个国家的思想"兴奋到冒泡"，于是甚至备受尊敬的"主流大报"，也都觉得有必要报道总理和总统们寻欢作乐的八卦。

福特告诉我们，小说"提供了许许多多的人类实例，没有这些托底，灵魂就会在勇敢冒险中失去安全感；而正常的头脑很容易辨别出，在这些难以捉摸的小说里，哪些事件或人物相对于真实生活是花里胡哨、虚有其表的——无论多么让人开心，都可能是一种虚构"。换个说法，就是通过阅读小说，我们会对其他人形成一种别的方法无法企及的亲密感。我们这些喜欢读书的小孩，熟悉大量的虚构人物。我们了解他们的希望、习惯和想法。我们这一代的读者同康拉德的麦克维尔船长、德莱塞的嘉莉妹妹、刘易斯的巴比特或劳伦斯的查特莱夫人的关系，比同自己的表兄弟或同学更近。这些人物近在眼前，我们能够观察并了解他们的感受和想法。我们知道他们如何理解生活，熟悉他们的举止和行为。

在这个技术胜利的世纪，早几十年里，知识分子就谈到了大众人，这些无法区分自然和人造的大众人。他们会认为照亮房间的电力是太阳光或自来水一样的免费公共物品。少数受过教育的人会想到水库或发电机。但随着技术的进步，受过教育的阶层变得像大众人一样无知。我念大学时课堂上会说新陈代谢包括两个过程，合成代谢和分解代谢。使用这些术语，就能证明你是个受过教育的人。你只要知道这些密语就行。现在，我心脏的跳动靠起搏器调节。每月一次，数百英里外——新泽西州某地——的技术人员会打电话来检查。计算机芯片似乎在管理我们的生活。

在街角时常会看到盯着天空的人。我听说他们眼镜的下半部分有机关，可以实时读到道琼斯指数。人们边开车边在移动电话上跟恋人定约会时间，结果车轮失了控。最近在华盛顿抓到的那个俄罗斯间谍，正是坐在阳光明媚的公园长椅上，看上去漫不经心地摆弄着一个耳机，这个设备传输着附近联邦大楼里的加密对话。我们自己的思想已经突破到一个全新的技术领域。不是我们创造了它。它是我们的远房亲戚、儿子和侄子侄女的作品。我们把自己的性命托付给他们设计的飞机。我们自己当然是开不来飞机的。同样理所当然地,是有可能造出也让你紧跟投资动态的风镜,但奇怪的是,这令人感到沮丧——我们对电子设备的依赖程度竟然已经这么深了。我们从来没了解过维系我们生命的生理学,那是大自然的奥秘之一,我们就这样全然无知。现在的奥秘是技术的奥秘。创造它的人类,同样应该有能力了解它。

很久以前,十几岁的我,喜欢把自己想象成一个未来的文化历史学家。我读了《魔山》,然后对自己说:"这是给你的。"我仔细阅读了约翰·H.兰德尔的《现代心灵的形成》,说:"这是你的茶。"我发现了高雅文化的世界和芝加哥贫民窟之间的联系。战争一结束,我开始给《党派评论》写故事和文章,了解到我现在被认作知识分子时,决定不要做这样的知识分子。在世纪中叶成为一名知识分子,意味着你必须能和人辩论马克思主义学说的要点,而且由于很多住在十四街以下的人也在进行分析,所以如果没有长时间的精神分析研究,你是没法顺利过关的。在知识分子和他们的同代人、作家之间,存在着分歧、裂口和鸿沟。

乔治·斯坦纳对本雅明的《拱廊街计划》的评论文章,1999年12月3日刊发在《泰晤士报文学增刊》上,引起了我的注意,因为它和我正在努力发展的论点有关。在斯坦纳看来,现代人已经放弃了早期的系统化主张。现代主义的基础是其自身的不完整。阿多诺告诉我们,"总体性是谎言"。而真理,必须是先行的。斯坦纳写道,现代文学采用的"诗学是支离破碎,用碎片来抵抗废墟"——所有重要的现代论证都从T.S.艾略特开始,发展出自己的犹太饮食法(kashruth),由自己的拉比认可。接下来,斯坦纳先生援引了普鲁斯特和勋伯格、埃兹拉·庞德和穆齐尔这些艺术巨人,他们凭借求真的本能,已经对不完整习以为常了——斯坦纳先生说,那是"对抗完美的更深层的压力"。他这么说的意思似乎是,"完美"应该被破坏。

他接着告诉我们:"近来历史加快的脚步、其中的暴力,阅读和审美机制的经典表现——私密、静默、闲暇特权的纷纷消失,助燃大众消费市场的那些短命的、弃之不足惜、可回收的商品的经济学,那些媒体上、工厂里发生的事情,都会妨碍完整与总体性的建立。"

我对瓦尔特·本雅明知之甚少。我刚拿到《拱廊街计划》,读完一千零七十三页的大部头需要挺久,我正开启第一个小时。这个男人过着艰难悲惨的生活,读斯坦纳的书评会让你更同情他——"他清楚地认识到,他的苦难(misère)更深重了,人民阵线失败了。"纳粹德国、法西斯意大利和苏俄的部队及战备倾囊而出,开进西班牙,没人相信人民阵线能活下来。(但是什么使得 misère 比 misery 看起来更有力呢?)

此外,我们是否还应当设想一个包纳艺术-批评-知识活动-文化的广阔领域,在这一领域里,所有这些东西都混合相交,并被艺术家及其知识界同道以某种方式分享?艺术家的知识界同道对各种问题都投以思想的光芒,因而被认为不可或缺。知识分子看起来有个温柔而智慧的灵魂,无处不感觉自在,实际也不可或缺。他是艺术家亲密的堂兄弟。甚或就是兄弟,像亚伦[①]之于摩西。这就是斯坦纳先生眼中知识分子与艺术家的共存。D.H. 劳伦斯认为"艺术这个行当,是为了揭示人与他周遭宇宙之间在瞬时当下的关系"。物理学家可能会认为这话说得模棱两可

---

① 摩西之兄,犹太教的第一祭司长。

或不知所云,但小说家会认为,这是从艺术家视角表达个体独特性的一种努力。一种个人的自然现象学,是劳伦斯这个说法的基础。这是一种普遍规律,所以读者会接收并信任感知者的报告。这就是福特·马多克斯·福特所说的"小说提供了许许多多的人类实例,没有这些托底,灵魂就会在勇敢冒险中失去安全感"。但对于像斯坦纳教授这样的人,并非如此,他没有机会用波德莱尔魔术师的手帕来展示自己的技巧:"短命、仓促、被嘲笑的东西的复苏,让这个捡破烂的成了救世主的化身。同样重要的还有游荡者(flâneur),这是波德莱尔的另一个关键主题。游荡者颠覆了城市的功利主义,颠覆了决定论者的计划。拾荒者和游荡者永远会和妓女一起穿马路。她也是演出的关键人物。人行道是她的宝藏所在。如果妓女是原型想象力的化身,体现了被'撩'的亲密关系,那么她也身处于马克思主义对资本主义的奴役所发起的最粗俗的论战,身处于中产阶级性焦虑和性欲望的弗洛伊德式叙述里,她在其中都是一个具有象征意味的参与者。"

当斯坦纳教授放飞自我的时候,我的主旨得到了最好的体现,无人能及。他紧紧拽住波德莱尔,拖着他一起跳双人舞,他的理由是他斯坦纳已经掌握了每一个历史细节。这一番引经据典,让人如入原始丛林,能不能简化得有条理一些呢?我真说不出小说的未来如何,但跟着斯坦纳先生走,前路看上去不是太乐观。跳另一种舞可能还更有希望一些。

[2000]

诙谐讽刺游戏

我的主题是趣味和游戏。不过毫无例外的是，一旦被理论家触碰，喜剧里的乐趣就啪一下消失。出于显而易见的原因，这是个很难定义的主题——它对公式化的表述有一种恶魔般的抵抗力。大概五十年前（可能是六十年前），我读了一些分析诙谐、幽默、笑声的书，发现从中所获甚少。从哲学家柏格森那里我了解到，当一个活物情不自禁地屈从于物理定律，变得像人造物的片刻，我们会笑出来。有人脚踩香蕉皮滑倒，他跌下来的时候就像一堆棍棒，这就会引得旁观者发笑。根据埃利亚斯·卡内蒂（《群众与权力》）的说法，我们见到摔倒的人会笑，是因为我们身上蛰伏着的同类相食倾向。我们对着这位四仰八叉的意外受害者露出牙齿，就是在告诉他，如果我们想，我们尽可以吃掉他，但文明人不再那样做。卡内蒂是一个天才的作家，但也是一个严酷无情的作家。甚至像维多利亚时代的塞缪尔·巴特勒这样的喜剧天才都写道，当一个母亲对她的小婴儿说"我会吃掉你"时，她受制于自己原始天性的冲动，也即想要摄取她所爱。

西格蒙德·弗洛伊德还写过一本关于喜感的书。他说，讲笑话或说漏嘴，是诙谐释放压抑之下严苛感的方式，诙谐这时候起到一种反制疯狂的作用，是非理性无意识的红树林沼泽中的一个小花园。诙谐是本我这个国王的宫廷小丑。

如你所见，在我举的事例中，享有盛誉的知识分子如此认真地对待喜剧，真是给它添光呢。弗洛伊德的《诙谐及其与潜意识的关系》里有好多一级棒的笑话，甚至一些解释和评论都那么令人轻松愉快——对弗洛伊德来说。

有了这个，我们便放弃了对定义的追求，而转向我们最早的喜剧经验。我们什么时候开始对喜剧有反应的呢？对于这个问题，最合理的答案显然是因人而异。我的父母经常被他们孩子的怪动作和尖叫逗乐，或是被他们滑稽行为中自然流露的可爱迷人所逗乐。我大哥喜欢扮小丑。他胖得出奇，邋遢贪吃，把面包往可可杯里蘸。这个贪婪可怜的老兄经常被他在新世界挣扎求生的移民父亲训斥、做规矩、扇耳光，而他掩饰了自己的愤怒，还对我们其他人投来滑稽的眉开眼笑。他是一个穿着短裤的大胖小子，条纹运动衫绷在他突出的肚皮上；完全不合身呐，像个小怪物。也许，正因此，他深受我们母亲的喜爱。

但是，他这一眼里的故意扮傻，越过了被激怒的父亲，传递到其他孩子这里，让这些厨房大战发生了喜剧性的反转。回想起来，这个挑衅的哥哥无师自通地成了一个喜剧演员，而且在厨房桌上的这些交锋里获得了一种愤怒的快感。正是这个哥哥往家里带来了书——G.A.亨蒂的男孩冒险故事，斯特里特和史密斯的尼克·卡特侦探小说。当然，他和我也会读报上的漫画连载。20年代初还没有漫画书，只有周日的报纸上有连环漫画。

我人生的第八年，有好几个月都是在皇家维多利亚医院的儿童病房度过的，没有什么可读的。布娃娃安（Raggedy Ann）和小公子（Little Lord Fauntleroy）可不能和报纸上弹眼落睛的色彩和耸人听闻的滑稽故事相比——那些龇牙咧嘴的笑容、又肥又大的鼻子、扎人的八字胡、追逐、拳打脚踢、"砰砰！""哎哟！""接招"——你可能不认识这些卡通英雄和他们所爱的小女孩的名字。他们是瘦吉姆（Slim Jim）、穆特与杰夫（Mutt and Jeff）、傻麦克纳特（Boob McNutt）、头上顶个空罐子的快乐小流氓（Happy Hooligan），还有一对爱尔兰夫妇麦琪与吉格斯（Maggie and Jiggs），他戴着大礼帽，她拿着擀面杖。戴圆顶高帽的穆恩·马林斯（Moon Mullins）和戴圆顶小高帽的小弟弟卡友（Kayo），他和哥哥共用卧室，睡在五斗橱抽屉里。傻麦克纳特战胜了他的敌人矮子史密斯（Shrimp Smith），绑起他的手脚，把他塞进头顶的火车行李架，说："你是世上唯一一个可以给我揍的人。"

这意味着，即使我这样一个瘦弱的小孩、住院的病人，也可以揍人。

这些连环漫画把我带出了家庭圈子和狭小的街坊社区，带我进入这个国家的生活——整片讲英语的大陆的生活。我没有理由不参与其中。我的小脑袋被添加进数百万其他的脑袋，构成了"公众"。连环漫画的绿色、黄色和沸腾的红色，溢出了故事、人物，溢出了画框，也消融了许许多多的限制。所有这些荒谬古怪的乐子让你觉得，民主是个人人都参与的玩笑。

"这是一个满是玩笑的国家"，拉尔夫·埃利森笔下的一个人物说。他在叙述结束时还补充道："[他]说的一些事情很好笑，但却是真的。也许这些事情的真相恰恰要依赖诙谐幽默才能表达出来。"

似乎可以说，诙谐，就像水中女巫或占卜者的开叉树枝一样，会引导我们了解真相。

亚伯拉罕·林肯在讨论非常严肃的问题之前，都会用生动的乡里故事或寓言来开场，这些笑话不像是一个政治家该说的，于是冒犯了东海岸的教士和报纸出版商。当然，南北战争不是玩笑。但我们还是可以想想看，是不是林肯的那些说教寓言和绕来绕去的俏皮话，对他既深且广的精神复调结构来说，可能并非必要的前奏。每个人都清楚，他的将军们报告来的伤亡数字让他深感痛苦。

但我在继续叨叨前必须检查我的倾向。

我成长在 20 年代的芝加哥，这里的大佬是派系政治家、律师、法官和行政官员。贩私酒的帮派战争并没有影响街头的人——平民，他们以安全的距离观望。普通读者追着读报上的丑闻和凶杀案，享受着芝加哥作为一个国家级或国际级帮派城市的声誉，这里可是艾尔·卡彭的大本营。市长大比尔·汤普森自己就是个小丑，报纸用足了这场私酿酒大战。在他们的采写里，好像是在报道一个来访的马戏团。

街上那个人理所当然地认为，公共生活是腐败的，法院是贪赃枉法的，警察敲诈勒索，城里县里的雇员袖手旁观，有头有脸的傻瓜都是嫖客，这标志着——生活是一场花天酒地的胡闹。一战结束后，本世纪初喜欢揭人丑事的作家们——林肯·斯蒂芬斯、伊达·塔贝尔、厄普顿·辛克莱——后继有人。像 W.E. 伍德沃德这样的历史学家给我们的伟人祛魅，掀起他们的官袍，给我们看他们的泥足，他们致命的弱点。历史学家们告诉我们，乔治·华盛顿相当自负，U.S. 格兰特是个酒鬼，老罗斯福爱表现，巴黎和会凡尔赛宫里的伍德罗·威尔逊是被妓女包围的长脸处男。最后一个比喻来自约翰·多斯·帕索斯的《美国三部曲》。多斯·帕索斯是个极具天赋的小说家，揭人短不是他的主业。他是一个民粹主义者，民粹怀疑主义的大潮让第一代巨富的声名受损——洛克菲勒家族和哈里曼家族，大政治家们，著名的奋兴派，各地的高层人士，施行种族隔离的南方：糖心爹地的性丑闻，以及被他们金屋藏娇的女士们。

我希望我传达了几分《警察公报》上桃色新闻或 20 年代小报的风

味——偶尔还可以在辛克莱·刘易斯的小说里尝到,尤其是《巴比特》和《埃尔默·甘特里》。早些时候,欧·亨利的故事里也有:穿棉毛裤的乡巴佬,以及打着他们主意的骗子小偷和推销员。我可能对这些多疑而自作聪明的20年代人有些过分了,但是日报上全国连载的专栏会有成百上千甚至数百万的学童阅读。威廉·兰道夫·赫斯特本人似乎很喜欢这样,在芝加哥有两份赫斯特的报纸。人人都追着读奥德·麦金太尔,在《观察家报》上还有一个名叫泰德·库克的疯狂的幽默天才。在他的库库斯① 专栏里,我发现了一位名叫T.S.中野的日本诗人的俳句。库克的戏仿把十三四岁的我带到T.S.艾略特跟前,艾略特本人就是一个幽默作家,部分来说是讽刺作家。

在街头、商店里、火车上,在日常交往中,有一种让人愉快的社交活动——打趣,芝加哥高架火车上的乘客间会互相说些俏皮话,或是和旋转门旁边更衣室里的女士说笑两句,你从来都不知道他们姓甚名谁。诙谐是无关意识形态的纽带,是短暂接触中几乎不含意识的成分。我现在认为这些联系是民主的情感共鸣的表现——是诙谐衍生而来的现象,是好心肠路人的赠予,在街巷和商店里回转飘浮。

当时一些知名的知识分子也是有天赋的喜剧作家。这对美国的精神生活产生了重大影响。20、30年代最重要的喜剧作家是《美国信使》编辑H.L.门肯。他骂起人来尤其搞笑。他将普通人称为美洲傻种。他憎恨神职人员和大学教授,巴比特式的人物;他对饱学之士、国会议员——各地的高层管理人员、禁酒主义者、南方保守派精英——所有这些人群中的虚荣偶像都不屑一顾。门肯不是俗人,他对西奥多·德莱塞和其

---

① Kookoos, coocoos 意为疯子蠢人。

他英美小说家的评论文章都堪称一流。他写过尼采；熟悉贝多芬和瓦格纳。在政治方面，他总体上站右翼。身为德裔，他同情德国皇帝。他憎恨禁酒令，对威廉·詹宁·布莱恩①、《圣经》地带②的代表和猴子审判③中的创世论都写过极其精彩的文章。他是一位敏锐的文学评论家，还写过关于女性问题的文章。门肯的《美国信使》向我们这一代青少年展示如何拒绝愚民大众的错误教导（大概也拒绝了不少正确教导）。最重要的是，我们从他那里学到了对抗出版社、教会、学校和政党——对抗粗俗的独立批评立场。门肯教给我们这样一个理念：异议是可能的，它最尖锐的武器就是语言和智慧。20世纪的高中生当时并没有意识到门肯和他的《美国信使》接续了托马斯·潘恩的工作；也是18世纪伏尔泰、狄德罗和卢梭的工作，而这些也都建立在他们17世纪前辈的那些思想之上。

在过去的两个世纪里，整个现代工业世界的作家都是喜剧作家。你当然会列出一些经典——如果我们不给予《安娜·卡列尼娜》或《白鲸》应得的所有尊重，上帝也会不同意的。但奇怪的是，绝大多数小说都是由幽默作家、讽刺作家和喜剧作家写成的。甚至在《卡拉马佐夫兄弟》里，被谋杀的父亲，一个大怪人，风头都盖过了充满激情的德米特里和圣洁的阿辽沙。只有伊万的形象高度接近他父亲。因此即使在这部伟大的悲剧作品中，也有抑制不住的喜剧感。在《奥赛罗》《麦克白》或

---

① 威廉·詹宁·布莱恩（William Jennings Bryan，1860—1925），美国政治家、律师，美国首位民粹主义的总统候选人。
② 美国南部基督教基要派的流行地带。
③ 指1925年7月，田纳西州教师斯科普斯违反该州法令，在课堂上讲授演化论而接受审判的事件。

《李尔王》里，没有这样的喜剧人物。现代作家在描绘现代人时，很快就会发现现代人选择将自己视为一系列滑稽元素的复合体。最大胆的喜剧作家就像老卡拉马佐夫一样，根据自己所见的首要原则，来修改一切社会和传统虚构。

　　19世纪中叶以来，小说家和诗人都对艺术和艺术家在商业文明中的生存深表关注，于是他们更充分地利用语言的丰富性，增加其中的指涉。里头有一些败局命定或背水一战的氛围。福楼拜的《情感教育》展现了语言的完美和一种沁入毛细血管的掌控，突显了丰富的艺术手段与人类素材的贫瘠之间的鸿沟。福楼拜那个世纪"最好的"作家和我们这个世纪"最好的"作家（乔伊斯、艾略特等人）告诉我们，美一直在被创造着，但创造过程中有好多阻碍，而创造者——和那一小群数量萎缩的受众——被一种深沉的虚无主义的黑暗所包围。乔伊斯用一种只有具备了入门知识的内行和鉴赏家才能读的语言，描绘了厨房和厕所，布卢姆在厨房里煎他的猪肾，在马桶上坐定读报纸。乔伊斯将伟大艺术寄托在走街串巷、终日奔忙于都柏林的小人物们身上。

　　我们跟随他们来到墓地，然后再回来吃午餐，感受着艺术的丰富与卓别林式小人物"广告推销员-父亲-丈夫-戴绿帽的-手淫者"之间的可笑对比。这就是我们时代的杰作。我们太知道这一对比之间的张力了，于是惶恐不安：数十年阅读思考所积累的知识膨胀而成的意识，以及我们无法胜任却不得不做的陪伴——知识不是权力。说到底，这只是另一种形式的无助。"我观看你指头所造的天，"《诗篇》作者问道，"……人算什么，你竟顾念他？"①

---

① 引自《圣经·诗篇》8:3，8:4，和合本译文。

有些作家告诉我们,他们的艺术、他们写作的方式,给出了我们可能看到的唯一的道德标准。但这同样也是搞笑。另一种表达方式是,我们受邀一起体验观看现代世界的乐趣,而艺术家在这方面本领最大、视野最广。这里头是有些东西的。但你不能指望认真的人克制自己不要求更多。

好吧,认真的人也许不需要那么认真。我也看到了,"现实"的巨大转变已经损害了他们的认真严肃。我用引号将"现实"这个词框起来,以使观点前后一致。无论如何,这些引号很快就会消失。我的目的是引起你的注意,这个"现实"已经发生了一系列巨变。我们一直忙于让自己适应,汹涌而至的变革大潮打进来,我们忙不迭把水舀出我们的船舱,却很少或没有机会去理解它们。

让我从奥尔特加·加塞特说起,这位西班牙人写了一本迷人的书《大众的反叛》,他认为,普通人并不能明确区分自然与人类发明,他们视电力(我选择了这一项是为了方便说明)为按下按钮即出现的东西。他们是真看不出阳光和天花板固定照明装置之间的区别。对他们来说,这些是免费或近乎免费的商品,像我们的饮用水一样。受过教育的人则知道,这完全是两码事。

奥尔特加把受过教育的人想得太好了。当然,我们知道有些发电机可以将各种燃料转化为能量并储存起来等等。但话说回来,我们又走了多远呢?不是很远。我们所受的教育差不多就是一些花招。我们学会的是如何掩盖我们惊人的无知。来看看"新陈代谢"这个词。它是什么?嗯,新陈代谢包括身体摄入的物质的分解、转化及其利用、排泄,等等。然而,真正的事实是,新陈代谢是个谜。我们可以在一定程度上描述它,但我们无法解释它。在我那个年代,讲师们常常告诉本科生,合成代谢和分解代谢是组织的破坏与重建,我想这给我们的满足感和学习教理问答的孩子们的感受差不多。孩子们知道一个深奥的秘密以后就安心了。我们正在学习的是虚假的知识,这点当年看不出来,今天则很明显。

今天我知道了,虚假的知识是一个喜剧主题。但不是生物学讲师教给我的。我是在法语课上学到的——在莫里哀笔下虚伪、说个不停的"进步"医生那里,他装模作样地在病人身右侧听心脏,而病人纠正他找错了地方时,他说:"不过我们都把它改了(Nous avons changé tout cela)。"

当我们能嘲笑自己对神秘事物的无知时,就体现了一定程度的进步。这是个很小但很重要的进步。我再展开一下。大约二十五年前,在米兰,我可以说是在公开场合大笑了起来。我记不起来是什么让我这么笑了,但记得我吸引了一大波围观群众——这不是难事。等我渐渐止住笑,一个年轻人站起来说:"为什么美国人这么爱笑——所有这些美国人?你永远看不到一个一本正经的总统或高级将领,甚至只是看起来持重一些也行。他们总是咧着嘴,咯咯笑、微笑或是爆发出大笑。"

今天我不记得当时是怎么回答的了。也不难回答。没错,你从未见过希特勒在公共场合微笑。墨索里尼也不是会朝你笑的人。斯大林通常看起来非常严厉。戴高乐想都没想过为摄影师露露齿吧。丘吉尔一身重担但偶尔会笑。小罗斯福毫无疑问是真的很会笑。杜鲁门在照片里笑得不如罗斯福多,但他从来不会一脸阴沉或严厉。我相信,我在米兰肯定是谈到了这些领导人,描述了他们的公众形象。我还不忘加上一句,说我的提问者的姿势和声音有一丝存在主义的暗示;我说似乎有人向他保证,会有可怕的自由或绝望,虽然美国人身上讨厌的朝气蓬勃可能会让

487

一些欧洲人觉得无知透顶,但这也可能表明他们相信他们的政治和经济理念会成功……

[2003]

胜地佛蒙特

1951年，我住在皇后区一幢巨大的砖石建筑里，读了一本关于奥德尔·谢泼德讲新英格兰乡村的书，觉得下一刻就想去那里。我收拾好背包，买了双徒步靴，就跳上一列火车从中央火车站到了大巴灵顿。按照书上抄下来的地图，我循着偏僻的小路走到了康涅狄格。没有遇见其他步行者。这是温暖明亮的十月上旬。一开始一切都那么好，但乡村上上下下的丘陵，让我开始觉得累了。在陡坡上，我被一辆辆的卡车超过。司机们显然想知道我在那儿靠着脚力走为什么。一些人停下来想捎我一程。我友好地表示感谢，但说还是打算徒步。

"徒步？你可以搭一段车啊，不要吗？"

"我想来这里看风景呢。"

我的拒绝让他们困惑。一个徒步旅行者？这里？太阳还是很大，我是完全筋疲力尽了。我看起来肯定是那种固执又自满的怪人，开走的卡车司机有充分的理由乐见我的拒绝。我的地图显示附近有个村庄。但我问一个电话管线工有多远时，他只是耸耸肩，踩下了油门。在下一个转弯处的尽头并没有村庄，也没有杂货铺好让我买瓶尼嗨果味汽水坐在木台阶上大喝；这里只有沉睡的草场。谢泼德描述的地标都已经消失——小村落、农场、小酒馆、马厩，都不见了。

一辆带马拖车的皮卡拉上我开了几英里，我很高兴能够坐上去歇歇脚。这个司机有外国口音；他是丹麦来的驯马教练。他是外国人这一点可帮到我了；毕竟我很难向一个美国人解释，我是怎么到这儿来的。驯马教练十分同情我浪漫的朝圣之旅。他在丹麦干过同样的事。然而，他指出，美国太大了，不适合徒步。这么广阔的空间就不能田园牧歌了。天气可能适合农神和森林神，但所有其他的条件都缺乏。洋基农民已经不在了，他们的儿子们成了股票经纪人，女儿们住在费城或纽约。

我在丹麦人的马厩里过了一晚。老鼠在我的小床下窸窸窣窣。

但我失败的远征并没有终止我对牧场、树林和溪流，对这片地理学家称为新英格兰乡村的东部林地的浪漫情感，只是让我的观点更现代化。我自己也是东部林地人，生在魁北克省的拉欣，圣劳伦斯河畔。没错，我大半辈子都住在芝加哥，但中西部对我来说感觉总有点不对。它的土壤不同，分子更胖更粗。显然，我觉得东部在物质上更加精细。

数百万农民离开了这片土地；但城市居民，其中就有作家，钟情于田间、树下的自在与幸福。埃德蒙·威尔逊时常在科德角或纽约州北部乡居；德尔莫尔·施瓦茨在新泽西州的法国镇附近安了家；塞林格先生隐居到新罕布什尔。显然，这些才华横溢的人里，有好些都转向乡村寻求安慰，摆脱城市引发的烦恼。

我自己有点神经兮兮，但还是怀着对自然的虔敬，在50年代中期的时候搬到乡下。我继承了一笔不大的遗产，全都投进达奇斯县一幢房子里，在那里生活了七八年，也乡村化了。这栋大宅（十四个房间，一个荷兰厨房，一个气派十足的大楼梯，数不清的壁炉，二十英尺高的天花板）把我变成了一个杂活工。我没钱请人通管道、做木工。我得自己刷墙，自己割草种花。我的邻居里有文学家——理查德·罗维尔和戈尔·维达尔——但修补打理大宅内外让我没时间和他们聊阅读写作。而且，一想到父亲勤勤恳恳工作一辈子留下一笔钱，竟然给我都浪费在一座摇摇欲坠的河边大宅上,我就无法忍受——"这太像你了",他会说。于是我摆脱了这个地方。

最近十年里(我知道我已经老到可以十年十年地大谈人生了),我有好多时间都是在佛蒙特州度过的。

我猜大巴灵顿和新迦南之间的这片地,地价太高,不适合做农业用途了。也许开发商已经得到这块地,现在只是暂时荒弃,因为他们还没有动手"开发"它。荒弃背后更大的原因是第二次世界大战后美国已经开始城市化。土地被出售,或废弃。在东北部,田地和牧场再度被灌木森林所覆盖。如果你像我一样,经常在佛蒙特州的腹地游荡,翻过松动衰颓的石墙、爬过苔藓覆盖的窗台,你就会见到老旧的地基、成堆的红砖和杂草丛生的水磨坊。沿路是一片片消失的农舍,现在还能认出这遗址,是因为过去在车道旁种下的成对的丁香,还有枫树和黄桦间顽强长成的苹果树。如果你喜欢这些东西,便可陶醉在前机械时代的美国风情里,这里有马拉的收割机和耙。还有锁、铰链、门把手、旧的瓶瓶罐罐和各种宝藏垃圾。石墙把地方围成一小片一小片的。毫不费力地就能想到,这里头会是些羊啊奶牛啊庄稼的——不过在一个中西部人眼里,这尺寸算是小人国。

然而,在这小院里,你可以静静坐在巨大的糙皮胡桃树下,或是一棵更大的、18世纪便有了的枫树下。这些峨冠的大树似乎让天空益发高了。很少有飞机掠过。这里的土路在周末以外的时候都很空。镇上没有商店、小酒馆,也没有工厂、加油站或汽修点。几英里之外会传来几下电锯声或猛击锤子的声音。最近的农场在往东半英里处,是一个名叫韦尔娜的寡妇和她的儿子赫尔米经营的。赫尔米是个热心可靠、寡言纯朴的乡下工人,当地人称他为栅栏维修艺术家。他没在铁丝网上花过钱。

491

他的栅栏，几英亩几英亩的，都是用奇形怪状的铁丝拼接起来，绝大部分都锈得不行，小部分甚至不超过一两英寸。没一处地是全部用新铁丝的。这位艺术家一身肌肉，不苟言笑，脚蹬农场靴，身穿背带工装裤，戴顶鸭舌帽。

我这里没有近邻。最近的是一位耶鲁大学的生物学家，他觉得佛蒙特比任何大学城都好，他还在一所本地高中教科学课。他的妻子设计制作珠宝首饰。往西半英里的房子里，住着一个极具巧思和创造力的人，我这个地方也是他弄起来的。他和他的妻子，一名产科护士，成了我的朋友。这个方向很少有镇上的居民；我们这些人多是新来的，或是来避暑的。而一个小镇要是没一个怪怪的擅自占地者，叫我说，就算不得完整。我们的这位收集大件破烂儿——轿车和卡车。他的小棚屋窗户里飘出塑料布，周围是五花八门的废弃机械。他的牲口们吃着杂草，或是嚼着麻省营地旁边某工厂运来的碎米饼。超肥硕的长腿猪跑到路上，看起来好像穿了高跟鞋。它们沿路闯进人们的菜园，在里头不肯走。据说这位占地者出身良家，受过很好的教育。在过去，他会被称为靠家人汇款为生的人，或吉卜赛人。他的领地紧挨着最近被海狸抛弃的水坝。

这一带的老佛蒙特人在乔治二世的时代得到这片土地。他们和好几代前从加拿大下来的法国定居者看上去几乎没什么区别——那些自称"老顽石"①、上新教教堂的人。在乡村腹地，有一群抗拒变革、不可动摇的佛蒙特人。其中一些还会略带挑衅地骄傲宣称，自己从没去过大城市。弗洛茜·赖利每天还是会在天亮之前起床，给奶牛挤奶（她不用机器），她说她去过伯灵顿一次，那里已经够糟糕的了；噪声让她头疼，

---

① 老顽石（La Rock），法语石头为 la roche，这里 la 显示法语遗留的影响。

汽车尾气令她窒息；她不会梦想着要去纽约。她完全清楚曼哈顿是什么样；她在电视上看见过，不想跻身其间。这些人一直坚守古代生活方式，掘地、砍伐、照看动物、给枫树钻洞收集树液；他们的话题是泥泞时的道路，冻疮或保暖内衣，木材价格或消防志愿者。许多本地人在大一些的城镇工作——像是外科敷料工厂，或者为那些想要乡村风格起居室的住户制作旧谷仓板的工厂。佛州布拉特尔伯勒或麻省格林菲尔德这样的中心，吸引了二三十英里外的"睡城"①开车过来的工人。一些更远的村子抵制房地产开发商和高地价的诱惑。因为害怕外人和他们的喧哗骚动，村民们不同意在这里开出新的店铺。乡村佛蒙特人在院子里装上电视信号接收盘，搭起天线；他们的孩子，跟别处的孩子一样，迷上了随身听里的魔咒节拍。这个国家的任何一个部分都不能"置身事外"。各地发生的一切，都会以这样那样的方式让所有人知晓。看不见、摸不着的世界大潮也冲刷着地球最偏远角落的人类的神经末梢。即便如此，乡村还是自己人控制着的。新来的人只有在一定条件下才会被接受。他们必须缴纳税款，举止得体，遵循若干最低准则。

我和我的妻子像加拿大鹅（实为加拿大黑雁）一样，春天的时候来到这里，有时会飞走，但在秋天之前都会时不时地露面。邮递员和收垃圾的人掌握我们行踪的实体信息。然而，还有其他神秘的地下信息渠道。好多年前，杰克·尼科尔森在奥尔巴尼出身的小说家威廉·肯尼迪和他妻子的陪伴下来看我，这消息就提前传开了。尼科尔森那时候在奥尔巴尼拍肯尼迪的《紫苑草》，他来找我是想谈一部根据我的小说改编的电影。他的白色加长豪华轿车没法在我的门柱之间转弯。长长的汽车

---

① 睡城（bedroom communities），指大都市周围承担居住职能的卫星城市。

在后备厢这里有根穆斯林新月形的天线,邻居们一声不响地在远处观望着司机怎么进来。接着尼科尔森下车了,很多人都看到了。他说:"哎呀,在有色玻璃后面我都不晓得外面那么绿。"他点起一支看着有点神秘的烟,掏出一个袖珍烟灰缸,金灿灿的,像个药片盒。他的烟屁股大概已经成为圣物或收藏品了。我应该让他解释一下的;他的一举一动都被人注意到了,我不得不回答邻居朋友们的提问,对他们来说,尼科尔森的大驾光临就像是对整个路段的加冕。

在另一位访客、来这儿看儿子的一位爱达荷老妈妈说起来,我们这儿的路——整个乡镇的交通网络——是"连绵不断的绿色隧道"。司机视角下,遮荫的道路是这样的。大热天,步行者会很感激这些遮荫,虽然风稍止息,黑蝇、鹿虻和沙蚊就会在小洞里伺机而动。下雨天,层层叠叠的树叶能让你雨点不沾身,你会听到水从叶间一层一层滴下来的声音。多年下来,你会熟悉每一株山毛榉、黄桦、枫树、椴树、刺槐,熟悉每一块岩石、每一条水渠、所有的飞鸟和野生生物,乃至路面上的红色蝾螈。

全世界的专业规划师都盯着那些需要规划自己休闲时间的人,琢磨着怎么赚钱。日报和月刊上刊登的度假建议或广告,覆盖了全球,覆盖了四季。东南西北各个方向都做好了准备,接待来旅行、游泳、滑雪、饕餮、跳舞还有往椅子上一躺的人们,让他们开心。所有地区都得到了授权机构的组织规划——为了寻觅新景观的旅行者。或许比棕榈树、金字塔、海滩、吴哥窟的寺庙更重要的,是寻求安宁。憩息,安静,和平。但也有少数静不下来的人,渴望不一样的乐趣,他们会发现自己再一次身处与外面世界没什么两样的众多设施中——房间、床、淋浴室、电视、餐厅,上午十点钟,还会和同伴们在乌菲齐美术馆或林间小路上，听人讲一堂课。

　　但在我一直谈论的佛蒙特，没有这样的准备。最近的城镇，确实是有人会从公共汽车上下来，买篮子、枫糖浆、陈年切达干酪和小摆设。但十英里之外，穿过树林，你就听不到任何引擎声了。鸟儿将你唤醒，你睁开眼睛，看到上了年纪的大树，层层叠叠的叶子，浓密极了。如果石砌厨房潮湿——甚至可能是在 7 月——你从地窖里取出木柴，生起火。吃过早餐，你端着咖啡走到门廊。露水闪着粒粒光芒。在倒挂金钟和皱叶剪秋罗间，蜂鸟追来追去，赶走入侵者。草蛇从它们栖息的岩石中现身，吸取一些阳光。你眯起眼睛，鹅掌楸的叶子就像一阵洒落的硬币雨。你走到池塘边上，可能就会知道，《诗篇》作者对静水和绿草的所思所想。

[1990]

冬天在托斯卡纳

冬天在托斯卡纳？是啊，为什么不呢。数百万意大利人就是这么过来的。现代的旅行者要么在太阳下，要么在滑雪场度过自己的冬季假期。而我是12月得去佛罗伦萨出差，于是向妻子贾妮斯提出，办完事之后的那两周假期，最能让两个精疲力竭的美国城市居民恢复身心的地方，大概就是锡耶纳的乡村了。其他地方，像加勒比海岸或阿尔卑斯山坡，过冬的人群会蜂拥而至——而我们将独享这片古老的地方，和当地人一起面对天寒地冻。

我们预计会碰上恶劣天气，于是带上了蚕丝保暖内衣、羽绒服、兔毛衬里、大围巾和锐步运动鞋。蒙塔尔奇诺很冷，我们知道，但空气像冰凌一样，清澈透明。秋天刚刚过去，新酒还在桶里，最后一批橄榄还在压榨，羊在吃草，猪在长膘，古老的教堂和修道院在他们的计日牌添上又一个冬天。从蒙塔尔奇诺附近的高地可以望见锡耶纳。整整四十公里，没有什么遮挡。我对风景没什么特别的偏好。是这种能见度之美——举目望去，没有工厂、炼油厂和垃圾场——穿透了我灵魂披挂的20世纪反景观的铠甲。然而，要欣赏美景，你必须站着不动，这样就得抗冻。我们抵达小镇的时候，正值北风来袭。夜里北风把窗户吹开，白天则刮过我们的脸。

在中央供暖下长大的这几代美国人，可以耐得住滑雪板、雪地摩托车和冰上的寒冷，但他们缺乏欧洲人若无其事地待在冰冷的厨房、客厅里的能力。能够忍受冬季的这般苦寒,让欧洲人颇感自豪。他们从中生出一种优越感,但对我们来说这更像是受虐狂,不是斯巴达。

我还记得在英国阴冷的旅馆房间里一边骂着他们的管理,一边伸手进口袋摸出一先令投进燃气表。还有一回我去剑桥一所学院访问,被逼得跑去门房的小屋,央求他开开暖气。这位绅士门房说:"先生,如果你往床下看,你会发现一个加热器。"

我掀起床罩,在床垫弹簧下找到一个装有裸四十瓦灯泡的电线装置。这个灯泡发出的热量应该会穿透床垫,让你复活。这种紧巴巴的感觉和颜色土灰、破破烂烂的教授长袍真是绝配——长袍还真是用思高胶带和钉书钉固定的。学者可喜欢这种邋里邋遢的感觉了,他们对冻得发青的手指和冻得发红的鼻子无感,对冰冷的马桶座也没什么反应。因为大脑自有一块地方,和这些不搭界,地狱也会被认作天堂。这个精神的天堂大门洞开,而我却要冻僵了。

一旦摆脱对暖气的依赖,你就不在意那么冷了。托斯卡纳的冬天不会影响你对托斯卡纳奶酪、浓汤和葡萄酒的欣赏。在那疙疙瘩瘩的小床垫上,你也睡得挺香,早餐后去参观一个罗马式教堂,一个教皇的夏宫;你到田野里漫步。你可以舒舒服服地坐在有屋檐的角落晒太阳,看小羊吃草。

你遇到的人见到你来都很高兴;在他们看来,淡季来访显示出你对他们这片地方悠久灿烂历史的钦慕,于是乐于给你一些信息作为回报。他们会顺带说到,黑暗时代山顶森林的砍伐情况;疟疾和1348年黑死病的肆虐;还有人会告诉你中世纪托斯卡纳对英格兰的出口情况。这林林总总的风土人情似乎绵延在数百万人身上,传递给一代又一代。我们美国的生活环境永远不会那么有人情味。但是，这里的景观只是稍稍带出世纪沧桑的味道，古老的建筑和废墟并没有让人生出阴郁的感觉。室内罗马式的装饰实际上还是治疗沉重感的好办法呢。

这一地区以其物产——橄榄油、葡萄酒和奶酪——以及城堡、要塞和教堂闻名。几个冬天以前的一次灾难性霜冻毁了橄榄林——这些老树现在成了农场的过冬燃料。新种下去的树还没怎么产油，但葡萄酒储量和以往一样充足。

在科隆比尼-奇内利家族的巴尔比酒庄，大酒桶的个头跟747喷气式飞机的发动机一样大，其中有些是斯洛文尼亚橡木制成的。墙上、横梁上挂着温度计和仪表盘。我们此地的向导叫安杰拉，她年轻漂亮的面庞和葡萄酒展示相映生辉。洁净无声的酒窖，一层又一层——我们在下面见到的唯一活物是一只似乎从心底里理解这次导览的猫。在第二次世界大战期间，为了将上年头的好酒藏起来不给德国人掳去，这里做了假的分隔墙。这些近乎神圣的佳酿，瓶身昏暗，被虔诚地照亮。你会觉得要向这珍贵的蒙塔尔奇诺的布鲁内洛酒①致以敬意。小猫横着尾巴，可以说是向导助理，领着一班人上上下下，从一个酒窖穿到另一个酒窖。我们很喜欢这只雄猫，它好像是打赢了不少仗的老兵，魅力十足。

回到地面时，猫从我们腿间穿梭着离开了。接下来我们进到一个巨大的屋子，架子上有规律地隔开摆着白色的绵羊干酪，正在慢慢发酵。再接下来是腌肉房。香气四溢，火腿高高挂着，好像重量级拳击手套。

---

① 布鲁内洛意为"黑色美酒"。1980年，蒙达奇诺的布鲁内洛获得DOCG认证，是意大利红葡萄酒中最名贵的品种之一。

看过这么多的肉会缺乏食欲,所以当我们来到第一流的巴尔比酒馆,对着意面时,我更想欣赏而不是吃掉它。但你永远不会对布鲁内洛葡萄酒失去欲望。玻璃酒杯被慢慢灌注,你的全副感性一下子复苏。成为千万富翁又成为一件有意义的事了。追求财富有什么好处呢,布鲁内洛的香气就是直接证明①。(我从未追求过。)

"不要错过皮恩扎",好多人这么跟我们说,于是我们请安杰拉开车带我们去,在一个阳光明媚但仍颇为凛冽的早晨。1405年,埃涅阿斯·西尔维乌斯·皮科洛米尼也即后来的教皇庇护二世,就出生在这里。他建起了城中漂亮的文艺复兴建筑群。我们看下来,其中最好看的当属皮科洛米尼宫。

我们从停车场拾级而上,走上主干道。第一印象就是优雅的文艺复兴石质建筑与现代商铺平板玻璃的结合。这里的温度比冰点还低一些。我们沿着石头铺成的人行道往府邸走,路边有间咖啡馆敞着门,一群老绅士站在门外,颇有风度地向我们致意。出于一种文化上的责任感,我们往教皇的教堂里头看看,却发现石筑的中殿贯穿着好些长长的裂缝。(怎么才能跟上古迹的保护呢?)继续往里走,在一处庭院,看门人追了上来。他从街面的咖啡馆认出我们,那是他温暖的藏身地。身披厚厚的羊毛和皮革,看门人银光闪闪的钥匙串叮当响着把我们引上台阶。我们穿过一些小的生活片区,早前还是家族后人在用。曾经,直到1960年,还有位皮科洛米尼家族的成员西尔维奥伯爵住在前面三个房间里。向导告诉我们,音乐室钢琴上方的飞行员照片是他留下的最后信息。这个人

---

① 原文是 QED,证明完毕,是拉丁语 Quod Erat Demonstrandum 的缩写。

也许是西尔维奥伯爵的儿子和继承人——确切情况不得而知。

起居区还挂着一幅加框的家谱树图，上面挤挤挨挨写满了数百个名字。我们穿过宏伟的图书室和盔甲室。地毯看上去这么古老、脆薄、苍白，好像往上踏一步就会踩碎。书架上有海量的皮装经典。我注意到15世纪的教皇会读修昔底德甚至阿里斯托芬，进到教皇的卧室时，我想着在床上打开这些大开本是多么困难。在这冰冷的房间里，有一座气派的大床，一丝不苟地覆着深绿床罩，海藻色的织物褪了色，感觉像是沉没、沉没至腐烂。这可能是上个世纪的东西。床垫和床上用品的年纪大概不出八九十年，却带着一种永恒的意味，颇为不祥；你会觉得，如果躺下来把头枕在这海藻色的靠垫上，你就再也起不来了。墙上有个壁炉，更确切地说是一个哥特式的凹空，大到放得进八英尺长的圆木，但此地已非一日之寒，你得一个星期不停地添柴才能将寒冷驱赶。

我们终于又回到带大窗户的大厅了，真好。向导走上露台，见见光。我们也走上露台，这样算是回到了真的意大利，我们感激地搂住太阳。

在一间露天咖啡馆，我们点了卡布奇诺。大个儿的浓缩咖啡机嘶嘶地吐出液体，流光溢彩的吧台里端出一杯杯咖啡。它们凉得飞快，你最好在结成冰前一饮而尽。

顾念游客的精品店都很暖和。我们去文具店买了本迷你装彼得拉克和其他一些佛罗伦萨主题的小东西——四处旅游的人家里都喜欢摆上一大堆。有件特别精彩的是穆拉诺产的威尼斯式玻璃笔，笔杆是彩虹色的螺旋。

在蒙塔尔奇诺，本地的草药专家治了我肩上的伤。他的绰号是"大胡子"，他是个身材魁梧的老人，个头看上去比他的胡子更粗犷。在新酒布鲁斯科内巴尔比的庆祝派对上，他扮演了土匪布鲁斯科内（俗称"大胡子"）一角，成为当地名人。显然他爱上了自己扮演的传奇土匪版本。他本人也是个行动派，一名抵抗战士，在他公寓小小的前屋，四壁都挂满了记述他英勇事迹的奖牌和证书。墙上还有精美的枪支收藏，他也打猎。这个巨人和他瘦小的妻子带着我们来到一个长长的橱柜式厨房，他让我坐在高脚凳上，像任何一位医生会做的那样，悉心询问我的伤是怎么来的。我告诉他，去年夏天我在佛蒙特骑自行车的时候一头撞上车把了。他倒一点没觉得什么——我这样的人还会是个勇敢的自行车手。他叫我脱衣服。我脱下衬衫给他检查。当我俩一起找到痛点，他往一个小平底锅里倒入一堆混合物，放在炉子上加热。老太太形影不离地跟在他身后，双臂交叉，紧紧地抱在胸前。她声音沙哑地和我们的意大利朋友闲聊间，"大胡子"拿溶进橄榄油的草药给我揉肩。他用手抹开热乎乎的混合物，像粉刷工手上的刷子一样。他朝妻子点了一下头，她便去门廊取来油膏之后用的软膏。享受按摩的我，开始觉得这个"大胡子"可以把我治好。总之我是喜欢神秘草药疗法的，而厨房里的治疗有其玄妙的一面（采取了特殊的安全措施）。我重新穿上衬衫，很满意整个过程。钻进套头衫的动作也不疼了，我告诉他，他是个了不起的治疗师。他鞠躬，好像早就知道这一点。他从客厅一墙枪支旁边的橱柜里，取出一个装着好些野猪牙的束口袋。我压根没想到这些东西那么轻。这些战利品上有几个顶端包了银，我想它们可以制成项链或手镯。他说，小偷宁愿拿这些，而不是枪。

"大胡子"先生耸立在我们面前，微笑着打开门，拒绝收费，告诉我明天再来看一次。他那么高，我们不用欠身就从他胳膊底下钻出去了。我们走下楼梯，走向深夜，很开心。

我们的户外探索还在继续：习惯了寒冷，就不再缩头缩脑。我们现在更喜欢户外游览，多过检视教堂内部。附近有个烧炭人营地，还有一位老绅士伊利奥·拉法埃利，他本人直到二十五岁都一直是烧炭人，他向我们展示了工人们的生活方式以及如何烧制木炭。他自己重建的营地非常原始。泥土和杂草被塞进木框架里，这些烧炭人的小住所让我想起美国的草皮小屋。这小茅舍没有窗户。烧炭人和他们的家人睡在木架子上，这些简易木框架占据了大部分空间。一个架子是工人和妻子睡的，另一个给孩子们，五六个孩子。所有人都在森林里忙活，从泉眼里打水，采摘当季的浆果和其他食物。除了斧子、锯子之外没有其他金属制品。铲子是木制的，耙子也是巧手削出来的。烧炭人同土地所有者签订合同，他们在营地停留半年左右，直到他们砍掉这片地上所有的可用木材。接下来他们搬到另一处，在那儿建一个新的草皮屋。我们的向导说，这些茅舍都有小火堆，晚上都很暖和的。

拉法埃利身穿夹克开衫，戴顶小帽，是个矮个子壮汉（下午不是特别暖。我们淌着鼻涕流着泪，他倒一点没有。他显然更能抵御自然艰险）。帽子上垂下一条黑线，挂在他脸上，但他在向我们做介绍时没注意到这点（他要关心的东西大得多，没注意这些琐事）。他对木炭烧制过程的描述极其精确：如何将木材切割成适当的长度，堆放起来，叶子怎么叠、泥怎么铺上土堆，中间如何留出空生火，日夜都得照看。有些木梯子靠在锥形的窑体上，四周还有一圈屏风，大风可能会使火焰过高，危及数月的工作。

这就是几个世纪以来人们如何靠大地营生的写照,就在这片结实的土地上,可以这么说,人们如此擅长操弄他们的盆盆罐罐、勺子斧头和手打的耙子,如此足智多谋——目睹这一场生活教训,抵得上一整架历史书。"每当我们参军的男孩子写信回来,我们就会聚到小屋里,坐在床上听人读信。"我们的向导这么说的时候,我更理解生活曾经的模样了。他笑了,加上一句,他们所有人都去神父那里听读信。

他的意大利小汽车停在林地边缘,黄昏时他会坐进去,开到居住地蒙塔尔奇诺。然而,你觉得他的真实生活是在这片寒冷的空地里。他似乎不愿意放弃旧的生活,也许也不愿彻底变成城镇居民。作为一个自学成才的学者,他写过一本关于植物和小动物群的书。小学生被带到他这里上课,学习森林的知识。他教他们树木叫什么名儿,给他们唱烧炭工人的歌谣,还会回忆这个消失的行当。他是一个谦虚的人,没有草药医生大胡子先生那般传奇的风度。

最后,我们跟随两位松露猎人埃齐奥·迪内蒂、福斯科·洛伦泽蒂和他们的狗洛拉、菲亚马和约里一起进入圣乔瓦尼达索附近的森林。我们抵达圣乔瓦尼时,受到了黑头发的年轻市长罗伯托·卡佩利的接待,他向我们致欢迎辞,还送了一块厚重的青铜松露奖章。

松露季快结束了。这一年就是寻常光景——能采摘的不多。但车门一打开,松露犬还是一股脑儿冲了出去。松露猎犬不讲什么品种。洛拉、菲亚马和约里看上去就是普普通通、名不见经传的杂种狗,但它们其实是训练有素的专家,登记在册,拥有自己带照片的身份证和文身注册码。把它们翻转过来,你会看到粉红色皮肤下的数字。新手约里是一条瘦瘦的、深褐色的少年犬,长长的链子让它走走停停,以防他劲头一上来就跑没了。增加的重量让它有一种弓腿的步态。我们跟在小狗后面出发,穿过满是杨树的小径,在干树叶上跋涉。跟在它们身后紧赶慢赶,你会发现自己呼吸得更深了,吸进了冬季植被和被搅翻的泥土的刺鼻气息。经验丰富的猎人热切地急呼命令小狗：Lola, dai.（洛拉,来吧。）Qui.（这里。）Vieni qui.（过来。）Giu.（下。）Dove?（哪?）Piglialo.（捡起来。）他们哄骗、恫吓、威胁、赞美、警告、控制、审讯、奖励他们的小狗。动物追踪着远处的气味。虽然地面冰冻,但它们能嗅出藏身地下一英尺半的松露。每个人肩上的皮革按扣都挂着一个工具,长约二英尺、头上带有锋利的直角刀片,是挖掘和取土样用的。用这把小铲子,猎人抄起一块米褐色的泥土,使劲闻着。如果土壤饱含松露的气味,他们就会呼唤小狗更深入地挖掘。

我们排成一列,穿过一座窄桥,就是好些圆木捆起来架在沟壑上的桥。有天赋的女族长洛拉已经发现了什么,她身后那片河床的泥飞溅。埃齐奥非常知道该从哪里下手,他犒赏了洛拉,便自己挖出小松露,就是一个小块头,然后悄悄放进口袋里。

太阳正在落山,我们常在寒冷的杨树下驻足聊天。这个下午并没有大丰收,小狗只挖出了三块松露。埃齐奥和福斯科一定要我们收下。我们回到树林的时候,听到了一个黑暗故事。他们告诉我们,猎人中的体育精神不再。埃齐奥愤怒地说,嫉妒的竞争对手开始对有天赋的小狗下毒,在它们离开场地时抛出含有番木鳖硷的香肠。去年就死了六条狗,其中一条很有潜力的小狗就是他的。几个月的培训就这么浪费了。在过去,只需要一年的时间就能在一条狗身上取得进展。现在猎人更多,松露更少了,训练时长要三年之久,所以这时候失去一条小狗,损失是相当大的。

我们和他们握手作别，猎人没戴手套，手却比我们还暖，尽管我们有皮革、羊毛和新雪丽暖绒。回蒙塔尔奇诺的路上，我们一直在想着松露的秘密。为什么它这么被看重呢？小汽车里满是松露的香气，我们试着给这香味起名。它促进消化，它性感，它是一种死亡的气味。我已品尝过，所以更愿意把它留给鉴赏家。我还是继续在我的意面上撒奶酪碎吧。

[1992]

喜剧的滤镜下：与诺曼·马内阿的对谈

马内阿：我们可以谈谈你的父亲母亲吗？

贝娄：我父亲名叫亚伯拉罕，我母亲叫丽莎。和许多人一样，这也是一桩媒人（shadchan）牵线的婚姻，战前他们在俄国过得非常幸福。1913年他们移民了。不得不走，因为我父亲用假文件做生意。我不晓得整桩事情的来龙去脉。有过一次审判。他留下了所有报纸——神神秘秘的，俄文报纸，印在绿色的纸上，全都锁在他书桌里。那是我母亲的黄金年代——那时她是一个年轻的新娘，很有钱，他们住在首都，会去有音乐表演的咖啡馆，等等等等。她在那里很幸福。然后她来到了加拿大，要自己手洗水槽里的所有东西。没有仆人，当然也没钱付给人家来帮她，那时候也没有洗衣店。对于一个年轻漂亮的女人来说，这是一段非常艰难的时期。当然，我母亲会对孩子们说她从恩典中坠落的故事。我们听过全本。直到今天我还记得相当清楚。当然，他们所有的希望都寄托在孩子身上，因为他们自己已经是那么大的成年人了，而她没法学习新国家的语言。我经常想着她是如何在这种状况下生活的。离开家几个街区，她就迷路了。那时候每家药店的招牌上都有一个电动研钵和杵，你知道的，药剂师的杵和臼。她每次在有轨电车上看到这样的招牌，都会说："我们到了！""不，妈妈，我们还没到家，这只是另一家药店。"而老家来的信不断地给她带来坏消息——人们垂死挣扎，特别是革命期间。太难太难了。她有个堂兄，一个很有名的孟什维克，曾经为社会主义社团讲过课，但他不想和她有任何关系。她是个幼稚的堂妹。就是这样。我们都生活在她的希望里，那就是她的孩子们将恢复她过去——一个圣彼得堡的年轻女子——所拥有的美好地位。

我有个妹妹。就像犹太人说的那样，她是这个家庭的公主。家里不太在衣服上花钱，而她总是占得先机，所以我们都穿着互相传传改改的衣服。你知道，只要把袖子缩缩短，你就能穿上哥哥三年前的夹克。很少给我们买新衣服。过犹太新年之前，你父亲会带你出门，给你买条裤子或者别的什么——要穿着干净的裤子上犹太教堂。就是这么来着。那时，我父亲在一家面包店干活。他没有这方面工作的经验，但有个堂兄在芝加哥的波兰社区开了一家面包店。于是，我父亲晚上工作，白天睡觉，我们必须在家里保持安静。大致是这样。

马内阿：家里的结盟是怎样的？一个家里总是会建立起联盟啊串通啊，是吧？你们家是三个男孩一个女孩；一位母亲一位父亲。你是跟谁结盟？

贝娄：家里是非常自然地流淌着很多感情，而我美国化的兄弟们认为这种感情是种不好的影响。他们想立刻摆脱它，不想再被囚禁在我父亲的意志里，但我们其他人都很喜欢这样的相亲相爱。家里还有针对它的运动呢。这是我的美国进程的一部分。持续了很久。我父亲去世的时候我已经四十多岁了。在葬礼上，我大哥见我在哭，就说："别还像个移民一样。"葬礼上有他生意上的朋友，他觉得这么公然表达感伤很羞耻。这么说你应该明白些了。

马内阿：你对这些事有相当程度的理解，它们成了你的素材。

贝娄：没错。

马内阿：所以你找到了另一个解决方案。你说你的父亲是一个亚伯拉罕，一个强悍的人。

贝娄：他很强悍。

马内阿：那是你母亲保护你们、帮你们说话？

贝娄：是的，但并不是说我父亲对孩子们没有感情。他是一个严守纪律的人。而母亲不会这样管教我们。她会吓唬我们说："我要把这事告诉爸爸。"这就糟了，因为你会得到一记来回抽的耳光。这就是家里的纪律。这是威信。

马内阿：书籍和文学方面呢？

贝娄：我父亲看书。他读很多东西，那时候也有很多可读的。我有个印象就是那时候的意第绪语报纸非常好，对犹太移民非常有帮助——解释事情并让他们熟悉历史，熟悉美国。我父亲时不时地让我大吃一惊，因为他会问我关于殖民地建立的问题，原来他是在意第绪语报纸上读到的这一点。《犹太前进日报》是一家非常有影响力——有好的影响力的报纸。意第绪语报纸确实试着教育这些欧洲犹太人，让他们同这个国家的宪法、框架以及所有其他东西建立联系。报纸上满是有趣的历史知识，移民能学到很多——我是说，如果他们愿意读的话。我父亲就是一名忠实的读者。我是在医院开始阅读的，我在那儿待了很长时间。有人会推着堆满书的小车转来转去，你可以自己挑一些；大多是些傻傻的童话故事，但偶尔有一两本真正的书。

马内阿：在蒙特利尔的时候，你有一年的大部分时间都因胸膜炎和肺炎住院治疗。你觉得隔离是不是很大程度上塑造了你的敏感度、你的阅读习惯？

贝娄：我想是的。学到的其中一件事就是反犹主义。你是一个犹太小孩，他们一直在提醒你这一点。护士会不断地提醒你，这让我非常生气。我气疯了，简直可以杀人，但我那时候太小了。那年我八岁，体重四十磅上下。我觉得我很容易接受书里说的美国生活、开拓者、农民、移民、猎人、印第安人这些。我了解到，印第安人在哪里都有巨大的影响，特别是在欧洲。

马内阿：你还记得你家里人第一次知道你不单读书，而且可能成为一个作家时，是什么反应吗？犹太家庭往往担心这样的男孩长大会成为空想家（Luftmenschen），好幻想而不切实际的人。

贝娄：我母亲很早就开始生病了，那时候我们刚从加拿大过来。她得了癌症。她切除了一个乳房，最后还是死于癌症，这是家庭生活的最大变化。我父亲发狂了，他没时间自己养孩子，也不知道该怎么养。于是，我们在芝加哥待了几年以后发现，我们有个垂死的母亲。我们感情的天平肯定是朝着她这一边。

当然，他们对我在外面交什么朋友很警惕，他们觉得这些人疯疯癫癫的，事实上也确实如此。对知识如饥似渴的高中生——过去是这样的，孩子们不仅对文学有兴趣而且对政治有兴趣，不是一般的政治，而是左翼政治。我家里人担心的就是这个，他们觉得我学校里的朋友都是些疯狂的人（messhugoyim）。有些人确实是，但还有一些人后来在社区里变得相当重要——他们成了报人。我家里人担心所有这些会把我带跑的影响。

我母亲是非常犹太正统派的，我父亲不是。我父亲虽然在塔木德宗教学校上学，但脱离了正统派的影响，后来又生活在彼得堡，那里差不多是无法开展所有这些宗教活动的。他没有背弃他的宗教，但也没有劝信他的孩子们。

还有经济上，对他们来说也是非常艰难，他们觉得孩子们应该尽早赚钱、拿钱回来帮衬这个家。我想，我的姐姐就是被利用了，因为她读完高中就辍学了。她既然到了能赚钱的年龄，他们就不供她上学了。所以她很年轻时就当了一名速记员，坐办公室。我的兄弟们，以前会被人叫作骗钱的家伙。他们在街上卖报纸，在通勤列车上兜售巧克力棒。他们卖杂志，直到找到工作——虽然都是低薪工作。我知道我哥哥萨姆想去医学院，但我家没有可能供得起。我大哥后来去念了芝加哥一所便宜的法学院，最后终于成了一名律师，但也不见得多好。他也成了一个会吹牛的生意人。他完全是别具一格。他告诉我怎么追姑娘、喝酒、参加狂野派对。我对这些都没什么兴趣——我的朋友主要是高中知识分子——但看到生活渐渐显现出面貌，还是非常让人着迷的。我很恋家——本能地依恋亲情和家庭——但我的兄弟们不这样，可我一直很尊敬他们，他们也一直带着我，所以我很小的时候就摆脱了家庭的影响。特别是我大哥，他真的是完全美国化了：我们来这里不过两三年，他的行头就花里胡哨起来。夸张的大衬衫。他鄙视犹太饮食教规和所有的犹太戒律。他是家里的敌对分子，反宗教分子。

马内阿：我们在《奥吉·马奇历险记》里读到不少。硬派的哥哥、敏感的弟弟。他们发现你这么不一样，然后呢？

贝娄：他们放弃了我，他们觉得嘲笑一下我没事，我可以任他们摆布。他们想怎么着就怎么着。当然，我还是一个在上学的小男孩，他们也不能把我怎么样。但这个故事漫长又复杂。我不觉得有必要深入下去。

马内阿：有一回你和一个朋友跑了，要去征服世界，不过看起来这第一次尝试并没有成功。

贝娄：不！我们成功了！他是一个成功的政治家，西德尼·J.哈里斯，即便不是个成功的作家。实际上，他很早就是个厉害的记者了。他没上过大学。他家里人不会送他去上大学。这可能也是他有此成就的原因，因为是他创造了自己的地位，相当不错的地位——他成了《芝加哥报》和《每日新闻》的记者。我还在上大学的时候，他就已经在报上署名了。但他也是个狂人。他们都相当狂野。当然，在我看来他们可能比实际上更野一些，因为我自己受的家教太严了。他们做了我羡慕但不敢做的事。

马内阿：你父亲对这一切是什么反应？

贝娄：我父亲的英语不是太好，他需要讲英语的儿子来帮他做生意。他常常跟莫里斯和萨姆吵架，因为他 ungeklapteh，意第绪语这么说——热血沸腾、充满激情，和每个人都要争论一番。他这么血气方刚，我觉得是让人羡慕的，因为他个头不大，也不强壮。他只是愿意去争去战斗。我二哥是个温和的人，聪明又周到。总挑事的是大哥，比较美国化的那位。他几乎是有意识地在跟犹太正统派的影响作对，并且尽可能把我们一起拖上。我哥哥萨姆没缩掉，我缩掉了。我是很乐于被美国化；在那些日子里，被美国化意味着你怎么穿衣、怎么说话、怎么看待自己、读什么东西，以及你怎样想象自己的未来和你的职业生涯。当然，对他们来说，只有一种未来、一种职业，那就是做生意，其他什么都不重要；而一旦你进入"那个"领域——艺术和思想，那么你整个人都是软了吧唧的，不讨人喜欢。你就不是一个受尊敬的人，成不了大事。他们都认为我胸无大志，也不知道自己要去哪里、在做什么，他们说的倒是没错。某种程度上我是真不知道，十五六岁的时候我就是迷迷糊糊的。

马内阿：你试过做生意吗？

贝娄：试过，因为我父亲手上有好多生意，好多奇奇怪怪的生意。比方说，他卖木头给芝加哥的犹太面包店作燃料。他在面包店干过，所以他认识芝加哥所有的犹太面包师。他们当然想从他那里买。但这就涉及要跑去密歇根州和威斯康星州的木材厂，买已经削过的木材、废木材，用货车把它们拉到芝加哥，然后卖给面包店。这意味着要有卡车运输。在我知道这些之前，就进了城市的铁路区，跟我差不多背景的孩子很少往那里去的。我们熟悉芝加哥所有的犹太面包店。这对我来说是一个很大的特权。我们可以从烘焙区也就是后门进店。而当他们开始在烘焙中使用燃气烤箱，我父亲就进入了煤炭行业。那又是一桩非犹太人的生意——很少有犹太人经营煤场，这意味着我的周末就要跟秤打交道了。卡车空着开过来，你去称重，然后装货。你再去称重，然后给他们买的煤开账单。在那些日子里，大萧条时期，他们会开着卡车在街上来来回回转悠，用袋子装煤，卖给人们做饭用、取暖用。这就把我带进了贫民窟，以一种前所未有的方式。那些人都很强悍，打斗动枪是家常便饭；那里有工会，有很多冲突，单凭我父亲一个人是应付不来的。儿子们变得不可或缺。我们订货、购买、付账单、销售等等；他们用卡车运煤，找到顾客。突然间，我父亲进了一个他压根儿没想过的行当，并且是通过他的儿子们做到了这一点。我的两个哥哥因此变得非常富有。当然我也有了自己的事情干，很快就离开了。

马内阿：这是什么意思？

贝娄：我上大学的时候，已经开始远离这些了。当然，我念大学的钱是靠煤赚来的，所以我还是得在秤后面半工业区的地方打工，周围有轻工业厂、家禽市场、批发市场，会有铁路系统的人来。这对我来说实际上是比大学更好的教育。

马内阿：但在大学里你已经觉得自己走上不同的道路了？

贝娄：是的。在大学里，我就表现得好像将来会当个作家，这个信念引领着我，而不是当老师或任何其他专业人士。当作家。当然，我家里人很少关注写作，并将之归为青春期的愚蠢。也许确实是。

马内阿：我想你还是对美国化相当着迷的。这一点在《奥吉·马奇历险记》和其他地方都很明显，你显然是在寻找你的志业，在尝试马克思主义、托洛茨基主义、弗洛伊德和其他让人兴奋的东西。

贝娄：是这样。我高中时候是社会主义者。我们有一个社会主义俱乐部，我们阅读、辩论，我们一起上学的人里面出了共产党领袖和有名的托洛茨基派。出于某种原因，托洛茨基在美国一些城市非常有影响力，芝加哥就是其中之一。读托洛茨基的《俄国革命史》真是叫人大开眼界，虽然其中大部分都在讲党派路线。我们当时不懂，在家里还引发了冲突，因为我父亲不准我读列宁。他对这些事情非常敏锐，他非常了解20年代苏联的情况，比我知道的多得多。如果我听他的话，本可以太太平平地给自己省却很多麻烦，因为他从一开始态度就非常明确，这是桩大事，那时候美国这么多俄国犹太人，即使并不热衷于激进主义，也会出于情感或是投机，想要好好利用一把对俄国革命马克思主义的这种迷恋。因为它把俄国带上了新闻，而他们有俄国背景，这让他们拥有了一种原本无法享受到的权威。

但是我父亲跟所有这一切划清界限，当我带朋友回家，特别是去过苏联、在那儿做过些什么事儿的美国小青年，他就会给他们好看。"你不是真正了解俄国。你不知道那里究竟发生了什么。"他是对的。但我觉得很羞愧，他竟然如此反动。

然后，我还很年轻的时候，去了墨西哥。这是另一件事了。我去的一个原因是要和托洛茨基说上话。我母亲去世了,给我留下一张五百美元的保单,而我父亲想要这笔钱,我不愿意给他。我说我要去墨西哥。我不知道为什么这么说。于是我就和一个朋友赫伯特·帕辛上路了,帕辛后来成了哥伦比亚大学的日本文学和文化教授。他也在那里。我们和托洛茨基约好了,也来到了房子门口。无与伦比的激动。我们说要找托洛茨基,他们问你们是谁,我们说是报社的。他们说托洛茨基在医院。他被带走了。于是我们去了医院,要求见托洛茨基,他们打开门,说他在那里。于是我们进去了,托洛茨基确实就在那里。他刚刚去世了。就在这天早上他被暗杀了。他满身是血,还有染了血的绷带,白胡子也沾满了血。于是,从那之后我成了一个托派,但我很快就转离了所有这一切。战争期间,我们绝大部分人都放弃了整体革命的意识形态,因为它是如此疯狂,如此虚伪,我们看到人民阵线在西班牙崩溃,我们知道这背后的原因。整个事情让人感到幻灭,事实上,从托洛茨基对苏联入侵芬兰的态度开始,我们就开始远离托洛茨基主义。

你知道的,你在讲述整个事情之前从未意识到自己的生活有多疯狂。而这就是你,一个疯子,完全说不通。至少我可以把母亲的遗产分一半给我父亲的。他非常需要它。在那时候,二百五十美元是很大一笔钱了。

马内阿:有趣,你在错误的时间跟托洛茨基在一起,不仅因为托洛茨基已经死了,而且因为那时候你已经不信他了。

贝娄:我想,我怎么能跑去跟这位伟人讨论理论问题——他了解这些问题胜过我一千倍,发明这些理论的正是他自己——我怎么能拿这些问题占用他的时间呢?他是占据一个绝妙位置的。我不可能和他争论,这么做毫无意义,这就像一只猫去拜见女王。我那时候想,我有人介绍,也在墨西哥,我会坐上公交车去赴约的。

马内阿:你想和他讨论芬兰战争吗?

贝娄:是的,那是当时的大问题,它直接分裂了美国的托派运动。一派由詹姆斯·P.卡农领导,他完全是走斯大林式的旧的党派路线,另一派是马克斯·沙特曼领导,他非常聪明、迷人。我当时大概是这么想的,我认为自己作为一名作家,有一定的自由,可以跟他谈谈事情的进展。但我一直不是很善于向别人营销自己的观点,特别是在那样的情况下;托洛茨基不断受到攻击,他们已经多次试图杀死他。那栋别墅是个武装营地,然而这个年轻的刺客拉蒙·麦卡德还是带着他的冰镐进来了。

马内阿:美国的托洛茨基派是否努力说服托洛茨基,他对芬兰战争的态度是错的?还是说,无论别人怎么想,他一直坚持认为那是一场苏维埃正义战争?

贝娄:嗯,是很奇怪,因为人们仍在争论马克思主义的教义。这就是它的奇怪之处。这不是阻止芬兰战争的问题。我们无法阻止它。你无能为力。但仍有一个理论问题需要解决:工人国家,乃至腐败的工人国家,能否发动一场帝国主义战争?托洛茨基的答案是否定的,对其他人来说答案是肯定的。这分裂了美国的运动。

马内阿:你在墨西哥待了多久?

贝娄:喔,有几个月。

马内阿:所以你参加了葬礼?

贝娄:是的。

马内阿:怎么样?

贝娄:就是典型的托派讲话,关于伟人的生平事业,他是我们的领袖,一个伟大的心灵,他和列宁缔造了革命,但斯大林抢走了一切功劳,把所有人都甩掉了;而斯大林的另一重大罪行就在此——谋杀托洛茨基。于是你听了所有这些马克思主义的讲道,对整个革命图景的评论,等等。这么说吧,这是一个虔诚而非教育的场合。

马内阿:所以你身上有马克思主义,有托洛茨基主义。你很可能还有一点弗洛伊德主义。

贝娄:是的。

马内阿:你也跟存在主义沾边儿吗?我的意思是,它对你有影响吗?

贝娄:没有,一点影响也没有。存在主义变得炙手可热的时候,我已经不感兴趣了。我已经参加过一两个疯狂的运动了。不需要再参加一个。

马内阿:你曾经说过,你在巴黎的第一个阶段,战后,你对塞利纳和萨特的看法是一样的——你会很高兴一举歼灭他俩。

贝娄:如你所知,塞利纳对所有小说家来说都是一个可怕的谜。他是个出色的作家,但他在人道上也是如此不可思议。你会说,这是虚无主义。是的,但这是加强版的虚无主义。人们说,因为塞利纳在大屠杀期间及之后对犹太人的态度——只是因为他是个喜欢胡闹的花花公子,他那些就是胡说八道,完全是胡说八道,他不可能是那个意思——他在那种精神浸润之下,怎么可能提炼出什么好东西来写成那些非凡的小说呢?他对我们来说是一个特别让人不舒服的谜团,我也无法理解为什么这么多有良好信仰的、善意的犹太人还站在他这边。我曾经跟人争辩,但他们说,不不不——他是一位伟大的艺术家,因此一切都应该得到宽恕。好吧,我以前也听到过这套说辞,是用在瓦格纳身上,后来这种声音没有了,而我不想再听到它了。当然,对于萨特来说,我感到的是另一种恼怒。

马内阿:有一些美国人认为圣地在美国。这是一种反犹太复国主义。他们觉得不一定要去以色列建立一个新的国家,因为你可以在这里找到机会和自由感、认同感。有些美国犹太人,像菲利普·罗斯,在听到人们说他们正处在大流散中时,非常愤怒。他曾经说:"什么流散?我不在任何流散群体里。我在我的国家里,我在这里,我是自由的,我可以成为我想成为的任何人。"那么你还在流散状态吗?

贝娄:我比菲利普年长,我父母也比他父母的年龄大,他们一直都是彻头彻尾的欧洲人。他们1913年来到这里的时候,已经是成熟的成年人了,对他们来说,这个问题不那么容易解决。我自己是在这种影响下长大的。而菲利普呢,我想他没有受到这样的影响。所以他确实拥有另一种选择,可以成为一个美国人。我当然也拥有这种选择,但要我这么宣布的话还得给自己壮壮胆,因为这选择之间差别太明显了。对菲利普来说就不是那么明显,原因很简单,他是犹太人但跟我情况不一样,他生长的那个美国也跟我不一样。

马内阿:我们回到医院,可以吗?在那里你遭遇了死亡——还有耶稣。一位信基督的女士来到病房,给了你一本《新约》。

贝娄:我在蒙特利尔皇家维多利亚医院的男孩病房里,有时候孩子会死掉,黑暗里一阵纷乱,亮起几盏灯,然后就会抬进一副担架,早上会有一张空床。当然,所有孩子都明白,虽然没有人谈论它。床间隔有点远,孩子们之间没法进行讨论,没有可以讨论任何这些事情的人。你必须自己记录它们。你知道早上一张空床是什么意思,到了中午,这张床上会躺着另一个孩子,就是这样。我知道自己有生命危险。我在那里的时候做了好几次腹部手术,我后来才意识到,每一次都差点死掉。我的手术引发严重感染,我可以说是危在旦夕。人都会知道的。此外,你在那边无父无母,有生以来头一次,你半夜里谁都唤不来,因为没有人会来。我的父母轮流来看我。不能一起来。他们来看我的时候,我在吃镀锡铁盘上的猪肉丁。

马内阿:又生出一份罪恶。

贝娄:是的,但我对犹太传统非常了解,知道如果吃猪肉是为了让你活命,就可以吃。这可怕的猪肉让我活下来——所有的食物都很可怕,但这个特别糟糕——除了圣经公会的女士们,没有可以讲话的人。我们以前叫她们基督徒女士,她们带着好几本《新约》,后来我终于读了,因为我读掉了所有能读到的东西。我八岁了,读了福音书,它们非常打动我。

马内阿:读起来是不是像个童话故事一样?

贝娄:我想可以这么说,除了一点,这是一个英雄被杀的童话故事。这跟其他童话故事不一样。

马内阿:犹太圣经——《旧约》,也是一个童话故事吗?它有不同的实质吗?

贝娄:不,它不是童话故事。这是一本希伯来语的圣书,你知道它必定为真,因为它说上帝创造了世界——而这就是世界,这就是证据!窗外,就是证据。亚伯拉罕是我们第一个犹太人,由上帝亲自指定,我的父亲就叫亚伯拉罕,所以这就是我们了:这是历史的传承。一个八岁孩子不可能做出所有必要的区分,我甚至都没试过要去做任何区分,因为我对整个事情如此着迷:这是一条直线,上帝在顶端,我在末端。

马内阿：但是耶稣的故事在你看来是一种不洁（treif）①吗？被禁止吗？

贝娄：不，我知道我父母会认为不洁，所以我决定不和他们谈这个。他们会被吓坏的。特别是我妈妈。

马内阿：对你来说还能接受？

贝娄：有时候是会有一些困扰，例如当本丢·彼拉多问犹太人该做什么时，他们喊"钉死他！"，我觉得犹太人真不该这么做。反正我自己编了一个关于这个的童话故事，对人类来说没有什么直接的意义，这是很久以前发生的事，而且是发生在耶稣身上，而耶稣是一个犹太人，这点很重要。但我永远不会成为犹太人的敌人，做耶稣的支持者。那是不可能的。当然没有人招募我，但我也不会被招募的。

马内阿：如果你认为他是上帝之子，是弥赛亚，那就不同了。

贝娄：嗯，我八岁的时候知道得还不是那么清楚，但我确实已经知道很多了。

我作为一个小男孩，感到罪恶的点是为那个大叫"钉死他"的犹太人——我也是犹太人。因为我不打算就此放弃犹太人。这是需要解释的东西，但我知道我的家人永远不会提供解释，而且他们会感到震惊。所以这成了一个让我与家人疏远的秘密。请注意，并不是让我在感情上疏远他们。只是我觉得我理解他们不理解的事情，或者他们理解我不理解的事情。我还没准备放弃犹太信仰；但是我知道、想到、感觉到的所有重要的事情，都是用我父母语言之外的语言——英语来写的。包括我读

---

① treif，意第绪语，指不洁、掺杂、被禁止的。上文提到的猪肉即犹太教规中的不洁食物。

过的关于另一个世界、另一种生活的小人书,像孩子去拜访住在乡村、有牛羊的祖父母等等,也都是用英语写的。我读的是这些书。我把宗教藏进壁橱里了,好多年都没拿出来。

马内阿:不仅仅是宗教,意识形态也被藏起来了?

贝娄:我想那个年代的每一种意识形态都摆出一副自己才是正统的样子。激进意识形态跟宗教正统派是有一点相似的——它们都是由那些严守其政治立场合法性的人来推行。毕竟,当一个托洛茨基派,就像当一个犹太人一样。虽然托洛茨基否认他是犹太人。

马内阿:你在某处说过:"我可能本性里有点奴性,很容易就被束缚所限制。后来这变成了一种反叛精神,在滑稽的革命中爆发。"

贝娄:我说过?

马内阿:是的。你自己说的。

贝娄:哦,这应该是真的。

马内阿:你书里也是如此?

贝娄:我想是吧。在书里,我可以把各种奇怪的东西放在一起,置于喜剧的滤镜之下,这是我选择的方式。也不是刻意这么选的,但它出来就是那样啦。

[1999]

"我有一计!"：与菲利普·罗斯的对谈

1998年一个夏天的下午，我去拜访索尔·贝娄和他妻子贾妮斯，来到他们在佛蒙特州的乡居小屋。我向索尔提议我俩就他的生平作品作一个详尽的成文采访。我们在房子后面的露台上聊了好几个小时，还有其他几位开车来佛蒙特见贝娄的朋友——罗马尼亚作家诺曼·马内阿和他的妻子、艺术品修复师塞拉，作家、教师罗斯·米勒。我们四个人每年夏天都会安排着去佛蒙特待上三四天，因为看得出索尔很喜欢我们来。我们就住在附近的小旅馆，其乐融融。我们的对话活跃有机锋，好多畅谈是讲给索尔听的——他对万事万物都充满好奇，对他来说，倾听是一件严肃的事——而且他对于人类不端的种种奇观喜欢得很，特别是在贝娄一家最喜欢的本地餐厅，我们围坐在桌边说起这些的时候，索尔会甩着头，笑得像个幸福得乐见一切的人。索尔年纪越大——1998年他八十三岁，日渐虚弱——我们越是觉得，这一年一度的朝圣像是一桩宗教侍奉。

我一回到家，就打电话给索尔说我们会怎么将采访推进下去，如果他对我的想法还感兴趣的话。我会重读他的书（像《奥吉·马奇历险记》和《赫索格》我已经读了三四遍了），然后把我对每本书的想法一个个发给他，以问题的格式，让他按自己的喜好丰俭随意地回应。事实证明，尽管索尔确实有意，我也一直在使劲推动，但我们总是刚开了个头就卡住了。每隔几个月，索尔会回复我的来信或电话，我的邮箱或传真机里会出现那么几页，但接下来的几个月里，他又会一言不发。有年12月我在他波士顿的家里待了一周，每天我俩都坐在一起几个小时谈他的书，希望能借此激起他的记忆和兴趣。尽管有这种种努力，这一计划还是流产了，我也只能无奈地随他去了。但我及时地把自己的"感想"扩充成一篇关于他作品的文章，并把索尔在两年半的时间里有一搭没一搭寄来的那些纸页整理归档。我想让这次采访不灭。

直到最近我才重新翻开这些纸页。它们看起来就好像是索尔自己写的，没有任何编辑更正或改动——他的句子，和他的回忆一样，兀自立在那里——还有我为了让文意清晰加注在括号里的那些材料。这里讨论的是早期作品，发表于1953至1959年间的《奥吉·马奇历险记》《抓住时机》和《雨王亨德森》。这就是我们的全部成果了。大部分是在谈论《奥吉·马奇历险记》，或是由这本书引发的回忆——关于索尔在芝加哥度过的童年，或者1948年在巴黎的经历，他是在巴黎开始写这本书的。有时候他看起来像忘记自己回答过我那些关于《奥吉·马奇历险记》的问题了，充满热情、相当严谨地开辟了一条新的思路，细节多有重复，整合先前回应的主题。有关《抓住时机》的那几页是2000年5月收到的，好几个月之后是《雨王亨德森》。然后就结束了。

我没能让他继续这么谈论《赫索格》《赛勒姆先生的行星》《洪堡的礼物》《院长的十二月》，真是太糟糕了，我原是这么打算的，但他就是不想再去回顾自己的成就了。而且，那时候他正在写《拉维尔斯坦》，精力和注意力都没放在这种回头看的事情上。这太糟糕了，因为他就50年代的作品写下的那些内容，包含一种奇特的贝娄风格，混合着思想与记忆，是一个上了年纪的作家自传的开场，不事计划，即兴而发，然而栩栩如生、勾人回忆，魅力堪比海明威告别世界的方式，也即他死后出版的回忆录《流动的盛宴》。

——菲利普·罗斯

我当然是被改变了（因为写作《奥吉·马奇历险记》），我大概是最晚知道这究竟是怎么回事的，但我很愿意寻找原因。我写过两本非常正确的书（《晃来晃去的人》和《受害者》），我来解释一下我所谓正确是什么意思：我有这样的感觉，即作为俄国犹太人的孩子，我必须用英语写书来建立我的声名，证明我的成就，告诉大家我的能力。在我的犹太人和移民血液里，是存在那么一丝丝怀疑的——我是否有权利操持作家这个行当。我大概是觉得自己只是冒牌货，或者是个不当的继承人。毕竟，不是菲尔丁、不是赫尔曼·梅尔维尔在禁止我写作，而是我们自己的盎格鲁–撒克逊新教白人男性，以哈佛毕业的那些大教授为代表的白人不让我写。我得说，这些家伙与其说是吓到了我，不如说是激怒了我。

是的，我得了古根海姆奖金，要多谢吉姆·法雷尔（詹姆斯·法雷尔，《图钉龙尼根》的作者）和埃德蒙·威尔逊，我和妻子孩子坐上一艘叫德格拉斯的船横渡大西洋。船上载着百来个南方的女大学生，拉着船员船工练习法语，却完全不改南方人的拖腔。船开了将近两周。男人睡货舱，女人孩子都有小小的房舱。

我们在巴黎圣拉扎尔车站下了火车，然后去了卡普兰给我们租的公寓（纽约州纽瓦克的 H.J. 卡普兰）。古根海姆的奖金总额有五六千美元，当时汇率是 550 比 1。我们相当阔绰。

我随身带了几百页的手稿。我的第三本书比前两本更负能量。是讲医院病房里的两个人，一个人快死了，另一个人力阻他对死亡投降。

那么，既然是美国人解放了巴黎，现在是巴黎为我做点什么的时候了。这座城市处于黑色萧条之下。那一年——我要是之前没说——是1948年。四处昏暗不堪，阴沉又肮脏。塞纳河看起来、闻起来都像是药的混合物。面包和煤炭仍在配给中。法国人恨我们。对此我有一个犹太人的解释：没良心。他们不仅在三个星期里就被德国人占领，而且他们还合作了。维希政府让他们变得乖戾。他们假装战争期间存在过一个巨大的地下组织，但事实似乎是他们把战争的这些年都花在去乡间寻找食物上了。这些混蛋也是爱国者。法兰西被羞辱了，而这都是他们的解放者——英国佬和美国大兵的错。

我和大家一样垂头丧气，于是开始四处寻找巴尔扎克等人的旧巴黎的痕迹。但巴尔扎克属于虚无主义的史前时代。当然，我身体里或许是我的犹太性里有种成分，让我跟虚无主义毫无干系。但是，如果我并不虚无主义，那我这么沮丧也太可怕了——写着一本关于医院病房的书，哄一个垂死挣扎的男人要对自己有信心、相信对生命的掌控，还在散发着药味的塞纳河边净想些阴暗的东西，巴黎的伟大建筑不能给我任何安慰。我有时候也在想，是不是应该考虑去过一种完全不同的生活。也许我应该去殡仪执事那里当学徒。

除了卡普兰，我在这里没有朋友。会讲法语的卡普兰是法国文化爱好者，在联合国教科文组织工作，也是个作家。我们永远都说不出让对方觉得有意义的话。我经常见到吉米·鲍德温，通常是在用餐时间，我也有其他旧相识，像赫布·戈尔德（美国作家），波希米亚式的喜剧作家莱昂内尔·阿贝尔和意大利哲学家基亚罗蒙特，我在纽约时就认识他。我的总体感受是，我是想在欧洲做点什么的，但欧洲毫不领情，我很受伤。我年轻时候还真是个相当坚强的受难者。

我们秋天来到巴黎，春天时我正陷入低谷。一天早上，我正往我写作的小工作室走,准备和芝加哥医院病房里的死亡再做较量的时候,突然有个奇怪的发现——巴黎的街道能给我某种安慰。市政工人每天早上都会冲洗巴黎的街沟,他们打开消防栓,让水流沿着路缘而下。我记得好像还有大卷的粗麻布,这样水流可以保持从街中间流下去。嗯,是水中闪过一线阳光,让我莫名地开心起来。我想心理医生大概会说这是某种水疗——流水,让我挣脱了积压在灵魂上方的团团沮丧。但真正管用的应该不是流水,而是闪烁的阳光。就是这类东西,让我们这些垂头丧气的人开心起来。我记得我对自己说:"好吧,为什么不稍微休息一下呢,至少像这流水一样,自由地动动?"第一个跳出来的想法是我必须摆脱那部医院小说——它正在毒害我的生命。接下来我认识到,成为小说家不是来受这茬罪的。我的苦楚已是忍无可忍,这是多么可耻,是被奴役的表现。我想我一直心甘情愿地那么沮丧,我刚刚觉察到,原来我已经任由自己受制于苦难与粗鲁的气氛,同意接受某种方式的禁闭或封存。我的思绪似乎回到了童年时代,我想起一个朋友,他姓奥古斯特——一个漂亮活泼、自由自在的孩子,我们玩跳棋时他会大叫:"我有一计!"他住在我们联体房子的隔壁,我们还试过用涂了蜡的杂货扎绳连上锡罐头打电话。他父亲离家出走,他母亲,即便一个九岁的孩子也能看出她不太正常,他还有个哥哥,英俊强壮。还有个更小的孩子,有些迟钝——也许是个唐氏综合征患者。他们家还有个老奶奶,打理一切(她不是他们真正的奶奶,她在这儿可能是受社会机构委托,有个计划是让老年人来帮助那些破碎的家庭)。那么现在,活泼漂亮的恰吉和他兄弟、他母亲和他们称为奶奶的陌生人怎么样了呢?我三十年没见他们了,全无音信。于是我决定描述他们的生活。这个想法是突然跳到我身上来的。主题和语言同时出现。语言触手可得——我说不出来它是如何出现的,但我一下子就满脑子全是单词和短语了。阴郁顿时烟消云散,我发现自己就这么写下了开篇,神奇又突然。

我忙得不亦乐乎,根本顾不上作什么诊断或寻找原因和影响。我有一种胜利在望的感觉——我就是为此而生。我把医院的手稿推到一边,立刻投入新的写作,就像和那个大喊着"我有一计!"的孩子重聚一样开心。喷涌而出。我每天都写很多小时。在接下来的两年里,我都没怎么查福勒的《现代英语用法》。

也许我还应该补充一点,这种从极度虚弱的境地恢复力量,成了我终生的模式:我近乎窒息,然后发现呼吸得比以往任何时候都更深。

能自由地运用语言是相当令人振奋的。我说出让我高兴的事,我毫不犹豫地大举概括,一个个时代和世界被我唤起又驱散。我第一次觉得这种语言能任我调遣,如我所愿。

在写《奥吉·马奇历险记》的时候,我试图充分发挥自己对事物的想象力。我现在记不清楚我的主题动机了,但我似乎一直在挣脱沙丁鱼罐头的限制,显然我觉得自己没能处理好一些内在的需求。现在读这本书的段落,我好像意识到有某种驱动力可以统领更多范围,处理数百甚至上千的综合感想。以我八旬老人的冷酷眼光,这本书现在看起来是有点用力过猛,但我还是认识到——那时候我正在满足自己对细节无法抑制的渴望。前两本书的限制让我发疯——我并没有成为一个循规蹈矩的作家。多年来我一直在做积累,这是我一股脑大展示的梦幻良机。精神方面,我也一直在累积债务。我的意思是,成为一名作家,是希望以某种方式呈现我自己对生存的独特反应。除此之外,还能为什么原因写作呢?我阅读、研究、攒事实、攒创意,做了好多准备乃至过渡的准备,现在我要卸货啦,卸下所有这些重担。巴黎(欧洲)可能就是起点。我离开美国之前,并不真正了解第二次世界大战期间发生的事情。我现在好像对于在马克思主义影响下写下我的第一本书感到羞耻。但1939年的时候,我认为"二战"是一场资本主义-帝国主义战争,跟"一战"一样。我的《党派评论》的列宁主义朋友们(特别是克莱姆·格林伯格)[艺术评论家克莱门特·格林伯格]把这些观点兜售给了我。甚至在写《受害者》的时候,我也还没开始理解"二战"中犹太人的遭遇。《奥吉》的大部分篇幅对我而言都是美国犹太人的自然史。德国、波兰、匈牙利的犹太人,法国犹太人、意大利犹太人被驱逐、射杀、毒死。40年代末我写《奥吉》时,脑子里一定有这些的。

我们这些移民的孩子都说很多种语言,而且乐此不疲。我们准备好了,也被鼓励着用六种语言来回答问题。年长一些的孩子还没有忘记他们的俄语,每个人都会说意第绪语。三岁时,我被送到街对面的斯坦因先生那里学习希伯来语。我还没有意识到存在语言这回事。但我很快就知道,在起初,上帝从虚空(Tohu v'vohu)创造出天地。在《创世记》第11章,祂决定,全人类不应该说一种语言,这样太危险。"以后他们所要作的事就没有不成就的了"。拉比斯坦因是我们在蒙特利尔圣多米尼克街的邻居。下课后,我就走下来坐在路边石阶上使劲思考。

法裔的加拿大孩子们两两并排走去上课,他们对我们大喊大叫,净是些侮辱人的话,我很快听明白他们在说犹太佬(zhwiff)——你个死犹太佬[muzhi(maudit)zhwiff]。六岁时,我就读于德文郡学校一年级。在那里,我们唱"上帝拯救国王",并背诵主祷文。回家路上,我们在罗伊街停下来看洗衣房里的中国人。他们穿着黑色睡衣戴着无边帽,用墨水涂着红色标签。我们绝不可能理解他们在说什么写什么。

1924年,我们搬到芝加哥,住在波兰人和乌克兰人聚集区。每个人都说一种英语，我们学到一些关键词，比如piva，波兰语的啤酒，dupa，背面，kapusta，酸菜。在分区街，我们的主路上，会有人怀里抱着办公室打字机——我们叫立式（upright）——给二十五美分，这些文书先生就会把这台机器搁在窗台上，帮你写信给旧邦的父母或姐妹。

比较大的社区当然是美国化的，在学校，教科书和教师都会告诉你，乔治·华盛顿和亚伯拉罕·林肯是你的总统。当这里的通用语也成为你的语言——当你知道职业体育联盟的排名，了解了芝加哥的帮派战争——你就不会受到排挤了。在报纸上，你追着读为什么狄恩·欧班宁被杀、北部帮派非法贩卖私酒，以及艾尔·卡彭被指控逃税的故事。你了解关于林格尔之死的一切，这名《论坛报》专跑帮派报道的记者在伊利诺伊中央伦道夫街隧道被枪击。这些报纸告诉你，市长大比尔·汤普森跟卡彭沆瀣一气。日报上要啥有啥，只要你熟悉了历史学家、编年史家的语言和局内人的密语。你要了解整个故事的来龙去脉，靠严肃诚实可信的消息源可不行。你得掌握报章杂志——像《吹爆》、《校园幽默》和亨利·卢斯的《时代》给乔装打扮了一番的语言。

20、30年代，芝加哥是个言论中心，这瞎扯闲聊的风气，让你开始觉得自己也算内行了。像O.O.麦金太尔和泰德·库克给赫斯特报纸写的文章，就培育起了吹牛这一初等形态的艺术。更高层次的是《美国信使》的H.L.门肯。门肯以喜剧手法巧妙表达了知识分子对"一战"后繁荣时期"无知大众"美国人的不满——他们的庸俗市侩和滑稽粗野的资产阶级特性。他的读者基础是像我这样的男孩、乡村无神论者和校园激进派。我想他大概并不指望人家认真对待他的偏见。

在学校，我们这些欧洲移民的孩子，被教导要合乎语法地写作。了解规则会让你感到自豪。我深深感受到了"正确"英语的限制。这不是那么容易的,我们真的是打起全副精神对待。我二十多岁的时候,出了两本写得挺周正的书。1948年,我去巴黎写第三部小说。但到了1949年的冬天,显然——十分可悲又可恶的是——我再次走上歧途。巴黎看得见摸得着的阴冷潮湿已经够人受了,我掉进了比之更甚的沮丧情绪里。战后初期,这个被德国人击败、前不久还被德国人占领着的城市正遭受着第二轮甚至更不光彩的占领——被这些仗着美元一脸骄傲,傻乐而又愚蠢,一看就没教养(mal élevés)的美国人。但比法国人更不高兴的是我——当我开始意识到自己现在的彻底失败。我来到了伟大的人文主义的巴黎,来探索我人性的最深处,而我至多能做到的,是醒悟到自己的失败何其深广。一度对自由感到骄傲的我,发现自己才是我遇到的所有人中最不自由的。每天早上,我走去租来的工作室,半路上都会停下来看市政工人拧开水龙头、冲洗路面。在街上,有斜坡能让水顺着街沟流下,望着路缘和湿透的粗麻布屏障之间的水流,是我在这昏天黑地里得到的唯一一丝快慰。随之而来的释放,让人费解,竟然是语言上的。我无意解释这水流和微光如何转变为……语言上的无所不能。我发现我可以写任何想写的东西,而我希望的就是给一众人物的外貌找到词儿——像劳希奶奶或胖跛子艾洪,或者是奥吉·马奇本人。多年的记录有了结果,我发现了一门让一切可表现的语言。语言可以是限制性的,也可以是扩展性的。"正确"过度会造成萎缩。菲利普·罗斯在谈到奥吉·马奇的开头几页时说,里面充满了令人眼花缭乱的"细节",说得很好。我不是故意积攒着这些细节,为将来某一时刻的释放。是语言让它们赫然展现。它们代表了无意识战略的胜利。你可能会指出,艾洪先生已经身陷困境多年,几十年。他和我在一起等待一种恰当的语言。通过那种语言,也只有通过那种语言,他才能被救赎。我不会料到能有这

529

样的发展。这不是我的发明，而是一个发现。

我现在开始写的小说，像是自动流淌出来："我是个美国人，出生在芝加哥。"这位叙述者是我少年时代的一个朋友，后来我家从奥古斯塔街搬走，就这么失联了三十年。我常常想知道这个漂亮任性的孩子到底怎么样了。于是，我发现自己写的这本书是一部空想的传记。

当代作家使用的语言，有一点非常叫人不满意——语言太过节制而干涩，无法体现作家观点中任何有个性、长久、经得起考验、内化为习惯的部分。就我而言，只要我记得，就能通过字词和语调来辨认身体和四肢、面部及它们的特征。语言、思想、信仰在某种程度上是同鼻子、眼睛、眉毛、嘴巴、头发联系在一起的——腿、手、脚都有它们对应的语言。声音——声音不是发明出来的。所有人类生灵都有声音、耳朵和语汇，无论他们是否知道——这些语汇有时吝啬，有时无限到满溢。通过这种方式，词语和现象相互勾联。这就是成为作家的意义。

趁我还没有忘记驯鹰人的名字——他是一个叫曼尼克斯的美国人，降临在塔斯科(《奥吉·马奇历险记》的第十六章是关于奥吉的情人西亚·芬彻尔试图训练一只老鹰攻击捕获栖息在墨西哥中部山区的大蜥蜴)。我的记忆断断续续，我不想徒劳地搜肠刮肚。曼尼克斯已经过世了，不再生活在我们中间，他是美国怪人中的一员，这些古怪的人做了伟大而又怪诞的事，还给自己安排了精彩的新闻报道。

和往常一样，我从次要的事讲起。

日复一日，我观察着曼尼克斯和他的老鹰，在小镇外的斜坡上。但我想我应该先回来解释一下我1940年夏天在墨西哥做什么。我母亲生前每周向保险代理人付二十五美分，这是一个壮实的男人，定期来收钱。他带着一个非常厚的黑色组合文件夹，安全起见，绑了好多橡皮筋。他是个书呆子,总是要引我谈论他在我母亲厨房里看到的书。他非常热衷于讨论《西方的没落》。芝加哥的聪明犹太男孩大晚上的都在读斯宾格勒。回过头来说,我是保单的受益者,我母亲每周支付两位数的费用。她在我十七岁时去世,八年后保单政策开始生效。我父亲希望我把钱交给他,全部五百美元。他非常需要这笔钱,但我拒绝分享。于是我父亲成了一个暴君,在头等暴君的历史画廊里占有一席之地。在头三年里,我通过结婚来蔑视他。现在我宣布,安尼塔和我会去墨西哥。我们是应该去那里。德国人刚刚践踏了巴黎,欧洲不在考虑范围内。除去巴黎,我只能去墨西哥。今天回看这个决定,里面更多的是痛苦而不是大胆。我,正如孩子们后来说的那样,正在发表声明。我人生的大部分时间,都在疲惫陈旧、平淡无奇、赚不到钱的芝加哥度过,我需要野蛮的力量,需要色彩、魅惑力和冒险的刺激。于是安尼塔和我坐上灰狗巴士去了纽约。我不记得为什么我们没有直接去得克萨斯州,但我们是有充分的理由去纽约。也许我是要去看看我叔叔威利·贝娄,他造刷子,但失了业,正在布朗斯维尔暗自担心着自己的生活。我当时并不完全明白,但今天我很容易就意识到,他是被我祖父惩罚了,因为他早年加入过崩得①。贝娄家的人不是靠双手谋生的,他们不是手艺人,而对学徒威利来说,造刷子还意味着一层特别的羞辱和惩罚,因为他要跟猪鬃打交道。看起来是叛逆的我在向他求助。他是一个慈爱的叔叔,但他也是一个失业工人,还有一个家庭要养。我应该同他分享那五百美元的,而我却去了墨西哥。我们坐着灰狗巴士,路过佐治亚州的奥古斯塔,我叔

---

① 意第绪语意为"联盟",是帝俄时期世俗化犹太人的社会主义政党"立陶宛、波兰和俄罗斯犹太工人总联盟"的简称。崩得成员以手工业者为主,同时吸引了一些知识阶层,他们反对沙皇,亦反对犹太复国主义,坚信散居地就是他们的家园。

叔马克斯在那里卖毯子给在农场工作的黑人,他们可以分期付款。我们的下一站是新奥尔良。在拉丁区闲逛几天之后,我们上路去往墨西哥城。

那些年的墨西哥完全就像是D.H.劳伦斯说的那样,而且还不止于此。这里没有叔叔,也没有家庭羁绊。我必须承认,我有点害怕,但绝没有被吓倒。这时候的我似乎下定决心,不要变成在芝加哥时父亲想要把我塑造成为的那个样子,而且也要摆脱哥哥们的影响。布朗斯维尔的威利叔叔活生生地说明了贝娄家的人如果反叛,下场会怎样。他会备受羞辱地被击垮。佐治亚的马克斯叔叔是一个开朗快活、吃一顿算一顿的无赖(ganef)。而现在,我靠着我的四百五十美元在墨西哥安顿下来。在米却肯等地闲荡几周之后,我们被塔斯科吸引了,这里有个相当大的外国人社区,大部分是美国人,还有日本人、荷兰人和英国人。

我从小到大一直被教导要有忧患意识,但好像也没吸取这教训。我在塔斯科遇到的人里面,没有一个对手上的事情有完全的把握。我也从没想过这笔钱用完之后会怎么样。我们租了一幢非常漂亮的房子,有两个仆人,每周给差不多十美元,这两名印第安妇女会帮我们采购、煮饭、洗衣服。我还要说,我很少想到我父亲。我非常乐意被优于我的人影响。我所遇见的那些人的想象力,让我深深着迷。今天的我能看清这些想象力是多么有限,但每个人都有自己的解放方式,而我就是从逃避焦虑中获得解放。我是抱着调查研究的心态。我想亲眼看到,我花费时间打交道的这些人物在忙些什么。我把妻子送到阿卡普尔科——一个有小茅草屋的海滩。我强烈地希望独处。我从没想过这么送走安尼塔可能会让她有危险。显然,我有一种鲁莽行事的天赋。大概我是被曼尼克斯的老鹰迷住了,因为它也是这么莽撞。

挑战正在于从那些可能主宰你的人的掌心里毫发无伤地逃脱。在逃避他们控制的同时，从他们身上攫取那种权力的秘密，成了我唯一的兴趣。如果我在玩什么游戏的话，那么就是这场独立的游戏了。也许这不是一项兴趣爱好，而是一种精神锻炼。我意识到自己没必要去达成别人的意愿。

我在巴黎写这本书的时候，是查理（奥吉）在拒绝这种影响和控制。他那么孩子气，那么神气，坐在棋盘边上高喊："我有一计！"我，这个作家，倒是备感束缚、垂头丧气。然而查理能抵御、违抗劳希奶奶。她不看好他的计划，而他自有准备，照亮前路。

在山丘起伏的墨西哥，阳光是如此耀眼、如此直接，永远不容你忘记死亡。妇女到集市上为她们死去的婴儿买小棺材，顶在头上带到墓地。十年后，墓被挖开，遗骸送进纳骨堂。亡灵节是国定假日。我对这些有强烈的感受，而一丝丝恐惧就让我兴奋得发狂，心思摇曳。鹰便是和死亡打交道的生命力量。一周七个早晨，我都和曼尼克斯在一起。我和美国朋友们在镇上的广场一起喝酒，喝得远远超标。我学骑马，同那些写下《黑面具》和其他低俗小说的喝酒专业户混在一起。曼尼克斯和他的鹰则帮我解毒——消解低俗作家给我的低级陪伴。我很难理解，竟然可以教给鹰自由。我惊讶地了解到，这样的捕食大拿会跟别的低等生物一样，服从于驯师。尽管如此，我还是对鹰怀有无限敬意。曼尼克斯在我看来只是一个爱炫耀的表演家。后来，《奥吉》出版的时候，曼尼克斯要求分一杯羹，把钱款打到他名下，维京出版社建议我给他加个脚注。我不记得书里是不是提到这一点了，但鹰的栖息地就是曼尼克斯家的厕所水箱，头顶着天花板。它只是又一只家禽。它在山间是一个拥有无限自由和力量的生灵，但它也会乖乖捉蜥蜴带给它的秀场主人。

罗伯特·佩恩·沃伦曾经说，他喜欢在外国写作，"那里的语言不是你自己的语言，你会以一种特殊的方式强迫做自己"。我想人是应该强迫做自己的，外语可能很重要——也可能不重要。基于事实再做合情合理的推测会比较好。开始着手写《奥吉·马奇历险记》的时候，我住在巴黎，我现在自问当时是否以特殊方式强迫着做自己，发现答案是肯定的。这种感觉，似乎非常像我 1923 年一家人同父亲和他堂亲在芝加哥团聚时候的感觉。父亲比我们早去一年，堂兄路易在蒙特利尔来的火车进站时已经等在哈里森街车站上。那天是 7 月 4 日，独立日。砖石铺的街道热得发烫。在中西部，一切都是陌生的——大自然本身就不同——空气、树叶和灌木丛、土壤、水，每个分子都是陌生的。呼吸也不像在加拿大那样。我想念了好久的父亲，现在把胡子剃得干干净净。我从没见过他没胡子的样子，他上唇光秃秃的，把我吓了一跳。

　　堂兄路易的道奇旅行车停在站台旁边的路上。赛璐珞车窗帘没扣紧，以便通风。坐在方向盘前的路易，头发梳成一个长长的冠，像易洛魁族的战士。他在身体上属于物种另一支。他长着一个生动的大鼻子，肤色红润。路易救了我们，把我们带到应许之地。

　　我们循着密尔沃基大道的电车线路来到城市的西北角，这天是 7 月 4 日，有轨电车蹭上了孩子们黏在轨道上的火药纸，在这炮仗一样[①]让人开心的噪声和烟雾里，我们到了父亲堂亲弗洛拉的房子前。路易的妹妹弗洛拉欢迎我们进她的小屋，给我们吃烟熏的五大湖白鲑鱼。我们是坐没卧铺的普通旅客车厢来的，一夜坐下来，累极了。于是我们在地

[①] 此处炮仗义来自 "son of a gun" 一擦即响小炮仗，后文亦有提及 small explosive device。

板上躺倒了，客厅家具被推到一边。芝加哥的社区新得发青。街道刚刚铺好，沿着卫生区的运河新栽下的树正在冒芽。橙色条纹遮阳篷遮住了窗户。一个不眠夜下来，老蒙特利尔被我们抛在身后。拥有星条旗的芝加哥是全新的。我在弗洛拉的壁橱里翻呀翻，找到一本没封面的《伊利亚特》散文体英译本（安德鲁·朗、沃尔特·里夫、厄内斯特·梅耶斯译）。于是，在我和芝加哥的艾尔·卡彭和大比尔·汤普森之间，还站着阿喀琉斯和阿伽门农。我母亲回忆说，我是自己找方法来调和特洛伊战争与禁酒令、职棒联盟和旧国家的。放学后，我在罗克韦尔街犹太教堂的地下室学《旧约》希伯来文。在家里，我追着报纸上的利奥波德和洛布案①。1926 年，有登普西-滕尼的拳击战和查理·卓别林的《淘金记》。到 1930 年，我已经完全是一个美国人了。我读《美国信使》，读伊迪丝·华顿、辛克莱·刘易斯和舍伍德·安德森的小说。

我永远不知道《奥吉·马奇历险记》是怎么写出来的。我带着妻子、孩子来到巴黎是为了完成另一部小说——关于两个男人同住芝加哥一间病房而成为密友的故事。故事由幸存者讲述。我告诉自己，不应该写这么死气沉沉的东西。我需要的是更开放大度的东西——一部撒欢儿的、无所顾忌的作品。但我没法摆脱医院病房，那个垂死的家伙已经成了我的好朋友。我相当沮丧。

我在圣叙尔皮斯广场附近租了一个房间，那边都是卖教会用品的小店。一天早上，我正心情沉重地走向办公室，恰好赶上清洁工打开街角的水龙头。水流沿着路边，将烟头、狗屎、碎的信件、橙皮、糖纸统统冲进张着大口的下水道。卫生清扫工拖着浸湿的粗麻布下坡，让水不要

---

① 指 1924 年芝加哥两名 18 岁少年绑架一名 14 岁男孩并将其残忍杀害。

冲散。我盯着水流，感觉不那么差劲了，我很感激这水的治愈和里头闪烁的光点——再简单不过了。我不必为了服务艺术而自杀。

在战后惨淡的欧洲（大屠杀的知识那时正慢慢地传到我们身上）写出《奥吉·马奇历险记》，是心灵独立运动的证据，是不屈服于恐怖的决定。我发现自己不想再被艺术的严肃性所束缚。

在这方面，我大哥对我来说是个教训。他决意成为一个打败世界的人。事实上，他做到了，干得很漂亮。他变得非常有钱。一开始，我们刚从加拿大搬来时他就跟我说，别再理会那些成为犹太人的陈词滥调了。而且，我的老爸也相当奇怪地成了一个大爱国者。他从没想着说要打败美国，但我大哥想。我二哥萨姆也是一个成功的商人，在秘密交易、开各种银行户头方面他肯定是一个美国人。但在妻子孩子、必须嫁掉的孙女方面，他还身在旧世界。莫里斯弟弟则完全是美国人，他身上就没有这种折中性。我们一致反对萨姆和他的犹太正统派。

最后证明，巴黎是个错误。"不辜负巴黎"消耗了我太多能量。我的房东勒梅勒夫人告诉我，安德烈·纪德就住在同一条路上，如果我当时回答了，我大概会说，竞争实际上对这个行业有利。不过总的来说，勒梅勒夫人对我买来装在她厨房里的自动热水器更感兴趣。这可能是正确的美国做派。但我那时候的真正兴趣并不在美国对欧洲的技术改造（改进）。

我离开冲洗街道的工人们，呼吸间浮出一句："我是个美国人，出生在芝加哥。"这里的"我"，不是自传式的。我想起了一个少年时代的朋友，20年代中期，我们在芝加哥的奥古斯塔街。从那以后，我再没见过奥吉；现在40年代结束了。我说不出我的朋友变成了什么样。给这个虎头虎脑、聪明漂亮、充满活力的男孩虚构一部传记肯定好看——

这个想法击中了我。是奥吉把美国的语言介绍给我,这门语言的魅力也是他个性的魅力之一。从他那里我不知不觉地学会了自行其事,自成一派——先敲门的人,先被让进门。

当然,我也从自己的生活事件中即兴取材。移民对美国的态度大相径庭。有些人在精神和情感上还生活在旧国家。其他人则将自己"美国化"。东海岸的犹太人,相对于其他地区的犹太人尤其不确信自己是美国人,他们还是更在意老钱和老名字。我父亲对美国的了解程度倒是相当不错。我发现意第绪语《犹太前进日报》的亚伯拉罕·卡汉在认真努力地教育他的移民读者。虽然他是社会主义者,但他明白老一辈欧洲人觉得马克思主义没什么用。我父亲对"宪法"、"国会"和"总统"了解颇多。我记得他曾大谈罗杰·威廉姆斯①被从麻萨诸塞湾殖民地驱逐,以及他对犹太人和贵格会的庇护。我老爸会说,在旧国家,犹太人必须携带大量的身份证明文件(cartes de séjour)。在这里,你从不会被人喊住,要求出示证件。

我八年级的老师——詹金斯太太,一个很棒的老太太。她的父亲曾被关押在安德森维尔战俘营,在20年代中期,她会告诉孩子们他的南北战争故事。詹金斯太太本人已是白发苍苍。共和大军②依然是芝加哥城中的热门话题。阵亡将士纪念日这一天,老兵们会在公共图书馆前的密歇根大道和伦道夫街交叉口列队。公共图书馆的这块地是南北战争退伍军人给的。在北座二楼有个战争纪念馆,但大家都不太知道。他们都

---

① 罗杰·威廉姆斯(Roger Williams,1603—1683)英国清教神学家,主张政教分离,1636年在北美创立罗得岛殖民地,成为少数宗教团体的避难所。
② 共和大军(The Grand Army of the Republic),美国南北战争后成立的联邦退伍军人联合会。

去南座，书在那里。但北座楼上展览着好多好多军团旗、枪支、照片，退伍军人节这天，老兵们会为年度游行列队。共和大军仍然有代表。我读了很多关于南北战争的书，还有格兰特与谢尔曼的回忆录。

我住在巴黎圣父街一家小酒店的房间里。街对面的风钻正马力全开，建设医院或是医学院。我楼下的房间住着一位名叫卡菲的意大利老学者。他高大而虚弱，一头乱发，笑起来小声而紧张，但他是个严肃的人。1917年，他是驻彼得堡的意大利记者，把报社给他的钱都用来喂养饥饿儿童了。现在，他的生活开销全赖他忠诚的追随者筹集。他的支持者一直接济他，还偶尔会从意大利来探望他。显然他是一位有成就的希腊学者。他大部分时间都在床上喝咖啡，写自己的研究笔记。

我偶尔也试着帮帮忙。有一天，他在水槽里洗脚的时候，槽斗开裂了，一大块碎片磕在他支撑站立的右脚脚背上。伤口很痛。他裹上一条大毛巾，整整一周没下床。与他相熟的人和追随者里，有人说他是故意伤害自己，因为怨恨一个试图给他找活干的朋友。真是一个奇怪的理论。有个来拜访他的人说，我似乎没有得到一个美国人应该从巴黎得到的东西，这时卡菲先生机智地回了一句，说我大多数时候想着美国才是正常的。我早上在工作室里的神游之处，是大萧条之前的芝加哥，而不是雾气迷蒙的巴黎，满是冷冰冰的雕像和绝妙的桥梁。这本书已经起飞，自动写起来，写得飞快；我好像奇怪地独立出来了。芝加哥本身对我来说变得具有异国情调了。我这个俄国犹太移民的后代，在巴黎的奇怪角落写芝加哥，之后又在奥地利、意大利、长岛和新泽西写。谈论人们有根无根固然很好，但我觉得应该避免大学那群人一样文绉绉的用词。卡菲先生把美国描述为新罗马，我洗耳恭听。我对他很恭敬、很尊重，因为我意识到他正努力做好事，想提升我的心智水平。他也为他年轻的意大利门徒——帮他的人做同样的事。他们帮他煮咖啡、晒冬衣。半盲、基本卧床的卡菲，生活尚能自理。他显然发现，我是一个做着深具美国特色事情的美国人——当代的罗马人。我在欧洲了解到，我与美国有着多么深刻的羁绊。

这位欧洲的大人物是知识分子——贫穷是他的徽章，追随者支持他的生活。有一个意大利年轻人将自己依附于卡菲，做他的代理人、代表和帮手。我对这种截然不同的、非美国版的高级生活十分着迷，但我追求的完全不是这个。老卡菲很可能看得更清楚。我想我也很幸运。对我来说，令我倾倒的是那位完全美国化的兄弟。他完全制伏了我，从某种意义上说，是他引领我写了《奥吉·马奇历险记》。他读这本书的时候并不喜欢，但他承认我用自己那套荒谬的方式做了点有意义的事情，他觉得他也应该被写在书里。他咄咄逼人，我在他身上认出了美国日常的天才气。

在我这部正在动工的小说开头，我并没有说我是一个美国犹太人。我只宣布了自己是美国人。我大哥第一个指出了这么做的优点。美国让我们摆脱了家庭和犹太社区的控制。放学后，他是个"倒腾行李的小鬼"，装卸手提箱和行李箱到卡车，送到人家里。他穿着橙紫宽条纹相间的足球运动衫。几年后，他在市政厅有了关系。他戴着德比帽，外套上有天鹅绒领，围一条波尔卡圆点丝巾，脚穿尖头漆皮鞋。他油滑、精明、好斗。他正准备参加律师资格考试，说自己是"推销员"，也就是众议院议员。他打开他的格拉德斯通包给我看，展示里头塞得满满的纸币。

他把《星期六晚邮报》《科利尔》《自由杂志》和《文摘》带回家。这些大刊给你指出本国精神生活的理想方向——它的吹鼓者，劳动者，妻子们母亲们，机械工和身强力壮者，它的英雄们——推动者和机会主义者，社会阶层攀爬者，白裤子威利①和疲惫的佛罗里达州房产的营销人员，像马克·蒂德②那样的新英格兰的天才男孩——马库斯·奥勒留·福图内特斯·蒂德：美国人的形象，或他们将要成为的那个形象。人们非常渴望获得一个粗轮廓的开疆拓土人物的形象或榜样，如沃尔特·惠特曼在《草叶集》和《民主远景》里为国家提供的那些。移民国家对原型的需求非常大，尤其是在年轻人中间。

在我父亲那一代，摆脱沙皇官僚作风有一种很强的释放感——那不仅仅是压迫性的，而且是彻头彻尾的疯狂。我父亲认为，美国为犹太人提供了前所未闻的发展机遇——这是历史上第一个理性政府。建国文件定下了这片土地的法律。我父亲特别关注美国宪法和公民权，也就是《利未记》《民数记》和《申命记》为他准备的那些权利。他说："这才是我说的协议啊。我很高兴在这样一个国家纳税：它的宪法说我是一个公民，而不是一个犹太人。"这让国父们的工作受到一些压力，他觉得，但是没什么危险，因为世间所承认的正义，摩西已经由上帝直接指导，教给了以色列。不过，从一开始，美国犹太人的生活就不同于欧洲一直以来的那样，在欧洲，犹太人是有聚居区的——每个国家的犹太人属于一个独立的犹太人聚居区。而美国犹太人，不是作为犹太人而是作为公民被征税，也不需要交特税。你是犹太人，但可以将

---

① 白裤子威利是"锡罐旅行者"（世界上第一个房车俱乐部，1919年成立于佛罗里达）中不希望俱乐部扩张的一派，之后独立为"汽车旅行者联盟"。
② 美国作家克拉伦斯·布汀顿·克兰（Clarence Budington Kelland）创造的人物，12本同名系列青春小说，1913年—1931年出版。"Marcus Aurelius Fortunatus Tidd"是他的全名，工程师父亲因为喜欢读吉本《罗马帝国衰亡史》而给他起了这么一个名字。

自己与国家生活联系起来，在许多方面，你可以如你喜欢的那样，就做一个美国人。当然，有些私人组织会不准你入会，但这种行为会迫使你记住大屠杀、毒气营，这是与大学二年级的莽撞挑衅相对的严肃性。

我老爸是有点奇怪，他是一个坚定的爱国者，他认为理性的国父们身上的沉稳与镇定决定了犹太人的安危。

我兄弟的美国化则完全不同。他是为芝加哥而生。他一身敲诈勒索的习气，显出一副为所欲为的样子。帮派横行让合法生意都染上不正当的色彩了。

我父亲竟然成了一个爱国的美国人。他对美国历史颇有了解，虽然他只读意第绪语报纸。他常常让我大吃一惊。他会说："跟我聊聊这个叫罗杰·威廉姆斯的人。""你从哪儿听说这个名字的？"我问。"我在《犹太前进日报》上读到的，"我父亲说，"有一组关于罗德岛的文章。"意第绪语报的编辑卡汉要确保他的读者接受了教导，这是他们享有的公民权利，也是应尽的义务。

我记得我们是7月4日到达芝加哥的迪尔伯恩街站。我们见到了父亲和他堂兄路易，也是路易给了他工作，这位堂兄在马什菲尔德大街有一家面包店。路易是个身材高大、精力充沛的男人，头发中间扎着一条红色的印第安发带。但让我真正惊讶的是我父亲——他把嘴上的小胡子剃光了，那光光的脸把我吓了一跳。在芝加哥经历的一系列陌生遭遇中，第一天的这一出，可能是最难消化的。我们爬上了堂兄路易的旅行车，赛璐珞车窗帘拍来拍去，我们沿着有轨电车的轨道行进，孩子们在轨道上放了小炮仗，车轧过的时候砰砰响。空气中弥漫着火药味。退伍军人正用法国带回来的枪开火。我已经九岁，是个大男孩了，不应该再坐在父亲的膝盖上玩了，而且他混着烟味的小胡子也不见了，让他暂时变成了另外一个人。蒙特利尔很好，它老派、很欧洲，城市的各个部分相互关联。而那时候原始粗糙的芝加哥被一名英国游客描述为从工厂到工厂的工业乡村带。我们在一个波兰社区安顿下来，街上飘着酸菜味，还有家酿禁酒的味道。到处都有机械自动钢琴，演奏着波尔卡和华尔兹。20年代的芝加哥到处是无产阶级移民，没有什么文化存在，而学生们也不知道文化是什么。无论从哪方面说，我当时的发展水平都与书籍、音乐、绘画和对话相距甚远。我发现自己在一个一切都很陌生的地方——甚至树木和叶子都陌生。颜色、空间、空气本身都不同了，都更拙劣、更粗糙——好像由更重的分子组成。我现在，就像我父母早些时候在加拿大一样，是一个处于完全不同的物理现实中的移民。在这里，样样式式都需要修正，我意识到我的感官正在适应新地方的化学或触觉要求——它的气氛、它暗中的变化我都得吸收。其他——教室、游乐场、在走廊里行走——很容易。一开始棒球对我来说有点麻烦，因为我八岁的整年都在医院度过。［八岁的贝娄因急性阑尾炎和腹膜炎住院治疗，还引发危及生命的并发症。］我在体育方面非常努力，但一个球朝我滚过来又滚过去时，有个男孩说："你盯着那个球，好像只是出于无聊的好奇。"

匹兹堡以钢铁闻名，底特律是汽车，阿克伦是橡胶轮胎；斯威夫特和阿莫尔从其芝加哥南部的工厂出口牛肉和培根。唐纳利印刷公司出版了许多城市的电话黄页，而在芝加哥，受过教育的阶层认为这座城市是一个文学中心。德莱塞、舍伍德·安德森、薇拉·卡瑟、埃德加·马斯托、桑德伯格、维切尔·林赛来到这里学习，为报纸或广告代理商撰稿。《芝加哥期刊》是一份没活过大萧条的报纸，每周有一期文学副刊。赫斯特的两张报纸对作家很友好。高中生也读门肯的《美国信使》。

20年代中期最臭名昭著的犯罪之一要数利奥波德和洛布的恶行,这两个大学生极度曲解了尼采思想,他们的头脑被冲昏了。克拉伦斯·达罗为他们辩护,他的法庭演讲稿同帮派杀人案和本·赫克特的城市素描一起见报。十四岁念高中的时候,我们读《威尼斯商人》和《尤利乌斯·恺撒》,还凭自己去读多斯·帕索斯的《曼哈顿中转站》和陀思妥耶夫斯基的《罪与罚》。我们当然也读"芝加哥作家"的作品,读德莱塞的《嘉莉妹妹》,以及稍后法瑞尔的《图钉龙尼根》。我青春期刚开始时最亲密的朋友是西德尼·哈里斯,他住在罗比以东的爱荷华街。他是独生子,也是一个很难搞的孩子,他对来自伦敦的母亲和来自俄国的爸爸施以暴政。瘦弱的西德尼,以他狂野的方式,以他的口头禅和他的愤怒,开始了这场秀——他撒谎、威胁、狂怒,他扮演天才和独裁者。一张大餐桌占满了小客厅,我们就在这里阅读我们的神秘书籍。我们分坐在大桌子的两头写东西,写在沃尔沃斯十美分店的黄色二手纸上。这便宜蹩脚的方桌表面涂了一层地毯般的保护膜,我们就在这上面写故事、诗歌、散文、对话、政治幻想、关于马克思主义的文章——关于我们其实并不太了解的主题。

当好心的哈里斯夫人来看看我们,问一些温和无害、带点鼓励的问题时,西德尼会大喊:"回厨房去,你这考克尼①老婊子。你怎么敢打断我们。"然后,妈妈发脾气了,她激动的时候一只眼珠子会跑偏,她回敬道:"你不是我的孩子。他们在医院把你扔到我这里来的。"

这里是剧院,当然。

哈里斯太太认为我是一个好人家的好男孩,西德尼可以从我这里学

---

① 原文为Cockney,指居住在伦敦东区的工人阶级。

到文明礼貌和尊重得体的表现。我从小被教导要听长辈的话。当时我觉得这些是流传千年的端正举止,今天我认为,这对我们相当有益。但我还是被西德尼装出来的愤怒吓到了,因为当他对他妈妈大喊大叫时,他说的是"滚出去你这老'妓女'"。这就把愤怒和波希米亚式的招摇推得有些过头了。我想,我母亲肯定不会放任我这样子的,而我父亲会一拳打过来。

十五岁时,我们一起写了本书,在分区街的一个冬日,我们扔了个硬币,来决定谁去把手稿送到纽约求出版。西德尼赢了,他把这些文稿往毛衣下面一塞。我们把全部的钱拿出来——大概六十美分——然后他立刻来到街上,竖起大拇指。几天后,他到了纽约。他写道,他和约翰·多斯·帕索斯一起住在河滨道,他的礼物让多斯·帕索斯眼花缭乱。多斯·帕索斯有六条银狐犬,每天遛狗两次,用三条皮绳。

与此同时,哈里斯夫人向失踪人员事务局报告了她独生子的失踪事件。她来到我家,在我母亲的病房里质问我。[贝娄的母亲因乳腺癌而死。]我说我什么都不知道。那时候的青少年受黑社会规则的约束。你不会出卖兄弟。我大哥说我应该在警察总部受审。我们去了第十一街和州街,西德尼的母亲在哭泣,我那厉害的大哥决心狠狠追着我,给我一个教训。我向失踪人员事务局重复我的谎话,觉得只要讲得够好,就能挺过去。

但是我大哥撬开我上锁的抽屉,翻出了西德尼的信。那天晚上吃过晚饭后,他读给全家人听。在读了我们手稿的纽约专家看来,西德尼显然获胜了。出版商科维奇[帕斯卡·科维奇,多年后注定会成为贝娄在维京出版社的编辑]已经委托西德尼写一本关于芝加哥革命青年的书,并给了他二百美元的预付款。而出版界先知们判断,我还是子承父业得好。只有我母亲替我伤心，其他人都乐见我梦想破灭。

西德尼坐着火车回家了，名利双收。他忙着为科维奇写一本书。他很快成了米尔顿·迈耶的现场采访记者，迈耶在马歇尔·菲尔德创立的纽约报纸《PM》上写芝加哥报道。最终，西德尼成为《芝加哥每日新闻》的专栏作家，专门写青少年的教育。西德尼在先锋文学方面的早慧特别有利。在他的象牙塔下有一座金矿。

我不喜欢那本《抓住时机》。我从来想不起它，从来不接受它，都不想去碰它。但我得承认，你提了一个非常好的问题，而我不知道该怎么回答。[我问他是否知道为什么，在写作《抓住时机》时，从《奥吉·马奇历险记》的活泼开放又回到了《受害者》和《晃来晃去的人》的那种前奥吉世界的阴郁气质。]奥吉是最自由的，而威尔姆身上满是压抑和教养的圈套。我同情威廉，但不喜欢他。坐在棋盘边上，他没有计谋。然而，读者被他的"易感"吸引。他当然是一个普通人——他呼吁别人"给予"或"鼓励"。这是最普通不过的故事。但我的任务是代表他，而不是推荐他。在他身上，我们看到了"情感"的失败——这是典型的美国式的道德松懈，忠告无用。

许多读者认为，开明的我自然会站在汤米·威尔姆[①]一边。恰恰相反，我觉得他奇怪地一味追随他顽固的父亲，那种泛滥的感情真是老套得不能再老套，或者说是杂七杂八、廉价销售的心理正确。我认为他是那种把自己搞得可怜巴巴，以求得你支持的人。我对此的真实看法，可以在塔木金博士滑稽的心理健康讲座中找到线索。荒唐骗子塔木金博士帮了我大忙——我们想找人指点迷津时提供建议的骗子，一个对什么都

---

① 汤米·威尔姆及下文塔木金博士均为《抓住时机》中的人物。

545

有答案的伪科学家。

《抓住时机》的背景设置在纽约,我对此考虑了很久,但还是倾向于同意说,这本书的寂寞、破败和沮丧感跟上城百老汇的周遭环境真是绝配。我认为对于旧时的芝加哥人来说,《抓住时机》里的纽约人情绪更单薄,或更单向。我们中西部人的情绪更充足,或者说更丰富。我想我在已经能应付纽约的时候祝贺过自己,但我在那里的奋斗过程中,从来没有得胜,而且我从来没有对那里发生的任何事情投入过全副热情。

我有段时间住在上西区。亚当的母亲桑德拉就住在安索尼亚酒店,那是我们结婚前了,我整晚都会待在那里。那是在 50 年代初期,这家酒店借给《抓住时机》当布景了——我喜欢叫它失眠酒店[①]。

我在河滨道找到一间不错的公寓。但不知怎的,就是不管用。我在纽约从来得不到真正的安慰。我总是能感知到周围的挑战和伤害。我一直认为这是一个非常危险的地方,很容易迷失。伊萨克·罗森费尔德还在的时候,我是通过他来观察纽约的。[罗森费尔德,小说作家和散文家,是芝加哥本地人,和贝娄打小就是朋友。] 他来征服这座城市,结果被带走了。从他的角度看,事实证明这是一个非常危险的地方。他带着漂亮的妻子来读博士。他从芝加哥来,却让自己在这里越陷越深。

伊萨克几乎肯定会同意说,纽约会拯救他。芝加哥鞭长莫及了。新婚的伊萨克和他的希腊裔美国新娘,在格林威治村找到一套公寓。他在巴罗街上的"无忧"广场吸引了一众波希米亚知识分子。伊萨克成了这

---

① 失眠(Insomnia)和酒店名(Ansonia)音近。

个团体的一个智者,一个严肃的人,会让自己按陀思妥耶夫斯基"地下人"的样子扮小丑。战争期间,他指挥着纽约港的一艘驳船。他是一个聪明好玩的父亲,让公寓里住满猫、狗、豚鼠和长尾小鹦鹉,两个孩子和这些小伙伴的关系非常好。儿子像伊萨克一样,在三十多岁时死于心脏病。女儿现在信了佛,出家了,住在法国一个庵里。伊萨克的妻子在丧偶后再婚,八十多岁的时候还在檀香山生活。她偏瘫了。他身上满溢的作家才情从未在纽约开花结果。他成为曾经的弗洛伊德主义者威廉·赖希的追随者。这在任何其他美国城市都不可能发生。伊萨克多年来一直试图摆脱赖希的影响。

此外,纽约是我接受赖希疗法的地方。那真的很恐怖。我没意识到它那么可怕,是在伊萨克的影响下发生的。因为他坚持说我必须做,因为他正在做。大约三年。一周一到两次。医生办公室里有个箱子,你得脱到一丝不挂,躺在沙发上。我想我这时候可能正在写《抓住时机》。我没觉得自己身上有什么特别值得骄傲的地方,但如果不曾直面严酷的境况,你对自己就谈不上有什么尊重。这就是伊萨克和我之间的联结。我觉得如果我自己不经历这一切,就不能让他经历这一切,这样我才能知道在他身上发生了什么。

我想我在纽约感到彻头彻尾的孤立。这是个会让人产生这种感觉的地方,你不能求助于任何东西。我的意思是,如果你想找人求助的话,选择塔木金博士会是你今生犯下的最大错误。我知道塔木金博士的底细。他是我两个朋友的朋友。那两个朋友是我非常喜欢的一对欧洲夫妇,他们唯一的孩子意外去世,于是"塔木金博士"来了,接管了这个家庭的情绪处理,他会这么做。我讨厌他这么做。我看到他在做什么;他对这些人毫无感情。他只是一个没头脑的人,一个装腔作势的人。自说自话就来帮忙，对每个人都慷慨至极。这就是这个傻乎乎的怪人的真实背景。她是法国犹太人，他是德国犹太人。他们的孩子大约十五岁时，从学校回家的路上被一辆卡车撞倒在地。她去了医院，医院说孩子没事。然而由于这起事故，他生了一个栓塞。当她从医院回到家时，电话响了，告诉他们孩子死了。他们刚刚失去了他们全心全意爱着的儿子，而"塔木金博士"带着满脑子的心理学垃圾挺身而出，充当他们的保护人和向导。

这是一个非常糟糕的时刻。也许我在想的是，如果你把希望带到纽约，这等坏事也会不可避免地发生在你身上。汤米·威尔姆和伊萨克之间存在联系。因为他确实再次来到纽约，重建与父母、与他的死亡等等之间的联系。

不过，说了这么多，我还是看不出我的写作会受制于写作地点。我从没认真想过，在伦敦、巴黎、圣彼得堡和其他大城市"造就"对应各自国家的文学。这些城市都很棒，但必须警惕历史主义。历史主义是一种学术产品，其前提是城市大众造就了国家文化。我们共享巴黎和伦敦的盛大与荣光。在大萧条时期，我买了一套巴尔扎克，拜倒在巴黎的魅力之下——这座合资经营的城市，它得意洋洋的资本主义，它充满情色意味的怪癖与恶习，法国大革命复杂矛盾的遗产，拿破仑时代的无往不胜，雄心勃勃的年轻人，它屡出奇招、活跃不息的犯罪分子，它的银行家，它的恋人们。这种奇妙的混杂化合自有魅力。我们想知道所有可以知道的事情。

巴黎胜景无数，但巴黎就是它所声称的那个样子吗？我们那么着迷，但我们也提防着它这些说法：它就是所有故事场景的原型，是各种现象背后的塑型伟力。我们在我们的芝加哥和纽约了解到，不是一定要坐拥巨大的文化财富的——没有它们也可以生活。

可能从《奥吉》到《抓住时机》的这种转变持续了终身。这大概从我小时候躺在蒙特利尔的医院里奄奄一息那会儿就开始了；从皇家维多利亚医院出来以后，我们一家就去了芝加哥。我在那里长大，开始希望身强体健，练出了肌肉，做引体向上，等等。我是满怀感情地在芝加哥完成这一切的。后来我上完大学去纽约，更是如此。但我在布朗斯维尔有一个叔叔威利·贝娄，他是一个非常温和、没脾气的人。他做刷子。他让他的父亲失望了，也就是我的祖父。我祖父让他去学做刷子。这种学艺隐含着一个羞辱，因为要做刷子就不得不和猪鬃打交道。这正是我祖父的重点。这就是可怜的威利，纽约的一个非法移民。我不知道他是怎么到那儿的——他带着他的家人从蒙特利尔坐火车到纽约，但没有他的入境记录，所以不能申请公民身份的证件。我非常爱他。他是一个非常感性、开朗、慷慨的幽默家，不是那么喜欢表现自我。50年代初他在布鲁克林他工作的刷子厂去世。这是真的，当我过来写《抓住时机》时，发生了许多黑暗的事情。

"他是一个人，就像得了一种病"，这完美地总结了《雨王亨德森》。[贝娄是在指我提问时对亨德森的描述。]亨德森当然是在找解药。但他对死亡的恐惧定义了他的资产阶级性。我们可以从托马斯·曼的《魔山》里了解到我们需要知道的关于疾病的一切，关于资产阶级的自恋与死亡。带着这种看法接近亨德森的困难在于，亨德森太不像一个资产阶级了。在他这里，类别消失了。

我觉得在写《雨王》的时候，我不知道自己在做什么。当我研究这一现象——亨德森成为自己的这个大现象时，我一直在找灵感，想让灵感自己跳出来，而我越来越清楚地认识到，美国不知道美国是什么，连起码的都不知道。欧洲人会热烈同意这一发现。他们会告诉你，美国没教养、没文化。但这点能让我们提升多少认识呢？诚然，文化不是亨德森的直接关切。他比不上他父亲那代绅士——他那些熟悉荷马、用意大利语读但丁的直系祖先。他对美国生活有非常不同的理解。你称之为，没错，他稀奇古怪的人类学。对于一个芝加哥年轻人来说，这似乎是科学中的科学。我了解到，非洲马赛人认为正确的东西，恰是因纽特人眼中的错误。后来我认识到，这种看法完全不牢靠——道德应该由更加坚定严格的东西构成。但是在我年轻的时候，我的头脑被反复无常或者说滑稽可笑的习俗冲昏了。我二十岁出头的时候是一个文化相对论者。到开始写《亨德森》的时候，我完全放弃了这些看法。

罗斯喜欢《亨德森》，为此我很感激他。他认为这是一个怪人噱头，但他也看到，这花招噱头是真诚的，这本书成了写怪人方面的权威。我被评论家批评得很厉害，说我倒向了混乱疯狂的冲动，放弃了城市背景和犹太主题。但我一直坚持说，我的主题归根结底是美国。它的怪异不是偶然，而是实打实的。再一次，罗斯说得比我更好。亨德森就是那种"盲目的人类力量，经过一阵抵抗，奇迹般地挺了过来"。怪人亨德森带着我上完人类学里最后一门最古怪的课程。如果我得到一张毕业证书，证书会告诉全世界我毕业于酒神学院。我知道我在做什么吗？不太清楚。我的目标是"破坏精神的睡眠"。读者会认同——或者也不会。阿尔弗雷德·卡津问犹太人能对美国百万富翁有多少了解。就我自己的目标而言，我觉得我已经足够了解。钱勒·查普曼，约翰·杰伊·查普曼[①]的

[①] 约翰·杰伊·查普曼（John Jay Chapman，1862—1933），美国作家、律师，出身名门，批判南北战争后镀金时代的暴发户式道德。

儿子，是尤金·亨德森的原型——这位悲剧或近乎悲剧的喜剧演员，一个伟大名字的滑稽的继承人。我无法想象我在他身上看到了什么，或者为什么我就那么傻乎乎地被他吸引过来。那些年是我生命中最昏暗的岁月。我父亲去世，在陆军服役的一个外甥自杀。我妻子离开了我，不让我见我还在襁褓中的小儿子。我把继承的一笔数额不大的遗产全数投入了哈德逊河边一幢摇摇欲坠的大宅。我第十次回到第一页，重新开始写另一个版本的《亨德森》。

[1998—2000]

尾声：为什么不呢？

我想谈谈那些决心写诗、写小说或画画的美国年轻人会遇到的一些困难。我强调困难并不是因为新手不快乐——至少在一段时间里，他们比大多数人都快乐，而且我们能肯定的是，能开头就是出于快乐——而是因为等待他们的净是些麻烦。

为什么新手会快乐呢？那是因为，他们读到或看到了杰作，也研究了作家和画家的生平，于是相当激动地对自己说："我自己也得干点类似的。为什么不呢？"语出惊人，而且气魄不凡，正如马修·阿诺德曾经写过的那样，世界"会前进，靠的是它全心关注于那些最好的东西"。[①]他还谈到诗歌，"无异于人类最完美的言辞，藉此最近于说出真相"。那么，为什么一个新手作家还会不快乐呢？既然他打算让世界把注意力放在最好的事情上，用自己个人的方法逼近真理，并且他打算用文字，用人们耳熟能详的语汇。他不需要经历精心的专业培训；学校也帮不了他太多。他必须自己塑造自己，学着干他这个行当，然后在世界之中占据一席之地。但这是一个什么样的世界啊！

现在有些专业人士觉得，应该把世界撇到一边，摆在自己的专业兴趣之外。例如，天体物理学家或神经生理学家就必须将他们的注意力从这个世界移开。当然，这些都是非常优秀的人。W.H.奥登在某处写过，

[①] 出自《华兹华斯诗集》前言。

一个诗人站在一堆物理学家里，会感觉自己像是主教群里的一个寒酸助理牧师。

"硬科学家"了解我们其他人无法获知的非凡事物，他们中的许多人显然是天才。但他们讨论起其他人多少明白的事情时，就会非常令人失望。然后，我们就会亲眼看到，长期缺席世界会有什么影响。当他们谈论起中国、华盛顿或中东来，就不是那么天才了。而他们似乎经常以精英贵族自居。我非常同意这点，情有可原，但他们政治观点的出发点也可能是贵族的责任。这些星际之旅或原子之旅后重回地球的头脑贵族，更愿意以抽象的方式倡导最好、最先进和最有益的立场。因此，正是从他们这里，你听到了那些最进步的陈词滥调。他们对一件事情了如指掌，知识惊人。但作家的兴趣必须更广泛，也许是一种不可能的广泛——他的立场是出于一种全人类的共识，开放给所有将来会来、会思考、会看到听到感受到的人。

然而，回到新手也就是那些说"那，为什么不呢？"的男孩女孩，正如华兹华斯所说，一开始都是"出于快乐"；到最后却常常落得沮丧乃至疯狂。并不是没人警告过他，许多有经验有智慧的人都说过。塞缪尔·巴特勒在他的《笔记本》里说，年轻时必须小心许愿，求的东西要对，因为你很可能得到的就是你许愿来的那些东西。你攻占高墙，就会为英雄成就受赏。于是你挂满勋章地站在那里，织锦的华服让你浑身瘙痒，但仪式结束的时候，你发现自己并没有攻占什么名城——那只是一个满是问题的破烂地儿。

那么，按照巴特勒的讲法，什么才是对的东西？巴特勒远远领先于他的时代，极其现代——他认为父母皆祸害，家庭是儿童自由发展的障碍；而你们之中真正的幸运儿无父无母，裹在卷心菜般的蜡烛包里，尿布上贴着张一万英镑的钞票。巴特勒是个快活、残忍、精明、直截了当的人，是牛虻，急切地要去刺他那匹可靠的维多利亚老马。我们这后工业化、后基督教、后一切的充满变动和危机的时代，没有培育出可刺的老马，只生出了百万只牛虻。

现在新人很多——太多了。并不是所有人都有天赋，其中一些人是被误导了，好些人动机不纯。里头有机会主义者、爱表现的，还有没长成的骗子。我认为，评论家有责任把这些人挑出来，以维系标准、保护艺术，让场上公平清白。但评论家不这么做。哦，那些评论家！

几天前，我读了希尔顿·克莱默的文集，这是一个最聪明、尽职尽责的评论家，努力让这个行业不走邪路，于是我得出以下结论。在写杰克逊·波洛克时，克莱默先生说："波洛克的艺术展现出雄心壮志，这位艺术家全身心地投入一种可能与欧洲最伟大的成就相竞争的风格——且以一种相当美国化的方式——他不加掩饰的尝试恰恰是对美国某些深层问题的回应。我们看到艾伦·金斯堡身上最近经历了同样的事，他已经成了一个国际传奇，但还是一个稀松平常的小诗人。而确实，波洛克遵从毕加索，正如金斯堡遵从惠特曼和庞德：外乡人渴望获得地位，而他们身上的天赋否认这种地位。但是，他们天赋究竟如何，并不重要。我们文化的整体动力里就包含这种眼高手低，它用本真性的圈套来奖赏这些模仿者。"

我经常觉得，评论家对艺术家更苛刻——相比经济学家对商人、媒体对政治家更苛刻。波洛克何罪之有？一个出身乡野（他来自怀俄明州科迪）、生气勃勃的年轻人，决定说自己为绘画而生。他来到纽约，在托马斯·哈特·本顿的艺术学生联盟学习，很快就拒绝了地方主义①和现实主义，转向了抽象，转向动作画派②。在他知道或者能理解自己新想法（其中一个似乎是传统的控制对于当代艺术家来说等于死亡）的后果之前，他就说出了那句要命的"为什么不呢？"。波洛克是在当画家呢，还是对自我定义更感兴趣？他是主要致力于定义吗？他从根本上是知识分子还是赌徒呢？当克莱默说波洛克高调地尝试"全身心地投入一种风格"时，克莱默是有一定道理的，但我不知道一个人的全心投入，怎么可能是建立在庸常算计或野心动机之上。你也可以说，波洛克正试着做沃尔特·惠特曼希望美国艺术家做的事。惠特曼觉得，去和欧洲的伟大成就竞争是个错误。他在《民主远景》中告诉我们，这些伟大的成就不能成为我们的榜样；在美国，这些东西是"背井离乡，异国情调"。他说，美国人应该明智地搜集、择选、吸收，但不应该遮蔽起自己"可贵的气质，特别的出身与意图"。如果有人这么做，那么无论他多么有教养，都是一种失败。惠特曼攻击了"精致和文雅"，认为它们威胁着"要吃掉我们，像癌症一样。民主的天才们已经看到了这些倾向，颇为不满"。惠特曼说，"必须留一点健康的粗鲁，野蛮的德性，为自己的内在——无论是什么——正名。缺点，甚至不足，都会是一种宽慰"。

现在威胁着吃掉我们的，显然不是精致。而"一点健康的粗鲁"又是多少？惠特曼会怎么看艾伦·金斯堡的"野蛮的德性"？克莱默先生对金斯堡那么苛刻，不正是因为金斯堡太想要满足惠特曼的要求吗？

---

① 地方主义（regionalism），美国 1930 年代兴起的现代艺术运动，描绘中西部、深南部的美国乡村和小镇的现实场景，是对大萧条的回应。
② 动作画派（Action Painting），也作抽象表现派，以狂放的动作作画，表现作者自发的冲动，使画布展示出强烈的动感效果。

当然，艺术家应该知道他什么时候走得太远了，但既要雄心勃勃，同时非常客观，不是那么容易的。那为什么要责备呢？当你能做到全面客观的时候，为当年雄心所犯的错误付出代价，已经够痛苦了。这就是巴特勒警告的重点。那么，为什么克莱默会谈到有抱负的外乡人呢？爱荷华州的埃兹拉·庞德、密苏里州的 T.S. 艾略特、长岛的沃尔特·惠特曼，相比怀俄明州科迪的杰克逊·波洛克，就不是那么外乡人了吗？但批评家们向来十分享受拿着欧洲高雅文化那闪闪发光的斧头劈向美国人的脑袋——就好像在对他们说："瞧，我们还不知道你。你从辛辛那提来，你和我们其他人一样，在购物中心、车库和工厂长大。你那套魔术使在我们身上可不管用。"他们的意思是，"如果事情真像你捣鼓出来的那样容易，那我们自己早就这么干了"。而且，随着世界在他面前展开（或为让他毁灭而开裂），一套新秩序出现——谁又不是一个"外乡人"呢？从某种意义上，我们都来自辛辛那提。即便罗马人和巴黎人——在面对一个后一切的世界时，也都是新生儿和未开化的乡巴佬。画和平鸽的毕加索可不是个土包子吗？

但我还不准备结束我刚才提出的问题：惠特曼对艾伦·金斯堡的"健康的粗鲁"和"野蛮的德性"会作何感受？他可能会喜欢他的坦率、他的自然、他的激情；他可能会同意他将庸俗市侩的武器对准那些庸俗市侩之人。但他能从毒品、爵士乐、垮掉的一代这些寻常东西里捣鼓出些什么？惠特曼的优先项非常明确。他的所谓"气质"并不意味着无拘无束的自我表达。"气质"在他这里有天性的成分，也有道德的含义。他认为，当我们阅读时，首先要确信一首诗，这个摆在我们面前的作品，确实出自一位诗人之手，也就是说，它具有确切无疑的艺术品质。然而，下一个就是道德的问题。这件作品是否"帮助了任何人类灵魂"？它可有"解放，激发，扩充"？惠特曼问道。

虽然我尊重克莱默先生，但我还是要再说他几句，因为他提出了一些非常有趣的问题。此外，他还认真地试图保护我们不被造假者和我们自己的轻信骗到。我们很容易受到骗子的影响，制造名声太容易了，而且我们非常清楚克莱默在谈到"眼高手低"时是什么意思。这个美国人一直力挺黑马，梦想着后来居上，让赛马裁判震惊。当他说"为什么不呢？"的时候，他是作为一个不为人知的宠儿、所有选手中最黑暗的幻影、无法预测到的赢家进入这场比赛的。美国艺术家或自称为艺术家的这些人，他们夸张的雄心和他们所在社会的平等化趋势直接相关。社会的平等化，不可避免地会令人狂妄自大，但给那只调平的手加把劲的时候，不应该说这些是"眼高手低"。而且总的来说，我是同情从怀俄明州科迪或肯塔基州帕迪尤卡来的年轻人的，我捍卫他想要成为艺术家的高调尝试，将自己一股脑儿地投身其中的各种权利。我不是说我会喜欢他的华丽俗气，他的自我推销，他的厚颜无耻，但如果要逼我做出选择，我会接受夸张、幼稚、虚荣。甚至狂妄自大也比高雅文化的外科医生们做的脑叶切断手术要好。因为总有新手是出于威廉·卡洛斯·威廉斯在采访时说过的那个原因而写作的。他在说什么对他而言最重要时十分直白："就像那些完全闭合、黑乎乎的沙漠植物一样，直到你把它们放进水里……植物复活了。它们伸展出绿叶。我们想要扩充自己，就像那些植物一样。"威廉斯在谈论的是想象力对经验的洞察，艺术对周围世界的照亮。傲慢对待怀揣这样目的、说出"为什么不呢？"的人，是没用的。

克莱默先生不是在批评狭隘的同情，恰恰相反。我在他充任博学专家的一刻，把他逮个正着——他正屈服于评论家共同的弱点，也就是利用艺术家来表达对美国社会和美国文化的看法。许多评论家似乎对社会学比对文学或绘画更感兴趣。不过，艺术确实仰赖于社会团体的帮助，因而社会学的兴趣在某种程度上也合理。只有当评论家明显偏爱社会学和文化分析而非艺术时，我才扭过脸去。如果我没有提到克莱默对波洛克表达了极大的同情，那我也对他不公平。他说波洛克的生平事迹可能会给像约翰·多斯·帕索斯这样的大作家提供小说主题。画家波洛克，对他而言一无是处；是波洛克身上的美国现象让他大感兴趣。诸如，一个美国年轻人如何成为一名艺术家，或想象自己已经成为一名艺术家？是什么促使他说出那要命的"为什么不呢？"。

这个国家被"创造力"给卖了。顺势而为，表达自己；你可能会发现你也是一个艺术家。每个人都有权利试一下获得这个头衔。此外，艺术家的形象会带来一定程度的社交兴奋，这本身就让人愉快、教人向往。它或许会让我们生出这样的感觉：即美国的资源取之不尽，用之不竭。艺术家是这个巨大无休止的每日秀的重要组成部分，是美国人民的日常生活。艺术似乎常常从美国人感到无比重要的现象——也即国家生活、公共生活中借取意义。艺术家们自己也常常承认这一点。像诺曼·梅勒这样的作家（有意无意地模仿拜伦勋爵）在城中心发展了自己的才能。但是所谓城中心，已经变得非常庞大，成为一个国家性甚至是国际性的实体。我们谈论它的时候没有什么方便法门，它的现实无法把握。城中心，现在包括纽约、伦敦、巴黎、耶路撒冷、加尔各答、北京。我们如何谈论这个特别的世纪里相互交织的技术变革、经济转型、以及战争与革命呢？

如何谈论呢？我在一开始就说过，我想要讨论一些特别麻烦、令人费解的问题，这些问题是决心写作、画画的美国年轻人必须面对的。这里就有一个问题，继承自前代，或者说是由那一代强加给我们的。曾经有一段时间,温德姆·刘易斯在他的自传《爆炸和炮击》里告诉我们,当文明处于均衡状态时,还是有要游戏、要创造艺术的意志。但是,刘易斯说,"结束战争的战争"并没有结束战争,它只是终结了艺术。他继续说道:"剧烈的社会变革中,粗野和破坏性的暴力应运而生,在这种悲惨的气氛下,艺术被熄灭,而艺术本来应该成为社会变革的自我表达,成为其先驱。"他说,从未有人"认为大众生活里的那些偏执理论家或高级官员,更不用说控制那些高级官员、资助偏执狂的'金融巫师'——会感觉自己被一门艺术所吸引"。但是,没有艺术家,"世界会停止审视自己,停止反思。会忘记所有更精致的言行举止。因为艺术只是举止,只是风格",刘易斯说。如果没有艺术,"生活会立即变得残酷起来,机械古板,了无生趣"。

这是我们这一代从老男孩那里听到的。或者是从那些把自己变成了老男孩的人,那些蹩脚的追随者。在大西洋的我们这一边,其中一些人将大战前的金色平静同美国新教多数派的黄金年代联系在一起。然而随后出现了资本主义的影响,技术的影响,移民、混血、退化的影响。20年代出产了一批回光返照般的杰作——他们也是这么说文学史的。爵士时代讨人喜欢,但到了30年代,冰河世纪开始了。在《爆炸和炮击》里,刘易斯勉强承认,仍有可能写本好书,画幅好画;但是,他说,"人类大众的愚蠢和无助,又获得了机器的全副支持",这矛头直对准我们。"今天的艺术家,是在最大的障碍下启程,开始自己的艺术生涯的。今天,我们只是在走向完全集体主义的中途,只是处在资本主义物质主义的消费的中途。"

我们最好不要回避这样的事实。我们最好不要跟虚伪的计谋或虚假乐观扯上关系。然而,我们有权质问这些"历史真相"有多真实。问出

"为什么不呢?"的新手只是很快听到回复,说他想要照亮周围的世界、用想象力洞察经验的愿望,是荒谬过时的——他会想知道这些毁灭性的描述或指控是什么;结束战争的战争是否终结了艺术;作为新手,他是否被谴责,过起一种无可救药、粗野机械、了无生趣的生活。他最尊敬的一些前辈都这么说。刘易斯至少足够大度,还能留意到偶然出现的好书。他这一代里的其他人可不操这个心,其中包括几位最著名的评论家。

但是新手仍然坚持不懈,想要知道他的直觉、他的冲动、他偶尔的迷狂状态和他自己有什么关系。在这样的环境下,这些只是痛苦吗?他有没有试图治愈自己,帮自己摆脱跟性本能相当的那些艺术本能,那些拒绝让他就这么下去的艺术本能?总之,对于许多德高望重的人告诉他的已经没救了的那种文化状况,他还能做些什么呢?

温德姆·刘易斯称之为资本主义物质主义的消费。在卡特总统任命 W. 迈克尔·布鲁门撒尔先生担任财政部长之际,我读了《纽约时报》对他的采访,然后,我回到刘易斯的《爆炸和炮击》寻找我刚刚引用的段落。布鲁门撒尔先生,一位真正的金融巫师,不会给偏执狂理论家发补贴或控制那些高层官员。他是一个受过良好教育的人,他告诉采访者,自己并不是那种担心里尔克和霍夫曼斯塔尔之间差异的知识分子。如果我解释得没错,他太关心增长率和国际收支平衡、关注股票市场和美联储了,以至于无法"感觉被一门艺术所吸引"。行动,一定能给他带来巨大的满足,他的满足不在无水的月亮上,里尔克那样的诗人在那儿想着俄尔普斯[①]或试着同天使说话。当然,在华盛顿做大佬,好

[①] 俄尔普斯(Orpheus),古希腊神话中的诗人和歌手,善弹竖琴。虽然他想把亡妻从冥府带回人间,但因失约回头看了跟在后面的妻子,而永远失去了她。

过当一个饱受折磨的诗人,或者更痛苦地当一个学究,在杰作的庞大根系下像鼹鼠一样专注又盲目地挖着沉积物。与诗人或学究形成鲜明对比的是,这位忙碌而有权势的行政官员是个贵族,类似于马修·阿诺德指为"野蛮人"的类型。阿诺德的野蛮人区别于被剥夺了甜美和光明的、脸色阴沉、直着脖子、素养不高的中产阶级市侩。阿诺德说,贵族的外表确实存有一定的甜美和光明,但在追逐光明时又被其他东西所蒙蔽,"世俗的辉煌、平安、权力和欢愉,使……我们民族受到了强大而恒久的诱惑。它们是外在之物,但某种程度上也是好东西,凡受其引诱而不再用心于光明和思想的人,与其说是行为悖常,不如说是过于顺从了天性"①。

所以我们正在做的是自然的事。而现代民主国家或"革命的"社会主义共和国或警察国家的大佬们,身居高位,出入显赫,则摆出一副贵族派头。正如安德烈·辛亚夫斯基在《论社会主义现实主义》一文中论证的,布尔什维克同样挪用了18世纪文学中最严正的贵族和经典传统。对于革命群众来说,除了最好的之外什么都不够好,而布尔什维克大佬们知道的唯一的最好,就是之前最好的东西。那便是贵族。

有人应该把这些事实摆在那些按捺不住、注定说出"为什么不呢?"的人的面前,提请他们注意。我说过要谈谈他们面临的困难。我还没谈。还有更多。

"看起来,"惠特曼写道,"好像全能者在这个国家展开帝国命运之前就已张开双臂双腿,像太阳一样让人目眩……让历史成为一个矮

---

① 引自《文化与无政府主义》,马修·阿诺德著,韩敏中译,三联书店出版社,2002。

人。"他预见到新历史会膨胀成一个利维坦。但惠特曼预见的帝国命运的展开并没有照得我们头昏眼花,而是让我们深深着迷。我们美国人着迷于美国现象本身。这种现象不只是放在那里给人看的,而是要求我们去经历,亲身经历、全身心地投入,强度之大,都容不下其他事了。我们必须思考石油、中东以及中国和战略武器限制谈判。布鲁门撒尔先生认为,现在没时间让那些聪明有生气的人同里尔克或普鲁斯特在一块儿犯傻。眼下最重要的,是本迪克斯公司①的教训,而不是马尔特·劳里斯·布里格②或斯万家那边③的教训。想一想石油输出国组织对价格和就业的影响吧,想想它在我们的经济和较弱的欧洲经济里制造的不稳定性,它给我们政府强加的责任,它给我们准备的负担。技术官僚型政治家、我们的守护者,敏锐意识到他关心的那个结构的脆弱、巨大和复杂,于是保持身轻如燕,让自己随时能从危机的一个点直冲到下一个点。他处理的是大多数人最易理解的境况。他处在政治生活的中心,在许多方面,这个政治生活等同于整个的精神生活。

我们的世界已被政治塑造,或被政治毁灭。"你否认政治科学的存在和力量?"托克维尔在1852年问道,"环顾四周,看看这些纪念碑和这些遗迹。是什么让纪念碑竖立,而让遗迹衰败?……是政治科学,往往正是这门科学里最抽象的部分,往我们父辈的脑袋里灌进了新思想的细菌,这些细菌后来一下子发扬光大成了政治制度。"

"政治科学在所有文明人群间创造或至少塑造了一般观念;从这些一般观念中,形成了种种政治家必须奋斗才能解决的问题,也形成了政

---

① 成立于1924年美国制造企业,气压制动系统生产商,1982年遭恶意收购。
② 里尔克长篇小说《布里格手记》中的主人公,是28岁的丹麦破落贵族。
③ 见普鲁斯特《追寻逝去的时光》第一卷。

治家自认为是他们创造的法律。政治科学在社会上创造了一种管理者和被管理者共同呼吸的智识氛围，并且双方都不知不觉从中得出了他们的行动准则。"

现在从托克维尔回到布鲁门撒尔先生。布鲁门撒尔先生并不是在抽象意义上思考政治科学。他认为人类有必要对自己的存续作出智识上的决定（只是智识上的？）。我理解他的意思是，我们的知识分子应当专注于我们精妙文明的存续。因此，最好的头脑应该不会被吸引到文学和绘画上去。

请允许我将这个观点跟普鲁斯特在《追寻逝去的时光》中的立场对比一下。他在其中讨论的是他的志业，他谈到创作这一行为，没有人可以帮忙，所以他说，"没有人能替我们做我们的工作，甚至没有人可以合作"。这是非政治活动的本质——一个人做的是只有他能做的事。他继续说道："就因为这一点，多少人远离了写作！为了逃避这项任务，人们省去多少任务！每一次公共事件，无论是德雷福斯案还是战争，都为作家提供了一个新的借口。"普鲁斯特说，作家想要"确保正义的胜利，希望恢复国家的道德统一，他没有时间思考文学。但这些仅仅是借口，事实是他没有或不再有天才，即不再有这项本能。因为是本能决定了我们的职责，而智性提供给我们逃避职责的借口。但借口在艺术里站不住脚，意图也算不了什么：艺术家每时每刻须得听从他的直觉，正是由此，艺术才变成万物中的最真，变成生活中最严肃的流派，变成真正的最后的审判"。

所以，新手们，我们有马修·阿诺德论述那些流于表面的善引发的诱惑，这再自然不过；我们有托克维尔论述政治思想的力量与风行；我们有普鲁斯特论述艺术家遵循他的直觉本能的义务。普鲁斯特在

"一战"期间写作,当时许多艺术家和知识分子都身不由己,被派往世界各地,参与公共事务。当然,大多数人的真正兴趣确实是在重大事件的发生时刻。正是通过公开讨论这一惊人的现象,讨论发达工业社会及其将生产和消费塑为偶像,讨论其政治必需品,他们的思想形成了,他们的词汇诞生了。那么,这些思想、这些词汇、这些必需品将如何影响"更精致的言行举止"和"风格"——温德姆·刘易斯将之等同于艺术?他说,艺术"只是举止,只是风格"。或许听听一位当代俄罗斯作家的证词会有助益。毕竟,俄国人,这些集体主义者,是温德姆·刘易斯天平的另一端。对我们来说,最好还是不要在刘易斯先生的天平上比较两个超级大国。不久前刚从劳改营里放出来的安德烈·辛亚夫斯基在接受《泰晤士报文学增刊》采访时作了如下评论。他现在住在巴黎,处于流亡状态,他因在国外传播自己的作品被判处长期徒刑。他说的是:"你看,我生命的全部意义都在艺术里。我没有为自己设置任何说教或训导性质的伟大任务。我绝不是传教士或道德家;这是我身上缺乏的东西。不同的人各有专攻,有人可能有传道、教导、或领导人们往某个方向去的才能。我没有那样的才能。我的专长是通过一种转换的过程来创造形象,这就是全部。……有生以来,我一直想知道艺术是什么,以及艺术为何存在。没有艺术,我们还是能活得好好的。例如,苏联就是在几乎完全没有艺术的情况下存续的。没有吃的喝的,没有其他生活必需品,我们就活不下去——但没有艺术,我们还是能活。艺术就像一种额外奖励,一件奢侈品。然而,一旦我们有意识地将艺术从生活中移除,生命便会停止。多亏了这种不必要的、可有可无的东西,生命才一直存在……整个世界都是上帝的艺术。仅在生存层面上说,我们是可以在没有艺术的情况下生存,但如果我们有意识地排除艺术,那么我们的存在——也就是那个充满了神秘、奇迹、独特、个性、小猫、野草和花朵的宇宙——将会消失。剩下的全是平庸。而艺术对我来说就是盐：原则上你可以吃无盐的食物而不死，但正是盐赋予生命以活气。"

看到了吧，刘易斯先生所说的剧烈、粗野、破坏性的社会变革，无论对艺术的整体影响如何负面，都无法消除艺术的冲动。我们可以认同说，20世纪灭绝人性的进程大大加剧。（我们还能同意什么别的吗？）但我们还要说所有对想象力的抵制（也是对智识的抵制，这些都不应该分开）现在都是无用的吗？我们不能让评论家和历史学家为我们翻着相册页告诉我们："那是繁荣的时代，风格的时代，现在我们处于冰河世纪。"相册？旅游指南？这是我们预订的某种导览吗？

我刚刚勾勒了我认为是当代艺术家面临的核心问题。也就是说，我已安排阿诺德、托克维尔、普鲁斯特、布鲁门撒尔以及辛亚夫斯基为我作了大概的说明。现在我想谈谈等待着美国作家的几重特殊的危险。我们中的一些人看见过士兵极其小心地穿过雷区，在火线上绑上破布条，标记安全路径。我现在就在尝试绑一些破布条在文学的火线上。

一个年轻的美国作家不太可能意识到，他的同胞（那些读书的人）期待着他给他们提供态度，或肯定他们所喜爱的观点，或给他们提供实用的思想及行为的模式。一般而言，好像美国人想要的是"一种方式"——如果可能的话，"一种好看的方式"，一种定义自己的方式，由定义自己获得去经历的权力。著名的"迷惘一代"创造出千千万万美国人认为精彩有价值的姿态和态度。莱昂内尔·特里林所说的"敌对文化"就和这种对可用形式的追求有关。特里林谈到"现代写作的特性，实质上具有颠覆性的意图"。"在环境意义上解放个人，摆脱他自己的文化的暴政，并在自主的感知和判断中超越它"，是敌对颠覆的目标之一。

但这还不是它最主要的影响。现代敌对文化还会"根据其环境的刺激，发展出特有的习惯性反应"。这些习惯性反应中，有些是清晰可见、可识别的，如政治的反应，但其他反应则难以捉摸，如灵媒的外质，需要更精细的探测方法。

"一种好看的方式。"我说。这意味着，中产阶级美国的境况是多么可悲地粗俗、不雅、愚昧、缺乏风格或态度。海明威为中产阶级的孩子提供了诱人的选择。海明威讲故事者的天才每过十年就更加明显，他似乎意识到这些孩子需要另一个更真实的父亲角色，来发展他们的美德，引导他们成为男子汉。他为他们提供了"一种好看的方式"——困境下的尊严，有声有色的独立，拒绝安慰性的幻想，苦难中的坚忍，压力下的优雅。我想，其中一些可以追溯到骑士精神，追溯到卡斯蒂利奥内①的朝臣、19世纪的荣誉观念，以及鲁迪亚德·吉卜林的学生准则和士兵准则。美国人很快就能认出这种现象，只要我一提它在大西洋这一边所采用的一些形式——旷野里的粗野自由人、朝前方飞奔的哈克贝利·芬，以及后来那流金又受诅咒的爵士时代、独狼、嬉皮士、花之子②、反文化的代表和许多特殊病例——他们的神经兮兮或嗑药成瘾需要被特别理解才行。那些投降的成年中产阶级呈上了贡品——耐心，它也成了落败者广为赞颂、极其看重的一项荣誉。他们似乎对自己忍受虐待的能力颇感骄傲，无论是在自己城里的大街上还是在国际关系中遭到虐待。一周又一周，《纽约时报》在其社论栏目里赞美耐心。成年中产阶级很高兴那些已经达成"好看方式"的人接纳了他们，几乎承认他们

---

① 卡斯蒂利奥内的《侍臣之书》(1528)，以对话方式探讨侍臣或宫廷贵妇如何取悦统治者，是文艺复兴时期的宫廷生活指南。
② 嬉皮士的别称。

也是自己人——几乎。其中有一个奇怪的观光客要素——那就是，当地人更喜欢你，多过喜欢他身边的同胞。50年代初，我在佛罗伦萨遇到了我在明尼苏达州认识的一个年轻美国大兵。刚退伍的他在乌菲齐附近开了一家焦糖爆米花铺子。通过佛罗伦萨人喜爱的焦糖爆米花，他和城里所有大人物建立了联系。他是他们最亲密的美国朋友，成了唯一一个他们全心接受、无比信任、直言不讳的对象。他给我看了他的通讯录，里面的名字都是城中绅士名流。我由此想起海明威《太阳照常升起》里的杰克是如何被旅店老板盘问，想让他说说他带来潘普洛纳看斗牛的美国朋友。审讯（我是这么记得的，应该不会差得太远）是这样的："这些访客也是像你一样的斗牛迷吗？""是的，他们像我一样喜欢看斗牛。""不，他们不是你这样的斗牛迷。"同一本书里，勃莱特夫人向她的朋友介绍一名希腊商人，乍看上去太粗野，很难被人接受，于是她是这么说的："他在埃塞俄比亚为石器时代的箭镞所伤，留下明显的疤痕。"再一次，用一种"好看的方式"。

一个有趣的当代案例是我认识近四十年的一位老教授，他很久以前就推荐菲茨杰拉德的小说给我。他最近离婚了，在一封长信里告诉我，他与他自己那代人一点关系都没有，他更喜欢年轻人的陪伴。他发展的几乎所有友谊都是和年轻的女同性恋。他和其中一个人谈过恋爱。她告诉他，他是她唯一能接受的男人。对我的朋友来说，这个年轻女人是真实的。她自由，与众不同。她内心纯洁，看淡成败，她对庸俗市侩及随之而来的所有让人讨厌的成见都一无所知，她完美地忠实于自己。而他，在生活里做得不那么好的老人，正是因为他的不幸和敏感，让他有资格与她共享这段特别的关系。一种好看的方式。他认为，由这样一对（两个被社会抛弃的人，找到了唯一能找到的真正中心）给一个颓败文明所下的判决,将是唯一正当的判决。

简言之,有一种比敌对文化更具包容性、也更风行的文化;这种文化的陈词滥调对于那些新手——他们已经学会如何辨识那些哪怕只是初具轮廓、具有颠覆性的现代主义敌对文化——来说,更世故、更包容,而且我相信,也更危险。

我不知道到底哪一个更难摆脱,是一个人自己的愚蠢还是那些因为有文学传统的威望撑腰而偷偷潜入我们脑袋的集体性的愚蠢。简言之,"一种好看的方式"只是一种故意忽视无知、以熬过绝望的风格策略。

没有必要告诉新手说,他们必须特别努力地做到真实坦率。他们想要开始艺术生涯,是因为他们已经感觉到,每个人都需要真理,正如需要空气来呼吸,需要水来饮。我不是形而上学家,所以我不会想要确切地描述真理。当作家拥有真理时,他的读者们肯定是会知道的。而作家绝不能指望享有盛名的知识分子能带领他到达真理。"态度"帮不了他,现代的、新的、革命的"立场"也帮不了他。19世纪末,作家成为知识分子世界的一部分,是因为他们自己已经在很大程度上成为知识分子,越来越多地为知识大众写作。这是不可避免的。艺术家不可能脱离他们时代的高雅文化。然而接下来,艺术家却丧失了信心,吸收了他们直觉无法忍受的思想。正如约翰·卢卡奇在《现代的逝去》中所说:"艺术家的世界和知识分子的世界有了越来越多的交集。他们相互依赖,特别是在美国这样的国家,他们都认为自己是广大同胞中极小的、遭受了误解的少数派。很快,这种相互依赖变得越来越不平衡,艺术家转而依赖知识分子以维持生计。最终,知识界会吞噬并吸收他们,艺术的世界将只不过是知识分子声名世界的一部分。"

这个解释准确与否,不会有太多争论。我们现在明白了,为什么艺术评论家的兴趣不在艺术本身，而在艺术所暗示的智识活动。下一个问题虽然是个反问，但不该回避：知识分子就代表了智识吗？答案是一声沉重的叹息。智识不应该向知识界投降。新手必须学会独立思考。他一定不能像布莱克说的"好人"那样（"好人喜欢的是别人的看法，而不会自己去思考"）——把他自己的思想拱手交给那些"更懂"的人。他一定不能因为自己与众不同、倍感孤立的"弱点"，就向那些获胜的科学或学术专业化团体让渡自己所有的力量和知识。获胜的文化（新手如受过高等教育就会与之接触）就会造成这种现象。为什么它会紧跟在那个大获全胜的文化之后，要求着被解释，并强迫自己的想象力或智识也让位，给这个文化腾出地方呢？年轻作家的四周，满是这个文化的阐述与态度、权威与偏见。他通常是这么起步的：接受这个文化的观点、知识理论、对外部世界的描述，这个文化把他当作一个物，放入物的世界；接受这个文化对他的演进与本质、他所在社会的结构及文明史的解释。而最近几代人冲洗出这个文明的负片，即其"敌对者"，他们是这个文明最有影响力的塑造者，他们的激进主义成为我们最流行的偏见。

不，没有了独立和个性，这种现象就没理由存在。获胜的文化（包含了"已受启蒙的"人群如今脑袋里的绝大部分所想）只会带着这种招降的现象，朝着分崩离析的方向快进。顺便说一下，我并不是在建议回到现代主义敌对者所拒绝的"过去的好时光"文化。对我们来说，就没有什么"过去的好时光"。

人类始终有一个增长点，不受我们构建的坚硬形式的封闭限制。

我引用了很多作家的话。我希望还能引用最后一次，一句非常合适的话，出自我非常敬佩的作家伊尼亚齐奥·西洛内。他在最后一部书《一个谦卑基督徒的故事》里提到，他在意大利的一家地方图书馆遇到一个文学家朋友,问他为什么要研究中世纪教皇塞莱斯廷五世。这个朋友说:"你来修道院图书馆这么多次,想必也得见一些僧侣。你会觉得反感吗?"

西洛内回答说:"你不觉得他们就和其他人一样吗?"

这个朋友坚持说:"你和他们在一起时,会不会有种本能的反感呢?"

"你会吗?"西洛内问道。

"实话说,我会,"朋友回答道,"我想这不应该只是我个人的反应。我认为每个接受过自由训练或激进教育的作家都……"

这时候,西洛内明白了他的意思,于是打断了他。"虽然你我年龄差不多,"西洛内说,"……但我认为自己是后统一者①甚至是后马克思主义者,无论在意识形态上还是感性上。"

请注意,西洛内的同伴首先表示,当他和僧侣在一起时有一种本能的反感。然后他补充说,这并不全然是个人的反应。西洛内回答说,僧侣和其他人一样,然后他认为自己是后统一者、后马克思主义者——明显是"后"任何事的——在这个回答里,我们观察到,灵魂的增长点从"自由"或"激进"的胡说八道里爬了出来。为了生存,为了呼吸,为了成为我们所是,我们必须摆脱这堆胡说八道、这些陈词滥调。

幸运的是,我们所仰赖生存的,并不是我们自己所说的那些。我们有一套能帮上忙的秘密知识。我们确有能力侦察出那些最流行的假设里的错误。形而上学和道德的直觉让我们拒绝灌输的东西,拒绝我们囤积起来的所谓"知识"。我们可能看起来相当愚蠢——或相当顺从,因为

---

① 意大利统一,指 19 世纪至 20 世纪初的意大利政治社会统一运动。

我们之中最狂热的人往往相当循规蹈矩——我们耕耘我们的内在，在想象中重新修复集结被历史所摧毁的东西。我们被加工成一个个瓶子，我们的本能是将自己从中释放出来，恢复我们和世界的亲密联系。因为我们已经被塞进各自的头脑里，被禁锢，插上软木塞。我们公认存在理解和感情上的巨大鸿沟，而在主流传统下，永远不可能搭建起沟通的桥梁。但在我们的灵魂里，我们从未停止尝试。主流传统是现代最负盛名的一众思想家创造的。我的建议是，人们不必受他们的束缚，非凡的人才不应该温顺、不加抵抗地落入被指定的类别。我的立场可以参考一位德国学者的立场，当他的学生告诉他，他的理论与事实不符时，他说："事实更糟糕。"

新手作家常问我关于经纪人、出版商等实际操作问题，以及他们是否应该安心享受大学（在一堆陈词滥调中）的庇护，还是应该试着在媒体世界自立。所有这些都是严肃的问题，但它们都不是重要的问题，而重要的问题很少被提出，所以我认为这是一个提出来的好机会。但是我现在不会更进一步了，正如笛福所说的那样，我真正的事业"不是说教，而是讲述"。

[1978]

编者说明

《从芝加哥启程》原刊登于《美国学人》杂志。《作为反派的大学》原刊登于《国家》杂志。《世俗之人，世俗时代》是贝娄的一篇佚失已久的演讲稿，此前从未发表；《犹太人区的笑声——评肖洛姆·阿莱汉姆》原刊登于《星期六文学评论》，原标题是《犹太区的笑声》。《德莱塞和艺术的胜利》原刊登于《评论》杂志。《海明威和人的形象》原刊登于《巴黎评论》。《地下的人：谈拉尔夫·埃利森》原标题是《地下的人》，首刊于《评论杂志》。《本·赫克特的1001个下午》原刊登于《纽约书评》。《繁荣的困境：谈菲利普·罗斯》原标题是《繁荣的困境》，刊登于《评论》杂志。《作家和观众》原刊登于《新世界文学》。《全世界的深度读者，当心！》原刊登于《纽约时报书评》。《犹太人说故事》原刊登于《美国犹太人历史季刊》。《从手推车上白手起家：关于亚伯拉罕·卡汉》原刊登于《纽约时报》，原先的标题是《从手推车上白手起家》。《我们向何处去？小说的未来》原刊登于《密歇根评论季刊》，依据霍普伍德讲座的讲稿，内容略有调整。《在电影院》中的四部分：《单枪匹马的艺术》《布努埃尔的无情远见》《批量生产的洞见》《漂浮在血海上》均刊登于《地平线》杂志。《莎士比亚的十四行诗》原刊登于《格里芬》杂志。《作家成为说教家》原刊登于《大西洋月刊》。《比亚特丽斯·韦布的美国》原刊登于《国家》杂志。《近日小说巡礼》原收录于《今日伟大思想》（大英百科全书，1963），《美国小说札记》收录于《文汇》杂志。《赤脚男孩：叶夫根尼·叶夫图申科》原刊登于《纽约书评》，原标题是《赤脚男孩》。《我的老弟邦米奇》原刊登于《纽约时报》。《思考者的荒原》原刊登于《星期六文学评论》。《隐匿的文化》原刊登于《纽约时报》。《怀疑与生命的深度》原刊登于《艺术与大众》。《论美国：在特拉维夫美国文化中心的评论》原标题是《附言：对特拉维夫演讲后一些问题的回应》，原刊登于《国会半月刊》上。《机器与故事书：技术时代的文学》原刊登于《哈泼斯杂志》。《我们对这个世界介入太深》原刊登于《批评探索》杂志。《身为犹太人的美国人：获反诽谤联盟民主遗产奖的讲话》原刊登于《犹太文摘》，原标题是《身为犹太人的美国人》。《对托克维尔的反思：芝加哥大学的一次研讨会》此前从未公开发表。为奥尔特加·加塞特《大众的反叛》一书撰写的前言是1985年圣母大学出版社出版此书的前言。《文明的野蛮人读者》是艾伦·布鲁姆《美国精神的封闭》（西蒙与舒斯特出版社，1987）一书的前言，收录时略有调整，最早刊登于《纽约时报书评》。《一个犹太作家在美国：一次讲座》是作家在费城为犹太出版协会所做的演讲节选，曾分为上下两篇刊登于《纽约书评》。《巴布亚人和祖鲁人》原刊登于《纽约时报》。《陪伴也孤单》原刊登于《波士顿环球报》。《拉尔夫·埃利森在蒂沃利》最早刊登于《党派评论》。《诙谐讽刺游戏》是根据一份演讲稿整理的文稿，最早收录于《公共知识分子：哲学和政治之间》——罗曼和利特尔菲尔德出版社出版的一本文集。《文学：下一章》原刊登于《国家评论》。《喜剧的滤镜下：与诺曼·马内阿的对谈》最早是受耶路撒冷文学项目"词与像"与以色列内盖夫本·古里安大学的联合委托，在1999年进行的一次采访，最早刊登于《大杂烩》杂志，在此获得"词与像"项目的授权；《"我有一计！"：与菲利普·罗斯的对谈》最早刊登于《纽约客》，

573

承蒙罗斯先生首肯，本书收录了他的文章。《为什么不呢？》最早刊登于《美国艺术与科学学会公报》，在贝娄为该机构所作的演讲稿上略有改动。

《在罗斯福先生的时代》《和黄孩子的一次聊天》《隐藏的珍宝》《对我自己的一份采访》《诺贝尔奖获奖演说》《作家、知识分子、政治：一些回忆》《要考虑的实在太多了》《西班牙来信》《伊利诺伊之旅》《以色列：六日战争》《纽约：举世闻名的奇迹》《他们签署协议那一天》《我的巴黎》《芝加哥今昔》《胜地佛蒙特》《冬天在托斯卡纳》最早收录于《一切都说得通》（企鹅维京出版社，1994），这些篇目收进本书时都略有调整（本书中收录的《对我自己的一份采访》，对最早《新评论》杂志刊发的版本《一些问题和回答》以及后来刊于《安大略评论》上的版本中的一些句子进行了合并处理）。

感谢从本书文章授权到再版的过程中给予我帮助的所有人。因本书内容时间跨度之久，不同出版社风格也存在差异，为保持文字前后统一，收入该书时进行了必要的调整和改动，尤其是针对标点的改动。索尔·贝娄在写作中有意识地打破了他在芝加哥接受教育时被灌输的语法规则。尽管如此，在编辑过程中，我经常自问，什么才是真正符合贝娄的风格，而不是机械地迎合适应出版规范。本书在必要处保留了拼写和音译。为方便读者理解，书中有几处段落结构被调整。部分文章也出于篇幅的原因被缩减。一些和行文论述无关的芜杂词句也被删去。对其他作家文本的大段引用部分也被缩减。

本书结构按照年代辑录，均有副标题说明——1960年代、1970年代，等等——最终确定还是按照时间顺序呈现这些文本。

贝娄提到的多是些非常著名的人和事，我选择不过多添加注释，避免干扰读者阅读。如果他提及的某些人或事并不为人详知，读者今天可快速查到关于布莱斯子爵、艾尔伯特·哈伯德、弗洛伊德的"鼠人"、傻麦克纳特、伯蒂·麦克科米克"上校"、比利·索尔埃斯蒂斯以及《哦！加尔各答！》的信息。

  本书编辑过程中要感谢的人实在太多，请容我在此挂一漏万。感谢怀利版权经纪公司，他们是贝娄长期且尽职的代理人：安德鲁·怀利、杰夫里·帕斯捷尔纳克以及杰尼弗·亨德森。维京出版社的编辑们一丝不苟又充满洞见地审读了书稿。我的好友乔尔·科纳罗最早读到本书初稿，并提出了宝贵的编辑意见。在此还要尤其感谢我的助手帕特里克·卡拉汉，没有他的坚韧、严谨和勇气，这部随笔集的编撰工作根本不可能完成。最后，容我向贾妮斯·弗里德曼致以最深的谢意，是她让我有宝贵的机会编辑这本富含教益、美妙无比的书。

——本杰明·泰勒